GOLDMANN

Autor

Wolfgang Hohlbein, geboren 1953 in Weimar, ist einer der populärsten jungen deutschen Schriftsteller. Bisher vor allem bekannt als preisgekrönter Fantasy-Autor und Verfasser sehr erfolgreicher Jugendbücher, hat er nun spannende Abenteuerromane für die zahllosen Fans von »Indiana Jones« vorgelegt.

Im Goldmann Verlag liegen
bereits folgende Taschenbücher
zu »Indiana Jones« vor:

Rob MacGregor: Indiana Jones und der letzte Kreuzzug · 9678 • Campbell Black/James Kahn: Jäger des verlorenen Schatzes/Indiana Jones und der Tempel des Todes (Sammelband) · 9653 • Wolfgang Hohlbein: Indiana Jones und die Gefiederte Schlange · 9722 • Wolfgang Hohlbein: Indiana Jones und das Schiff der Götter · 9723 • Wolfgang Hohlbein: Indiana Jones und das Gold von El Dorado · 9725 • Wolfgang Hohlbein: Indiana Jones und das Schwert des Dschingis Khan · 9726 • Wolfgang Hohlbein: Indiana Jones und das verschwundene Volk · 41028 • Wolfgang Hohlbein: Indiana Jones und das Geheimnis der Osterinseln · 41052 • Wolfgang Hohlbein: Indiana Jones und das Labyrinth des Horus · 41145 • Wolfgang Hohlbein: Indiana Jones und das Erbe von Avalon · 41144 • Rob MacGregor: Indiana Jones und die Herren der toten Stadt · 42330 • Rob MacGregor: Indiana Jones und das Orakel von Delphi · 42328 • Rob MacGregor: Indiana Jones und das Geheimnis der Arche Noah · 42824 • Rob MacGregor: Indiana Jones und der Tanz der Giganten · 42329

Wolfgang Hohlbein

Indiana Jones™

Das Schwert des Dschingis Khan
Das Geheimnis der Osterinseln

Zwei packende Abenteuerromane
in einem Band

GOLDMANN VERLAG

Umwelthinweis:
Alle bedruckten Materialien dieses Taschenbuches
sind chlorfrei und umweltschonend.
Das Papier enthält bereits Recycling-Anteile.

Der Goldmann Verlag
ist ein Unternehmen der Verlagsgruppe Bertelsmann

Umschlaggestaltung: Design Team München
Umschlagillustration: Oliviero Berni, Mailand
Druck: Elsnerdruck, Berlin
Verlagsnummer: 11608
SN · Herstellung: Heidrun Nawrot
Made in Germany
ISBN 3-442-11608-2

5 7 9 10 8 6 4

INDIANA JONES
und das
Schwert des Dschingis Khan

Roman

Ein namenloser Fluß an der russisch-mongolischen Grenze

Auf einen Ort zu stoßen, dessen Name auf keiner Karte verzeichnet war, das war an sich nichts Außergewöhnliches. Schon gar nicht *hier*, in einem Winkel der Welt, von dem die allermeisten Menschen kaum wußten, daß er existierte; geschweige denn, wo er lag und wie es dort aussah.

Auch auf eine kleine Ansiedlung zu treffen, die man in den schon etwas detaillierteren Karten, die die Bewohner dieses Landes selbst von ihrer Heimat angefertigt hatten, vergebens suchte, wäre allerhöchstens ein bißchen überraschend gewesen. Ein bißchen, aber nicht sehr.

Und selbst ein Dorf, dessen Position und Name in den schon *sehr viel* genaueren militärischen Kartenwerken der Gegend fehlte, wäre noch vorstellbar gewesen; wenn auch schon schwerer. Selbst hier, am unbestrittenen Ende der zivilisierten Welt (und vielleicht schon ein bißchen dahinter), pflegte das Militär prinzipiell alles zu wissen, was es zu wissen gab – und nach Möglichkeit auch noch ein bißchen mehr. Trotzdem... es *war* denkbar.

Aber auf eine ganze Zeltstadt zu stoßen, die noch vor achtundvierzig Stunden schlicht und einfach *nicht dagewesen war*, das erschütterte Michail bis in die tiefsten Tiefen seiner Kosakenseele. So tief, daß er seit nunmehr gut zwei Minuten reglos im aufgeklappten Turmluk des T32 stand, auf die Ansammlung kunterbunter Zelte im Tal unter sich herabstarrte und weder den eisigen Wind registrierte, der wie mit dünnen gläsernen Klingen in sein Gesicht schnitt und sich mittlerweile anschickte, seinen sorgsam gestutzten Vollbart mit Eis zu verkrusten, noch die immer nervöseren Blicke, die das halbe Dutzend

Panzerinfanteristen in seiner Begleitung abwechselnd ihm und der Kette pelzvermummter Gestalten zuwarf, die sich langsam den Hang hinauf und auf den Panzer zubewegten.

Er glaubte es einfach nicht.

Er glaubte es nicht, weil es nicht sein konnte, und es konnte nicht sein, weil es nicht sein durfte. Basta.

Unverschämterweise streckte die Wirklichkeit in Gestalt besagter Zelte und Männer seiner unerschütterlichen Überzeugung weiter beharrlich die Zunge heraus, und so tat Michail schließlich das, was er schon vor anderthalb Minuten hätte tun sollen – er ließ mit einem verwirrten Seufzer zuerst den Feldstecher und dann sich selbst zurück in das Turmluk des Panzers sinken. Natürlich stieß er sich prompt den Hinterkopf bei dieser Aktion, und er ließ auch jetzt den gleichen, unflätigen Fluch hören wie jedes Mal, wenn das passierte.

Michail haßte diesen Panzer. Da er Kosak mit Leib und Seele war, verachtete er prinzipiell, was nicht vier Beine, einen Schweif, eine Mähne und Nüstern hatte, aber *diesem* speziellen Panzer galt sein ganz besonderer Haß. Seit er dieses rasselnde, schnaufende, klirrende, stinkende Ding vor einem halben Jahr zum ersten Mal gesehen hatte, haßte er es, und er war überzeugt davon, daß dieser Haß auf Gegenseitigkeit beruhte, denn es verging kein Tag, an dem er sich nicht mindestens einmal daran stieß, schnitt, prellte, klemmte oder die Finger verbrannte. Michail wußte, daß seine Männer bereits hinter vorgehaltener Hand Wetten abschlossen, auf welche Weise er sich wohl das nächste Mal verletzen würde, wenn er das staubgraue Ungeheuer auch nur von der Seite ansah. Wer immer behauptet hatte, Maschinen hätten keine Seele, hatte entweder nicht alle Tassen im Schrank oder er log. Zumindest dieser T32 *hatte* eine Seele. Und sie war schwärzer als die des Teufels.

Nun konnte man nicht unbedingt behaupten, daß Michail unvoreingenommen gewesen wäre, was dieses Fahrzeug anging. Oder sein Kommando. Oder die Umstände seiner Versetzung hierher überhaupt. Von diesem Land ganz abgesehen.

Schon Michails Urgroßvater war Kosak gewesen. Wie sein Großvater. Und sein Vater auch.

Michail war es nicht.

Das hatte verschiedene Gründe, hauptsächlich aber den, daß die Bolschewiken einen Preis auf die Köpfe von Männern wie ihn ausgesetzt hatten, so daß es Michail schon früh ratsam erschienen war, sowohl seinen Namen als auch gewisse Details in seiner Geburtsurkunde und seinen übrigen Papieren zu ändern. Zum anderen gehörte Michail unglücklicherweise zu jenen Menschen, die prinzipiell den Sand bildeten, der das Räderwerk jeder großen Organisation zum Knirschen brachte. Die Rote Armee war eine *immens große* Organisation, und wenn sie auch im Grunde nicht viel mehr tat, als sich selbst zu verwalten, so gab es doch eine Menge Zehen, auf die man treten konnte. Michail war auf ihnen allen nach Kräften herumgehopst – mit dem Ergebnis, daß er sich schneller am Ende der Welt wiedergefunden hatte, als er seinen eigenen Namen buchstabieren konnte. Einzig der Umstand, daß er neben allem anderen auch noch ein Kriegsheld war, dessen Taten nicht einmal der Oberste Sowjet in Moskau ohne weiteres ignorieren konnte, hatte ihn davor bewahrt, als einfacher Soldat statt als Offizier hier zu landen und den Rest seiner Tage damit zu verbringen, Latrinen zu säubern. Aber das war auch schon alles.

»Genosse Kommandant?«

Michail fuhr aus seinen düsteren Überlegungen auf und blickte an seinen Knien vorbei hinab ins Gesicht des Bordkanoniers, der eingezwängt wie in einer Sardinenbüchse unter ihm hockte. Sein Gesicht war rot vor Kälte. Das war eine weitere Gemeinheit, mit der dieser Panzer aufzuwarten wußte. Egal ob er stand oder fuhr, es war in seinem Inneren immer ein bißchen kälter als draußen. Natürlich nur im Winter. Im Sommer war es stets heißer. »Ja?« grunzte er.

Der Mann deutete mit einer Kopfbewegung auf den kaum fingerbreiten Sehschlitz vor sich. »Ich glaube, sie kommen näher.« Seine Stimme klang fast ängstlich.

Michail seufzte erneut und sehr tief, schob Kopf und Schultern aber wieder aus dem Turmluk heraus, wobei er sorgsam darauf achtete, sich diesmal *nicht* den Hinterkopf anzuschlagen. Es gelang ihm, aber dafür prellte er sich das rechte Knie.

Die Gestalten waren tatsächlich nähergekommen, nahe genug, daß er sie jetzt auch ohne Feldstecher erkennen konnte. Michail spürte, daß ihre sonderbare Kleidung ihm eigentlich etwas sagen sollte. Zu diesem vagen Gefühl kam seine stärker werdende Beunruhigung.

Spürte etwas in ihm vielleicht eine Gefahr, die von den Männern in den langen, buntbestickten Wollmänteln ausging?

Einen Moment dachte er ganz ernsthaft über diese Frage nach, verneinte sie aber dann. Es waren vierzig, vielleicht sogar fünfzig, aber sie waren nicht – und wenn, dann allenfalls mit Messern, Speeren und *lächerlich!* – lederbezogenen Schilden – bewaffnet, während er selbst fünf mit Maschinenpistolen und Karabinern ausgerüstete Infanteristen draußen und zwei weitere Männer hier drinnen hatte. Außerdem saß er sicher hinter zweieinhalb Zentimetern bestem russischem Stahl und gebot über eine 7,5 cm-Kanone und zwei doppelläufige Maschinengewehre.

Nein – was ihn beunruhigte, das war nicht die *Gefahr*, die von diesen Männern ausging. Es war die Tatsache, daß sie hier waren.

Wenn er sich diese Zeltstadt dort unten ansah, dann mußte der Stamm aus mindestens zweihundert Nomaden bestehen – und wie zum Teufel hatten es zweihundert Menschen geschafft, mit Sack und Pack hierherzukommen, ohne daß er es gemerkt hatte? Und – viel interessanter – was *wollten* sie hier? Wenn man dieses Zeltlager genauer in Augenschein nahm und seine Phantasie auch nur ein kleines bißchen spielen ließ, dann fiel einem sehr schnell zweierlei auf: erstens, daß es nicht den Eindruck machte, in aller Hast und nur für ein paar Tage errichtet worden zu sein. Und zweitens, daß es durchaus auf Zuwachs gebaut war. Was um alles in der Welt hatte dieses Gesindel vor? Sich hier häuslich niederzulassen oder vielleicht gleich einen eigenen Staat auszurufen? Nun, Michail würde sowohl gegen das eine als auch gegen das andere etwas unternehmen. Ganz besonders gegen das eine. Oh ja, er würde noch etwas tun, sobald sie zurück in der Garnison waren: nämlich dem verantwortlichen Offizier, der hier vor zwei Tagen angeblich keine Menschenseele angetroffen hatte, so kräftig in den Arsch treten, daß er den Geschmack seiner Stiefelspitzen auf der Zunge spürte.

»Ich glaube, Sie haben recht, Fjodor«, antwortete Michail schließlich. Diese Antwort war erstens überflüssig und erfolgte zweitens mit gehöriger Verspätung. Beides waren seine Untergebenen von ihm gewohnt. Seine Vorgesetzten auch.

Fjodor schwieg eine ganze Weile. Dann, und in einem Ton, der fast ängstlich darauf bedacht war, auch nicht die Spur von Kritik am offenkundigen Zögern seines Vorgesetzten mitklingen zu lassen: »Vielleicht... sollte man etwas tun? Mit ihnen reden... vielleicht.«

»Vielleicht«, pflichtete ihm Michail bei. ›Vielleicht‹ war eines seiner Lieblingsworte. Es ließ so viele schöne Möglichkeiten offen. Unter anderem die, gar nichts zu tun.

Aus eng zusammengekniffenen Augen – die Sonne spendete zwar kaum Wärme, aber ihr Licht war geradezu stechend – blickte er auf die Ansammlung gleichermaßen alberner wie bedrohlicher Gestalten hinab, die sich seinem Panzer und den fünf Rotarmisten mittlerweile bis auf gut hundert Meter genähert hatten. Nicht nahe genug, um den Ausdruck auf ihren Gesichtern wirklich zu erkennen. Trotzdem war da etwas... Verschlagenes? Unsinn!

»Was sind das für welche?« murmelte er. »Tungusen? Kirgisen?« Er blickte zwischen seinen gespreizten Beinen hindurch in Fjodors hochgerecktes, breites Mongolengesicht. Dann wußte er es.

»Mongolen«, sagte er. Er gab sich keine Mühe, die Verachtung, die in seiner Stimme dabei mitschwang, irgendwie zu unterdrücken. Was nichts mit dem Volk der Mongolen oder gar Fjodor persönlich zu tun hatte. Wie gesagt – Michail war Kosak mit Leib und Seele, und ein waschechter Kosak verachtete nun einmal jeden, der kein Kosak war. Zumindest Michail tat das.

»Sie sind doch Mongole«, begann Michail.

Fjodor räusperte sich. »Nun ja. Mein Großvater mütterlicherseits –«

»Also sprechen Sie auch ihre Sprache«, führte Michail den Gedanken mit messerscharfer Logik zu Ende. »Gehen Sie hinaus und reden Sie mit ihnen. Fragen Sie die Burschen, was sie hier zu suchen haben.«

Fjodor wand sich wie der berühmte Fisch an der Angel. »Vielleicht wäre das keine so gute Idee«, sagte er vorsichtig.

Michails linke Augenbraue verschwand unter dem Rand seiner Kosakenmütze, die er – völlig unberührt von sämtlichen Bekleidungsvorschriften der Roten Armee – zu seiner Uniform trug. Wenigstens hier draußen, wo es niemand sah. »Das war kein freundschaftlicher Rat, Genosse«, sagte er. »Das war ein Befehl!«

»Ich weiß, ich weiß«, sagte Fjodor hastig. »Ich dachte nur... es wäre vielleicht besser, wenn der Panzer einsatzfähig bliebe. Nur für den Fall der Fälle«, fügte er mit einem verlegenen Lächeln hinzu.

Michail starrte ihn an, aber dann nickte er. Schon weil der Umstand, daß Fjodor den Panzer verließ, zwangsläufig auch bedeutete, daß *er* aus dem Turmluk heraus- und wieder hineinklettern mußte. Im Zweifelsfalle vier neue, schmerzhafte Schrammen oder Beulen. Er entschied sich dagegen.

Die Clownparade war wieder nähergekommen. Noch achtzig Meter, schätzte Michail. Das reichte. Mit einem Ruck warf er sich in die Brust, bildete mit den Händen einen Trichter vor dem Mund und schrie mit vollem Stimmaufwand: »Wer seid ihr? Was sucht ihr hier?«

Er bekam keine Antwort. Gute zehn Sekunden vergingen, und die Meute hatte sich auf vielleicht siebzig Meter genähert, bis Michail sich eingestand, daß die Männer weder ihm noch seiner Uniform oder dem roten Stern auf beiden Seiten seines Panzers genügend Respekt zollten, um zu antworten. Oder auch nur stehenzubleiben. Allmählich wurde Michail doch ein wenig mulmig zumute...

Mit herrischer Geste wies er auf den Panzerinfanteristen, der das Pech hatte, dem T32 am nächsten zu stehen. »Sie da! Gehen Sie hin und fragen Sie, wer die sind!«

Der Mann setzte sich zögernd in Bewegung. In seinem langen, rotbraunen Mantel sah er kaum weniger lächerlich aus als die Gestalten vor ihm, dachte Michail. Und zugleich irgendwie... verloren?

»Das gefällt mir nicht«, sagte Fjodor unter ihm. »Vielleicht sollten wir besser den Motor anlassen?«

»Red keinen Unsinn, Genosse«, knurrte Michail verächtlich. »Das sind doch nur ein paar harmlose Herumtreiber.«

Der Rotarmist hatte die buntgekleidete Schar erreicht und blieb stehen, aber er kam nicht einmal dazu, den Mund zu öffnen, denn einer der Männer zog kommentarlos ein Schwert unter dem Mantel hervor und schlug ihm den Kopf ab. Das alles ging so schnell und fast undramatisch, daß Michail geschlagene fünf Sekunden einfach in seinem Panzerluk stand und aus fassungslos aufgerissenen Augen auf den Kopf mit der pelzgefütterten Mütze starrte, der eine blutige Spur durch den Schnee zog, während er wie ein Ball den Hügel hinunterrollte.

Dann schien alles gleichzeitig zu geschehen; rasend schnell, als hätte jemand die Wirklichkeit ein paarmal gefaltet, damit die Dinge schneller als eigentlich möglich ablaufen konnten: Der enthauptete Körper des Panzerinfanteristen neigte sich steif wie ein Brett und nach einer absurden Verzögerung zur Seite und fiel in den Schnee. In den Händen der gut fünfzig Gestalten, die plötzlich wie ein Mann losrannten und dabei ein markerschütterndes Geheul und Gebrüll anstimmten, erschienen plötzlich jene Schwerter und Krummsäbel, die sie unter ihren langen Mänteln verborgen hatten. Michails verbliebene vier Panzerinfanteristen zerrten ihre Gewehre von den Schultern; zwei von ihnen legten sofort auf die Heranstürmenden an; die beiden anderen suchten hastig Deckung hinter dem T32. Das alles geschah in ungefähr einer Sekunde.

In der zweiten ließ sich Michail in den Turm hineinfallen, knallte die gepanzerte Luke über sich zu (wobei er sich kräftig die Finger der linken Hand quetschte) und brüllte so laut er konnte: *»Laß diesen verdammten Motor an!«*

Während der Fahrer unter ihnen ebenso verzweifelt wie vergeblich versuchte, den schweren Dieselmotor des Panzers zu starten, versuchte Michail sich an Fjodor vorbeizuquetschen, um mit ihm den Platz hinter der Kanone zu tauschen; gleichzeitig tat er sein Bestes, hinter eines der beiden schweren Maschinengewehre zu gelangen und ebenso gleichzeitig einen Blick durch die Sehschlitze nach draußen zu werfen. Zwei dieser drei Unternehmungen schlugen fehl; der Platz im Turm des T32 war einfach nicht ausreichend, um Michail nach unten und Fjodor zugleich nach oben zu lassen, so daß für eine Sekunde ein hoffnungsloses Geschiebe und Gedränge entstand. Im Verschluß des Maschinengewehres klemmte er sich den gleichen Finger noch einmal, den er sich eben erst im Turmluk des Panzers gequetscht hatte, aber zumindest klappte es mit dem Blick nach draußen.

Er war bloß nicht sehr glücklich darüber.

Die Angreifer hatten sich dem Panzer mittlerweile auf knapp zwanzig Meter genähert. Ein erster Speer flog in hohem Bogen heran und prallte klappernd von den Panzerplatten ab, und genau in diesem Moment – endlich! – kamen seine Leute auf die Idee, das Feuer zu eröffnen. Im Inneren des Panzers klangen die Schüsse der schweren Armeekarabiner sonderbar gedämpft und leise, aber Michail sah das orangerote Mündungsfeuer, und den Bruchteil einer Sekunde danach stürzten zwei Gestalten leblos in den Schnee.

Der Rest stürmte ungerührt weiter. Sie schrien irgend etwas, aber Michail verstand es nicht. Er verschwendete auch keine

Zeit darauf, es verstehen zu wollen, sondern kämpfte fluchend mit dem Verschluß des MG. »Was ist mit diesem Scheiß-Motor?!« brüllte er.

Er bekam keine Antwort, aber wenigstens gelang es ihm endlich, seinen Daumen aus dem Verschluß des MG heraus- und den Ladestreifen hineinzubekommen. Die Angreifer waren am Ziel. Ein Hagel von Speeren, Pfeilen und geschleuderten Äxten prasselte auf den Panzer und wohl auch Michails Leute herab, denn er hörte einen gurgelnden Schrei; im eingeschränkten Sichtfeld des Sehschlitzes sah er eine schlaffe Hand, die ein Gewehr fallen ließ. Die drei anderen Soldaten schossen verzweifelt weiter, und fast jede Kugel traf – die Angreifer jedoch stürmten unbeeindruckt näher.

Direkt in die erste Salve aus Michails MG hinein.

Auf eine Distanz von jetzt kaum noch fünf Metern war die Wirkung verheerend. Fünf oder sechs Männer wurden scheinbar zugleich von den Füßen gerissen und fielen reglos in den Schnee, der Rest spritzte in alle Richtungen auseinander. Michails MG folgte ihnen unbarmherzig. Er erwischte zwei, drei weitere Gestalten, dann war der Ladestreifen verschossen.

Michails Fluch ging im Dröhnen des anspringenden Motors unter. Der Panzer stieß eine gewaltige Qualmwolke aus und rollte los, und hinter ihm stürzte einer der beiden Rotarmisten, die sich gegen seine Flanke gelehnt hatten, mit einem überraschten Keuchen in den Schnee. Michail bemerkte es nicht einmal. Er war voll und ganz damit beschäftigt, einen neuen Munitionsgurt in das MG zu stopfen und Fjodor anzuschreien, der tatenlos über ihm im Turm des Panzers hockte. »Idiot! Warum schießt du nicht?«

»Aber worauf denn?« fragte Fjodor. »Sie sind viel zu nahe!«

Michail warf einen Blick nach draußen und sah ein, daß Fjodor recht hatte. Diese Verrückten waren mittlerweile sogar zu nahe für sein MG – was ihn allerdings nicht daran hinderte, Fjodor lauthals weiter zu verfluchen und mit einer erstaunlichen Vielzahl von Beschimpfungen zu bedenken.

Langsam gewann der Panzer an Tempo. Das Gewehrfeuer draußen hatte aufgehört, und Michail fürchtete zu Recht, daß er den Grund dafür kannte. Trotz seiner MG-Salve mußten noch mindestens zwanzig oder dreißig dieser Verrückten den Panzer erreicht haben; seine Männer hatten nicht die Spur einer Chance.

Na gut, dachte Michail grimmig. Fünf von uns. *Fünfzig von euch, wenn ich mit euch fertig bin. Mindestens.*

»Schneller!« brüllte er den Fahrer an. »Fahr ins Dorf! Wir radieren sie aus!«

Der Motor brüllte auf, und Fjodor nahm Michails Worte zum Anlaß, seine Kanone abzufeuern. Die Granate schlug einen guten Kilometer hinter der Zeltstadt ein und ließ eine zwanzig Meter hohe Staub- und Trümmerfontäne in die Luft steigen.

»Idiot!« brüllte Michail. Gleichzeitig sah er sich wild um, sofern der winzige Sehschlitz dies zuließ. Wo waren sie?!

Zumindest einer von ihnen war ganz in seiner Nähe, aber das merkte Michail erst, als ein halber Meter rasiermesserscharf geschliffener Stahl durch die Sichtluke hereinfuhr und eine dünne, teuflisch brennende Linie in seinem Gesicht hinterließ. Michail kreischte, warf sich zurück und schlug ganz instinktiv mit dem Unterarm nach der Klinge. Der dicke Wintermantel bewahrte ihn vor einer weiteren Verletzung. Er hörte einen Schrei, die Klinge verschwand aus dem Sehschlitz, und plötzlich war ein Schatten vor ihm. Michail drückte ab, und er nahm den Finger erst vom Abzug, als er spürte, wie etwas unter die Ketten des Panzers geriet, das härter als Schnee, aber weicher als Felsen war.

Sie waren auf dem Panzer! dachte Michail entsetzt. Der T32 raste in einem Höllentempo den Hügel hinab, aber ein paar dieser Halbaffen mußten ihn geentert haben wie ein vorbeisegelndes Schiff. Großer Gott, vielleicht waren sie gerade dabei, das Turmluk aufzubrechen oder irgendwie Benzin hineinzukippen – in *seinen* Panzer!

Michails heiliger Zorn über diese Unverschämtheit ließ ihn

für einen Moment seine Angst vergessen. Wütend zerrte er an dem entsprechenden Hebel und ließ den Turm hochschwenken. Etwas prallte mit einem dumpfen Laut gegen den Lauf der Kanone und stürzte in den Schnee (und wie Michail inständig hoffte, unter die Ketten) herab, einen zweiten Angreifer erwischte er mit einem kurzen Feuerstoß des MG. Als er auf den dritten zielen wollte, schwang sich der Bursche wie ein Zirkusartist am Kanonenrohr in die Höhe und verschwand aus dem Rechteck, durch das Michail die Außenwelt wahrnehmen konnte.

Michail tat das, womit er den Großteil der letzten fünf Minuten verbracht hatte. Er fluchte lauthals, ließ das MG fahren und drängte sich an Fjodor vorbei zum Turmluk hinauf. Über ihm polterte etwas. Michail riß das Turmluk auf, duckte sich und gab gleichzeitig einen Feuerstoß aus seiner Kalaschnikow ab. Ein Schrei ertönte, einen Herzschlag später von einem dumpfen Aufprall gefolgt. Mit einem triumphierenden Grinsen richtete sich Michail auf – und brüllte vor Schmerz, als geschliffener Stahl tief in seine Schulter drang. Er spürte, wie sein linkes Schlüsselbein brach.

Die Klinge wurde zurückgezogen, und ein neuer, noch schlimmerer Schmerz ließ rote Lichtblitze vor Michails Augen tanzen. Instinktiv packte er die MP mit beiden Händen, riß sie hoch über den Kopf und fing den nächsten Schwerthieb mit der Waffe ab.

Die Erschütterung riß ihm die MP aus den Händen. Sein linker Arm war plötzlich ohne Kraft und sank nutzlos herab. Warmes Blut tränkte seinen Mantel und lief an seinem Rücken herab. Trotz der Schmerzen stemmte er sich mit einem Schrei vollends aus dem Turmluk heraus, packte den Angreifer, der gerade zu einem weiteren Hieb ausholte, mit der unverletzten Rechten und entrang ihm das Schwert. Todesangst und Wut verliehen ihm übermenschliche Kräfte. Er riß den Burschen in die Höhe, rammte ihm das Knie in den Leib und versetzte ihm einen Stoß, der ihn vom Turm herunter auf das Heck des Panzers stürzen ließ. Sofort versuchte er sich wieder aufzurappeln, aber Michail ließ ihm keine Chance: Ehe der Schmerz in seiner Schulter übermächtig werden und ihm die Sinne rauben konnte, zog er die Pistole unter dem Mantel hervor und erschoß ihn.

An die nächsten zehn Sekunden erinnerte er sich nicht mehr.

Als er wieder halbwegs klar denken konnte, hatte der Panzer den Fuß des Hügels erreicht. Fjodor mußte einen weiteren Schuß abgegeben haben, denn zwei der bunten Zelte waren verschwunden und ein halbes Dutzend anderer stand in Flammen. Aber irgend etwas stimmte nicht.

Es dauerte eine Weile, bis die Erkenntnis in Michails schmerzvernebeltes Bewußtsein vordrang, aber dann begriff er es: Nichts in diesem Dorf rührte sich. Die Zelte brannten lichterloh. Trümmer und glühende Granatsplitter hatten ein Dutzend weitere Behausungen durchlöchert. Es hätte Dutzende, wenn nicht Hunderte Verletzter geben müssen, Schreie, Flüchtende...

Nichts.

Das Dorf war leer.

Es war leer, weil sie...

gewollt hatten, daß Michail den Panzer hier herunterbrachte!

»Idiot!« murmelte Michail. Diesmal galt das Wort ihm selbst. Mit zusammengebissenen Zähnen stemmte er sich in die Höhe und blickte sich um.

Und dann sah er sie.

Die Männer, die den Angriff auf seinen Panzer überlebt hatten (es waren weit mehr, als Michail befürchtet hatte!), waren auf halber Höhe des Hügels stehengeblieben, aber über ihnen, zweihundertfünfzig, vielleicht dreihundert Meter entfernt...

Michail zweifelte einige Sekunden lang ernsthaft an seinem Verstand.

Auf der Kuppe des Hügels waren Reiter erschienen. Hunderte, zwei-, drei-, vielleicht vierhundert pelzvermummte Gestalten, die auf kleinen, struppigen Ponys hockten, Gestalten mit Schilden und Speeren und spitzen, pelzverbrämten Hüten. Und es waren nicht *irgendwelche* Reiter.

Das waren... *Hunnen!* dachte Michail ungläubig. *Unmöglich!* dachte er. *Un-mög-lich!* Er phantasierte! Es konnte keine andere Erklärung geben. Er lag im Lazarett und phantasierte sich das alles zusammen!

Eine der Gestalten oben auf dem Hügel hob plötzlich den Arm, und ein halbes Dutzend Reiter glitt aus den Sätteln. Michail wußte nicht warum, und er wollte es plötzlich auch gar nicht mehr wissen.

So rasch es seine Schulter zuließ, glitt er in den Turm zurück und zog das Luk mit der unverletzten Hand über sich zu. Ein Blick in Fjodors schreckensbleiches Gesicht verriet ihm, daß dieser die Reiter ebenfalls gesehen hatte. Dann wurde Fjodor noch ein bißchen blasser, und er riß erschrocken die Augen auf.

»Ihre Schulter!« keuchte er. »Sie sind ja verletzt!«

»Ein Kratzer«, preßte Michail zwischen zusammengebissenen Zähnen hervor. Rasch ließ er sich an Fjodor vorbei wieder auf seinen Platz hinter dem MG sinken und brüllte den Fahrer an:

»Umdrehen! Los, wenden!« Gleichzeitig ließ er den Turm so herumschwenken, daß er den Hügel im Auge behalten konnte. Leider nicht die Reiter, dazu war der Winkel zu ungünstig.

Aber es verging nicht einmal eine Minute, da wußte Michail, *was* die Männer getan hatten, die aus den Sätteln gestiegen waren.

Der Panzer hatte eine schwerfällige halbe Drehung vollendet, bei der er ein weiteres halbes Dutzend Zelte dem Erdboden gleichgemacht hatte, als etwas in einer gewaltigen Wolke aus Pulverschnee den Hügel hinabgerollt kam.

Es war ein Baumstamm.

Er war anscheinend unterwegs abgelenkt worden, denn er verfehlte den Panzer um fast dreißig Meter und riß eine breite Spur der Zerstörung in das brennende Zeltdorf. Aber es war nur der erste einer ganzen Lawine von Baumstämmen, die polternd und dröhnend den Hang hinuntergerast kam.

»Schneller!« brüllte Michail. *»Gib Gas! Schneller!«* Er war der Panik nahe – nicht ganz zu Unrecht, wie er eine Sekunde später begriff, als das erste der tödlichen Geschosse den Panzer traf. Ein ungeheurer Aufprall ließ den T32 erbeben. Michails Zähne schlugen heftig aufeinander. Sein Mund füllte sich mit Blut. Hochspritzender Schnee nahm ihm die Sicht. Er schrie vor Schmerz und Angst, spuckte abgebrochene Zähne aus und versuchte sich irgendwo festzuklammern, und im gleichen Moment traf ein zweiter, ungleich härterer Schlag den Panzer. Michail spürte, wie die Ketten auf der linken Seite den Kontakt zum Boden verloren und durchdrehten. Für einen entsetzlichen Moment war er fest davon überzeugt, daß der Panzer umkippen würde, dann fiel er mit einem dritten, noch härteren Schlag zurück, und irgendwie brachte der Fahrer sogar das Kunststück fertig, ihn vollends zu drehen und ein kleines Stück den Hang hinaufrollen zu lassen.

Gerade im richtigen Moment, um Michail erkennen zu lassen, wie sich eine zweite Lawine den Hang hinunter in Bewegung setzte.

Diesmal bestand sie nicht aus Bäumen, sondern aus Reitern, die Schwerter, Speere und Bögen schwangen. Ein gellender Schrei aus Hunderten und Aberhunderten von Kehlen drang an Michails Ohr. Diesmal verstand er, was sie schrien. Es war nur ein einziges Wort. Immer und immer wieder:

»Temujin! Temujin! Temujin!«

»Großer Gott«, flüsterte Michail. »Was...« Und plötzlich schrie er: *»Fjodor! Schieß doch, verdammter Idiot!«*

Fjodor feuerte nicht. Die Kanone über Michail blieb stumm, und als er den Kopf in den Nacken warf und nach oben blickte, sah er auch, warum das so war: Fjodor hing reglos und mit blutüberströmtem Gesicht in seinem Sitz. Er hatte sich an seiner eigenen Kanone den Schädel eingeschlagen.

»Fahr«, murmelte Michail. »Los!«

Der Panzer setzte sich in Bewegung, aber er kam nur ein paar Meter weit, ehe die beschädigte Kette auf der linken Seite vollends riß. Das Fahrzeug begann sich auf der Stelle zu drehen und kam zur Ruhe, als der Fahrer die Sinnlosigkeit seiner Bemühungen einsah und den Motor abschaltete. Michail ließ den Turm ein kleines Stück herumschwenken, um die heranstürmende Reiterhorde im Auge zu behalten. Sie hatten die Hälfte des Hügels hinter sich gebracht und schrien noch immer ihren schrillen, monotonen Schlachtruf: »Temujin! Temujin! Temujin!«

»Was tun wir, Genosse?« fragte der Fahrer. Die Ruhe in seiner Stimme überraschte Michail im ersten Moment, bis ihm klar wurde, daß auch er ganz plötzlich keine Angst mehr hatte, sondern eine fast heitere Gelassenheit verspürte.

Er könnte hinauf in den Turm steigen und versuchen, die Kanone selbst abzufeuern, überlegte er. Oder sein MG leerschießen, um wenigstens noch ein paar von ihnen mitzunehmen. Aber er tat nichts von alledem. Er saß einfach da, blickte den heranstürmenden Reitern entgegen und lauschte ihren gellenden, fast schon hysterischen Schreien. *Warum tun sie das?* dachte er. Laut und sehr ruhig sagte er: »Ich fürchte, diese Geschichte nimmt kein gutes Ende, Genosse.«

Er seufzte, schmiegte die Hände um das MG und zog sie wieder zurück, ohne dem Abzug auch nur nahe zu kommen, seufzte noch einmal und fügte nur für sich und in Gedanken hinzu: *Ich hätte bei den Kosaken bleiben sollen, wie mir mein Vater geraten hat.*

Er sollte recht behalten.

Mit beidem.

Washington D.C., Russische Botschaft
Zwei Monate später

Auf den ersten Blick sah alles ganz harmlos aus – der verschwenderische Prunk des in festliches Licht getauchten Botschaftsgebäudes, die überschäumende, fast schon ein wenig aufgesetzt wirkende Fröhlichkeit der durcheinanderredenden, lachenden Menschen in ihren Abendkleidern und Fracks, das Glitzern von dicken Brillantkolliers auf ebenso dicken Frauenhälsen, das Klirren von Glas, dezente Musik, die im Raunen der Menschen fast unterzugehen schien, und die vornehme Eleganz prunkvoller Stilmöbel, die schön gewesen wären, hätte der Bewohner dieser Räumlichkeiten auch nur eine Spur von Geschmack besessen, hier aber ebenso protzig und fehl am Platz wirkten wie die kostbaren Antiquitäten. Dazu die livrierten Diener, die ihre überladenen Tabletts mit der Geschicklichkeit von Artisten durch die Menge jonglierten, ohne auch nur ein einziges Mal irgendwo anzustoßen oder gar ihre Last fallenzulassen...

Alles schien perfekt aufeinander abgestimmt, als wäre dieser Empfang gar kein wirklicher Empfang, dachte Indy, sondern eine Szene aus einem Hollywood-Film, in der ein übergenauer Regisseur des Guten ein wenig zuviel getan hatte. Diese Typen wirkten tatsächlich wie frisch aus dem Wachsfigurenkabinett entsprungen.

Indiana fragte sich, ob das Klischee der *feinen Gesellschaft* nun daher kam, daß diese Leute wirklich so waren – oder ob sie sich so benahmen, weil sie versuchten, möglichst genau dem Bild zu entsprechen, das man sich im allgemeinen von ihnen machte.

Nun ja – solche Überlegungen waren müßig und führten zu

nichts; außer zu einer noch weiteren Verschlechterung seiner ohnehin angeschlagenen Laune. Und das war noch vorsichtig ausgedrückt…

Indiana angelte ein Champagnerglas vom Tablett eines vorbeihastenden Kellners und musterte die dichtgedrängte Menschenmenge, während er an seinem Glas nippte. Der Champagner schmeckte ein bißchen nach Rasierwasser, fand Indiana, versetzt mit einem Schuß Soda, damit es prickelte.

Einen Moment lang fragte er sich, ob all diese Typen hier eigentlich *lebten*, oder ob sie vielleicht tatsächlich nur Abziehbilder waren, auf magische Weise zu einer Art Pseudo-Leben erwacht. Da gab es kleine, dicke Männer mit halbmeterbreiten Schärpen, die trotzdem alle Mühe hatten, ihre Kugelbäuche zu bedecken, andere kleine fette Männer, die sich mit herausgeputzten Wasserstoffsuperoxyd-Schönheiten geziert hatten – hübsche Dinger, die Indiana vielleicht sogar gefallen hätten, hätten sie ein bißchen *lebendiger* ausgesehen. Dezent gekleidete Herren in maßgeschneiderten Cuts, die sich nach Kräften bemühten, durch ihre bloße Anwesenheit den Rest dieser Gesellschaft auszustechen…

Gott, wie er dieses Affentheater haßte.

Er fühlte sich nicht besonders wohl in seiner Haut, aber das lag zu einem Gutteil daran, daß er anläßlich dieses Abends zumindest *äußerlich* in eine Haut geschlüpft war, die ihm noch nie gefallen hatte. Marcus hatte darauf bestanden, daß er einen Frack oder wenigstens einen schwarzen Zweireiher trug, und sie hatten sich nach einer gut zweistündigen Diskussion auf einen Kompromiß geeinigt, der die Form eines schlichten dunkelgrauen Anzuges und einer schlechtsitzenden Fliege hatte – mit dem Ergebnis, daß Indiana nicht nur diese Gesellschaft nicht gefiel, sondern er dieser Gesellschaft auch nicht. Die leicht pikierten Blicke waren ihm ebensowenig entgangen wie das Getuschel hinter vorgehaltenen Händen.

Aber das war nicht alles. Noch lange nicht.

Indiana hatte im Laufe seines manchmal etwas hektischen

Lebens eine Art sechsten Sinn dafür entwickelt, wenn irgend etwas nicht so war, wie es scheinen wollte. Sein Unbehagen lag nicht allein an der steifen Garderobe oder der Tatsache, daß seine Kiefermuskulatur vom ständigen Zurückgrinsen allmählich wehzutun begann. Es lag auch nicht an den stämmigen – wenn auch freundlich dreinblickenden – Hünen, die auffallend unauffällig an den Türen standen und deren Jacketts sich in Achselhöhe verdächtig ausbeulten; dies war ein alltägliches Übel, wenn man in einer *russischen* Botschaft zu Gast war; und in den Botschaften fast aller anderen Nationen auch. Paranoia gehörte heutzutage anscheinend zum guten Ton.

Allerdings mußte er zugeben, daß die Repräsentanten des einzigen wahren Arbeiter- und Bauernstaates dieser Welt ganz besondere Prachtexemplare der Gattung *homo paranoikus* waren. Die Erben des Zarenregimes mochten sich auf die Fahnen geschrieben haben, ihrem erwählten Volk das Paradies auf Erden zu bringen, aber in punkto Verfolgungswahn standen sie ihren Vorgängern wahrscheinlich in nichts nach.

Aber auch das war es nicht.

Etwas stimmte hier nicht.

Mit jeder Sekunde wurde er sich sicherer, daß ihn sein Gefühl nicht trog. Manchmal fing er eine Bewegung aus den Augenwinkeln auf, die ihm ein bißchen zu hektisch wirkte. Blicke, die rasch und verstohlen getauscht wurden, kleine, scheinbar unverfängliche Gesten... Und vor allem das *Gefühl*. Es lag wie eine unsichtbare elektrische Spannung in der Luft. Das Gefühl – nein, schon fast so etwas wie das sichere *Wissen*, daß etwas geschehen würde. Etwas, das auf einem normalen Empfang nicht geschah; nicht einmal in einer russischen Botschaft.

Indy schüttelte den Kopf und nahm einen weiteren Schluck aus dem langstieligen Champagnerglas. Hinter seiner Stirn klingelte eine kleine, schrille Alarmglocke, und er hatte noch nicht die geringste Ahnung, warum. Aber das Schrillen war eindeutig zu laut, um ignoriert zu werden. Indiana hatte ein Leben hinter sich, das abenteuerlicher war, als die meisten seiner

Freunde auch nur ahnten. Und er hätte dieses Leben nicht lange *über*lebt, hätte er nicht frühzeitig gelernt, auf seinen sechsten Sinn für Gefahren zu hören.

Er stellte das Glas auf dem Tablett eines vorüberhuschenden Kellners ab und setzte sich in Bewegung. Er hatte vor, sich auf die Galerie zu begeben, um einen besseren Überblick über den Saal zu gewinnen. Doch schon am Fuße der breiten, mit einem Teppich aus rotem Samt bedeckten Treppenstufen scheiterte er an einer Gestalt, die ihn um zwei Kopflängen und eine Brustbreite übertraf und ein Gesicht hatte, das aussah, als hätte jemand vor nicht allzu langer Zeit versucht, es einer kosmetischen Operation zu unterziehen, dabei aber Skalpell und Schere mit Spitzhacke und Schaufel verwechselt. Vielleicht rasierte sich der Bursche auch mit Hammer und Meißel.

»Sehr traurig, aber nicht zutreten, bitte«, sagte der Hüne im Frack in gebrochenem Englisch und schenkte Indy ein Lächeln, das selbst einen Allan Quatermain in die Flucht geschlagen hätte. Indiana kannte die Art, auf die ihn diese Augen anblickten, nur zu gut. Kalt. Wach. Taxierend. Der Mann brauchte nur einen einzigen Blick, um sein Gegenüber abzuschätzen und in eine der beiden einzigen Kategorien einzuordnen, in denen sein erbsengroßes Gehirn zu denken imstande war: in *mögliche* Gegner und mögliche *gefährliche* Gegner.

Indiana Jones war nicht der Mann, der sich von Äußerlichkeiten wie schaufelgroßen Fäusten oder Muskelsträngen, die fast so dick waren wie seine eigenen Oberarme, einschüchtern ließ.

Er wollte gerade zu einer Entgegnung ansetzen, als er aus den Augenwinkeln heraus eine hinter ihm auftauchende Gestalt bemerkte. Gleichzeitig blitzte es in den Augen des Riesen auf; und es war ein Blick, den Indiana nur zu gut kannte! Er wirbelte herum und duckte sich leicht, auf einen Schlag oder einen anderen Angriff gefaßt.

Eine Zehntelsekunde später wäre er am liebsten in den Parkettboden versunken. Er spürte, wie alle Farbe aus seinem Gesicht wich.

»Wenn ich Ihnen helfen kann, Doktor Jones – Sie sind doch Doktor Henry Jones Junior, richtig?«

»Oh, nennen Sie mich einfach Indiana«, stotterte Indy. Seine Art zu leben und vor allem seine diversen, nicht ungefährlichen Hobbys brachten es mit sich, daß er oft und reichlich Gelegenheit fand, in das berühmte Fettnäpfchen zu treten, manchmal mit beiden Füßen und so tief – wie Marcus einmal scherzhaft bemerkt hatte –, daß er gerade noch weit genug herausschaute, um Handzeichen zu geben. Gewöhnlich machte ihm das nichts aus. Situationen, bei denen andere vor lauter Peinlichkeit im Boden versunken wären, pflegte Indiana Jones mit einem Lächeln oder einer saloppen Bemerkung abzutun.

Normalerweise.

Irgendwie *war* diese Situation nicht normal.

Eine junge Frau stand vor ihm. Recht groß, ausgesprochen hübsch, mit langem, blondem Haar, das sie allerdings hochgesteckt trug, was unpassend streng wirkte. Diesen Eindruck verstärkte noch die russische Uniform, mit der sie ihre aufregenden Körperformen verhüllt hatte. Ohne Zweifel, der hübscheste Soldat, der Indiana Jones je untergekommen war.

Sie sprach mit deutlich hörbarem, russischem Akzent, und wenn es überhaupt etwas an ihr gab, das noch aufregender war als ihr Engelsgesicht oder der Körper einer Venus von Moskau, dann war es ihre Stimme; tief, sinnlich und mit einem Unterton, der etwas in Indiana vibrieren ließ. Er hatte noch nie erlebt, daß ihn eine Frau so verwirrte wie *diese* Frau; einfach weil sie *da* war.

»Gestatten Sie, daß ich mich vorstelle?« Sie deutete eine leichte, wenig feminine Verbeugung an, ließ Indy dabei aber keine Sekunde aus den Augen. Tief in ihrem Blick glaubte er ein Lächeln zu erkennen, das wärmer war als die berufsmäßige Freundlichkeit, die jeder hier zur Schau trug, und das nur ihm allein galt. Aber vielleicht redete er sich das nur ein. Bei einer Frau wie dieser hatte kein Mann eine Chance, der nicht mindestens das Aussehen eines Tyrone Power, den Intelligenzquotienten eines Albert Einstein und das Bankkonto eines Howard Hughes hatte. Dummerweise verfügte Indiana über keines dieser Attribute.

»Mein Name ist Tamara Jaglova, Kommissarin der Vereinigten Sowjet-Republiken. Ich habe Sie schon den ganzen Abend gesucht, Doktor Jones.«

Indy bemerkte sehr wohl, daß ihre gestelzte Sprache eindeutig nicht ihm, sondern dem grinsenden Muskelpaket vor der Treppe galt. So neigte auch er sich leicht vor, griff nach Tamaras Arm und hauchte einen perfekten Handkuß, der einen österreichischen K.u.K-Rittmeister vor Neid hätte erblassen lassen.

Die Gestalt, die dabei neben Tamara auftauchte, nahm er erst richtig zur Kenntnis, als er sich wieder aufrichtete.

Dabei war der Mann im Grunde nicht zu übersehen.

Er bot einen wahrhaft imposanten Anblick; und das nicht einmal wegen seiner Größe. Er war alles andere als ein Zwerg, überragte Indiana aber um kaum mehr als einen Zoll. Seine Schultern waren so breit, daß Indiana sich bequem dahinter hätte verstecken können, und über seinem Leib spannte sich eine blutrote Schärpe, die um zwei Nummern zu klein schien. Aber nur sehr wenig von dem, was von innen gegen die Nähte seiner Jacke drückte und seine Schultern ausbeulte, war überflüssiges Fett. Er bewegte sich auf die nur plump *scheinende* Art eines wirklich starken Mannes. Seine Hände waren breit, mit kurzen Fingern und Schwielen, die verrieten, daß er nicht immer maßgeschneiderte Paradeuniformen getragen und sich auf gebohnertem Parkett bewegt hatte. Die Augen des Mannes waren eiskalt und schienen ihn mehr wie einen potentiellen Meuchelmörder denn wie einen Gast zu mustern. Trotzdem spürte Indiana keine Feindschaft. Vielleicht gehörte sein Gegenüber einfach zu jener Art von Menschen, die prinzipiell in jedem Menschen einen potentiellen Feind sahen.

»Sie werden den Botschafter kennen, Doktor Jones: Seine Exzellenz Graf Dimitri Sverlowsk.«

»Ich hatte bisher nicht das Vergnügen«, entgegnete Indiana, wobei er die Chancen abwog, dem Botschafter die Hand zum Gruß zu reichen, ohne Gefahr zu laufen, daß er sie ihm abriß. Er entschied sich dagegen.

Seine Exzellenz musterte ihn von oben bis unten, und was er sah, schien nicht unbedingt seine Gnade zu finden. »Ich hoffe, Sie amüsieren sich, Doktor Jones«, sagte er schließlich. Seine Stimme klang so hart, wie sein Gesicht aussah. Vielleicht gurgelte er jeden Morgen mit einem Glas Schwefelsäure, abgeschmeckt mit kleingebrochenen Rasierklingen. »Ich hörte schon von Ihren Erfolgen im Bereich der Archäologie. Mein Land ist sehr ergiebig, was Funde der Vergangenheit angeht.«

Er machte eine bedeutungsvolle Pause und fuhr dann eine Spur schärfer fort: »Man sagt, Sie wären so etwas wie *der* Spezialist auf der Welt, wenn es darum geht, verborgene Schätze zu finden?«

»Sagt man das?« Das Klingeln der Alarmglocke zwischen Indys Schläfen wurde zu einem schrillen Geheul. Sverlowsk stellte diese Frage nicht zufällig oder nur, um Konversation zu machen. Und er war kein besonders guter Schauspieler.

Sverlowsk nickte. »Ja. Böse Zungen behaupten sogar, Sie wären so eine Art moderner Grabräuber.«

Er lächelte ein Lächeln, bei dem es einer Kobra gegruselt hätte, und fuhr fort: »Aber das sind sicher nur die üblichen Verleumdungen, unter denen jeder zu leiden hat. Eine unschöne Begleiterscheinung, wenn man im Rampenlicht steht. Mit dem Erfolg kommen die Neider.«

Er angelte ein Glas vom Tablett eines vorübereilenden Kellners, leerte es in einem Zug und stellte es zurück, noch bevor der Lakai außer Reichweite gekommen war; und das alles, ohne Indiana auch nur einen Sekundenbruchteil aus den Augen zu lassen.

»Wie gesagt – auch meine Heimat ist reich an Schätzen aus unserer glorreichen Vergangenheit. Und manchmal bleiben diese Kunstschätze sogar in *unseren* Museen, Doktor Jones. Wo sie ohne Zweifel besser aufgehoben sind als im Westen, nicht wahr?«

Es kam so gut wie niemals vor, daß Indiana Jones verlegen wurde. »Ich stimme Ihnen zu, Herr Botschafter. Bei Gelegenheit würde ich mich freuen, das ›Archäologische Museum‹ in Moskau zu besuchen. Wie ich hörte, wurde im letzten Monat ein neuer Flügel speziell für westliche Funde angebaut?«

Mit einer bedauernden Geste brach der Botschafter das eben erst begonnene Gespräch ab.

»Wenn Sie mich jetzt entschuldigen möchten – als Gastgeber warten einige Verpflichtungen auf mich. Doktor Jones...« Sverlowsk drehte sich brüsk um und eilte gemessenen Schrittes davon. Aber Indiana entging keineswegs das leise, ärgerliche Zucken seiner Hände und die etwas zu wuchtigen Schritte.

Trotzdem wäre er nicht der Mann gewesen, der er war, hätte er sich nicht wenigstens äußerlich perfekt im Griff gehabt. Schon nach wenigen Schritten riß er theatralisch die Arme hoch und steuerte auf einen dürren Mann zu, der soeben seinen Mantel ablegte und beim Anblick des Botschafters in höchste Verzückung zu geraten schien. Indiana hatte Mühe, nicht mit einem Seufzen die Augen zu verdrehen, und wandte sich wieder erfreulicheren Dingen zu, wie zum Beispiel dem Anblick von Tamara Jaglova. Er hatte erwartet, sie verärgert oder zumindest angespannt zu sehen. Immerhin hatte Indiana soeben nicht nur den Gastgeber dieses Abends, sondern auch ihren unmittelbaren Vorgesetzten beleidigt; und russische Offiziere waren dafür bekannt, Niederlagen auf dem Schlachtfeld durch ausgiebiges Herumtrampeln auf ihren Untergebenen wettzumachen. Aber in diesem Punkt unterschieden sie sich wahrscheinlich kaum von ihren Kollegen in allen anderen Armeen der Welt...

Tamara wirkte völlig gelöst, fast sogar ein wenig amüsiert. Und auf ihren Lippen lag tatsächlich ein warmes Lächeln, das Indy mit dieser unerquicklichen Episode versöhnte, ihn aber auch gleichzeitig noch mehr verwirrte.

»Es tut mir leid«, sagte sie entschuldigend. »Der Botschafter ist ein Mann mit... nun, etwas verstaubten Ansichten. Archäologie ist für ihn ein Buch mit sieben Siegeln.«

»Warum spricht er dann darüber?« fragte Indiana.

Tamara lächelte noch fröhlicher. »Seit wann sprechen Politiker über Dinge, von denen sie etwas verstehen?«

»Beziehungsweise«, fügte Indiana hinzu, »wovon verstehen sie überhaupt etwas?«

Sie lachten beide, und Tamara warf Sverlowsk einen langen, kopfschüttelnden Blick nach, ehe sie mit einem angedeuteten Achselzucken fortfuhr. »Er ist sehr stolz auf unsere Vergangenheit.«

»Ich dachte, alles, was mit dem Zarenreich zusammenhängt, wäre prinzipiell schlecht«, sagte Indiana.

Das spöttische Glitzern in Tamaras Augen verstärkte sich. »Natürlich«, antwortete sie gelassen. »Aber es waren ja auch nicht der Zarewitsch oder seine Familie, die all die großen Kunstwerke unserer Vergangenheit geschaffen haben. Es waren... wie sagt man bei Ihnen? Ach ja – kleine Leute. Ausgebeutete Arbeiter und unterdrückte Künstler. Ein Kunstwerk verliert nicht an Wert oder Qualität, nur weil ein Tyrann den Künstler dazu gepreßt hat, es zu erschaffen, nicht wahr?«

Indiana blinzelte. Er war nicht ganz sicher, ob er verstand, was Tamara meinte. Irgendwie wurde er das Gefühl nicht los, daß sie mit ihm spielte. Aber wenn, dann war es ein Spiel, das ihm durchaus gefiel.

»Der Botschafter ist auf jeden Fall sehr stolz auf alles, was aus der Erde unseres großen Heimatlandes kommt«, fuhr Tamara fort. »Schätze, die den anderen Staaten mit stolzgeschwellter Brust vorgeführt werden wie...«

»– eine Truppenparade?« schlug Indiana vor. Die Worte rutschten ihm gegen seinen Willen heraus, aber Tamara schien kein bißchen beleidigt. Eine Sekunde lang blickte sie ihn irritiert an, dann lachte sie.

»Sie sind nicht dieser Meinung«, stellte Indiana fest.

»Aber nein.« Sie lachte wieder leise. »Ich fürchte, Sie haben durch diese... Staffage einen ganz falschen Eindruck von mir bekommen, Doktor Jones –«

»Indiana.«

»Indiana – gut. Dann für Sie aber auch Tamara.« Sie winkte einem der emsig herumeilenden Kellner und nahm zwei Gläser von dessen Tablett. »Trinken wir darauf.«

Sie stießen an. Indiana leerte sein Glas und versuchte dabei, nicht fortwährend Tamara anzustarren. Es kam selten vor, daß ihn eine Frau aus der Fassung brachte – aber Tamara war es gelungen. Er fragte sich, was mit ihm los war.

»Sie müssen wissen, daß wir Kollegen sind, Indiana«, fuhr Tamara fort, gerade als das Schweigen peinlich zu werden drohte. »In gewisser Weise jedenfalls. Ich habe Archäologie studiert. Aber da ich in offiziellem Auftrag hier bin...« Sie deutete auf ihre Uniform. »Ich kann Ihnen sagen, daß ich mich in dieser Kleidung nicht sehr wohl fühle«, raunte sie ihm zu.

Indiana schmunzelte. »Da geht es mir ähnlich.«

»Ihnen gefällt meine Uniform auch nicht?« fragte Tamara mit perfekt geschauspielerter Überraschung. Dann lächelte sie verschmitzt. »Ich hoffe, Sie verlangen jetzt nicht von mir, daß ich sie ausziehe, vor all diesen Leuten.«

Indiana starrte sie eine Sekunde lang perplex an, ehe er das spöttische Glitzern in ihren Augen bemerkte. Er empfand eine Mischung aus leichter Verärgerung und Zorn, als er spürte, wie ihm das Blut ins Gesicht schoß. Tamara hatte es tatsächlich fertiggebracht, ihn in Verlegenheit zu bringen. Und das kam nun wirklich selten vor. Er gab einen unechten Räusper von sich. »Sie machen mich neugierig, Tamara. Um was für einen Auftrag handelt es sich?«

Sie blickte sich kurz um und fixierte einen Punkt hinter Indys Rücken. Er drehte den Kopf und blickte geradewegs in das verheerend grinsende Gesicht des Muskelmannes am Fuße der Treppe. Der Kerl brachte es sogar fertig, drohend dreinzublikken, wenn er wirklich *nett* zu sein versuchte.

»Wechseln wir lieber die Räumlickeiten«, wandte Tamara ein. »Die Sache ist zu bedeutend, als daß wir offen –«

Indiana nickte. Das hieß – er *wollte* es. Aber da war wieder dieses Gefühl drohender Gefahr, das ihn warnte. Irgend etwas geschah – *jetzt*!

»Kommen Sie, Tamara.« Er nahm sie bei der Schulter und drängte sie zum Ausgang, wobei er ihren verwirrten Blick ebenso ignorierte wie die instinktive Bewegung, mit der sie den Arm hob und seine Hand abzustreifen versuchte. »Fragen Sie nicht, vertrauen Sie mir einfach. Ich weiß selbst nicht genau, was –«

Weiter kam er nicht.

Vor dem Portal entstand Tumult. Jemand begann mit erhobener, befehlsgewohnter Stimme zu reden, um abrupt wieder zu verstummen. Dann tauchten Gestalten im Eingang auf. Sie waren ganz in Schwarz gekleidet, und Indy glaubte Abzeichen auf den Westen zu erkennen, ohne sie identifizieren zu können. Was er jedoch deutlich sah, das waren die Maschinenpistolen, die die Männer in den Händen hielten.

Indy reagierte blitzschnell. Zwei Schritte zur Linken war eine Tür. Er war mit einem Sprung dort, drückte die Klinke herunter. Unverschlossen – gut! Der Raum dahinter war dunkel. Durch ein großes Panoramafenster konnte man in den Park hinausblicken, der sich an das Botschaftsgebäude anschloß. Eine von Scheinwerfern beleuchtete steinerne Jagdgöttin erhob sich dort aus den Wasserkaskaden eines reichlich geschmacklosen Springbrunnens, dahinter bewegten sich Schatten, die alles oder nichts bedeuten konnten. Auch hier im Raum waren Schatten, aber Indiana identifizierte sie ganz instinktiv als ungefährlich. Alle seine Sinne liefen auf Hochtouren. Er dachte kaum noch, sondern reagierte rein intuitiv. Indy drängte Tamara in den Raum, schlüpfte selbst hinterher und schob die Tür hinter sich zu. Alles war so schnell gegangen, daß Tamara gar nicht richtig begriffen zu haben schien, was überhaupt geschah. Sie riß sich von ihm los, machte aber nur einen halben Schritt, ehe sie wieder stehenblieb und sich verwirrt zu ihm herumdrehte.

»Indiana, was...?«

Indiana legte hastig den Finger auf die Lippen. »Still! Ich muß hören, was die Typen vorhaben. Öffnen Sie ein Fenster und halten Sie sich bereit. Möglich, daß wir schnell verschwinden müssen.«

»Aber –«

»Schhhht!« Indiana schob die Tür wieder einen Spalt auf und lugte hinaus.

In den wenigen Augenblicken, seit die Schwarzgekleideten den Saal betreten hatten, hatte sich die Abendgesellschaft in heilloses Chaos aufgelöst. Menschen schrien und rannten durcheinander, das Orchester hatte aufgehört zu spielen, und den Kellnern fielen nun *doch* die Gläser von ihren Tabletts. Alles lief in Panik durcheinander, mit Ausnahme einer dicken Frau, die offensichtlich so betrunken war, daß sie gar nicht mehr mitbekam, was geschah, denn sie bewegte sich schwankend am kalten Buffet entlang und versuchte, im hochgehaltenen Saum ihres Kleides von den Köstlichkeiten zu retten, was zu retten war. Der Anblick war so bizarr, daß Indiana eine geschlagene Sekunde darauf verschwendete, die Frau anzustarren, ehe er sich wieder auf den *Grund* des allgemeinen Chaos besann. Die Schwarzgekleideten hatten sich im Raum verteilt und schienen die Anwesenden zum Ausgang zu treiben, aber sie machten nicht von den Kalaschnikows Gebrauch. *Noch* nicht. Eine Gruppe von fünf, sechs Mann kam geradewegs auf die Tür zu.

Mit einem leisen Fluch drückte Indy sie ins Schloß und suchte vergeblich nach einem Schlüssel. Als er sich umwandte, stand Tamara noch immer hinter ihm, eine schwarze Ledermappe in den Händen.

»Doktor Jones!« begann sie, wurde aber sofort von Indiana unterbrochen.

»Still! Ich fürchte, sie kommen her! Wenn sie uns hören, ist es aus.« Er sah sich suchend im Raum um und deutete schließlich auf den schwarzen Schlagschatten neben der Tür.

»Dorthin!« sagte er gehetzt. »Schnell!«

Tamara rührte sich nicht.

»Verdammt!« sagte Indiana, einer Verzweiflung nahe. »Verstecken Sie sich, ehe sie hier sind!«

Tamara seufzte und blickte auf ihre Mappe, und Indiana sah ein, daß es wahrscheinlich schneller ging, wenn er ihr den Gefallen tat. »Was ist das?« fragte er resignierend.

»Meine Unterlagen. Das hier ist das Zimmer, in dem wir uns besprechen wollten. Ich –«

Ein lautes Poltern an der Tür unterbrach sie. Indiana fluchte, stemmte sich mit der Schulter gegen die Tür und suchte nach festem Stand. Eine Sekunde später traf ein heftiger Schlag die Tür, sprengte sie auf und ließ Indiana haltlos zurücktaumeln. Tamara griff rasch zu und fing seinen Sturz auf.

Indiana Jones wirbelte herum und verpaßte dem Schatten, der plötzlich hinter ihm stand, einen kräftigen Tritt an eine Stelle, an der auch Männer in Uniformen und mit Maschinenpistolen ganz besonders empfindlich sind. Der Mann krümmte sich, und Indiana packte die Tür und warf sie mit aller Kraft zu. Sie krachte ins Gesicht des Burschen und flog vibrierend wieder auf, so daß Indiana sehen konnte, wie der Angreifer mit ausgebreiteten Armen gegen seine Begleiter prallte und sie mit sich zu Boden riß. Mit einem zweiten Tritt schloß Indy die Tür wieder, sprang zur Seite und riß Tamara mit sich; nur für den Fall, daß die Burschen dort draußen vielleicht doch noch auf den Gedanken kamen, ihre Kalaschnikows zu benutzen.

»Los, zum Fenster!«

»Nein!« Tamara löste sich energisch aus seinem Griff. »Verdammt, Indiana, hören Sie mir doch zu! Das sind –«

»Später!« keuchte Indiana und stieß sie weiter auf das Fenster zu. »Wir müssen raus hier!«

Tamara riß sich mit einem Ruck von ihm los, so daß Indiana ins Stolpern kam und um ein Haar schon wieder gestürzt wäre.

»Aber das sind *unsere* Männer!«

Indiana blieb abrupt stehen.

»Das sind… *was*?«

Sie funkelte ihn an, während Indy mit einem hastigen Schritt sein Gleichgewicht wiederfand. Ihre Augen sprühten zornige Blitze. »Ich kenne die Abzeichen. Diese Männer sind Angehörige des Sowjetischen Geheimdienstes. Eine Spezialeinheit, die eigens zum Schutz hochrangiger Offiziere aufgestellt wurde. Ich weiß zwar nicht, was sie hier wollen, aber –«

Wieder wurde die Tür aufgerissen. Der Mann, der darin erschien, war derjenige, den Indiana niedergeschlagen hatte. Er war bleich und zitterte am ganzen Leib, und aus seiner Nase floß Blut. Indiana registrierte erleichtert, daß die MP lose an ihrem Lederriemen über seiner Schulter hing und seine Hände leer waren.

Aber seine Erleichterung hielt sich in Grenzen, als er sah, wie *groß* die geballten Fäuste des Russen waren. Indiana hob beschwichtigend die Hände. »Ganz ruhig, Towarisch. Ein Mißver-*umpf*…«

Die Faust seines Gegenübers erstickte sowohl die zweite Hälfte des Wortes als auch Indianas letzte Hoffnung, bei seinem Gegenüber auf so etwas wie Verständnis oder gar Nachsicht zu stoßen.

Er taumelte zurück, riß die Hände schützend vor das Gesicht und erinnerte sich einen Sekundenbruchteil zu spät daran, daß der Rest seines Körpers nicht aus Beton bestand. Die Fäuste des Soldaten hämmerten in seinen Magen, seine Rippen und seine Herzgrube, so schnell, gezielt und hart, daß Indiana schon nach dem ersten Hieb begriff, daß er einem Mann gegenüberstand, der *gelernt* hatte, seine Fäuste einzusetzen.

Er wankte rückwärts, blockte mehr durch Glück als Können einen weiteren Hieb ab – allerdings nur, um sofort in das hochgerissene Knie des Russen zu laufen. Bunte Sterne explodierten vor seinen Augen. Mit einem fast komisch klingenden Schmerzlaut brach Indiana in die Knie, und noch bevor Kommissarin Jaglova eingreifen konnte, warf sich der Soldat auf ihn und kugelte mit ihm über den Teppich.

Indiana wehrte sich so gut er konnte, aber der Russe war ihm hoffnungslos überlegen, und Wut und Schmerz gaben ihm noch zusätzliche Kraft. Er hörte Tamara irgend etwas schrill und auf russisch rufen, aber sein Gegner schien seiner Muttersprache plötzlich nicht mehr mächtig zu sein, denn er schlug und drosch weiter auf Indiana ein, und er hätte wahrscheinlich noch lange nicht damit aufgehört, wäre da nicht plötzlich eine zweite, sehr viel schärfere Stimme gewesen, die etwas von der Tür her schrie.

Zwar verstand Indiana die russischen Worte nicht, aber sie waren ohnehin für den Angreifer bestimmt. Der Mann stieß Indy mit einem letzten Schnauben zurück und sprang wieder auf die Beine. Indiana wollte es ihm nachmachen, knickte aber sofort wieder ein. Er fiel nach vorn, prallte mit dem Gesicht auf einen dicken Teppich, der seinem Sturz sehr viel weniger von seiner Wucht nahm, als ihm recht war, und wälzte sich mühsam auf den Rücken.

Ein schlanker, sehniger Russe mit kurzgeschorenem Haar stand breitbeinig über ihm. Einen Moment lang blickte er mit fast wissenschaftlichem Interesse – und sehr wenig Mitleid – auf ihn herab, dann murmelte er ein einzelnes Wort in seiner Muttersprache, reichte Indy die Hand und zog ihn hoch. Sein Griff war so fest, daß Indianas Hand hörbar knirschte. Er verbiß sich den Schmerz und ließ sich von dem Russen auf die Beine helfen, während dieser einige rasche Worte mit Tamara wechselte.

Indiana wischte sich mit dem Handrücken über die aufgeplatzte Lippe. Er wußte, daß es zu ernsten diplomatischen Verwicklungen kommen konnte, wenn man ihm sein Handeln als Angriff auf sowjetische Armeeangehörige anlastete. Ganz gleich, warum er es getan hatte. Marcus würde toben, wenn er hörte, was hier geschehen war.

Aber sein Gegenüber schien nicht nachtragend zu sein. Dazu

hatte er auch gar keine Zeit, wie Indiana an seinem leicht gehetzt wirkenden Blick erkannte.

»Doktor Jones?« richtete der Russe das Wort an ihn. »Keine Zeit für lange Erklärungen. Sie und Kommissarin Jaglova müssen das Gebäude schnellstens verlassen.«

»Was ist geschehen?« Tamara trat mit einem raschen Schritt zwischen Indiana und den Russen. Fast beiläufig registrierte Indiana, daß sie die Frage in *englisch* gestellt hatte, was in dieser Situation eigentlich ungewöhnlich war; zumal sie sich eine Sekunde zuvor noch mit dem Mann in ihrer Muttersprache unterhalten hatte.

Der Russe salutierte knapp. »Eine Bombendrohung, Genossin Kommissar«, erklärte er nun doch. »Wir erfuhren vor Minuten erst von einem geplanten Attentat auf Sie.«

»Ein *Attentat*?« Tamaras Augenbrauen rutschten ein Stück nach oben. »Genosse Sverlowsk hat keine Feinde hier, und –« Sie stockte. Ein verblüffter Ausdruck breitete sich auf ihren Zügen aus. »Sagten Sie – auf *mich*? Aber das ist doch Unsinn! Ich meine... wer sollte mir etwas tun wollen?« Sie lachte, aber es klang ein bißchen zu gekünstelt, um ihren Schrecken ganz zu verbergen.

»Vielleicht nicht Ihnen«, sagte Indiana. Tamara drehte sich mit einem Ruck zu ihm herum, und Indiana deutete mit einer Kopfbewegung auf die schmale Aktenmappe, die sie noch immer unter dem Arm trug, und fuhr fort: »Ich weiß zwar immer noch nicht, warum Sie mich zu diesem kleinen Tête-à-tête hierhergebracht haben, Tamara – aber könnte es etwas damit zu tun haben?«

Tamara wurde ein bißchen blaß, aber der junge Soldat nickte heftig. »Das könnte sein, Dr. Jones. Ein Grund mehr, daß Sie dieses Gebäude so schnell wie möglich verlassen. Wenn ein Anschlag auf Sie geplant ist, Genossin Jaglova, dann befindet sich diese Bombe mit hoher Wahrscheinlichkeit –«

»– genau hier«, führte Indiana den Satz zu Ende. »In diesem Raum.«

Tamara starrte ihn aus aufgerissenen Augen an, aber Indiana ließ sie nicht zu Wort kommen, sondern fuhr ohne Unterbrechung und in einem Ton, den der russische Soldat sofort verstand, fort. »Okay, Towarisch, hör zu: Schaff Tamara hier raus. Und ich sorge dafür, daß die Leute von der Tür weggehen.«

»He!« protestierte Tamara, aber Indy ignorierte sie einfach.

»Schnell. Und möglichst unauffällig. Das letzte, was wir jetzt brauchen können, ist eine Panik.«

Der junge Soldat nickte knapp. Er hatte Indianas Worte nicht nur verstanden. Indy hatte auch einen *Ton* angeschlagen, den er kannte. Wenn es etwas gab, das russische Soldaten gelernt hatten, dann war es *gehorchen*. Und in Indianas Stimme war von einer Sekunde auf die andere eine ruhige, überlegte Autorität, die nicht nur ihn, sondern auch Tamara zu beeindrucken schien, denn sie sah ihn eine Sekunde lang verblüfft an. Aber wirklich nur eine Sekunde.

»Wenn ich vielleicht auch einmal etwas –« begann Tamara, um diesmal von ihrem eigenen Landsmann unterbrochen zu werden.

»Wir haben einen Bombenspezialisten in unserer Truppe, Dr. Jones. Ich werde ihn herschicken.«

»Tun Sie das«, sagte Indiana. »Aber schnell.«

Tamara setzte zum dritten Mal dazu an, etwas zu sagen, aber Indiana ergriff sie am Arm, öffnete mit der anderen Hand die Tür und schob Tamara und den jungen Soldaten einfach aus dem Zimmer. Er registrierte mit Sorge, daß die Evakuierung des Ballsaales noch keine sichtbaren Fortschritte gemacht hatte. Noch immer hielten sich Hunderte von Menschen dort draußen auf. Verdammt, hätte er es nicht besser gewußt, dann hätte er geschworen, daß es *mehr* geworden waren statt weniger!

Er schloß die Tür und sah sich mit klopfendem Herzen um. Der Raum war riesig, aber fast leer. Es gab einen wuchtigen Kamin aus Marmor und Eichenholz und einen gewaltigen Tisch mit gut drei Dutzend Stühlen, in der gegenüberliegenden Wand eine Reihe deckenhoher, eingebauter Regale voller kostbarer

Bücher und einen kleinen Servierwagen voller Gläser und Flaschen gleich neben der Tür. Das war alles.

Indiana Jones war nicht sehr geübt darin, sich in die Denkweise von Attentätern hineinzuversetzen, aber er besaß einen gesunden Menschenverstand, und der sagte ihm, daß es nur eine einzige Stelle in diesem Raum gab, an dem man sinnvoll eine Bombe verstecken konnte: den Tisch.

Behutsam ging er in die Hocke, streckte sich dann ganz auf dem Boden aus und schob sich auf dem Rücken liegend unter das Möbel.

Er kam fast genau unter dem flachen, mit Klebeband befestigten Paket zu liegen, das unter der zolldicken Eichenplatte des Tisches angebracht war. Mit fliegender Hast löste er eines der Bänder, zwängte die Finger darunter und spannte die Muskeln, um es mit einem Ruck völlig abzureißen.

»An deiner Stelle würde ich das nicht tun«, sagte eine Stimme.

Indiana erstarrte mitten in der Bewegung, dann wandte er vorsichtig den Kopf. Tamara kniete neben dem Tisch und blickte stirnrunzelnd auf das Päckchen über seinem Gesicht.

»Was tust du hier?« fragte er erschrocken, wie sie ganz automatisch zum vertrauten ›Du‹ überwechselnd. In einer Situation, in der sie vielleicht gemeinsam zur Hölle fahren würden – oder wohin immer sich eine atheistische Russin in einem solchen Fall begab –, erschien ihm das nur angemessen.

»Wenn du noch ein bißchen fester an dem Klebestreifen ziehst, wirst du die Antwort auf diese Frage vermutlich nie mehr hören«, antwortete Tamara.

Indiana spürte, wie jedes bißchen Farbe aus seinem Gesicht wich. Langsam, Millimeter für Millimeter, zog er die Finger wieder zurück. »Bist du... sicher?«

»Nein«, antwortete Tamara. »Aber wenn *ich* diese Bombe gebaut hätte, dann hätte ich dafür gesorgt, daß niemand einfach so nachsehen kann, was wohl in diesem Paket ist. Rühr dich nicht vom Fleck.«

Sie ließ sich ebenfalls zu Boden sinken und glitt neben ihn. Für ein paar Sekunden blickte sie das unscheinbare Päckchen nachdenklich an und zog dann eine Haarnadel hinter ihrem Nacken hervor. Verblüfft beobachtete Indiana, wie sie mit ihrer Hilfe das Klebeband weiter löste.

Ein kleines Zifferblatt wurde sichtbar. Der einzige Zeiger stand auf acht Uhr. Dann sah er eine dünne Schlaufe aus Kupferdraht, die mit einer ordinären Heftzwecke an der Unterseite des Tisches befestigt war.

Tamara nickte, und Indiana glaubte, fast so etwas wie grimmige Befriedigung auf ihrem Gesicht zu erkennen. »Siehst du?« fragte sie.

»Nein«, antwortete Indiana. »Was... meinst du?«

Tamara fuhr sich nervös mit der Zungenspitze über die Lippen, während sie mit der freien Hand auf den Kupferdraht und die Heftzwecke deutete.

»Eine unvorsichtige Bewegung, und *BUMM!*«

»Bist du... sicher?« fragte Indiana. Er hatte das Gefühl, daß das wahrscheinlich eine reichlich überflüssige Frage war, und Tamaras Blick sagte dasselbe. Ein Ausdruck leiser Verärgerung huschte über ihre Züge. »Nein«, sagte sie. »Es kann auch *PENG!* machen.«

»Wieso kennst du dich so gut damit aus?« fragte er stockend.

»Weil das Herstellen von Höllenmaschinen zur Grundausbildung sowjetischer Diplomaten gehört«, antwortete Tamara ärgerlich. Gleich darauf entschuldigte sie sich mit einem Lächeln für ihren Ton und setzte neu an:

»Das war es ja, was ich dir die ganze Zeit über sagen wollte. Ich war Sprengstoffspezialist in der Roten Armee, ehe ich zum Diplomatischen Corps versetzt wurde. Und jetzt halt den Mund und hilf mir. Drück mit dem Finger drauf. Aber nicht zu fest.«

Indiana tat, was sie von ihm verlangte. Sein Herz jagte. Und seine Finger zitterten heftiger, als ihm lieb war.

Aber auch Tamaras Ruhe war nur äußerlich, das spürte er. Ihr

Atem ging schnell, und auf ihrer Stirn perlte kalter Schweiß. Trotzdem bewegten sich ihre Finger mit der Sicherheit und Präzision eines Chirurgen, während sie den Sprengsatz von seinem Klebeband befreite und dann unendlich behutsam das Ende der Kupferschlaufe löste.

»Jetzt kommt der gefährlichste Moment«, sagte sie. »Halt ganz still.«

»Ich erstarre zur Salzsäule«, preßte Indiana hervor. Nach einer winzigen Pause fügte er hinzu: »Du hast doch Erfahrung mit dieser Art von Bomben? Ich meine, du hast so etwas schon einmal gemacht?«

»Nein«, antwortete Tamara.

Indy starrte sie an. »Aber du hast diese Dinger schon gesehen«, fügte er in einem Ton hinzu, der fast flehend klang. »Nicht wahr?«

»Sicher«, antwortete Tamara.

Indiana atmete erleichtert auf, und Tamara schloß die Augen, atmete hörbar ein und sagte: »Vor ungefähr zwei Minuten das erste Mal.« Dann zog sie mit einem Ruck die beiden Drahtenden aus der Bombe.

Indiana hatte das Ende bereits vor Augen. Aber der grelle Blitz und das Krachen der Explosion, auf das er wartete, kamen nicht. Alles, was er hörte, war das leise, gleichmäßige Ticken des Zeitzünders.

»Sei vorsichtig damit«, sagte Tamara. »Sie ist immer noch scharf.«

»Ich denke, du hast –«

»– den Zünder entfernt, richtig«, fiel ihm Tamara ins Wort. Ihre Stimme klang leise, gehetzt. Das Netz aus Schweißperlen auf ihrer Stirn war dichter geworden. »Aber nur den, der das Ding mit der Tischplatte verband. An den Hauptzünder komme ich nicht heran. Wer immer diese Bombe gebaut hat, versteht sein Handwerk.«

»Oh«, sagte Indiana.

»Sei froh«, sagte Tamara. »Wenn es nämlich ein Stümper

war, dann explodiert das Ding möglicherweise zu früh.« Sie lächelte nervös, fuhr sich abermals mit der Zungenspitze über die Lippen und begann, das Päckchen mit spitzen Fingern vollends aus seinem Halt zu lösen. »Hilf mir«, sagte sie. »Und sei bloß vorsichtig. Nur keine Erschütterungen.«

Auf dem Rücken liegend schoben sie sich Millimeter für Millimeter unter dem Tisch hervor, das Bombenpaket an ausgestreckten Armen und mit allen vier Händen zugleich haltend. Indianas Puls raste, und für einen Moment bildete er sich fast ein, daß allein das dumpfe Hämmern seines Herzens ausreichen mußte, die Bombe zur Explosion zu bringen.

Was natürlich nicht geschah. Nach einer Ewigkeit richteten sie sich – im Zeitlupentempo und halb gegeneinander gestützt – neben dem Tisch auf. Indiana legte das Paket vollends in Tamaras Hände und atmete erleichtert aus.

»Das wäre geschafft«, sagte er.

Tamara schüttelte den Kopf. Sie wirkte kein bißchen erleichtert. »Leider noch nicht«, sagte sie gepreßt. Sie deutete mit einer Kopfbewegung auf das Päckchen in ihren Händen. »Das Ding hat noch einen Zeitzünder.«

»Worauf steht er?«

»Acht Uhr«, antwortete Tamara.

»Und wie spät ist es jetzt?«

Tamara antwortete nicht – ganz einfach, weil in diesem Moment die große Standuhr draußen in der Halle damit begann, die achte Stunde zu schlagen...

Tamara erbleichte, und Indiana fuhr auf der Stelle herum, riß ihr das Päckchen aus der Hand und wirbelte zu dem großen Panoramafenster herum.

Er machte sich nicht die Mühe, es zu öffnen, sondern holte mit aller Kraft aus, schleuderte das Päckchen von sich und nutzte den restlichen Schwung seiner Bewegung, sich mit weit ausgebreiteten Armen auf Tamara zu werfen und sie mit sich zu Boden zu reißen. Mit einem ohrenbetäubenden Klirren flog der Sprengsatz durch das zerberstende Fenster.

Aber das Glas wäre ohnehin nicht heil geblieben.

Eine gewaltige Explosion ließ das Gebäude in seinen Grundfesten erbeben. Ein Blitz tauchte den Raum in taghelles Licht. Glassplitter, vermischt mit Kies und Erde, regneten nieder oder bohrten sich wie tödliche Geschosse in Wände, Decke und Boden. Indiana preßte sich schützend gegen Tamara und öffnete den Mund, um die Druckwelle auszugleichen. Etwas zerschlitzte seinen Anzug und hinterließ eine brennende Schmerzlinie auf seinem Rücken, und draußen im Saal verwandelte sich das aufgeregte Murmeln der Menge in einen Chor gellender Schreie.

Dann war es vorbei.

Der Regen aus Glassplittern und Trümmern hörte auf, und für einen winzigen Moment schien eine vollkommene Stille über dem Gebäude zu lasten.

»Ich glaube, das war es, Dr. Jones«, sagte Tamara. In ihrer Stimme ein halb verärgerter, halb spöttischer Unterton. »Sie können jetzt von mir heruntersteigen, Dr. Jones.«

Hastig richtete sich Indiana auf, lächelte verlegen und sah leicht benommen durch die zerborstene Tür in den angrenzenden Saal.

Auch dort herrschte ein heilloses Durcheinander. Wer nicht von der Druckwelle oder der Erschütterung von den Füßen gerissen worden war, irrte kopflos umher und tat sein Bestes, um das Tohuwabohu noch zu verstärken.

Schließlich drängte sich eine Abteilung russischer Soldaten herein, angeführt von der imposanten Erscheinung des Botschafters.

Indiana klopfte Glas und Dreck von seiner lädierten Jacke. Ein Blick nach draußen zeigte ihm, daß vom Park nicht viel übriggeblieben war. Wo sich der Diana-Brunnen befunden hatte, gähnte jetzt ein gut drei Yards tiefes Loch, aus dem sich Rauch emporkräuselte. Es roch durchdringend nach Schwarzpulver. Ein paar kleinere Büsche hatten Feuer gefangen.

Aus den Augenwinkeln heraus registrierte Indiana die fassungslose Miene des Botschafters, als dessen Blick dem seinen folgte.

»Nun, Exzellenz«, meinte Indiana und rückte seine Fliege gerade. »Sie sind hoffentlich meiner Meinung, daß *dieser* Brunnen nicht der Inbegriff sowjetischer Kunst war, oder? Seien Sie dankbar, daß ich ihn entfernt habe.«

Sverlowsk starrte ihn aus hervorquellenden Augen an und schnappte nach Luft wie ein Fisch auf dem Trockenen, und Tamara hatte es plötzlich sehr eilig, Indiana beim Arm zu ergreifen und mit schon etwas mehr als *sanfter* Gewalt aus dem verwüsteten Raum zu zerren...

»Meine Mission«, sagte Tamara Jaglova zögernd, »ist... nun, sagen wir, etwas heikel.«

»Aha.« Indiana Jones lehnte sich in den mit rotem Samt bezogenen Sessel zurück und streckte die Beine aus. Sein Rücken hatte die Explosion nicht ohne Blessuren überstanden, und eigentlich hätte Indy sich jetzt mehr nach einem heißen Bad als nach einer Unterredung gesehnt. Andererseits platzte er vor Neugierde aus allen Nähten. So naiv, im Ernst anzunehmen, daß das Bombenattentat und der Inhalt von Tamaras Aktenmappe *nichts* miteinander zu tun hatten, konnte man gar nicht sein.

Sie hatten sich in den zweiten Stock des Botschaftsgebäudes zurückgezogen, während unten die letzten Gäste des so abrupt beendeten Empfangs verabschiedet und die Trümmer beiseite geräumt wurden. Bis vor zehn Minuten hatte die Straße vor dem Botschaftsgebäude noch von Polizei- und Feuerwehrwagen gewimmelt, aber Sverlowsk hatte auf seine diplomatische Immunität gepocht und sie weggeschickt. Etwas schwieriger war es dann gewesen, die in Scharen gekommenen Reporter loszuwerden. Aber das hatten Sverlowsks »Spezialtruppen« erledigt. Etwas weniger diplomatisch als der Botschafter, aber dafür mit sehr viel mehr Nachdruck.

Hier, in der rustikalen, anheimelnden Umgebung der Bibliothek waren sie ungestört und konnten endlich über Dinge reden, die erfreulicher waren als Bomben, Attentäter und explodierende Brunnen.

Obwohl sich Indiana nicht ganz sicher war, ob es tatsächlich *erfreulichere* Dinge waren. Dafür zögerte Tamara schon zu lange, endlich zum Thema zu kommen. Sie stand am Fenster und blickte in die Nacht hinaus. Ihr Gesicht spiegelte sich geisterhaft im Glas, und Indy konnte deutlich erkennen, wieviel Ernst in ihrer Miene lag.

»Sie haben vorhin ganz richtig vermutet«, begann sie schließlich, »daß der heutige Anschlag unmittelbar mit dem Grund zusammenhängt, aus dem ich Sie sprechen wollte.«

»Sie?« fragte Indiana. »Vorhin waren wir schon bei ›du‹ angekommen.«

Tamara ignorierte seinen Einwurf. Sie drehte sich auch nicht um, sondern fuhr mit aus dem Fenster gewandten Blick und leiser Stimme fort. »Wir wissen genau, aus welcher Gruppe die Attentäter stammen. Genauso wie wir wissen, daß dies nicht der letzte Anschlag gegen mich und meine Mission war.«

»Wir?« Indiana bog den Rücken durch und verzog das Gesicht. Manchmal war es ein ziemlich schmerzhaftes Privileg, ein Held zu sein. »Wer ist *wir*?«

Tamara wandte sich zu ihm um. »Eine Kommission, die sich nur zu dem einen Zweck zusammengeschlossen hat, ein ganz spezielles...« Sie zögerte einen winzigen Moment. »...Problem zu lösen. Und zwar unter direktem Kommando des Obersten Sowjet.«

»Welches spezielle Problem?«

Sie blickte einen Moment unentschlossen zu Boden, dann ging sie zu einem der Sessel und setzte sich. »Besagte Kommission besteht aus namhaften Wissenschaftlern der Sowjetunion und der Äußeren Mongolei. – Ich... Ich dürfte Ihnen das eigentlich nicht anvertrauen, bevor Sie nicht eingewilligt haben, sich an dem Unternehmen zu beteiligen, Indiana. Aber ich glaube, Sie gut zu kennen. Sie *werden* teilnehmen.«

Indiana sah sie aufmerksam an und wartete vergeblich darauf, daß sie von sich aus weitersprach. Sie sah ihn lediglich erwartunsgvoll an. Erwartete sie etwa, daß er ›ja‹ sagte, ohne zu wissen, wozu?

»Also? Nun lassen Sie schon die Katze aus dem Sack. Worum geht es?«

Wieder zögerte Tamara. Indiana sah ihr an, wie schwer es ihr fiel, weiterzureden. Als sie es schließlich tat, wich sie seinem Blick aus, und ihre Stimme war kaum mehr als ein tonloses Flüstern.

»Um das Schwert des Dschingis Khan.«

Indianas Kinnlade klappte herunter; für einen Professor der Archäologie bot er kein unbedingt intelligentes Bild in diesem Augenblick. Aber nachdem Tamara so lange um den heißen Brei herumgeredet hatte, traf ihn die plötzliche Eröffnung mit doppelter Wucht. »Das... Schwert des Dschingis Khan?« vergewisserte er sich.

Tamara nickte. »Sie kennen natürlich die alten Legenden.« Es war mehr eine Feststellung als eine Frage. »Ich meine... Sie wissen, was man sich über dieses Schwert erzählt? Seine Geschichte und das, was es angeblich bedeutet?«

»Natürlich«, entgegnete er, noch immer fassungslos und halb flüsternd, mehr zu sich selbst als an Tamara gewandt. Es fiel ihm noch immer schwer zu glauben, was er hörte. Dschingis Khans Schwert? Das war... lächerlich! Eine Legende in der Preisklasse eines Excalibur oder Barbarossas Grab. *Oder der Bundeslade,* flüsterte eine leise Stimme hinter seiner Stirn. Und außerdem erwachte auch schon wieder der Wissenschaftler in ihm. In seinem Kopf spulte sich bereits das gesamte Wissen über das legendäre Schwert ab, das er sich im Laufe der Zeit angeeignet hatte. »Es soll im Grab des Khan liegen, irgendwo in der Mongolei. Niemand weiß, wo genau. Aber jeder Mongole kennt die Sage, so wie jeder Brite die Excaliburs.«

»Sie sind sich sehr ähnlich«, sagte Tamara.

»Ja«, antwortete Indiana. »Vielleicht gehen sie auf denselben

Ursprung zurück oder enthalten den gleichen, wahren Kern, wer weiß? Es heißt, wenn das Grab jemals entdeckt und das Schwert geborgen wird, wird das Mongolenreich zu seiner alten Macht und Größe wiederauferstehen. Derjenige, der das Schwert erhebt, wird unbesiegbar sein und das mongolische Weltreich neu begründen.«

»Wie einst der Khan.« Tamara Jaglova nickte, und Indiana stellte mit einem leisen Gefühl von Beunruhigung fest, daß sie dabei sehr ernst blieb. »Und Sie können sich vorstellen, daß jeder Mongole hinter dem Eroberer stehen und mit ganzer Kraft kämpfen wird.«

»Ein Massaker.« Indiana stand auf und ging zum Fenster. »Eine Armee würde sich erheben, gegen die Hitlers Truppen wie Zinnsoldaten wirken. Wenn das Schwert wirklich gefunden würde, dann –«

»Es *wurde* gefunden.«

Indiana fuhr wie von der berühmten Tarantel gestochen herum. »*Was?*«

»Jedenfalls wird das behauptet.« Tamara zuckte die Schultern. Sie sah irgendwie... unglücklich aus, fand Indiana. Nicht wie jemand, der nur über eine *Legende* sprach. »Deswegen bin ich hier. Vor zwei Monaten schnappten unsere Agenten das Gerücht auf, jemand hätte das Grab gefunden. Ganze Dörfer haben sich bereits auf den Weg gemacht, um sich dem Khan-Nachfolger anzuschließen. Sollte sich das Gerücht bewahrheiten...« Sie ließ den Satz unvollendet, aber Indiana Jones spürte dennoch, wie ihn ein kalter Schauer überlief. Er versuchte, die Vorstellung mit einem Achselzucken abzutun, aber es gelang ihm nicht.

»Und nun soll die Kommission prüfen, ob es stimmt«, folgerte er.

»Richtig.« Tamara griff nach ihrer Aktentasche. »Hier drin habe ich alle Informationen, die wir bislang bekommen konnten. Ich schlage vor, Sie sichten erst einmal diese Unterlagen, bevor –«

»Einen Moment«, unterbrach Indiana sie. »Ich habe noch nicht ›ja‹ gesagt.«

Tamara erstarrte mitten in der Bewegung. Sie wirkte irritiert. »Aber ich dachte...«

Indiana unterbrach sie erneut. »Ich habe auch nicht ›nein‹ gesagt«, verbesserte er sich. »Verstehen Sie mich nicht falsch, Tamara. Aber es ist nur eine *Legende.* Eben wie die von König Artus. Wie würden Sie reagieren, wenn *ich* zu *Ihnen* käme und Sie bäte, mir bei der Suche nach Excalibur behilflich zu sein?«

»Ich würde Ihnen zumindest zuhören«, antwortete Tamara. »Vielleicht haben Sie recht, und es *ist* nur eine Legende. Aber bedenken Sie bitte, was gerade hier passiert ist. Daß niemand schwer verletzt oder getötet wurde, ist ein reines Wunder.« Sie schüttelte traurig den Kopf. »Es spielt keine Rolle, ob diese Menschen einer *Legende* folgen oder dem wirklichen Schwert. Sie folgen ihm, das allein zählt. Es wird Tote geben, Indiana. Es *hat* schon Tote gegeben, und es wird noch sehr viel mehr geben.«

»Fürchtet sich das russische Reich vor ein paar Hunnen?« fragte Indiana in dem vergeblichen Versuch, den ernsten Ton aufzulockern, der sich in ihr Gespräch eingeschlichen hatte. Er merkte selbst, wie unpassend es war.

»Es sind nicht nur *ein paar Hunnen*«, antwortete Tamara. »Ich rede von Dschingis Khans Horden, Indiana. Ich rede von den Reitern, die halb Europa und fast ganz Asien erobert haben. Wir fürchten sie nicht. Zauberschwert oder nicht, gegen Panzer und MGs hätten sie kaum eine Chance. Aber der Gedanke, daß wir gezwungen sein könnten, Tausende von Menschen zu töten, wenn nicht Zehn- oder gar Hunderttausende, macht mich krank. Überlegen Sie nur einmal, daß die Ureinwohner Ihres Landes das Kriegsbeil ausgraben und den weißen Mann angreifen würden. Auch Sie hätten wohl keine *Angst* vor ihnen, nehme ich an.«

Das saß. »Entschuldigung«, sagte Indiana. »Das war dumm von mir. Aber bitte, verstehen Sie mich richtig, Tamara. Ein

Volksaufstand in der Mongolei ist allein das Problem der Sowjetregierung. Ich *kann* mich da nicht einmischen. Selbst wenn ich es wollte. Ich bin amerikanischer Staats-«

Ein leises Klopfen unterbrach Indiana. Mit verhaltenem Ärger schloß Tamara die Tasche und blickte zur Tür. »Ja, bitte?«

Die mit braunem Schweinsleder verkleidete Tür öffnete sich, und ein livrierter Bediensteter der Botschaft schob sich in den Raum. »Bitte entschuldigen Sie die Störung, Genossin Kommissar«, wisperte er und schaffte es gerade noch, vor Ehrfurcht nicht in den Teppich einzusickern, »aber Professor Jones wird dringend in der Halle verlangt.«

Indy drehte sich erstaunt herum.

»Von wem?«

Der Hausdiener zog umständlich eine Visitenkarte aus seinem Jackett und studierte sie eingehend. »Ein Professor Marcus Brody«, verkündete er dann und warf einen scheuen Blick auf Tamara Jaglova. »Soll ich ihn heraufbitten?«

Bevor sie antworten konnte, war Indiana bei ihr und berührte sie an der Schulter. »Verzeihen Sie, Tamara, aber ich würde gern unter vier Augen mit ihm sprechen. Natürlich wahre ich absolute Diskretion«, fügte er hinzu, als er sah, daß sie zu einer Entgegnung ansetzen wollte. Wenn Marcus sich persönlich hierher bemühte, mußte die Angelegenheit hochoffiziell sein. Indy hatte seinen Freund und Kollegen eigentlich in der Oper vermutet; eine kulturelle Vorliebe, der Marcus bei jeder Gelegenheit frönte.

Tamara sah ihn einen Moment mit forschender Miene an, aber dann nickte sie.

»Gut, ich werde hier warten. Bitte, Indiana – kein Wort über unser Gespräch.«

Indiana Jones folgte dem Livrierten über die breite Prachttreppe ins Erdgeschoß. Während er mit Tamara oben im Zimmer gewesen war, hatten Sverlowsks Leute ein kleines Wunder bewirkt und sämtliche Spuren der Explosion und der anschließenden Panik aus der Halle getilgt. Fast hätte er geschmunzelt, als er Marcus Brody in der nunmehr vollkommen leeren, mit weißen Marmorfliesen ausgelegten Halle sah. In seinem Frack sah Marcus aus wie ein Pinguin, der sich auf einer riesigen Eisscholle verirrt hatte.

Ein reichlich nervöser Pinguin, der fortwährend die Hände rang und sich nach allen Seiten umsah. Als er Indiana erblickte, erhellte sich sein Gesichtsausdruck – und seine Nervosität wuchs schlagartig um mehrere Grade. Er eilte ihm entgegen.

»Gott sei Dank, Indy«, sagte Marcus Brody atemlos. »Ich dachte schon, dir wäre etwas passiert.« Er deutete auf den Flügel des Raumes, der durch die Explosion deutlich in Mitleidenschaft gezogen worden war. Die Glassplitter waren zwar entfernt worden, aber die Fensterrahmen waren geschwärzt, und Wände und Fußboden sahen aus wie nach einem Tieffliegerangriff. Erneut kam es Indiana wie ein Wunder vor, daß durch die Explosion niemand ernsthaft verletzt worden war.

Indiana setzte zu einer Erwiderung an, doch Marcus Brody fuhr fort, ohne auch nur Luft zu holen. »Indy, etwas Unglaubliches ist geschehen. Ich muß dich sofort sprechen.«

Er wandte sich an den Diener, der in respektvollem Abstand stehengeblieben war. »Wo können wir – ah, Sie sprechen doch englisch? Oh, gut. Gibt es einen Raum, wo Doktor Jones und ich ein Gespräch unter vier Augen führen können?«

Minuten später standen sie in einem prunkvollen Zimmer, das in einem Haus normaler Größe mindestens einen mittleren Ballsaal abgegeben hätte. Nur an den exquisiten Möbeln und den dicken Teppichen war zu erkennen, daß es ein ansonsten bewohnter Raum war. Auch hier herrschte der zaristische Prunk vor, mit dem die Botschaft vom Keller bis zum Dachfirst protzte; unbeschadet von allem, was seine Bewohner *sagten*.

Brodys Nervosität war in den letzten Minuten noch weiter angewachsen, und kaum hatte sich die Tür hinter dem Diener geschlossen, als er auch schon lossprudelte: »Es ist unglaublich, Indy, einfach unglaublich. Man hat mich mitten aus Mozarts ›Zauberflöte‹ geholt und geradewegs ins Weiße Haus entführt. Ins Weiße Haus, Indy! Wenn du ahnen würdest, wer mich dort empfangen hat –«

»Der Präsident, nehme ich an«, sagte Indiana trocken.

»Du weißt...?«

»Marcus, es steht dir mit leuchtenden Lettern auf der Stirn geschrieben«, sagte Indiana ruhig. »Jetzt spann mich nicht länger auf die Folter. Was wollte Frankie von dir?«

»Mister Franklin D. Roosevelt«, betonte Marcus ärgerlich, »wünschte mich in einer dringenden Angelegenheit zu sprechen, die vor allem dich betrifft. Es geht um deine Einladung zu diesem Empfang. Das State Department hat erfahren, daß du für eine Expedition angeworben werden sollst, für eine *absolut unglaubliche* Sache. Du wirst nicht glauben, was die Russen gefunden zu haben behaupten. Ich kann es selbst nicht fassen. Indy, du wirst nie erraten –«

»Das Schwert des Dschingis Khan«, sagte Indiana im Plauderton. »Und ehe du deinen Blutdruck unnötig weiter in die Höhe treibst, Marcus – ich habe mich bereits entschieden.«

Brody stand einen Moment wie erstarrt, dann griff er sich mit der Rechten ins schüttere Haar.

»O nein, Indy. Ich habe es geahnt.« Er drehte sich abrupt um und begann im Raum auf- und abzuschreiten. »Ich wußte, daß sie dich herumkriegen würden. Und das Schlimmste ist: Ich verstehe dich sogar. *Das Schwert des Dschingis Khan!* Ich würde alles dafür geben, es auch nur sehen zu können.« Brody seufzte. »Aber das State Department hat strikte Order gegeben, dich davon abzuhalten. Du weißt, was die Legende den Mongolen bedeutet. Angenommen, es ist *wirklich* das Schwert des Khan, dann kommt es garantiert zu einer Krise, wie sie die Sowjetunion seit ihrem Bestehen nicht erlebt hat. Das gesamte mongolische Volk wird sich erheben. Dagegen nehmen sich Hitlers Truppen wie... wie Zinnsoldaten aus.«

»Ich weiß. Dasselbe habe ich vorhin zu Tamara Jaglova gesagt.« Er lächelte flüchtig. »Sogar mit denselben Worten.«

»Tamara Jaglova?«

»Die Kommissarin, die die Expedition leiten soll.«

»Natürlich! Ich hätte es wissen müssen! Sie haben dir eine *Frau* geschickt! Diese Russen sind raffinierter, als man denkt. Indy, du *kannst* da nicht mitmachen! Es wird zu einem Aufstand kommen, aus dem die Vereinigten Staaten sich heraushalten müssen. Die Sache ist eine rein russische Angelegenheit. Du weißt, wie empfindlich sie sind, wenn sie glauben, daß sich jemand in ihre Angelegenheiten mischt! Es kann zu... zu unabsehbaren diplomatischen Verwicklungen kommen!«

»Du weißt genau, daß ich diese Sache nicht unter politischen Aspekten sehen kann«, erwiderte Indiana ernst. »Das Schwert des Dschingis Khan, Marcus! Du hast gesagt, du würdest alles geben, es auch nur zu sehen. Und ich habe die Chance, es zu *finden*. Archäologie, Marcus, ist international. Du kennst meine Auffassung doch am besten.«

»Natürlich kenne ich sie.« Marcus zuckte resignierend mit den Schultern. Er hatte eingesehen, daß jedes weitere Wort sinnlos war. »Ich hatte ehrlich gesagt auch nicht die Hoffnung, es dir ausreden zu können. Aber was soll ich dem State Department sagen?«

»Sag ihnen, ich wäre spurlos verschwunden. Gib mir Rükkendeckung, Marcus. Nur für ein, zwei Tage. Bis dahin sitze ich in einem Flugzeug und bin längst auf dem Weg in die Mongolei.«

Marcus seufzte. »Denk wenigstens an die möglichen politischen Folgen«, sagte er. »Ich weiß ja, daß du dich nicht die Bohne für Politik interessierst, aber –«

»Ich denke praktisch ununterbrochen an nichts anderes«, unterbrach ihn Indiana ebenso sanft wie entschlossen. Er machte eine Handbewegung zur Decke hinauf. »Die Russen *wollen*, daß ich mich einmische, verstehst du? Du glaubst doch wohl nicht im Ernst, daß Tamara die Sache auf eigene Faust eingefädelt hat? Sie ist in hochoffiziellem Auftrag hier, darauf verwette ich meinen Hut.«

»Aber... wieso?« fragte Marcus verstört.

Indiana zuckte mit den Achseln. »Was weiß ich. Vielleicht halten sie mich für das kleinere Übel.«

»Ja – oder sie lassen dich die Drecksarbeit machen und bezahlen dich mit fünfzig Gramm bestem russischen Blei, Kaliber 7.65«, knurrte Marcus.

»Es wäre nicht das erste Mal, daß jemand das versucht«, sagte Indiana wegwerfend.

»Aber vielleicht das erste Mal, daß es jemandem gelingt«, knurrte Marcus.

Indiana grinste nur.

Marcus seufzte. Er schüttelte den Kopf, straffte sich und atmete tief durch. Dann streckte er Indiana Jones die Hand hin. Indy schlug ein. »Dann viel Erfolg, Indy. Obwohl ich mir vielleicht wünschen sollte, daß du nichts findest.« Er zögerte einen winzigen Moment. »Du weißt, was passieren kann, wenn es dieses Schwert wirklich gibt? Und jemand es gefunden hat?«

»Sicher«, sagte Indiana ruhig.

Marcus seufzte. »Viel Glück, Indiana.«

»Danke, Marcus.« Indiana sah auf seine Armbanduhr. »Ich würde sagen, in zehn Minuten sind Miss Jaglova und ich von hier verschwunden. Wie lange brauchst du zurück zum Weißen Haus?«

Marcus dachte einen Moment nach. Dann grinste er. »Ich würde sagen, zehn Minuten.«

Im Schein der wenigen Straßenlaternen lag das ehrwürdige, aus rotem Stein erbaute Gebäude ruhig da. Fast schon zu ruhig für Indiana Jones' Geschmack. Niemand war ihnen bis hierher, zum »Washington Museum«, gefolgt, wo er in den letzten zwei Wochen die Ausstellung asiatischer Grabfunde geleitet hatte. Sie hatten zur Sicherheit das Taxi drei Straßen entfernt halten lassen und den Rest der Strecke zu Fuß zurückgelegt.

»Alles still«, bemerkte nun auch Tamara und drückte sich neben Indiana Jones in den Schatten des Hauseinganges, von dem aus sie das Museum beobachteten. Sie trug noch immer die Uniformhose und die hohen, glänzenden Lederstiefel, nur die zu auffällige Jacke mit den Tressen hatte sie auf Indianas Rat über den Arm gelegt. In dem weißen, knappsitzenden Hemd sah sie einfach hinreißend aus, wie Indy nicht zum ersten Mal feststellte.

Aber wahrscheinlich hätte Tamara Jaglova selbst in einem Kartoffelsack hinreißend ausgesehen.

»Ja«, bestätigte er mit einiger Verzögerung. »Alles ruhig. Die Wache kommt nur jede halbe Stunde. Wir haben also gut« – er blickte kurz auf die Uhr – »zwanzig Minuten Zeit.«

»Wofür?« fragte Tamara. »Was mußt du denn jetzt noch unbedingt aus deinem Zimmer holen? Wir hätten längst schon –«

»Es ist wichtig für mich. Keine Diskussionen jetzt. Komm!«

Während sie zum Museum hinüberhuschten, sah Indiana rasch die Straße hinauf. Kein Passant, nicht einmal ein Automobil. Verdammt. Die Vergangenheit hatte ihm mehr als einmal gezeigt, daß gerade dann tausend Augen auf ihm ruhten, wenn keine Menschenseele zu sehen war. Aber anscheinend gehörte Paranoia zu einem Abenteurer wie die Ameise zum Picknick.

Sie erreichten das gewaltige Portal des Museums in dem Moment, als zweihundert Meter die Straße hinab nun doch Motorengeräusch zu hören war. Sekunden später geisterte das Licht zweier Scheinwerfer über die Häuser, gefolgt von einem Lastwagen, der um die Ecke bog.

Indiana Jones duckte sich tiefer in die Schatten und zog Tamara zu sich heran. Der Wagen kam näher – und hielt. Das Getriebe kreischte gequält auf, dann wummerte der Motor im Leerlauf weiter.

»Was ist los?« fragte Tamara gepreßt. »Haben sie uns bemerkt?«

»Unmöglich. Ich –«

Indiana begriff in dem Moment, als sich das hohe, schmiedeeiserne Gitter neben dem Museumsgebäude öffnete und ein

Mann in der Kluft der Museumsarbeiter auf die Straße trat. Sie konnten hören, wie ein Seitenfenster des Wagens heruntergekurbelt wurde.

»Na endlich«, begrüßte der Arbeiter den Fahrer und nahm eine flache Kladde entgegen. Er zückte einen Stift und kritzelte etwas auf den Bogen Papier, der darauf festgeklemmt war. »Du kommst spät«, fuhr er fort. »Die letzte Lieferung muß heute noch zum Hafen. Wir sind längst fertig mit dem Verpacken; du kannst sofort einladen.«

Der Mann im Wagen lehnte sich halb heraus und erhielt die Kladde zurück.

»Tut mir leid, wenn ihr warten mußtet«, sagte er. »Aber mir ist der Keilriemen gerissen. Das Ding ist nicht viel jünger als der Kram, den wir transportieren.«

Er lachte über seinen Witz und kurbelte das Fenster wieder hoch. Mit Schwung und aufheulendem Motor verschwand er im geöffneten Tor. Der Arbeiter folgte ihm. Ruhe kehrte ein.

Indiana Jones richtete sich wieder auf. Als er Tamaras fragenden Blick bemerkte, sagte er: »Heute war ohnehin mein letzter Tag in Washington. Die Grabfunde werden mit dem Schiff zur nächsten Station der Ausstellung gebracht. Eigentlich hätte ich morgen früh ebenfalls an Bord gehen müssen. Ich hoffe, Marcus kommt hier allein klar.«

Er zog einen Schlüssel aus der Tasche des schwarzen Zweireihers und widmete sich dem Schloß der Pforte neben dem Portal.

»Warum hast du eigentlich darauf bestanden, hier im Museum einquartiert zu werden?« fragte Tamara. »In einem Hotel hättest du bestimmt ein besseres Zimmer bekommen.«

Womit wir wieder beim ›du‹ wären, dachte Indiana. *Was zum –*

Dann verstand er. Sie waren allein. Vorhin, in der Bibliothek der russischen Botschaft, waren sie das zwar auch gewesen, aber offensichtlich war Tamara nicht sicher gewesen, daß ihnen auch tatsächlich niemand zuhörte...

»Du vergißt, daß ich für die Reliquien verantwortlich bin«, entgegnete Indiana. »Ich kenne genug Grabräuber und Kunstsammler, die sich alle zehn Finger nach den Stücken dieser Ausstellung lecken würden. Vom Hotel aus gestaltet sich die Überwachung ziemlich schwierig.«

Das Schloß klickte leise und gab den Weg frei. Sie traten ein.

»Moment«, hielt Indiana Tamara zurück. »Keinen Schritt weiter!«

Er drückte die Tür wieder zu und tastete nach einem Schalter. Licht flammte auf. Sie befanden sich in einer engen Diele, die lediglich mit einem Garderobenständer und einem Stuhl bestückt war. Und mit einem kleinen, unscheinbaren Kasten dicht unter der Decke.

Indiana zog den Stuhl heran. Mit einem zweiten Schlüssel öffnete er das Kästchen und legte einen Schalter um.

»Die Alarmanlage für diesen Zugang«, erklärte er. »Jetzt können wir weiter.« Tamara zog anerkennend die Brauen hoch, schwieg aber.

Durch eine zweite Tür gelangten sie in die Halle des Museums und über eine Treppe weiter in den ersten Stock. Auf den obersten Stufen blieb Tamara noch einmal stehen und sah sich um. Die Halle lag groß und dunkel unter ihnen, in der alles zu Schatten reduzierenden Dämmerung scheinbar leer wie eine Gruft. Der Anblick hatte etwas gleichermaßen Unheimliches wie Faszinierendes. Indiana konnte verstehen, daß er Tamara in seinen Bann schlug. Wie alle Orte, an denen man normalerweise viele Menschen anzutreffen pflegte, wirkte er nun, wo er verlassen war, nicht nur einfach leer, sondern gleichsam verwandelt, als hätte er noch eine zweite, dem normalen Betrachter verborgene Seite.

»Komm weiter«, sagte er. »Ich zeige dir gern später die Aus –«

»Das ist nicht nötig«, unterbrach ihn Tamara. »Ich habe sie bereits gesehen.«

»Du warst hier? Im Museum?«

»Mehrmals. Man erfährt durch nichts soviel über einen Mann, als wenn man sich seine Arbeit ansieht.«

»Und zu welchem Ergebnis bist du gekommen?«

»Daß du ein sehr interessanter Mann sein mußt«, antwortete Tamara. »Und ein bißchen verrückt.«

Indiana lächelte. »In einem der beiden Punkte gebe ich dir sogar recht«, antwortete er. »Komm weiter – ehe ich einem überraschten Nachtwächter ein riesiges Bestechungsgeld zahlen muß, damit mein Ruf nicht völlig den Bach hinuntergeht.«

»Was für ein Ruf?«

Indiana verdrehte übertrieben die Augen. »Ich sehe, du hast dich wirklich über mich informiert«, sagte er. »Und jetzt komm!«

Erst nachdem er die Vorhänge in seinem Zimmer zugezogen hatte, schaltete Indiana Jones das Licht ein.

»Gemütlich«, kommentierte Tamara und sah sich um. »Zumindest dann, wenn man sonst in Zelten lebt.«

»Eine Notunterkunft«, entgegnete Indiana. »Mir genügt's.«

Er öffnete einen Schrank und zog eine Reisetasche aus gegerbtem Schweinsleder hervor. »Bitte entschuldige mich einen Moment.«

Mit diesen Worten verschwand er im angrenzenden Bad. Tamara ließ sich vorsichtig auf dem Feldbett nieder und sah sich um.

Keine Utensilien auf dem Hocker, der wohl als Nachttisch diente. Keine Kleidungsstücke über einem Stuhl. Nicht einmal Rasierzeug vor dem hohen Spiegel, den im unteren Drittel ein Sprung durchlief. Ein seltsamer Mensch, dieser Doktor Jones. Entweder war es sein persönlicher Stil, keine privaten Ansatzpunkte zu offenbaren, oder er hatte damit gerechnet, schnell von hier verschwinden zu müssen.

Dann entdeckte Tamara doch noch etwas. Es hing gleich neben der Tür an einem Haken und hatte Ähnlichkeit mit einer mumifizierten Schlange. Seltsam...

Sie erhob sich und nahm das Ding näher in Augenschein.

Eine... Peitsche?

Was um alles in der Welt wollte ein Doktor der Archäologie mit einer *Peitsche*?

Das Knarren der Badezimmertür ließ Tamara herumfahren. Fast hätte sie aufgeschrien. Es dauerte eine Sekunde, bis sie begriff, daß der Mann, der ihr gegenüberstand, Doktor Jones war, der den Raum gerade erst verlassen hatte.

Aber wie hatte er sich verändert! Im schwarzen Anzug hatte er fast genauso ausgesehen, wie sich Tamara einen charmanten, aber etwas verstaubten Gelehrten eben vorgestellt hatte. Jetzt wirkte er wie ein... Dschungelkämpfer. Eine staubbraune Hose, ein grobgewebtes, beigefarbenes Hemd, darüber eine abgewetzte Lederjacke. Und der Hut: ein abenteuerlich aussehendes Ding mit breitem Band und leicht nach unten geneigter Krempe. Darunter blitzten Augen in einem Gesicht, das mit dem bisherigen wenig gemein zu haben schien. Irgendwie sah Indiana Jones härter aus. Plötzlich war da ein Hauch von Gewalt, von eiserner Entschlossenheit, der Tamara im gleichen Maße überraschte wie beeindruckte. Und ganz plötzlich wußte sie es: Er war ein Abenteurer, nicht in dem leicht anrüchigen Sinn, den dieses Wort bei den meisten Menschen hatte, sondern in seinem ursprünglichsten, ehrlichsten Sinn. Unter der Tünche des zivilisierten Mannes und Wissenschaftlers war Doktor Indiana Jones ein Mann wie vielleicht Scott oder Amundsen geblieben – und ein Stück von Sindbad dem Seefahrer spiegelte sich auch in seiner Erscheinung.

Er grinste breit, als er Tamaras fassungslosen Gesichtsausdruck bemerkte; und auf eine Weise, die ihr klar machte, daß er es gewohnt war, auf diese Weise angestarrt zu werden.

»So, ich bin soweit. Wir können...«

Jetzt endlich begriff Tamara.

»Sie sind nur wegen dieser... dieser Kleidungsstücke hierher gekommen?« fragte sie, hin- und hergerissen zwischen Fassungslosigkeit und allmählich aufkeimendem Zorn.

»Sagte ich nicht, daß ich diese Wohlstandsklamotten

hasse?« entgegnete er. »Für das, was wir vorhaben, muß ich mich bewegen können.«

»Und Sie glauben nicht, daß wir so eher auffallen werden?«

»In Washington – vielleicht. Aber der Rest der Welt wird einem geschniegelten Universitätsprofessor wohl kaum auch nur einen Fallschirm leihen.«

»Einen... Fallschirm?« stammelte Tamara. »Was haben Sie vor, Doktor –«

»Bleiben wir doch bitte beim ›Indiana‹«, unterbrach Indiana sie. »Bitte glaub mir, ich mußte hart arbeiten für dieses Image. Helden in Bundfaltenhosen leben nicht lange.«

»Ach. Ist das deine persönliche Philosophie?«

»Nein, das steht im Drehbuch, Schätzchen.« Indiana grinste wieder. »Aber genug gescherzt. Machen wir, daß wir hier weg... oh, oh.«

Mit den letzten Worten hatte Indiana Jones den Vorhang ein Stück zur Seite geschoben und auf die Straße hinabgesehen. Was er dort entdeckt hatte, schien ihn nicht eben zu begeistern.

»Da haben wir den Salat. CIA oder FBI, jede Wette.«

Mit zwei schnellen Schritten war Tamara am Fenster und lugte ebenfalls hinaus. Unten auf der Straße drückten sich gerade zwei Männer in grauen Anzügen in den Hauseingang, den sie eben noch selbst als Deckung benutzt hatten.

»Oder die, die hinter mir her sind«, ergänzte sie seine Liste. »Was jetzt? Glaubst du, die wissen, daß wir hier sind?«

»Anzunehmen. Die Burschen sind flinker, als ich dachte. Wir müssen improvisieren.«

Er zog den Hut tiefer in die Stirn und griff nach seiner Peitsche, zögerte aber dann noch einmal, sie von ihrem Haken zu nehmen. »Wenn das wirklich deine Leute sind, sehe ich nicht ein, warum wir uns nicht einfach von ihnen aus der Stadt bringen lassen.«

»Weil ich nicht sicher bin, daß es meine Leute sind«, antwortete Tamara. »So wenig wie du, daß es deine sind.«

»Und außerdem bist du nicht sicher, daß deine Leute auch

wirklich deine Leute sind«, vermutete Indiana. Es war ein Schuß ins Blaue, aber er sah an Tamaras fast unmerklichem Zusammenzucken, daß er einen Treffer gelandet hatte.

Er nahm die Peitsche vom Haken, befestigte sie an einer Schlaufe an seinem Gürtel und trat auf Tamara zu. »Mal ehrlich«, sagte er. »Dieses vorgetäuschte Attentat – das galt doch nur dem Zweck, mich neugierig zu machen.«

»Woher... weißt du das?« fragte Tamara erschrocken.

»Ich spüre so etwas«, antwortete Indiana. »Allerdings hätte ich nicht gedacht, daß ihr so weit geht.«

»Das wollten wir auch nicht«, murmelte Tamara.

»Wie?«

Tamara wich seinem Blick für einen Moment aus. »Nun, ich meine... die Bombe und all das, das war schon geplant. Es war nicht meine Idee«, fügte sie hastig hinzu. »Sverlowsk kam auf den Gedanken. Er meinte, das wäre genau der Köder, nach dem ein Mann wie du schnappen würde.«

Indiana blickte sie finster an, beschloß aber im stillen, seine vielleicht etwas vorschnell gefaßte Meinung über Graf Dimitri Sverlowsk bei Gelegenheit noch einmal zu überdenken.

»Was nicht geplant war, war, daß sich in dem Paket *wirklich* eine Bombe befand«, fuhr Tamara fort. »Es sollte eine Attrappe sein. Ein bißchen Knetmasse, mehr nicht.«

»Knetmasse?« ächzte Indiana. »Soll das heißen, daß... du nicht gewußt hast, daß in dem Paket eine richtige Bombe war? Die ganze Zeit, während du daran herumgefummelt hast?«

Tamara deutete ein schüchternes Kopfschütteln an.

»Aber du... du weißt, wie man so etwas macht?« fuhr Indiana unsicher fort. »Ich meine, du... du verstehst etwas von... von Bomben?« Sein Gaumen fühlte sich plötzlich trocken und rauh an. Er hatte das ebenso ungute wie todsichere Gefühl, die Antwort auf diese Frage zu kennen.

»Um... um ganz ehrlich zu sein – nein«, gestand Tamara. »Ich habe eigentlich nur ein bißchen daran herumgezupft und -gezerrt.«

»Herumgezupft?« keuchte Indiana. »An einem Pfund Dynamit?«

»Ich wußte es nicht«, verteidigte sich Tamara. »Verdammt, ich hätte mir fast in die Hosen gemacht, als der Brunnen in die Luft flog.«

»Dasselbe passiert mir auch gleich«, murmelte Indiana. Dann kehrte er übergangslos zum Thema zurück. »Also – die Bombe war nur eine Attrappe; oder sollte es sein. Das heißt, daß jemand euren Plan gekannt und sich eingeklinkt hat.«

Tamara nickte. »Ich fürchte ja.«

»Das heißt, daß ihr eine undichte Stelle habt.«

»Sieht so aus.«

»Wer hat alles von eurem Plan gewußt?« fragte Indiana. »Außer dir selbst?«

»Nur Sverlowsk – und zwei, höchstens drei andere«, sagte Tamara. »Sverlowsk fällt aus. Er ist absolut integer.«

»Da wäre ich nicht so sicher«, wandte Indiana ein, wurde aber sofort von Tamara unterbrochen.

»Er würde mich niemals in Gefahr bringen. Er ist mein Onkel.«

Indiana hätte ihr sagen können, daß auch das nicht unbedingt etwas bedeuten mußte, aber jetzt war nicht die Zeit für Diskussionen dieser Art.

»Ich bin sicher, daß Sverlowsk bereits alle anderen, die von unserem Plan wußten, überprüfen läßt«, sagte Tamara. »Er wird den Verräter kriegen. Schon wegen des Brunnens.«

Indiana sah sie fragend an.

»Er liebte diesen Brunnen«, erklärte Tamara. Sie lächelte verzeihend. »Was seinen Geschmack angeht, ist er so etwas wie das schwarze Schaf der Familie.«

Indiana warf einen Blick auf die Straße hinab. Die Gestalten, die er vorhin gesehen hatte, waren verschwunden. Aber er war ziemlich sicher, daß sie noch da waren. »Im Klartext heißt das, daß wir niemandem trauen können«, sagte er. »Deinen Leuten nicht, weil ihr einen Verräter unter euch habt, und meinen nicht, weil sie alles andere als erbaut davon sind, daß ich bei eurem Unternehmen überhaupt mitmache.«

»Heißt das, daß du aussteigen willst?« fragte Tamara.

»Aussteigen?« Indiana lachte. »Jetzt erst recht nicht. Wir sollten nur genau überlegen, was wir als nächstes tun.« Nachdenklich sah er sie an. »Ich nehme an, du hast bereits alle notwendigen Dokumente für mich vorbereitet, damit ich in die UdSSR einreisen kann?«

»Sicher.« Tamara schlug mit der flachen Hand auf ihre Tasche. »Und zwei Flugkarten erster Klasse nach Paris.«

»Wunderbar«, sagte Indiana. »Wirf sie weg. Wir verlassen das Land auf *meinem* Weg.«

»Aber warum?«

»Weil der Verräter, der dir die echte Bombe untergeschoben hat, wahrscheinlich genausogut weiß wie du, was in deiner Tasche ist«, sagte Indiana. »Sie würden spätestens am Flughafen auf uns warten. Oder eine Bombe ins Flugzeug schleusen. Auf ein paar Menschenleben mehr oder weniger scheint es deinen Freunden ja nicht anzukommen.« Er schüttelte entschieden den Kopf. »Nein – wir verlassen das Land auf meinem Weg. Hast du Geld?«

»Geld?« Tamara blinzelte. »Wozu? Die Angehörigen des Diplomatischen Corps –«

Indiana winkte ab. »Schon gut. Ich hoffe, der Oberste Sowjet in Moskau ist kreditwürdig. Und jetzt komm.« Er machte einen Schritt und blieb noch einmal stehen. »Hast du wenigstens eine Waffe?«

»Eine Waffe?« Tamara wirkte noch verwirrter als bei seiner Frage nach ihren Finanzverhältnissen. »Wozu? Ich brauche keine.«

»Na gut«, seufzte Indiana. »Dann bleib immer hinter mir, verstanden? Egal, was passiert.«

Sie verließen das Museum auf dem gleichen Weg, auf dem sie es betreten hatten. Tamara fiel auf, daß sich Indiana plötzlich auch anders zu bewegen schien; es war fast so, als wäre er nicht in neue Kleider, sondern zugleich auch in eine neue Haut geschlüpft.

Draußen auf dem Gehsteig hielt Indiana noch einmal an und sah sich um. Nichts.

»Wohin gehen wir?« fragte Tamara.

»Zum Bahnhof«, antwortete Indiana. »In einem Abteil dritter Klasse inmitten einer Horde schreiender Kinder, dicker, schwarzer Haushälterinnen und puertoricanischer Putzfrauen suchen sie bestimmt nicht nach uns.«

Tamara verdrehte lautlos die Augen. Allmählich dämmerte ihr, daß Indiana Jones Spaß an der Geschichte zu finden begann...

Womit sie nicht einmal so unrecht hatte. Allerdings hielt dieser Anfall von Abenteuerlust nicht sehr lange an. Genau gesagt, nur so lange, bis sie in die erste Seitenstraße einbogen und Indiana die beiden Gestalten erblickte, die zwanzig Meter vor ihnen unter einer Straßenlaterne standen.

Abrupt hielt er mitten im Schritt inne und sah die beiden Typen mißtrauisch an. Es waren stämmige, breitschultrige Gestalten, die für Straßenräuber entschieden zu elegant gekleidet waren. Allerdings bezweifelte Indiana, daß sie rein zufällig hier herumstanden. Es war mitten in der Nacht und entschieden zu kalt, um aus Langeweile auf der Straße herumzulungern.

Er drehte sich um und war nicht besonders überrascht, daß auch hinter ihnen zwei Gestalten wie aus dem Nichts aufgetaucht waren. Vier gegen einen... das war nicht besonders fair, dachte er.

»Sei auf der Hut«, flüsterte er. »Und wenn es brenzlig wird, kümmer dich nicht um mich. Lauf weg.«

Er räusperte sich, drehte sich wieder um und ging mit einem gezwungen wirkenden Lächeln auf die beiden Gestalten vor sich zu. »Hallo Jungs«, sagte er. »Nur für den Fall, daß ihr vom FBI oder –«

Er sprach nicht weiter. Er hatte sich den Männern weit genug genähert, um ihre Gesichter zu erkennen. Indiana wußte nicht, was sie waren; aber er war ziemlich sicher, zu wissen, was sie *nicht* waren – nämlich FBI-Beamte, die gekommen waren, um ihm die Teilnahme an dieser Expedition mit sanftem Nachdruck auszureden. Es sei denn, das FBI stellte neuerdings auch Mongolen ein...

»Versuch du es, Tamara«, sagte er nervös. »Sie scheinen mich nicht zu verstehen.«

Er widerstand nur mühsam der Versuchung, einen Blick über die Schulter zu werfen. Er wußte, daß die beiden anderen noch da waren. Und vermutlich näher kamen.

Während Tamara die beiden Gestalten auf russisch ansprach, legte Indiana wie zufällig die Hand auf den Stiel der zusammengerollten Peitsche. Er konnte ziemlich gut damit umgehen, aber sie waren immerhin zu viert. Und da damit zu rechnen war, daß sie bewaffnet waren... nein, es sah nicht gut aus. Ganz und gar nicht gut.

Eine Sekunde später sah es noch viel schlechter aus, denn was immer Tamara den beiden Burschen auf russisch gesagt hatte, es schien ihnen nicht zu gefallen. Auf dem Gesicht des einen erschien ein zorniger Ausdruck, während sich das des anderen zu einem hämischen Grinsen verzog, bei dem er zwei Reihen gelber, zum Teil abgebrochener oder abgefaulter Zähne entblößte. Nein, das waren ganz eindeutig *keine* FBI-Beamten.

Eine Sekunde später stürmten sie beide los, und Indiana hörte auch hinter sich schwere Schritte auf dem Straßenpflaster.

»Tamara!« brüllte er, während er die Peitsche von seinem Gürtel löste. *»Lauf weg!«*

Mit einem gekonnten Schwung ließ er die Peitsche knallen. Ihr geflochtenes Ende berührte beinahe sanft die Brust eines der beiden Burschen, und der Kerl wurde jählings von den Füßen gerissen und landete mit weit ausgebreiteten Armen auf dem Straßenpflaster. Indiana steppte einen Schritt zur Seite, schwang die Peitsche zu einem zweiten Schlag – und mußte plötzlich mit aller Gewalt um sein Gleichgewicht kämpfen.

Hilflos taumelte er zurück, drehte sich halb um die eigene Achse und sah, was – beziehungsweise *wer* – ihn fast zu Boden gerissen hätte. Er hatte eine Idee zu weit ausgeholt. Einer der beiden Burschen hinter ihm hielt das Ende der Peitschenschnur gepackt. Das steinharte Leder mußte ihm die Hände bis auf die Knochen abgerissen haben, aber das hinderte ihn nicht daran, weiter an der Peitsche zu zerren wie ein Fischer, der ein Netz einholte, so daß Indiana entweder die Peitsche loslassen – oder auf den Kerl zustolpern mußte. Er entschied sich für loslassen.

Der Bursche schien nicht damit gerechnet zu haben, denn plötzlich war er es, der mit wild rudernden Armen um sein Gleichgewicht kämpfte und eine Sekunde später auf das Straßenpflaster krachte.

Aber es blieben immer noch zwei übrig.

Und endlich lief auch Tamara los. Aber die Angst schien sie blind gemacht zu haben. Statt ins Dunkel hinein, wo sie vielleicht sicher gewesen wäre, rannte sie direkt auf den dritten Angreifer zu!

Indiana blieb nicht einmal Zeit, ihr eine weitere Warnung zuzurufen, denn in diesem Moment war der vierte Mann heran, und er hatte plötzlich alle Hände voll zu tun.

Hätte der Knabe ihn mit ein bißchen mehr Überlegung angegriffen, hätte er vermutlich keine Chance gehabt. Er war einen guten Kopf größer als Indiana und mußte mindestens dreißig Pfund mehr wiegen – aber er verließ sich wie viele wirklich starke Männer völlig auf seine überlegene Kraft. Indiana tauchte unter seiner Faust hindurch, packte den Arm mit beiden Händen, drehte sich halb um seine Achse und zerrte gleichzeitig mit aller Kraft.

Seine Rechnung ging nicht ganz auf. Statt im hohen Bogen über seinen Kopf hinwegzusegeln und sich an der nächsten Laterne den Schädel einzuschlagen, kam der Bursche nur ins Stolpern und fiel auf alle Viere. Indiana verschränkte die Hände und schmetterte sie dem Burschen mit aller Kraft in den Nacken. Der Kerl grunzte, wankte und fiel stocksteif aufs Gesicht.

Aber das verschaffte Indiana nicht einmal eine Atempause. Der erste, den er niedergestreckt hatte, war wieder auf die Füße gekommen und stürmte mit gesenktem Kopf und geballten Fäusten auf ihn los, und auch hinter sich hörte Indiana wieder Schritte. Offensichtlich war sein Peitschenhieb gerade fest genug gewesen, den Burschen richtig wütend zu machen, mehr nicht.

Indiana fuhr herum, sah, daß der andere schon viel näher war, als er befürchtet hatte, und überschlug blitzschnell seine Chancen, es mit beiden Kerlen gleichzeitig aufzunehmen; drei, wenn er den mitrechnete, der im Moment Haschen mit Tamara spielte. Aber er hatte keine Wahl. Wäre er allein gewesen, hätte er zu fliehen versucht, aber wenn er das tat, dann war Tamara so gut wie tot. Die Kerle waren hinter *ihr* her, nicht hinter ihm!

Er empfing den Kerl mit hochgerissenen Armen, tauchte unter einem blitzschnell nachgesetzten Fausthieb hindurch und brachte seinerseits eine gezielte Gerade auf das Kinn des Burschen an. Ein pulsierender Schmerz schoß durch Indianas Faust bis in die Schulter hinauf, aber den Angreifer schien der Schlag nicht besonders zu beeindrucken. Er wankte einen Schritt zurück, schüttelte einmal benommen den Kopf und stürmte sofort wieder heran.

Indiana duckte sich unter einem wahren Hagel ungeschlachter, aber wirkungsvoller Hiebe. Er rechnete jeden Moment damit, auch von hinten gepackt oder gleich niedergeschlagen zu werden, aber erstaunlicherweise geschah das nicht. Statt dessen hörte er Tamara schreien; hohe, spitze, abgehackte Schreie, die ihm schier das Blut in den Adern gerinnen ließen. Offenbar verließen sich die beiden Kerle voll und ganz darauf, daß ihr Kamerad allein mit Indiana fertig wurde, und waren zu zweit über Tamara hergefallen.

Und möglicherweise hatten sie damit nicht ganz unrecht. Indiana war eindeutig schneller als sein Gegner, was dazu führte, daß er selbst kaum getroffen wurde, umgekehrt aber eine ganze Serie harter, gezielter Hiebe anzubringen vermochte. Aber der

Bursche mußte ein Kinn aus Stahl und einen Magen aus Beton haben. Er schien Indianas Hiebe gar nicht zu spüren, sondern taumelte manchmal nur unter der puren Wucht der Faustschläge zurück; allerdings nur, um sich sofort wieder auf ihn zu stürzen. Andererseits spürte Indiana, wie seine Kräfte allmählich nachzulassen begannen.

Schließlich kam es, wie es kommen mußte: Indiana brachte einen gezielten Faustschlag auf der Nase des Kerls an, aber der Bursche steckte den Hieb einfach weg und stürmte mit weit ausgebreiteten Armen auf Indiana los, der plötzlich von den Füßen gerissen und herumgewirbelt wurde, während sich die Arme des Kerls mit unbarmherziger Kraft um seinen Brustkorb schlossen. Seine Rippen knackten. Er bekam keine Luft mehr. Er hörte Tamara immer noch diese hohen, spitzen Schreie ausstoßen. Für den Bruchteil einer Sekunde sah er sie und die beiden anderen Kerle, verzerrte Schatten, die einen wilden Tanz aufzuführen schienen. *Großer Gott, was taten sie ihr an?*

Indiana bäumte sich auf, schlug dem Burschen beide Fäuste ins Gesicht und krümmte sich vor Schmerz, als dieser daraufhin den Druck seiner Arme noch verstärkte. Er hatte das Gefühl, sein Rückgrat würde brechen, aber er hatte nicht einmal mehr Luft zum Schreien. Bunte Sterne tanzten vor seinen Augen.

Mit dem letzten bißchen Kraft, das er noch in sich fand, riß er das Knie in die Höhe und rammte es dem Kerl in die Rippen. Der entsetzliche Druck auf seinen Brustkorb lockerte sich um eine Winzigkeit.

Indiana stieß noch drei-, viermal hintereinander zu, und gerade als er spürte, daß er einfach nicht mehr die Kraft für einen weiteren Stoß haben würde, ließ der Angreifer ihn los, taumelte zurück und krümmte sich, beide Hände auf die Rippen gepreßt, die Indianas Knie bearbeitet hatte.

Indiana fiel, blieb einen Moment benommen liegen und versuchte dann, wieder auf die Füße zu kommen. Vergeblich. Seine Arme spielten nicht mehr mit, als er sich hochstemmen wollte. Sein Gegner indes stand noch immer da; breitbeinig, mit stierem Blick und weit nach vorn gebeugt. Aber er tat ihm nicht den Gefallen, endlich umzufallen. Der Kerl hatte anscheinend nicht nur den Intelligenzquotienten, sondern auch die Konstitution eines Ochsen.

Endlich gelang es ihm, sich wankend auf die Füße zu erheben. Tamaras Schreie hatten aufgehört, aber Indiana wagte es nicht, einen Blick hinter sich zu werfen. Wahrscheinlich war es vorbei. Er empfand ein nur vages Gefühl von Furcht und einen tiefen Zorn auf das Schicksal, daß sein Leben so enden sollte. Er hatte gewußt, daß er weder im Bett noch an Altersschwäche sterben würde – aber dieses Ende, das war einfach nicht gerecht.

Seine Arme waren wie Blei, als er die Fäuste hob und auf den Mongolen zuwankte. Der Kerl hob ebenfalls seine geballten Riesenpranken – und kippte stocksteif nach vorn. Indiana konnte sich gerade noch mit einem Satz in Sicherheit bringen, um nicht unter ihm begraben zu werden.

Die nächsten zehn Sekunden verbrachte er damit, verdutzt auf die schlanke Gestalt zu starren, die hinter dem Mongolen aufgetaucht war.

»Ta... ta... mara!« stammelte er. Er wollte noch mehr sagen, brachte aber kein Wort hervor, sondern wandte statt dessen mit einem Ruck den Kopf und starrte hinter sich.

Die beiden Kerle, die Tamara angegriffen hatten, lagen nebeneinander. Der eine sah aus, als hätte er versucht, mit Kinn und Nase das Straßenpflaster zu polieren. Er stöhnte leise. Der andere rührte sich überhaupt nicht mehr. Sein Gesicht war relativ unbeschädigt, aber so, wie sein linker Arm dalag, mußte er mindestens ein zusätzliches Gelenk darin haben.

Noch immer vollkommen fassungslos wandte sich Indiana wieder um und starrte Tamara an.

Tamara ihrerseits starrte eindeutig wütend ihre rechte Hand an. »Verdammt, sieh dir das an!« maulte sie. »Ich habe mir drei Fingernägel abgebrochen!« Wütend versetzte sie der reglosen Gestalt vor sich einen Tritt.

»Wie... wie hast du das gemacht?« flüsterte Indiana.

»Gemacht? Was?« fragte Tamara harmlos. »Vielleicht hat sie mein Parfum umgehauen. Es ist ziemlich stark, weißt du?«

Indiana riß die Augen auf. »Du –«

Tamara unterbrach ihn mit einer Geste. »Laß uns von hier verschwinden, ehe noch mehr von diesen Kerlen auftauchen. Ich weiß nicht, ob ich dich jedesmal beschützen kann.«

Den letzten Satz ignorierte Indiana vorsichtshalber. »Du meinst, sie sind nicht allein?«

Tamara lächelte. »Haben Sie schon einmal etwas von Dschingis Khans Horden gehört, Dr. Jones?«

Nach dem, was Indiana gerade erlebt hatte, zweifelte er eher daran, ob Tamara wirklich Grund hatte, sich vor einer Kompanie Hunnenreiter zu fürchten. Aber das sprach er sicherheitshalber nicht aus. Wortlos ging er die Straße hinab, hob seine Peitsche auf und befestigte sie wieder an seinem Gürtel, nachdem er sie zusammengerollt hatte.

Als er zu Tamara zurückkam, hatte sie eine winzige Feile aus der Tasche gezogen und war dabei, ihre abgebrochenen Fingernägel zu bearbeiten. Indiana nahm auch das kommentarlos hin, und er geduldete sich sogar gute zehn Sekunden, bis Tamara die Feile wieder wegsteckte und ihn auffordernd ansah.

»Also dann – wir wollten zum Bahnhof, glaube ich.«

Indiana schüttelte den Kopf. Mittlerweile hielt er das für keine gute Idee mehr. »Wahrscheinlich warten sie dort auch auf uns«, sagte er. »Ich habe eine andere Idee. Sicherer, wenn auch ein bißchen unbequemer.« Er deutete in die Richtung, aus der sie gekommen waren. Kurz bevor sie in die Seitenstraße eingebogen waren, hatte er eine Telefonzelle ein Stück weit die Hauptstraße hinab gesehen.

»Ich muß nur rasch einen Anruf erledigen.«

Ohne sich weiter um die vier Bewußtlosen zu kümmern, gingen sie los. Indiana war ein wenig erstaunt. Er hatte zumindest damit gerechnet, daß Tamara die Männer nach Papieren oder irgend etwas anderem durchsuchen würde, was auf ihre Herkunft schließen ließ. Aber entweder interessierte sie das nicht – oder sie wußte mehr über diese Männer, als sie zugeben wollte.

Sie erreichten unbehelligt den öffentlichen Fernsprecher. Es dauerte lange, bis sich am anderen Ende der Leitung jemand meldete.

»Keine Zeit für Erklärungen, Paul«, sagte Indiana rasch, noch bevor sein Gesprächspartner Zeit fand, darüber nachzudenken, wie spät es war. »Indy hier. Ich brauche deine Hilfe. – Ja, sofort. Ist die ›Flying Fish‹ startklar? – Okay, dann in einer halben Stunde am Hafen. – Und, Paul, bitte laß Nancy zu Hause, ja? Du weißt, ich hasse dieses Biest.«

Er legte auf und verließ die Telefonzelle. Tamara sah ihn fragend an, aber Indiana blickte sich zuerst einmal lange und sehr aufmerksam in alle Richtungen um, ehe er sich zu einer knappen Erklärung durchrang.

»Paul Webber ist der einzige, der uns ohne viel Aufsehen von hier fortbringen kann. Sein Wasserflugzeug liegt an Pier 13. Du bist doch nicht abergläubisch?«

»Solange diese Nancy nicht seine schwarze Katze ist...«

»Seine Schlange«, korrigierte Indiana und zog eine Grimasse.

»Was?« Tamara riß die Augen auf.

»Seine Lieblingsschlange«, bestätigte Indiana seufzend, und mehr an sich selbst als zu Tamara gewandt fügte er hinzu: »Gott, wie ich diese Viecher hasse!«

San Francisco
Am nächsten Morgen

Es gab tatsächlich kaum etwas auf der Welt, was Indiana Jones so sehr haßte wie Schlangen, obwohl ihre Größe oder Gefährlichkeit eine eher untergeordnete Rolle spielten. Es war die gleiche, irrationale Art von Furcht, die andere dazu brachte, beim Anblick einer Spinne hysterisch loszuschreien oder dem einer Maus auf den nächsten Tisch zu flüchten. Er konnte einfach nichts dagegen tun.

Um so entsetzter war er gewesen, als er feststellte, daß Paul Nancy natürlich *nicht* zu Hause gelassen hatte; allerdings nicht sonderlich überrascht. Paul Webber liebte Schlangen ebensosehr wie Indiana sie verabscheute. Er ging praktisch keinen Schritt ohne eines dieser Tiere aus dem Haus. Wenn er nicht gleich mehrere mitnahm.

Als sie nach einer gut dreiviertelstündigen Odyssee quer durch die Stadt endlich am Hafen ankamen und Indiana die vertrauten Umrisse der ›Flying Fish‹ am Ende des Piers entdeckte, hielt seine Erleichterung gerade solange an, bis er feststellte, daß sich außer Tamara, ihm selbst und Paul noch ein vierter Passagier an Bord aufhielt; eben Nancy. Alle Vorhaltungen, alles Bitten und Flehen hatten nichts genutzt. Paul hatte entschieden darauf bestanden, sein schuppiges Kuscheltier mitzunehmen; und Indiana im übrigen beschieden, sich nicht so zimperlich anzustellen – schließlich sei Nancy nicht einmal giftig.

Tamara hatte sich auch nicht gerade als Verbündete erwiesen. Im Gegenteil. Die junge Russin hatte sich schon nach wenigen Augenblicken mit Nancy angefreundet, und diese ihrerseits strafte den weitverbreiteten Irrtum Lügen, daß Reptilien dumm und zu keinerlei Gefühlen fähig seien. Sie verbrachte fast den gesamten Flug nach San Francisco zusammengerollt auf Tamaras Schoß und ließ sich genüßlich Kopf und Rücken kraulen, wobei sie Indiana von Zeit zu Zeit einen ebenso verschlagenen wie gehässigen Blick zuwarf.

Irgendwie überstand er den Flug, auch wenn er sicher war, dafür mit wochenlangen Alpträumen bezahlen zu müssen. Mit dem ersten Licht des Tages wasserte die ›Flying Fish‹ im Hafen von San Francisco, und Indiana und Tamara stiegen aus. In Anbetracht des unliebsamen Reisebegleiters fiel Indianas Abschied von Paul etwas frostig aus, aber Tamara machte das mehr als wett, indem sie ihm zum Abschied einen Kuß gab und ihm überschwenglich versicherte, wie reizend Nancy doch sei. Paul strahlte wie ein Honigkuchenpferd, und Tamara verzichtete überraschenderweise darauf, auch der Schlange einen Abschiedskuß zu geben.

Sie suchten sich ein Taxi und ließen sich von dem Fahrer in ein nahe gelegenes Hotel bringen, wo sie sich erst einmal bis in den Nachmittag hinein ausschliefen.

Als Tamara erwachte, war sie allein. Eine Notiz sagte ihr, daß Indiana in der Hotelbar auf sie wartete. Sie duschte ausgiebig, zog sich an und fand ihn tatsächlich an einem der kleinen Tische über einer Tasse Kaffee und einem über und über bekritzelten Zettel brütend dasitzen. Auf dem Stuhl neben ihm befand sich eine gewaltige Papiertüte. Er sah müde aus.

Er war es auch. Und sehr besorgt. Anders als Tamara hatte er nur wenige Stunden geschlafen (und natürlich *hatte* er Alpträume gehabt, in denen Schlangen eine Rolle spielten), ehe er das Hotel verlassen hatte, um ein paar Besorgungen zu erledigen. Später hatte er ein Telefongespräch geführt. Das, was er dabei erfahren hatte, gefiel ihm ganz und gar nicht.

Seine Gedanken mußten ziemlich deutlich auf seinem Gesicht abzulesen sein, und Tamara hielt sich nicht lange mit einer Begrüßung auf, sondern sah ihn einige Augenblicke lang durchdringend an, ehe sie sich setzte und mit schräggehaltenem Kopf fragte: »Was ist los?«

Indiana zuckte mit den Schultern und lächelte wenig überzeugend. »Nichts. Ich bin müde.« Dann begriff er, wie wenig überzeugend diese Worte klangen, und setzte neu an. »Ich war in der Stadt. Ich habe uns ein wenig Geld besorgt und mich am Hafen nach einem Schiff erkundigt, das nach Osten fährt.«

»Hast du eines gefunden?«

»Nun… ja«, sagte Indiana ausweichend. »Dann habe ich noch mit Marcus telefoniert. In Washington ist die Hölle los.« Er sah Tamara auf eine schwer zu deutende Weise an. »Kannst du eine schlechte Nachricht vertragen?«

Tamara sah ihn aufmerksam an. Sie wirkte sehr ernst. »Sicher.«

»Sverlowsk…« begann Indiana. »Dein Onkel. Es gab… ein zweites Attentat.«

»Ist er tot?« fragte Tamara erschrocken.

Indiana verneinte. »Schwer verletzt. Die Ärzte wissen noch nicht, ob er durchkommt. Außer ihm gab es vier weitere Opfer. Sie sind alle tot.« Er schob Tamara den Zettel zu, der vor ihm auf dem Tisch lag. »Sagen dir diese Namen etwas?«

Tamara überflog das Blatt hastig und wurde noch ein wenig bleicher. »Ja«, sagte sie leise. »Das sind… alle, die wußten, weshalb ich wirklich hier bin.«

»Ganz sicher? Es fehlt keiner?«

»Keiner«, bestätigte Tamara.

Indiana machte ein Gesicht, als hätte er mit genau dieser Antwort gerechnet. Er seufzte. »Du weißt, was das bedeutet? Wer immer hinter diesen Attentaten steckt, schreckt nicht einmal davor zurück, seine eigenen Leute umzubringen.« Er deutete auf den Zettel. »Der Name des Verräters muß mit daraufstehen. Aber ihr könnt euch die Mühe sparen, nach ihm zu suchen.«

»Sie meinen es wirklich ernst«, sagte Tamara.

»Ja«, murmelte Indiana. »Und das ist noch nicht einmal alles.«

»Was ist denn… noch?« fragte Tamara stockend.

»Kannst du dir das nicht denken?« fragte Indiana. »Ganz Washington steht kopf, Tamara! Deine Leute, weil sie nicht wissen, ob du noch am Leben bist und was mit den Unterlagen in deiner Tasche ist, und meine, weil sie allmählich begreifen, daß ich mich auf mehr eingelassen habe als auf eine ›archäologische Expedition‹.« Er verdrehte die Augen. »CIA, FBI, Army und jeder einzelne Polizist dieses Landes suchen mich.«

»Aber warum denn?«

»Das fragst du noch?« Indiana fuhr zusammen, als er bemerkte, daß er vielleicht ein bißchen zu laut gesprochen hatte. Mehrere andere Gäste drehten die Köpfe und warfen ihm neugierige oder auch mißbilligende Blicke zu. Mit gedämpfter Stimme, aber immer noch hörbar erregt, fuhr er fort.

»Die Geschichte von Dschingis Khans Schwert hat sich herumgesprochen. Und unsere Regierung kann auch zwei und zwei zusammenzählen. Wenn auch nur die Hälfte von dem eintritt, was du befürchtest, dann kann das den Lauf der Geschichte verändern.«

»Jetzt bitte ich dich aber –« begann Tamara.

Indy unterbrach sie mit einer Handbewegung. »Nein. *Ich* bitte *dich*. Und zwar darum, mich nicht länger wie einen Idioten zu behandeln.«

»So?« fragte Tamara ruhig. Sie sah ihn nicht an.

»Ein Mongolenaufstand kann das Ende der Sowjetunion bedeuten«, sagte Indiana.

»Jetzt übertreibst du«, sagte Tamara. Es klang lahm. »Es sind nur ein paar Hundert oder bestenfalls –«

»Es sind unter Umständen etliche zehntausend zu allem entschlossene Fanatiker«, unterbrach Indiana sie erneut. »Und ihr könnt nicht viel gegen sie tun. Nicht, solange ein gewisser Herr mit einem Charlie-Chaplin-Bärtchen eure Soldaten rund um die Uhr beschäftigt. Was wollt ihr tun? Im Osten einen Volksaufstand niederschlagen, während Hitler ungehindert in Moskau einmarschiert? Davon abgesehen – die Nazis werden weder Mühen noch Kosten scheuen, um deine *Hunnenreiter* mit allem auszurüsten, was sie brauchen, um eine richtige Armee zu werden.«

Tamara schwieg.

»Ich muß dir, glaube ich, nicht erzählen, was Marcus mir noch gesagt hat«, fuhr Indiana fort. »Nämlich, daß seit gestern abend auffällig viele Männer in schwarzen Ledermänteln in der Nähe eurer Botschaft gesehen wurden. Auch wenn es dir nicht paßt, Schätzchen – du und ich sind im Moment so ziemlich die meistbegehrten Personen auf diesem Kontinent. Und wir sind auch hier nicht mehr lange sicher.«

»Hast du deinem Freund verraten, wo wir sind?«

»Nein. Aber das FBI ist nicht blöd. Sie werden nur ein paar Stunden brauchen, bis sie auf Paul kommen. Und er wird ihnen früher oder später verraten, wohin er uns gebracht hat.«

»Dann sollten wir keine Zeit verlieren und möglichst schnell an Bord eines Schiffes gehen –«

»– um wohin zu fahren?« fragte Indiana. »Selbst wenn wir an Bord eines Schiffes kommen, wird uns in jedem russischen Hafen eine ganze Armee von sowjetischen, amerikanischen und deutschen Geheimdienstleuten erwarten. Und wahrscheinlich auch noch ein paar mordlüsterne Hunnen mit langen Messern oder Gewehren.« Plötzlich lachte er. »Weißt du, wie unsere Soldaten die Nazis nennen?«

Tamara schüttelte den Kopf.

»Hunnen«, sagte Indiana. »Das paßt, nicht?«

»Ich... ich verstehe deine Verbitterung ja«, sagte Tamara mit reglosem Gesicht. »Aber auf der anderen Seite: Was hätte es geändert, wenn du das alles vorher gewußt hättest? Hättest du dann ›nein‹ gesagt?«

»Nein«, antwortete Indiana. »Aber wir hätten vielleicht alles ein bißchen besser planen können. Verdammt, Tamara, hat bei euch wirklich keiner begriffen, wie ernst die Situation ist?«

»Ich fürchte nein«, gestand Tamara. »Ehrlich gesagt: Bis gestern abend war mir selbst nicht ganz klar, in welcher Gefahr wir uns befinden.«

»Jetzt weißt du es«, grollte Indiana. »Du...« Er schluckte den Rest des Satzes herunter, blickte sekundenlang an Tamara vorbei ins Leere und gab sich dann einen sichtbaren Ruck.

»Entschuldige bitte«, sagte er. »Ich glaube, ich habe ein bißchen die Beherrschung verloren. Tut mir leid.«

Tamara nickte stumm. Indiana wußte, daß er sie verletzt hatte. Er war ungerecht – immerhin stand für Tamara eine Menge mehr auf dem Spiel als für ihn. Das Schlimmste, was ihm passieren konnte, war ein unangenehmes Gespräch mit dem FBI oder einem hohen Regierungsbeamten. Für Tamara ging es ums nackte Überleben. Und der Großteil seines Zorns galt wohl auch ihm selbst. Er war zu diesem Abenteuer gekommen wie die berühmte Jungfrau zum Kind. Aber es war nicht Tamaras Schuld. Auch wenn dieses Unternehmen noch so dilettantisch vorbereitet gewesen war – hätte er sich die Mühe gemacht, auch nur fünf Minuten in Ruhe über das nachzudenken, was Tamara ihm erzählt hatte, dann hätte er erkennen müssen, worauf er sich da eingelassen hatte.

»Entschuldige«, sagte er noch einmal.

Tamara antwortete auch jetzt nicht; aber nach einer Sekunde bewegte sich ihre Hand über den Tisch und berührte Indianas Finger. Nur ganz kurz, aber sehr warm. Indiana lächelte dankbar, dann richtete er sich ein wenig auf, ergriff die Papiertüte neben sich und reichte sie Tamara.

»Was ist das?« fragte sie neugierig.

»Kleider«, antwortete Indiana. »Ein paar Blusen, Hosen, ein Rock...« Er zuckte mit den Schultern. »Ich hoffe, sie passen dir. Ich mußte die Größe schätzen, weißt du? Aber in den Sachen, die du anhast, kannst du nicht weiter herumlaufen.«

»Warum nicht?« Tamara sah demonstrativ an sich herab. »Was hast du dagegen? Sie sind sehr hübsch.«

»Du siehst phantastisch darin aus«, gestand Indiana. »Aber du fällst auch auf wie ein bunter Hund.«

Tamara sah ihn verwirrt an, aber dann siegte doch die Frau in ihr: Sie öffnete die Papiertüte – und unterdrückte sichtlich im letzten Moment einen überraschten Ausruf, als sie das spitzenbesetzte Negligé erblickte, das ganz obenauf lag. »Das ist ja... herrlich«, sagte sie stockend.

Indiana runzelte die Stirn, beugte sich vor – und spürte, wie ihm das Blut in die Wangen stieg, als er in die Tüte blickte. Diese verdammte Verkäuferin! dachte er. Er hatte ihr extra gesagt, *dieses* Teil ganz unten in die Tüte zu legen.

»Und du meinst, damit falle ich weniger auf?« fragte Tamara grinsend.

»Du mußt es ja nicht unbedingt... hier tragen«, stotterte Indiana. Er räusperte sich. »Geh bitte nach oben und zieh dich um. Und laß dir nicht mehr zu viel Zeit.«

Tamara ignorierte seine Worte. Sie hatte begonnen, den Inhalt der Papiertüte auf dem kleinen Tischchen vor sich auszubreiten – wobei sie das Negligé, das tatsächlich nur aus Spitzen mit sehr viel Nichts dazwischen bestand, so hingelegt hatte, daß jedermann es sehen konnte. Indiana spürte, wie er noch röter wurde. Er mußte nicht aufblicken, um zu wissen, daß ihn mittlerweile die ganze Bar anstarrte. Er konnte das anzügliche Grinsen *spüren*, das sich auf einem Dutzend Gesichtern ausgebreitet hatte.

»Das ist ja herrlich!« sagte Tamara, während sie mit leuchtenden Augen die Schätze betrachtete, die vor ihr lagen. Indiana verstand ihre Begeisterung im ersten Augenblick nicht ganz; er hatte zwar auf einen gewissen Chic geachtet, im großen und ganzen jedoch eher *praktische* Kleidung gekauft. Aber dann kam ihm in den Sinn, daß Tamara wahrscheinlich seit zehn Jahren nichts als Uniformen getragen hatte. »Das muß ja ein Vermögen gekostet haben!«

»Ein halbes«, schränkte Indiana ein. Grinsend fügte er hinzu: »Keine Sorge – du wirst alles auf der Spesenabrechnung wiederfinden.«

»Das auch?« Tamara deutete auf das Negligé. Ihre Augen glitzerten spöttisch.

Indiana zog es vor, die Frage zu ignorieren. »Du solltest dich wirklich ein bißchen beeilen«, sagte er. »Unser Schiff geht in zwei Stunden. Und wir müssen uns noch irgendwie am Zoll vorbeischmuggeln.«

»Was für ein Schiff?« fragte Tamara. »Hast du mir nicht gerade erklärt, daß sie in jedem Hafen auf uns warten werden?«

»In jedem russischen Hafen«, korrigierte Indiana. »Deshalb fahren wir ja auch nach Hongkong.«

»Hongkong?« ächzte Tamara. »Aber das dauert doch Wochen!«

»Zwanzig Tage, um genau zu sein«, sagte Indiana. »Ich habe eine Kabine auf einem Teefrachter für uns gechartert. So haben wir eine echte Chance, sicher anzukommen. Von Hongkong aus kannst du versuchen, Kontakt mit deinen Leuten aufzunehmen. Außerdem habe ich Freunde dort.« Er schnitt Tamara mit einer Handbewegung das Wort ab, ehe sie überhaupt etwas erwidern konnte.

»Und jetzt beeil dich bitte. Wir haben anschließend drei Wochen Zeit, um uns zu streiten, ob meine Idee gut war oder nicht.«

Hongkong

Siebenundzwanzig Tage später gingen sie im Hafen von Hongkong von Bord, und Indiana opferte den Rest seiner ohnehin knapp bemessenen Barschaft, um einen Zollbeamten zu bestechen, damit er sie überhaupt an Land ließ.

Sie hatten sich tatsächlich ausgiebig darüber gestritten, ob seine Idee wirklich so gut gewesen war, und selbst Indiana waren nach und nach gewisse Zweifel gekommen. Der Frachter hatte auch nicht annähernd die Knotenzahl gebracht, von der der Kapitän gesprochen hatte, als er mit Indiana um die Passage feilschte; sie waren in zwei leichte und einen wirklich schweren Sturm geraten, und zu allem Überfluß hatten sie sage und schreibe *drei* Anläufe gebraucht, um Hongkong überhaupt zu erreichen. Ihr Schiff hatte zweimal kurz zuvor den Kurs geändert und war wieder aufs offene Meer hinausgefahren. Der Krieg, der von Europa ausgehend allmählich die ganze Welt in Brand zu setzen schien, warf auch hier seine Schatten voraus: Die japanischen Angriffe auf die Mandschurei machten die tükkischen Gewässer noch gefährlicher. Strömungen und Piraten waren kein wirkliches Problem, aber um einen japanischen Zerstörerverband machte der Kapitän lieber einen großen Bogen; wofür Indiana durchaus Verständnis hatte.

Etwas weniger Verständnis hatte er dafür, daß Tamaras Verhältnis zu ihm merklich abkühlte, je länger die Fahrt dauerte. Sie hatten es zwar schließlich aufgegeben, darüber zu diskutieren, ob seine Idee nun besonders genial oder ganz besonders dumm gewesen war, aber das schwarze Negligé bekam Indiana nur ein einziges Mal zu Gesicht; als Tamara es gewaschen und zum Trocknen in ihrer Kabine aufgehängt hatte.

Und das Pech blieb ihnen treu. Die angespannte politische Lage, der Krieg und vor allem die allgegenwärtige Angst vor einer japanischen Invasion machten es noch schwieriger als sonst, ein Hotelzimmer zu bekommen. Sie hatten das zehnte Hotel hintereinander abgeklappert, ehe Indiana sich eingestand, daß sie nur noch die Wahl zwischen zwei Extremen hatten: billigen Absteigen und Nobelherbergen, die seinen Etat auch dann überstiegen hätten, wäre er nicht zufällig pleite gewesen. Aus Rücksicht auf Tamara entschied er sich für die zweite Alternative. Sie würden ohnehin nur einen oder zwei Tage bleiben und dann weiterreisen.

Spät am Nachmittag erreichten sie das EXCELSIOR, eines der drei vornehmsten und teuersten Hotels der Stadt. Indianas Optimismus erhielt einen ersten Dämpfer, als er die Anzahl von Automobilen und Rikschas sah, die die Straße davor bevölkerten. Und einen zweiten, weitaus heftigeren, als sie die Halle betraten.

Von Eleganz oder gar vornehmer Stille war hier nichts zu spüren. Hunderte von Menschen drängten sich in der großen Halle mit den Marmorsäulen und den Kristallüstern unter der Decke, und der Lärmpegel übertraf den des Londoner Hauptbahnhofs zur Hauptverkehrszeit. Vor der Empfangstheke drängte sich eine bunt zusammengewürfelte Menge von Leuten, die ganz offensichtlich alle dasselbe wollten wie Tamara und er: ein Zimmer. Einige schrien hysterisch, andere wedelten mit Geldscheinen, aber Indiana sah aus der Entfernung, daß die Antwort des Personals immer aus dem gleichen, bedauernden Kopfschütteln bestand. Er sparte sich die Mühe, sich in das Gedränge zu stürzen und sich blaue Flecke und wundgetretene Zehen einzuhandeln. Er wußte es auch so: daß auch in diesem Hotel kein Zimmer mehr frei war.

»Eine großartige Idee, Dr. Jones«, sagte Tamara spöttisch. »Aber irgendwie paßt sie zu dem bisherigen Verlauf der Reise.« Sie seufzte. »Das kommt davon, wenn man sich mit Amateuren einläßt.«

Indiana widersprach nicht einmal. So ganz unrecht hatte Tamara ja nicht. Es war weiß Gott nicht das erste Mal, daß er unfreiwillig in die Mühlen verfeindeter Geheimdienste und Agentenringe geriet, aber bisher waren solcherlei Dinge eher unerfreuliche Begleiterscheinungen seiner Arbeit gewesen. Jetzt hatte er zum ersten Mal versucht, aktiv in dem komplizierten Spiel von Betrug und Täuschung mitzuwirken – und mußte feststellen, daß er sich auf spiegelglattes Parkett begeben hatte.

»Ich dachte, du hättest Freunde in Hongkong?« fuhr Tamara fort, als Indiana nichts sagte.

»Das dachte ich auch«, murmelte Indy. Er hatte auf dem Weg hierher viermal telefoniert. Zweimal hatte er niemanden erreicht, und die beiden anderen Male hatte er feststellen müssen, daß *alte* Bekanntschaften nicht immer *gute* Bekanntschaften sein mußten.

»Ein einziger Anruf reicht, und wir haben ein Zimmer, Geld und einen fahrbaren Untersatz«, sagte Tamara. »Du weißt das.«

Ihr Vorschlag war nicht unbedingt dazu angetan, Indianas ohnehin angeschlagene Laune zu verbessern. Sie hatten über *dieses* Thema weiß Gott oft genug geredet. Trotzdem sagte er: »Und mit ein bißchen Pech wissen deine Freunde im gleichen Moment, wo wir sind. Und dann wäre das ganze Versteckspiel sinnlos gewesen.«

Tamara murmelte etwas, das sich wie: *Das war es sowieso* anhörte, aber Indiana verzichtete vorsichtshalber darauf, noch einmal nachzufragen. Zumal er spürte, daß er selbst dicht davor war, aufzugeben und auf Tamaras Vorschlag einzugehen, bei der sowjetischen Botschaft um Hilfe nachzufragen.

Er ergriff Tamara am Arm, um mit ihr die Halle wieder zu verlassen, als er glaubte, seinen Namen zu hören.

»Dr. Jones!«

Stirnrunzelnd blieb er stehen und sah sich um, und sein Stirnrunzeln vertiefte sich noch, als jemand zum zweiten Mal seinen Namen rief und er den Mann eine Sekunde später sah. Er war sehr klein – kaum größer und auch nicht nennenswert breitschultriger als Tamara –, trug einen maßgeschneiderten

Anzug und bewegte sich mit geradezu unheimlicher Eleganz durch die dichtgedrängte Menschenmenge in der Halle; wie es schien, ohne auch nur ein einziges Mal irgendwo anzustoßen. Er war Japaner oder Chinese, hatte lackschwarzes, glänzendes Haar und ein Gesicht, das nur schwer auf sein Alter schließen ließ. Er mußte irgendwo zwischen dreißig und fünfzig sein.

Der Mann rief ein drittes Mal Indianas Namen, hob die Hand und kam mit raschen, aber keineswegs hastigen Schritten näher. Tamara warf Indiana einen fragenden Blick zu, den er mit einem Achselzucken beantwortete. Der Fremde war ihm völlig unbekannt. Ein leises Gefühl von Mißtrauen stieg in ihm hoch.

Trotzdem lächelte er dem Dunkelhaarigen freundlich entgegen, als dieser bis auf zwei Schritte herangekommen war und stehenblieb.

»Dr. Jones? Verzeihen Sie, wenn ich Sie so überfalle – aber Sie sind doch Dr. Indiana Jones, nicht wahr?«

Indiana nickte. »Das ist richtig. Kennen wir uns?«

Der Fremde schüttelte den Kopf, deutete eine Verbeugung an und lächelte ein undurchschaubares asiatisches Lächeln. »Bitte verzeihen Sie meine Unhöflichkeit«, sagte er noch einmal. »Mein Name ist Moto. Toshiro Moto. Wir sind uns bisher leider noch nicht persönlich begegnet, aber ich habe schon viel von Ihnen gehört.«

»So?« sagte Indiana mißtrauisch.

Motos Lächeln blieb undurchschaubar. »Wir sind in gewisser Hinsicht Kollegen«, sagte er. »Auch mein Hobby ist Archäologie und das Wissen um versunkene Völker und Kulturen. Allerdings betreibe ich es nur als Passion, so weit meine Zeit dazu reicht.«

»Aha«, sagte Indiana. Er sah Moto scharf an. Sein Mißtrauen nahm zu, auch wenn es eigentlich keinen konkreten Grund dafür gab.

»Als ich Ihren Hut und die berühmte Peitsche sah«, fuhr Moto mit einer Geste auf beides fort, »da dachte ich mir, daß es sich eigentlich nur um den berühmten Dr. Jones handeln kann.

Und ich konnte der Versuchung nicht widerstehen, Sie einmal persönlich kennenzulernen. Sie sind beruflich in Hongkong?«

»Privat«, antwortete Indiana automatisch. »Rein privat.«

Moto sah ihn forschend an und taxierte Tamara mit einem raschen, schon beinahe anzüglichen Blick; für einen Japaner ein eigentlich sehr untypisches Benehmen, fand Indiana.

»Ich verstehe«, sagte Moto.

»Das glaube ich kaum«, antwortete Indiana eine Spur schärfer als angebracht. Er legte Tamara demonstrativ den Arm um die Schulter. »Darf ich vorstellen – Mrs. Tamara Jones. Meine Frau.«

Tamara beherrschte sich meisterhaft, während Moto sich keine Mühe gab, seine Überraschung zu verbergen. »Ihre... Frau?« sagte er. »Ich wußte nicht, daß Sie verheiratet sind, Dr. Jones.«

»Kaum jemand weiß das«, antwortete Indiana. »Wir sind es auch erst seit zwei Wochen.«

»Oh, jetzt verstehe ich.« Moto warf Tamara einen entschuldigenden Blick zu und seufzte. »Dann ist das so etwas wie Ihre Hochzeitsreise, nehme ich an.«

»So ungefähr«, bestätigte Indiana. Sein Mißtrauen hatte sich etwas gelegt, aber allmählich begann ihm Moto einfach auf die Nerven zu gehen. Was wollte dieser Kerl von ihm?

»Ich fürchte, Sie haben sich einen sehr unglücklichen Zeitpunkt dafür ausgewählt, Dr. Jones«, fuhr der Japaner fort. »Hongkong ist im Moment nicht der richtige Ort, um den – wie nennt ihr Amerikaner es doch gleich? – Honeymoon zu feiern.«

»Das ist mir auch schon aufgefallen«, sagte Indiana mit einem wehleidigen Blick auf die Menschenmenge in der Halle. Er seufzte ebenfalls. »Aus diesem Grund muß ich mich auch leider von Ihnen verabschieden, Mr. Moto. Wir –«

»Aber das kommt überhaupt nicht in Frage«, unterbrach ihn Moto. »Sehen Sie, Dr. Jones, in Hongkong ist seit Wochen – wie man in Ihrem Land sagt – der Teufel los. Das liegt an gewissen... unerfreulichen Entwicklungen der weltpolitischen Lage, wenn Sie verstehen, was ich meine. Und das wird sich sicher kaum bis morgen ändern. Ich fürchte, Sie werden in der ganzen Stadt kein Hotelzimmer bekommen. Zumindest keines, das Ihnen und Ihrer entzückenden jungen Gattin zuzumuten wäre.« Er lächelte wieder. »Erweisen Sie mir die Ehre, meine bescheidene Hilfe anzunehmen, Dr. Jones. Ich kenne eine Anzahl Leute in der Stadt, die möglicherweise in der Lage sind, Ihnen und Ihrer Gattin ein angemessenes Quartier zur Verfügung zu stellen.«

Indiana wollte instinktiv ablehnen, aber dann zögerte er. Moto war vermutlich nur ein aufdringlicher Trottel, aber sowohl er als auch Tamara waren mit ihren Nerven so ziemlich am Ende. »Wir möchten Ihnen keine Umstände machen –«, begann er, aber Moto unterbrach ihn mit ganz und gar unasiatischer Unhöflichkeit.

»Unsinn!« sagte er. »Ich war hier mit einem Bekannten verabredet, aber wie ich die Sache sehe, wird er wohl ohnehin nicht mehr kommen. Mein Diener wird sich um die Angelegenheit kümmern. Kommen Sie, meine Liebe.« Plötzlich wieder ganz und gar der höfliche Asiat, bot er Tamara seinen Arm und führte sie galant auf die Straße zurück. Wie aus dem Nichts erschien plötzlich eine schwere deutsche Limousine am Straßenrand. Moto öffnete die hintere Tür, half Tamara beim Einsteigen und sah Indiana fragend an. »Ihr Gepäck ist noch im Hotel, vermute ich?«

»Wir... reisen mit kleinem Gepäck«, antwortete Indiana ausweichend.

Moto lächelte wissend, sagte aber nichts mehr, sondern trat einen Schritt zurück, damit Indiana Tamara folgen konnte.

»Was sollte dieser Unsinn, mich als deine Frau vorzustellen?« zischte Tamara, während Indiana auf die ledergepolsterte Sitzbank neben ihr rutschte. Sie sprach leise und fast ohne die Lippen zu bewegen, aber ihre Augen blitzten, und ihre Stimme bebte vor Zorn.

Indiana lächelte zurück. Ebenso leise wie sie, aber in eindeutig amüsiertem Ton antwortete er: »Wieso regst du dich so auf? Ich wollte nur deine Ehre retten, Liebling. Hast du seine anzüglichen Blicke nicht bemerkt?«

»Und ob«, grollte Tamara. »Allerdings waren es eher *auszügliche* Blicke.«

»Genau deshalb habe ich dich als Mrs. Indiana Jones vorgestellt«, sagte Indiana.

Tamara wollte antworten, aber sie kam nicht dazu. Mr. Moto hatte den Wagenschlag hinter Indiana geschlossen und war um den Daimler-Benz herumgegangen, um vorn neben dem Fahrer Platz zu nehmen. Er war ein wenig ungeschickt dabei, vielleicht auch abgelenkt durch Tamaras Anblick; auf jeden Fall rempelte er versehentlich einen Passanten an, der mit gesenktem Blick und vorgebeugten Schultern herangestürmt kam. Es war wirklich nur ein Versehen, das sah Indiana ganz deutlich. Moto taumelte gegen den Kotflügel, allerdings wohl mehr vor Schrecken, und der andere blieb einfach stehen. Aber als Indiana in sein Gesicht sah, wußte er sofort, was Sache war.

»Das gibt Ärger!« sagte er. Mit einer hastigen Bewegung glitt er über den Sitz, riß die Tür auf und sprang aus dem Wagen; gerade in dem Moment, in dem der Bursche Moto bei den Aufschlägen seines maßgeschneiderten Anzuges packte und mit einem Ruck in die Höhe zerrte.

»Verdammtes Schlitzauge!« knurrte er. »Suchst du vielleicht Streit?«

Moto hätte nicht einmal antworten können, wenn er gewollt hätte, denn der andere hatte ihn so gepackt, daß sich ihre Gesichter auf gleicher Höhe befanden; mit dem Ergebnis, daß Motos Füße hilflos fünfzehn Zentimeter über dem Boden strampelten. Moto ächzte und hatte die Handgelenke des Mannes gepackt, aber ebensogut hätte er versuchen können, einen Baum mit bloßen Händen auszureißen. Der Kerl war dreißig Zentimeter größer als er und mußte fast doppelt soviel wiegen. Und nicht nur das.

Das Gesicht des Kerls sprach Bände. Zu sagen, daß es brutal war, wäre untertrieben gewesen. Es war ein typisches Schlägergesicht; breit und voller Narben und mit einer Nase, die mindestens schon ein Dutzend Mal gebrochen gewesen sein mußte. Kerle wie er fanden immer einen Grund, Streit anzufangen, dachte Indiana.

»Was ist los?« fauchte der Bursche, als Moto – verständlicherweise – nur mit einem Röcheln antwortete. »Hast du die Hosen voll, gelber Scheißer?«

»Ich glaube, das reicht«, sagte Indiana ruhig.

Der Schläger wandte ruckartig den Kopf, starrte Indiana an – und ließ Moto so abrupt los, daß er hilflos zurück- und erneut gegen den Wagen taumelte. Seine Augen funkelten tückisch, während er sich mit wiegenden Schritten auf Indiana zubewegte, in dem er anscheinend das lohnendere Opfer entdeckt zu haben glaubte. »Was mischst du dich denn ein, Blödmann?« knurrte er.

»Es liegt mir fern, mich irgendwo einzumischen«, sagte Indiana in aller Höflichkeit. »Aber ich habe den Zwischenfall zufällig beobachtet, und ich kann Ihnen versichern, daß Mr. Moto Sie bestimmt nicht absichtlich angerempelt hat.«

»So?« knurrte der Bursche und kam einen weiteren Schritt auf Indiana zu. Indiana sah sich rasch um. Der Zwischenfall war nicht unbemerkt geblieben. Einige Passanten waren stehengeblieben und blickten aufmerksam in ihre Richtung.

»Was bist du denn für einer?« fragte der Große lauernd. »So 'n elender Japsenfreund, wie?«

Allmählich wurde es Indiana doch ein wenig mulmig zumute. Der Bursche war auch ein gutes Stück größer als er – und er machte nicht den Eindruck, als ließe er sich durch ein paar freundliche Worte beruhigen. Indiana behielt vor allem seine Hände im Auge. Sie waren nicht mehr zu Fäusten geballt, sondern leicht geöffnet, aber angespannt; zum Zupacken bereit.

»Bitte, Sir!« sagte er. »Ich wollte lediglich –«

Den Kerl interessierte nicht, was Indiana sagen wollte. Er

schlug ohne Vorwarnung zu. Und sehr viel schneller als Indiana erwartet hatte. Hätte er die Pranken des Burschen nicht genau beobachtet, dann hätte ihn der erste Fausthieb sofort ins Land der Träume befördert. So zertrümmerte er nur die Seitenscheibe des Wagens, als Indiana sich im allerletzten Moment duckte und zugleich konterte.

Das Klirren der zerberstenden Scheibe mischte sich mit dem überraschten Keuchen des Burschen, als Indiana ihm die Faust unter das Kinn schlug.

Das Ergebnis entsprach nicht ganz Indys Absicht. Der Kerl wankte zurück und heulte vor Schmerz, aber das lag wohl eher daran, daß er sich die Hand an der Scheibe zerschnitten hatte. In seinen Augen loderte die pure Mordlust.

Plötzlich wußte Indiana, daß er sich auf keinen langen Faustkampf mit diesem Kerl einlassen durfte. Blitzschnell setzte er nach, boxte ihm zwei-, dreimal hintereinander in den Leib und setzte einen zweiten Hieb auf seine Kinnspitze.

Der Schläger wankte, schüttelte benommen den Kopf – und packte so blitzschnell zu, daß Indiana gar nicht wußte, wie ihm geschah, ehe er sich auch schon in der gleichen Lage befand wie Moto wenige Augenblicke zuvor: hilflos in den Fäusten des Burschen zappelnd und die Füße ein gutes Stück vom Boden entfernt.

Der Kerl hatte einen Griff wie ein Schraubstock. Indiana hörte, wie hinter ihm die Wagentür aufflog, als Tamara ihm zu Hilfe eilen wollte, und gleichzeitig wußte er, daß sie zu spät kommen würde. Wenn der Bursche auch nur ein einziges Mal mit seinen gewaltigen Pranken zuschlug, würde er in einem Krankenhausbett aufwachen; wenn überhaupt.

Erstaunlicherweise verzichtete er darauf, sondern schüttelte Indiana nur wild hin und her, wobei er ihn mit Nettigkeiten wie ›Schlitzaugenfreund‹ und ›Nudelfresser‹ titulierte.

Indiana hatte weitaus weniger Hemmungen als er und nutzte die Chance, die er hatte. Mit aller Kraft riß er das rechte Knie in die Höhe.

Der Kerl ächzte vor Schmerz. Seine Augen wurden groß und rund, während er Indiana losließ. Sein Unterkiefer klappte herunter.

Indiana klappte ihn mit einem aufwärts geführten Kinnhaken wieder hoch, sprang blitzartig zur Seite, als der Kerl sich krümmte, packte ihn an beiden Schultern und riß ihn ruckartig nach vorn. Das Gesicht des Burschen knallte gegen den Kotflügel des Wagens und hinterließ eine Beule, als er halb bewußtlos zur Seite kippte.

Indiana sprang einen Schritt zurück. Mißtrauisch und mit erhobenen Fäusten musterte er den Kerl einige Sekunden lang, ehe er sicher war, daß zumindest im Moment keine Gefahr mehr von ihm ausging.

Was nun nicht hieß, daß alles in Ordnung gewesen wäre. O nein, ganz und gar nicht.

Sein Blick begegnete dem Tamaras, als er endlich aufsah, aber er sah noch mehr: nämlich Moto, der mit schreckensbleichem Gesicht hinter der jungen Russin stand und fassungslos abwechselnd ihn und den stöhnenden Mann auf dem Boden ansah – und die Gesichter der Menschenmenge, die sich rings um sie und den Wagen gebildet hatte.

Die allerwenigsten davon sahen freundlich aus.

Einige blickten sogar ausgesprochen *un*freundlich.

»Ich glaube, wir verschwinden besser von hier«, sagte Tamara, der dieser Umstand ebenfalls nicht entgangen war. Indiana nickte knapp, bückte sich noch einmal und zog den Schläger ein gutes Stück vom Wagen fort, damit sie ihn nicht überfuhren, ehe er hinter Tamara und Moto als letzter in den Mercedes stieg.

Irritiert und mit wachsender Beunruhigung sah er sich um. Die Menschenmenge war weiter gewachsen, und einige waren bereits näher gekommen. Der Wagen war an drei Seiten umringt, und einige Männer machten bereits Anstalten, auf die Straße zu treten, um den Kreis zu schließen. Indiana konnte die Feindseligkeit der Menschen beinahe riechen.

»Was geht hier vor?« fragte er verwirrt.

Moto sagte ein paar rasche Worte auf japanisch zu seinem Fahrer, ehe er sich zu Indiana umwandte. Der Daimler rollte langsam los – *sehr* langsam, um niemanden zu überfahren, denn die Menge machte ihnen nur widerwillig Platz. Hände streckten sich nach dem Wagen aus, und böse Gesichter starrten zu ihnen herein. Jemand schlug sogar mit der Faust auf das Wagendach.

»Die politische Lage, Dr. Jones«, sagte Moto betrübt. »Im Moment hat sich eine gewisse Feindseligkeit meinem Volk gegenüber in Hongkong ausgebreitet, fürchte ich.« Er seufzte. »Ich bin Ihnen zu tiefstem Dank verpflichtet, Dr. Jones. Ich weiß nicht, wie die Sache ohne Ihr Eingreifen ausgegangen wäre.«

»Schon gut«, antwortete Indiana, während er seine schmerzende Faust massierte. Es hatte nicht viel gefehlt, dachte er, und die Sache wäre auch *mit* seinem Eingreifen schlecht ausgegangen. So ganz verstand er im nachhinein selbst nicht, wieso es ihm so leichtgefallen war, mit diesem Riesenkerl fertig zu werden. Wahrscheinlich hatte er einfach nur Glück gehabt.

»Nein, es ist nicht gut«, widersprach Moto mit großem Ernst. »Ich stehe in Ihrer Schuld, Dr. Jones. Vielleicht gestatten Sie mir, als geringstes Zeichen meiner Dankbarkeit, Ihr Problem zu lösen, was die Unterkunft angeht. Sie und Ihre reizende Gattin sind selbstverständlich für die Dauer Ihres Aufenthaltes in Hongkong meine Gäste.« Er hob rasch die Hand, als Indiana widersprechen wollte. »Ich werde eine Ablehnung nicht akzeptieren, Dr. Jones.«

Indiana schwieg. Hundertprozentig traute er Moto noch immer nicht. Aber er wußte auch, wie überaus sensibel gerade Japaner in Fragen der Ehre waren. Außerdem war sein Angebot durchaus verlockend. Und es handelte sich ja wahrscheinlich nur um eine Nacht; allerhöchstens zwei.

Bevor Moto aus lauter Angst, daß er sein Angebot ablehnte, Seppuko begehen konnte, nickte er und drehte sich im Sitz herum. Der Wagen war schneller geworden und hatte sich mittlerweile gute hundertfünfzig Meter vom Hotel entfernt. Indiana erschrak, als er sah, wie groß die Menschenmenge vor dem EXCELSIOR mittlerweile geworden war. Immerhin machte der Pulk keine Anstalten, sie zu verfolgen.

Er war plötzlich nicht mehr sicher, ob es wirklich eine gute Idee war, Mr. Motos Gastfreundschaft anzunehmen.

Ganz und gar nicht.

Was Moto als ›bescheidenes Heim‹ bezeichnet hatte, entpuppte sich als ein palastähnlicher Komplex von Gebäuden japanischer Architektur, der auf einem Felsplateau hoch über den Dächern Hongkongs lag und sich hinter einer gut drei Meter hohen, stacheldrahtgekrönten Mauer verbarg. Indiana kam aus dem Staunen nicht mehr heraus, als der Wagen durch das elektrisch geöffnete Tor rollte und sich einem Gebäude näherte, das inmitten eines riesigen Parks lag. Und sein Mißtrauen, das schon fast eingeschlafen war, flammte schlagartig mit solcher Heftigkeit auf, daß es beinahe weh tat. Der Park war keineswegs verlassen. Überall patrouillierten Wachen, die zwar keine Uniformen trugen, aber eindeutig das Gehabe und die Aufmerksamkeit von Soldaten hatten.

Moto lächelte, als er Indianas Gesichtsausdruck bemerkte. »Ich bitte Sie, lassen Sie sich von den Wachen nicht irritieren«, sagte er. »Sie sind nur zu unserem Schutz hier. Und natürlich zu Ihrem, solange Sie meine Gäste sind.«

»So«, sagte Indiana einsilbig, während er sein Augenmerk auf das Gebäude mit dem ausladenden Dach richtete. Es hatte tatsächlich die Größe eines Palastes, aber beim zweiten Hinsehen kam es ihm eigentlich mehr wie eine Festung vor.

»Sagten Sie nicht etwas von einem ›bescheidenen Heim‹, Mr. Moto?« fragte er höflich, aber doch mit unüberhörbarem Mißtrauen in der Stimme. »Unter der sprichwörtlichen asiatischen Bescheidenheit habe ich mir eigentlich etwas anderes vorgestellt.«

»Sie haben recht, Dr. Jones«, antwortete Moto. »Leider gehört mir dieses Anwesen nicht. Auch ich bin hier nur Gast, wenn auch einer, dessen Gastgeber es schon vor einem Monat vorgezogen hat, Hongkong zu verlassen.« Sein Lächeln wurde etwas breiter. »Ich gebe zu, absichtlich ein wenig untertrieben zu haben. Ich konnte der Verlockung nicht widerstehen, Ihnen eine kleine Überraschung zu bereiten.«

»Das ist Ihnen gelungen«, sagte Tamara.

Ein deutlicher Ausdruck von Bestürzung erschien auf Motos Gesicht. »Sie nehmen mir diesen kleinen Scherz doch nicht übel, Mrs. Jones?« fragte er. »Ich wäre untröstlich, wenn ich Sie verärgert hätte.«

»Keinswegs«, antwortete Tamara, allerdings in wenig freundlichem Ton. Und noch ein wenig schärfer fügte sie hinzu: »Was sollen all die Soldaten?«

»Soldaten?«

Tamaras Gesicht verdüsterte sich. »Halten Sie mich nicht für dümmer, als ich bin, Mr. Moto. Die Männer dort draußen sind keine Gärtner!«

Motos Gesicht schien vor Trauer zu zerfließen. »Sie haben mich schon wieder ertappt, fürchte ich. Es sind tatsächlich Soldaten. Aber der Zwischenfall von vorhin hat Ihnen gezeigt, wie gefährlich das Leben für einen Sohn Nippons momentan in dieser Stadt ist.«

»Weiß die britische Verwaltung von der Anwesenheit dieser kleinen Armee?« fragte Indiana.

»Offiziell nicht«, antwortete Moto.

Indiana beließ es dabei, zumal der Wagen mittlerweile das Hauptgebäude erreicht hatte und anhielt. Sie stiegen aus, während eine ganze Heerschar von japanischem Dienstpersonal erschien. Sein Blick streifte die zerschlagene Seitenscheibe und den eingedrückten Kotflügel des Mercedes.

»Das mit dem Wagen tut mir leid.«

Moto winkte ab. »Das macht nichts, Dr. Jones. Zumal –« er lachte leise, »– er mir ebensowenig gehört wie dieses Haus.«

Indiana sah ihn einen Moment stirnrunzelnd an, raffte sich aber dann doch zu einem Lächeln auf, auch wenn es wenig überzeugend wirkte.

»Wem gehört dieses Haus?« fragte Tamara, während sie die Treppe zu der portalgroßen Tür hinaufgingen. »Dem Tenno?«

Moto machte eine vage Geste. »Früher war es im Besitz der Kaiserlichen Familie«, sagte er. »Aber seit sich die Dinge... geändert haben, dient es der Unterbringung von Diplomaten und anderen Gästen. Im Moment steht es allerdings jeder Person japanischer Herkunft offen; und deren Freunden natürlich. Als eine Art... Fluchtburg, verstehen Sie?«

Nein, Indiana verstand eigentlich nicht. Nicht wirklich. Und es fiel ihm immer schwerer, Moto zu glauben. Er hatte das sichere Gefühl, daß der schlanke Japaner nicht das war, was er zu sein vorgab. Aber er konnte es nicht in Worte fassen. Noch nicht.

Moto machte eine wedelnde Geste, die irgendwie nicht zu ihm paßte. »Aber lassen wir doch dieses unerfreuliche Thema«, sagte er. »Meine Diener werden Ihnen Ihr Zimmer zeigen. Ich schlage vor, Sie und Ihre Gattin ruhen sich ein wenig von den Anstrengungen des Tages aus, und wir treffen uns in einer Stunde zum Abendessen.« Er sah Tamara an, blinzelte ihr zu und verbesserte sich: »Oder sagen wir – in zwei Stunden.«

Tamara spießte ihn mit Blicken regelrecht auf. Aber dann zog sie es vor, zu schweigen.

Im Laufe des Abends änderte Indiana seine Meinung über Toshiro Moto mehrere Male, und am Ende kam er zu dem Schluß, daß Moto wahrscheinlich nichts anderes als ein Trottel, ein Angeber und ein schrecklicher Dummkopf in Personalunion war; noch dazu die gewaltigste Nervensäge, der er jemals begegnet war.

Das Abendessen zog sich über Stunden hin, und Moto wurde nicht müde, Indiana abwechselnd mit Fragen zu löchern und mit dem zu belästigen, was er für sein eigenes archäologisches Wissen hielt. Seine Behauptung, die Archäologie nur als Hobby zu betreiben, war so ziemlich das einzige, was Indiana ihm uneingeschränkt abnahm – was Moto zum besten gab, war zum größten Teil unausgegorenes Halbwissen, das er sich in irgendwelchen obskuren Magazinen angelesen haben mochte und das jeder Student Indianas schon nach dem ersten Semester hätte widerlegen können. Es fiel Indiana immer schwerer, weiter gute Miene zu diesem albernen Spiel zu machen und Moto nicht zu sagen, was er wirklich von ihm hielt.

Es ging auf Mitternacht zu, bis Moto sie endlich entließ und ein schweigsamer japanischer Diener sie zurück auf ihr Zimmer geleitete. Indiana war nicht mehr ganz sicher auf den Beinen. Der Tag war anstrengend gewesen, und sowohl Tamara als auch er hatten entschieden mehr *Sake* getrunken, als eigentlich gut war. Mehr taumelnd als gehend erreichten sie aneinandergelehnt das großzügige Zimmer, das Moto ihnen zugewiesen hatte: eine ganze Suite, die wahrscheinlich einer durchschnittlichen Familie unten in der Stadt bequem als – große – Wohnung hätte dienen können. Es gab einen Schlafraum mit einem japanischen Futon, auf den sich Tamara mit einem albernen, halb betrunkenen Kichern sinken ließ. Indiana selbst hatte sich einen Schlafplatz im Wohnraum auserkoren; es gab zwar nur dieses eine Bett, aber Indiana Jones war es gewohnt, auf unbequemeren Unterlagen als einer Bastmatte zu schlafen, wenn es sein mußte.

Als er Tamaras Hand loslassen wollte, hielt sie ihn fest. »Wohin so eilig, Dr. Jones?« fragte sie kichernd. »Wollen Sie nicht Ihren ehelichen Pflichten nachkommen und über Ihr frisch angetrautes Eheweib wachen, bis es eingeschlafen ist?«

Nichts, was Indiana lieber getan hätte. Trotzdem zögerte er. »Bist du... ganz sicher, daß du das willst?« fragte er. »Ich meine... du hast getrunken. Wir sind beide nicht mehr ganz nüchtern...«

»Eben!« kicherte Tamara. »Dann macht es doppelt soviel

Spaß.« Sie zog Indiana mit einem Ruck zu sich herab und hielt ihn mit erstaunlicher Kraft fest. Indiana versuchte, sich mit sanfter Gewalt aus ihrem Griff zu befreien, aber es gelang ihm nicht.

»Du könntest mir morgen früh ziemlich böse sein«, sagte er.

»Vielleicht«, antwortete Tamara und biß ihn spielerisch ins Ohr. »Aber dieses Risiko sollte ich Ihnen doch wohl wert sein, Dr. Jones, oder? Außerdem bekommt man nichts im Leben geschenkt.« Sie küßte ihn stürmisch, dann legte sie die Hände auf seine Brust und schob ihn ein Stück von sich fort.

»Meine Mappe«, sagte sie, wieder ein wenig ernster. »Sie liegt noch im Nebenzimmer. Sei so lieb und hol sie, ja?«

»Glaubst du, daß das jetzt wichtig ist?« fragte Indiana.

»Ich fühle mich sicherer, wenn ich sie in Sichtweite habe«, antwortete Tamara. Dann blinzelte sie ihm verschwörerisch zu. »Außerdem könntest du bei dieser Gelegenheit das entzükkende schwarze Nichts mitbringen, das du in San Francisco gekauft hast.«

»Brauchst du das jetzt?« fragte Indiana.

»Unbedingt«, antwortete Tamara ernst. »Du könntest mir helfen, es anzuziehen. Irgend etwas mache ich nämlich immer falsch damit.«

»Ich eile!« versprach Indiana, machte sich aus ihrer Umarmung los und setzte zum Spurt an, um direkt in etwas von der Härte und dem Gewicht des Felsens von Gibraltar hineinzulaufen, kaum daß er halb durch die Tür war.

Der Schlag raubte Indiana nicht das Bewußtsein, aber für Sekunden nahm er von seiner Umgebung nichts mehr wahr außer einem ungeheuren Dröhnen und Klingeln direkt hinter seiner Stirn und einem betäubenden Schmerz, der ihn über die Klippe einer schwarzen Bewußtlosigkeit zu treiben drohte. Hilflos sank er auf die Knie, kippte nach vorn und schlug mit der Stirn auf dem Boden auf. Wie von weit, weit her hörte er Lärm, ein dumpfes Poltern und Krachen – und dann einen schrillen, spitzen Schrei, der ihn jäh in die Wirklichkeit zurückriß!

»Tamara!«

Mit einem einzigen Satz war Indiana auf den Füßen, sah einen Schatten vor sich und schlug zu, ohne nachzudenken. Er traf. Ein gedämpfter Schrei antwortete aus der Dunkelheit auf seinen Hieb, dann hörte er das dumpfe Poltern eines zu Boden stürzenden Körpers, ohne weiter darauf zu achten, denn genau in diesem Moment hörte er Tamara erneut diesen schrillen, schrecklichen Schrei ausstoßen.

Als er auf die Tür zuspringen wollte, kam ihm diese entgegengeflogen; zusammen mit dem größten Teil der Wand aus Balsaholz und Papier, in die sie eingebettet war. Und mit einem dunkelhaarigen Burschen in einem schwarzen Pyjama, der wie eine Kanonenkugel hindurchgeflogen kam.

Indiana wich dem lebenden Wurfgeschoß mit einer raschen Bewegung aus und blieb abermals wie angewurzelt stehen, als sein Blick durch die zertrümmerte Wand ins Schlafzimmer fiel.

Tamara war nicht allein. Außer dem Burschen, der Indiana entgegengeflogen gekommen war, wurde sie von gleich zwei weiteren Gestalten in Schwarz attackiert.

Aber es sah eigentlich nicht so aus, als bräuchte sie Hilfe...

Einer der beiden versuchte, in ihren Rücken zu gelangen, aber Tamara schien plötzlich auch Augen im Hinterkopf zu haben, denn sie stieß blitzartig den Ellbogen zurück, und der Kerl hatte die nächste Minute genug damit zu tun, das Atmen neu zu lernen.

Der andere versuchte, den Moment auszunutzen, und attakkierte Tamara direkt von vorn, aber auch seine Attacke war nicht besonders erfolgreich. Tamara tauchte mit einer fast spielerisch anmutenden Bewegung unter seinem Fausthieb hindurch, steppte einen halben Schritt zurück und sprang dann fast ansatzlos in die Höhe. Wieder hörte Indiana diesen spitzen, abgehackten Schrei, und plötzlich zuckte ihr linker Fuß hoch und landete mit furchtbarer Wucht im Nacken des Angreifers. Indiana konnte hören, wie sein Genick brach.

Tamara drehte sich in der Luft, noch bevor ihre Füße wieder

den Boden berührten, und versetzte dem zweiten Mann einen Handkantenschlag gegen den Hals, der ihn wie einen nassen Sack zu Boden stürzen ließ. Das ganze hatte kaum eine Sekunde gedauert.

Eine weitere Sekunde vergeudete Indiana damit, einfach dazustehen und Tamara anzustarren. Dann breitete sich ein Ausdruck plötzlichen Erschreckens auf Tamaras Gesicht aus, während sie auf einen Punkt irgendwo hinter ihm starrte. Er begriff, daß es keineswegs vorbei war, und fuhr herum.

So wie die Sache aussah, fing es eigentlich erst richtig an.

Die Tür war aufgeflogen, und ein gutes halbes Dutzend weiterer Gestalten in schwarzen Pyjamas stürmte herein. Sie waren allesamt klein und schmalschultrig, aber dafür waren die Messer und Macheten, die sie schwangen, um so größer.

Indiana sprang mit einem Fluch zurück, sah sich wild nach seiner Peitsche um und begriff, daß er nicht an sie herankommen würde. Fast in der gleichen Sekunde sprang er mit einem entsetzten Keuchen zurück, um einem niedersausenden Schwert auszuweichen, prallte gegen die Wand und fand sich auf dem Rücken liegend draußen auf dem Flur wieder, ehe ihm wieder einfiel, daß die Wände auch in japanischen Palästen im Grunde aus nichts anderem als Papier bestanden.

Zwei der Angreifer setzten ihm nach, während sich der Rest auf Tamara zu konzentrieren schien. Vier oder fünf Bewaffnete – das erschien Indiana selbst für sie ein bißchen viel.

Er zog die Knie an den Körper, stieß sie einem der Burschen in den Leib und nutzte den Schwung der gleichen Bewegung, um sich zur Seite zu rollen, als der zweite mit einem kurzstieligen Beil nach ihm hackte. Die Klinge fetzte dicht neben seinem Gesicht Holzsplitter aus dem Boden. Indiana versuchte danach zu greifen, schnitt sich kräftig in die Finger und zog die Hand mit einem Fluch wieder zurück. Aus dem Zimmer hinter ihm erklang wieder Tamaras Schrei und ein doppeltes, schweres Klatschen, das ihm sagte, daß Tamara noch am Leben war, einer ihrer Gegner aber möglicherweise nicht mehr.

Er hatte wenig Zeit, sich darüber zu freuen. Der Bursche zerrte die Axt aus dem Holz und holte zu einem neuen Hieb aus, und Indiana rollte hastig zur Seite, als die Axt ein zweites Mal dort in das Holz fuhr, wo eben noch sein Gesicht gewesen war. Ungeschickt trat er nach den Beinen des Burschen, verfehlte ihn und entging um Haaresbreite einem dritten Axthieb, ehe es ihm endlich gelang, wieder auf die Füße zu kommen. Ungefähr im gleichen Moment, in dem sich auch der zweite Angreifer wieder hochrappelte und mit gezücktem Messer auf ihn losging.

Seine Lage war alles andere als rosig. Er traute sich zwar durchaus zu, mit den beiden Burschen fertigzuwerden, und der Lärm aus dem Raum hinter ihm verriet, daß Tamara zumindest noch am Leben war und sich wehrte – aber irgendwo in unmittelbarer Nähe mußte es ein Nest von diesen Burschen geben: Am Ende des Ganges tauchte schon wieder ein ganzes Rudel der Pyjamaträger auf.

Indianas Gedanken überschlugen sich, während er Schritt für Schritt vor den beiden Angreifern zurückwich.

Ganz automatisch hatte er die Männer bisher für Japaner gehalten – aber das stimmte nicht. Die etwas runden Gesichter, der um eine Spur stämmigere Wuchs... Chinesen!

Jetzt verstand Indiana überhaupt nichts mehr. Nicht, daß es ihn erstaunte, das Haus eines Japaners von einem chinesischen Kommando gestürmt zu sehen – aber wieso griffen sie *sie* an, eine Russin und einen Amerikaner, die zumindest potentiell ihre Verbündeten waren?

Indiana mußte einem Axthieb ausweichen, der nicht nur die Wand hinter ihm aufschlitzte, sondern auch den Chinesen haltlos vorwärtsstolpern ließ, denn er war offensichtlich auch nicht an derartig instabile Wände gewöhnt. Indiana beförderte ihn mit einem kräftigen Ellbogenstoß ganz hindurch, wandte sich dem zweiten zu und versuchte, ihm das Messer zu entringen. Es gelang ihm nicht ganz. Der Bursche zappelte wie wild in seinem Griff – und erschlaffte dann ganz plötzlich. Reglos sank er in Indianas Armen zusammen. Aus seinem Nacken ragte der Griff des Messers, das einer der anderen Kerle nach Indiana geschleudert hatte.

Indiana packte den Toten, warf ihn den heranstürmenden Chinesen entgegen und gewann kostbare Sekunden, in denen sich der Gang vor ihm in ein Durcheinander aus ineinander verschlungenen Gliedern, Leibern und allen möglichen Hieb- und Stichwaffen verwandelte. Er nutzte sie, um dem benommenen Chinesen neben sich die Axt zu entringen (die er ihm eine Viertelsekunde später mit der flachen Seite vor die Schläfe schlug, um ihn endgültig ins Land der Träume zu befördern) und sich hastig wieder aufzurichten.

Drei der Chinesen hatten das leider mittlerweile auch getan. Auf ihren Gesichtern war im Moment nicht sehr viel von der sprichwörtlichen asiatischen Freundlichkeit zu sehen.

Indiana packte die Axt fester und überschlug seine Chancen, mit dem Leben und möglichst noch unverletzt davonzukommen. Sie standen nicht sehr gut.

Trotzdem wehrte er sich wacker. Einige Augenblicke lang schaffte er es sogar, das halbe Dutzend Pyjamaträger mit wuchtigen Axthieben in die leere Luft vor sich herzutreiben, aber dann kam es, wie es kommen mußte: Einer der Burschen gelangte hinter seinen Rücken und versetzte ihm einen furchtbaren Hieb in den Nacken. Indiana sah nur noch bunte Sterne. Er fiel auf die Knie. Sein Mund füllte sich mit Blut. Die Axt entglitt seinen plötzlich kraftlosen Fingern. Wie durch einen Vorhang aus blutgetränkter Watte sah er eine Gestalt über sich aufragen, die ein kurzes Schwert schwang.

Der tödliche Hieb kam nicht.

Alles Blut wich mit einem Mal aus dem Gesicht des Chinesen; dafür erschien eine Menge davon auf seinem Hals. Er stürzte und drehte sich dabei halb um die eigene Achse, so daß Indiana den fünfzackigen *Shuriken* sehen konnte, der sich in seinen Nacken gegraben hatte.

Daß Indiana die nächsten Sekunden überlebte, lag wohl einzig und allein daran, daß die Chinesen schlagartig jedes Interesse an ihm verloren und sich den neu aufgetauchten Gegnern zuwandten. Indiana konnte sie nicht richtig erkennen, denn er kämpfte noch immer mit aller Kraft darum, nicht das Bewußtsein zu verlieren, aber auf dem schmalen Gang vor ihm schien eine regelrechte Schlacht zu entbrennen. Er hörte Schreie, Schläge, das dumpfe Aufschlagen von stürzenden Körpern und den schrecklichen Laut von Stahl, der durch Stoff und Fleisch schnitt. Offensichtlich waren Motos Soldaten endlich auf der Bildfläche erschienen.

Aber wo war Tamara geblieben? Mühsam stemmte er sich auf die Füße und warf einen Blick auf das Chaos vor sich, als er ihren Schrei hörte.

Diesmal war es kein Kampfschrei, sondern ein Laut, in dem sich Schmerz und maßloses Entsetzen mischten.

Indiana machte sich nicht die Mühe, eine Tür zu suchen. Er sprang direkt durch die Wand.

Was er sah, als er in einem Hagel von Papierfetzen und dünnen Holzsplittern in Tamaras Schlafzimmer stolperte, ließ ihn vor Schmerz und Wut aufschreien.

Tamara mußte sich tapfer gewehrt haben. Vier oder fünf reglose Gestalten lagen auf dem Boden, aber die anderen hatten sie geschafft. Zwei von ihnen hatten Tamara gepackt, die bewußtlos – oder tot?! – sein mußte, und schleppten sie aus dem Zimmer. Die beiden anderen gingen sofort auf Indiana los.

Die Angst um Tamara verlieh ihm schier übermenschliche Kräfte. Indiana schleuderte den ersten Angreifer einfach beiseite, warf sich mit hoch erhobenen Fäusten auf den zweiten und ließ pfeifend die Luft aus, als dieser ihm etwas Hartes, Stumpfes in den Leib rammte.

Seine Kräfte versagten endgültig. Seine Knie wurden weich. Er brach zusammen und spürte, daß er dem Griff der Bewußtlosigkeit diesmal nicht mehr widerstehen konnte.

Aber den Bruchteil einer Sekunde, bevor ihm endgültig die Sinne schwanden, sah er etwas, von dem er nicht sicher war, ob es sich nicht schon um ein Bild aus einem Alptraum handelte, der auf der anderen Seite der Ohnmacht auf ihn wartete: Ein blutbesudelter, brüllender Dämon sprang durch die vollends zerberstende Papierwand herein, in jeder Hand ein blitzendes Schwert schwingend.

Bevor die beiden Klingen den Mann, der ihn niedergeschlagen hatte, enthaupteten, verlor Indiana endgültig die Besinnung.

Er spürte, daß er nicht sonderlich lange bewußtlos gewesen sein konnte. Und wenn das letzte, was er gesehen hatte, tatsächlich der Anfang eines Alptraumes gewesen war, so schien dieser Alp auch jetzt noch anzuhalten, denn der Dämon war noch immer da: Er hockte neben ihm und starrte aus Augen wie glühenden Kohlen auf Indiana herab.

Dann erwachte er endgültig, und aus dem Dämon wurde ein japanischer Samurai-Krieger, der mit untergeschlagenen Beinen neben ihm saß, und aus den lodernden Dämonenaugen ein Paar ganz normaler Augen, in denen sich der rote Schein eines Feuers widerspiegelte.

Und die aus dem Gesicht Toshiro Motos auf ihn herabsahen.

Jedenfalls nahm Indiana an, daß es sich um Mr. Moto handelte.

Ganz sicher war er nicht.

Mit dem leicht vertrottelt wirkenden Hobby-Archäologen war eine schier unglaubliche Veränderung vor sich gegangen. Den maßgeschneiderten Anzug hatte er mit einem weit geschnittenen, über und über mit kunstvollen Stickereien verzierten Kimono vertauscht. Sein vorher streng zurückgekämmtes Haar hing jetzt offen bis auf die Schultern herab, nur von einem schmalen weißen Stirnband zusammengehalten. Über seinen Knien lagen zwei unterschiedlich lange Schwerter. Seine Hände, der Kimono und sein Gesicht waren mit eingetrocknetem Blut besudelt, das nicht sein eigenes war. Moto war nicht einfach nur *gekleidet* wie ein Samurai, begriff Indiana plötzlich. Die leicht dümmliche Angebervisage, die immer zu einem anzüglichen Grinsen bereit schien, hatte sich in das Antlitz eines Kriegers verwandelt.

Indiana setzte sich auf. »Tamara«, murmelte er. »Was ist mit Tamara?«

»Sie haben sie mitgenommen«, antwortete Moto. Selbst seine Stimme hatte sich verändert. Sie klang jetzt hart, befehlsgewohnt, um mehrere Nuancen tiefer und zugleich auch... aristokratischer? »Aber keine Sorge. Sie werden ihr nichts tun. Noch nicht.«

Indiana sah ihn zweifelnd an, aber in seinem Kopf überschlugen sich zu viele Gefühle und Ängste, als daß er in der Lage gewesen wäre, wirklich über Motos Antwort nachzudenken. Mit klopfendem Herzen richtete er sich auf, zählte allein hier sechs Tote und trat unsicher durch die zertrümmerte Trennwand auf den Gang hinaus.

Indiana Jones war ganz gewiß nicht zart besaitet. Er hatte im Laufe seines Lebens Dinge gesehen, deren bloßer Anblick anderen im wahrsten Sinne des Wortes graue Haare beschert hätte. Aber was er jetzt erblickte, das ließ ihn vor Entsetzen aufstöhnen.

Der Flur glich einem Schlachthaus.

Er zählte drei, fünf, sieben... neun Leichen, vielleicht auch nur acht oder doch zehn, ganz sicher war er da nicht, denn einige waren regelrecht zerstückelt; hier Inventur zu machen, würde eine ziemliche Puzzle-Arbeit bedeuten.

Indiana schluckte ein paarmal, ohne dadurch den bitteren Gallegeschmack auf seiner Zunge loszuwerden. Dann wandte er sich zitternd um und ging zu Moto zurück. Der Samurai saß in unveränderter Position auf dem Boden und sah ihn mit unbewegter Miene an. Er mußte nicht fragen, um zu wissen, daß Moto dieses Gemetzel allein angerichtet hatte, nur mit seinen Händen und Füßen und den beiden Schwertern, die er über den Knien liegen hatte.

»Warum... haben Sie das getan?« murmelte er. Es fiel ihm

schwer zu reden. Sein Mund war trocken, und seine Zunge schien sich zu weigern, seinen Befehlen zu gehorchen.

»Wäre es Ihnen lieber, selbst dort zu liegen, Dr. Jones?« fragte Moto mit unbewegtem Gesicht.

»Sie hätten nicht alle umbringen müssen«, murmelte Indiana. »Sie hätten...«

»Ich verstehe Ihre Erregung, Dr. Jones«, unterbrach ihn Moto. »Aber sie ist unbegründet. Diese Männer waren gedungene Mörder, die es nicht besser verdient haben. Abschaum.«

Für einen Moment haßte Indiana ihn beinahe für diese Worte. Aber er war immer noch viel zu durcheinander und erschrocken, um irgendeinen klaren Gedanken zu fassen. Hilflos sagte er: »Wir hätten sie wenigstens verhören können, um herauszufinden, wohin sie Tamara gebracht haben.«

»Das ist nicht nötig«, antwortete Moto ruhig. »Ich weiß es.«

»Sie...« Indianas Unterkiefer klappte verblüfft herunter. »Sie... wissen, wer diese...« Plötzlich verdüsterte sich sein Gesicht. Zum ersten Mal, seit Indiana das Bewußtsein wiedererlangt hatte, hatte er ein eindeutiges, klares Gefühl: Ein unbändiger Zorn auf Moto stieg in ihm hoch, daß er seinem Gegenüber am liebsten an die Kehle gegangen wäre.

»Sie wissen, wer diese Männer sind?« wiederholte er leise und mit mühsam beherrschter Stimme. »Dann wußten Sie wahrscheinlich auch, was passieren würde, wie?«

»Reden Sie keinen Unsinn, Dr. Jones«, antwortete Moto ohne jede Spur von Mitgefühl.

Und es war genau diese Kälte, die Indiana endgültig zur Explosion brachte. Mit einer blitzartigen Bewegung packte er Moto an der Brust seines kimonoähnlichen Kleidungsstückes und riß ihn auf die Füße. Moto wehrte sich nicht. Er zuckte nicht einmal mit der berühmten Wimper; auch nicht, als Indiana ihn wie wild zu schütteln begann und ihn anschrie: »Lügen Sie mich nicht auch noch an, Sie Dreckskerl! Sie haben genau gewußt, was hier passieren wird! Wahrscheinlich haben Sie Tamara und mich nur als Lockvögel benutzt!«

Moto antwortete nicht darauf. Sein Gesicht blieb wie Stein. Er machte auch keine Anstalten, sich irgendwie zu wehren, als Indiana ihn immer heftiger schüttelte. Aber plötzlich erschien eine so kalte, unausgesprochene Drohung in seinem Blick, daß Indiana ihn von selbst losließ.

»Ich führe Ihr Verhalten auf Ihre Erregung zurück, Dr. Jones«, sagte er. Beinahe im Plauderton fügte er hinzu: »Wäre das nicht so, wären Sie jetzt tot.«

Indiana glaubte ihm. Selten hatte er sich in einem Mann derartig getäuscht wie in Toshiro Moto. Und ebenso selten war er jemandem begegnet, dem ein Menschenleben so wenig galt wie diesem Samurai. Er schluckte ein paarmal, suchte sekundenlang vergeblich nach einer passenden Erwiderung und trat schließlich wortlos an Moto vorbei, um den Boden zwischen den Toten mit Blicken abzusuchen.

Moto ließ ihn eine Zeitlang gewähren, dann sagte er: »Wenn Sie nach Miss Jaglovas Aktenmappe suchen, verschwenden Sie Ihre Zeit, Dr. Jones. Ich fürchte, sie haben sie ebenso mitgenommen wie Ihre angebliche Ehegattin.«

Indiana starrte ihn böse an. »Sie sind gut informiert, Moto.«

»Ich bemühe mich«, antwortete Moto ruhig.

Indiana spürte, wie ihn schon wieder der Zorn packte. »Ich nehme an, daß wir hier sind, ist auch kein Zufall. Diesen Burschen vor dem Hotel – den haben Sie bestellt.«

»Selbstverständlich«, antwortete Moto. »Aber ich darf Ihnen noch einmal versichern, daß es nicht in meiner Absicht lag, Sie oder Miss Jaglova in Gefahr zu bringen. Was geschehen ist, tut mir aufrichtig leid.«

»Das reicht mir nicht, Moto«, sagte Indiana. »Tamara und ich haben uns auf Ihren Schutz verlassen. Wo war Ihre Privatarmee vor einer halben Stunde?«

Zum ersten Mal war es ihm gelungen, Motos stoische Ruhe zu erschüttern. Das Gesicht des Samurai zuckte. Etwas in seinem Blick änderte sich. Indiana spürte, daß er auf dem richtigen Weg war. Nach all den schrecklichen Ereignissen der letzten

Minuten hatte er fast vergessen, daß er nicht nur einem Japaner gegenüberstand, sondern dem Vertreter einer uralten, traditionsbewußten Kaste, der Begriffe wie Ehre und Vertrauen über alles gingen.

»Die Verantwortlichen werden bestraft werden, das versichere ich Ihnen«, sagte Moto.

Aber Indiana ließ nicht locker. »Das reicht mir nicht!« wiederholte er. »Wir waren Ihre Gäste, Mr. Moto – oder wie immer Sie heißen mögen! Ich wurde niedergeschlagen und ausgeraubt und Tamara entführt, vielleicht getötet. Ist es das, was Sie unter *Gastfreundschaft* verstehen?«

Seine Worte trafen Moto wie Messerstiche. Der Japaner sah aus, als litte er körperliche Schmerzen, und wahrscheinlich machte er in diesem Moment tatsächlich die Hölle durch. Ein Europäer hätte Indiana wahrscheinlich nur irritiert oder höchstens betroffen angesehen – aber Moto war kein Europäer, sondern Japaner, ein Samurai noch dazu, den die Regeln des *Bushido* verpflichteten, die Sicherheit seiner Gäste über die eigene zu stellen. Der Verlust des Gesichtes führte bei Japanern nur allzu oft dazu, daß sie kurz darauf auch das Leben verloren; von eigener Hand.

»Ich versichere Ihnen, Dr. Jones, daß ich alles Erdenkliche tun werde, um Miss Jaglova gesund und wohlbehalten zurückzubringen.«

»Auch auf die Gefahr hin, Sie zu beleidigen«, sagte Indiana kalt und mit einer Geste auf das verwüstete Zimmer, »habe ich kein allzu großes Vertrauen mehr in das, was Sie alles Erdenkliche nennen. Sie *werden* Tamara zurückholen, aber nicht allein. Ich werde Sie begleiten.«

»Das ist unmöglich«, sagte Moto, wurde aber sofort wieder von Indiana unterbrochen.

»Das ist es nicht. Ich bestehe darauf – und darauf, daß Sie mir endlich reinen Wein einschenken!«

»Sie verstehen nicht, Dr. Jones«, sagte Moto fast gequält. »Es geht nicht um eine Frage der Ehre oder irgend jemandes persönliche Sicherheit, sondern um eine politische Angelegenheit, deren Tragweite Sie sich kaum vorstellen können. Ich bitte Sie, bringen Sie mich nicht in eine ausweglose Situation, die Ihnen keinerlei Nutzen brächte.«

Indiana verstand, was Moto meinte. Und er verstand auch, daß er im Begriff war, zu weit zu gehen. Wenn er Moto richtig einschätzte, dann würde er vielleicht Harakiri begehen, um seine Ehre wiederherzustellen, sich aber ganz gewiß nicht von Indiana moralisch erpressen lassen. Besser, er schaltete einen Gang zurück.

»Sie haben behauptet, viel von mir gehört zu haben«, sagte er. »Wenn das die Wahrheit war, dann sollten Sie auch wissen, daß ich mich nicht um Politik schere.«

Moto sah ihn unentschlossen an. In seinem Blick war noch immer dieser fast gequälte Ausdruck.

»Sie sind auch hinter dem Schwert her, nicht wahr?« sagte Indiana.

Moto reagierte nicht. Aber sein Schweigen war Antwort genug.

»Und die Chinesen ebenfalls.«

Diesmal nickte Moto.

Indiana seufzte. Wie es schien, war Tamaras und sein Geheimnis wohl eines der meistbekannten Geheimnisse der Welt.

»Und das alles wegen eines alten Schwertes?« fragte Indiana zweifelnd. »Nur wegen einer Legende?«

»Es sind schon Kriege geführt worden«, sagte Moto, »aus ähnlichen Gründen. Außerdem ist es nicht nur ein altes Schwert. Sie kennen die Prophezeiungen, die sich um diese Waffe ranken?«

»Wer es findet, der soll das Mongolenreich zu neuer Herrschaft und Größe erwecken.«

»Nicht nur das Mongolenreich«, verbesserte ihn Moto. »Ganz Asien. Die Legende sagt, daß es erst dieses Schwert war, das Dschingis Khan und danach seinen Söhnen die Macht gab, ein Reich zu gründen, das ganz Asien und halb Europa umfaßte.«

»Und Sie glauben den Humbug?« fragte Indiana.

»Was ich glaube oder nicht, spielt keine Rolle«, antwortete Moto ernst. »Die Menschen draußen im Land glauben es, und das ist wichtig. Ob die Legende nun wahr oder nur ein Märchen ist – wer dieses Schwert besitzt, der wird alle asiatischen Völker auf seiner Seite haben.«

»Und das sollte natürlich der Tenno sein«, sagte Indiana spöttisch.

»Wäre Ihnen Stalin lieber?« fragte Moto ernst.

»Immerhin ist er unser Verbündeter.«

»Ja. Noch«, antwortete Moto. »Aber wie lange? Bis Deutschland besiegt ist, und vielleicht noch ein paar Jahre danach? Bestimmt nicht länger. Dieser Mann ist kaum weniger verrückt als Hitler. Und beinahe noch machthungriger.«

»Aber, aber!« sagte Indiana spöttisch. »Wie reden Sie denn von Ihren Verbündeten, Mr. Moto?«

Moto machte eine fast zornige Geste. »Ich versuche nur, Ihnen klar zu machen, daß es sich hier um eine rein asiatische Angelegenheit handelt. Selbst wenn ich wollte, ich dürfte Sie gar nicht mitnehmen.«

»Sie haben keine andere Wahl, Moto«, sagte Indiana. »Sie behaupten zu wissen, wo Tamara ist? Ich glaube Ihnen sogar. Aber was, wenn es Ihnen nicht gelingt, Tamara zu befreien oder wenn sie doch getötet wird?«

Moto schwieg. Aber er tat es auf eine ganz bestimmte Art und Weise, die Indiana klarmachte, daß er sich auf dem richtigen Weg befand.

»Sie wissen nicht, wo das Schwert ist«, behauptete er. »Sie haben nicht einmal eine Ahnung! Wüßten Sie es, dann hätten Sie sich kaum solche Mühe gegeben, uns hierherzulocken. Aber dummerweise haben sie nicht nur Tamara mitgenommen, sondern auch all ihre Aufzeichnungen.«

Moto blickte ihn finster an. »Und?«

»Ich hatte Zeit genug, sie mir anzusehen«, antwortete Indiana und tippte sich mit dem Zeigefinger gegen die Schläfe. »Es ist hier drin. Vielleicht nicht ganz so viel wie Tamara wußte, aber ich fürchte, ich bin im Moment der einzige, der Ihnen weiterhelfen kann.«

Beinahe eine ganze Minute lang schwieg Moto. Er starrte ihn an, aber sein Blick schien geradewegs durch Indiana hindurchzugehen. Dann fragte er: »Also? Was verlangen Sie?«

»Daß wir zusammenarbeiten«, sagte Indiana. »Bis wir Tamara gefunden haben, und auch danach. Wir werden das Schwert gemeinsam suchen.«

Moto lachte. »Sie sind verrückt, Jones! Sie glauben nicht im Ernst, daß ich Ihnen das Schwert des Dschingis Khan aushändigen würde? Einem *Amerikaner*!« Das letzte Wort sprach er aus wie eine Beschimpfung, und vielleicht war es das für ihn sogar.

Indiana zuckte unbeeindruckt mit den Schultern. »Warum nicht? Ich habe keine besonders hohe Meinung von Ihnen, ehrlich gesagt. Aber Sie sind ein Samurai, und ich weiß, daß Ihnen Ehre und Fairneß über alles gehen. Betrachten Sie es als fairen Wettstreit zwischen Ihnen und mir – oder wenn Sie wollen, auch zwischen Nippon und Amerika.«

»Das wäre kein *fairer* Kampf«, sagte Moto abfällig.

Indiana lächelte. Dann streckte er Moto die Hand entgegen. »Der bessere Mann soll gewinnen.«

Sekundenlang zögerte Moto. Dann griff er zögernd nach Indianas Hand und drückte sie. Indiana spürte, wie ungewohnt ihm diese westliche Sitte war. Und wieviel Überwindung es ihn kostete.

»Und nun«, sagte er, »beantworten Sie mir ein paar Fragen.«

»Was wollen Sie wissen?«

Indiana deutete auf die Toten. »Wer sind diese Männer, und wo haben sie Tamara hingebracht?«

Moto seufzte. »Ich bin nicht ganz sicher«, sagte er. »Wer sie sind, weiß ich. Sie gehören zu General Dzo-Lin. Er ist ein Anhänger Tschiang Kai-Tscheks. Ein tapferer Mann, der unseren

Truppen in den Bergen im Norden seit Monaten erbittert Widerstand leistet. Ich nehme an, daß die Männer Miss Jaglova in sein Hauptquartier bringen werden.«

»Warum stehen wir dann noch hier herum?« fragte Indiana. »Wir –«

Moto unterbrach ihn mit einer Geste. »Ich sagte, *ich nehme an*, Dr. Jones«, sagte er. »Nicht, *ich weiß*. Ich lasse bereits entsprechende Nachforschungen anstellen. Allerdings sind mir hier in Hongkong weitestgehend die Hände gebunden. Ich fürchte, ich werde mich auf den Weg in die nördliche Mandschurei machen müssen. Es wird ohnehin Zeit, daß jemand diesem Fanatiker Dzo-Lin das Handwerk legt.«

»Wir«, verbesserte ihn Indiana. »*Wir* werden uns auf den Weg machen, Moto.«

»Wie stellen Sie sich das vor?« fragte Moto. »In China herrscht Krieg! Ich kann nicht einen Amerikaner mitbringen! Man würde Sie sofort als Spion verhaften und erschießen. Und mich dazu!«

»Dann müssen wir uns etwas einfallen lassen, Mr. Moto«, sagte Indiana.

Schenjang
Vier Tage später

Moto *ließ* sich etwas einfallen. Aber zu behaupten, daß Indiana von seiner Idee wenig begeistert war, wäre die Untertreidung des Jahrzehnts gewesen.

Er hatte Indiana davon überzeugt, daß es wirklich unmöglich für ihn war, in Begleitung eines Amerikaners bei einer Militäreinheit aufzutauchen, die sich in der Nähe der Chinesischen Mauer auf einen streng geheimgehaltenen Kommandoeinsatz gegen einen rebellischen General und dessen Guerilla-Armee vorbereitete. Die einzige Möglichkeit, ihn mitzunehmen, war, daß Indiana sich von einem Amerikaner in etwas anderes verwandelte.

Das sah Indiana ein und hieß es gut.

Was er nicht guthieß, das war die Verkleidung, die Moto ihm zugedacht hatte.

Indiana erhielt nie einen Beweis dafür, aber er war sicher, daß sich Moto bei der Wahl seines *alter egos* von einem subtilen Sinn für Humor leiten ließ, denn als sie vier Tage später vor der Militärkommandantur von Schenjang aus dem Lastwagen stiegen, der sie das letzte Stück des Weges transportiert hatte, trug Indiana ein graues, knöchellanges Gewand, das eine gewisse Ähnlichkeit mit einem Sack hatte und sich auch ungefähr so angenehm auf der Haut anfühlte. Seine Füße waren nackt und schmerzten höllisch, und sein Haar war fast gänzlich abrasiert worden. Trotz dieser Verkleidung hatte sein Gesicht noch immer wenig Ähnlichkeit mit dem eines Asiaten, aber Moto hatte sich auch dafür eine glaubhafte Erklärung einfallen lassen: Er gab Indiana als Deutschen aus, der der Welt und dem hektischen Leben in Europa den Rücken gekehrt und Zuflucht bei einem japanischen Orden gesucht hatte, der sich ganz der Suche nach der inneren Ruhe verschrieben hatte. Und dessen Mitglieder praktischerweise ein Schweigegelübde ablegten, bevor sie sich die Köpfe rasierten und dem Orden beitraten.

Das paßte Indiana noch sehr viel weniger. Während der letzten vier Tage und Nächte hatten sie China per Schiff, Flugzeug, Eisenbahn und Lastwagen im Eiltempo durchquert, aber sie waren während der ganzen Zeit praktisch nicht eine Minute allein gewesen. Mit dem Ergebnis, daß Indiana in den letzten vier Tagen kein Wort geredet hatte. Er hoffte, daß das Ergebnis die Mühe wert war.

Ein kalter Wind schlug ihnen entgegen, als sie aus dem Wagen stiegen. Indiana schauderte, zog den Kopf zwischen die Schultern und trat hastig einen Schritt zur Seite, als der Militärlaster anfuhr und Moto und ihn in eine Staubwolke hüllte. Er war erschöpft von der Reise, und seine Füße taten bei jedem Schritt entsetzlich weh; es hätte ihn nicht gewundert, hätte er blutige Abdrücke auf dem Lehm der unbefestigten Straße hinterlassen, als er Moto folgte, der mit weit ausgreifenden Schritten das Gebäude der Militärkommandantur ansteuerte. Es war ein großes, zweigeschossiges Haus mit ausladendem Dach, das früher vielleicht einmal als Tempel gedient hatte, dessen neue Verwendung jedoch unschwer an den wehenden Fahnen der japanischen Besatzungsmacht und den bewaffneten Posten in den dunkelbraunen Uniformen erkenntlich war, die rechts und links des Portals Aufstellung bezogen hatten.

Ein weiteres Frösteln durchlief Indiana, während er Moto einzuholen versuchte. Aber das lag möglicherweise nicht nur an der Kälte und dem Wind, der durch sein dünnes Büßergewand schnitt. Die Japaner hatten in der Stadt Furcht gesät, und sie war beinahe körperlich spürbar. Auf der Straße waren nur sehr wenige Menschen zu sehen, und diejenigen, die sich aus den Häusern getraut hatten, gingen schnell und mit gesenkten Blicken und wechselten zum größten Teil die Straßenseite, wenn sie Moto und ihn sahen. Da sie das Land in einer Art Eilmarsch durchquert hatten und Moto sozusagen nur mit dem Finger zu schnippen brauchte, um ein Flugzeug, ein Schiff oder einen Lastwagen zur privaten Verfügung zu haben, hatte er sehr wenig von China gesehen. Aber *was* er gesehen hatte, war schon genug. Von der sprichwörtlichen Lebenslust und Fröhlichkeit der Chinesen schien nichts mehr übriggeblieben zu sein. Trotz allem hatte Indiana das, was man den Japanern im allgemeinen nachsagte, bisher zumindest für übertrieben gehalten, aber während der letzten Tage waren ihm gewisse Zweifel gekommen. Er selbst hatte keine Greueltaten zu Gesicht bekommen, aber er hatte die Furcht unter der Bevölkerung der besetzten Städte und Dörfer gefühlt. Und er fühlte sie auch hier. Er fragte sich, ob Motos Einfall, ihm ein Schweigegelübde anzudichten, wirklich nur pure Gehässigkeit gewesen war – oder ob er damit etwa hatte verhindern wollen, daß Indiana zu viele Fragen stellte und möglicherweise zu viele Antworten bekam.

Moto und sein Diener, der unter der Last ihres Gepäcks beinahe zusammenbrach, blieben am Fuß der Treppe stehen. Moto warf einen ungeduldigen Blick zu Indiana zurück. Indiana versuchte schneller zu gehen, aber er konnte es einfach nicht, ohne bei jedem Schritt vor Schmerz aufstöhnen zu müssen. Auch in diesem Punkt war er nicht ganz sicher, ob die Wahl seiner Verkleidung nicht doch von dem Hintergedanken geleitet gewesen war, ihm im Fall der Fälle das Weglaufen so unbequem wie möglich zu gestalten.

Einer der beiden Posten nahm sein Gewehr von der Schulter und trat Moto mit einem knappen, herrischen Wort entgegen, als sie die Treppe hinaufgingen. Moto antwortete nicht, zog aber ein Blatt Papier aus der Brusttasche seiner schmucklosen braunen Uniform und reichte es dem Soldaten. Dieser hatte kaum einen flüchtigen Blick darauf geworfen, als alles Blut jäh aus seinem Gesicht wich. Indiana speicherte auch diese Beobachtung sorgfältig. Es war nicht das erste Mal. Moto war bisher allen Fragen über seine Person geschickt ausgewichen, aber es war Indiana nicht entgangen, mit welchem Respekt der angebliche Diplomat behandelt wurde, sobald er irgendwo seine Papiere vorzeigte.

Der Soldat salutierte so zackig, daß er sich beim Zusammenschlagen der Hacken beinahe selbst von den Füßen gerissen hätte, und trat hastig zurück. Indiana folgte Moto, blieb aber dann noch einmal stehen und warf einen Blick auf die Straße zurück, denn er hörte Geschrei.

Ein kleiner Trupp japanischer Soldaten kam die breite Straße hinuntergelaufen. Sie zerrten zwei kahlgeschorene Männer in einfachen braunen Kutten mit sich – genauer gesagt, sie trieben sie mit derben Kolben- und Ellbogenstößen vor sich her, so daß die beiden armen Teufel mehr stolperten als gingen. Einer von ihnen stürzte dann auch tatsächlich und wurde von einem der Soldaten mit Faustschlägen und Fußtritten traktiert. Die anderen kommentierten den Zwischenfall mit gröhlendem Gelächter.

Indianas Miene verdüsterte sich. Er mußte sich auf die Zunge beißen, um sein Schweigegelübde nicht schon jetzt zu brechen. Was er über die Brutalität der japanischen Besatzer gehört hatte, schien nicht ganz falsch zu sein.

Sie betraten das Haus und durchquerten eine weite, holzgetäfelte Halle, die einmal prachtvoll gewesen sein mußte. Jetzt war sie in ein Militärlager umgewandelt worden und sah dementsprechend aus: Überall standen Feldbetten, lagen zusammengerollte Schlafsäcke, Rucksäcke und Gewehre, und jemand war sogar so weit gegangen, auf dem sorgsam polierten Holzfußboden ein Feuer zu entzünden, um sich sein Essen darüber aufzuwärmen. Indianas Archäologenherz machte einen entsetzten Hüpfer, als er diesen Frevel sah. Aber er schwieg auch jetzt. In Gedanken fügte er diese Beobachtung jedoch der immer länger werdenden Liste unangenehmer Fragen hinzu, die er Moto stellen würde, sobald sie allein waren.

Ein weiterer Soldat vertrat ihnen den Weg, und die Szene vom Eingang wiederholte sich, mit dem Unterschied, daß der

Posten diesmal nicht beiseite trat, sondern auf einen knappen Befehl Motos hin herumfuhr und ihnen mit nervösen Schritten vorauseilte. Über eine breite Treppe mit einem kunstvoll geschnitzten Geländer gelangten sie in den ersten Stock des Gebäudes, wo sie eine weitere Sperre passieren mußten, ehe sie einen großen Raum betraten, der bis auf einen riesigen Tisch und einen dazu passenden, fast an einen Thronsessel erinnernden Stuhl vollkommen leer war. An den Wänden hing die japanische Flagge, der rote Kreis der aufgehenden Sonne auf weißem Untergrund, in gleich fünffacher Ausführung, und direkt hinter dem Schreibtisch prangte eine Karte Chinas. Die von den Japanern besetzten Gebiete waren rot schraffiert. Es waren erstaunlich viele, und Indiana erschrak insgeheim. Er hatte nicht gewußt, wie sehr sich dieses riesige Land bereits im Besitz seines an sich zwergenhaften Nachbarn befand.

Hinter dem Schreibtisch saß ein kahlköpfiger Japaner in einer schmucklosen grünen Uniform. Vor ihm stapelten sich Papiere, Briefe und altertümlich anmutende Schriftrollen. Er hatte eine brennende Zigarette im Mundwinkel, und um sein linkes Handgelenk spannte sich ein frischer Verband, an dem sich an einer Stelle dunkle Blutflecke zeigten. Quer auf dem Durcheinander von Papieren vor ihm lag ein Samurai-Schwert, daneben entdeckte Indiana einen Dolch, den er kurzerhand in die kostbare Platte des Tisches gerammt hatte. Seine Augen schienen Blitze zu schleudern, als Moto, Indiana und der Diener ohne anzuklopfen eintraten. Er erhob sich halb von seinem Stuhl, bellte ein einzelnes, nicht sehr angenehm klingendes Wort und streckte die Hand nach dem Samurai-Schwert aus.

Der Soldat, der sie hier heraufgeführt hatte, antwortete rasch, mit leiser Stimme und sehr nervös – und der Offizier erstarrte mitten in der Bewegung. Seine Augen weiteten sich ungläubig, die Zigarette fiel ihm aus dem Mundwinkel und landete in seinem Schoß. In der ersten Sekunde schien er es nicht einmal zu bemerken, dann fegte er sie hastig beiseite und kam mit kleinen, demütigen Schritten um den Schreibtisch herum. Moto reichte ihm das Stück Papier, das er schon dem Posten am Eingang gezeigt hatte, und der Kahlkopf schien sich für einige Sekunden in einen Europäer zu verwandeln, denn seine Haut verlor jedes bißchen Farbe. *Wer zum Teufel war dieser Kerl?* dachte Indiana verwirrt. Der Tenno persönlich?

Moto fuhr fort, auf japanisch mit dem Soldaten zu reden, wobei er abwechselnd auf sich, Indiana und seinen Diener deutete, und der Kahlkopf antwortete mit wenigen, halb geflüsterten Worten und gesenktem Blick, als wage er es nicht einmal, sein Gegenüber anzusehen.

Als er fertig war, drehte sich Moto herum und wandte sich an Indiana. »Wir sind gerade noch rechtzeitig gekommen«, sagte er. »Major Hondo wird Schenjang morgen früh mit der Hälfte seiner Soldaten verlassen, um zu der Truppe zu stoßen, die gegen Dzo-Lin vorgeht.«

Indiana brannte die Frage auf der Zunge, ob es irgendwelche Neuigkeiten über Tamara gab, aber natürlich konnte er sie nicht stellen.

Moto schien sie von seinen Augen abzulesen. »Gerüchte besagen, daß man eine Europäerin bei den Rebellen gesehen hat«, sagte er. »Aber wie gesagt – das sind Gerüchte. Und Miss Jaglova ist nicht die einzige Nicht-Chinesin hier.«

Er wandte den Kopf, wechselte wieder einige Worte mit dem Offizier und richtete seinen Blick dann wieder auf Indiana. Er wollte etwas sagen, aber in diesem Moment entstand vor der Tür Tumult.

Hondo blickte ärgerlich auf und fuhr den Soldaten an, doch bevor dieser seinen Befehl ausführen konnte, wurde die Tür aufgestoßen, und ein halbes Dutzend Soldaten kam herein. Bei ihnen befanden sich die beiden Männer in den braunen Kutten, die Indiana schon draußen auf der Straße gesehen hatte.

Sowohl er als auch Moto bemerkten, wie Hondo erschrocken zusammenfuhr. Zwar fand der Major seine Selbstbeherrschung fast sofort wieder, aber Moto hatte bereits bemerkt, daß hier irgend etwas nicht stimmte. Ruhig, aber mit der gleichen, befehlsgewohnten Kälte in der Stimme, die auch Indiana schon so beeindruckt hatte, wandte er sich an die Soldaten, die die beiden Gefangenen hereingebracht hatten, und stellte einige Fragen. Die Antworten, die er bekam, schienen nicht unbedingt seinen Gefallen zu finden, denn der Klang seiner Stimme wurde plötzlich schärfer. Fordernd deutete er auf die beiden Männer, die von ihren Bewachern grob auf die Knie herabgestoßen worden waren. Indiana sah jetzt, daß ihre Gesichter etwas schärfer geschnitten waren als die eines normalen Chinesen. Auf ihren Handrücken und zwischen den Augen befanden sich winzige, violette Tätowierungen, und über der linken Schulter trugen beide Männer eine erdbraune Schärpe, die sich kaum von der Farbe ihres Gewandes abhob.

Moto wandte sich jetzt an die beiden. Er bekam keine Antwort, und einer der Solaten rammte dem kleineren der beiden Männer seinen Gewehrkolben zwischen die Schulterblätter. Der Gefangene fiel mit einem schmerzerfüllten Keuchen nach vorn, und Moto fuhr den Mann, der ihn geschlagen hatte, in so scharfem Ton an, daß dieser zurückfuhr, als hätte er eine Ohrfeige bekommen.

Es gelang Indiana, Moto einen fragenden Blick zuzuwerfen, und zu seiner Überraschung reagierte der Samurai sogar darauf. »Die beiden sind tibetische Spione«, sagte er. »Jedenfalls behaupten das diese Narren. Sie wollen sie erschießen.« Er zuckte gleichmütig mit den Achseln. »Im Grunde habe ich nichts dagegen. Aber vielleicht können uns die beiden –«

Einer der beiden Gefangenen – der, der nicht geschlagen worden war – sagte ein halblautes, einzelnes Wort, und Moto brach mit einem überraschten Ausdruck ab. Eine Sekunde lang sah er den Mann forschend an, dann trat er auf ihn zu, stellte eine Frage, und obwohl Indiana die Antwort ebensowenig verstand wie die Frage selbst, identifizierte er doch das gleiche Wort, das er soeben gehört hatte, gleich mehrfach. Die beiden unterhielten sich eine ganze Weile, und der überraschte, aber auch ein wenig mißtrauische Ausdruck auf Motos Gesicht vertiefte sich. Schließlich wandte er sich mit einem Stirnrunzeln wieder an Indiana. »Er sagt etwas von einem *Zauberschwert*«, sagte er verwirrt.

Zauberschwert? Indiana wurde hellhörig. Um ein Haar hätte er das Wort laut ausgesprochen, biß sich aber im allerletzten Moment noch auf die Zunge.

Aber auch Moto wirkte plötzlich genauso erregt wie er. Mit einer heftigen Handbewegung befahl er den Soldaten, den beiden auf die Füße zu helfen, scheuchte die Männer aus dem Raum und brachte Hondo, der sich hatte einmischen wollen, mit einer zornigen Geste zum Verstummen.

Er und die beiden Tibeter unterhielten sich eine ganze Weile; in einem Dialekt, der nicht nach Japanisch klang, Indiana aber natürlich ebenso unverständlich war. Motos Erstaunen nahm sichtlich zu, und ein paarmal warf er auch Indiana überraschte Blicke zu – ebenso wie die beiden Mönche übrigens, wenn diese auch weniger überrascht als wissend wirkten. Indiana verfluchte die Tatsache, daß er der Sprache, derer sich die drei bedienten, nicht einmal in Ansätzen mächtig war. So mußte er sich darauf beschränken, aus Mimik und Gesten der drei zu schließen, was sie *vielleicht* sagten.

Schließlich machte Moto eine besänftigende Geste, auf die die Tibeter mit einem Nicken antworteten und verstummten, streifte Indy mit einem zutiefst verwirrten Blick und drehte sich dann wieder zu Hondo um. Er sagte etwas auf japanisch.

Hondo schwieg einen Moment. Indiana konnte sehen, wie es hinter seiner Stirn arbeitete. Dann antwortete er, und jetzt war es Motos Gesicht, das sich verdüsterte.

Seine nächsten Worte klangen schon weitaus weniger freundlich, und Hondo schrumpfte sichtlich zusammen und senkte wieder den Blick. Aber Motos Gesichtsausdruck nach zu schließen, widersprach er auch jetzt noch.

Schließlich trat Moto wütend auf ihn zu und streckte den Arm aus, als wolle er ihn packen und schütteln, und endlich gab der japanische Major klein bei, wenn auch widerwillig, wie aus seinem Blick zu schließen war. Mit gesenktem Haupt verließ er das Zimmer. Moto schickte auch seinen Diener und die Soldaten aus dem Raum.

»Idiot!« knurrte er halblaut und auf englisch, als Indiana, die beiden Tibeter und er allein waren. Dann sah er Indy an. »Sie können reden, Dr. Jones«, sagte er. »Löbsang und Tsangpo wissen, wer Sie sind.«

Indiana maß die beiden Tibeter mit neuem Erstaunen. »Aber woher...«

»Sie behaupten«, sagte Moto mit einem Ausdruck tiefster Verstörtheit in den Augen, »eine Vision von Ihrem und meinem Kommen gehabt zu haben. Ich persönlich halte sie eher für Spione, die Dzo-Lin geschickt hat. Aber sie wissen etwas.«

»Ich kann Euch versichern, göttlicher Sohn«, sagte der kleinere der beiden Tibeter in beinahe akzentfreiem Englisch und mit einem milden Lächeln, »daß wir nicht zu General Dzo-Lins Vertrauten zählen. Weltliche Dinge sind uns völlig fremd. Euer Krieg ist schrecklich, aber es ist nicht unsere Sache, zu entscheiden, wer im Recht und wer im Unrecht ist.«

»Sie sprechen... englisch?« murmelte Indiana überrascht. Auch Moto sah völlig perplex aus.

»Ein wenig«, sagte der Tibeter bescheiden. »Mein Bruder Tsangpo und ich hatten die Ehre, einige Jahre einen Ihrer Landsmänner zu beherbergen, der in unseren Tempel kam, um die Lehren des buddhistischen Glaubens zu studieren.«

»Was für ein Zufall«, knurrte Moto.

»So etwas wie Zufall gibt es nicht, göttlicher Sohn«, sagte Löbsang lächelnd. »Alles ist vorbestimmt und geschieht ganz nach dem Willen der Götter.«

Moto verzichtete vorsichtshalber auf die Antwort, die ihm deutlich ins Gesicht geschrieben stand. »Also gut«, knurrte er statt dessen. »Was war das für ein Unsinn mit dem Zauberschwert?«

»Ich bitte Euch, göttlicher Sohn«, sagte Löbsang. Er wurde von Moto unterbrochen.

»Laß diesen Unsinn!« sagte er. »Mein Name ist Moto. Das reicht.«

»Moto.« Löbsang nickte und lächelte wieder dieses sonderbare, wissende Lächeln. »Es ist nicht nötig, daß Ihr Euch weiter verstellt. Unsere Vision war klar. Ihr und der Doktor aus dem großen Land jenseits des Meeres seid aus dem gleichen Grund hier wie mein Bruder Tsangpo und ich. Um das Schwert des Temujin zu finden, es davor zu bewahren, in falsche Hände zu geraten.«

Während Moto sichtlich erbleichte, konnte Indiana ein amüsiertes Kichern nicht mehr ganz unterdrücken. »Dann wären wir ja schon zu viert«, sagte er. »Tamara und Dzo-Lin noch nicht einmal mitgerechnet.«

Moto starrte ihn an. »Sie glauben doch nicht, daß ich diese beiden Verrückten mitnehme?«

»Doch«, antwortete Indiana. »Das glaube ich. Und Sie auch. Sie haben zu wenig Trümpfe im Ärmel, als daß Sie es sich leisten könnten, es nicht zu tun, *göttlicher Sohn.*« Moto erbleichte noch ein bißchen mehr, jetzt allerdings vor Zorn, schluckte aber jedes weitere Wort tapfer herunter und beließ es dabei, abwechselnd Indiana und die beiden Tibeter mit Blicken regelrecht aufzuspießen.

»Also gut«, murmelte er nach einer Weile. »Es gibt ein paar Schwierigkeiten.«

»Welche?« fragte Indiana.

»Hondo«, antwortete Moto. »Er besteht darauf, daß die beiden auf der Stelle hingerichtet werden. Er behauptet, eindeutige Beweise dafür zu haben, daß sie Spione sind.«

»Hat er sie?« fragte Indiana.

Moto schüttelte den Kopf. »Das ist nicht die Frage«, sagte er. »Major Hondo ist der militärische Oberbefehlshaber dieser Garnison. Er respektiert mich zwar, aber Tatsache ist, daß ich ihm nichts zu *befehlen* habe.«

»Aber ein Sohn des Himmels wird doch wohl einflußreicher sein als ein kleiner Major«, sagte Indiana spöttisch.

Es fiel Moto immer schwerer, seinen Zorn zu unterdrücken. »Vermutlich«, sagte er. »Ich könnte dafür sorgen, daß er für den Rest seines Lebens damit beschäftigt ist, die Große Mauer neu zu streichen.« Er deutete auf Löbsang und Tsangpo. »Aber bis dahin wären die beiden längst tot.«

»Es muß einen Weg geben«, sagte Indiana.

»Den gibt es«, sagte Löbsang.

Indiana und Moto sahen beide gleichermaßen fragend wie überrascht auf. »Welchen?« fragten sie wie mit einer Stimme.

Diesmal antwortete der Tibeter nicht sofort, sondern sah Indiana für einige Sekunden nachdenklich und auf eine schwer zu deutende Weise an. »Es wird nicht leicht werden«, sagte er, »aber es liegt in Ihrer Macht, Dr. Jones, unsere Leben zu –«

Er kam nicht weiter. Hondo stürmte in den Raum, Schultern und Kinn kampflustig vorgereckt, die rechte Hand auf dem Griff seines Katana, das aus seinem Gürtel ragte. Moto kam nicht einmal dazu, ihn anzufahren, denn Hondo überschüttete ihn sofort mit einem Schwall erregter japanischer Worte, wobei er heftig gestikulierend auf Löbsang und Tsangpo deutete. Zwischen Motos Augenbrauen erschien eine steile Falte, während die beiden Tibeter eher amüsiert als irgendwie erschrocken aussahen.

Schließlich wandte sich Moto in beinahe hilflos anmutendem Ton an Indiana. »Er behauptet, ungefähr ein Dutzend Zeugen dafür zu haben, daß die beiden Fotografien von den Unterkünften seiner Truppe gemacht hätten. Natürlich sind diese Zeugen so falsch wie das Kleid, das Sie tragen, Jones, aber ich fürchte, ich kann nichts dagegen tun.«

Indiana seinerseits konnte nicht antworten. Er sah Hondo an, und was er im Gesicht des kahlköpfigen japanischen Majors erblickte, das machte ihm klar, wie ernst es diesem war. Es ging ihm keineswegs um die beiden Tibeter. Vermutlich war ihm ihr Schicksal ungefähr so wichtig wie der Schmutz unter seinen Fingernägeln. Aber Indiana kannte den Blick, der in Hondos Augen lag. Einen Moment lang überlegte er, ob er Moto raten sollte, Hondo einfach die Wahrheit zu sagen, verwarf aber diesen Gedanken fast im selben Augenblick wieder. Der Major war Vernunftsgründen gegenüber in diesem Moment ganz gewiß nicht aufgeschlossen. Dann begegnete sein Blick dem Löbsangs, und er las die Frage darin. Eine Sekunde lang zögerte er noch. Löbsang hatte nicht gesagt, *was* er tun mußte, um ihm und Tsangpo das Leben zu retten. Aber eigentlich, dachte Indiana, spielte das auch keine Rolle. Zwei Menschenleben waren eine kleine Unannehmlichkeit immer wert. Er nickte beinahe unmerklich.

Löbsang räusperte sich, um Hondos Aufmerksamkeit auf sich zu ziehen, und es gelang ihm. Mit einem Ruck fuhr der Japaner herum und starrte ihn an, und Löbsang reagierte mit einem gleichmütigen Lächeln, deutete auf Indiana und sagte gleichzeitig einige halblaute Worte.

Das Ergebnis war erstaunlich. Moto sog überrascht die Luft ein, und Hondo starrte ungläubig zuerst den tibetischen Mönch, dann Indiana und dann wieder Löbsang an.

Löbsang wiederholte seine Worte und die deutende Geste auf Indiana, und Hondo überlegte nur noch eine Sekunde. Dann nickte er abgehackt, wandte sich auf der Stelle um und verließ das Zimmer wieder – aber nicht, ohne Indiana Jones noch einen raschen, durch und durch schadenfrohen Blick zuzuwerfen. Die Tür fiel mit einem Knall hinter ihm ins Schloß.

»Was um Gottes willen ist denn jetzt los?« fragte Indiana verwirrt.

Löbsang schwieg, und Tsangpo schien plötzlich etwas furchtbar Interessantes an seinen Zehenspitzen entdeckt zu haben, denn er starrte mit höchster Konzentration auf seine Füße herab.

»Ich glaube, Ihr neuer Freund hat tatsächlich eine Möglichkeit gefunden, sein Leben zu retten«, sagte Moto ruhig.

Indiana sah ihn fragend an, und Moto seufzte sehr tief. »Er hat Hondos besten Mann zum Zweikampf herausgefordert«, sagte er.

»Wie bitte?« murmelte Indiana fassungslos. Völlig ungläubig starrte er den kleinwüchsigen Tibeter an, der allenfalls die Statur eines kräftigen Kindes hatte. Seine Hände mit den schlanken, sehnigen Fingern waren ja möglicherweise in der Lage, eine Gebetsmühle zu drehen, aber kaum, ein Schwert zu halten. »Ist er lebensmüde?« fragte er.

Löbsang lächelte noch freundlicher, und Moto antwortete an seiner Stelle: »Sie mißverstehen die Lage, Dr. Jones. Nicht er oder Tsangpo werden gegen Hondos Krieger antreten.«

Er sprach nicht weiter, aber plötzlich hatte Indiana das sehr, sehr ungute Gefühl, zu wissen, was er sagen wollte.

Und er hatte recht damit.

»Sie werden gegen ihn antreten, Dr. Jones«, sagte Moto ruhig. »Heute abend, bei Sonnenuntergang.«

Indiana verbrachte die nächste halbe Stunde damit, sich den Kopf darüber zu zerbrechen, was ihm Moto vor vier Tagen über den Orden erzählt hatte, dessen Mitglied er vorgeblich war; genauer gesagt, ob sein Gelübde nur das Versprechen beinhaltete, nicht zu reden oder auch das, niemandem den Hals umzudrehen.

Moto hatte noch eine ganze Weile mit Löbsang geredet; und danach mit Hondo. Aber Indianas Hoffnung, der Samurai könnte die in seinem Namen ausgesprochene Herausforderung irgendwie zurückgenommen haben, erfüllte sich natürlich nicht. Er hätte sie sich ohnehin sparen können. Die Vorstellung, eine einmal ausgesprochene Herausforderung wieder zurückzunehmen, war selbst für einen Europäer nicht leicht; für einen Japaner, der nach strengsten Ehrenregeln lebte, war sie einfach undenkbar.

Unter dem Vorwand, sich auf den Zweikampf vorbereiten zu müssen, hatte sich Indiana mit den beiden Tibetern in einen kleinen Raum im rückwärtigen Teil des Gebäudes zurückgezogen, und sie waren kaum allein, als er auch schon begann, Löbsang mit einer wahren Flut von Beschimpfungen und Vorwürfen zu überschütten, auf die dieser so reagierte, wie tibetische Mönche auf so ziemlich alles reagierten, was ihnen widerfuhr: mit einem milden, verständnisvollen Lächeln, das Indiana schier zum Wahnsinn trieb. Im übrigen beruhigte er Indiana damit, daß der Ausgang des Kampfes vom Schicksal vorausbestimmt sei und es keinen Grund gäbe, sich zu ängstigen.

Indiana verdrehte beinahe verzweifelt die Augen. »Na, wenn das so ist, ist ja alles in bester Ordnung«, knurrte er. »Alles ist vorausbestimmt, wie? Dann brauchen wir uns ja um nichts mehr Sorgen zu machen und können genausogut die Hände in den Schoß legen und abwarten, was passiert!«

»Wenn es das Schicksal so vorbestimmt, so wirst du auch das tun«, sagte Löbsang.

»Ja«, fauchte Indiana. »Und vielleicht bricht sich Hondos Mann auf dem Weg zum Duellplatz den Hals! Wofür zum Teufel hältst du mich? Für einen verdammten Ninja? Ich weiß nicht einmal genau, an welchem Ende man ein Schwert anfassen muß!« Vor seinem inneren Auge erschien noch einmal der schreckliche Anblick des Korridors in Motos Haus, der voller zerstückelter Leichen gewesen war. Wenn der Mann, den Hondo gegen ihn aufstellte, auch nur halb so gut war wie Moto, dann sollte er vielleicht jetzt schon damit beginnen, Zahlen auf seine Gliedmaßen zu malen, damit das Sortieren später nicht so schwierig war...

»Ich verstehe deine Sorge«, sagte Löbsang sanft. »Doch die Lage ist nicht ganz so aussichtslos, wie du vielleicht meinst. Als Herausforderer obliegt dir die Wahl der Waffen. Und Tsangpo und ich werden dir helfen.« Er warf einen raschen Blick zu seinem Begleiter, der an der Tür stand und zu meditieren schien. In Wirklichkeit lauschte er konzentriert, damit niemand sie überraschte. Es wäre einigermaßen peinlich gewesen, hätte man einen Bruder aus dem Orden der Stummen dabei überrascht, wie er wie ein Wasserfall redete.

»Helfen?« fragte Indiana verwirrt. »Wie wollt ihr mir helfen?«

»Es ist auch unser Leben, das auf dem Spiel steht«, sagte Löbsang lächelnd. »Und es ist nicht das Schwert, das den Kampf entscheidet, sondern die Hand, die es führt.«

»Wie tröstlich«, maulte Indiana. »Kannst du mir zufällig auch in zwei Stunden beibringen, wie ich mit einem ausgewachsenen Samurai fertig werde?«

»Ich kann es versuchen«, antwortete Löbsang.

Indiana blinzelte. »Wie?«

Löbsang lächelte wieder dieses nichtssagende, freundliche Lächeln, breitete die Arme aus und hob den Kopf in den Nakken. »Schlage mich«, verlangte er.

»Nichts, was ich lieber täte!« knurrte Indiana und schoß einen geraden Faustschlag auf Löbsangs Kinnspitze ab.

Jedenfalls versuchte er es.

Aber Löbsang war plötzlich nicht mehr da. Seine Faust schoß ins Leere, und Indiana hatte alle Hände voll zu tun, nicht von der Wucht seines eigenen Schlages von den Füßen gerissen zu werden.

Verwirrt blickte er den Tibeter an. Natürlich hatte er mit einem Trick gerechnet und Löbsang keine Sekunde aus den Augen gelassen. Er hätte jeden Eid geschworen, daß Löbsang sich nicht bewegt hatte – und trotzdem stand er plötzlich gute zwei Meter von der Stelle entfernt, an der er gewesen war, als Indiana nach ihm geschlagen hatte.

Indiana holte zu einem gewaltigen Hieb aus – und trat dann warnungslos nach Löbsangs Beinen.

Diesmal gelang es ihm nicht mehr, seiner eigenen Kraft Herr zu werden. Er landete reichlich unsanft auf dem Hinterteil und starrte mit einer Mischung aus Erstaunen und Zorn zu dem Tibeter hoch. Löbsang lächelte – was auch sonst?

»Wie hast du das gemacht?« murrte Indiana, während er umständlich versuchte, auf die Füße zu kommen.

»Ich habe nichts gemacht«, antwortete Löbsang. »Die Kunst des lächelnden Kriegers besteht darin, die Kraft des Gegners gegen diesen selbst einzusetzen.« Er streckte Indiana die Hand entgegen, um ihm vollends aufzuhelfen. Indiana griff danach – und fand sich nach einem blitzartigen Salto auf dem Rücken liegend und nach Luft ringend am anderen Ende des Zimmers wieder. Zum Teufel, Löbsang hatte ihn kaum *berührt*!

Umständlich stand er auf, betastete seine schmerzenden Knochen und schüttelte hastig den Kopf, als Löbsang ihm hilfreich die Hand entgegenstreckte.

»Okay«, sagte er dann. »Zeigt mir, wie das funktioniert.«

Mit Einbruch der Dämmerung erschien Moto in Begleitung zweier weiterer Japaner in seiner Unterkunft, um ihn abzuholen. Der Samurai trug jetzt eine schneeweiße, mit goldenen Tressen und Borden verzierte Uniform, auf der ein ganzes Dutzend Orden glänzte und klimperte. Auch seine beiden Begleiter trugen Paradeuniformen.

Moto sah ihn einen Moment lang durchdringend an, dann wandte er sich an Löbsang. Indiana verstand die Antwort des Tibeters ebensowenig wie Motos Frage, aber was Löbsang sagte, schien Moto alles andere als zu erfreuen. Sein Gesicht blieb ausdruckslos, aber der Ausdruck von Sorge in seinem Blick vertiefte sich noch.

Wahrscheinlich nicht ganz zu Unrecht, dachte Indiana. Während der letzten beiden Stunden hatte sich Löbsang alle Mühe gegeben, ihn in die Kunst des »lächelnden Kriegers« einzuweisen – was im Klartext nichts anderes hieß, als daß er Indiana so oft durch das Zimmer geworfen, ins Leere hatte laufen und nach einem Phantom schlagen lassen, daß Indy nicht mehr ganz sicher war, ob sich alle seine Körperteile noch an dem dafür vorgesehenen Platz befanden. Besonders viel gelernt hatte er dabei nicht.

Was er eigentlich auch nicht erwartet hatte. Es wäre naiv, sich im Ernst einzubilden, in zwei oder drei Stunden eine Kampfkunst erlernen zu können, zu deren Beherrschung andere ein ganzes Leben benötigten. Aber wenigstens waren die vergangenen Stunden nicht langweilig gewesen...

Sie verließen das Haus und traten auf einen weitläufigen, an drei Seiten von hohen Ziegelsteinmauern begrenzten Hof hinaus. Weit über hundert Soldaten hatten sich eingefunden, um dem Duell zuzusehen.

Indiana spürte, wie seine Knie weich wurden, als er seinen Gegner erblickte.

Er hatte nicht unbedingt einen Schwächling erwartet – aber *das* nun auch wieder nicht. Eigentlich hatte er bisher nicht einmal gewußt, daß es Japaner mit einer Körpergröße von weit über zwei Metern gab.

Aber es gab sie, und einem davon stand er jetzt gegenüber. Die Schultern des Burschen waren ungefähr doppelt so breit wie seine eigenen, und die Muskelstränge auf seinen nackten Oberarmen waren dicker als Indianas Handgelenke. Sein Gesicht war breit und fleischig und hatte einen brutalen Zug, und seine Hände sahen aus, als zerschlüge er Eichentüren zum puren Zeitvertreib. Oder auch Köpfe.

Indiana blieb wie angewurzelt stehen, als er den Riesen erblickte. Er konnte spüren, wie das Blut aus seinem Gesicht wich.

»O verdammt«, flüsterte er, so leise, daß nur der unmittelbar neben ihm stehende Moto die Worte verstand. »Ich glaube fast, ich... ziehe es doch vor, diesen Kampf abzusagen.«

»Ich fürchte, das geht nicht, Dr. Jones«, sagte Moto bedauernd. »Sie würden Ihr Gesicht verlieren.«

»Das macht gar nichts«, versicherte ihm Indiana. »Wirklich, ich fühle mich sehr wohl als Feigling.«

»Sie verstehen mich nicht«, antwortete Moto. »Sie würden es *wirklich* verlieren. Sehen Sie diese Soldaten dort?« Er deutete auf ein halbes Dutzend Japaner, die ihre Gewehre schußbereit vor der Brust hielten. Indiana nickte.

»Sie haben Befehl, sofort und ohne Vorwarnung zu schießen, sobald einer der beiden Kontrahenten zu fliehen oder dem Kampf auszuweichen versucht.« Er sah Indiana stirnrunzelnd an. »Haben Sie Angst?«

Was für eine dämliche Frage, dachte Indiana. »Löbsang hat mir... ein paar Tricks gezeigt«, sagte er stockend. Moto sah ihn zweifelnd an, und Indiana teilte diese Zweifel durchaus. Gegen dieses Riesenbaby hätte er wahrscheinlich mit einem Maschinengewehr oder einem Flammenwerfer eine Chance gehabt; aber kaum mit bloßen Händen oder einem Schwert. Ich könnte ja versuchen, ihn totzugrinsen, dachte Indiana sarkastisch, während er versuchte, Löbsang mit Blicken aufzuspießen. Der Tibeter lächelte.

Indiana raffte all seinen Mut zusammen und trat durch den Kreis der Soldaten.

Sein Gegner blickte ihn an; mit unbewegtem Gesicht, aber einem bösen Funkeln in den Augen. Gleichzeitig stieß er einen knurrenden Laut aus, der sich fast wie das Grollen eines zornigen Ochsen anhörte, und ballte die Hände zu Fäusten, die nicht viel kleiner als Indianas Kopf waren. Der Japaner war kein Riese, dachte Indiana erschüttert. Er war ein *Berg* von einem Mann. Ein Berg, der gleich auf ihn herabfallen und ihn zermalmen würde.

Der Japaner grinste, trat ein paar Schritte zurück und hob einen Knüppel, den Indiana gut und gerne als Balken bezeichnet hätte: Er war etwas dicker als Indianas Unterarme. Zwei-, dreimal ließ er seine Keule spielerisch durch die Luft pfeifen, dann packte er sie wieder mit beiden Händen – und zerbrach sie ohne die mindeste Anstrengung in drei gleichgroße Stücke.

Indiana schluckte trocken. Vor seinem inneren Auge sah er, wie dieser King-Kong-Verschnitt dasselbe mit seinen Armen machte.

»Keine Sorge«, flüsterte Moto neben ihm. »Der Kerl ist stark, aber dumm. Und wahrscheinlich nicht besonders schnell.«

Wie tröstlich, dachte Indiana. Fließende Lava war das meistens auch nicht. Trotzdem hatte er von keinem Fall gehört, daß es jemandem gelungen wäre, sie mit bloßen Händen aufzuhalten.

In der Erwartung, daß der Kampf nach diesen Präliminarien

unverzüglich beginnen würde, hob Indiana die Fäuste, aber Moto hielt ihn mit einer raschen Handbewegung und einem Kopfschütteln zurück. Auf eine zweite Geste hin tauchten Hondo und drei weitere Japaner am Rande des mit roten Bändern markierten Kampfplatzes auf, allesamt herausgeputzt wie die Pfingstochsen und mit Gesichtern, als befänden sie sich auf dem Weg zu einer Beerdigung. Genaugenommen waren sie das ja auch...

Hondo sagte etwas auf japanisch, Moto antwortete in derselben Sprache, dann war wieder Hondo an der Reihe... Indiana gab es auf, aus Betonung und Mimik der beiden den Sinn dieses Gespräches erraten zu wollen, sondern nickte nur dann und wann, wenn Moto ihm ein Zeichen gab. Es folgte ein fast viertelstündiges Palaver, das im wesentlichen daraus bestand, daß sich die beiden Kontrahenten – auf dem Umweg über ihre Sekundanten – ihre gegenseitige Hochachtung aussprachen und die strikte Einhaltung der Regeln versicherten (von denen Indiana nicht die blasseste Ahnung hatte).

Schließlich blieb Indiana allein mit King Kong auf dem Kampfplatz zurück. Aus den Augenwinkeln bemerkte er, daß sich Löbsang und Tsangpo am Rand der abgesteckten Fläche auf die Knie herabließen und die Hände flach vor den Gesichtern gegeneinanderlegten. Ihre Lippen begannen eine monotone Formel zu murmeln, die ihnen wahrscheinlich helfen sollte, sich in religiöse Trance zu versetzen.

Indiana trat seinem Kontrahenten entgegen, verbeugte sich und riß das Knie hoch, als sich King Kong ebenfalls verneigte.

Fast zu seiner eigenen Überraschung traf er, obwohl er sich wunderte. Sein Knie landete wuchtig direkt in King Kongs Gesicht. Indiana keuchte vor Schmerz, so heftig hatte er zugestoßen.

King Kong nicht. Er tat Indiana nicht einmal den Gefallen zu wanken oder wenigstens ein ganz kleines bißchen zu zittern. Seelenruhig richtete er sich auf und maß Indiana mit einem Blick, in dem sich Verachtung und hämische Schadenfreude mischten. Ein dünner Blutstrom rieselte aus seiner Nase. Er machte sich nicht einmal die Mühe, ihn wegzuwischen.

»Ommm...« murmelten Löbsang und Tsangpo einstimmig, und Indiana holte aus und schlug Kong die geballte Faust direkt auf die Kinnspitze.

Der Erfolg war beeindruckend.

Kong grinste, während sich aus den Reihen der Zuschauer höhnisches Gelächter erhob und Indiana auf einem Knie herumzuhüpfen begann und seine geprellte Faust gegen den Leib preßte.

Indiana fluchte lautlos in sich hinein, schüttelte den Schmerz aus seiner Hand, sprang in die Höhe, riß das rechte Knie an den Leib und stieß den Fuß dann mit aller Gewalt fast senkrecht nach oben.

King Kong trat lässig zur Seite und schnippte Indianas Fuß wie einen lästigen Moskito beiseite. Indiana überschlug sich in der Luft, landete unsanft auf dem Rücken und rang nach Atem. Die zusehenden Soldaten gröhlten, und Löbsang und Tsangpo steuerten ein mißbilligendes »Ommm!« bei.

Die bunten Sterne vor Indianas Augen verblaßten allmählich, und er konnte wieder sehen. Konkret blickte er in King Kongs Gesicht, und was er darin sah, half ihm, schleunigst wieder auf die Beine zu kommen. Kongs Lächeln war erloschen. Aus dem Spiel wurde ernst.

Als der Körper des Japaners wie eine Lawine auf ihn zurollte, begriff Indiana, daß es vorbei war. Er hatte nicht einmal mehr Zeit, Angst zu empfinden. Er hoffte nur, daß es schnell ging.

»Ommm...« summten Löbsang und Tsangpo.

Etwas sehr Sonderbares geschah. Obwohl die Stimmen der beiden Tibeter keinen Deut lauter waren als zuvor, hörte Indiana ihren Ton viel deutlicher; nicht lauter, aber irgendwie *präsenter.* Das Summen hielt an, wurde irgendwie... *mächtiger,* als durchdränge es plötzlich alles – und plötzlich wurde King Kong langsamer und langsamer, bis er sich nur noch im Zeitlupentempo auf Indiana zubewegte.

Es war, als wäre sein Körper plötzlich von einem unsichtbaren, zähen Sirup eingeschlossen, der jede seiner Bewegungen um das Zehnfache verlangsamte. Der Anblick verwirrte Indiana so sehr, daß ihn die Faust des Japaners um ein Haar trotzdem getroffen hätte.

Im letzten Moment erst wich er ihr aus, machte hastig einen Schritt zur Seite – und riß abermals verblüfft die Augen auf.

King Kong war nicht der einzige, der sich plötzlich wie in einem mit viel zu langsamer Geschwindigkeit ablaufenden Hollywood-Film bewegte... Auch die Zuschauer, allen voran Hondo, dessen Gesicht vor Blutgier zu leuchten schien, waren in diesem unheimlichen Zeitablauf gefangen. Arme, die jubelnd hochgerissen wurden, bewegten sich im Schneckentempo, aufgerissene Münder waren zu grotesken Grimassen erstarrt, einer der Soldaten hatte seine Mütze hochgeworfen, die sich jetzt plötzlich träge wie ein nasses Blatt bewegte, das von einer Sturmböe davongeweht wurde...

Einen Moment lang fragte sich Indiana ganz ernsthaft, ob das schon das Ende war. Hatte ihn King Kongs Fausthieb vielleicht auf der Stelle umgebracht, und das war es, was auf der anderen Seite wartete?

Unsinn. Außerdem konnte Indiana der Versuchung einfach nicht widerstehen. Als Kong wie in Zeitlupe an ihm vorübertaumelte und sich auf seinem Gesicht ein absurder Ausdruck der Verblüffung auszubreiten begann, trat Indiana ihm kräftig in die Kniekehle. Ohne Erfolg zwar, aber mit einer gewaltigen inneren Befriedigung.

Das letzte »m« von Löbsangs *Ommm* verklang, und von einem Sekundenbruchteil auf den anderen war alles wie vorher. Lärm und Geschrei schlugen wie eine Woge über Indiana zusammen, King Kong machte einen torkelnden Schritt nach vorn und knickte plötzlich mit dem linken Bein ein, als Indianas Tritt mit einiger Verzögerung trotzdem noch eine Wirkung tat, und kämpfte Augenblicke lang mit wild rudernden Armen vergebens um sein Gleichgewicht.

Die Jubelschreie und Hochrufe der Japaner verstummten abrupt, als der Riese der Länge nach vor ihre untergeschlagenen Beine fiel. Hondos Augen wurden groß. Motos auch. Löbsang lächelte.

Kong lächelte nicht. Ganz im Gegenteil – sein Gesicht war zu einer Grimasse aus Wut und Mordlust verzerrt, als er sich mit einer ungeheuer kraftvollen Bewegung hochstieß und schnell wie eine Schlange zu Indiana herumwirbelte. Löbsang und Tsangpo beugten sich vor, und wieder durchdrang ein summendes, lang anhaltendes »Ommm« die Wirklichkeit und dehnte sie wie Kaugummi.

Indiana trat gemächlich einen Schritt zur Seite und betrachtete mit fast wissenschaftlichem Interesse Kongs Körper, der plötzlich fast waagerecht in der Luft lag und auf ihn zuglitt – ungefähr so schnell wie eine arthritische Landschildkröte, die einen Berg zu ersteigen versuchte. Kongs Technik war perfekt, das mußte er zugeben. Der Bursche war nicht nur groß, sondern mußte auch ein Meister im Kung Fu oder Karate oder irgendeiner anderen asiatischen Schlagetot-Technik sein. Seine vorgestreckten Füße waren leicht einwärts geknickt, so daß sie ihr Ziel mit der harten äußeren Fußkante treffen konnten; wahrscheinlich heftig genug, um einen Eichenbalken zu zertrümmern. Er war nur ein bißchen langsam...

Indiana ergriff sein rechtes Bein, riß es zur Seite und trat zurück, während Löbsangs *mmm*... allmählich leiser wurde.

Sehr viel lauter war eine halbe Sekunde später Kongs Schrei, als er kopfüber im Dreck landete, gute zwei Meter von Indianas neuer Position entfernt.

Selbst ohne die Hilfe der beiden Tibeter hätte Indiana in diesem Moment wahrscheinlich Zeit genug gehabt, einen wirkungsvollen Treffer anzubringen, denn der Japaner blieb geschlagene drei Sekunden regungslos liegen. Fassungslosigkeit, Schrecken, Unglaube und Wut spiegelten sich in seinem Gesicht – aber auch noch etwas anderes, das so intensiv war, daß er Indiana beinahe leid tat.

Allerdings war dies nicht der einzige Grund, aus dem er darauf verzichtete, seinem Gegner nachzusetzen und ihn die Faust spüren zu lassen. Er hatte keinen Beweis dafür, aber er war sicher, daß die Kraft, die ihm plötzlich half, sich nicht zu einem Angriff mißbrauchen lassen würde.

Umständlich rappelte sich der Japaner wieder auf. Für den Bruchteil einer Sekunde huschte so etwas wie Respekt über sein Gesicht – aber dann verdunkelte sich sein Antlitz, und er stürmte mit hoch erhobenen Fäusten heran.

Nach Löbsangs siebtem oder achtem *Ommm* hatte er kaum noch die Kraft, auf seinen eigenen Beinen zu stehen, und seine Hiebe hatten ebenfalls an Kraft und Schnelligkeit eingebüßt. Es war an der Zeit, dem grausamen Spiel ein Ende zu bereiten.

Löbsang schien das auch so zu sehen, denn er warf Indiana einen auffordernden Blick zu. Als Kong das nächste Mal in *slow motion* erstarrte, trat Indiana hinter ihn, packte seinen Arm und verdrehte ihn so, daß sich die Kraft des Riesen gegen sich selbst richtete. Ein häßliches Knirschen ertönte und gleich darauf der gellende Schrei des Japaners, der vor Indiana in die Knie brach.

Indiana ließ ihn los, trat einen Schritt vor und sah fragend zu Moto hinüber.

Das Gesicht des *göttlichen Sohnes* war zu einem Ausdruck völligen Entsetzens erstarrt, während sich auf Hondos Zügen ein zunehmender Ausdruck von Zorn und Haß ausbreitete, als er mit einem Ruck den Kopf wandte und Moto ansah.

Aber Hondo wäre kein japanischer Offizier gewesen, hätte er seine Fassung nicht binnen Sekundenbruchteilen wiedergefunden. Als er sich wieder zu Indiana herumdrehte, war sein Gesicht so ausdruckslos und beherrscht wie üblich.

Indiana hörte ein dumpfes Stöhnen und machte einen hastigen Schritt zur Seite, als King Kong sich mühsam zu bewegen begann; nur für den Fall, daß der Japaner sich zu einer Unbedachtsamkeit hinreißen ließ.

Seine Sorge war unbegründet. Der Japaner stand schwankend

auf. Sein Gesicht war schmerzverzerrt, während er die Hand auf die linke Schulter legte, die er sich freundlicherweise selbst ausgerenkt hatte. Aber in seinem Blick lag kein Haß, als er Indiana ansah, sondern beinahe so etwas wie Bewunderung; und ein Ausdruck tiefen, ehrlich empfundenen Respekts.

Auch Hondo und die anderen erhoben sich; alle mit Ausnahme Löbsangs und Tsangpos, die mit gefalteten Händen dasaßen und sich im Takt einer unhörbaren Melodie weiter vor- und zurückwiegten – vielleicht, vermutete Indiana, um notfalls sofort loszukommen. Der Gedanke an das, was geschehen war, jagte Indiana mit einiger Verspätung einen eisigen Schauer über den Rücken. Indiana Jones gehörte nicht zu den Menschen, die das Wort Magie von vornherein mit einem Lächeln abtaten. Dazu hatte er zuviel erlebt, was mit Logik allein nicht zu erklären war.

Aber das...

Er verscheuchte den Gedanken, als ihm klar wurde, daß Hondo sich mittlerweile zum dritten Mal mit den gleichen Worten an ihn wandte. Fragend sah er den Japaner an.

Moto übersetzte: »Major Hondo drückt Ihnen seine Hochachtung aus, Dr. Jones. Gleichzeitig versichert er Ihnen, daß es nicht in seiner Absicht gelegen hätte, in irgendeiner Form an Ihrer Ehre zu rühren, indem er Ihnen einen derartig unwürdigen Gegner zuwies. Er versichert, daß es nicht in seiner Absicht lag, einen derartigen Meister der Kriegskunst wie Sie zu beleidigen.«

Indiana sah Hondo an und lächelte, und der leicht verkniffene Ausdruck auf dem Gesicht des Japaners entspannte sich; allerdings nur ein wenig.

»Trotzdem ist Major Hondo natürlich bereit, für diese Schmach persönlich geradezustehen, sollten Sie Satisfaktion verlangen, Dr. Jones«, fuhr Moto fort.

Wieder lächelte Indiana Hondo an, und er gönnte sich den Spaß, den Offizier sekundenlang im eigenen Saft schmoren zu lassen, ehe er eine Kopfbewegung und eine eindeutige Geste machte. Hondo atmete deutlich erleichtert auf, richtete ein paar Worte an ihn, brach dann ab und wiederholte das ganze an Moto gewandt.

Wieder spielte der *göttliche Sohn* den Übersetzer: »Major Hondo«, sagte er, »dankt Ihnen für Ihren Großmut, Dr. Jones. Er wird für den Rest seines Lebens in Ihrer Schuld stehen. Er bittet Sie jedoch, eine Frage stellen zu dürfen.«

Nur zu, dachte Indiana und nickte.

Hondo stellte keine Frage – das hatte er offensichtlich bereits getan –, denn Moto übersetzte seine Antwort sofort: »Ihre Art zu kämpfen hat ihn tief beeindruckt, Dr. Jones. Er möchte Ihr Schüler werden, soweit das Ihre Zeit zuläßt.«

Indiana hatte im Grunde überhaupt nichts dagegen, Hondo alles beizubringen, was er über fernöstliche Kampfkunst wußte – schließlich beschränkte sich sein Wissen auf die (amerikanische) Schreibweise von drei oder vier dieser Techniken. Aber natürlich konnte er das nicht sagen. So tat er das, was Moto und er für einen solchen Fall vorgesehen hatten: Er machte eine Reihe komplizierter, völlig sinnloser Handbewegungen, und Moto tat so, als hätte er ihre Bedeutung begriffen und gab Hondo eine Antwort auf japanisch. Der Offizier wirkte enttäuscht, lächelte aber trotzdem und verbeugte sich so tief, daß Indy beinahe damit rechnete, seine Stirn würde seine auf Hochglanz polierten Stiefelspitzen berühren. »Ich habe ihm erklärt, daß dies zu Ihrem großen Bedauern nicht möglich ist, Dr. Jones«, sagte Moto. »Ihr Eid verpflichtet Sie, das Geheimnis Ihrer Kriegskunst nur an Mitglieder Ihres eigenen Ordens weiterzugeben.« Etwas leiser und mit einem Blick, der kommendes Unheil versprach, fügte er hinzu: »Davon abgesehen – ich würde mich auch ganz gern mit Ihnen darüber unterhalten.«

Indiana grinste ihn an. Manchmal, dachte er, war es vielleicht ganz praktisch, nicht reden zu dürfen.

Indiana hatte weit mehr gewonnen als ein Duell. Von der Mischung aus Verachtung und Feindseligkeit war nichts, aber auch gar nichts mehr geblieben, als sie den Kampfplatz verließen und wieder ins Haus und das Zimmer zurückgingen, in dem Löbsangs ›Unterricht‹ stattgefunden hatte. Hatte er auf dem Weg hierher eine Art Spießrutenlauf hinter sich gebracht, so behandelten ihn die Japaner jetzt mit einer Ehrerbietung, die schon fast peinlich war. Moto mußte all seine Autorität und Überredungskunst aufbieten, damit sie allein gelassen wurden.

Als er sich jedoch dann zu Indiana umwandte, war in seiner Stimme sehr wenig Ehrerbietung, dafür jedoch ein Zorn, den er kaum noch zu unterdrücken vermochte, und den Indiana auch in seinen Augen las. Motos Wut war nichts, was er auf die leichte Schulter nehmen konnte. Er mußte auf der Hut sein.

»Finden Sie nicht, daß Sie mir ein paar Erklärungen schuldig sind, Dr. Jones?« schnauzte er.

»Selbst wenn das so wäre«, antwortete Indiana amüsiert, aber auch sehr vorsichtig, »wäre ich nicht in der Lage, welche abzugeben.« Er fing einen raschen, beinahe warnenden Blick Löbsangs auf, verstand, was der Tibeter ihm sagen wollte, und improvisierte den Rest seiner Antwort. »Ich habe ein Schweigegelübde abgelegt, Mr. Moto.«

Motos Hand fiel auf das Schwert herab und schloß sich so fest darum, daß Indiana seine Knöchel knirschen hören konnte. »Treiben Sie es nicht zu weit, Jones!« sagte er gefährlich leise. »Auch meine Geduld hat Grenzen.«

»Worüber regen Sie sich auf?« fragte Indiana ruhig. »Was habe ich getan? Wäre es Ihnen lieber gewesen, wenn mich dieser King-Kong-Verschnitt umgebracht hätte?«

Moto antwortete nicht darauf – aber Indiana las in seinen Augen, daß ihm diese Vorstellung nicht einmal so unsympathisch zu sein schien. Vielleicht sollte er sein Verhältnis zu Moto noch einmal überdenken. Sie hatten eine Art Waffenstillstand geschlossen, aber keine Freundschaft.

»Ich dachte, ich hätte Ihr Ehrenwort, daß wir offen zueinander sind«, sagte Moto.

»War ich das denn nicht?« erwiderte Indiana.

Moto machte eine zornige Handbewegung, bei der er wenigstens die Hand vom Schwertgriff löste. »Sie haben mir verschwiegen, daß Sie die Kunst des *lächelnden Kriegers* beherrschen«, sagte er.

»Ich wußte nicht, daß es so wichtig für Sie ist«, antwortete er. »Außerdem: Ich denke, jetzt sind wir quitt, *göttlicher Sohn.*«

Moto starrte ihn an. Seine Lippen wurden zu dünnen, blutleeren Strichen, und für eine Sekunde war Indiana felsenfest davon überzeugt, daß er nun doch zu weit gegangen war. Aber dann entspannte sich Moto wieder – und zwang sich sogar zu etwas, das er selbst wahrscheinlich für ein Lächeln hielt. »Touché!« sagte er. »So sagt man doch bei Ihnen, nicht wahr, Dr. Jones?«

»Ja«, erwiderte Indiana ernst. »Obwohl ich nicht glaube, daß es angebracht ist. Ich werde den Verdacht nicht los, Mr. Moto, daß Sie mir immer noch einige Punkte voraus sind.«

Moto überging die Bemerkung mit diplomatischem Schweigen.

»Und wie geht es jetzt weiter?« fragte Indiana nach einer Weile, als ihm klar wurde, daß Moto nicht von sich aus das Wort ergreifen würde, sondern ihm die Initiative – und damit die Möglichkeit, Fehler zu machen – überließ. »Ich meine, nachdem wir uns alle köstlich amüsiert und ich eine Kostprobe der berühmten japanischen Gastlichkeit bekommen habe – was gedenken Sie jetzt zu Tamaras Rettung zu unternehmen?«

Moto antwortete auch jetzt nicht sofort. Er streifte die beiden Tibeter mit einem Blick, der alles andere als freundlich war, und Indiana rechnete eigentlich damit, daß er sie aus dem Zimmer schicken würde. Aber er tat es nicht. Statt dessen beantwortete er mit einiger Verzögerung Indianas Frage: »Major Hondo und zweihundertfünfzig seiner Männer brechen im Morgengrauen auf. Wir wissen jetzt, wo Dzo-Lins Lager ist. Es wird nicht leicht, den Fuchs aus seinem Bau herauszujagen. Aber wir haben genug Männer und Waffen. Ich hätte Ihnen dringend geraten, hierzubleiben oder sich zumindest aus den direkten Kampfhandlungen herauszuhalten«, fügte er mit einem hörbaren Anflug von Gehässigkeit in der Stimme hinzu, »aber nach dem, was ich gerade gesehen habe, brauche ich mir ja wohl keine Sorgen um Sie zu machen. Sagen Sie, Dr. Jones – sind Sie zufällig auch noch kugelfest?«

Indiana war ein wenig irritiert. Er konnte sich zwar vorstellen, wie beeindruckt Moto und auch die anderen von der kleinen Vorstellung waren, die er mit Hilfe der beiden Tibeter gerade unten im Hof gegeben hatte, aber Motos Reaktion erschien ihm trotzdem völlig überzogen. Der Japaner war nicht nur beeindruckt und verwirrt – er war eindeutig *verletzt*. Aber warum?

»Bitte lassen Sie den Unsinn, Mr. Moto«, sagte er ernst. »Wir haben Wichtigeres zu besprechen.«

»Da bin ich nicht sicher«, antwortete Moto. »Ich habe lange mit Major Hondo und seinen Beratern gesprochen. Die Lage hat sich seit unserem letzten Gespräch ein wenig geändert.«

»Inwiefern?« fragte Indiana.

Moto machte eine wegwerfende Geste. »Dzo-Lin und seine Räuberbande sind kein Problem mehr«, sagte er. »Sie waren gefährlich, solange wir nicht wußten, wo sie sich verstecken. Aber wir kennen ihr Versteck jetzt. In spätestens vierundzwanzig Stunden gibt es diesen sogenannten Rebellengeneral nicht mehr.«

Indiana spürte einen neuen, tiefen Schrecken. Motos Worte bedeuteten mehr als das, wonach sie sich im ersten Augenblick anhörten. Er hatte mit eigenen Augen gesehen, wie wenig diesem Mann ein Menschenleben galt, und er wußte auch, daß Moto in dieser Hinsicht keineswegs eine Ausnahme darstellte. Zwanzigstes Jahrhundert oder nicht – die japanischen Soldaten unterschieden sich auch heute in ihrer Grausamkeit und Konsequenz kaum von den Samurai-Kriegern des Mittelalters. Wenn ein Mann wie Moto sagte, daß er einen Gegner auslöschen wollte, dann meinte er das wortwörtlich. Vielleicht lag es an der Geschichte dieses Volkes, das, solange es existierte, stets darunter gelitten hatte, Massen von Menschen auf kleinstem Raum unterbringen zu müssen. Ein Menschenleben galt einem Samurai nicht viel; auch sein eigenes nicht.

»Sie dürfen Tamara auf keinen Fall in Gefahr bringen«, sagte er.

»Das liegt nicht in meiner Absicht«, antwortete Moto leise. »Aber ich fürchte, daß es nicht nach mir geht, Dr. Jones.« Er warf einen raschen, fast feindseligen Blick auf die beiden Tibeter, die neben der Tür saßen, ehe er fortfuhr: »Ich weiß nicht genau, wofür Sie mich halten, Jones. Aber so schwer es mir fällt, es zuzugeben, es ist so, daß ich hier nichts zu sagen habe. Hondo ist der Befehlshaber dieser Garnison, und er hat entschieden, Dzo-Lins Lager mit einem schnellen, harten Schlag zu treffen und zu vernichten.«

»Reden Sie keinen Unsinn, Mann!« sagte Indiana zornig. »Sie könnten ihn davon abhalten.«

»Vielleicht«, gestand Moto nach kurzem Überlegen. »Aber ich bin nicht sicher, ob ich das sollte.«

»Wieso?«

»Sie mißverstehen noch immer die Lage, in der wir uns befinden, Dr. Jones«, antwortete Moto. »Sie und ich, wir sind hier, um das Schwert zu finden und möglichst auch noch Miss Jaglova zu befreien. Aber in diesem Land herrscht Krieg. Und General Dzo-Lin und seine Räuberarmee fügen unseren Truppen seit Monaten schwere Schäden zu. Die Zahl ihrer Opfer geht in die Hunderte, wenn nicht Tausende. Ich kann es nicht mit meinem Gewissen vereinbaren, die vielleicht einzige Chance, ihn zu stellen, aufs Spiel zu setzen, nur um ein einzelnes Menschenleben zu retten.«

»Wenn das so ist«, sagte Indiana zornig, »dann vergessen Sie unsere Abmachung, Moto! Sollte Tamara etwas zustoßen, erfahren Sie von mir kein Wort, das schwöre ich Ihnen!«

»Das wäre bedauerlich«, antwortete Moto, »aber nicht zu ändern. Major Hondo wird morgen früh aufbrechen, und bei Sonnenaufgang des nächsten Tages beginnt der Angriff auf Dzo-Lins Lager. Aber ich kann Hondo nicht befehlen, seine Flugzeuge nicht zu starten, nur weil ich Lust dazu habe. Er würde diesen Befehl verweigern – und zu Recht.«

Es dauerte fast eine Sekunde, bis Indiana überhaupt begriff, was Motos Worte wirklich bedeuteten. »Flugzeuge?« wiederholte er erschrocken. »Sie meinen... diese Narren haben einen *Luftangriff* auf das Lager vor?«

»Sie wären Narren, wenn sie das nicht vorhätten«, erwiderte Moto gelassen. »Dzo-Lins Bande hat sich in einem Tempel in den Bergen verschanzt, der so gut wie uneinnehmbar ist. Wie soll ich Hondo erklären, daß er seine Flugzeuge am Boden lassen und statt dessen fünfhundert oder auch tausend seiner Männer ins MG-Feuer der Rebellen schicken soll?«

»Aber damit bringen Sie Tamara um!« sagte Indiana aufgebracht.

»Ich weiß«, antwortete Moto ruhig. »Es herrscht Krieg.«

Indiana schloß in hilflosem Zorn die Augen. Er wußte, daß jedes weitere Wort sinnlos war. Sie waren nicht einfach nur zwei – potentielle – Gegner, die miteinander redeten. Was hier aufeinanderprallte, das waren zwei Welten, zwei grundverschiedene Denkweisen, die so wenig miteinander gemein hatten, daß ihre beiden Völker ebenso gut auf zwei verschiedenen Planeten hätten leben können.

»Verzeiht, wenn ich mich einmische, göttlicher Sohn«, sagte Löbsang vom Boden aus. Indiana und Moto blickten beide zu ihm herab.

»Was hast du jetzt wieder vor?« fragte Moto verächtlich. »Soll ich einen Boten zu Dzo-Lin schicken und ihn zum Zweikampf herausfordern?«

Löbsang tat, was er immer tat, wenn er angesprochen wurde – er lächelte, und Indiana las auf Motos Gesicht ab, daß dieses Lächeln allmählich auch an seinen Nerven zu zerren begann. »Das wäre kein kluger Einfall«, sagte er, als hätte er Motos Vorschlag ernsthaft erwogen. »Mein Bruder Tsangpo und ich sahen in unserer Vision auch General Dzo-Lin, den weißen Doktor und Euch, göttlicher Sohn. Aber wir sahen keine Armee.«

Moto schnaubte verächtlich. »Na, wunderbar!« sagte er. »Dann werden wir diese Bergfestung am besten allein stürmen und –«

»Aber natürlich!« unterbrach ihn Indiana. Moto wirbelte auf dem Absatz herum und starrte ihn zornbebend an, aber Indiana gab ihm keine Gelegenheit, etwas zu sagen, sondern deutete zuerst auf den knienden Tibeter, dann auf Moto und sich selbst. »Exakt das ist die Lösung!«

»Wie bitte?« fragte Moto in einem Ton, der klarmachte, daß er an Indianas Verstand zweifelte.

»Natürlich nicht nur Sie und ich, Moto«, antwortete Indiana. »Aber ich bin sicher, daß Major Hondo nichts dagegen hätte, General Dzo-Lin *lebendig* in die Hände zu bekommen.«

»Das ist unmöglich«, sagte Moto impulsiv, wurde aber schon wieder von Indiana unterbrochen.

»Das ist es nicht!« sagte Indiana überzeugt. »Überlegen Sie doch! Wenn dieses Felsenkloster wirklich so uneinnehmbar ist, wie Sie behaupten, dann fühlt sich Dzo-Lin wahrscheinlich sehr sicher.« Er überlegte sich seine nächsten Worte sehr genau. »Aber wenn auch nur die Hälfte von dem stimmt, was ich über Ihre Krieger und vor allem die Samurai gehört habe, Mr. Moto, dann gibt es keinen Ort, an dem man vor ihnen sicher ist.«

Moto entging keineswegs der Umstand, daß diese Worte wenig mehr als eine Schmeichelei waren. Aber Indianas Rechnung ging trotzdem auf; er war einfach zu sehr Japaner, um den Köder nicht zu schlucken, auch wenn er den Haken darin sehen mußte. »Sie meinen...«, begann er.

»Ich meine, daß Sie und ich jetzt zu Major Hondo gehen und ihm folgenden Vorschlag unterbreiten sollten«, sagte Indiana. »Er soll seinen Angriff um einige Stunden verschieben. Nur lange genug, daß Sie und ich und allenfalls noch eine Handvoll ausgesuchter Männer in dieses Kloster eindringen und General

Dzo-Lin selbst gefangennehmen können. Vielleicht vermeiden wir auf diese Weise sogar überflüssiges Blutvergießen. Wenn Dzo-Lin tatsächlich ein so berühmter und wichtiger Mann ist, dann geben seine Anhänger vielleicht auf, wenn wir ihn gefangennehmen.«

»Das ist Wahnsinn«, murmelte Moto. Aber er klang nicht sehr überzeugt.

»Nein«, widersprach Indiana. »Es ist wahrscheinlich Tamaras einzige Chance, am Leben zu bleiben.« Nach einer winzigen Pause fügte er hinzu: »Und Ihre, dem Schwert des Dschingis Khan auch nur nahe zu kommen.«

Das gab den Ausschlag. Moto druckste noch einen Moment lang herum, aber dann zwang er sich zu einem abgehackten Nicken. »Ich werde mit Hondo reden«, sagte er. »Aber noch eines, Dr. Jones: Wenn es mir gelingt, Ihre Bedingung zu erfüllen, dann sind wir quitt, wie Ihr Amerikaner sagt. Ich fühle mich von meinem Ehrenwort entbunden und verlange, daß Sie mir Miss Jaglovas Aufzeichnungen aushändigen und anschließend Ihrer Wege gehen.«

Es fiel Indiana nicht besonders schwer, auf dieses Ansinnen mit einem Nicken zu antworten. Mit einer einzigen Ausnahme – nämlich der, Moto Tamaras Aktenmappe ganz gewiß *nicht* auszuhändigen – hatte er sowieso genau das vorgehabt. Und was Motos Ehrenwort anging... Ob Moto sich nun dem Bushido verpflichtet fühlte oder nicht – Indiana hatte ohnehin das Gefühl, es niemals wirklich gehabt zu haben.

Die Große Mauer
Ein Militärlager nahe der mongolischen Grenze, am nächsten Morgen

Obwohl Indiana viel herumgekommen war, war es das erste Mal, daß er die Chinesische Mauer sah. Und trotz der alles andere als glücklichen Umstände, unter denen dies geschah, war der Anblick so beeindruckend und erhebend, wie er ihn sich vorgestellt hatte.

Dabei konnte er nicht einmal besonders viel davon erkennen, als er am nächsten Morgen hinter Moto aus dem kleinen Flugzeug stieg, das ihn selbst, Hondo und die beiden Tibeter hergebracht hatte. Seine Knie zitterten, und ihm war noch immer flau im Magen. Der Flug war alles andere als ruhig gewesen. Auch das Wetter schien sich auf die Seite der Chinesen geschlagen zu haben, und die Landung war ein Abenteuer für sich gewesen, denn die Piste war keine Landebahn, sondern nichts anderes als ein nur notdürftig von Felsen und Baumstämmen freigeräumtes Stück Wiese im Schatten der Mauer. Zu allem Überfluß war in den letzten zehn Minuten auch noch leichter Bodennebel aufgekommen.

Aber er vergaß all das, als er aus dem Flugzeug trat und die Mauer *sah.* Der Anblick war... unbeschreiblich.

Es war nicht einmal so sehr die Größe, die Indiana in ihren Bann schlug. Trotz ihrer Länge von mehr als sechstausend Kilometern war die Große Mauer weniger hoch als die meisten annahmen. Indiana schätzte, daß der Wall aus Felsblöcken und Ziegeln, der sich auf der anderen Seite der improvisierten Landebahn im Nebel verlor, an keiner Stelle höher als acht Meter war. In schwer zu bestimmender Entfernung lösten sich die Umrisse eines Wachtturmes im bleigrauen Schimmer des Nebels auf, auch er keinesfalls größer als zehn oder zwölf Meter; jedes kleinere Kastell in England oder Europa konnte mit eindrucksvolleren Maßen aufwarten. Nein, was er spürte, das war etwas anderes. Es war die Größe dieser Mauer, aber es war eine Größe, die man nicht *sehen* konnte. Es war ein Gefühl, das Indiana Jones nicht fremd war; er hatte es oft gespürt, wenn er uralte Orte betrat, Bauwerke, die Jahrhunderte, wenn nicht Jahrtausende vor dem Beginn der Zeitrechnung errichtet worden waren und mit der stummen Geduld von Bergen das Kommen und Gehen ganzer Zivilisationen gesehen hatten. Diese Mauer war alt, uralt. Ganze Völker hatten mehr als ein Jahrtausend an ihrer Fertigstellung gearbeitet, und es war, als spürte er etwas von dem Geist, der diese Menschen beseelt hatte, von der Kraft und der schier unerschöpflichen Energie, die sie in ihre Errichtung gesteckt hatten. Dieser ungeheuerliche Steinwall strahlte eine Majestät und Ruhe aus, die mit Worten nicht zu beschreiben war. Es spielte keine Rolle, ob der große Wall die mongolischen Heerscharen daran gehindert hatte, in das Reich der Chinesen einzufallen oder nicht. Was wichtig war, war die Tatsache seiner Errichtung, sonst nichts.

Er hörte Schritte hinter sich und spürte, daß es Moto war, ohne sich umdrehen zu müssen. »Erstaunlich, nicht?« fragte der Japaner. Indiana sah ihn auch jetzt nicht an. Sein Blick folgte den im Nebel verschwimmenden Konturen der Mauer.

Erstaunlich...? Nein, es war kein Staunen, das er empfand. Es war etwas anderes. Etwas, das Menschen schon immer gekannt und noch nie wirklich in Worte hatten fassen können. Das Gefühl, das sie dazu brachte, an das Wirken einer übergeordneten Macht zu glauben.

»Was empfinden Sie, Dr. Jones?« fragte Moto, als hätte er seine Gedanken gelesen.

»Ich finde es... beeindruckend«, sagte Indiana, nachdem er eine Sekunde lang vergeblich nach einer wirklich passenden Bezeichnung gesucht hatte. Er sah Moto nun doch an, aber er gewahrte auf seinem Gesicht keine Spur der Ehrfurcht, die er selbst empfand. Nicht einmal Respekt vor der unvorstellbaren Leistung jener Menschen, die die Mauer errichtet hatten. »Sie nicht?« fragte er wider besseres Wissen.

Moto zuckte mit den Schultern. »Vielleicht«, sagte er. »Ja, in gewisser Weise schon.« Mit einem Lächeln fügte er hinzu: »Wir werden sie niederreißen.«

Indiana sah ihn verwirrt, aber auch erschrocken an. »Wie bitte?«

»Vielleicht auch nicht«, sagte Moto. »Oder vielleicht doch – um sie an einer anderen Stelle wieder aufzubauen.« Er lächelte. »Wer weiß?«

Indiana schluckte alles, was ihm auf der Zunge lag, herunter. Er war nicht sicher, ob Moto das wirklich so meinte oder ob er ihn nur reizen wollte. Ihr Verhältnis hatte sich seit dem vergangenen Abend unmerklich, aber gründlich geändert. Es war, als hätte Moto eine Maske fallengelassen, hinter der möglicherweise nur eine andere Maske zum Vorschein kam, allerdings eine, die dem wirklichen Moto mehr ähnelte als das, was er Indiana bisher vorgespielt hatte. Er hatte wohl begriffen, daß Indy ihm trotz allem niemals wirklich getraut hatte. Vielleicht sah er allmählich ein, daß das Theaterspielen wenig Sinn hatte.

Mit einer energischen Geste wechselte Moto das Thema und deutete auf einen Punkt, der vielleicht einen halben Kilometer nördlich lag. Indiana sah das weiße Schimmern von Zelten und die roten Punkte zahlreicher, bis auf die Glut heruntergebrannter Feuer, die vom Nebel erstickt zu werden schienen. Er erschrak abermals. Moto hatte ihm erzählt, daß Hondo bereits damit begonnen hatte, Truppen für den bevorstehenden Angriff auf Dzo-Lins Felsenfestung zusammenzuziehen. Aber was er dort sah, das war keine kleine Truppe – es war eine Armee.

Er wollte eine entsprechende Bemerkung machen, aber in diesem Moment hörte er hinter sich das Geräusch von Schritten, und Moto machte eine rasche, erschrockene Geste. Allmählich begann die Geschichte mit dem Schweigegelübde lästig zu werden, dachte Indiana. Er würde sich eine überzeugende Begründung einfallen lassen müssen, dieses Gelübde zu brechen. Der Umstand, nicht reden zu dürfen, verschaffte ihm entschieden mehr Nachteile als Vorteile. Im Grund war er Moto hilflos ausgeliefert – und ganz genau das hatte diese Geschichte ja auch bewirken sollen. Indiana verfluchte sich in Gedanken dafür, auf diesen Trick hereingefallen zu sein.

Hondo, die beiden Tibeter und der Pilot des Flugzeuges erschienen in der Tür und sprangen in das taufeuchte Gras hinab. Löbsang und Tsangpo betrachteten die Mauer auf eine Weise, die Indiana davon überzeugte, daß dieser Anblick absolut nichts Ungewöhnliches für sie hatte. Flüchtig fragte er sich, wieso keiner von ihnen bisher auch nur auf den Gedanken gekommen war, sich genauer nach der Herkunft und den eigentlichen Absichten der beiden angeblichen Mönche zu erkundigen. Dann traf ihn ein Blick aus Löbsangs (lächelnden) Augen, und der Gedanke verschwand aus seinem Bewußtsein, als hätte es ihn nie gegeben.

Nebeneinander gingen sie auf das Heerlager zu, aus dem ihnen eine Abordnung japanischer Soldaten entgegenkam. Hondo schien die Männer mit einem Funkspruch über ihr Kommen informiert zu haben, denn sie behandelten ihn und vor allem Moto mit geradezu kriecherischer Demut, die Indiana nach den Ereignissen der vergangenen Tage beinahe schon lächerlich erschien. Während Hondo und Moto Fragen auf japanisch stellten und Antworten in der gleichen Sprache bekamen, sah sich Indiana aufmerksam im Lager um. Seine allererste Schätzung, die Zahl der Männer betreffend, schien ein wenig zu hoch ausgefallen zu sein. Es gab zwar eine erstaunliche Anzahl von Zelten und kleinen, hastig aus Baumstämmen und Geäst errichteten Hütten, aber sehr viele davon waren leer. Dieses Lager war auf Zuwachs gebaut. Er vermutete, daß Major Hondo nicht unbedingt vorhatte, seine Truppe von diesem strategisch wichtigen Punkt wieder abzuziehen, nachdem das Kapitel Dzo-Lin abgehakt war. Nicht zum ersten Mal fragte sich Indiana, wie es ein so kleines Land wie Japan überhaupt geschafft hatte, China praktisch im Handstreich zu nehmen. Wie immer fand er keine befriedigende Antwort darauf.

Sie wurden in eines der größten Zelte geführt, das als provisorisches Hauptquartier diente. Die Einrichtung entsprach genau Indianas Vorstellung: Auf einem gewaltigen Tisch in der Mitte des Zeltes lagen Dutzende von Karten und Aufmarschplänen, dahinter hockte ein Soldat vor einem Funkgerät. Einige unbequem aussehende Klappstühle vervollständigten die spartanische Möblierung des Zeltes.

Von einem seiner ausgeprägtesten Charakterzüge – der Neugier – getrieben, trat Indiana an den Tisch. Er war ihm nicht einmal auf zwei Schritte nahe gekommen, als er grob gepackt und derb zurückgerissen wurde. Im selben Augenblick richtete sich ein halbes Dutzend Gewehrläufe auf ihn.

Moto rief einen scharfen Befehl, worauf die Soldaten – wenn auch nur zögernd – ihre Waffen senkten.

»Bitte rühren Sie nichts an, Dr. Jones«, sagte Moto beinahe beschwörend. »Und am besten *sehen* Sie auch nichts an, was man Ihnen nicht eindeutig anzusehen erlaubt hat. Sie spüren ja selbst, wie nervös hier alle sind.« Ungeachtet dieser verständnisvollen Worte fuhr er herum und schrie den Kommandanten der Wachmannschaft so aufgebracht an, daß diesem jede Farbe aus dem Gesicht wich.

Indiana hatte begriffen. Er kehrte zu Löbsang und Tsangpo zurück, die etwas klüger als er gewesen und unmittelbar hinter dem Eingang des Zeltes stehengeblieben waren.

Eine gute Stunde verging, ohne daß ihnen irgend jemand auch nur die geringste Aufmerksamkeit zollte. Moto, Major Hondo und der Kommandant dieses Lagers steckten die Köpfe über den Karten zusammen, um lautstark Kriegsrat zu halten. Die sporadischen Blicke, die sie in seine Richtung warfen, gefielen Indiana nicht, und er war nicht einmal sonderlich überrascht, als Moto nach Ablauf dieser Stunde mit sorgenzerfurchter Stirn zu ihm zurückkam.

»Probleme?« flüsterte er; wie gewohnt sehr leise und ohne die Lippen zu bewegen.

»Ich fürchte«, antwortete Moto. Auch er sprach so leise, daß Indiana Mühe hatte, seine Worte überhaupt zu verstehen, obwohl er unmittelbar vor ihm stand. Er begriff, daß mindestens einer der Anwesenden der englischen Sprache mächtig sein mußte und sich Moto – anders als in Hondos Gesellschaft – plötzlich ebenfalls jedes Wort, das er sagte, gründlich zu überlegen hatte.

»Ich habe es mir nicht so schwierig vorgestellt«, gestand Moto nach einem neuerlichen, unangenehmen Zögern.

»Was?«

»Dzo-Lins Festung«, antwortete Moto. »Ich wußte, daß sie in einem schwer zugänglichen Teil der Berge liegt – aber so wie es aussieht, ist es beinahe unmöglich, dorthin zu kommen. Zumindest nicht in der knappen Zeit, die uns zur Verfügung steht.« Er seufzte tief. Für einen Moment wandte er seine Aufmerksamkeit den beiden Tibetern zu, dann sah er wieder Indiana an.

»Ihre beiden neuen Freunde werden uns nicht begleiten können, fürchte ich.«

»Wieso?« Das alte Mißtrauen stieg wieder in Indiana hoch.

»Hondo hat sich bereiterklärt, den Angriff um vier Stunden zu verschieben«, antwortete Moto. »Leider nutzt uns das nicht viel, Dr. Jones. Zu Fuß würden wir zwei Tage brauchen, um das Kloster zu erreichen – die Tatsache außer acht gelassen, daß uns Dzo-Lins Heckenschützen dabei mindestens ein Dutzend Mal über den Haufen schießen würden. Ich sehe nur einen einzigen Weg, Ihren Plan zu verwirklichen: Wir müssen mit einem Fallschirm abspringen. Haben Sie so etwas schon einmal gemacht?«

»Ich bin lernfähig«, antwortete Indiana ausweichend.

Moto sah ihn durchdringend an, gab sich mit dieser Antwort aber überraschenderweise zufrieden. »Ein Fallschirmabsprung im Gebirge, und noch dazu bei Nacht«, sagte er. »Das ist eine gefährliche Angelegenheit. Selbst wenn Sie es schaffen, Dr. Jones –« Er deutete auf die Tibeter und schenkte ihnen ein ganz kurzes, aber auch fast triumphierendes Lächeln. »– wäre es für diese beiden heiligen Männer zu gefährlich.«

Indiana überlegte angestrengt. Ob sich Moto nun über diesen Umstand freute oder nicht, änderte wenig daran, daß er recht hatte. Auch er selbst hatte das ungute Gefühl, den Mund vielleicht ein bißchen zu voll genommen zu haben. Für Löbsang und Tsangpo mußte ein solches Vorhaben der glatte Selbstmord sein.

Aber bevor er Moto widerwillig recht geben konnte, ergriff Löbsang das Wort. »Eure Sorge um unser Wohlergehen ehrt uns, göttlicher Sohn«, sagte er. »Gleichwohl ist sie unberechtigt.« Er deutete mit einem Lächeln, das Moto die Zornesröte ins Gesicht trieb, auf Tsangpo und fuhr fort: »Mein Bruder und ich hatten die große Ehre, für einige Jahre einen Fremden aus dem großen Land hinter dem Meer beherbergen zu dürfen, der uns in der Kunst des Fliegens ohne Flügel unterwiesen hat. Uns wird nichts geschehen, was nicht im Buch des Schicksals vorgezeichnet wäre.«

Moto sah plötzlich aus wie ein Dampfkessel, der ungefähr eine halbe Sekunde vor der Explosion stand. Seine Augen schossen kleine feurige Blitze in Löbsangs Richtung, und seine Finger spielten nervös am Griff seines Schwertes. Seinem Blick nach zu schließen, dachte Indiana, schien er der Meinung zu sein, daß es sehr wohl eine ganze Menge unvorhergesehener Dinge gab, die den beiden Tibetern zustoßen konnten – allen voran die Spitze seines Samurai-Schwertes. Aber er beherrschte sich auch jetzt noch.

»Was für ein Zufall«, knurrte er nur. »Aber bitte – es ist euer Leben.« Mit einer herrischen Geste zitierte er einen der Wachsoldaten herbei, fuhr ihn in seiner Muttersprache an und deutete dann der Reihe nach auf Tsangpo, Löbsang und Indiana. Halblaut und auf englisch erklärte er: »Der Mann wird Ihnen passende Kleidung, Waffen und Fallschirme aushändigen. Machen Sie sich damit vertraut. Und versuchen Sie, ein wenig zu schlafen. In der folgenden Nacht werden wir kaum dazu kommen.«

Dzo-Lins Festung Hundertfünfzig Meilen nördlich von Paiyünopa, spät in der gleichen Nacht

Hinterher war es ihm selbst wie ein Wunder vorgekommen – aber Indiana hatte es tatsächlich fertiggebracht, fast den ganzen Tag zu schlafen; was zum einen sicherlich daran lag, daß sein Körper nach dem Vier-Tage-Marsch quer durch halb China nachhaltig auf sein Recht auf Ruhe pochte.

Nur ein einziges Mal war er geweckt worden; am späten Nachmittag, als Löbsang ihn behutsam an der Schulter rüttelte und dann in leicht verlegenem Tonfall um seine Hilfe bat. Nach allem, was er bereits erlebt hatte, fragte sich Indiana nur, wobei um alles in der Welt er dem kleinwüchsigen Tibeter wohl helfen konnte.

Die Antwort war einfach. Es war nicht Löbsang, sondern Tsangpo, der seine Hilfe dringend brauchte. Der Tibeter hatte sich nämlich derartig in die Schnüre seines Fallschirmes verstrickt, daß sein Anblick Indiana an den einer Fliege erinnerte, die im Netz einer Spinne zappelte. Selbst zusammen mit Löbsang brauchte Indiana eine halbe Stunde, um den Lama-Priester aus seiner unglücklichen Lage zu befreien. Löbsang war deutlich verlegen, aber Indiana verzichtete darauf, irgendeinen Kommentar abzugeben. Allerdings dachte er sich seinen Teil – entweder hatten die beiden Tibeter Moto gegenüber den Mund zu voll genommen, oder Tsangpo war der ungeschickteste Mensch, dem er jemals begegnet war.

Als sie den Tibeter endlich befreit hatten, stellte er sich derart ungeschickt dabei an, seinen Fallschirm wieder zusammenzulegen, daß Indiana es schließlich aufgab und Tsangpo seinen eigenen Rucksack überließ. Er selbst trug das Chaos aus Seide und hoffnungslos verknoteten Stricken zu Hondo zurück und ließ sich unter dem schallenden Gelächter der Japaner einen neuen Fallschirm aushändigen.

Zwei Stunden nach Mitternacht hatte Moto Indiana geweckt, um ihn mit den restlichen Mitgliedern des Überfallkommandos bekanntzumachen. Abgesehen von Moto selbst sowie Major Hondo, der sich durch nichts auf der Welt davon hatte abbringen lassen, an dem Kommandoeinsatz gegen Dzo-Lin persönlich teilzunehmen, bestand ihr Trupp aus sechs weiteren Männern. Sie trugen keine Uniformen, sondern waren in der Art der berüchtigten japanischen Ninjas gekleidet: in eng anliegende schwarze Anzüge, zu denen gleichfarbige Masken und Handschuhe gehörten. Sie waren mit meterlangen Schwertern und Maschinenpistolen bewaffnet, die sie auf den Rücken trugen, und an ihren Gürteln hing ein Sammelsurium zusätzlicher Waffen und Ausrüstungsgegenstände. Auch Moto und Hondo waren auf ähnliche Art gekleidet, und Indiana befürchtete schon, daß Moto von ihm verlangen würde, sich ebenfalls in den schwarzen Anzug zu hüllen. Zu seiner Erleichterung verlangte er jedoch nichts derartiges, sondern händigte ihm wortlos eine Reisetasche aus, in der sich Indianas eigene Kleider befanden – seine vertraute Lederjacke, der Filzhut, der zusammen mit ihm schon um die ganze Welt gereist und zu einer Art Markenzeichen geworden war, und sogar seine Peitsche. Ohne eine entsprechende Aufforderung abzuwarten, zog er sich um.

Nicht nur in Motos Augen erschien ein verblüffter Ausdruck, als Indiana wenige Augenblicke später zurückkehrte. Es war nicht nur seine Kleidung, die sich geändert hatte. Zu seiner Erleichterung ging keiner der Anwesenden auf den sonderbaren Wandel ein, der sich mit dem schweigsamen Ordensbruder vollzogen hatte. Sie besprachen noch einmal ihr Vorgehen und ihren Plan, dann betraten sie das wartende Flugzeug und hoben in westlicher Richtung ab.

Das war vor drei Stunden gewesen. Jetzt näherten sie sich ihrem Ziel. In einer weiteren Stunde würde die Sonne aufgehen, und wiederum zwei Stunden später, so hatte ihm Moto erklärt, würde ein halbes Dutzend von Hondos Jagdbombern das Felsenkloster bis auf die andere Seite des Himalaja sprengen, wenn es ihnen bis dahin nicht gelang, die Truppen des Rebellengenerals zur Aufgabe zu überreden; ganz egal, ob Indiana und die anderen sich dann noch darin befanden oder nicht.

Indiana glaubte ihm. Rücksicht hatte noch nie zu den hervorstechenden Charakterzügen japanischer Soldaten gehört.

Aber *darüber* machte er sich im Augenblick eigentlich gar keine Sorgen. Viel bekümmerter stimmte ihn der Anblick der Landschaft, über die sie flogen. Soweit er etwas davon sehen konnte, hieß das.

Die Maschine hatte während der letzten halben Stunde beständig an Höhe verloren, das Brummen der Motoren war leiser geworden. Unter ihnen war die meiste Zeit nichts als Schwärze, aber manchmal erblickte Indiana doch die scharfkantigen Umrisse und Schatten der Berge, über die sie hinwegflogen; unangenehm niedrig hinwegflogen, wie er fand. Und abgesehen davon, daß er nicht einmal sicher war, ob ihre Flughöhe für einen Absprung mit dem Fallschirm überhaupt ausreichte, war es der schiere Wahnsinn, über *diesen* Bergen abspringen zu wollen. Zwischen den rasiermesserscharfen Graten klafften bodenlose Schluchten und Felsspalten, so daß er den Eindruck hatte, über ein Gewirr aus steinernen Speeren und Pfeilspitzen und bodenlosen Fallgruben dahinzugleiten.

»Sind Sie soweit, Dr. Jones?«

Indiana wandte sich von der offenstehenden Tür der Transportmaschine ab und sah in Motos Gesicht. Wie sie alle hatte der Samurai bereits seinen Fallschirm angelegt und eine lederne Fliegerkappe über sein schwarzes Ninja-Kopftuch gezogen. Auch Indiana hatte seinen geliebten Filzhut sicher unter der Jacke verstaut und gegen eine solche Kappe getauscht, und von seinem Rücken hing ebenfalls ein Fallschirm-Rucksack. Er antwortete nicht, und Moto schien sein Zögern als Zeichen von Angst auszulegen – womit er nicht einmal so unrecht hatte.

»Sie können noch zurück, Jones«, sagte er. »Das wird eine verdammt haarige Sache. Selbst wenn wir alle in einem Stück und heil herunterkommen, haben wir noch eine gute Stunde Fußmarsch vor uns.«

Indiana wußte das. Moto hatte ihm überflüssigerweise erklärt, daß sie natürlich nicht unmittelbar über dem Kloster abspringen konnten, sondern einen gewissen Sicherheitsabstand wahren mußten. Wenn Dzo-Lins Männer das Flugzeug hörten oder gar ihre Fallschirme sahen, dann waren sie wahrscheinlich tot, noch bevor sie den Boden erreichten.

Moto seufzte. »Sie trauen mir immer noch nicht, Jones«, sagte er, als Indiana ihm auch jetzt eine Antwort schuldig blieb. Er zuckte mit den Schultern und versuchte zu lächeln. »Ich nehme Ihnen das nicht übel. Wäre es umgekehrt, würde ich wahrscheinlich genauso empfinden. Trotzdem sollten Sie überlegen, ob Sie wirklich Ihr Leben aufs Spiel setzen wollen – und vor allem das Ihrer beiden neuen Freunde.« Er deutete mit einer Kopfbewegung auf die beiden Tibeter, die in ein Gebet versunken auf der anderen Seite der Transportmaschine hockten. Zwischen den waffenstarrenden Gestalten der schwarzgekleideten Ninjas wirkten sie unendlich klein und verloren. Und in diesem Punkt gab Indiana Moto sogar recht. Selbst ohne Tsangpos Entfesselungskunststück vom Nachmittag hätte er seine Zweifel gehabt, daß den beiden Tibetern ein solches Unternehmen glückte.

Aber er sprach seine Zweifel nicht aus. »Ich war noch nie für halbe Sachen«, sagte er.

Moto runzelte ärgerlich die Stirn, gab es aber auf, Indiana von der Teilnahme an dem Angriff abhalten zu wollen. Mit einem plötzlichen Ruck wandte er den Kopf, rief einen knappen Befehl, und mit Ausnahme Löbsangs und Tsangpos erhoben sich sämtliche Passagiere des Flugzeugs von ihren Sitzen. Das Geräusch der beiden Propeller wurde noch leiser, und Indiana konnte spüren, wie die Maschine weiter an Höhe verlor.

»Wir sind da, Dr. Jones«, sagte Moto spöttisch. »Folgen Sie

mir.« Damit machte er fast gemächlich einen Schritt an Indiana vorbei aus der Tür – und war verschwunden.

Indiana zögerte noch eine letzte Sekunde, dann warf er alle seine Bedenken über Bord und sprang mit einem Satz hinter dem Samurai her.

Der Wind traf ihn wie ein Faustschlag, als er aus der Maschine sprang. Indiana schrie erschrocken auf, überschlug sich vier-, fünfmal hintereinander in der Luft und fand mehr durch Zufall als Können in eine einigermaßen stabile Lage zurück. Über sich sah er den Schatten des Flugzeuges, der sich erschrekkend schnell entfernte, dann die winzigen Umrisse der anderen, die seinem Absprung folgten. Im selben Augenblick griff er nach der metallenen Öse an seiner Brust und riß daran.

Der Schirm entfaltete sich mit einem Ruck, der Indy wieder zwanzig oder dreißig Meter in die Höhe zu reißen schien. Für einen Moment drohte er in Panik zu geraten. Er strampelte wild mit den Beinen, begann sich am Ende des Fallschirmes im Kreis zu drehen. Verzweifelt versuchte er sich in Erinnerung zu rufen, was er tun mußte, um den Fallschirm auf seinem Weg zur Erde zu steuern. Es war zwar tatsächlich nicht sein erster Absprung, aber es war doch ein Unterschied, so etwas zum reinen Vergnügen und an einem sonnigen Sommertag über ebenem Gelände zu tun oder sich in einer Situation wie jetzt zu befinden.

Irgendwie gelang es ihm, so an den Leinen und Stricken über sich zu ziehen, daß er zumindest nicht noch weiter von den anderen weggetrieben wurde. Unter sich konnte er Motos Schirm erkennen, neben und über sich die der anderen.

Einer fehlte.

Über ihm waren nur *sechs* Schirme.

Beunruhigt zerrte Indiana an seinen Leinen, so daß er sich am Ende des Fallschirmes einmal um seine Achse drehte, und zählte die Fallschirme noch einmal. Vier, sechs, sieben... Seinen eigenen mitgezählt – acht. Aber es hätten neun sein müssen. Einer der Männer mußte soweit abgetrieben worden sein, daß er in der Nacht verschwunden war – oder sein Schirm hatte sich nicht geöffnet.

Indiana wußte nicht, welche Möglichkeit die schlimmere war; aber wenn er an gute oder schlechte Omen geglaubt hätte, dann hätte er wohl spätestens in diesem Moment damit begonnen, ernsthaft darüber nachzudenken, ob es nicht besser gewesen wäre, auf Motos Rat zu hören.

Der weiße Ball von Motos Schirm unter ihm bekam plötzlich Beulen und wurde zu einem formlosen Etwas, und Indiana hatte gerade noch Zeit, die Beine an den Körper zu ziehen, als der felsige Boden auch schon aus der Nacht hinaus auf ihn zusprang.

Der Aufprall war fürchterlich. Er versuchte sich abzurollen, wie er es gelernt hatte, verlor aber fast sofort die Balance und schlug der Länge nach hin. Ein scharfkantiges Stück Fels traf ihn wie eine Faust in die Rippen und ließ ihn hilflos nach Luft schnappen, dann senkte sich sein eigener Fallschirm wie eine Decke über ihn und nahm ihm die Sicht.

Indiana brauchte fast fünf Minuten, um sich aus dem Gewirr von Seide und Schnüren zu befreien. Und am Schluß gelang es ihm nur, weil er etwas tat, das bei einem normalen Fallschirmspringer vermutlich direkt hinter Gotteslästerung rangierte: Er zog sein Messer und schnitt die zähen Nylonschnüre einfach durch. Auf die gleiche Weise arbeitete er sich unter dem Schirm heraus.

Der erste, auf den er traf, war Moto. Auch der Japaner hatte sich nicht die Mühe gemacht, seinen Fallschirm zusammenzufalten, sondern ihn nur nachlässig in eine Felsspalte geschoben. Er stand auf einem meterhohen Felsbrocken, sah sich konzentriert um – und fuhr leicht zusammen, als er Indiana erblickte.

»Dr. Jones!«

Indiana blieb stehen, nahm die Fliegerkappe ab und ersetzte sie durch seinen Hut, den er unter der Jacke hervorklaubte. Erst dann antwortete er. »Heil und unverletzt, Moto. Sie sehen, Ihre Sorge war überflüssig.«

Moto sprang von seinem Felsen herunter, und als er näher kam, konnte Indiana sein Gesicht erkennen. Er sah nicht so aus, als wäre er besonders glücklich darüber, Indiana zu erblikken.

»Wo sind die anderen?« fragte Indiana. »Sind alle heil heruntergekommen?«

»Ich bin nicht sicher«, antwortete Moto. Dann deutete er auf einen Punkt hinter Indiana. »Da ist Hondo.«

Sie gingen zu dem Major hinüber, zu dem sich mittlerweile zwei der Ninja-Soldaten gesellt hatten.

Es vergingen nur einige Minuten, bis auch die beiden anderen Ninjas sich zu ihnen gesellten; wenige Sekunden später tauchte eine weitere Gestalt aus der Nacht auf. Es war einer der beiden Tibeter; Indiana konnte sein Gesicht nicht erkennen, aber sein kahlgeschorener Kopf schimmerte im blassen Licht der Sterne.

Etwas an seinen Bewegungen stimmte nicht. Er schlurfte mit weit nach vorn gebeugten Schultern und sehr langsam dahin, als koste ihn jeder Meter große Mühe, und seine Schritte wurden von einem raschelnden, unheimlichen Geräusch begleitet.

Dann sah Indiana, warum das so war, im gleichen Moment, in dem er erkannte, daß es Löbsang war, der da auf sie zukam. Er trug noch immer den Rucksack auf dem Rücken, in dem sich der Fallschirm befunden hatte. Und er bewegte sich so mühsam, weil er den kompletten Fallschirm hinter sich über die Felsen herzog.

Moto eilte auf den Tibeter zu und zog dabei sein Schwert. Mit einem einzigen Hieb kappte er die Taue, riß Löbsang unsanft an den Schultern herum und bedachte ihn mit einem Schwall unverständlicher, aber nicht sehr freundlich klingender Worte.

Auch Indiana eilte dem Tibeter entgegen. »Löbsang!« sagte er erleichtert. »Ich dachte schon, euch wäre etwas zugestoßen. Wo seid ihr...«

Plötzlich stockte er. Moto hatte ihn erschrocken angesehen, denn Hondo und die anderen waren ihnen nahe genug, um spätestens jetzt mitzubekommen, daß Indiana sich nicht an sein Schweigegelübde gebunden zu fühlen schien. Aber das war nicht der Grund für Indianas Erschrecken. Mit einem Mal fiel ihm der fehlende Schirm wieder ein. Moto und Hondo und er selbst waren hier, und auch die vier Ninjas hatten den Boden unbeschadet erreicht, und das bedeutete nichts anderes als…

»Tsangpo!« flüsterte er erschüttert.

»Sein Schirm öffnete sich nicht«, bestätigte Löbsang.

»Soll das heißen, er ist abgestürzt?« fragte Moto erschrocken.

»Nein«, antwortete Indiana gereizt. »Wahrscheinlich hat er die Arme ausgebreitet und ist wie ein Vögelchen zur Erde geflattert, Sie Narr!«

Moto wollte auffahren, aber Löbsang hob in einer beruhigenden Geste die Hand. »Ich bitte Euch, göttlicher Sohn«, sagte er. »Das Schicksal hat es nun einmal so vorgesehen, daß nur einer von uns den Tempel des Dzo-Lin erreichen soll.«

»Verdammt, ich war gleich dagegen, daß die beiden mitkommen!« fuhr Moto unbeeindruckt fort. »Es ist ein Wunder, daß *er* noch am Leben ist.« Erregt starrte er Indiana an und deutete dabei auf Löbsang.

Aber Indiana hörte gar nicht hin. Die Nachricht von Tsangpos Tod erschütterte ihn, denn obwohl er den Tibeter vor kaum vierundzwanzig Stunden kennengelernt hatte, hatte er ihn gemocht.

Aber das war nicht alles. Sein Schirm hat sich nicht geöffnet, hatte Löbsang gesagt. Aber *sein* Schirm war nicht *sein* Schirm gewesen, sondern Indianas Fallschirm…

Voller Mitgefühl und ehrlich empfundener Trauer wandte er sich an Löbsang. »Wo ist er abgestürzt?«

Der Tibeter kam nicht dazu zu antworten, denn wieder mischte sich Moto mit einer herrischen Geste ein. »Wir haben keine Zeit für so etwas, Dr. Jones! Vor uns liegt ein langer Marsch, und Hondos Maschinen werden auf die Minute pünktlich sein. Wenn wir noch lange hier herumstehen, dann können Sie gleich ein Grab für uns alle schaufeln.«

Indiana verspürte einen Zorn, den er kaum noch beherrschen konnte. Und wieder waren es Löbsangs Augen, die ihn davon abhielten, irgend etwas Unbedachtes zu tun. Er schluckte alles, was er Moto in diesem Moment hatte sagen wollen, herunter, zwang sich zu einem Nicken und drehte sich mit einem Ruck herum.

Noch in der gleichen Minute marschierten sie los.

Ihr Pilot mußte den Orientierungssinn eines Maulwurfs gehabt haben, denn sie hatten kaum den nächsten Grat erklommen, als das Felsenkloster, in dem sich Dzo-Lins Rebellenarmee verschanzt hatte, unter ihnen lag. Statt einer guten Stunde Fußmarsch entfernt waren sie den Chinesen beinahe auf die Köpfe gesprungen...

Das Gefühl der Erleichterung, um eine Stunde lebensgefährliche Kletterei durch ein nächtliches Gebirge herumgekommen zu sein, wollte sich nicht so recht bei Indiana einstellen, denn vor seinem geistigen Auge erschienen plötzlich Bilder von chinesischen Rebellensoldaten, die Tontaubenschießen auf ihn und die anderen veranstalteten... Das Felsenkloster klebte wie ein Schwalbennest an einer fast senkrecht aufragenden Felswand, so daß sie von ihrer Position aus direkt auf den Giebel des geschwungenen Daches herabblicken konnten, und Indiana erschrak erneut, als ihm klar wurde, daß sie praktisch auf der Rückseite des Klosters vom Himmel gefallen waren. Wäre er auch nur eine halbe Minute später aus dem Flugzeug gesprungen, dann wäre er direkt im Innenhof gelandet – oder auf den Bajonetten der wartenden Chinesen!

Moto schien die Sache eindeutig von der praktischen Seite zu sehen. Er verlor kein Wort über die offensichtliche Unfähigkeit des Piloten, sondern zeigte sich sichtlich erfreut, fast eine Stunde Zeit gewonnen zu haben, ehe Hondos Flugzeuge kamen. Mit knappen Worten beschied er Indiana und Löbsang, in Deckung zu gehen und sich still zu verhalten, dann wandte er sich Hondo und seinen Ninja-Kriegern zu.

Indiana beobachtete ihn mit einem Gefühl, über dessen wahre Bedeutung er sich selbst nicht ganz im klaren war. Es fiel ihm immer schwerer, Moto weiter zu vertrauen. Sicher, er hatte sein Ehrenwort, und er wußte, daß ein Samurai eher Selbstmord begehen würde, ehe er ein gegebenes Versprechen brach. Und trotzdem…

Als er den Kopf wandte und in Löbsangs Gesicht sah, erblickte er einen Ernst darin, den er noch niemals auf den Zügen des Tibeters wahrgenommen hatte.

»Das mit Tsangpo tut mir sehr leid«, sagte er leise.

Löbsang sah ihn an und schwieg.

»Ich mache mir Vorwürfe«, fuhr Indiana fort. »Ich hätte nicht zulassen dürfen, daß er mitkommt. Spätestens gestern nachmittag, nachdem er sich fast mit seinem eigenen Fallschirm erdrosselt hätte, hätte ich wissen müssen, daß ihr gelogen habt.«

»Es war nicht deine Schuld«, antwortete Löbsang. »Du hättest nichts ändern können. Wir wußten, daß nur einer von uns das Kloster erreichen würde.«

»Das hätte ich doch!« widersprach Indiana heftig. »Ich –« Er stockte, sah Löbsang einen Herzschlag lang verstört an und murmelte: »Was soll das heißen, ihr *wußtet* es?«

»Unsere Vision zeigte uns, daß der Tod auch von uns seinen Anteil fordern würde«, antwortete Löbsang.

»Jetzt reicht es!« sagte Indiana grob. »Hör endlich auf mit diesem blödsinnigen Gequatsche von *Visionen* und *Vorahnungen*. Was zum Teufel soll das heißen?!«

Löbsang blickte ihn weiter sehr ruhig und mit einem fast verzeihenden Lächeln an. Er wußte wohl, daß Indianas grober Ton nur Ausdruck seines Schreckens war. Er schwieg.

»Der… Fallschirm«, murmelte Indiana. »Es war der Fallschirm, nicht wahr?«

»Wir haben nicht gelogen«, sagte Löbsang ernst. »Sowohl mein Bruder als auch ich beherrschen die Kunst des Fliegens ohne Flügel. Tsangpos Schirm war defekt.«

»Sabotiert, meinst du wohl«, knurrte Indiana. Sein Blick suchte Moto, dessen Gestalt sich in der Dunkelheit in nichts von denen der anderen unterschied, so daß er ihn nicht genau identifizieren konnte. Vielleicht war es gut so.

»Es war... mein Schirm«, murmelte er nach einer Weile.

»Es spielt keine Rolle, wessen –«, begann Löbsang, aber Indiana unterbrach ihn sofort und nur noch so mühsam beherrscht, daß seine eigene Stimme ihm wie die eines Fremden vorkam.

»Bitte hör' mit diesem Unsinn auf, Löbsang«, sagte er müde. »Warum habt ihr das getan? Moto hat meinen Schirm manipulieren lassen, nicht wahr? Er *wollte*, daß ich abstürze.«

»Ja«, sagte Löbsang einfach.

»Aber warum habt ihr nichts gesagt?« murmelte Indiana. »Ich... hätte den Schirm doch nur auszutauschen brauchen. Warum habt ihr mich nicht gewarnt? Tsangpos Tod war völlig sinnlos!«

Er spürte Löbsangs Kopfschütteln, obwohl er den Tibeter nicht ansah. »Ein Leben mußte gegeben werden, um den Tempel zu erreichen«, sagte der Tibeter ernst. »Unsere Vision sagte uns nicht welches. Aber es war unsere Entscheidung, daß dein Leben im Moment wichtiger ist als das unsere.«

»Es hätte überhaupt kein Leben –« protestierte Indiana, aber diesmal unterbrach ihn Löbsang mit einer Autorität in der Stimme, der sich Indiana nicht widersetzen konnte. »Das Schicksal läßt sich nicht betrügen, Dr. Jones«, sagte er. »Ein Leben wurde verlangt, und eines wurde gegeben. Hätten wir dir gesagt, was mit dem Fallschirm war, so wäre etwas anderes passiert.«

Indiana widersprach nicht mehr. Er zitterte vor Zorn und Schmerz, und die bloße Vorstellung, daß der Tibeter sein Leben ganz bewußt weggeworfen hatte, nur weil er es in einer *Vision* so gesehen zu haben glaubte, trieb ihn fast in den Wahnsinn. Aber er wußte auch zugleich, wie vollkommen sinnlos es gewesen wäre, weiter mit Löbsang darüber zu reden. Ihr Gespräch hatte den gleichen Punkt erreicht, an dem er auch bei seinen Unterhaltungen mit Moto schon mehrmals angelangt war. Es waren nicht einfach zwei unterschiedliche Meinungen, sondern zwei völlig verschiedene Denkweisen, die hier aufeinandertrafen.

»Moto also«, murmelte er schließlich.

»Er wird weiter versuchen, dich zu töten«, bestätigte Löbsang. »Er glaubt, dich nicht mehr zu brauchen.«

»Aber ich habe sein Ehrenwort«, sagte Indiana verständnislos. Beinahe verzweifelt sah er den kahlköpfigen Tibeter an. »Ich verstehe das nicht, Löbsang. Das Ehrenwort eines Samurai...«

Der Tibeter schüttelte sanft den Kopf. »Das hattest du nie, Dr. Jones«, sagte er. »Das Ehrenwort eines Samurai gilt mehr als sein Leben – wenn er es dem gibt, dem er die Treue geschworen hat. Lüge und Betrug gehören ebenso zu den Waffen der Krieger der Aufgehenden Sonne wie das Schwert und der Dolch.«

»Das heißt, er hatte niemals vor, sein Wort zu halten«, sagte Indiana düster.

»Er hat es dir nie wirklich gegeben«, sagte Löbsang.

»Aber warum sind wir dann hier?« fragte Indiana verständnislos. »Wozu dieses Theater? Er hätte mich einfach hinrichten lassen können.«

Der Tibeter atmete tief und hörbar ein. »Weil er nicht sicher ist«, sagte er. »Dzo-Lin ist ein kluger Mann. Wäre er es nicht, hätte er ihnen kaum so lange widerstehen können. Er braucht ihn lebendig. Und es ist nicht die Art eines Samurai, einen Gegner einfach hinrichten zu lassen, wenn er ihm statt dessen eine komplizierte Falle stellen kann.«

Die Rückkehr Motos hielt Indiana davon ab, Löbsang weitere Fragen zu stellen. Indiana zog seinen Hut ein wenig tiefer ins Gesicht. Er war nicht sicher, ob er sich selbst genug in der Gewalt hatte, sich nichts von seinen wirklichen Gefühlen anmerken zu lassen.

»Wir sind soweit«, sagte Moto knapp. »Unsere Position ist ziemlich günstig. Mit ein wenig Glück merken sie nicht einmal, daß wir kommen.«

Sie erhoben sich aus dem Schutz des Felsens und traten wieder in den eisigen Wind hinaus. Indiana schwindelte ein wenig, als er neben Moto an den Abgrund herantrat und sich behutsam vorbeugte. Das Kloster lag dreißig oder vierzig Meter unter ihnen. Hier und da brannte ein einzelnes Licht, aber er konnte in der Dunkelheit nicht die mindeste Bewegung auf dem Hof oder hinter den Fenstern ausmachen. Wenn Dzo-Lin sich dort unten tatsächlich mit einer ganzen Armee verschanzt hatte, dann waren seine Männer entweder bodenlos leichtsinnig – oder sie warteten bereits auf sie.

Er ersparte sich die Mühe, Moto seine Befürchtungen mitzuteilen. Er war ziemlich sicher, daß die Überlegungen der Japaner in die gleiche Richtung gingen.

Außerdem war es zu spät für solcherlei Bedenken. Motos Ninja-Soldaten hatten bereits ein Seil um einen vorspringenden Felsen gebunden und begannen lautlos und so geschickt wie riesige vierbeinige Spinnen an der Wand herabzuklettern. Es dauerte nur Augenblicke, bis der erste von ihnen das Dach des Tempels erreichte und mit den Schatten zu verschmelzen schien.

Indiana wartete darauf, daß auch die beiden anderen Ninjas ihren Kameraden folgen würden, aber nichts dergleichen geschah. Eine Minute verging, eine zweite und schließlich eine dritte, dann erschien eine der schwarzgekleideten Gestalten wieder auf dem Dach und winkte kurz zu ihnen herauf.

»Also los«, sagte Moto mit einer auffordernden Geste in Indianas Richtung.

Indiana zögerte spürbar. Wenn Moto tatsächlich vorhatte, ihn umzubringen, dann war das jetzt vielleicht die beste Gelegenheit. Das Seil machte zwar einen stabilen Eindruck, aber er wußte auch, wie scharf das Schwert an Motos Seite war. Dann sagte er sich, daß Moto es sich gar nicht leisten konnte, ihn auf *diese* Weise loszuwerden. Außerdem war er mittlerweile davon überzeugt, daß Löbsangs Behauptung der Wahrheit entsprach: Moto würde versuchen, ihn zu beseitigen, aber nicht so. Entschlossen griff er nach dem Seil, tastete sich zentimeterweise über die Felskante nach unten und kletterte schneller, als seine Füße an dem rauhen Stein sicheren Halt fanden.

Schon nach einigen Augenblicken war er beinahe froh, daß es noch dunkel war. Der Wind zerrte so heftig an ihm, daß er mehr als einmal ernsthaft befürchtete, einfach von der Wand heruntergepustet zu werden, und obwohl er sich bisher immer für schwindelfrei gehalten hatte, glaubte er doch plötzlich den Sog der Tiefe zu spüren. Bis zum Dach des Tempels waren es zwar nur knappe dreißig Meter, aber dahinter fiel der Felsen um weitere drei- oder auch vierhundert Meter ebenso lotrecht in die Tiefe.

Endlich erreichte er das Dach. Mit angehaltenem Atem ließ er sich auf Hände und Knie herab, sah sich um und entdeckte die schattenhafte Gestalt eines der Ninjas direkt neben sich. Obwohl er dem Mann beim Heruntersteigen beinahe auf die Zehen getreten sein mußte, hatte er ihn nicht einmal wahrgenommen.

Der Japaner gestikulierte heftig. Die Bedeutung seiner Gesten war klar: Indiana sollte ihm folgen. Das wiederum war gar nicht so einfach. Während sich der Japaner mit geradezu unverschämter Leichtigkeit über das Dach bewegte, so lautlos und geschickt, daß jede Katze vor Neid erblaßt wäre, kroch Indiana auf Händen und Knien hinter ihm her, darauf gefaßt, jede Sekunde seinen unsicheren Halt zu verlieren und kopfüber in den Tod zu stürzen.

Plötzlich war der Ninja verschwunden, und im nächsten Augenblick griffen Indianas tastende Hände ins Leere. Direkt vor ihm gähnte ein knapp metergroßes Loch im Dach. Die beiden Ninjas mußten es lautlos hineingebrochen haben, während Indiana am Seil herabgestiegen war.

Umständlich kletterte Indiana hinein, spürte, wie starke

Hände aus der Dunkelheit heraus nach ihm griffen, und atmete zum ersten Mal, seit er den Felsen oben verlassen hatte, erleichtert auf.

Es dauerte lange, bis die anderen nachkamen – zuerst Moto und Hondo, dann die beiden anderen Ninjas und als letzter und mit einigem Abstand Löbsang. Indiana versuchte vergebens etwas von seiner Umgebung zu erkennen. Er war nach fünf Minuten noch ebenso blind wie nach den ersten zwei Sekunden, und als sie schließlich weitergingen, verstand er beim besten Willen nicht mehr, wie die beiden Ninjas, die die Führung übernommen hatten, ihren Weg in der völligen Finsternis fanden. Ganz reibungslos schienen sie ihn trotzdem nicht zu finden – Indiana hörte mehrmals ein dumpfes Krachen, und einmal gelang es einem der Krieger nur mit Mühe, einen Schmerzlaut zu unterdrücken.

Nach einer Ewigkeit hörte er, wie ein Riegel zurückgeschoben wurde; durch eine Tür fiel fahles Licht. Die beiden Ninjas huschten lautlos hinaus. Erst als einer von ihnen zurückkam und ihnen mit Gesten zu verstehen gab, daß die Luft rein sei, gestattete es Moto ihnen, weiterzugehen.

Indiana atmete erleichtert auf, als er endlich wieder Licht sah. Vor ihnen erstreckte sich ein langer, sehr schmaler Korridor, der von einem metallenen Becken voller glühender Kohlen in rötliche Helligkeit getaucht wurde. Nicht der mindeste Laut war zu hören. Alles, was Indiana wahrnahm, war das Schlagen seines eigenen Herzens und das gedämpfte Heulen des Windes, der sich an den Mauern und Felsen draußen brach.

Irgend etwas stimmte hier nicht. Eine unnatürliche Stille herrschte in dem Gebäude, in dem sich angeblich Hunderte von Menschen verschanzt hatten.

Moto schien ähnliche Gedanken zu hegen, denn auch er sah eher besorgt als zufrieden aus, als er hinter Indiana durch die Tür trat und sich mit einem raschen Blick in beide Richtungen davon überzeugte, daß sie allein waren. Mit der rechten Hand machte er eine rasche, befehlende Geste. Zwei der Ninjas entfernten sich in entgegengesetzte Richtungen, und Moto gab Indiana und den anderen zu verstehen, daß sie stehenbleiben sollten.

Sie wagten es nicht zu sprechen, und Moto blickte Indiana sogar zornig an, als dieser nach einigen Augenblicken zur gegenüberliegenden Wand des Flures ging, wo er ein schmales Fenster entdeckt hatte. Aber er machte auch keinen Versuch, ihn zurückzuhalten.

Indiana beugte sich vorsichtig hinaus und spähte in die Tiefe. Es herrschte immer noch schwärzeste Nacht, aber er konnte jetzt zumindest Schatten und Umrisse erkennen. Das Kloster lag einsam und so still unter ihnen, als wäre das Leben nicht nur daraus gewichen, sondern als hätte es hier niemals welches gegeben. Hier und da gewahrte er ein Licht, auf den Mauern gute zwanzig Meter unter sich glaubte er die Schemen von Männern zu erkennen, die dort reglos Wache standen, und trotzdem... wußte er es plötzlich.

Es war nicht nur zu still. Hier regte sich *nichts!* Die Posten dort unten auf den Mauern rührten sich nicht. Sie gingen nicht auf und ab, bewegten nicht die Hände oder stampften mit den Füßen auf, wic es Männer zu tun pflegten, die in einer so eisigen Nacht Wache standen. Nicht ein Schatten bewegte sich hinter Fenstern, nicht ein Licht flackerte oder erlosch.

Mit einem Ruck fuhr er zu Moto herum. »Das ist eine Falle!« sagte er. »Hier ist niemand!«

Moto starrte ihn an. Eine Sekunde lang schien er einfach nur wütend zu sein, daß Indiana so laut gesprochen hatte, dann war er mit einem einzigen Satz neben ihm, stieß ihn zur Seite und beugte sich ebenfalls aus dem Fenster.

»Verdammt!« stieß er hervor, als er sich wieder aufrichtete. »Sie haben recht!« Er schrie Hondo etwas auf japanisch zu, wandte sich mit knappen, gebrüllten Befehlen und abgehackten Gesten an die beiden anderen Ninjas, die auf der Stelle herumfuhren und ihren Kameraden nachstürzten, und drehte sich dann wieder zu Indiana herum.

»Sie müssen gewußt haben, daß wir kommen!« sagte er haßerfüllt. »Wir sind verraten worden!«

»Das scheint mir auch so«, antwortete Indiana ernst.

Motos Blick bohrte sich in den seinen. Aber es dauerte einige Sekunden, bis Indiana überhaupt begriff, was das eisige Funkeln in den Augen des Japaners zu bedeuten hatte.

»Sie glauben doch nicht etwa, daß ich das war?« fragte er.

»Wer sonst?« gab Moto gefährlich leise zurück. Seine Hand legte sich auf den Griff des Schwertes an seinem Gürtel. »Keiner außer uns hier hat von diesem Plan gewußt. Ich selbst war es nicht. Und für Hondo und seine Männer lege ich beide Hände ins Feuer.«

»Sie sind ja verrückt!« antwortete Indiana. »Wann hätte ich das tun sollen? Ihre Soldaten haben mich keine Sekunde aus dem Auge gelassen. Und selbst wenn – was hätte ich davon gehabt?«

»Das weiß ich nicht«, antwortete Moto, ohne die Hand vom Schwertgriff zu nehmen. Indiana sah, daß er die Klinge ungefähr einen halben Zentimeter weit aus der Scheide herausgezogen hatte. »Vielleicht ein Geschäft mit Dzo-Lin, uns gegen Ihre Freundin auszutauschen?«

»Aber sicher«, antwortete Indiana sarkastisch. »Ich gebe zu, Sie haben mich ertappt. Ich habe gestern morgen eine Brieftaube losgeschickt, und gestern abend bei Sonnenuntergang kam sie mit Dzo-Lins Antwort zurück.«

»Ihr Humor ist unangebracht, Dr. Jones«, sagte Moto kalt, und Indiana spürte, daß Motos Zorn echt war. Es sah so aus, als ob ihn nur noch wenige Sekunden von einem jähen Ende trennten.

»Ich war es wirklich nicht«, sagte er noch einmal. Diesmal verbannte er sorgsam jeden Unterton von Sarkasmus oder Spott aus seiner Stimme. »Überlegen Sie doch selbst! Wie hätte ich das bewerkstelligen sollen? Ich habe das Lager nicht verlassen, und Ihre Soldaten haben dafür gesorgt, daß ich nicht einmal in die Nähe eines Funkgerätes gelangen konnte. Mal ganz davon abgesehen, daß ich nicht einmal gewußt hätte, wie ich mich mit diesem Dzo-Lin in Verbindung setzen sollte.«

Moto starrte ihn weiter wortlos an; und auf eine Art, die Indiana angst machte. Er konnte direkt sehen, wie es hinter seiner Stirn arbeitete.

Und dann drehte sich Moto plötzlich mit einem Ruck herum und funkelte Löbsang an.

»Machen Sie sich nicht lächerlich, Moto!« sagte Indiana. »Für ihn und Tsangpo gilt dasselbe. Außerdem hätten die beiden ja völlig verrückt sein müssen, wenn sie trotzdem mitgekommen wären. Für sie war es am gefährlichsten. Denken Sie daran, was Tsangpo passiert ist.«

Moto wirkte immer noch nicht überzeugt. Aber in das mörderische Glitzern in seinen Augen hatte sich eine winzige Spur von Unsicherheit gemischt.

»Vielleicht ist es nur ein Zufall, daß sie den Tempel ausgerechnet heute nacht verlassen haben!« fuhr Indiana fort. »Oder sie haben von Hondos geplantem Angriff erfahren und sind auf und davon!«

»Wir sind verraten worden!« beharrte Moto.

»Selbst wenn, dann von keinem von uns!« sagte Indiana. »Bitte, Moto – wer wäre so verrückt, in eine Falle zu gehen, die er selbst gestellt hat?«

Der Japaner war immer noch unentschlossen. Und was schließlich – wenigstens für den Moment – die Entscheidung brachte, das waren sehr viel weniger Indianas Worte, als schlicht und einfach die Tatsache, daß die Ninja-Soldaten zurückkamen und Motos Aufmerksamkeit beanspruchten.

»Sie hatten recht, Jones!« sagte er düster, nachdem er mit ihnen geredet hatte. »Das Kloster ist verlassen. Sie haben ein paar Vogelscheuchen in Uniformen gesteckt und auf den Mauern aufgestellt, damit es von weitem so aussieht, als wäre die Festung noch bemannt.« Er ballte zornig die Faust. »Wahrscheinlich ist hier alles vermint. Hondos Soldaten werden in eine Falle tappen, wenn sie kommen!«

»Nicht, wenn wir sie irgendwie warnen können«, sagte Indiana. »Wir haben genug Zeit.«

Motos Ausdruck nach zu urteilen, schien er nicht unbedingt der gleichen Meinung zu sein. Und auch Indiana war nicht sicher, ob sie wirklich früh genug hier herauskamen, um den Angriff zu stoppen. Der Weg zum Fuß des Berges hinab war lang – und mit Sicherheit kein Spaziergang.

»Außerdem sollten wir sowieso sehen, daß wir hier wegkommen«, fuhr er fort, als Moto nicht antwortete. »In zwei Stunden sind Hondos Flugzeuge hier.«

Das gab den Ausschlag. Angeführt von zwei der schwarzgekleideten Soldaten machten sie sich auf den Weg nach unten, während die beiden anderen die Nachhut bildeten und ihren Rücken deckten.

Trotz allem waren sie sehr vorsichtig. Das Kloster machte einen durch und durch verlassenen Eindruck, wenngleich es erst vor kurzer Zeit, noch dazu in großer Eile verlassen worden zu sein schien. Auf Tischen standen Teller mit nur halb gegessenen Mahlzeiten, sie fanden liegengelassene Kleider, Waffen und andere Dinge, die bei einem geordneten Rückzug aus der Felsenfestung wahrscheinlich nie zurückgelassen worden wären.

Als sie auf den Hof hinaustraten, blieb Indiana so abrupt stehen, daß der hinter ihm folgende Hondo gegen ihn prallte und einen Fluch ausstieß. Das Gefühl, in eine Falle zu tappen, wurde plötzlich so intensiv, daß er fast meinte, es anfassen zu können.

Mit klopfendem Herzen sah er sich um. Auch die beiden Ninjas waren stehengeblieben; ihre Haltung verriet Anspannung. Hinter ihnen ragten die Klostermauern schwarz in einen sternenlosen Himmel. Indiana erschauerte. Obwohl sie ihrem Zeitplan ein gutes Stück voraus waren, konnte es nicht mehr sehr lange bis zum Anbruch der Dämmerung dauern. Trotzdem schien es dunkler als heller zu werden.

»Was ist das?« flüsterte Moto neben ihm, und Indiana begriff, daß er mit seiner Furcht nicht allein war. Selbst Löbsang schien ein kleines bißchen nervöser zu sein.

Der Samurai beantwortete seine eigene Frage mit einem Achselzucken und machte ein Zeichen, weiterzugehen.

Indiana atmete erleichtert auf, als sie durch das schmale Tor in der Klostermauer traten. Er hatte das Gefühl, von einer körperlichen Last befreit worden zu sein.

Allerdings hielt diese Erleichterung nicht besonders lange an, denn der Weg nach unten war keineswegs so schlimm, wie er geglaubt hatte.

Er war viel schlimmer.

Es war keine Straße; nicht einmal etwas, das auch nur die Bezeichnung *Weg* verdient hätte. Vor ihnen führte ein kaum handtuchbreiter, offensichtlich nachträglich in den Fels gehauener Pfad in einem solchen Winkel in die Tiefe, daß Indiana schon beim bloßen Hinsehen übel wurde. Überflüssig zu sagen, daß es so etwas wie ein Geländer nicht gab. Auf diesem Pfad bedeutete ein einziger Fehltritt den sicheren Tod.

Der vor ihm gehende Ninja zögerte denn auch, ihn zu betreten; allerdings aus anderen Gründen. Behutsam ließ er sich auf die Knie herabsinken, tastete mit den Fingerspitzen über den Boden und suchte die ersten drei Meter des Weges ab, ehe er sich aufrichtete und wieder zurückkam. Wortlos schüttelte er den Kopf. Dzo-Lin hatte offensichtlich darauf verzichtet, den Weg zu verminen.

Ein dumpfer Schlag erklang. Der Ninja keuchte, prallte mit hochgerissenen Armen gegen den Fels und drehte sich einmal um die eigene Achse, ehe er, einen Pfeil zwischen den Schulterblättern, lautlos über die Felskante kippte und in der Tiefe verschwand.

Indiana prallte zurück. Instinktiv duckte er sich, und den Bruchteil einer Sekunde danach zerbrach ein zweiter Pfeil klappernd über ihm an der Wand.

Jemand packte ihn an der Schulter und riß ihn grob zurück, so daß er das Gleichgewicht verlor; aber bevor er stürzte, sah er Bewegung in den Schatten am Ende des Weges. Etwas Dunkles, Großes flog an ihm vorbei und prallte hinter ihm auf den Boden. Moto fluchte lautstark in seiner Muttersprache, dann zerriß das dunkle, abgehackte Rattern einer MP-Salve die Nacht. Jenseits des Tores spritzten Funken aus der Felswand, und ein gellender Schrei erscholl und wurde leiser, als der Getroffene in der Tiefe verschwand.

Indiana fühlte sich in die Höhe gerissen und so schnell zur Mauer zurückgezerrt, daß er mit verzweifelt rudernden Armen um sein Gleichgewicht kämpfen mußte. Jemand stieß ihn durch das Tor. Der überlebende Ninja gab einen zweiten, kurzen Feuerstoß ab, warf die Tür ins Schloß und legte gerade den Riegel vor, als sich etwas mit einem dumpfen Klatschen in die Tür bohrte, und plötzlich ragte die rasiermesserscharfe Spitze eines Speeres aus dem Holz, kaum einen Fingerbreit vor dem Gesicht des Soldaten.

Indiana rappelte sich umständlich hoch. Verwirrt sah er Moto an. Der Japaner sah zornig aus, aber auch deutlich betroffen.

»Dzo-Lin?« fragte Indiana.

Moto zuckte wortlos mit den Schultern. Er warf einen irritierten Blick auf die Speerspitze, die aus der Tür ragte, und Indiana konnte sich lebhaft vorstellen, was in ihm vorging. Der Angriff selbst hatte im Grunde niemanden überrascht. Aber Indiana konnte sich einfach nicht vorstellen, daß Dzo-Lins Soldaten mit Speeren und Pfeilen ausgerüstet waren.

Moto deutete auf die Treppe. »Nach oben! Wir verschwinden auf demselben Weg, auf dem wir gekommen sind! *Schnell!*«

Einer der Ninjas blieb auf Motos Befehl zurück, um die Tür weiter zu verbarrikadieren, die beiden anderen stürmten mit gezückten Schwertern vor ihnen die Treppe hinauf. Sie benötigten nur wenige Minuten, um das Dachgeschoß wieder zu erreichen. Diesmal mußten sie sich nicht im Dunkeln vorwärts tasten. Einer der Ninja-Soldaten entzündete eine Fackel und ging voran. Im flackernden Licht der Flammen erkannte Indiana, daß sie durch einen gewaltigen, vollkommen leeren Dachboden in den Tempel eingedrungen waren. Aber er sah auch, daß nur das letzte knappe Dutzend Schritte über festen Boden geführt hatte. Das Loch, das die Ninjas ins Pagodendach des Tempels gebrochen hatten, befand sich in schwindelerregender Höhe über ihnen, und der Weg hinauf führte über ein Gewirr von hölzernen Trägern und Stützbalken, bei deren bloßem Anblick Indiana schon schwindelig wurde. Sie waren in der Dunkelheit vorhin hinuntergestiegen, ohne daß er es auch nur *gemerkt* hatte.

Während sie sich den Weg in umgekehrter Richtung wieder hinaufarbeiteten, kam Indiana mehr und mehr zu der Auffassung, daß das vielleicht gar nicht so schlecht gewesen war.

Es begann zu dämmern, als sie wieder auf das Dach hinaufstiegen. Von Osten her begann sich der Himmel mit blassem Grau zu überziehen, und es herrschte jenes sonderbare Zwielicht, in dem das menschliche Auge weniger sah als in der Nacht. Noch immer war kein einziger Stern am Himmel zu entdecken.

Rasch eilten sie auf die andere Seite des Gebäudes, wo das Dach mit der Felswand zu verschmelzen schien. Einer der Soldaten griff nach dem Seil, begann rasch daran in die Höhe zu klettern – und fiel mit einem unterdrückten Schrei zurück, während dreißig Meter daumendickes Tau von oben auf ihn herabprasselten. Auch Indiana sprang hastig beiseite, hob aber wie alle anderen den Kopf, um zum Gipfel hinaufzusehen.

Vor dem dunklen Grau des Himmels zeichnete sich scharf der Schatten einer einzelnen Gestalt ab. Es war ein Mann. Obwohl er nur als Umriß zu erkennen war, konnte man sehen, daß er nicht sehr groß und von schlankem Wuchs war. Völlig reglos stand er da und blickte auf sie herab. In seiner rechten Hand schimmerte das Messer, mit dem er das Seil durchgeschnitten hatte.

»Dzo-Lin«, murmelte Moto haßerfüllt. »Das ist Dzo-Lin! Ich bin sicher!«

Als hätte die Gestalt dort oben auf dem Fels seine Worte verstanden, hob sie plötzlich den Arm, salutierte spöttisch und verschwand hinter dem Felsen.

»Dzo-Lin!« sagte Moto noch einmal. »Dieser raffinierte Fuchs! Wir sind ihm wie die –«

Ein greller Blitz schnitt den Rest seiner Worte ab. Indiana fuhr herum und sah Flammen über die Mauerkrone züngeln. Gedämpfte Schreie drangen durch die Nacht zu ihnen.

»Was war das?« fragte Moto erschrocken.

»Sie haben es doch selbst gesagt«, antwortete Indiana. »Anscheinend haben Dzo-Lins Männer dort unten alles vermint.« Er zögerte eine Sekunde, ehe er hinzufügte: »Ich frage mich nur, warum.«

Moto sah ihn verwirrt an. Aber er schien zu begreifen, was Indiana meinte. Das Kloster *war* in eine Falle verwandelt worden – aber sie galt ganz offensichtlich nicht Hondos Soldaten.

Hondo und seine drei übriggebliebenen Ninja-Soldaten begannen aufgeregt miteinander zu debattieren. Indiana verstand natürlich kein Wort – aber er begriff sehr wohl die Bedeutung der hektischen Gesten des Majors.

»Das würde ich nicht tun«, sagte er.

Hondo fuhr herum und funkelte ihn an, und auch Moto blickte fragend. »Was?«

Indiana deutete auf die Felswand. »Ich glaube Ihnen gern, daß Ihre Leute dort hinaufsteigen können«, sagte er. »Aber Ihnen ist doch klar, daß Dzo-Lin dort oben auf sie wartet, oder?«

Moto überlegte einen Moment angestrengt. Sein Blick glitt über die Felswand, wanderte dann wieder über das Dach und dorthin, wo noch immer Flammenschein vom Hof herauflo-derte. »Sie haben recht«, gestand er widerwillig. »Wir müssen...« Er brach ab und sah sich wild um, bis er Löbsang in einigen Schritten Entfernung entdeckte. »Gibt es hier einen Keller oder einen anderen sicheren Raum?«

»Auch ich war noch nie hier, göttlicher Sohn«, erinnerte Löbsang.

Moto wischte seine Worte mit einer ärgerlichen Bewegung zur Seite. »Du kennst diese Art von Tempeln«, fauchte er. »Haben sie einen Keller oder nicht?«

»Normalerweise nicht«, gestand Löbsang.

»Und hier schon gar nicht«, fügte Indiana gereizt hinzu. »Sie haben dieses Ding aus dem Fels herausgemeißelt, Moto! Was soll das alles?«

»In anderthalb Stunden sind Hondos Flugzeuge hier«, antwortete Moto. »Wollen Sie hier oben auf sie warten?«

»Vielleicht gibt es einen Weg«, sagte Löbsang. Moto und Indiana blickten ihn gleichermaßen fragend an, und der Tibeter fuhr in nachdenklichem Ton fort: »Dieses Kloster wurde offensichtlich als Zuflucht gebaut. Ich war noch nie hier, aber ich kenne Klöster wie dieses. Oft gab es einen geheimen Fluchtweg, sollten die Mauern zu brechen drohen oder eine Belagerung zu lange andauern.«

»Und du weißt, wo dieser Fluchtweg ist?« fragte Moto erregt.

»Nein. Aber wenn es ihn gibt, so kann ich ihn finden.«

»Worauf warten wir dann noch?« fragte Indiana.

Sie balancierten über das Dach zurück und durchquerten zum dritten Mal den gewaltigen Dachboden, um ins Innere des Gebäudes einzudringen. Indiana lief zur Treppe und lauschte einen Moment. Von unten drangen dröhnende Schläge in regelmäßiger Folge herauf. Noch hielt die Tür, was Indiana einigermaßen überraschte; sie hatten eine gute Viertelstunde gebraucht, um auf das Dach hinauf- und wieder hinunterzugelangen. Aber er hatte auch selbst gesehen, wie massiv die Tür und der Riegel waren. Außerdem hatten die Angreifer im Moment wahrscheinlich anderes zu tun. Die Explosion hatte bewiesen, daß Dzo-Lins Männer mehr als ein paar ausgestopfte Uniformen zurückgelassen hatten.

Vor wem waren Dzo-Lins Soldaten geflohen? dachte Indiana. Welcher Angreifer machte ihnen solche Angst, daß sie selbst ihre Kleider und Decken und einen Teil der Lebensmittelvorräte zurückgelassen hatten?

Sie arbeiteten sich durch zwei Stockwerke wieder ins Erdgeschoß des Tempels hinab. Als sie an der Tür in der großen Halle vorbeikamen, sah Indiana, daß sie bereits ein wenig schräg in den Angeln hing. Bei jedem Schlag rieselte Staub aus dem Mauerwerk, und auch der Riegel hatte bereits einen Riß, der ihn fast auf ganzer Länge durchzog. Noch ein paar Minuten, schätzte Indiana. Allerhöchstens.

Sie durchsuchten ein halbes Dutzend weiterer Räume, die allesamt klein und leer waren, bis Löbsang plötzlich stehenblieb und konzentriert auf ein schmales Wandgemälde blickte, das sich dicht unter der Decke des Raumes entlangzog. Für Indiana waren es nichts als Bilder des religiösen Lebens innerhalb des Klosters, wie sie überall hier zu sehen gewesen waren, aber für Löbsang schienen sie eine geheime Botschaft zu enthalten, denn er blickte eine ganze Weile darauf, ehe er sich mit einem Ruck wieder umwandte.

»Ich weiß jetzt, wo der Fluchtweg ist«, sagte er und deutete mit der Hand zur Decke hinauf. »Folgt mir – rasch!«

Als sie die Halle abermals durchquerten und sich der Treppe näherten, erbebte die Tür unter einem Schlag, der ihre rechte Hälfte vom Boden bis zur Decke spaltete. Noch wenige Augenblicke, dachte Indiana, und sie würden *sehen*, vor wem Dzo-Lins Soldaten in so panischer Hast geflohen waren.

Was das anging, irrte sich Indiana Jones. Er sah sie schon sehr viel eher...

Als sie das Ende der Treppe erreichten, schrie der Ninja neben ihm plötzlich auf und stürzte rücklings die Treppe herab. Wie aus dem Boden gewachsen erschien eine Gestalt vor Indiana.

Was ihm das Leben rettete, war vielleicht einzig und allein die Tatsache, daß der Bursche vor ihm genauso überrascht war wie er selbst. Er kannte den Mann nämlich – und dieser ihn ebenso. Als sie sich das letzte Mal begegnet waren, da war das auf der anderen Seite der Welt gewesen, und der Bursche hatte einen maßgeschneiderten Anzug und Lackschuhe getragen, statt eines knöchellangen Mantels und einer pelzgefütterten Mütze. Aber das Gesicht darunter war dasselbe, mit dem Tamara die Straße hinter dem Washington Museum aufgewischt hatte; einige der Schrammen und Kratzer, die es davongetragen hatte, waren noch nicht verheilt, und der Zorn, der jäh in den dunklen Augen aufflammte, bewies Indiana, daß auch der andere sich noch sehr gut an ihr letztes Zusammentreffen erinnerte.

Die Erkenntnis, daß der Bursche nicht nur äußerst grob, sondern vielleicht auch nachtragend war, kam einen Sekundenbruchteil zu spät. Indiana duckte sich instinktiv, und ebenso instinktiv fiel seine rechte Hand auf den Griff der Peitsche herab, die er am Gürtel trug, aber beide Bewegungen waren nicht schnell genug. Die Hände des Kerls zuckten vor, packten seinen Hals und schnürten ihm unbarmherzig die Luft ab. Sein Gesicht verzerrte sich zu einem hämischen, zahnlückigen Grinsen.

Indiana hörte Schreie hinter sich, das Klirren von Stahl, dumpfe Schläge und einen einzelnen, lang nachhallenden Gewehrschuß und begriff, daß er nicht auf Hilfe der anderen rechnen durfte. Offensichtlich hatten die Angreifer einen anderen Weg ins Haus gefunden und die Tür wohl nur weiter bestürmt, um sie abzulenken – was ihnen ja auch gelungen war. Er warf sich zurück, trat dem Riesen vor die Knie und riß mit aller Gewalt die verschränkten Hände in die Höhe, um seinen mörderischen Würgegriff zu sprengen.

Fast zu seiner eigenen Überraschung gelang es ihm sogar. Die Arme des Burschen wurden hochgeschleudert, und Indiana setzte sofort einen Faustschlag auf seine Kinnspitze nach.

Erst als es bereits zu spät war, erinnerte er sich, daß er damit schon einmal sehr wenig Erfolg gehabt hatte. Der Riese nahm den Schlag ungerührt hin, und fast in der gleichen Sekunde klatschten seine flachen Hände mit furchtbarer Wucht auf Indianas Ohren.

Sein Schädel schien sich in das Innere einer Glocke zu verwandeln, in dem ein Klöppel von der Größe der Freiheitsstatue Alarm schlug. Er taumelte, fühlte sich abermals gepackt und hochgerissen. Alles begann vor seinen Augen zu verschwimmen, und er hörte ein dumpfes, immer lauter werdendes Dröhnen und Rauschen im Rhythmus seines eigenen Herzschlages.

Es war das zweite Mal, daß er mit diesem Burschen aneinandergeriet, und das zweite Mal, daß er nicht mit ihm fertig wurde.

Der tödliche Klammergriff um seinen Hals lockerte sich plötzlich. Indiana taumelte zurück, fand irgendwo Halt und blinzelte ein paarmal, um die roten Schlieren vor seinen Augen zu vertreiben. Seine Kehle schmerzte unerträglich, und sein Herz raste, als wolle es jeden Moment zerspringen. Wie durch dichten Nebel hindurch sah er den Mongolen, der sich plötzlich vier oder fünf Meter entfernt in einer Ecke hochrappelte und mit verblüfftem Gesichtsausdruck nach dem Tornado Ausschau hielt, der ihn von den Füßen gefegt hatte.

Indiana wartete nicht ab, bis er das kaum ein Meter sechzig große, in eine braune Kutte gehüllte, tibetische Äquivalent eines Wirbelsturmes als jene unsichtbare Kraft ausgemacht hatte, sondern rannte mit weit ausgreifenden Schritten auf den Mongolen zu und versetzte ihm einen Tritt unter das Kinn, der ihn in die Höhe riß und seinen Kopf unsanft mit der Wand hinter sich kollidieren ließ; was vielleicht nicht besonders fair, aber wirkungsvoll war.

Normalerweise, jedenfalls.

Es war unglaublich – aber der Bursche steckte sogar *das* weg. Zwar fiel er auf die Knie herab und schüttelte einen Moment benommen den Kopf, begann sich aber sofort wieder hochzustemmen! Indiana packte ihn, hämmerte ihm vier-, fünf-, sechsmal hintereinander mit aller Kraft die Faust in den Leib, ergriff ihn dann bei den Schultern und stieß ihn mit aller Gewalt an sich vorbei. Der Riese torkelte, riß die Arme in die Höhe, um sein Gleichgewicht zu halten – und trat plötzlich ins Leere. Mit einem gellenden Schrei polterte er die Treppe herunter und blieb benommen liegen. Indiana zerrte seine Peitsche vom Gürtel und sah sich wild um. Der Riesenkerl schien der einzige gewesen zu sein, der hier oben auf sie gewartet hatte – aber am Fuße der Treppe war ein wütendes Handgemenge im Gange, in dem sich Moto, Hondo und die drei anderen Japaner mit einer zahlenmäßig weit überlegenen Gruppe von Angreifern herumschlugen. Trotzdem sah es nicht so aus, als bräuchten sie Hilfe. Was Moto mit seinem Schwert anzurichten imstande war, hatte Indiana ja schon gesehen, und auch Hondo trug die Klinge offensichtlich nicht nur, weil sie zu seiner Uniform gehörte. Vier oder fünf der Angreifer lagen bereits blutend am Boden, und auch der Rest stand buchstäblich mit dem Rükken zur Wand, denn auch die drei Soldaten hatten sich offensichtlich nicht nur in die klassische Kleidung der Ninjas gehüllt, weil ihnen die schwarze Farbe so gut stand.

Indiana nahm sich die Zeit, die Angreifer einige Augenblicke lang in aller Ruhe zu betrachten. Was er sah, das war erschrekkend und verwirrend zugleich. Der Mann, der hier oben auf sie gewartet hatte, war nicht der einzige, der sich wie einer von Attilas Hunnenreitern gekleidet hatte. Die Männer trugen lange, bunt bestickte Mäntel aus Wolle und Fell, dazu Mützen und Hüte aus dichtem Pelz. Bewaffnet waren sie mit Krummsäbeln und kurzen Äxten. Einige Schritte abseits hatten zwei Bogenschützen Aufstellung genommen, die ihre Pfeile vergebens auf ein sicheres Ziel zu richten versuchten. Moto und die vier anderen bewegten sich so schnell, daß sie es nicht wagen konnten, ihre Waffen abzufeuern, ohne Gefahr zu laufen, einen ihrer eigenen Männer zu treffen.

Den Fehler in dieser Überlegung begriff Indiana erst, als es zu spät war. Einer der Bogenschützen fuhr plötzlich herum und ließ seinen Pfeil fliegen, und er spürte, noch während er es tat, daß er sich viel zu langsam zur Seite fallen ließ.

Und plötzlich war etwas vor seinem Gesicht: Löbsangs Hand, die sich in einen rasend schnellen Schatten verwandelt hatte. Den Bruchteil einer Sekunde später weiteten sich Indianas Augen vor Entsetzen und Unglauben, als er den Pfeil sah, den der Tibeter aufgefangen hatte. Die Spitze war kaum noch zehn Zentimeter von seinen Augen entfernt.

Die Bogenschützen kamen nicht dazu, ihr Glück ein zweites Mal zu versuchen, denn Moto hatte die Spielereien mittlerweile wohl gänzlich satt. Mit einem zornigen Schrei schwang er sein Samurai-Schwert hoch über den Kopf, verschaffte sich mit einem blitzartigen Hieb Luft und ließ die Waffe fallen, um in der gleichen Bewegung seine Maschinenpistole zu heben. Ein kurzer, abgehackter Feuerstoß fegte die Hälfte der Angreifer samt der beiden Bogenschützen zu Boden, der Rest fiel binnen weniger Augenblicke Hondo und seinen Ninjas zum Opfer.

Moto hob den Kopf und sah zu Indiana hinauf. »Sind Sie in Ordnung, Dr. Jones?«

Indiana nickte.

»Gehen Sie mit Löbsang und suchen Sie den Ausgang!« rief Moto. Er bückte sich, hob sein Schwert auf und deutete mit der Klinge auf die Tür, die immer heftiger unter den Schlägen der Angreifer erbebte. »Wir halten sie auf, solange wir können. Beeilen Sie sich!«

Indiana tat, was Moto ihm geraten hatte. Zwei Schritte hinter Löbsang stürmte er den Gang hinauf und durch einen verwaisten Schlafsaal in einen kleinen Raum mit einer Kuppeldecke, den sie schon einmal und vergeblich durchsucht hatten. Auf einem Podest vor seiner Rückwand hockte eine Buddha-Statue von halber Lebensgröße. Löbsang eilte auf die Figur zu, blieb einige Sekunden lang reglos stehen und betrachtete sie sehr aufmerksam, dann streckte er die Hand aus und rüttelte sanft an der linken Schulter des Buddha. Das Knirschen von Stein war zu hören, und die Figur, die sicherlich eine halbe Tonne wiegen mußte, bewegte sich fast elegant zur Seite. Dahinter kam ein halbrunder, finsterer Durchgang zum Vorschein.

Löbsang lächelte Indiana triumphierend zu, ließ sich auf die Knie herab und wollte durch die Öffnung kriechen, aber Indy hielt ihn mit einer raschen Bewegung zurück. »Warte!«

Der Tibeter war verwirrt, wie sein Gesichtsausdruck verriet, aber er gehorchte. Vorsichtig kroch er ein kurzes Stück zurück und richtete sich auf, um Indiana Platz zu machen.

Indy trat neben ihn, kniete aber nicht nieder, sondern deutete mit der Hand auf die Kratzer, die der Buddha bei seiner Seitwärtsbewegung im Boden hinterlassen hatte. Die meisten dieser Spuren waren uralt, aber einige waren auch sehr frisch. Und es waren mindestens *zwei* Spuren. Die Figur war schon einmal bewegt worden, vor nicht allzu langer Zeit.

Indiana ließ sich behutsam auf Hände und Knie herab und versuchte, die Dunkelheit hinter dem Durchgang mit Blicken zu durchdringen. Ein nutzloses Unterfangen. Aber wieder einmal meldete sich sein sechster Sinn, der ihm schon mehr als einmal das Leben gerettet hatte.

»Eine Lampe!« flüsterte er. »Bring' eine Lampe oder eine Fakkel – irgend etwas.«

Löbsang verschwand hastig, und Indiana drehte sich wieder um und starrte in die Dunkelheit hinein. Ein sanfter Luftzug berührte sein Gesicht, und auch er verriet ihm, daß sie nicht die ersten waren, die diesen Geheimgang benutzten, denn er roch nicht nur nach Alter und Staub, sondern auch nach Menschen, Metall und Pulver... Wahrscheinlich hatten Dzo-Lin und seine Soldaten genau diesen Gang benutzt, um sich vor den heranrückenden Hunnen-Horden in Sicherheit zu bringen.

Löbsang kam zurück, eine rußende Petroleumlampe in der Hand. Indiana nahm sie ihm ab, hielt sie am ausgestreckten Arm vor sich und betrachtete den Gang hinter der Öffnung in dem gelben, flackernden Licht.

Auf den ersten Blick bemerkte er absolut nichts Gefährliches. Der Raum erweiterte sich hinter dem Durchgang zu einer etwa anderthalb Meter hohen und doppelt so breiten Höhle, die vollkommen leer war. Der Boden bestand aus Stein, so daß er keine Spuren entdecken konnte. In der gegenüberliegenden Wand befand sich ein knapp meterhoher, halbrunder Durchgang, der jedoch von einer massiven Metallplatte verschlossen war. Rechts und links von ihr ragten zwei wuchtige Hebel aus der Wand.

Und kaum fünf Zentimeter vor Indianas linker Hand, mit der er sein Körpergewicht abstützte, spannte sich ein haarfeiner Draht.

Indianas Herz machte einen erschrockenen Hüpfer. Es gehörte nicht viel Phantasie dazu, den Sinn dieses Drahtes zu erraten. Unendlich behutsam beugte er sich vor, sah nach rechts – nichts – und dann nach links. Der Draht war an einem hastig in die Wand geschlagenen Nagel befestigt, und sein Ende war um den Ring einer Handgranate geknotet.

Vorsichtig kroch er wieder zurück und richtete sich auf.

»Zwei Hebel«, sagte er und hob Zeige- und Mittelfinger vor Löbsangs Gesicht. »Und eine kleine Überraschung von Dzo-Lin. Aber damit werde ich fertig.«

»Welche Farbe haben sie?« fragte Löbsang.

Indiana überlegte einen Moment, schüttelte aber dann den Kopf. Er hatte nicht auf die Farbe geachtet.

»Einer müßte rot sein und einer blau«, sagte Löbsang. »Ziehen Sie den roten herunter. Um Gottes willen nicht den blauen. Es wäre unser aller Untergang.«

Indiana nickte, machte aber keine Anstalten, noch einmal zurückzukriechen, sondern deutete in den angrenzenden Raum hinaus. »Warte hier«, sagte er. »Ich hole die anderen. Und geh' auf keinen Fall dort hinein.«

Er überzeugte sich mit einem Blick davon, daß Löbsang seine Warnung verstanden hatte und ernstnahm, dann rannte er auf den Gang und zur Treppe zurück.

Wie sich zeigte, waren seine Befürchtungen nur zu berechtigt gewesen. Moto und die anderen kamen ihm entgegen, lange bevor er die Treppe erreichte, und hinter ihnen stürmte etwas heran, was nun wirklich an Dschingis Khans Horden erinnerte – Dutzende von schwert- und äxteschwingenden Männern in bunt bestickten Wollmänteln, die gellende Kriegsrufe ausstießen. Hondo und die drei Ninjas feuerten mit ihren Maschinenpistolen auf sie und streckten zehn oder fünfzehn mit einer einzigen Salve nieder, aber die anderen rannten unbeeindruckt weiter. Wie alle Fanatiker schienen sie den Tod nicht zu fürchten, sondern geradezu zu suchen.

»Moto!« brüllte Indiana. »Wir haben den Gang!«

Moto, der seine MP in der linken und sein Samurai-Schwert in der rechten Hand schwang, warf nur einen raschen Blick über die Schulter zu Indiana zurück, dann gab er einen kurzen Feuerstoß aus seiner Waffe ab, schrie einen Befehl auf japanisch und wandte sich um. Hondo tat es ihm gleich, während die drei Ninjas sich den heranstürmenden Hunnen entgegenwarfen. Indiana sah, daß es ihnen tatsächlich gelang, die Angreifer für einen Moment aufzuhalten. Aber eben nur für einen Moment. Dann fiel der erste von ihnen und verschwand unter der Masse der heranstürmenden Hunnen, und die beiden anderen zogen sich, abwechselnd und mit ihren Schwertern auf die Angreifer einhackend, Schritt für Schritt zurück.

Als sie Löbsang erreichten, stürmten die Hunnen durch die Tür des Vorraumes. Moto streckte zwei von ihnen nieder, und auch Hondo und die beiden Ninjas warfen sich den Männern noch einmal entgegen, um vielleicht entscheidende Sekunden für Indiana und den Samurai zu gewinnen.

Moto erspähte den Durchgang und wollte darauf zustürmen, aber Indiana hielt ihn zurück. Mit einer hastigen Geste scheuchte er ihn zur Seite, ließ sich abermals auf die Knie sinken und betrachtete eine Sekunde lang den Draht, der sich nahezu unsichtbar vor ihnen spannte. Unendlich behutsam streckte er die Hand aus, tastete nach der Handgranate und versuchte, sie von ihrem Haken herunterzunesteln, ohne den Ring abzuziehen. Seine Hände zitterten. Aber es gelang.

Mit einem erleichterten Seufzer richtete er sich auf, zog die Handgranate aus der Öffnung –

und starrte verdutzt auf den Abzugsring, der klappernd auf der anderen Seite der Wand zu Boden fiel. Erst dann bemerkte er den zweiten Draht, der daran geknotet gewesen war.

Motos Augen wurden groß, als er die Granate in Indianas Händen erblickte. Löbsang keuchte und war plötzlich verschwunden, um auf der anderen Seite der Tür zwischen den kämpfenden Ninjas und Hunnen wieder aufzutauchen, und Indiana tat das einzige, das ihm einfiel: Er warf die Handgranate Moto zu.

Moto kreischte, fuhr herum und schleuderte die Granate in Hondos Richtung. Der Japaner ließ erschrocken Gewehr und Samurai-Schwert fallen, fing die Handgranate ganz instinktiv auf, warf sie von der rechten in die linke Hand und wieder zurück wie eine heiße Kartoffel, die er versehentlich angefaßt hatte, und warf sie dann einem seiner Ninja-Krieger zu. Der Schwarzgekleidete schlug sie mit dem Handrücken beiseite, wie ein Volleyballspieler einen Ball. Sie flog in hohem Bogen durch die Luft, prallte von der Pelzmütze eines Hunnen ab und landete in den weit vorgestreckten Händen eines Riesen mit blutüberströmtem Gesicht und glühenden Augen, der sich brüllend seinen Weg durch die Menge der Mongolen bahnte. Es war Indianas Freund aus Washington. Eine Sekunde lang starrte er die Granate in seiner Hand einfach nur an, drehte sie verwirrt in den Fingern, als wüßte er nicht genau, was er da hatte –

und dann, endlich, explodierte sie.

Die Druckwelle fegte sie alle zu Boden. Flammen, Rauch und Trümmer quollen durch die Tür herein, aber Indiana verschwendete keine Sekunde mehr darauf, sich davon zu überzeugen, ob und wer die Explosion überlebt hatte, sondern richtete sich hastig auf und kroch auf Händen und Knien in den Geheimgang. Vergeblich versuchte er, im flackernden Licht der Petroleumlampe die Farbe der beiden Hebel vor sich zu unterscheiden. Sie waren uralt, und wenn einmal Farbe darauf gewesen war, so mußte das etliche hundert Jahre her sein.

»Den roten, Dr. Jones!« hörte er Löbsangs Stimme hinter sich. »Ziehen Sie den roten Hebel!«

»Das würde ich ja gern«, knurrte Indiana. »Wenn ich sie unterscheiden könnte!« Er hob die Lampe höher, beugte sich vor –

und endlich sah er auf dem linken der beiden Hebel ein schwaches Schimmern von Rot. Hinter ihm wurden Schreie laut, und er hörte die Geräusche eines heftigen Kampfes. Motos Maschinenpistole ratterte, und er hörte die spitzen, abgehackten Kampfschreie Hondos und der beiden Ninjas. Ihm blieb einfach keine Zeit mehr. Entschlossen griff er nach dem linken der beiden Hebel und riß ihn mit aller Kraft nach unten.

Nichts geschah.

Die massive Eisenplatte, die den Durchgang vor ihm verschloß, rührte sich nicht.

»Worauf warten Sie, Jones?« drang Motos Stimme an sein Ohr. »Sie überrennen uns!«

Indiana riß noch einmal an dem Hebel, und diesmal passierte tatsächlich etwas.

Allerdings nicht mit der Eisenplatte vor ihm.

Ein winziger Kieselstein fiel von der Treppe und prallte von seiner linken Schulter ab.

Verwirrt blickte Indiana auf, hob die Lampe – und unterdrückte nur mit Mühe einen entsetzten Aufschrei. In der Decke über ihm war ein Riß entstanden. Entlang einer haarfeinen, schnurgeraden Linie spaltete sich der scheinbar massive Fels, und darüber war kein Hohlraum, auch kein weiterer Felsblock, sondern etwas, dessen Anblick Indianas Herzschlag für einen Moment stocken ließ.

Steine.

Winzige Kiesel wie der, der ihn gerade getroffen hatte, aber auch faustgroße Brocken, runde, eckige, glatte und poröse Steine und Steinchen, die durch nichts anderes als durch den Druck, den sie gegeneinander ausübten, gehalten wurden – und die Decke, die sich nun weiter und weiter teilte.

Mit einem gellenden Schrei schleuderte er die Lampe hinter sich und sprang mit weit ausgestreckten Armen durch den Ausgang. Hinter ihm polterte eine Lawine aus Millionen kleiner und großer Kieselsteine zu Boden. Keuchend robbte er weiter, während hinter ihm eine ganze Lawine von Kieselsteinen und

Felsbrocken herunterkrachte. Hände griffen nach seinen ausgestreckten Armen, zerrten ihn das letzte Stück aus der Kammer heraus und rissen ihn in die Höhe. Motos schreckensbleiches Gesicht tauchte vor ihm auf, während Löbsang verzweifelt zu gestikulieren begann.

»Der rote, Dr. Jones!« lamentierte er. »Ich habe Ihnen doch gesagt, ziehen Sie den *roten* Hebel!«

»Aber das habe ich!« verteidigte sich Indiana zornig. »Ich bin doch nicht lebensmüde. Ich habe den roten Hebel ge-« Er sprach nicht weiter. Löbsangs Augen hatten sich erstaunt geweitet, und auf seinem Gesicht erschien ein Ausdruck maßloser Verblüffung, während er Indianas Hände anstarrte. Auch Indiana sah auf seine Finger herab – und sog überrascht die Luft ein.

Seine Hände waren rot.

»Dzo-Lin!« murmelte er. »Dieser verdammte, raffinierte Hund!«

Moto beugte sich ein wenig zur Seite und nach unten, um an Indiana vorbei in die Kammer blicken zu können. Jenseits der Wand polterten immer noch Steine zu Boden, und ein Teil der Miniatur-Lawine begann bereits durch die Tür zu quellen. »Ich schätze, jetzt sitzen wir endgültig in der Falle«, murmelte Moto.

Der Boden unter ihren Füßen begann ganz leicht zu zittern, und ein Geräusch wie das Grollen eines noch weit entfernten Gewitters drang an Indianas Ohr. Erschrocken blickte er auf. Das Zittern hörte nicht auf, sondern hielt an und schien sogar noch an Intensität zuzunehmen, und auch das Grollen wurde lauter. Nach einigen Augenblicken glaubte Indiana, auch noch einen anderen Laut zu identifizieren: einen dunklen, rumpelnden Laut, wie von großen Steinen, die sich aneinanderrieben.

In diesem Punkt allerdings täuschte er sich. Es waren keine großen Steine, sondern *sehr* viele kleine, und sie waren nicht halb so weit entfernt wie er gehofft hatte, sondern stürzten im Gegenteil schlagartig und von einer Sekunde auf die andere auf der anderen Seite der Tür zu Boden. Hondo und einer seiner

Ninjas entgingen dem tödlichen Regen durch einen verzweifelten Satz, aber der zweite Krieger und der größte Teil der Angreifer wurden unter dem tödlichen Steinhagel begraben. Die Überlebenden zogen sich hastig nach draußen auf den Flur zurück; bis auf zwei, die dumm genug waren, sich zu ihnen hineinretten zu wollen. Moto schoß sie nieder.

Etwas berührte Indianas Beine, und als er sich herumdrehte, erkannte er voller Schrecken, daß aus dem Geheimgang noch immer Steine hervorquollen. Da es sich fast ausnahmslos um runde, glatte Kiesel handelte, war die Lawine keineswegs zum Stehen gekommen, sondern wälzte sich langsam, aber unaufhaltsam weiter in den Raum hinein. Und auch die Wand darüber hatte mittlerweile Risse bekommen. Ein leises, beunruhigendes Knistern und Knirschen war zu hören.

»Wir müssen raus hier«, sagte er hastig. Moto fuhr herum und starrte ihn an, sagte aber nichts, als sein Blick dem Indianas folgte und er sah, was mit der Wand hinter ihnen geschah.

Der Regen niederstürzender Kieselsteine und Felsen auf der anderen Seite der Tür hatte nachgelassen, jedoch nicht ganz aufgehört. Indiana wurde zwei-, dreimal hintereinander an Schultern und Brust getroffen, ehe er den Schild eines erschlagenen Hunnen aufhob und schützend über den Kopf hob. Moto und die beiden anderen machten es ihm nach, so daß sie, zwar allesamt grün- und blaugeschlagen, aber ohne schwere Verletzungen, den Flur draußen erreichten.

Von den Angreifern war keine Spur mehr zu sehen – aber das wunderte Indiana eigentlich nicht besonders, denn von links wälzte sich eine dröhnende Steinlawine heran, unter deren Gewicht das ganze Kloster zu erbeben schien. Sie bewegte sich nicht sehr schnell, aber unaufhaltsam.

Als sie die Treppe erreichten, bot sich ihnen ein furchtbarer Anblick. Die Tür war aufgebrochen, und zahllose Mongolen waren ins Innere des Klosters gestürmt. Die Hälfte von ihnen mußte bereits tot oder schwer verletzt sein, und der Rest versuchte verzweifelt, sich vor dem Hagel aus Steinen in Sicherheit zu bringen, der aus einem Dutzend Richtungen gleichzeitig herabprasselte. Wie Wasser aus der geborstenen Mauer eines Staudammes schossen Fontänen aus Kieselsteinen aus einem Dutzend gewaltiger Löcher in der Wand, so daß der Boden bereits kniehoch mit einer Schicht aus Kieseln bedeckt war, die sich träge wie Lava über die Toten hinweg und durch die eingeschlagene Tür nach draußen wälzte. Selbst die Treppe spie Steine: Zwei Stufen waren verschwunden und ein Teil des Geländers eingebrochen. Und Indiana sah auch gleich, daß die Anordnung dieser tödlichen Geysire keineswegs Zufall war. Es gab drei, vier armdicke Strahlen aus Kieseln, deren Wucht so groß war, daß sie die Wände, gegen die sie prallten, einfach durchschlagen hatten, und die sich so überkreuzten, daß der Weg über die Treppe völlig unmöglich geworden war.

Verzweifelt warf er einen Blick über die Schulter zurück. Die Steinlawine hinter ihnen war nähergekommen. Sie bewegte sich nicht sehr schnell, aber die rollenden Kiesel mußten alles zermalmen, was ihnen in den Weg geriet.

Sein Blick suchte die Decke der Halle ab. Auch sie war an zwei oder drei Stellen aufgerissen, aber der tödliche Regen von oben hatte bereits aufgehört. Indianas Blick glitt über einen der gewaltigen Balken, die die Decke trugen. Seine Hand löste die Peitsche vom Gürtel. Mit einem einzigen, kraftvollen Schwung ließ er die Schnur sausen. Ihr Ende wickelte sich um den Balken und saß fest. Indiana zerrte noch einmal prüfend daran und versuchte dann, die Entfernung von dort bis zur Tür abzuschätzen.

»Was haben Sie vor?« fragte Moto neben ihm nervös.

Statt zu antworten, streckte Indiana die Hand nach Löbsang aus, umschlang seine schmale Hüfte mit dem Arm – und stieß sich mit aller Kraft ab.

Löbsang schrie vor Schrecken auf und begann in seiner Umarmung so heftig zu zappeln, daß er ihn um ein Haar losgelassen hätte, als sie plötzlich scheinbar schwerelos durch die Luft flogen. Sie passierten einen der tödlichen Steinstrahlen in so geringer Entfernung, daß Indiana eine Reihe harter, schmerzhafter Schläge gegen das rechte Bein und den Fuß verspürte, dann erreichten sie den gewaltigen Sims über der Tür. Indiana brachte das Kunststück fertig, sich daran festzuklammern, ohne Löbsang oder die Peitsche loszulassen.

»Festhalten!« schrie er, löste seinen Arm von Löbsangs Hüfte und stieß sich abermals mit aller Kraft ab. Während sich Löbsang verzweifelt an der rauhen Wand über der Tür festzukrallen versuchte, flog Indiana am Ende der Peitschenschnur zurück und landete einen halben Schritt neben Moto auf der Treppe. Er sagte kein Wort, sondern streckte nur einladend den Arm aus. Moto zögerte. Vielleicht traute er Indiana nicht, vielleicht dachte er auch nur daran, daß er gut doppelt so schwer wie der kleine Tibeter war. Aber dann polterte etwas über ihm, und Indiana erkannte voller Entsetzen, daß die Steinlawine die obersten Stufen der Treppe erreicht hatte und sich in die Tiefe zu wälzen begann. Moto zögerte nicht länger, sondern trat an ihn heran, ließ es zu, daß Indiana ihn mit dem Arm umschlang, und klammerte sich seinerseits an ihn, und abermals stieß sich Indiana ab und segelte quer durch den Raum.

Seine Kräfte drohten nachzulassen. Motos Gewicht zerrte wie eine Tonnenlast an seinem Arm, und er spürte, daß er einfach nicht mehr die Kraft hatte, dieses Kunststück noch zweimal zu wiederholen, um auch Hondo und den Ninja zu retten, als er neben Löbsang auf dem steinernen Sims über der Tür ankam.

Aber es war auch gar nicht nötig. Der Ninja hatte ein langes, mit einem Widerhaken versehenes Seil vom Gürtel gelöst, schwang es über dem Kopf und schleuderte es dann nach dem gleichen Balken, auf den auch Indiana mit der Peitsche gezielt hatte. Der stählerne Haken bohrte sich tief in das Holz, und fast im gleichen Sekundenbruchteil packte der Ninja Major Hondo, klemmte ihn sich wie ein Kind unter den Arm und legte den Weg auf die gleiche Weise wie Indiana vor ihm zurück.

Der Platz auf dem schmalen Sims wurde allmählich eng. Indiana sah sich wild um und spielte mit dem Gedanken, sich einfach fallenzulassen, um sich von der Steinlawine aus dem Haus tragen zu lassen, verwarf ihn aber sofort wieder, als er auf das brodelnde Chaos unter sich blickte. Die Felsen rasten so schnell wie kochendes Wasser durch die Tür, aber es war eben kein Wasser. Was immer in diese Hölle geriet, mußte binnen Sekunden zermalmt und zerfetzt werden. Die Schicht war jetzt gute anderthalb Meter hoch und wuchs immer weiter. Von den Hunnen, die in den Tempel eingedrungen waren, war kein einziger mehr am Leben.

Indiana richtete sich auf, preßte sich mit dem Rücken eng gegen die Wand und sah sich verzweifelt nach einem Fluchtweg um, entdeckte aber keinen. Es sah aus, als hätten sie nur eine kurze Gnadenfrist herausgeschunden. Wenn der Nachschub an Kieseln und Geröll nicht nachließ, so würde sich die Halle binnen Minuten bis unter die Decke gefüllt haben, und sie hatten allerhöchstens noch die Wahl, zu ersticken oder zerquetscht zu werden.

Das ganze Gebäude begann jetzt unter ihren Füßen zu wanken. Die Wand hinter ihnen ächzte unter dem Gewicht der Steine, die von innen gegen sie drückten, und vom Hof drang ein Chor gellender, entsetzter Schreie herein. Vermutlich waren auch dort draußen überall Springbrunnen und Geysire aus Kieseln entstanden, die hundertmal tödlicher sein mußten als die Fallen, die Dzo-Lin hinterlassen hatte.

Erst jetzt fiel ihm auf, daß der Sims, auf den sie sich gerettet hatten, zu einem überlebensgroßen Buddha-Relief gehörte, das in die Wand über der Tür eingelassen war. Es bestand aus Metall, nicht aus Stein, und ganz offensichtlich war sein Gewicht für die ohnehin überbeanspruchte Mauerkonstruktion einfach zuviel, denn längs seiner Konturen hatten sich haarfeine, tiefe Risse gebildet, die rasch breiter wurden. Langsam begann sich die Buddha-Figur nach vorn zu neigen, als wollte sie die frechen Frevler, die es gewagt hatten, das Heiligtum zu entweihen, mit einer einzigen Bewegung abschütteln.

»Löbsang!« brüllte Indiana verzweifelt. *»Tu etwas!«*

Er war nicht einmal sicher, ob seine Worte nicht im Krachen und Dröhnen der Steine einfach untergingen, ehe sie den Tibeter erreichten. Aber er spürte, wie das Buddha-Relief heftiger zu zittern begann – und sich dann mit einem furchtbaren Knirschen ganz aus der Wand löste und herabstürzte.

Nach außen, nicht nach innen.

Krachend und berstend durchbrach das tonnenschwere Reliefbild die Wand, prallte auf der Oberfläche des Kieselsteinstromes auf und begann zu rutschen. Indiana und die anderen klammerten sich verzweifelt daran fest, während das Bild schneller und schneller über den Hof zu schießen begann, vorangetragen von einer Springflut aus Kieselsteinen, die sich nicht nur aus der Tür, sondern aus zahllosen, jäh entstandenen Öffnungen in der Tempelwand auf den Innenhof ergoß und alles zermalmt hatte, was sich darin befand. Indiana wartete verzweifelt darauf, daß seine Geschwindigkeit abnahm, so daß sie abspringen oder nach einem sicheren Halt ausschauen konnten, aber ihr bizarres Fahrzeug wurde im Gegenteil immer schneller – und schoß geradewegs auf das Tor in der Tempelmauer zu.

Das Tor war bei weitem nicht breit genug, um den Buddha durchzulassen, aber es war auch nicht massiv genug, um ihn aufzuhalten. Mit einem ungeheuren Krachen durchbrach das Standbild die Mauer, schrammte funkensprühend an der Felswand dahinter entlang und wurde immer noch schneller und schneller, während es auf den schmalen Saumpfad in der Felswand hinausschoß. Die Steinlawine polterte vor ihnen her, und vor dieser wiederum rannte ein halbes Hundert verzweifelter Hunnen talwärts.

Keiner von ihnen schaffte es. Eine Anzahl der Männer, die die Steinlawine und den metallenen Buddha mit seinen fünf Reitern heranrasen sahen, zog es vor, sich selbst in die Tiefe zu stürzen, der Rest wurde von der riesigen Statue überrollt.

Indiana klammerte sich mit verzweifelter Kraft an den geschmiedeten Zehennägeln des Buddha fest. Rechts von ihm schlug das Metall noch immer Funken aus der Wand, auf der anderen Seite gähnte ein drei- oder auch vierhundert Meter tiefer Abgrund – und kaum hundert Meter vor ihnen knickte der Weg jäh ab.

Indiana blieb kaum Zeit, den Schrecken zu verarbeiten, den ihm dieser Anblick bereitete, als sie das Ende des Weges auch schon erreicht hatten und der Buddha wie ein flachgeworfener Stein ins Leere flog.

Eine endlose Sekunde lang war nichts anderes als Dunkelheit unter ihnen, dann prallte das Relief mit einem fürchterlichen Schlag gegen den Fels – und verkantete sich.

Es dauerte gut dreißig Sekunden, bis Indiana begriff, daß sie nicht abgestürzt waren, und noch einmal genauso lange, bis er es wagte, erleichtert aufzuatmen und die Augen zu schließen.

In der nächsten Sekunde war er nicht mehr so überzeugt davon, daß das wirklich eine gute Idee gewesen war.

Die Buddha-Statue hatte sich wie eine zu groß geratene Ausfertigung von Motos Shuriken waagerecht in den Felsen hineingefressen. Unter ihnen gähnte nichts als schwarze Leere. Und der Felsen, in den der Buddha den Kopf und die rechte Schulter gerammt hatte, war so glatt und fugenlos, daß Indiana den Gedanken, daran herabzusteigen, ebenso schnell wieder verwarf, wie er ihm gekommen war.

Unendlich vorsichtig richtete er sich auf Hände und Knie auf und sah sich um. Löbsang, Moto und der letzte überlebende Ninja klammerten sich ebenso verzweifelt wie er an den diversen hervorstehenden Körperteilen des Buddha fest. Von Hondo war keine Spur mehr zu sehen.

Indiana richtete sich weiter auf, ließ vorsichtig Buddhas Zehennägel los und versuchte, zu dem Tibeter hinüberzukriechen. Er gab dieses Unternehmen allerdings hastig wieder auf, als die Statue unter ihm spürbar zu zittern begann.

»Bewegen Sie sich nicht, Sie Narr!« sagte Moto erschrocken.

Indiana erstarrte befehlsmäßig zur Salzsäule, aber das nutzte nicht allzuviel. Der Buddha zitterte und wankte weiter – und dann hörte Indiana ein Knirschen, das ihm schier das Blut in den Adern gerinnen ließ. Entsetzt sah er sich um – und schrie nun wirklich vor Schrecken auf.

Die Buddha-Statue hatte sich so tief in den Felsen gebohrt, daß vermutlich keine Macht der Welt sie wieder herausziehen konnte. Aber so groß das Relief auch war, so dünn war es auch. Das Eisen begann sich zu biegen. Langsam, aber mit einer schrecklichen Beharrlichkeit begannen sich die untergeschlagenen Beine Buddhas dem Boden entgegenzuneigen. Das Knirschen und Mahlen hielt an, und aus dem zeitlosen Lächeln der Buddha-Statue schien ein hämisches Grinsen zu werden, denn der Knick in der bearbeiteten Eisenplatte lief genau zwischen seiner Ober- und Unterlippe hindurch.

Indiana überlegte fieberhaft. Die Neigung der Metallplatte war jetzt so stark, daß er schon fast auf den Zehenspitzen der Figur stand, und die Platte senkte sich immer weiter. Er hatte eine verzweifelte Idee. Mit klopfendem Herzen ließ er sich in die Hocke sinken, klammerte sich mit der rechten Hand fest an seinen unsicheren Halt und streckte die andere nach Moto aus. »Ihr Schwert!« sagte er herrisch. »Schnell!«

Gottlob verschwendete Moto keine Zeit damit, irgendwelche überflüssigen Fragen zu stellen, sondern zog das Samurai-Schwert aus dem Gürtel und reichte es Indiana. Indy schnitt sich schmerzhaft in die Finger, als er die rasiermesserscharfe Klinge berührte, unterdrückte aber jeden Laut, sondern ließ sich weiter herab und zur Seite gleiten, bis er mit der Hand, die das Schwert hielt, unter die Kante der Buddha-Statue greifen konnte. Der abgeknickte Teil des Reliefs hing jetzt schon beinahe waagerecht, so daß der Raum zwischen seiner Rückseite und der Felswand kaum noch ausreichte, das Schwert hineinzuzwängen. Indiana bohrte die Spitze der Klinge in den Fels so gut er konnte, rammte ihren Griff unter das Eisen und betete, daß der Stahl eines Samurai-Schwertes wirklich so gut war wie im allgemeinen behauptet wurde.

Mit einem fürchterlichen Knirschen und Mahlen kam die Eisenplatte zur Ruhe. Einen Moment lang zitterte sie noch, und vor Indianas Augen entstand das furchtbare Bild eines Samurai-Schwertes, das sich wie ein Bambusstab immer weiter durchbog, bis es einfach zersplitterte.

Aber das Schwert hielt. In einem Winkel von vielleicht fünfundvierzig Grad kam die abgeknickte Hälfte des Reliefs zum Stehen.

Indiana richtete sich Millimeter für Millimeter auf, drehte sich herum und preßte sich fest mit dem Rücken gegen das Metall der Buddha-Statue, ehe er es wagte, erleichtert aufzuatmen. Der Wind zerrte an seiner Gestalt, und die Kälte war schon jetzt so empfindlich zu spüren, daß seine Finger und Zehenspitzen taub zu werden begannen.

Er fragte sich, wie um alles in der Welt sie mehr als eine Stunde hier oben durchhalten sollten, bis Hondos Flugzeuge kamen.

Sie hielten sie durch. Die Flugzeuge kamen sogar früher als vereinbart, aber Indiana vermutete zurecht, daß dies das erste Mal war, daß sich Moto über eine Unpünktlichkeit seiner Soldaten freute.

Allerdings dauerte es danach noch einmal gute *zwei* Stunden, bis eine Abteilung japanischer Pioniere auf der Felsenkrone hundert Meter über ihnen erschien und sich zu ihnen abseilte, um sie aus ihrer mißlichen Lage zu befreien.

Huhehot
Später am gleichen Tag

Das Lager verdiente eigentlich nicht den Namen ›Stützpunkt‹, denn es bestand nur aus einer Handvoll ärmlicher Hütten, in denen vor dem Einmarsch der Japaner vermutlich nur ein paar Bergbauern gehaust hatten; und selbst diese nicht sonderlich komfortabel. Aber es verfügte über zwei entscheidende Vorzüge: über ein Funkgerät und eine kleine, aber für die wendigen japanischen Zeros ausreichende Landebahn.

Moto hatte Indiana und Löbsang getrennt unterbringen lassen, und er machte nun überhaupt keinen Hehl mehr daraus, daß sie seine Gefangenen waren. Sie wurden zwar nicht gefesselt, aber vor der Tür von Indianas Hütte hielten zwei bewaffnete Posten Wache, die seinen ersten und einzigen Versuch, sein Gefängnis zu verlassen, ziemlich grob vereitelten.

Erst spät am Nachmittag wurde er wieder zu Moto gebracht. Der Samurai hatte das größte Gebäude zu seinem Quartier deklariert und dessen bisherige Bewohner samt der Möblierung hinausgeworfen. Im Raum befanden sich jetzt nur noch ein Tisch sowie zwei unbequem aussehende, dreibeinige Hocker. Auf einem davon saß Moto selbst, auf dem anderen hatte er das Funkgerät aufstellen lassen. Als Indiana – die Spitzen der Bajonette seiner beiden Bewacher im Rücken – durch die Tür stolperte, zog er sich gerade die Kopfhörer von den Ohren und funkelte das Gerät an, als gäbe er ihm die Schuld an dem, was geschehen war.

Sein Gesichtsausdruck war allerdings alles, was an dem Japaner an die überstandenen Strapazen erinnerte. Moto trug jetzt wieder seine blütenweiße Paradeuniform. Die Kratzer und Blessuren, die er davongetragen hatte, waren verschwunden;

ärztlich versorgt und ganz offensichtlich überschminkt, was Indiana einigermaßen überraschte. Daß Moto *eitel* war, hatte er bisher gar nicht bemerkt.

»Dr. Jones!« begrüßte er Indiana. Er deutete auf das Funkgerät. »Ich habe Neuigkeiten. Gute Neuigkeiten!«

»So?« Indiana runzelte die Stirn. Er gab sich jetzt nicht einmal mehr Mühe, Höflichkeit zu heucheln. »Für Sie oder für mich?«

Moto wirkte irritiert. »Für uns beide, denke ich doch«, antwortete er in einem Ton ehrlicher Verwirrung. »Höre ich da einen Unterton von Feindseligkeit in Ihrer Stimme?«

»Ganz bestimmt nicht«, erwiderte Indy sarkastisch. »Das müssen Sie sich einbilden, göttlicher Sohn. Wir sind doch Verbündete, oder?«

»Ich... denke schon«, antwortete Moto zögernd. »Allerdings verstehe ich nicht ganz...« Er brach ab, zuckte mit den Schultern und deutete abermals auf den Funkempfänger. »Das war der Kommandant des Suchtrupps, den ich hinter Dzo-Lin hergeschickt habe.«

»Haben sie ihn erwischt?« fragte Indiana. Hoffnungsvoll fügte er hinzu: »Was ist mit Tamara?«

»Nicht so schnell, Dr. Jones«, sagte Moto beruhigend. »Dzo-Lin selbst ist unseren Männern leider entkommen, aber ein paar seiner Banditen sind ihnen in die Hände gefallen. Sie befinden sich bereits auf dem Weg hierher und werden in spätestens zwei Stunden hier eintreffen.«

»Wie schön«, sagte Indiana kalt. »Darf ich dann vor Ablauf dieser Frist mit meiner Hinrichtung rechnen oder heben Sie sich diesen Spaß für später auf?«

»Ich verstehe Ihre plötzliche Feindseligkeit nicht, Dr. Jones«, sagte Moto. Er stand auf, kam um den Tisch herum auf Indiana zu und sah ihn ernst an. »Sie haben mein Wort, daß wir Waffenstillstand halten, bis wir diese Angelegenheit erledigt haben.«

»Ja«, sagte Indiana. »Deshalb ist Tsangpo auch mit meinem Fallschirm abgestürzt, wie?«

Moto erschrak. »Wie? *Ihr* Fallschirm? Ich verstehe nicht...«

»Oh, Sie verstehen ganz gut, glaube ich«, sagte Indiana. »Tsangpo und ich haben die Rucksäcke getauscht, ehe wir in die Maschine gestiegen sind. Er ist nicht aus Dummheit oder Ungeschick abgestürzt. Sein Schirm hat sich nicht geöffnet. *Mein* Schirm, um genau zu sein.«

Motos Miene erstarrte. »Und jetzt glauben Sie, daß ich Sie ermorden lassen wollte.«

»Der Verdacht liegt nahe, nicht?«

»Für diese Behauptung allein schon sollte ich Sie töten, Jones«, sagte Moto kalt. »Aber ich werde es nicht tun. Sie haben mein Wort, und außerdem brauche ich Sie noch, so ungern ich das auch zugebe.«

»Ach?« sagte Indiana. »Wozu?«

»Das fragen Sie noch?« Moto schnaubte ärgerlich. »Also gut. Wenn Sie unbedingt meine und Ihre Zeit verschwenden wollen: Vielleicht denken Sie einfach einmal darüber nach, daß Sie nicht als einziger in eine Falle gegangen sind. Wir alle wären um ein Haar ums Leben gekommen. Ich gestehen Ihnen gern zu, daß Sie in einem Punkt recht haben: Es gibt einen Verräter unter uns. Aber ich bin es nicht. Ich werde Sie töten, Dr. Jones, aus verschiedenen Gründen. Aber erst, wenn einer von uns Temujins Schwert in Händen hält. Und auf ehrenhafte Weise, nicht durch einen heimtückischen Mord!«

Es war seltsam – aber Indiana glaubte ihm. Die Entrüstung in seiner Stimme war nicht gespielt, sondern durch und durch echt. Aber wenn nicht Moto hinter dem Anschlag auf sein Leben steckte, wer dann? Im Grunde war jeder, der von dem Einsatz gewußt hatte, auch dabei gewesen. Jeder mit Ausnahme des Piloten.

Indiana sprach diese Vermutung laut aus, aber Moto schüttelte den Kopf. »Der Mann wußte nichts von seinem Einsatz«, sagte er. »Er wurde ohne Vorwarnung aus dem Bett geholt und erfuhr unser Ziel erst, nachdem wir schon in der Luft waren. Nein...« Er seufzte tief und schüttelte besorgt den Kopf. »Die

Sache ist höchst mysteriös, Dr. Jones.« Er sah Indiana ernst an. »Auch auf die Gefahr hin, daß Sie jetzt wieder wütend werden und mich beschimpfen – aber nach dem Stand der Dinge bleibt außer uns beiden und dem unglückseligen Hondo eigentlich nur ein einziger Verdächtiger übrig: Ihr tibetischer Freund.« Er hob die Hand, als Indiana auffahren wollte. »Wenngleich ich zugeben muß, daß auch ich mir nicht erklären kann, wie er irgendwelche Nachrichten an General Dzo-Lin geschickt haben könnte.«

»Vielleicht brauchte er das gar nicht«, sagte Indiana leise.

Moto sah auf. Eine steile, fragende Falte erschien zwischen seinen Brauen.

Indiana zögerte noch einen Moment. Die Zusammenhänge waren ihm selbst noch nicht ganz klar, aber gleichzeitig spürte er, daß er auf dem richtigen Weg war. Ausführlich erzählte er von dem Mongolen, den er zuerst in Washington und dann in Dzo-Lins Bergfestung wiedergesehen hatte, enthielt sich aber jeder Wertung, sondern überließ es wohlweislich Moto, irgendwelche Schlüsse aus seinen Worten zu ziehen.

Was dem Japaner offensichtlich ebenfalls alles andere als leicht fiel. Er schwieg eine geraume Weile, während sich sein Gesichtsausdruck mehr und mehr verfinsterte.

»Wir haben ein paar der Toten untersucht, die wir unter den Trümmern des Klosters fanden«, sagte er schließlich. »Natürlich ist das im nachhinein schwer zu sagen – aber ich bin ziemlich sicher, daß es sich tatsächlich um Mongolen handelt, nicht um Chinesen, die Dzo-Lin als Hunnenreiter verkleidet hat, um uns an der Nase herumzuführen.«

»Das bedeutet, Dschingis Khans Horden *sind* bereits wieder auferstanden«, sagte Indiana.

»Ich weiß nicht, was es bedeutet«, antwortete Moto achselzuckend. »*Was* ich weiß ist, daß wir es noch mit einer weiteren Partei zu tun haben, die hinter dem Schwert her ist.«

»Na wunderbar«, maulte Indiana. »Jetzt fehlt eigentlich nur noch, daß die Russen und die Deutschen auftauchen.«

»Was die Russen angeht, so sind sie bereits da«, antwortete Moto. »In Gestalt Ihrer entzückenden Freundin Tamara Jaglova. Und wir sind nicht mehr allzu weit von der sowjetischen Grenze entfernt.«

»Ich hoffe, sie ist noch am Leben«, sagte Indiana.

»Ich denke schon«, beruhigte ihn Moto. »Sie ist für Dzo-Lin ebenso wichtig wie Sie für mich, Dr. Jones. Er ist zwar mein Feind, und ich halte ihn für einen Narren, weil er für die falsche Seite kämpft, aber er ist kein Dummkopf. Ich bin sehr sicher, daß Miss Jaglova noch am Leben ist.« Er sah auf die Uhr. »In einer guten Stunde wissen wir es genau. Vielleicht erweisen Sie mir solange die Ehre, eine Tasse Tee mit mir zu trinken?«

Aus der einen Tasse Tee wurden fünf oder sechs, und aus der guten Stunde zwei, schließlich beinahe drei, bis das Flugzeug mit dem gefangenen Chinesen endlich auf der winzigen Landebahn aufsetze. Moto ließ den Gefangenen sofort zu sich bringen, und er erhob keine Einwände, als Indiana bat, bei dem Verhör anwesend sein zu dürfen.

Indiana fieberte vor Ungeduld, etwas über Tamaras Schicksal zu erfahren, aber der Gefangene erwies sich als äußerst unkooperativ. Erst als Moto seine gute Erziehung vergaß und eine Verhörmethode anwandte, die Indiana zu einem geharnischten Protest veranlaßte (mit dem Ergebnis, daß Moto ihn hinauswerfen ließ), brach er sein Schweigen und beantwortete die Fragen des Japaners.

Soweit er dazu überhaupt in der Lage war.

Es zeigte sich, daß der Mann nicht allzuviel wußte, was ihnen weiterhalf. Er hatte zu den letzten gehört, die das Felsenkloster durch den geheimen Fluchttunnel verlassen hatten, und er hatte kurz danach den Anschluß an den Rebellengeneral und seine Leute verloren, so daß er mutterseelenallein durch das Gebirge geirrt war, als ihn Motos Männer aufgegriffen hatten.

Aber immerhin wußte er zwei Dinge zu berichten, die sowohl Moto als auch Indiana aufhorchen ließen: Zum einen, daß Tamara offensichtlich noch am Leben war, denn ihr Gefangener hatte sie in Dzo-Lins Begleitung gesehen, als sie das Kloster verließen. Und zum anderen, daß Dzo-Lin eine Stunde vor dem Heranrücken der Hunnen Besuch von einem Mann in der Kleidung eines Lama-Priesters bekommen hatte.

Motos Gesicht verlor jedes bißchen Farbe, als er dies hörte, und auch Indiana – der wieder hereingekommen war, nachdem der Gefangene zu schreien aufgehört und zu reden begonnen hatte – erging es kaum anders, nachdem Moto ihm die Worte des Chinesen übersetzte.

»Ich wußte, daß man diesen Burschen nicht trauen kann«, sagte Moto grollend. »Aber Sie wollten ja nicht auf mich hören, Dr. Jones.«

»Das... muß gar nichts zu bedeuten haben«, sagte Indiana nervös. »Es war ein buddhistisches Kloster. Was ist so außergewöhnlich daran, wenn in einem buddhistischen Kloster ein buddhistischer Mönch auftaucht?«

Moto würdigte ihn nicht einmal einer Antwort, sondern gab einem der Soldaten einen Wink. »Bringt den Tibeter!«

Indiana entging der Unterton in Motos Stimme keineswegs, aber er hielt es im Moment einfach für klüger, sich der Stimme zu enthalten. Außerdem war auch sein Vertrauen in Löbsang angeschlagen. Daß der Tibeter ein lustiges Kerlchen war und ihm so ganz nebenbei das Leben gerettet hatte, mußte nicht bedeuten, daß er *nicht* in Wirklichkeit auf der Gegenseite stand – wie immer diese Gegenseite aussehen mochte. Ein Feind mußte nicht notwendigerweise auch unsympathisch sein.

Löbsang lächelte freundlich und nichtssagend wie immer, als er nach einigen Minuten von zwei japanischen Soldaten in den Raum geführt wurde. Ein Ausdruck von Schrecken huschte über sein Gesicht, als er den gefangenen Chinesen sah, aber der konnte genausogut den Spuren der Schläge im Antlitz des Chinesen gelten. Als er sich wieder zu Moto umwandte, sah er jedenfalls sehr mißbilligend, aber kein bißchen beunruhigt aus.

»Ich sehe«, begann er, »es ist Ihnen gelungen, einen von Dzo-Lins Soldaten in Gewahrsam zu nehmen.«

Moto ging sofort zum Angriff über. »Hören Sie mit dem Blödsinn auf, Löbsang«, sagte er hart. »Wir wissen alles.« Er deutete herausfordernd auf den Chinesen, der sofort erschrocken zusammenfuhr und sich duckte. »Er hat geredet.«

»Das nehme ich an, so, wie Sie offensichtlich mit ihm umgesprungen sind«, antwortete Löbsang, noch immer lächelnd, aber deutlich kälter als bisher. »Ist Ihnen der neue Aufenthaltsort von General Dzo-Lin und Miss Jaglova bekannt?«

»Nein«, antwortete Moto lauernd. »Aber die gleiche Frage wollte ich dir gerade stellen.«

»Mir?«

Moto war anzusehen, daß er sich kaum noch in der Gewalt hatte. »Ein Mann sollte wissen, wenn er verloren hat, Löbsang«, sagte er kalt. »Das Theater hat keinen Sinn mehr. Wir wissen, daß du und deine Brüder auf Dzo-Lins Seite stehen.«

Löbsang schüttelte lächelnd den Kopf. »Aber das ist doch Unsinn«, sagte er sanft.

»So!?« Moto beugte sich wütend vor, packte Löbsang mit der linken Hand grob an der Schulter und deutete mit der anderen abermals auf den Gefangenen. »Dann erklär' mir, was einer deiner Brüder bei Dzo-Lin zu suchen hatte, und wieso er ihm zur Flucht verholfen hat?«

Das Gehörte schien Löbsang nicht im mindesten zu überraschen. Sanft, aber nachdrücklich löste er Motos Hand von seiner Schulter, streifte Indiana mit einem flüchtigen und undeutbaren Blick, und antwortete dann: »Um ihn zu warnen, nehme ich an. Vor den drei Männern, die auch uns beinahe zum Verhängnis geworden wären.«

»Du weißt also, wer sie sind?« fragte Indiana leise.

»So gut wie Sie, Dr. Jones«, antwortete der Tibeter. »Oder Ihr, göttlicher Sohn. Temujins Erben. Die Männer, die gekommen sind, um sich dem Träger des Zauberschwertes anzuschließen. Oder zu verhindern, daß es in falsche Hände gerät.«

»Temujins Erben! Zauberschwert!« ereiferte sich Moto. »Ich habe allmählich genug von diesem Blödsinn!« Wieder streckte er die Hand aus und packte Löbsang, und diesmal schüttelte er ihn so heftig, daß Indiana hören konnte, wie die Zähne des Tibeters klappernd aufeinanderschlugen. »Du wirst mir jetzt die Wahrheit sagen, du alter Narr, oder ich prügele sie aus dir heraus. Wer sind diese Kerle?«

»Lassen Sie das sein, Moto«, sagte Indiana. »Das ist doch sinnlos.«

Erstaunlicherweise ließ Moto Löbsang tatsächlich los, aber nur, um plötzlich herumzufahren und seine ganze Wut auf Indiana zu konzentrieren. »So?« schrie er. »Dann sagen Sie mir, wer diese Kerle waren.«

»Ich nehme an, dieselben, die auch schon die russische Infanterie-Einheit aufgerieben haben, von der Tamara erzählte«, sagte Indy. Er deutete mit einer Kopfbewegung auf Löbsang. »Ich glaube, er sagt die Wahrheit. Anscheinend wollen sie mit aller Macht verhindern, daß das Schwert in falsche Hände gerät.«

»Und anscheinend sind sie verdammt gut informiert«, fügte Moto mit einem drohenden Blick auf Löbsang hinzu. »Vielleicht haben sie das Schwert auch schon längst gefunden.«

»Wenn es so wäre, wären sie kaum das Risiko eingegangen, die Grenze zu überschreiten, um Dzo-Lin anzugreifen«, sagte Indiana. »Aber ich nehme an, sie sind ihm dicht auf der Spur. Nicht wahr?«

Die letzten Worte galten Löbsang. Der Tibeter hielt seinem Blick noch einen Herzschlag lang stand, aber er schien auch zu begreifen, daß sich weder Indiana noch Moto länger mit einem Lächeln abspeisen lassen würden, denn plötzlich schüttelte er den Kopf.

»Sie werden es niemals finden«, sagte er. »Ebensowenig wie General Dzo-Lin oder ihr.«

»Was soll das heißen?« fragte Indiana. »Du weißt, wo das Schwert ist?«

Löbsang setzte zu einer Antwort an, aber Moto brachte ihn mit einer raschen Handbewegung zum Verstummen, warf Indiana einen fast beschwörenden Blick zu und wandte sich dann mit erhobener Stimme an die Soldaten. Zusammen mit dem Gefangenen verließen die Männer den Raum. Moto überzeugte sich davon, daß keiner hinter der Tür stehengeblieben war, um zu lauschen, legte höchstpersönlich den Riegel vor und wiederholte erst dann und mit leiser, schneidender Stimme Indianas Frage: »Du weißt, wo es ist?«

»Nein«, antwortete Löbsang. »Aber ich weiß, wo es nicht ist.«

»Bitte, Löbsang«, sagte Indiana. »Genug der Spielchen. Weißt du, wo sich Dschingis Khans Grab befindet oder nicht?«

»Das weiß ich«, bestätigte Löbsang mit einem angedeuteten Nicken. »Doch das Schwert ist nicht mehr dort. Es wurde schon vor langer Zeit aus dem Grab geholt und an einen sicheren Ort gebracht, wo es von niemandem gefunden werden kann.«

»Heißt dieser Ort zufällig Shambala?« fragte Moto ruhig.

Hätte er plötzlich eine giftige Spinne aus der Tasche gezogen und sie Löbsang auf die Schulter gesetzt, nachdem er ihr vorher ein Bein ausgerissen hatte, um sie richtig wütend zu machen, wäre die Reaktion des Tibeters kaum anders ausgefallen. Löbsang wurde kreideweiß im Gesicht. Seine Hände begannen zu zittern, die Augen wurden groß und quollen schier aus den Höhlen, und sein Unterkiefer sackte haltlos herab.

»So furchtbar geheim scheint dieser Ort nicht mehr zu sein«, fuhr Moto gelassen fort.

»Woher… kennt Ihr diesen Namen?« flüsterte Löbsang. Er kämpfte sichtlich um seine Fassung, fand sie aber noch nicht ganz wieder.

Moto lächelte, zuckte mit den Schultern und sagte beinahe schadenfroh: »Es war nur eine Vermutung, Löbsang. Der Gefangene hat das Wort aufgeschnappt, wußte aber nichts damit anzufangen. Und ehrlich gesagt – ich auch nicht.«

Löbsangs Hände hörten allmählich auf zu zittern. »Ich gebe zu, es ist Euch gelungen, mich zu überraschen«, sagte er. »Doch ich muß Euch trotzdem enttäuschen, göttlicher Sohn. Auch mir ist die genaue Lage Shambalas nicht bekannt. Es ist ein geheimer Ort im Himalaya, den niemals das Auge eines Ungläubigen gesehen hat. Nur wenige wissen, wo er liegt, und ich gehöre nicht dazu. Und wüßte ich es, so würde ich mir eher das Herz aus dem Leib reißen lassen, ehe ich es Euch sagte.«

Moto machte eine wegwerfende Handbewegung und setzte zu einer höhnischen Antwort an, doch in diesem Moment klopfte es an der Tür hinter ihm, und jemand rüttelte ungeduldig am Griff. Moto runzelte verärgert die Stirn, zog den Riegel zurück und fuhr den Mann auf der anderen Seite der Tür an, noch bevor er sie ganz geöffnet hatte, brach aber dann mitten im Wort ab und lauschte mit immer besorgterem Gesichtsausdruck auf das, was ihm der Soldat zu sagen hatte.

Indiana warf Löbsang einen fragenden Blick zu. Der Tibeter kam unbemerkt von Moto einige Schritte näher und flüsterte, ohne die Lippen zu bewegen: »Irgend etwas geht draußen vor. Sie wissen nicht genau, was es ist, aber sie sind beunruhigt.«

Moto hörte den Worten des Soldaten schweigend zu, dann schickte er ihn mit einem groben Befehl wieder fort, rief ihn aber nach einer Sekunde wieder zurück und setzte einige Worte hinzu, die Löbsang zu einem abermaligen, beunruhigten Stirnrunzeln veranlaßten. Diesmal übersetzte er Indiana die Worte des Japaners nicht.

Moto warf die Tür hinter sich ins Schloß. »Shambala, so«, knüpfte er übergangslos an das unterbrochene Gespräch an. »Wissen Sie, Löbsang – ich kann mir eine Menge anderer Dinge vorstellen, als Ihnen das Herz aus dem Leib zu reißen, um zu erfahren, was ich wissen will. Und glauben Sie mir, ich würde keine Sekunde zögern, es zu tun. Aber ich denke, das wird nicht nötig ein. Sie werden uns ganz von sich aus erzählen, wo wir dieses Shambala finden.«

»Das werde ich bestimmt nicht«, sagte Löbsang ruhig.

Moto seufzte. »Tja, ich fürchte, dann wird das Schwert des Dschingis Khan wohl in wenigen Tagen in Dzo-Lins Hände fallen.«

»Wieso?« fragte Löbsang. Es gelang ihm nicht mehr ganz, weiter den Unbeteiligten zu spielen.

»Weil Dzo-Lin offensichtlich weiß, wo sich dieses ominöse Shambala befindet«, antwortete Moto lächelnd. »Der Gefangene hat nicht viel verstanden, aber er hat immerhin mitbekommen, daß Dzo-Lin dieses Wort mehrmals erwähnt hat. Und daß Miss Jaglova und er an Bord eines Flugzeuges gegangen sind, das auf einer kleinen Piste in den Bergen auf ihn gewartet hat. Sie haben fast die gesamte Innenausstattung herausgerissen, um Platz für Reservetanks zu schaffen. Können Sie sich vorstellen, wozu sie soviel Treibstoff brauchen?«

Löbsang schwieg verbissen, und Moto fuhr nach einigen Sekunden fort: »Es ist ein ziemlich weiter Weg bis zum Himalaya.«

»Ich glaube Ihnen nicht, göttlicher Sohn«, sagte Löbsang mit einer Stimme, die verriet, daß seine Überzeugung auch nicht mehr die stärkste war.

»Das ist auch nicht nötig«, sagte Moto herablassend. »Sie sind ein fähiger Mann, Löbsang, mein Kompliment. Aber Sie haben einen großen Fehler – Sie neigen dazu, Ihre Gegner zu unterschätzen.«

Erneut wurde an die Tür geklopft. Moto öffnete, und ein japanischer Offizier kam herein, beladen mit einem ganzen Arm voller Kartentaschen und Mappen, die er kommentarlos auf dem Tisch ablud. Moto bedeutete ihm mit einer Geste zu bleiben, warf Löbsang ein rasches, fast schadenfrohes Lächeln zu, und begann die Karten auseinanderzufalten und vor sich auf dem Tisch auszubreiten. Indiana sah ihm schweigend und reglos dabei zu, während Löbsang immer nervöser wurde.

Die Zeit verstrich quälend langsam. Moto blätterte die Karten sorgsam durch, wobei sein Blick manchmal an einer bestimmten Stelle für einen Moment hängenblieb, legte sie beiseite, nahm eine neue zur Hand, legte auch diese beiseite ... und dann, als er bei der vorletzten Karte, einem komplizierten, offensichtlich handgemalten und mit japanischen Schriftzeichen übersäten Gebilde angekommen war, hellte sich sein Gesicht plötzlich auf.

»Shambala!« sagte er. Sein Zeigefinger stieß triumphierend auf eine bestimmte Stelle auf der Karte herab, und Löbsang hatte sich nicht mehr gut genug in der Gewalt, um nicht leicht erschrocken zusammenzuzucken. »Ich gebe zu, die Schreibweise ist ein wenig anders«, sagte Moto spöttisch, »aber ich werde freiwillig in euer Kloster eintreten und mir den Kopf kahlscheren lassen, wenn das nicht euer legendäres Shambala ist.«

Löbsang zögerte. Fast widerwillig trat er einen Schritt vor, sah mit steinernem Gesicht über Motos Schulter hinweg auf die Karte und richtete sich wieder auf.

»Es geht doch nichts über eine wirklich gute Luftaufklärungskarte, nicht wahr?« fragte Moto spöttisch.

»Das kommt darauf an, wofür man sie braucht«, sagte Indiana nachdenklich. Während der letzten Viertelstunde hatte er die Karten, die Moto eine nach der anderen durchgeblättert hatte, sehr aufmerksam betrachtet. Die meisten davon hatten ihm nicht viel gesagt, denn er war der japanischen Schrift ebensowenig kundig wie der Sprache, aber er hatte doch begriffen, daß es sich um sehr detailliertes Kartenmaterial handelte, das mit herkömmlichen Karten dieses Teils der Welt nur wenig gemein hatte.

»Wir sind immer gern gut informiert«, sagte Moto ausweichend.

»Ja«, murmelte Indiana. »Vor allem über die Länder, die Sie als nächste erobern wollen, nicht wahr? Steht Tibet schon auf Ihrem Programm? Und was dann? Indien?«

»Ich denke nicht, daß das im Moment zur Diskussion steht«, antwortete Moto lächelnd, faltete die Karte aber trotzdem eine Spur zu hastig zusammen und verstaute sie wieder in ihrer

Mappe. »Im Augenblick interessiert mich nur dieses Kloster. Beziehungsweise das, was sich in seinen Mauern befindet. Und ich denke, daß wir beides gefunden haben.«

Sein Blick heftete sich auf Löbsang. »Nicht wahr?«

»Ich weiß es nicht«, antwortete Löbsang unsicher. »Ein paar Striche auf einem Blatt Papier bedeuten nichts. Nur wenige wissen, wo Shambala liegt. Und ich gehöre nicht dazu.«

»Du bist ein verdammt schlechter Lügner, alter Mann«, sagte Moto. Aber er sagte es nicht zornig. Ganz im Gegenteil – er lächelte ein durchaus echtes, freundliches Lächeln, als er aufstand und dem Offizier, der die Karten gebracht hatte, einen Wink gab. »Trotzdem werde ich folgendes tun: Ich schenke dir das Leben. Und wenn ich zurück bin, dann werde ich dir von Shambala erzählen. Und Ihnen auch, Dr. Jones«, fügte er hinzu.

Indiana riß erstaunt die Augen auf. »Aber wieso –«

Moto unterbrach ihn mit einer Handbewegung. »Sie hatten recht, Dr. Jones. Ich hatte niemals vor, Sie bis zum Grab des Dschingis Khan kommen zu lassen.«

»Soviel zum Thema Ehrenwort«, murmelte Indiana.

Moto wirkte ein ganz kleines bißchen verärgert; aber nicht sehr. »Ein großes Wort, Dr. Jones«, sagte er. »Und glauben Sie mir, es fällt mir nicht leicht, es zu brechen. Aber Sie werden verstehen, daß es sich um eine Angelegenheit von solcher Wichtigkeit handelt, daß die Ehre und das Leben eines einzelnen dahinter zurückstehen müssen.«

»Sie verdammter –«, begann Indiana, wurde aber schon wieder unterbrochen.

»Bitte, Dr. Jones«, sagte Moto. »Machen Sie es nicht für mich und sich selbst noch schwerer, indem Sie mich beleidigen. Ich stehe weiter zu meinem Wort, daß sich weder Ihr noch das Leben von Miss Jaglova in Gefahr befinden. Sollte ich sie finden, werde ich sie mit zurückbringen. Es wird mir eine Ehre sein, Sie beide persönlich an Bord eines Schiffes der Kaiserlichen Marine zu begleiten, das Sie zu einem Hafen Ihrer Wahl fahren wird.« Er straffte sich und gab dem Mann hinter sich einen zweiten

Wink, woraufhin dieser seine Pistole aus dem Halfter zog und auf Indiana richtete.

»Bitte, folgen Sie dem Lieutenant«, sagte Moto. »Er wird Sie in Ihr Quartier begleiten.«

Sie wurden nicht mehr getrennt, sondern gemeinsam in die Hütte zurückgebracht, in der Löbsang bisher allein untergebracht gewesen war: Eine windschiefe Bretterbude, die aber zumindest den Luxus eines kleinen Kohleofens hatte, und sogar ein Fenster und ein richtiges Bett.

Indiana ließ sich wütend darauf fallen, verschränkte die Hände hinter dem Kopf und starrte eine ganze Weile lang die Decke an. Hinter seiner Stirn überschlugen sich die Gedanken. Er war hin- und hergerissen zwischen Zorn und Enttäuschung, zwischen dem Bedürfnis, Löbsang einfach den Hals herumzudrehen, und einer tiefen Resignation, wie er sie bisher selten verspürt hatte. Nie zuvor war er an einen Gegner wie Toshiro Moto geraten. Der Mann war ihm bisher immer einen Schritt voraus gewesen, ganz egal, was er auch unternahm, und irgend etwas sagte ihm, daß es auch so bleiben würde.

»Sie sind zornig auf mich, Dr. Jones, nicht wahr?«

Indiana ließ fast eine Minute verstreichen, ehe er auch nur den Kopf wandte, um Löbsang anzusehen. Der Tibeter hockte zusammengekauert neben dem Kohleofen. Es gab kein Licht hier drinnen, und im blassen Grau der einsetzenden Dämmerung wirkte sein Gesicht noch schmaler und älter als sonst.

Der Anblick ließ Indiana die Kälte, die mit dem Abend durch die dünnen Wände gekrochen war, erst richtig fühlen. Er stand auf, ging zu Löbsang hinüber und kauerte sich dicht neben ihm auf den Boden. Der Ofen wärmte seine rechte Seite und die Hände, die er dagegen ausstreckte, aber der Rest seines Körpers schien den eisigen Biß der Zugluft nur umso heftiger zu spüren.

»Nein«, antwortete er mit einiger Verspätung und sehr leise. »Nicht zornig. Enttäuscht. Du hättest mir die Wahrheit sagen können.«

»Das Schwert des Dschingis Khan –«

»Verdammt, euer dämliches Schwert interessiert mich überhaupt nicht!« fuhr Indiana auf. »Glaubst du wirklich, ich würde es an mich bringen, um Macht über ein paar Stämme von Hunnenreitern zu gewinnen?«

Er las in Löbsangs Gesicht, wie sehr diesen seine Worte verletzten, aber er tat nichts, um sie zurückzunehmen oder abzumildern. Entgegen seiner eigenen Behauptung war er sehr wohl wütend auf Löbsang, wenn auch vermutlich aus anderen Gründen, als dieser annehmen mochte.

»Wer bist du wirklich, Löbsang?« fragte er. »Du und Tsangpo – ihr seid doch nicht zufällig in Schenjang aufgetaucht, oder?«

Jetzt war es Löbsang, der eine ganze Weile zögerte zu antworten. Als er schließlich nickte, war die Bewegung nur angedeutet; Indiana erriet sie im schwachen Licht mehr als er sie sah. »Mein Bruder und ich wurden ausgeschickt, jede Expedition nach Shambala zu verhindern«, sagte er traurig. »Aber wir haben versagt.«

»Das hat ihr!« bestätigte Indiana, dem es plötzlich eine diabolische Befriedigung bereitete, das Messer in der offenen Wunde auch noch herumzudrehen. »Es wäre besser gewesen, ihr wärt gar nicht hier aufgetaucht! Was zum Teufel habt ihr euch dabei gedacht?« Er machte eine heftige Geste mit beiden Händen. »Die Japaner sind doch keine Kinder, die sich an der Nase herumführen lassen! Und was ist mit diesen... diesen *Hunnen*? Gehören sie auch zu euch?«

Eine verunglückte Mischung aus einem Nicken und einem Kopfschütteln war die Antwort. »Sie kämpfen für die gleiche Sache«, räumte er ein, »aber sie gehen den falschen Weg. Aus diesem Grund ging unser Bruder zu General Dzo-Lin, um ihn zu warnen. Nicht, um Moto zu verraten, sondern um Blutvergießen zu vermeiden.«

Indiana lachte humorlos. »Na ja, das ist ihnen ja auch gelungen«, sagte er. »Jedenfalls wurde kein *chinesisches* Blut vergossen. Dafür eine ganze Menge von ihrem eigenen.«

»Was geschehen ist, tut mir unendlich leid«, sagte Löbsang, und so, wie er es sagte, hörte es sich durchaus ehrlich an.

»Und es wird Ihnen noch sehr viel mehr leid tun, wenn Moto mit dem Schwert zurückkommt«, grollte Indiana.

»Das wird nicht geschehen«, behauptete Löbsang.

»Hör' auf«, bat Indiana müde. »Ich habe dich beobachtet, als Moto dir die Karte gezeigt hat. Shambala liegt genau dort, wo er es vermutet, nicht wahr?«

Löbsang druckste eine Weile herum, aber schließlich rang er sich zu einem angedeuteten Nicken durch. Fast gleichzeitig schüttelte er aber auch schon wieder den Kopf. »Striche auf Papier«, sagte er. »Punkte auf einer Karte, die nichts bedeuten.« Er lächelte mit gezwungenem Optimismus. »Das Kloster liegt in mehr als fünftausend Metern Höhe hinter einem Eisfeld, auf dem eure schnellen Holzvögel nicht landen können. Und selbst wenn sie es könnten – es gibt Festungen, die mit Waffen allein nicht gestürmt werden können. Das Schwert ist sicher.«

Aber Indiana spürte, daß er den letzten Satz nur aus einem einzigen Grund sagte: um sich selbst zu beruhigen.

Es gab eine Menge Antworten auf Löbsangs Erklärungen, aber gleichzeitig wußte Indy, wie sinnlos jedes weitere Wort war. Der Tibeter war nicht einfach nur störrisch oder uneinsichtig. Ganz im Gegenteil. Was dem alten Mann zu schaffen machte, ihn bis an die Grenzen seiner Kräfte belastete, das war das allmähliche Begreifen, daß er vielleicht einen Fehler begangen hatte, daß die Dinge eben nicht immer so liefen, wie es das Schicksal vorausbestimmte, und daß es vielleicht Mächte gab, die einfach *böse* waren; und kein Gesetz der Menschen oder der Götter bestimmte, daß die Mächte des Guten ihnen immer und jederzeit überlegen sein mußten. Er begriff, daß er dem alten Mann einfach Zeit geben mußte, mit etwas fertigzuwerden, das seine Kräfte vielleicht überstieg.

Müde stand er auf und trat an das schmale Fenster heran, und er hatte kaum einen Blick hinausgeworfen, als ihm klar wurde, daß sie diese Zeit vielleicht einfach nicht hatten.

Er konnte nur einen kleinen Teil des Militärlagers überblikken, das sich auf einem Berghang über der Stadt Huehot erstreckte, aber zu diesem kleinen Teil gehörte auch die improvisierte Start- und Landebahn. Zwei der gefürchteten japanischen Zeros standen ein Stück abseits des Rollfeldes, und ein Stück dahinter hatten einige Soldaten damit begonnen, eine etwas größere, bauchlastige Transportmaschine auf die Startbahn zu schieben, während andere Männer in einer schier endlosen Kette Benzinfässer herbeirollten. Moto hatte keine Zeit zu vergeuden. Unter Umständen war General Dzo-Lin bereits jetzt auf halbem Wege nach Shambala.

Eine geraume Weile verging, ehe Indiana klar wurde, daß das Beladen und Auftanken des Flugzeuges nicht den einzigen Quell von Hektik und Bewegung im Lager darstellte. In Anbetracht des beschränkten Platzes und der viel zu vielen Menschen, die sich darauf drängten, war es nicht leicht, Einzelheiten auszumachen; aber Indiana Jones war oft genug in Situationen wie dieser gewesen, um eine Gefahr zu spüren, die er vielleicht bewußt noch nicht erkennen konnte. Und hier spürte er sie sehr deutlich. Die Männer draußen bewegten sich eine Spur zu hastig, die Kommandos kamen eine Spur zu laut, die Reaktionen darauf eine Winzigkeit zu zackig. Er sah eine kleine Gruppe japanischer Soldaten, die ein Maschinengewehr samt Munitionskästen in großer Eile auf die andere Seite des Platzes schleppten, andere brachten etwas in Stellung, das Indiana nicht genau erkennen konnte, dessen Umriß aber eine unangenehme Ähnlichkeit mit einem Mörser oder Granatwerfer hatte. Ein Jeep fuhr vorbei und hielt mit quietschenden Bremsen direkt vor Motos Quartier. Zwei der drei Männer sprangen heraus, der dritte blieb im Wagen und legte beide Hände auf den Griff eines schweren Maschinengewehrs, das aus dem Heck herausragte. Seine Haltung verriet Anspannung.

Indiana blieb eine gute Viertelstunde am Fenster stehen und sah dem beunruhigenden Geschehen im Lager zu, ehe er endlich auf die Idee kam, sich mit einer entsprechenden Frage an

Löbsang zu wenden. »Was hat der Soldat vorhin genau gesagt, als er hereinkam?«

Löbsang stand auf, trat neben ihn und blickte eine halbe Minute schweigend aus dem Fenster, ehe er antwortete. »Nur daß irgend etwas vorgeht.«

»Nach *irgend etwas* sieht das da draußen nicht aus«, sagte Indiana.

Löbsang nickte, enthielt sich aber jeder Antwort.

»Wir müssen raus hier«, sagte Indiana plötzlich. Er deutete auf das Rollfeld, wo die Benzinfässer jetzt mit ebensolcher Hast zurückgerollt wurden, wie sie herangebracht worden waren. In dem großen Cockpit brannte Licht, aber er konnte niemanden darin entdecken. »Wenn er damit losfliegt, ist alles vorbei.«

»Er wird Shambala niemals finden«, beharrte Löbsang.

»Sei kein Narr, Löbsang!« antwortete Indiana heftig und deutete wieder gestikulierend auf die Maschine. »In das Ding passen mindestens zwanzig Mann! Du hast gesehen, wie gut seine Ninjas sind. Zwanzig von ihnen nehmen es mit einer ganzen Armee deiner Hunnenkrieger auf.«

»Es sind nicht *meine* Hunnen«, antwortete Löbsang beleidigt, »und außerdem –«

Ein Schuß krachte, und der Tibeter verstummte erschrokken.

Auch Indiana fuhr herum und sah wieder aus dem Fenster. Das Echo des Schusses war noch nicht ganz verklungen, und für einen winzigen Moment schien es, als wäre die Zeit stehengeblieben; alles Leben dort draußen war wie erstarrt, als blicke er auf einen gewaltigen Scherenschnitt aus lebensgroßen Figuren.

Dann krachten ein zweiter und in rascher Folge ein dritter und vierter Schuß, und im gleichen Moment brach draußen im Lager das Chaos los. Schreie gellten. Alle rannten ziellos durcheinander, und irgendwo begann ein Maschinengewehr zu hämmern. Ein Scheinwerfer flammte auf und schnitt eine Spur grellweißer Helligkeit in die Nacht; mit dem Ergebnis, daß die Dunkelheit dahinter nur noch undurchdringlicher wurde.

Indiana prallte vom Fenster zurück, fuhr herum und war mit einem Satz bei der Tür. Mit aller Kraft riß er am Riegel, aber umsonst. So baufällig das ganze Gebäude war, so massiv schien das Schloß zu sein, das Motos Männer nachträglich angebracht hatten.

»Löbsang!« schrie er. »Hilf mir! Tu' irgend etwas!«

»Ich kann nicht zaubern, Dr. Jones«, sagte der Tibeter ruhig.

Indiana fuhr wütend herum und funkelte Löbsang an, beherrschte sich aber. Natürlich hatte Löbsang recht, aber sie mußten hier heraus! Ganz egal, ob das Lager nun angegriffen wurde oder es einfach falscher Alarm war – eine bessere Gelegenheit zur Flucht würden sie kaum bekommen!

Zornig ballte er die Hand zur Faust und schlug sie gegen die Wand neben der Tür – und kämpfte plötzlich mit wild rudernden Armen um sein Gleichgewicht, als die morschen Bretter unter dem Hieb zersplitterten und er um ein Haar der Länge nach ins Freie gestürzt wäre.

Woran er im letzten Moment Halt fand, das war der Lauf des Gewehres, das ein japanischer Soldat aus der Dunkelheit heraus auf ihn richtete.

Offensichtlich war der Mann ebenso verblüfft wie Indiana, denn er verzichtete darauf, das Nächstliegende zu tun und einfach abzudrücken, sondern klammerte sich nur mit aller Kraft an seine Waffe, während Indiana ebenfalls daran zerrte und gleichzeitig verzweifelt versuchte, den Lauf nach unten zu drücken.

Es gelang ihm, wenn auch nicht ganz so weit wie er es gern gehabt hätte. Der Japaner zerrte mit aller Macht an seinem Gewehr, Indiana zerrte ebenfalls – und stieß die Waffe dann plötzlich vor. Der Kolben bohrte sich knirschend in den Leib des Japaners. Der Soldat keuchte, blies die Backen auf – und sein Zeigefinger krümmte sich um den Abzug.

Indiana sprang mit einem grotesken Hüpfer in die Höhe, als die Kugel zwischen seinen Beinen hindurchsauste; so dicht, daß er ihren glühenden Lufthauch spüren konnte. Trotzdem ließ er den Gewehrlauf nicht los, sondern klammerte sich weiter daran fest und zog und zerrte, so fest er nur konnte.

Der Japaner drückte ein zweites Mal ab. Diesmal jagte die Kugel nur Millimeter an Indianas Schulter vorbei. Der Lauf der Waffe wurde warm.

Indiana warf sich herum, trat nach dem Schienbein des Japaners und sah aus den Augenwinkeln, wie zwei, vielleicht auch drei weitere Soldaten auf ihn zustürmten. Mit aller Kraft warf er sich zurück, wobei er das Gewehr samt des daranhängenden Japaners einfach mit sich zerrte. Ein dritter Schuß löste sich. Die Kugel pfiff nur Zentimeter an seiner Hüfte vorbei, traf einen der heranstürmenden Soldaten und streckte ihn nieder. Der Gewehrlauf in seinen Händen wurde allmählich heiß.

Wieder versuchte er, nach den Knien des Japaners zu treten. Er traf auch jetzt nicht, aber der Soldat sprang hastig zurück, verlor das Gleichgewicht und stürzte, allerdings ohne sein Gewehr loszulassen, wodurch nun Indiana nach vorn gerissen wurde. Für eine halbe, gräßliche Sekunde deutete die Mündung des Gewehres direkt auf Indianas linkes Auge. Mit dem anderen konnte er sehen, wie sich das Gesicht seines Gegners zu einem hämischen Grinsen verzog, während sich sein Finger abermals um den Abzug krümmte.

Mit einer verzweifelten Bewegung warf er den Kopf zur Seite, drückte das Gewehr herunter und brachte den Lauf irgendwie unter seine Achselhöhle.

Die Kugel riß eine rauchende Spur in seine Jacke und traf den Japaner, der mit hoch erhobenem Schwert hinter ihm aufgetaucht war, und der Lauf der Waffe wurde so heiß, daß Indiana vor Schmerz aufstöhnte.

Allerdings ließ er das Gewehr trotzdem nicht los, preßte den Arm nur noch fester gegen den Leib, so daß die Waffe unter seiner Achselhöhle eingeklemmt war, so sehr sich der Japaner auch bemühte, sie loszureißen.

Der Soldat schlug nach ihm, aber da Indy praktisch auf ihm lag, hatten seine Hiebe keine nennenswerte Kraft. Aber Indiana bemerkte aus den Augenwinkeln, wie mehr und mehr Japaner in ihre Richtung gestürmt kamen.

»Löbsang!« brüllte er. *»Hilf mir! Ich brauche ein kleines Ommerchen!«*

Der Tibeter stand zwar kaum drei Schritte hinter ihm, schien aber plötzlich der englischen Sprache nicht mehr mächtig zu sein. Er blickte ihn nur fragend an, während die Japaner näher und näher kamen.

Indiana versuchte verzweifelt auf die Füße zu kommen und sich gleichzeitig aus dem Griff des Soldaten zu befreien, allerdings ohne die Waffe loszulassen, dieser wiederum klammerte sich mit ebensolcher Kraft an Kolben und Abzug seines Gewehrs und schlug mit der freien Hand vergnügt auf Indianas Gesicht ein. Die Hiebe waren nicht wirklich gefährlich, aber sie taten weh, und jeder kostete Indiana ein kleines bißchen mehr Kraft. Mit aller Gewalt warf er sich zurück und kam irgendwie auf die Füße, aber sein Gegner ließ ihn trotzdem nicht los, so daß er ihn wohl oder übel mit in die Höhe zerren mußte.

Indiana rammte ihm das Knie in die Rippen. Der Japaner keuchte, krümmte sich vornüber und dann den Finger um den Abzug der Waffe, und ein langer, höllisch heißer Feuerstoß jagte aus dem Lauf der Waffe, der Indiana vor Schmerz aufschreien und sich herumwerfen ließ. Er selbst, sein Gegner und der noch immer unter seiner linken Achsel eingeklemmte Lauf der Maschinenpistole vollführten eine Dreivierteldrehung, und endlich gelang es Indiana, seine rechte Hand in eine günstige Position zu bekommen und dem Soldaten einen wuchtigen Hieb auf die Kinnspitze zu versetzen. Der Japaner verdrehte die Augen und ging bewußtlos zu Boden. Indiana fing die Waffe gedankenschnell auf und vollführte eine neuerliche halbe Drehung, während er auf das rechte Knie herabfiel, das Gewehr im Anschlag und den Zeigefinger am Abzug.

Aber es gab nichts mehr, worauf zu schießen sich gelohnt hätte.

Einige Sekunden lang saß Indy einfach da und blickte verblüfft auf ein halbes Dutzend regloser japanischer Soldaten, die offensichtlich genau in die MP-Salve hineingelaufen sein mußten. Dann stieg ein unangenehmer verbrannter Geruch in seine Nase.

Alarmiert senkte er den Blick – und erst in dem Moment, in dem er den verkohlten, glimmenden Stoff seines Hemdes unter der linken Achselhöhle sah, spürte er auch den Schmerz.

Mit einem Schrei sprang er in die Höhe, schleuderte die Waffe von sich und schlug mit der flachen Hand immer wieder auf den Stoff ein, in dem immer noch kleine, rote Funken nisteten. Scharf riechender, ätzender Qualm stieg in seine Nase, und der Schmerz trieb ihm die Tränen in die Augen. Es dauerte eine geraume Weile, bis er den Schwelbrand in seinem Hemd gelöscht und der Schmerz soweit nachgelassen hatte, daß er aufhörte, einen Kriegstanz auf der Stelle zu vollführen.

Das erste, was er erkannte, als er wieder halbwegs klar sehen konnte, war Löbsang. Der Tibeter stand unmittelbar vor ihm und sah ihn mit wie stets undurchschaubarem Ausdruck an. Aber Indiana war fast sicher, sich das spöttische Glitzern in seinen Augen nicht einzubilden.

»Du hättest mir verdammt noch mal helfen können«, sagte er vorwurfsvoll.

Löbsang lächelte milde. »Ich hatte den Eindruck, daß Sie ganz gut allein zurechtkommen, Dr. Jones«, antwortete er. Sein Lächeln wurde zu einem Grinsen. »Wenn der Moment einmal günstiger ist, dann müssen Sie mir Ihre Technik der Selbstverteidigung unbedingt beibringen. Sie ist sehr originell. Ungewöhnlich, aber durchaus wirksam.«

Indiana starrte ihn an und überlegte, ob er ihn mit einigen anderen *ungewöhnlichen* Techniken bekanntmachen oder ihm schlichtweg den Hals umdrehen sollte. Aber für solche Kindereien war nun wirklich nicht der richtige Moment.

Der Gedanke brachte ihn auf einen anderen, nämlich den, wieso trotz der zahlreichen Schüsse und Schreie niemand sonst auf sie aufmerksam geworden war.

Fast im gleichen Moment wußte er die Antwort. Das Chaos im Lager hatte noch zugenommen. Von überall her gellten Schreie und aufgeregte Rufe, und sein Gegner war längst nicht der einzige, der geschossen hatte. Auf der anderen Seite der kleinen Hüttensiedlung erklang das dumpfe, abgehackte Bellen eines Maschinengewehres, dazwischen die helleren, peitschenden Schüsse von Gewehren und Pistolen, und von weit her hörte er einen ganzen Chor brüllender Stimmen, die etwas riefen, das er nicht verstand. Er bückte sich, hob das Gewehr abermals auf und stellte mit einem einzigen Blick fest, daß es so gut wie leergeschossen war. Enttäuscht ließ er die Waffe wieder fallen und sah nach Norden, von woher das Geschrei kam.

Im ersten Moment erkannte er auch dort nichts außer Dunkelheit und bloßer, hektischer Bewegung, doch dann wurde ihm klar, daß in dieser Bewegung ein Muster war, ein irgendwie bekannter Rhythmus, in dem sich die Schatten und Umrisse vor- und zurückbewegten.

Und im gleichen Moment, in dem er diese Bewegung wirklich identifizierte, verstand er auch, was die näher kommenden Stimmen schrien:

»*Temujin! Temujin! Temujin!*«

Indiana runzelte verblüfft die Stirn. Temujin...?

»Wir sollten wirklich langsam unserer Wege gehen, Dr. Jones«, sagte Löbsang beinahe sanft.

Indiana hörte gar nicht hin. Sein Blick hing wie gebannt an den Schatten im Norden, Schatten, die er jetzt eindeutig als die von Reitern identifizierte, Dutzenden, Hunderten, wenn nicht Tausenden von Reitern, einer ganzen Reiterarmee, die sich den Berghang im Norden herunterbewegte und nur durch die große Entfernung langsam und schwerfällig schien.

Temujin – das war der eigentliche Name Dschingis Khans, der Name, den er getragen hatte, bevor ihm der Kaiser von China, dessen Reich einer von Temujins Söhnen später übernehmen sollte, zum Dschingis, zum *Großen* Khan machte. Und obwohl Indiana die Angreifer noch immer nur als Schemen erkennen konnte, wußte er doch, wer sie waren. Es waren die gleichen Männer, die sie in Dzo-Lins Felsenkloster angegriffen hatten, die gleichen Männer, die Tamara und ihn in Washington überfallen und um die halbe Welt verfolgt hatten. Dschingis Khans Horden. Die Hunnenreiter, die einmal den größten Teil der Welt erobert hatten und jetzt aus dem Abgrund der Zeit wiederauferstanden schienen, um die Herrschaft der Mongolen zu erneuern!

Zu dem unablässigen Rattern des Maschinengewehres gesellte sich jetzt der dumpfe Abschuß eines Mörsers, und kaum eine Sekunde später flammte zwischen den heranpreschenden Reitern eine grelle Feuerblume auf. Im lodernden Flammenlicht konnte Indiana erkennen, wie Menschen und Tiere beiseitegeschleudert, Pferde mitten im Galopp zu Boden gerissen und Reiter aus den Sätteln geschleudert wurden. Aber die anderen setzten ihren Weg unbeeindruckt fort. Eine zweite und dritte Granate explodierte inmitten des Reiterheeres, und auch das Maschinengewehr forderte einen grausigen Tribut von den Angreifern. Aber den Männern schien der Begriff Furcht fremd zu sein. Immer schneller und schneller werdend kam die Reiterarmee den Berg herab, und in das Rattern des Maschinengewehres, die gellenden Temujin-Schreie der Reiter und das dumpfe Krachen der Explosionen mischte sich jetzt ein dumpfes, immer lauter werdendes Grollen, wie das Dröhnen einer näherkommenden Flutwelle. Es war das Hämmern Hunderter, vielleicht Tausender Pferdehufe auf dem steinigen Boden. Und plötzlich brach das Rattern des Maschinengewehres ab. Der schrille Chor, der immer wieder Dschingis Khans Namen intonierte, verstummte, und an seine Stelle traten gellende Kampfschreie, das Klirren von Stahl und die dumpfen Laute aufeinanderprallender Körper. Das Reiterheer hatte das Lager erreicht. Die Japaner schossen aus allen Läufen auf sie, und Indiana sah, wie die Hunnen zu Dutzenden aus den Sätteln stürzten. Aber auch ihre Pfeile und Speere trafen mit erstaunlicher Präzision ihr Ziel, und immer öfter gelang es ihnen, Motos Soldaten in

Zweikämpfe mit Schwertern und Bajonetten zu verwickeln, Waffen, mit denen sie den Japanern eindeutig überlegen waren.

Der Anblick war entsetzlich, aber gleichzeitig doch so bizarr, daß Indiana einfach wie gelähmt dastand. Hätte man ihm zehn Minuten vorher erzählt, daß eine Horde mit Schwertern und Speeren bewaffneter Mongolenreiter es mit einer der schlagkräftigsten und gefürchtetsten Armeen der Welt aufnehmen würde, hätte er einfach nur gelacht. Aber jetzt sah er es mit eigenen Augen: Die Japaner wichen Stück für Stück vor den heranrückenden Hunnen zurück. Es konnte allerhöchstens noch Minuten dauern, bis der letzte von ihnen geflohen oder gefallen war.

Löbsang berührte ihn an der Schulter und sagte noch einmal: »Wir sollten wirklich gehen, Dr. Jones«, und daß genau in diesem Moment eine kurzstielige Axt in Indianas Richtung geflogen kam und sich kaum einen Meter vor seinen Füßen ins Erdreich bohrte, war zwar wahrscheinlich Zufall, unterstrich aber die Dringlichkeit von Löbsangs Worten auf sehr drastische Weise.

Indiana fuhr herum, machte zwei oder drei Schritte und blieb wieder stehen.

Sein Blick blieb an dem aufgetankten Transportflugzeug hängen, das startbereit neben den beiden Zeros auf der Landebahn stand. Auch davor und dahinter bewegten sich hektische Gestalten, aber die Pilotenkanzel schien noch immer leer zu sein.

»Was... haben Sie vor, Dr. Jones?« fragte Löbsang, als hätte er Indianas Gedanken gelesen. In seine Stimme hatte sich ein leiser, nervöser Unterton geschlichen.

Statt zu antworten, ergriff Indiana seine Hand und zerrte ihn einfach mit sich, während er loseilte.

Obwohl sich die Startbahn an der dem Angriff entgegengesetzten Seite des Lagers befand, schafften sie es nur mit Mühe und Not. Es war den Japanern nicht gelungen, eine wirkungsvolle Abwehr zu organisieren. Die zahlenmäßige Überlegenheit, aber auch der todesverachtende Mut der Angreifer schien

Motos Soldaten völlig demoralisiert zu haben. Die, die bisher überlebt hatten, rannten einfach in kopfloser Panik durcheinander und suchten ihr Heil in der Flucht. Nur noch einige wenige schossen auf die Mongolen oder stellten sich mit Bajonetten und Schwertern zum Kampf, den sie allerdings in den meisten Fällen verloren. Auch Indiana wurde von einem japanischen Soldaten attackiert, der sich offensichtlich entschlossen hatte, auf alles zu schießen, was nicht die Uniform seiner Armee trug. Aber es gelang ihm, dem Mann mit einem gezielten Peitschenhieb die Waffe zu entreißen, woraufhin dieser auch noch das letzte bißchen Mut verlor und in die Dunkelheit davonstürzte.

Ohne noch einmal angegriffen oder aufgehalten zu werden, erreichten sie das Flugzeug. Indianas Herz machte einen Sprung, als er sah, daß die beiden Motoren bereits liefen. Ein Mann in schwarzer Fliegerkombination und Lederjacke trat gebückt durch die Tür, als Indiana die dreistufige Leiter hinaufstieg. Ein verblüffter Ausdruck breitete sich auf seinem Gesicht aus, als er Indy und den kleinwüchsigen Tibeter erblickte, und verwandelte sich in Schrecken, als Indiana ihn am Kragen seiner schwarzen Lederjacke packte und kurzerhand aus der Maschine zerrte. Sofort sprang er wieder hoch, aber er schaffte es nur auf ein Knie und die Hände, dann beugte sich Löbsang zu ihm herab und berührte ihn fast sanft an der Schläfe. Das Gesicht des Japaners erschlaffte. Er stürzte ein zweites Mal nach vorn und blieb diesmal liegen.

»Löbsang!« rief Indiana ungeduldig. »Hör mit der Spielerei auf und komm her!«

Er streckte dem Tibeter die Hand entgegen, zog ihn mit einem kraftvollen Ruck zu sich in die Höhe und trat die Leiter davon. Ein rascher Blick nach vorn in das offenstehende Cockpit zeigte ihm, daß die Maschine tatsächlich leer war. Hastig verschlossen sie die Tür und stürzten in die Pilotenkanzel.

Indianas Mut sank ein wenig, als sein Blick über das komplizierte Instrumentenpult glitt. Trotzdem zögerte er keine Sekunde, sich in den Pilotensitz fallenzulassen und Löbsang mit einer ungeduldigen Geste zu bedeuten, auf dem zweiten Sessel neben ihm Platz zu nehmen. Nervös, aber trotzdem sehr schnell und sicher, legte er die linke Hand auf den Steuerknüppel und die rechte auf den Gashebel – so ziemlich die einzigen Instrumente hier, mit denen er umzugehen verstand.

»Sind Sie sicher, daß Sie diesen Holzvogel fliegen können, Dr. Jones?« fragte Löbsang nervös neben ihm.

»Dieser Holzvogel besteht aus Wellblech«, antwortete Indy gepreßt. »Und ich bin sicher, keine Angst.« Was eine glatte Lüge war. Aber welche Wahl hatten sie schon noch?

Entschlossen schob er den Gashebel ein Stück nach vorn. Die Maschine zitterte, als die beiden großen Motoren an den Tragflächen schneller liefen. Im ersten Moment hatte Indiana das schreckliche Gefühl, daß die Maschine sich trotzdem nicht von der Stelle bewegte, aber dann begann sie langsam loszurollen.

Indianas Herz schlug immer schneller und härter. Er war in Schweiß gebadet, und seine Hände zitterten so stark, daß er Mühe hatte, den Steuerknüppel zu halten. Trotzdem gab er mehr Gas und versuchte, die mittlerweile fast vollkommene Dunkelheit mit Blicken zu durchdringen.

Die beiden Zeros glitten vorüber, und er sah ein halbes Dutzend Gestalten, die sich mit hastigen Sprüngen aus dem Weg warfen. Vergeblich versuchte er sich zu erinnern, wie lang die Startbahn gewesen war. Er wußte es nicht – aber er hatte das ungute Gefühl, daß sie ihm sehr kurz vorgekommen war.

Das Dröhnen der Motoren wurde lauter, als Indiana den Gashebel weiter nach vorn schob. Er sah aus den Augenwinkeln, wie sich Löbsang an den Kanten seines Sitzes festzuklammern begann, schloß für eine Sekunde die Augen, gab noch mehr Gas und zog den Steuerknüppel mit beiden Händen behutsam an sich heran.

Das Flugzeug hob die Nase ein wenig in die Höhe, machte einen Hüpfer von kaum anderthalb oder zwei Metern und fiel mit einem furchtbaren Krachen wieder zurück.

Löbsang keuchte, schwieg aber tapfer weiter, und Indiana stieß den Beschleunigungshebel mit einem entschlossenen Ruck bis zum Anschlag vor.

Die Motoren brüllten auf. Das brennende Lager und die Schatten der Kämpfenden huschten an ihnen vorüber, und eine dünne, häßliche Stimme hinter seiner Stirn begann Indiana zuzuflüstern, daß er mit seiner Vermutung recht hatte und die Startbahn tatsächlich doch sehr viel kürzer war, als er annahm. Er ignorierte sie, zählte in Gedanken langsam bis fünf und zog dann noch einmal am Steuerknüppel. Die Maschine hob mit enervierender Langsamkeit die Nase in die Luft. Das Bugrad verlor den Kontakt zum Boden, aber die beiden anderen Räder rumpelten plötzlich über eine Erde, die nicht mehr aus festgestampftem Lehm, sondern aus *Gras*, kleinen Felsbrocken und Steinen bestand – und plötzlich war nichts mehr unter ihnen. Das Flugzeug jagte in einer immer steiler werdenden Kurve in den Himmel hinauf und kippte wieder in die Waagerechte zurück, als Indiana im letzten Moment auf den Gedanken kam, den Steuerknüppel wieder ein wenig loszulassen.

Er atmete erleichtert auf, und neben ihm stieß auch Löbsang hörbar die Luft aus.

»Geschafft!« sagte Indy, um mit einem Seitenblick auf Löbsang stirnrunzelnd hinzuzufügen: »Was ist los mit dir, alter Freund? Hat dir deine Vision nicht gezeigt, daß du noch zu einem kostenlosen Rundflug kommst?«

»Ich wußte, daß ich mich … in den Himmel erheben werde«, antwortete Löbsang ernsthaft. »Aber ich habe die Zeichen falsch gedeutet. Ich dachte, es wäre … anders gemeint.«

Indianas spöttisches Lächeln erlosch, als er begriff, was der Tibeter wirklich meinte. So, wie er Tsangpos Tod in Kauf genommen hatte, hatte er Indiana in dem vermeintlich sicheren Wissen begleitet, daß er sterben würde.

»Keine Sorge«, sagte er aufmunternd, »so schnell wirst du nicht zu deinen Göttern gehen.« Er grinste. »Das Beste kommt doch erst noch.«

So behutsam er konnte, legte er die Maschine in eine Linkskurve und nahm ein wenig Gas zurück. In einer halben Meile Höhe flogen sie über das japanische Militärlager hinweg. An zahlreichen Stellen waren Brände ausgebrochen, und das Flugfeld war jetzt von einem großen Scheinwerfer beleuchtet, der vor einer Minute noch nicht gebrannt hatte. Überall wurde gekämpft. Indiana sah hin- und herhastende Gestalten, Männer zu Pferde und zu Fuß, aber auch an zahllosen Stellen das grelle Mündungsfeuer von Waffen. Der Rest von Motos kleinem Heer schien sich wohl doch zu so etwas wie organisiertem Widerstand durchgerungen zu haben.

Trotzdem zweifelte Indiana nicht am Ausgang der Schlacht. Er hatte noch immer keine Ahnung, warum die Mongolen die japanischen Truppen angriffen, aber sie taten es mit dem Mut von Männern, für die der Tod nichts Erschreckendes, sondern die Erfüllung ihres Lebens war.

Er beendete seinen Rundflug, ließ das Flugzeug wieder höhersteigen und drehte die Nase nach Westen.

»Wohin fliegen wir, Dr. Jones?«

»Zum Himalaya«, antwortete Indiana. »Sieh' bitte nach, ob du eine Karte findest.«

Löbsang erhob sich unsicher aus seinem Sitz und begann erst die Pilotenkanzel, dann den rückwärtigen Raum zu durchsuchen. Er brauchte fast zehn Minuten, aber als er zurückkam, hielt er eine in schwarzes Leder gebundene Mappe in den Händen.

Indiana war überrascht, als Löbsang sich wieder neben ihn setzte und die Mappe aufschlug – sie enthielt die Karte, auf der Moto am Abend zuvor den Standort Shambalas ausgemacht hatte. Die Karte war für Moto von unschätzbarem Wert. Daß sie sich trotzdem an Bord des Flugzeuges befand, konnte nur bedeuten, daß sie dem Japaner im buchstäblich allerletzten Moment zuvorgekommen waren.

Löbsang sah nicht besonders glücklich aus. Es fiel Indiana nicht sehr schwer, seine Gedanken zu erraten.

»Es gefällt dir nicht, nicht wahr?« fragte er.

Löbsang antwortete nicht, aber sein Blick sprach Bände.

»Wir müssen dorthin, Löbsang«, sagte Indiana mit leiser, eindringlicher Stimme. Mit einer Kopfbewegung deutete er auf die Karte. »Und ich brauche deine Hilfe. Ich bin nicht sicher, daß ich den Weg allein finde. Ich bin kein Pilot.«

Löbsang schwieg weiter.

»Du hast bei deinem Leben geschworen, den Weg nach Shambala nicht zu verraten, nicht wahr?« murmelte Indy.

Der Tibeter sah ihn ernst und durchdringend an, und nach einer Ewigkeit nickte er.

»Ich würde diesen Schwur respektieren, wenn ich es könnte«, sagte Indiana. »Aber wir müssen nach Shambala. Das Schwert muß an einen anderen Ort gebracht werden. Und wenn wir es nicht tun, dann Moto. Wenn er den Kampf überlebt« (und aus irgendeinem Grund zweifelte Indiana keine Sekunde daran), »dann kostet es ihn wahrscheinlich nur ein paar Stunden, eine neue Karte zu besorgen.«

Wieder vergingen endlose Minuten, in denen Löbsang nur aus blicklosen Augen ins Leere starrte. Sein Blick war wie Stein, aber Indiana spürte, welcher Kampf hinter seiner Stirn tobte.

Er war nicht ganz sicher, ob er wirklich nachempfinden konnte, was der Tibeter in diesen Augenblicken durchmachte. Er hatte nur die Wahl, seinen Schwur zu brechen, oder das zu verlieren, zu dessen Schutz er diesen Schwur getan hatte. Und wie immer er sich entschied, er mußte dabei das Gefühl haben, das Falsche zu tun.

Nach einer Ewigkeit nickte der Tibeter. »Sie haben recht, Dr. Jones«, sagte er. »Ich... werde Ihnen den Weg nach Shambala zeigen. Aber es fällt mir sehr schwer.«

»Danke«, sagte Indiana einfach.

Eine ganze Weile flogen sie schweigend dahin, dann fragte Löbsang: »Der Weg ist sehr weit. Glauben Sie, daß der Treibstoff reicht?«

»Ich denke schon«, antwortete Indiana. »Da hinten steht ein Dutzend Benzinfässer. Und die Schläuche haben sie bestimmt nicht verlegt, weil sie so dekorativ aussehen. Ich glaube nicht, daß Moto vorhatte, das letzte Stück Weg zu Fuß zu gehen.«

Löbsangs Antwort bestand nur aus brütendem Schweigen, aber Indy mußte plötzlich wieder daran denken, was ihm der Tibeter über Shambala erzählt hatte – nämlich, daß es in einem ziemlich unzugänglichen Teil des Gebirges lag, in dem ein Flugzeug nicht landen konnte.

Trotzdem war das im Moment eigentlich seine geringste Sorge; er hatte kein bißchen übertrieben, als er Löbsang gegenüber behauptet hatte, kein Pilot zu sein. Um die Wahrheit zu sagen, war er nicht nur kein *guter* Pilot: Er war überhaupt kein Pilot. Daß er das Flugzeug in die Luft bekommen hatte, wunderte ihn selbst am meisten. Und er hatte nicht die mindeste Ahnung, wie er es *landen* sollte, weder auf einem Eisfeld in fünftausend Metern Höhe, noch auf einem Flugplatz.

Nach einigen Sekunden des Überlegens entschied er sich, zumindest *das* vorerst für sich zu behalten. Löbsang war nervös genug.

Und er auch.

Eine gute halbe Stunde lang flogen sie nach Westen. Da es Nacht war und Indiana die Bedeutung der meisten Instrumente nicht einmal zu erraten vermochte, ließ er das Flugzeug so weit aufsteigen wie es ging, um nicht in der Dunkelheit mit einem Berggipfel zu kollidieren. Ein paarmal korrigierte er ihren Kurs um eine Kleinigkeit, so daß sie sich nicht mehr nur nach Westen, sondern nun auch ganz leicht in südliche Richtung bewegten, hielt es aber ansonsten für sicherer, mit größeren Kurskorrekturen bis zum Morgen zu warten.

Sie sprachen sehr wenig in dieser Zeit. Löbsangs Lächeln war erloschen, und Indiana war nicht sicher, ob es jemals wieder zurückkehren würde, und jedes Wort des Trostes, das er hätte sagen können, kam ihm selbst billig und verlogen vor, so daß er es vorzog zu schweigen. Löbsang tat ihm leid. Er war noch immer nicht völlig davon überzeugt, daß der Tibeter wirklich auf seiner Seite stand, aber das spielte in diesem Zusammenhang keine Rolle.

Endlich erwachte der Tibeter aus seiner Starre. Mit umständlichen, erzwungen wirkenden Bewegungen legte er die Karte in die Mappe zurück, klappte sie zu und deponierte sie vorsichtig neben sich auf dem Boden. Indiana wollte einen Einwand erheben, aber Löbsang schien seine Gedanken zu erraten, denn er machte nur eine abwehrende Handbewegung und sagte: »Wir brauchen diese Karte nicht. Ich finde den Weg auch so.« Er ließ eine Sekunde verstreichen, dann deutete er nach links.

»Wir müssen weiter nach Süden.«

Indiana korrigierte den Kurs der Maschine gehorsam, bis Löbsang ihm mit einem Nicken zu verstehen gab, daß er zufrieden war. »Sie sollten vielleicht –«

Der Tibeter brach mitten im Wort ab. Schrecken breitete sich auf seinen Zügen aus. Indiana fuhr herum, blickte nach links – und fuhr ebenfalls entsetzt zusammen.

Der Himmel neben ihnen war nicht mehr leer. Nur wenige hundert Meter neben ihnen war ein zweites Flugzeug aufgetaucht. Es war zu dunkel, um die Hoheitskennzeichen auf Tragflächen und Leitwerk zu erkennen, und Indiana verstand nicht genug von Flugzeugen, um es anhand seines Umrisses zu identifizieren – aber es gehörte wirklich nicht viel Phantasie dazu, zu erraten, um welche Maschine es sich handelte. Erschrocken wandte er den Blick und sah nach rechts, und fast im gleichen Augenblick tauchte auch dort der Umriß eines Flugzeuges am Himmel auf. Plötzlich flammten am vorderen Ende des schwarzen Schattens kleine, orangerote Funken auf. Eine doppelte Reihe greller Leuchtspurgeschosse jagte auf Indianas Maschine zu und verfehlte sie nur um wenige Meter. Und auch das andere Flugzeug eröffnete das Feuer, so daß sich die hellgrünen Bahnen der Leuchtspurmunition vor dem Bug der Maschine kreuzten.

Indiana riß verzweifelt am Steuerknüppel. Das Flugzeug

schoß mit aufbrüllenden Motoren in die Höhe, kam ins Trudeln und fing sich im buchstäblich allerletzten Moment wieder.

Indiana hielt das Steuerruder mit aller Kraft. Kalter Schweiß bedeckte seine Stirn. Die beiden Zeros hatten das Feuer eingestellt, aber die Bedeutung ihrer Salven war klar.

Wenige Augenblicke später begann auf dem Instrumentenbord vor Indiana eine kleine, rote Lampe zu blinken. Beinahe verzweifelt irrte sein Blick über die verwirrende Vielzahl von Instrumenten und die japanische Beschriftung. Schließlich griff er nach den Kopfhörern des Funkgerätes, stülpte sie über und begann unsicher, an den Knöpfen des Empfängers zu drehen.

Im ersten Moment erntete er nichts als statisches Rauschen und Knistern, aber dann hörte er ganz schwach Motos Stimme. »...Jones? Verstehen Sie mich? Wenn Sie mich hören können, geben Sie mir ein Zeichen!«

Indianas Finger drehten weiter an den Knöpfen, die Stimme wurde klarer, verschwand für einen Moment völlig und kehrte dann zurück, so laut und deutlich, als säße der Japaner neben ihm.

»Ich bin sicher, daß Sie mich verstehen, Dr. Jones«, sagte Moto. »Geben Sie mir ein Zeichen. Zwingen Sie uns nicht etwas zu tun, was Sie am meisten bedauern würden, Dr. Jones.«

Indiana fuhr sich nervös mit der Zungenspitze über die Lippen, sah die beiden Maschinen rechts und links ihres eigenen Flugzeuges an und bewegte dann ganz sachte den Steuerknüppel. »Wenn Sie die große rote Taste am Funkgerät drücken, können Sie mit mir reden.«

Indiana streckte die Hand aus, zog sie aber dann wieder zurück. »Es reicht, wenn Sie verstehen, was ich Ihnen sage. Hören Sie mir genau zu, Dr. Jones. Ich werde meine Worte nicht wiederholen.«

Indiana drückte nun doch die Sprechtaste des Funkgerätes. »Was wollen Sie, Moto?« fragte er unfreundlich.

Zu seiner Überraschung lachte Moto. »Sie sitzen in einem Flugzeug, das mir gehört«, antwortete er ruhig. »Leider befindet sich an Bord dieses Flugzeuges eine Karte, die ich Ihnen nun beim besten Willen nicht überlassen kann.«

»Dann machen Sie das Fenster auf«, riet ihm Indiana. »Ich werfe sie Ihnen hinüber.«

Wieder lachte Moto. »Sie haben Ihren Humor noch nicht verloren«, sagte er. »Das ist gut. Vielleicht werde ich Ihnen sogar vergeben, Dr. Jones, obwohl Sie meine Gastfreundschaft schamlos ausgenutzt haben. Auf der anderen Seite ist der Verlust der Karte vielleicht nicht ganz so tragisch, wie es mir im ersten Moment erschien. Schließlich haben wir einen guten Führer.«

Indiana schwieg darauf.

»Ich nehme doch an, daß Sie Luftkarten lesen können«, fuhr Moto fort. »Genauer gesagt, ich hoffe es, um Ihretwillen, Dr. Jones. Da ich leider keine andere Möglichkeit mehr habe, muß ich mich Ihrer Führung anvertrauen.«

»Das einzige, wohin ich Sie führen werde, Moto –«, begann Indiana, wurde aber sofort wieder unterbrochen.

»– ist Shambala«, ergänzte Moto. Plötzlich klang seine Stimme hart und kalt wie Glas. Jede Spur von Freundlichkeit war daraus gewichen. »Und bitte versuchen Sie keinerlei Tricks. Unsere Flugzeuge sind schneller als Ihres und gut genug bewaffnet, um Sie jederzeit abschießen zu können. Also seien Sie vernünftig, spielen den Pfadfinder für uns und tun ein gutes Werk.« Er lachte humorlos.

»Ach ja«, fügte er hinzu, »bevor Sie sich einer falschen Hoffnung hingeben, lassen Sie mich Ihnen sagen, daß auch diese beiden Zeros mit zusätzlichen Treibstofftanks ausgerüstet wurden. Wir hatten die Expedition von vornherein für drei Maschinen geplant. Wenn Sie mir versichern, keine weiteren Schwierigkeiten zu machen, dann verspreche ich Ihnen, etwas Bestimmtes in Betracht zu ziehen; obwohl es mir immer schwerer fällt, um ganz ehrlich zu sein.«

»Und das wäre?« fragte Indiana, eigentlich wider besseres Wissen und sich darüber im klaren, daß er Moto nur ein Stichwort gab, das dieser von ihm erwartete.

Der Japaner lachte häßlich. »Sie und Ihren närrischen Freund am Leben zu lassen, Dr. Jones«, sagte er. »Vielleicht.«

Irgendwo im Himalaya
Sonnenaufgang

Zumindest die Treibstoffanzeige hatte Indiana im Laufe der letzten Stunden ausgemacht. Der winzige Zeiger hatte sich während der Nacht fast unmerklich, aber unbarmherzig von rechts nach links bewegt. Jetzt hatte er die ›Null‹ erreicht. Indiana schätzte, daß sie noch Treibstoff für eine halbe Stunde hatten. Mit etwas Glück vierzig Minuten. Spätestens dann würde er Löbsang gestehen müssen, daß er keine Ahnung hatte, wie man ein Flugzeug landete.

Vielleicht.

Vielleicht auch nicht.

Er sah nämlich weit und breit nichts, worauf man ein Flugzeug hätte landen können.

Vor zehn Minuten hatte es begonnen hell zu werden, und seit der gleichen Zeit hielt er verzweifelt nach irgend etwas Ausschau, das zumindest vage Ähnlichkeit mit einer Landemöglichkeit haben mochte. Aber unter ihnen war nichts als scharfkantiger Fels, jäh aufklaffende, bodenlose Schlünde und Eis, dessen grelles Weiß in seinen Augen schmerzte.

Moto meldete sich wieder. In seine Stimme hatte sich eine leise, aber unüberhörbare Spur von Nervosität geschlichen. Indiana konnte das sehr gut verstehen. Ein einziger Blick auf die Treibstoffanzeige reichte, um auch ihn unruhig werden zu lassen; und das war noch vorsichtig ausgedrückt. Dabei war ihre Maschine weitaus größer als die beiden Zeros und bot somit mehr Platz für zusätzliche Treibstofftanks. Moto und der Pilot des zweiten Jagdflugzeuges mußten praktisch auf Benzinkanistern sitzen. Und wenn sich Indiana nicht sehr täuschte, dann saßen sie auch praktisch auf dem Trockenen.

Mit einiger Verspätung schaltete er das Funkgerät ein und meldete sich.

»Freuen Sie sich nicht zu früh, Dr. Jones«, begann Moto übergangslos.

Freuen? Aber worüber...? Indiana riß überrascht den Blick von Motos Flugzeug los und sah nach rechts.

Nichts. Die zweite Maschine war nicht mehr da.

»Ist Ihrem Freund das Benzin ausgegangen, oder hatte er einfach keine Lust mehr, spazierenzufliegen?« fragte Indiana. Der Spott in seiner Stimme klang müde.

»Statt dumme Witze zu reißen, würde ich Ihnen dringend raten, sich lieber auf die Karte und die Landschaft unter uns zu konzentrieren, Dr. Jones«, sagte Moto kalt. »Ich schätze, daß mein Treibstoff noch für fünf Minuten reicht. Bis dahin sollten Sie Shambala gefunden haben.«

»Fünf Minuten?« Indiana war nur zu froh, daß Moto seinen Gesichtsausdruck nicht sehen konnte. »Meiner reicht länger.«

»Das ist mir klar, Dr. Jones«, erwiderte Moto ruhig. »Aber ehe Sie jetzt anfangen, gewisse Milchmädchenrechnungen anzustellen, bedenken Sie folgendes: Sobald auch nur das geringste Stottern des Motors einsetzt, schieße ich Sie ab. So vollgestopft mit Benzinfässern, wie Ihre Maschine ist, explodiert sie beim ersten Treffer wie eine Bombe. Mir bleibt danach immer noch genügend Zeit, mit dem Fallschirm abzuspringen.«

»Sie bluffen, Moto«, sagte Indiana nervös. »Ich glaube Ihnen nicht. Sie sind vielleicht heimtückisch, aber Sie sind kein Mörder.«

»Sind Sie bereit, Ihr Leben darauf zu verwetten?« fragte Moto. »Das werden Sie müssen.«

Indiana biß sich auf die Unterlippe. Trotz der schlechten Qualität der Funkverbindung spürte er, wie ernst es Moto meinte. »Verdammt!« sagte er. »Ich kann Shambala doch nicht herbeizaubern!«

»Das sollten Sie aber. Oder fragen Sie Ihren Begleiter. Meiner Schätzung nach hätten wir es längst erreichen müssen.« Eine winzige Pause, dann: »Noch drei oder vier Minuten, schätze ich. Sie haben nicht mehr sehr viel Zeit.«

Indiana sah Löbsang an. Der Tibeter hockte reglos wie eine Statue neben ihm und schien zu meditieren. Auf seinem Gesicht war nicht die mindeste Regung abzulesen. Indiana drückte die Sprechtaste.

»Warten Sie einen Moment, Moto«, bat er. »Ich rede mit Löbsang.« Er streifte die Kopfhörer ab, vergewisserte sich, daß das Flugzeug sicher auf Kurs lag und auch in den nächsten Minuten nicht die Gefahr bestand, daß sie unversehens gegen einen Berg prallten, dann berichtete er Löbsang mit wenigen, knappen Worten, was Moto ihm gesagt hatte. »Hat er recht?« schloß er. »Ich meine: Sind wir schon an Shambala vorbei?«

Für ein paar Sekunden war er nicht einmal sicher, ob Löbsang seine Worte überhaupt gehört hatte. Aber dann drehte der Tibeter ganz langsam, als müsse er große Kraft für diese winzige Bewegung aufwenden, den Kopf und sah Indiana mit einer Mischung aus Trauer und tief empfundenem Mitleid an. »Und wenn es so wäre?« fragte er.

Das rote Licht auf dem Funkempfänger begann wieder nervös zu blinken, aber Indiana ignorierte es. »Ich verstehe«, sagte er.

Der Anteil von Mitleid in Löbsangs Blick wurde größer, aber er sagte nichts.

»Du glaubst, es ist so am besten, nicht wahr?« fragte Indiana. »Du glaubst, alles wäre vorbei, wenn Moto abstürzt. Auch, wenn er uns vorher abschießt.«

»Es tut mir leid, Dr. Jones«, sagte Löbsang. »Aber es ist der einzige Weg.«

»Du irrst dich«, sagte Indiana ruhig. »Nichts wird vorbei sein. Du und ich werden sterben, aber Moto wird Shambala trotzdem finden. Und wenn nicht er, dann die, die ihm folgen.«

Er konnte sich täuschen – aber Löbsang schien ganz leicht zusammenzufahren. Er schwieg auch jetzt, aber Indiana konnte die erschrockene Frage in seinem Blick lesen.

»Hast du wirklich geglaubt, es wäre so leicht?« fragte er. Mit einer Kopfbewegung deutete er nach links, wo Motos Zero wie ein schwarzer Raubvogel neben ihnen durch die Luft schnitt. Die beiden Maschinen waren sich jetzt so nahe gekommen, daß er das Gesicht des Japaners erkennen konnte. Moto blickte aufmerksam zu ihnen herüber. Offensichtlich sah er, daß Indiana auf den Tibeter einredete. »Was glaubst du, hat er in der halben Stunde getan, bis sie uns gefolgt sind?« fuhr er fort.

»Das weiß ich nicht, Dr. Jones«, antwortete Löbsang.

»Ich auch nicht«, gestand Indiana. »Aber ich vermute, daß er sich nicht nur mit den Hunnen herumgeschlagen hat. Wenn er auch nur halb so klug ist, wie ich ihm unterstelle, dann hat er Anweisungen für den Fall zurückgelassen, daß er nicht wiederkommt. Und zwar präzise Anweisungen. Selbst wenn er mit uns ums Leben kommt, dann habt ihr allenfalls ein paar Tage gewonnen. Wahrscheinlich nur Stunden.«

Löbsang verzog keine Miene, aber Indiana konnte in seinen Augen lesen, wie es hinter seiner Stirn arbeitete.

»Bitte, Löbsang«, sagte er eindringlich. »Ich kann dir nicht einmal versprechen, daß ich diese Kiste in einem Stück herunterbekomme, aber wir haben vielleicht eine winzige Chance, ihn aufzuhalten.«

Gut ein Drittel ihrer kostbaren Zeit verstrich, ohne daß Löbsang auch nur atmete, aber dann nickte er ganz schwach und sagte leise: »Also gut. Vielleicht ist es besser zu leben und zu hoffen, statt zu sterben und zu hoffen.«

Das Flackern des roten Lämpchens vor Indiana schien hektischer zu werden, und Indy beeilte sich, die Sprechtaste zu drükken und die Kopfhörer wieder überzustreifen. »In Ordnung, Moto«, sagte er. »Folgen Sie mir.«

Die Zero fiel tatsächlich ein Stück zurück, aber es dauerte nur eine Sekunde, bis Indiana begriff, daß Moto dies aus dem einzigen Grund tat, das Flugzeug direkt vor die Läufe seiner Maschinengewehre zu bekommen. Eine einzige falsche Bewegung, eine winzige Ungeschicklichkeit, die Moto falsch deutete, und es war vorbei.

»Wohin?« fragte er.

Löbsang beugte sich zur Seite, um durch das Fenster einen Blick nach unten zu werfen. Indiana fragte sich, was er dort zu sehen erwartete. Seit es hell geworden war, schien sich der Anblick unter ihnen nicht verändert zu haben. Die Berge, deren Gipfel sich durchschnittlich in drei-, vier- oder auch fünftausend Meter Höhe erstreckten, reihten sich schier endlos aneinander, und mit Ausnahme ihrer Höhe schien einer wie der andere auszusehen. Mit einem Male war Indiana gar nicht mehr so sicher, daß Löbsang den Weg in das geheimnisvolle Shambala tatsächlich fand. Es war eine Sache, einen Weg durch dieses Gebirge zu gehen, sei es nun zu Fuß oder auf dem Rücken eines Lamas oder Maultieres, aber eine völlig andere, den gleichen Weg aus der Vogelperspektive wiederzufinden. Er betete, daß es Löbsang gelang. Ihrer beider Leben hing davon ab, und vielleicht auch noch das von zahllosen anderen Menschen. Aber in diesem Moment sagte Löbsang: »Fliegen Sie zurück, Dr. Jones.«

Indiana legte die Maschine gehorsam in eine behutsame Linkskurve, bis sie eine Wendung um nahezu hundertachtzig Grad vollführt hatten und Löbsang ihm mit einer Geste zu verstehen gab, daß er wieder auf dem richtigen Kurs lag. »Ist es weit?« fragte er. »Moto hat allerhöchstens noch Treibstoff für zwei oder drei Minuten.«

»Wenn es dem Schicksal so gefällt, so wird diese Zeit reichen«, antwortete Löbsang ausweichend – was wahrscheinlich seine Version von *Ich habe keine Ahnung* war.

Indiana lächelte nervös und nahm wieder Kontakt mit Moto auf. »Wir sind auf dem Weg«, sagte er.

»Das hoffe ich«, antwortete Moto. »Ich will Sie ja nicht beunruhigen, Dr. Jones, aber gerade in diesem Moment hat mein Motor das erste Mal gestottert. Und mein Zeigefinger wird immer nervöser.«

Indiana ersparte sich die Antwort und konzentrierte sich auf das Gebirge vor ihnen. Weit entfernt, sicherlich dreißig, vielleicht auch fünfzig Meilen vor dem Flugzeug, erhob sich ein besonders hoher, steiler Berg über die Gipfel der anderen, dessen Flanken unter einem makellosen Eispanzer verborgen waren. Indiana war nicht sonderlich überrascht, als Löbsang mit einer wortlosen Geste darauf deutete. Vergeblich versuchte er, die Zeit zu schätzen, die sie noch brauchen würden, um dorthin zu gelangen. Er hatte das Gefühl, daß sie nicht reichte.

»Bitte, geh nach hinten und sieh nach, ob wir Fallschirme an Bord haben«, sagte er.

Löbsang sah ihn auf eine Art an, die jedes Wort überflüssig machte. Selbst *wenn* sie Fallschirme dabei hatten – was Indiana bezweifelte –, war ein Absprung über diesem Gelände glatter Selbstmord. Und auch, wenn sie wider alle Wahrscheinlichkeit einen solchen Sprung überleben sollten – ein Marsch von dreißig oder fünfzig Meilen durch dieses Gelände war der sichere Tod. Dies alles und noch mehr las er in dem Blick, den der Tibeter ihm zuwarf. Aber Löbsang sprach nichts von alledem aus, sondern erhob sich gehorsam und verschwand im hinteren Teil des Flugzeuges.

Indiana nutzte die kurze Frist, die ihnen noch blieb, um ein letztes Mal mit Moto zu reden.

»Wie sieht es aus?« fragte er.

Motos Stimme klang fast amüsiert. »Seltsam – dasselbe wollte ich Sie gerade auch fragen, Dr. Jones. Mein Treibstoffanzeiger steht auf Null. Allerdings habe ich ausreichend Munition, wenn es das ist, was Sie wissen wollen.«

Indiana verbiß sich jede Antwort darauf. Moto war verrückt, das war ihm jetzt klar. Er war sogar ziemlich sicher, daß der Japaner ihn und Löbsang auf jeden Fall töten würde; und sei es nur, um alle lästigen Zeugen dafür zu beseitigen, wie er es mit seiner »Ehre« und seinem Versprechen hielt. Sein Blick glitt über die schimmernden Flanken des gewaltigen Berges. Er war nähergekommen, aber nicht sehr. Plötzlich wußte er, daß sie es nicht schaffen würden.

Löbsang kam zurück. Er sagte kein Wort, und seine Hände

waren leer, als er sich neben Indiana Jones auf den Sitz des Copiloten fallen ließ.

»Dr. Jones?« Motos Stimme in seinen Kopfhörern klang irgendwie... verändert. Nervosität und Angst waren nicht mehr zu überhören. Es überraschte Indiana ein wenig, erfüllte ihn aber zugleich mit einer absurden Befriedigung, daß auch ein Mann wie Moto Angst vor dem Sterben hatte. Er antwortete nicht.

Aber er sah genau in diesem Moment etwas, das ihn auf eine haarsträubende Idee brachte – aber verzweifelte Situationen bedingten manchmal verzweifelte Taten, und davon abgesehen blieb ihm keine Zeit mehr, großartige Pläne zu entwerfen.

Seine Hände schmiegten sich fester um das Steuerruder. Zwei, drei Sekunden lang hielt er das Flugzeug noch auf seinem ursprünglichen Kurs, dann drückte er das Steuer mit aller Kraft herunter und riß die Maschine gleichzeitig nach links.

Die Welt vor den Fenstern vollführte einen halben Salto, und eine Sekunde später schoß ein schwarzes Phantom über das Flugzeug hinweg. Indiana hörte Moto in seinem Kopfhörer fluchen, achtete aber nicht darauf, sondern versuchte, das Flugzeug aus dem begonnenen Sturzflug wieder heraus und auf die Wolkenbank zuzureißen, die er entdeckt hatte.

Es war nur eine minimale Chance. Was er für eine besonders tief hängende Wolke hielt, konnte ebensogut Nebel sein, unter dem sich die tödlichen Grate eines weiteren Berges verbargen, und selbst wenn es nicht so war, würde er die Maschine nur wenige Augenblicke darin halten können, auch wenn er das Tempo noch so weit zurücknahm. Niemand garantierte ihnen, daß Moto tatsächlich verschwunden war, wenn sie wieder aus der Deckung der Wolkenbank auftauchten.

In Indianas Bewußtsein war allerdings in diesem Moment kein Platz für solche Überlegungen. Ein hörbares Knirschen und Ächzen durchlief den Flugzeugrumpf, und auf dem Instrumentenbord begannen einige Lämpchen zu blinken.

Irgendwie schaffte er es, die Kontrolle über die trudelnde Maschine zurückzugewinnen. Aus dem rasenden Sturz wurde ein noch immer schnelles, aber gelenktes Gleiten, und die Wolkenbank kam rasch näher. Indiana glaubte, einen gewaltigen Schatten darunter zu erkennen, versuchte sich aber einzureden, daß dies nur ein Streich war, den ihm seine überreizten Nerven spielten.

Ein letztes Mal suchte er den Himmel ab. Von Motos Maschine war keine Spur zu entdecken – und wie auch? Die letzten Sekunden waren für Indiana zu einer Ewigkeit geworden, aber tatsächlich waren erst drei oder vier davon vergangen, seit er das Flugzeug herumgerissen hatte. Motos Zero war einfach an ihm vorbeigeschossen, wie er gehofft hatte, und noch bevor es dem Japaner gelingen konnte, die Maschine herumzureißen und zur Verfolgung anzusetzen, mußten sie die Wolke erreicht haben und wenigstens für Augenblicke in Sicherheit sein.

Das war vielleicht nicht der erste, mit Sicherheit aber der folgenschwerste Irrtum, der Indiana Jones unterlief, seit er das erste Mal auf Mr. Moto getroffen war.

Motos Maschine war weder vor noch über noch neben ihnen, aber es dauerte einige Augenblicke zu lange, bis Indiana klar wurde, daß die einzig übrigbleibende Richtung *hinter* ihnen war... Er hörte das Heulen der Geschosse, die dicht an der Kanzel vorbeipfiffen, sah die grellen Leuchtspuren und fast im selben Augenblick die Funken, die aus der linken Tragfläche stoben. Das Fenster neben ihm zersplitterte. Eisiger Fahrtwind und ein Hagel scharfkantiger Splitter prasselten auf Indiana herunter.

Und plötzlich wurde die Welt vor den Fenstern grau. Er sah nichts mehr. Außerhalb der Maschine waren nur noch graue, zerrissene Schwaden. Der Wind pfiff noch immer in sein Gesicht, aber er trug jetzt keine Glassplitter mehr mit sich, sondern eisige Kälte, die fast ebenso schmerzhaft in seine Haut schnitt und ihm die Tränen in die Augen trieb.

Das Flugzeug begann immer stärker zu trudeln. Gegen Motos Behauptung war es nicht beim ersten Treffer explodiert, aber die Geschosse mußten wichtige Teile beschädigt oder zerstört haben. Indiana hielt das Steuer mit aller Kraft, aber er hatte die Kontrolle über die Maschine fast gänzlich verloren. Sie bockte, hüpfte wild auf und ab und brach in alle nur erdenkliche Richtungen aus. Löbsang schrie ihm irgend etwas zu, das im Heulen des hereinströmenden Windes einfach unterging. Mit aller Gewalt zerrte er den Steuerknüppel an sich heran. Die Motoren heulten, aber ihr Dröhnen klang jetzt ungleichmäßiger, fast gequält, und beißender Ölgestank erfüllte plötzlich das Cockpit.

Und trotzdem gelang es ihm irgendwie, die Nase der Maschine in die Höhe zu ziehen.

Er sah einen gewaltigen Schatten dicht unter ihnen hinweghuschen, aber ihm blieb nicht einmal Zeit, zu erschrecken. Das Grau lichtete sich, dann zerfaserten die Wolken, und das Flugzeug trudelte wieder in die Höhe.

Mehr durch Zufall als durch eigenes Dazutun flog Indiana eine Kehre von dreihundertsechzig Grad. Sein Blick suchte den Himmel ab. Und in einer Entfernung von allerhöchstens zwei Meilen entdeckte er den Umriß von Motos Zero!

Doch auch jetzt erschrak er nicht wirklich. Der Jäger schien wie ein angreifender Raubvogel auf ihre Maschine herabzustoßen, aber er sah sofort, daß irgend etwas nicht stimmte. Auf den zweiten Blick erkannte er, was es war.

Das Kanzeldach fehlte. Die Kabine darunter war leer.

Einen Augenblick später gewahrte er einen winzigen weißen Punkt, der tief unter ihnen auf das Gebirge zuglitt und nach Sekunden mit dem schimmernden Weiß des Eises verschmolz.

Motos Maschine jagte noch eine Sekunde lang weiter in der Waagerechten dahin, bis die Motoren endgültig zum Stillstand kamen, und aus dem waagerechten Flug wurde ein immer steiler und steiler werdender Sturz, bis sie schließlich in die gleiche Wolke eintauchte, aus der Indiana vor Sekunden aufgetaucht war, und für alle Zeiten verschwand.

Indiana atmete hörbar erleichtert auf. Sie hatten noch nicht gewonnen, das war ihm klar. Irgend etwas sagte ihm, daß Moto es schaffen würde. Der Japaner gehörte nicht zu den Menschen, die sich bei etwas so Banalem wie einem Fallschirmabsprung den Hals brachen. Aber sie hatten Zeit gewonnen, vielleicht genau die Zeit, die sie brauchten, Shambala zu erreichen und das Schwert fortzubringen, ehe Moto auf der Bildfläche erschien.

Glaubte er.

Er glaubte es ungefähr eine Sekunde lang ganz ernsthaft, als er bemerkte, wie der linke Motor des Flugzeugs zu stottern begann. Nach zwei, drei letzten trägen Umdrehungen des Propellers stellte die Maschine endgültig ihren Dienst ein und begann statt dessen zu brennen.

Indiana schlug zornig mit der Faust auf das Steuer, und Löbsang beugte sich vor, betrachtete eine Sekunde lang mit fast wissenschaftlichem Interesse die kleinen, blauen Flämmchen, die aus dem linken Motor schlugen und sich allmählich in den Stoffbezug der Tragfläche zu fressen begannen. Dann fragte er: »Was bedeutet das, Dr. Jones?«

»Oh, nichts Besonderes«, antwortete Indiana. »Außer, daß wir in den nächsten zwanzig Sekunden eine Landebahn brauchen – oder wir sind eher auf dem Boden als Moto.«

Löbsangs Gesicht verlor ein bißchen an Farbe, aber er antwortete nicht, sondern sah statt dessen wieder nach vorn und deutete plötzlich auf einen Punkt ein wenig rechts von ihnen.

»Dort«, sagte er. »Versuchen Sie es dort, Dr. Jones.«

Indiana blickte in die angegebene Richtung, konnte aber nichts weiter als das übliche Durcheinander aus Steinen, Eis und rasiermesserscharfen Felszacken erkennen. Trotzdem versuchte er, die trudelnde Maschine wenigstens ungefähr in die Richtung zu steuern, die Löbsang ihm gewiesen hatte.

Er widerstand der Versuchung, nach links zu sehen und den brennenden Motor zu betrachten – statt dessen konzentrierte er sich darauf, den Boden nach der Stelle abzusuchen, an der Löbsang eine Landung für möglich hielt. Als er sie entdeckte, konnte er direkt fühlen, wie sich jedes einzelne Haar auf seinem Kopf sträubte.

Es war kein Gletscher oder ein besonders flacher Berghang, wie er vermutet hatte, sondern eine schier bodenlose, meilenlange Schlucht, die das Gebirge vor ihnen spaltete. Nicht einmal ein Meisterpilot hätte ein Flugzeug dort hineinsteuern können.

Aber er hatte keine andere Wahl mehr. Etwa ein Drittel der linken Tragfläche brannte, und der verbliebene Motor hatte nicht mehr die Kraft, das Flugzeug zu halten oder gar wieder in die Höhe steigen zu lassen.

»Wahnsinn!« murmelte er. »Das ist Wahnsinn!«

Womit er recht hatte. Doch ihm blieb keine Zeit mehr, ihre Chancen auszurechnen oder sich gar über Löbsangs Qualitäten als Pfadfinder zu äußern. Die Maschine sank tiefer, und plötzlich war rechts und links von ihnen kein freier Himmel mehr, sondern das glitzernde Weiß der eisüberkrusteten Felsen, das mit entsetzlicher Geschwindigkeit vorüberhuschte. Indiana konnte jetzt den Boden der Schlucht erkennen. Er war tatsächlich so eben, daß ein Flugzeug darauf vermutlich landen konnte – aber der Spalt verengte sich zusehens, je tiefer sie kamen. Wahrscheinlich hätte der schmale Pfad am Grunde der Schlucht nicht einmal ausgereicht, einen Albatros mit ausgebreiteten Schwingen landen zu lassen!

Indiana schrie auf, als die Wände von beiden Seiten zugleich auf das Flugzeug zuzuspringen schienen. Instinktiv versuchte er, die Maschine noch einmal in die Höhe zu reißen, aber es gelang ihm nicht. Ein fürchterliches Splittern und Krachen erscholl, als die Flügelkanten auf beiden Seiten gleichzeitig das Eis berührten –

– und brachen!

Indiana wurde gegen das Steuer geschleudert, sackte benommen in seinem Sitz zurück und nahm nur noch unklar wahr, wie Trümmer, Flammen und rauchende Splitter für eine Sekunde die Kanzel einhüllten. Der brennende Motor riß ab und flog davon, eine halbe Sekunde später folgte ihm auch der Propeller auf der rechten Seite, und plötzlich flammte irgendwo hinter ihnen ein grell orangefarbenes Licht auf, und in das Splittern und Bersten des auseinanderbrechenden Flugzeuges mischte sich das Krachen einer Explosion.

Die Maschine raste noch ein Stück weiter, schüttelte sich und bockte, als wolle sie endgültig auseinanderbrechen – und kam zur Ruhe!

Indiana war nur noch halb bei Bewußtsein. Er hatte sich auf die Zunge gebissen, so daß er den Geschmack seines eigenen Blutes im Mund hatte, und für Augenblicke mußte er mit aller Kraft darum kämpfen, nicht ohnmächtig zu werden. Ein häßlicher Schmerz durchzuckte sein rechtes Knie.

Stöhnend öffnete er die Augen und sah sich um. Löbsang hockte reglos und hoch aufgerichtet im Sitz neben ihm. Auch sein Gesicht war voller Blut, aber er rührte sich nicht, und sein Blick war starr. Das Flugzeug war wie durch ein Wunder zur Ruhe gekommen, aber das Knistern und Mahlen des auseinanderbrechenden Rumpfes hatte seltsamerweise nicht aufgehört, und der Sitz unter Indiana zitterte und bebte noch immer.

Er versuchte sich aufzurichten, ließ sich aber mit einer Mischung aus Überraschung und Schrecken wieder zurücksinken, als er spürte, wie das Flugzeug unter ihm zu wanken begann. Was um alles in der Welt –?

»Wir sollten jetzt sehr vorsichtig sein, Dr. Jones«, flüsterte Löbsang.

Indiana wagte nicht einmal zu antworten. Unendlich langsam, Millimeter für Millimeter, richtete er sich in seinem Sitz auf und sah durch das zerborstene Fenster nach draußen.

Im allernächsten Moment bedauerte er diesen Blick bereits. Die Schlucht erstreckte sich vor ihnen so weit, bis sie in der Entfernung zu verschwimmen begann. Ihre Wände bestanden vollkommen aus Eis, nicht aus Felsen, wie er im ersten Moment geglaubt hatte, und sie erstreckten sich nicht nur vor und über ihnen – sondern auch *unter* dem Flugzeug!

Langsam, von der absurden Angst erfüllt, daß selbst diese Bewegung zuviel sein konnte, wandte Indiana den Kopf und sah zuerst nach rechts, dann nach links. Die Tragflächen der Maschine waren zu gut zwei Drittel weggerissen worden, und die zerborstenen Stummel hatten sich so tief in das Eis der Wände hineingefressen, daß das Flugzeug wie ein Messer in einer zu schmalen Scheide einfach steckengeblieben war, dreißig, vielleicht auch vierzig oder gar fünfzig Meter *über* dem Grund der Eisspalte!

»Ich glaube, du hast recht, Löbsang«, murmelte Indiana. »Hast du vielleicht auch eine Idee, wie wir hier herauskommen?«

Der Tibeter schüttelte vorsichtig den Kopf. »Nein«, gestand er. »In meiner Vision habe ich von *diesem* Teil der Reise nichts gesehen.«

Indianas Blick glitt die Wände der Gletscherspalte empor. Sie waren nicht so glatt wie es im ersten Moment den Anschein gehabt hatte, sondern ganz im Gegenteil von Rissen und Spalten und klaffenden Schrunden durchzogen. Wenn es ihnen gelang, irgendwie aus diesem Flugzeug herauszukommen, konnten sie vermutlich daran hinaufsteigen. Indy schätzte die Entfernung bis zum oberen Ende der Gletscherspalte auf gute hundert Meter; eine elende Kletterei, aber sie hatten eine Chance.

Wenn sie hier herauskamen.

Indiana war nicht sicher, ob es ihnen gelingen würde. Das Flugzeug hatte aufgehört zu zittern, aber jede noch so kleine Bewegung ließ den Rumpf erneut beben und ächzen, und er konnte regelrecht hören, wie sich die überbeanspruchten Streben der zum größten Teil aus Wellblech und Holz bestehenden Maschine weiter bogen.

»Also gut«, murmelte er entschlossen. »Versuchen wir es.«

Löbsang starrte ihn mit einem Ausdruck an, der nur noch mit dem Wort Entsetzen zu beschreiben war, aber Indiana lächelte ihm nur aufmunternd zu, atmete noch einmal tief ein und stand dann unendlich langsam auf.

Er benötigte länger als eine Minute, nur um sich aus dem Pilotensitz zu erheben, und noch einmal mehr als das Doppelte dieser Zeit, um mit kleinen, schlurfenden Schritten zur Tür zu gelangen. Er konnte hören, wie irgendwo etwas zerbrach und Trümmer klirrend in die Tiefe rutschten. Aber der Anblick, der sich ihm bot, als er durch die Tür zum Laderaum trat, entschädigte ihn für den Schrecken, mit dem ihn dieses Geräusch erfüllte. Die Tragflächen waren nicht das einzige, was das Flugzeug eingebüßt hatte. Auch Heck und Leitwerk der Maschine waren verschwunden; an ihrer Stelle gähnte jetzt ein gut anderthalb Meter breites und ebenso hohes Loch, das von scharfkantigen Metallsplittern gesäumt war, gleichzeitig aber groß genug, um fast bequem hindurchsteigen zu können.

Mit einer Handbewegung gab er Löbsang zu verstehen, daß er ihm folgen sollte, setzte vorsichtig einen Fuß vor den anderen und schlurfte gebückt und wie ein Hochseilartist mit ausgebreiteten Armen das Gleichgewicht haltend nach hinten.

Kälte und eisiger Wind sprangen ihn an, als er sich der gezackten Öffnung im Rumpf des Flugzeugwracks näherte. Die Gletscherspalte erstreckte sich auch in dieser Richtung weiter als sein Blick reichte. In einiger Entfernung konnte er die brennenden Trümmer des Motors und der abgerissenen Tragflächen erkennen, ein Stück dahinter eine Lache von brennendem Benzin, die sich zischend tiefer in das Eis hineinfräste.

Vorsichtig streckte er die Hände aus, suchte an den Rändern des Loches Halt und beugte sich vor.

Der Anblick ließ ihn schwindeln. Sie waren nicht ganz so hoch, wie es ihm im ersten Moment vorgekommen war – vielleicht nur zwanzig oder fünfundzwanzig Meter. Aber auch ein Sturz aus zwanzig Metern Höhe auf Eis mußte tödlich sein; zumal, wenn einem mit großer Wahrscheinlichkeit wenige Augenblicke später das Wrack eines Flugzeuges auf den Kopf fiel.

Aufmerksam suchte er die Wände ab. Die Maschine war genau in der Mitte der Gletscherspalte zur Ruhe gekommen. Das Eis befand sich nicht einmal mehr weit von ihnen entfernt – eigentlich nur gerade so weit, daß er es *nicht* erreichen konnte, wenn er sich vorbeugte.

Eine lang anhaltende, vibrierende Erschütterung lief durch den Rumpf des Flugzeuges, gefolgt von einem an den Nerven zerrenden Knirschen, und Indiana konnte spüren, wie sich die Maschine ein Stück senkte, ehe sie noch einmal zur Ruhe kam. Vielleicht zum letzten Mal.

Entschlossen drehte er sich um, klammerte sich am oberen Rand des Loches fest und beugte sich zurück. Das Flugzeug bebte und ächzte unter dieser groben Bewegung, und diesmal war er sicher, sich *nicht* einzubilden, daß das Wrack ein gehöriges Stück durchsackte.

Indiana schloß für eine Sekunde die Augen, sammelte jedes bißchen Kraft und Mut, das er noch in sich fand, und zog sich mit einem Ruck hinauf.

Ein furchtbares Knirschen ertönte. Indiana sah, wie sich die zersplitterten Tragflächen unter dem Gewicht des Rumpfes mehr und mehr durchbogen, und gleichzeitig fühlte er, wie die Maschine nach hinten zu sacken begann. Aus der Waagerechten, in der sie gerade noch gehangen hatte, wurde eine erschrekkend schräge Ebene.

Mit dem Mut der Verzweiflung stand er auf, machte einen raschen Schritt und drehte sich herum, ehe er sich wieder auf die Knie herabfallen ließ und die Hand ausstreckte.

»Löbsang!« schrie er. »Nimm meine Hand! Schnell!«

Löbsangs Gesicht erschien unter ihm, aber der Tibeter machte keine Anstalten, seinen Halt loszulassen und nach Indianas Hand zu greifen.

»Worauf wartest du!?« brüllte Indiana. »Greif zu!«

Das Flugzeug sackte weiter durch. Löbsang stieß einen kleinen, erschrockenen Schrei aus und klammerte sich fester an die Ränder des Loches. »Springen Sie, Dr. Jones!« schrie er. »Bringen Sie sich in Sicherheit!«

»Du sollst meine Hand nehmen!« brüllte Indiana. »Sofort! Ich –«

Der Rest seiner Worte ging in einem furchtbaren Splittern unter. Indiana fuhr erschrocken herum und sah, wie sich der

Flugzeugrumpf weiter und weiter zwischen den Tragflächen senkte. Wieder war es, als bliebe die Zeit stehen. Er beobachtete, wie die überlasteten Träger endgültig zerbrachen, die Stoffbespannung der Tragflächen zerfetzt und das Wellblech des Rumpfes wie dünnes Stanniolpapier zerknüllt wurde, und plötzlich war es, als hinge der Rumpf völlig halt- und schwerelos in der Luft.

Auf einer tieferen, dem bewußten Zugriff seines Denkens entzogenen Ebene begriff Indiana, daß es Löbsang war, der ihn schützte, die gleiche, unheimliche Kraft, die ihm schon einmal das Leben gerettet hatte, aber er fand weder Zeit noch Gelegenheit, dieses Wissen in irgendeiner Form zu verarbeiten. Er reagierte ganz instinktiv. Als das Flugzeug endgültig zu stürzen begann, stieß er sich ab, sprang mit weit ausgebreiteten Armen nach der Wand auf der rechten Seite und klammerte sich fest. Sein Gesicht prallte unsanft gegen das Eis, und er riß sich die Haut an Händen und Knien auf. Unter ihm stürzte das Flugzeugwrack krachend in die Tiefe und zersplitterte am Grund der Gletscherspalte.

Starr vor Anstrengung und Schrecken hing Indiana fast eine Minute lang im Eis, ehe er es auch nur wagte, die Augen zu öffnen und in die Tiefe zu blicken.

Der Anblick war entsetzlich. Die Stummel der beiden Tragflächen steckten noch immer wie die Klingen überdimensionaler Äxte in den Wänden, aber der Rumpf des Flugzeuges war zwanzig Meter tiefer aufgeprallt und zerborsten. Rauch drang aus den Trümmern. Von Löbsang war keine Spur zu entdecken.

Indiana verspürte ein Gefühl tiefer, ehrlich empfundener Trauer. Er glaubte erst jetzt wirklich zu verstehen, was dieser alte Mann alles für ihn getan hatte, und wie ernst er das Versprechen genommen hatte, das er sich selbst und seinen Brüdern gegenüber abgelegt hatte – ernst genug, um am Schluß sein Leben für Indiana zu opfern.

Und wahrscheinlich war es auch dieses Begreifen, das ihn davon abhielt, einfach aufzugeben. Er war schon öfter in verzweifelten Lagen gewesen, aber niemals in einer wie dieser. Er hing mit blutenden Händen und schmerzendem Knie in zwanzig Meter Höhe an einer Eiswand, die sich beinahe senkrecht ungefähr hundert Meter weit über ihn erhob, und selbst wenn er das Unmögliche schaffte und irgendwie dort hinaufkam, dann lag etwas noch Unmöglicheres vor ihm – nämlich verletzt und mit nichts als einer dünnen Lederjacke und einer noch dünneren Hose bekleidet, ohne Karte, ohne Kompaß und ohne Lebensmittel einen Weg durch das höchste Gebirge der Erde zu finden. Aber er begriff auch, daß er jetzt nicht aufgeben konnte. Vor allem Löbsangs wegen, der sein Leben für ihn gegeben hatte.

Einige Sekunden lang blickte er auf das bis zur Unkenntlichkeit zertrümmerte Etwas herab, das zu Löbsangs Grab geworden war, dann machte er sich an den langen, beschwerlichen Weg nach oben.

Er brauchte mehr als drei Stunden für die knapp hundert Meter, und er schaffte es nur, weil sich die Wand als zerklüfteter erwies als er geglaubt hatte. Seine Hände hatten schon nach Minuten unerträglich zu schmerzen begonnen, und die Kälte und der heulende Wind taten ihr bestes, um seine Muskeln hart wie Holz werden zu lassen und jedes bißchen Kraft aus ihm herauszuprügeln. Das Klettern in der Wand aus Eis erwies sich als überraschend einfach, und er fand immer wieder einen Vorsprung, eine Spalte oder einen Grat, auf dem er sich niederlassen und für Minuten neue Kraft schöpfen konnte. Aber die Etappen zwischen diesen Pausen wurden immer kürzer und die Pausen selbst immer länger, so daß er auf dem letzten Viertel des Weges immer nur vier, fünf Meter weit stieg, ehe er sich irgendwo niederließ und versuchte, seinem Körper die so dringend notwendige Rast zu gönnen, ohne dabei einzuschlafen, was seinen sicheren Tod bedeutet hätte. Die letzten zehn Meter legte er in einem Zustand zwischen Wachsein und Bewußtlosigkeit zurück, in dem er zu keinem bewußten Gedanken mehr fähig war. Seine blutigen Hände hinterließen eine grausige Spur an der Wand, aber Schmerz und Kälte waren seltsam irreal geworden. Er fühlte sich leicht und irgendwie schwebend, und unter der tödlichen Kälte, die seine Hand und die Muskeln zu Eis erstarren ließ, erwachte etwas, das wie Wärme war, aber verlockender und wohltuender.

Er wußte, was es war. Die Behauptung, daß Erfrieren im letzten Stadium ein sehr angenehmer Tod sein sollte, schien wahr zu sein. Aber er wollte nicht sterben. Nicht hier und nicht so, und auch nicht, bevor er... etwas Bestimmtes getan hatte.

Er erinnerte sich nicht mehr wirklich, was es war. Ein Gesicht tauchte in den grauen Nebeln vor seinen Augen auf. Ein Name. Tamara? Er erinnerte sich nicht wirklich. Er konnte nicht mehr denken. Selbst seine Gedanken schienen zu Eis zu erstarren. Monoton zog er seinen Körper in die Höhe, streckte den Arm aus, bis er irgendwo Halt fand, immer weiter und weiter, wie eine Maschine, die nur zu diesem Zweck konstruiert und zu nichts anderem in der Lage war. Tamara... Er hatte vergessen, wem dieser Name gehörte und was er bedeutete. Aber er war wichtig. Er war der Grund, weswegen er noch lebte und weiterleben mußte.

Irgendwann nach zehn oder auch hundert Millionen Jahren griffen seine tastenden, erstarrten Hände ins Leere, und weitere zehntausend Jahre danach zog er seinen nutzlosen, tonnenschweren Körper über den Rand der Gletscherspalte und brach zusammen.

Schwärze begann die grauen Schleier vor seinem Blick aufzulösen. Das Gefühl tödlicher Wärme in seinem Inneren nahm zu, so verlockend und einlullend, daß seine Kraft nicht mehr reichte, es zurückzudrängen. Er spürte, daß es der Tod war, dessen sanfte Berührung er fühlte. Es war vorbei. Löbsangs Opfer war am Ende doch umsonst gewesen.

Etwas berührte ihn an der Schulter, und irgendwie gab ihm diese Berührung noch einmal die Kraft, den Kopf zu heben und die Augen zu öffnen. Er wäre nicht erstaunt gewesen, hätte er in das Gesicht eines Skeletts geblickt, das neben ihm stand und sich auf seine Sense stützte.

Statt dessen sah er in ein schwarzes Rohr aus Eisen.

Die grauen Schleier vor seinem Blick lichteten sich weiter, und der schwarze Schlund schrumpfte zu einem knapp einen Zentimeter durchmessenden Rohr zusammen, das eine oder zwei Sekunden später zum Lauf einer Maschinenpistole wurde, die jemand direkt auf sein Gesicht richtete.

Sein Sehvermögen kehrte langsam zurück, so daß er eine Sekunde später zwei in gefütterten weißen Handschuhen stekkende Hände erkannte, die die Maschinenpistole hielten, danach die dazugehörigen Arme, die in einem weißen, pelzgefütterten Anorak steckten, und schließlich ein rundliches Gesicht, dessen Augenbrauen sich mit Rauhreif überzogen hatten, so daß es ein bißchen wie das eines japanischen Weihnachtsmannes aussah. Allerdings war es kein Weihnachtsmann. Die gab es in Japan schließlich auch gar nicht.

»Sie sind wirklich ein erstaunlich zäher Bursche, Dr. Jones«, sagte Moto lächelnd. »Jemanden wie Sie zum Gegner zu haben, gereicht mir zu großer Ehre.« Er trat einen Schritt zurück und wedelte auffordernd mit seiner Waffe. »Aber nun stehen Sie bitte auf, Dr. Jones, ehe Sie sich auf dem kalten Boden einen Schnupfen oder gar etwas Schlimmeres holen. Denn das wollen wir doch beide nicht, oder?«

Die Worte erfüllten Indiana mit einem solchen Zorn, daß er für den Moment nicht einmal mehr seine Schwäche spürte. Mit einem wütenden Laut sprang er hoch, stürzte sich auf den Japaner und holte zu einem mörderischen Kinnhaken aus.

Aber natürlich traf er nicht.

Moto trat fast gemächlich einen halben Schritt zur Seite, ließ Indiana an sich vorübertorkeln und schlug ihm den Kolben seiner Maschinenpistole in den Nacken, und Indiana Jones stürzte wie ein gefällter Baum zu Boden und verlor endgültig das Bewußtsein.

Auf dem Dach der Welt
Einige Stunden später

Wie es dem kleinwüchsigen Japaner gelungen war, ihn mehr als eine Meile weit zu tragen, war Indiana ein Rätsel, aber als er mit den schlimmsten Kopfschmerzen seines Lebens und vor Kälte schreienden Finger- und Zehenspitzen erwachte, da befand er sich genau diese Strecke entfernt vom Rand der Gletscherspalte. Moto hatte seinen Fallschirm diesmal nicht achtlos weggeworfen, sondern aus dem Stoff ein kleines Zelt improvisiert, das sie zwar nicht vor der Kälte, aber zumindest vor dem schneidenden Wind schützte. Und auch für einige der Schnüre hatte er eine nützliche Verwendung gefunden: Sie banden Indianas Hand- und Fußgelenke so sicher zusammen, daß er nicht zu der geringsten Bewegung fähig war.

Aber auch ohne Fesseln hätte er sich wahrscheinlich nicht bewegen können. Sein ganzer Körper fühlte sich taub an, und er war nicht sicher, ob ihn dieses Abenteuer nicht einige Zehen oder auch Finger kosten würde. Sein rechtes Knie schmerzte jetzt unerträglich, und sein Gesicht fühlte sich an, als hätte jemand versucht, ihm die Haut in Streifen herunterzuziehen. Wenn es den gleichen Anblick bot wie seine Hände, dann sah es wohl auch ungefähr so aus.

Er war nicht von selbst erwacht. Moto hatte ihn sanft, aber ausdauernd geohrfeigt, bis ihn der brennende Schmerz die Augen öffnen ließ, und ihn danach solange gerüttelt, bis er sich wankend aufgesetzt hatte. Jetzt hockte er mit angezogenen Knien und zitternd vor Kälte an der Wand aus Eis, die das hintere Drittel ihres improvisierten Zeltes bildete, und starrte den Japaner mit einem Blick an, in den er vergeblich Haß oder wenigstens so etwas wie Wut hineinzulegen versuchte. Er war nur müde, so unendlich müde wie nie zuvor in seinem Leben. Gefühle aufzubringen erschien ihm viel zu mühevoll.

Moto saß knapp zwei Meter im Schneidersitz vor ihm, hatte die Waffe lässig an die Wand neben sich gelehnt und lutschte einen Schokoladenriegel, den er aus den unergründlichen Taschen seines Anoraks zutagegefördert hatte. Eine Weile hielt er Indys Blick ausdruckslos stand, dann zog er einen zweiten, in Stanniolpapier eingewickelten Schokoladenriegel hervor. Indiana schüttelte trotzig den Kopf.

Moto seufzte. »Sie sollten etwas essen, Dr. Jones«, sagte er ernsthaft. »Es ist sehr wichtig, daß Sie Ihrem Körper Nahrung zuführen. Der menschliche Körper verbrennt mehr Energie, wenn es so kalt ist wie hier.«

Indiana wollte nicht antworten. Sprechen war noch viel mühsamer als Denken, und er wußte, daß jedes herausgepreßte Wort Motos Triumph nur noch verstärken würde. Trotzdem murmelte er: »Was soll das, Moto?« Seine Lippen waren so taub vor Kälte, daß er kaum sprechen konnte. »Warum bringen Sie mich nicht endlich um? Macht es Ihnen solchen Spaß, mich zu quälen?«

»Umbringen?« Motos Überraschung war perfekt. »Aber warum sollte ich das, Dr. Jones? Haben Sie unser Abkommen schon vergessen? Wir wollten das Schwert gemeinsam suchen – und das werden wir. Vielleicht töte ich Sie hinterher. Aber jetzt auf keinen Fall.«

»Sie sind ja... komplett wahnsinnig, Moto«, flüsterte Indiana. Er mußte all seine Kraft aufbieten, um nicht nach vorn zu sinken und auf der Stelle einzuschlafen. »Wir sterben doch... sowieso.«

Moto lachte, wickelte den Schokoladenriegel aus, den er Indiana angeboten hatte, und biß hinein. »Für einen Mann von Ihrer Zähigkeit«, antwortete er kauend, »reden Sie sehr oft von Tod und Sterben, finden Sie nicht auch?«

»Und für einen Mann von Ihrer Intelligenz«, antwortete Indiana matt, »sind Sie erstaunlich naiv. Wir werden erfrieren,

Moto. Spätestens wenn die Sonne untergeht. Dann wird es hier so kalt, daß Sie an Ihrem eigenen Atem ersticken.«

Moto mampfte genüßlich weiter. »Vielen Dank für das Kompliment, Dr. Jones«, sagte er mit vollem Mund. »Aber was den Rest Ihrer Behauptung angeht, so muß ich Sie leider enttäuschen. Ich denke nicht daran zu erfrieren.«

Indiana versuchte zu lachen, brachte aber nur ein heiseres Krächzen zustande. »Sicher«, sagte er. »Ich nehme an, Sie haben einen Ofen und einen Sack Kohlen in der Tasche.«

»Keineswegs«, erwiderte Moto. »Aber etwas, das beinahe ebenso gut ist. Und entschieden nützlicher.« Er zog den Reißverschluß seines Anoraks herunter und zog eine klobige Leuchtpistole heraus.

Indiana sah ihn fragend an.

»Sie halten mich doch nicht für so dumm, Dr. Jones, daß ich losgeflogen wäre, ohne entsprechende Befehle zu erteilen«, sagte Moto in beinahe vorwurfsvollem Ton. Er lächelte milde und auf eine Art, die Indiana an Löbsang erinnerte. »Ich kann es nicht auf die Minute genau bestimmen«, fuhr er fort, »aber ich nehme an, daß in spätestens zwei oder drei Stunden ein weiteres Flugzeug hier auftaucht. Und dank der Hilfe Ihres dahingeschiedenen Freundes liegen wir ja ziemlich genau auf unserem Kurs, nicht wahr?«

»Sicher«, sagte Indiana düster. »Wenn Sie mit dem Piloten irgendwie Kontakt aufnehmen können, zeige ich ihm gern eine wunderschöne Landebahn.«

Moto lachte amüsiert. »Ich habe Ihre Landung beobachtet, Dr. Jones«, sagte er. »Mein Kompliment. So etwas schafft entweder nur ein Genie – oder ein Vollidiot. Ich frage mich seit Stunden vergeblich, was Sie nun eigentlich sind?«

»Ein Vollidiot«, sagte Indiana leise, »sonst wäre ich nicht auf Sie hereingefallen, *göttlicher Sohn.*«

Motos Lachen klang noch etwas amüsierter. »Wir sind hier nicht in einer Situation, in der Titel eine Rolle spielen«, sagte er. »Aber um Ihre Neugier zu befriedigen, an der Sie ja schon seit Tagen beinahe ersticken: Das, was ich Ihnen in Hongkong über mich erklärt habe, entspricht offen gesagt nicht ganz den Tatsachen.«

»Was für eine Überraschung«, murmelte Indiana.

»Es würde zu weit führen, Ihnen die genauen Zusammenhänge zu erklären«, sagte Moto herablassend. »Aber ich glaube, wenn ich mich als Mitglied des japanischen Kaiserhauses bezeichne, ist das nicht ganz falsch.«

Indiana war nicht überrascht. »Löbsang hat das gewußt«, vermutete er.

»Ja«, räumte Moto ein. »Fragen Sie mich nicht, wieso, aber er wußte offensichtlich, wer ich bin. Er hat es Ihnen nicht gesagt?«

»Nein«, sagte Indiana. »Hätte er es, dann hätte ich mir wohl auch lieber von diesem Riesenkerl aus Hondos Truppe den Schädel einschlagen lassen, statt weiter mit Ihnen zusammenzuarbeiten.«

Moto seufzte tief, schüttelte den Kopf und begann einen dritten Schokoladenriegel auszuwickeln. »Ich kann Ihre Gefühle verstehen, Dr. Jones«, sagte er. »Aber glauben Sie mir, Sie tun mir unrecht.«

»Sicher«, sagte Indiana. »Sie sind der ehrenhafteste, aufrechteste und netteste Kerl, der mir jemals begegnet ist.«

»Das bin ich wahrscheinlich nicht«, antwortete Moto. »Aber ich bin ein Mann, der seinem Kaiser und seinem Land die Treue geschworen hat und diesen Schwur über alles andere stellt. Ich dachte eigentlich, daß Sie das verstehen würden.«

»Ach?« fragte Indiana böse.

»Ja«, bestätigte Moto. »Und Sie würden es auch verstehen, wenn Sie es sich selbst gestatten würden, Dr. Jones. Wir sind uns viel ähnlicher, als Sie zugeben wollen. Auch Sie würden keine Rücksicht auf Ihr eigenes Leben oder das eines Fremden nehmen, wenn es um das Wohl und Wehe Ihres Landes geht.« Er sah Indiana aufmerksam und durchdringend an. »Wie würden Sie handeln, wenn nicht ich hier säße, sondern ein Geheimagent der Deutschen? Würden Sie zu einem Nazi auch von Ehre und Aufrichtigkeit sprechen? Was würden Sie tun, wenn die Gefahr bestünde, daß Dschingis Khans Schwert in Hitlers Hände fällt? Würden Sie es ihm geben oder darum kämpfen?«

»Ich würde darum kämpfen«, antwortete Indiana überzeugt. »Ich würde ihn vielleicht sogar töten, wenn es sein müßte; zumindest würde ich mein eigenes Leben verteidigen.«

»Sie haben schon Menschen getötet«, sagte Moto. »Vergessen Sie nicht, daß ich alles über Sie weiß, Dr. Jones.«

»Das habe ich«, sagte Indiana ruhig. »Aber niemals heimtükkisch und hinterrücks, Moto. Ich bin kein Mörder, der Schnüre an Fallschirmen durchschneidet, und ich gebe auch nicht mein Ehrenwort, um es dann zu brechen.«

Er sah, daß seine Worte Moto wirklich trafen. Der Japaner sah aufgebracht aus, zugleich aber auch verletzt und beinahe beschämt. »Vielleicht ist das der grundlegende Unterschied zwischen Ihrem und unserem Volk, Dr. Jones«, sagte er ernst. »Wir sind bereit, all diese Dinge zu tun, wenn es sein muß, und hinterher die Konsequenzen zu tragen.«

»So?« fragte Indiana ätzend. »Was werden Sie tun, Moto? Sich einen Eimer Asche über das Haupt schütten oder Harakiri begehen?«

»Vielleicht«, sagte Moto mit einer Ernsthaftigkeit, die Indiana schaudern ließ. Aber nur für einen Moment, dann gewann sein Zorn wieder die Oberhand.

»Falls Sie dabei Hilfe brauchen, lassen Sie es mich wissen«, sagte er. »Für einen guten Freund tut man schließlich alles.«

Für den Bruchteil einer Sekunde erschien ein mörderischer Glanz in Motos Augen. Automatisch zuckte seine rechte Hand dorthin, wo er wohl normalerweise sein Katana trug, aber er führte die Bewegung nicht einmal zu Ende, sondern lächelte plötzlich und entspannte sich wieder. »Ich muß wiederholen, was ich schon einmal festgestellt habe«, sagte er. »Sie sind ein gefährlicher Mann, Dr. Jones. Sie wissen zu kämpfen. Nicht nur mit Waffen.«

»Das stimmt«, sagte Indiana wütend. »Bei Gelegenheit werde ich Ihnen demonstrieren, wie gut. Sollte ich jemals wieder nach Japan kommen, werde ich eine Menge Mühe und Zeit auf die Ahnenforschung verwenden. Vielleicht finde ich ja ein paar unangenehme und peinliche Dinge über Ihre Vorfahren heraus, die ich herumerzählen kann.«

Moto begann schallend zu lachen, schlug sich auf die Oberschenkel und beruhigte sich erst nach Minuten wieder. »Wirklich, Dr. Jones«, sagte er. »Sie gefallen mir. Es ist zu schade, daß ich es mir nicht leisten kann, Sie am Leben zu lassen. Aber ich verspreche Ihnen, daß Sie einen ehrenhaften Tod haben werden.«

Indiana zog es vor, nicht mehr darauf zu antworten. Es *war* seine Absicht, Moto zu reizen, allerdings nur weit genug, daß er sich möglicherweise dazu hinreißen ließ, ihm die eine oder andere Information zu geben; nicht so weit, daß er vielleicht handgreiflich wurde. Indys Bedarf an blauen Flecken, Prellungen, Schnitt- und Schürfwunden war gedeckt. Für die nächsten neunundachtzig Jahre.

Moto versuchte noch zwei-, dreimal, ihn mit provozierenden Bemerkungen aus der Reserve zu locken, aber Indiana starrte ihn nur stumm an, so daß sie schließlich beide in brütendes Schweigen versanken.

Die Zeit verstrich träge. Indiana erwog und verwarf in der nächsten Stunde ein gutes Dutzend Fluchtpläne, die trotz ihrer Unterschiedlichkeit eine Gemeinsamkeit hatten: Sie waren allesamt unmöglich. Sie wären selbst dann unmöglich gewesen, wenn es ihm wider jede Logik irgendwie gelungen wäre, sich seiner Fesseln zu entledigen und Moto zu überwältigen. Wo sollte er hin? Wie sollte er auch nur eine Nacht in dieser Eiswüste überleben?

Nein – so schwer es ihm fiel, sich mit der Vorstellung abzufinden... seine einzige Chance, am Leben zu bleiben, waren Moto und das Flugzeug, auf das er wartete.

Wenn es kam.

Toshiro Moto war ein ausgezeichneter Schauspieler, soviel hatte Indiana begriffen. Aber es war ihm trotzdem nicht völlig gelungen, seine Unsicherheit zu verbergen. Sie saßen hier nicht auf einer einsamen Insel im Pazifik, sondern in einem der unzugänglichsten Gebirge der Welt. Selbst *wenn* das Flugzeug kam (was längst nicht sicher war) und selbst *wenn* es sich auf dem richtigen Kurs befand (was noch viel weniger sicher war), und selbst *wenn* der Pilot sie sah (was eigentlich am wenigsten sicher war) – wie um alles in der Welt sollte die Maschine hier *landen*?

Indiana überlegte gerade, welches dieser drei *Wenns* am ehesten dazu angetan sein mochte, Moto gründlich die Stimmung zu verderben, als sich der Japaner plötzlich aufrichtete und konzentriert einen Moment lauschte.

»Was ist los?« fragte er.

Ohne auch nur mit einem Blick auf Indianas Frage zu reagieren, erhob sich Moto und ging gebückt aus dem Zelt. Indiana hörte den Schnee unter seinen Schritten knirschen – aber es verging noch eine gute halbe Minute, ehe auch er endlich hörte, was den Japaner aufgeschreckt hatte.

Moto mußte über ein sehr viel feineres Gehör verfügen als er, denn Indiana vernahm das Motorengeräusch selbst jetzt nur als feines, fernes Summen, das im Heulen des Windes beinahe unterging.

Moto kam zurück, zog ein Messer und schnitt die Schnüre an Indys Fußgelenken durch. Und er sagte auch weiter kein Wort, sondern warf Indiana nur einen warnenden Blick zu und ging wieder nach draußen.

Es dauerte eine geraume Weile, bis Indiana überhaupt in der Lage war, ihm zu folgen. Seine Beine wollten ihm nicht richtig gehorchen. Er stürzte zweimal, ehe es ihm überhaupt gelang, auf die Füße zu kommen, und jeder Schritt war eine Qual, die ihm schon wieder die Tränen in die Augen trieb.

Als er das Zelt endlich verließ, war das entfernte Summen zum Dröhnen gleich mehrerer Flugzeugmotoren geworden.

Indiana hob den Kopf und blinzelte ins grelle Sonnenlicht. Er identifizierte zwei große, bauchige Transportmaschinen, die von einem ganzen Schwarm Zeros begleitet wurden. Der Anblick erstaunte ihn einigermaßen. Wenn Moto nicht den Verlust all dieser Flugzeuge in Kauf nehmen wollte, dann konnte das nur bedeuten, daß die Maschinen mindestens einmal, wenn nicht öfter zwischengelandet waren, um aufzutanken. In einem Land, das *nicht* unter japanischer Herrschaft stand; zumindest noch nicht. Toshiro Moto mußte wirklich ein einflußreicher Mann sein.

Die kleine Flugzeugstaffel glitt täuschend langsam über den Himmel. Indiana verlängerte ihren Kurs in Gedanken und kam sehr schnell zu dem Schluß, daß sie in beträchtlicher Entfernung an ihrer Position vorbeifliegen würden; zumindest viel zu weit, als daß eine realistische Chance bestand, daß sie von den Männern dort oben gesehen wurden.

Moto schien zu der gleichen Erkenntnis gelangt zu sein, denn er versuchte erst gar nicht, zu winken oder gar zu rufen, sondern hob seine Leuchtpistole, schob eine Kugel in den Lauf und drückte ab. Noch während die Kugel in den Himmel stieg und dabei zu einer roten Feuerkugel aufblühte, zog er seinen weißen Tarnanorak aus und begann damit zu winken.

Indianas Blick glitt zwischen der Leuchtkugel und den Flugzeugen hin und her. Noch vor wenigen Stunden hätte er über die Behauptung gelacht, aber im Moment freute er sich über nichts mehr als den Anblick der japanischen Flugzeuge.

Die Leuchtkugel wurde gesehen. Eine der Zeros scherte aus dem Verband aus, nahm Kurs auf Moto und ihn und fegte in kaum fünfzig Metern Höhe über das Eisfeld hinweg. Indiana zog instinktiv den Kopf zwischen die Schultern, als ein Hagel von Schnee und winzigen Eiskristallen auf sie herunterprasselte. Trotzdem drehte er sich um und blickte dem Flugzeug nach. Die Zero jagte über sie hinweg; der Pilot hatte sie erkannt. Nur einen Augenblick später begann der gesamte Verband seinen Kurs zu ändern und hielt nun direkt auf sie zu.

»Sie haben uns gesehen«, sagte Moto zufrieden, während er umständlich wieder in seine Jacke schlüpfte. Er zitterte vor Kälte, aber seine Augen leuchteten triumphierend. »Nur noch ein wenig Geduld, Dr. Jones. In ein paar Minuten haben wir das Schlimmste hinter uns.«

Er zog seinen Reißverschluß zu, schauderte sichtbar vor Kälte und sah wieder zu den Flugzeugen hinauf.

Der Verband kam langsam näher, hielt aber noch immer nicht direkt auf sie zu. Und nur wenige Augenblicke später wußte Indiana auch, warum. Die Maschinen drehten in den Wind. Eine Anzahl winziger, dunkler Punkte quoll aus den Rümpfen der beiden Transportflugzeuge, stürzte in die Tiefe und blähte sich dann zu weißen Halbkugeln auf.

Fallschirme! dachte Indiana verblüfft – aber auch erschrokken. Das waren Fallschirme!

»Sie... Sie sind ja völlig wahnsinnig, Moto«, flüsterte er. »Die Hälfte Ihrer Männer wird draufgehen!«

»Das ist möglich«, antwortete Moto gelassen. »Große Aufgaben verlangen Opfer – außerdem sollten Sie diese Männer nicht unterschätzen. Es ist eine Eliteeinheit, die ihr Handwerk versteht.«

Gebannt beobachtete Indiana, wie sich die Fallschirme – es waren mindestens fünfzig, und nicht an allen hingen Männer – über den Himmel verteilten und zu sinken begannen.

Es trat ein, was er befürchtet hatte: Die Männer dort oben mochten gut sein, aber das hier war der *Himalaya,* mit all seinen unberechenbaren Witterungs- und Windverhältnissen, in dem ein Fallschirmabsprung wahrscheinlich gleich hinter bewußtem Selbstmord rangierte. Der Wind riß die Fallschirmspringergruppe auseinander, noch ehe sie den halben Weg zum Boden zurückgelegt hatte. Seine Schätzung war wahrscheinlich noch zu optimistisch gewesen. Das Eisfeld, auf dem Moto und er standen, stellte weit und breit den einzig möglichen Landeplatz für einen Fallschirmspringer dar. Die, die es verfehlten, erwartete ein tödliches Labyrinth aus rasiermesserscharfen Felsen, tödlichen Eissperren und bodenlosen Schluchten und Spalten: Schon daß Moto heil heruntergekommen war, glich einem Wunder.

Die Zero, die über sie hinweggeflogen war, kam zurück – aber irgend etwas stimmte nicht... Sie flog zu schnell, fand Indiana, und zu tief. Die Art, auf die der Pilot flog, erinnerte Indiana eher an einen... *Angriff!*

Er warf sich im gleichen Moment zu Boden wie Moto, und nicht einmal eine halbe Sekunde später begannen die Maschinengewehre der Zero zu feuern. Heulend jagten die Geschosse über sie hinweg und schlugen nur wenige Meter hinter ihnen in den Schnee.

»Ist der Kerl verrückt geworden?« brüllte Indiana mit überschnappender Stimme. »Moto, was bedeutet das?« Ungeschickt versuchte er, sich mit seinen aneinandergefesselten Händen in die Höhe zu stemmen und fiel wieder auf die Knie herab. Gleichzeitig registrierte er voller Entsetzen, wie eine zweite Zero aus der Formation über ihnen ausbrach und zu einem Sturzangriff ansetzte.

»Moto!« brüllte er verzweifelt. »Was soll das? Was –?«

Der Rest dessen, was er hatte sagen wollen, blieb ihm vor Schrecken im Hals stecken, denn in diesem Moment hatte er es endlich geschafft, sich herumzudrehen –

und sah, worauf die Zeros feuerten!

Hinter ihnen stürmten mindestens dreißig oder vierzig Hunnen heran! Moto und er hatten sich so auf die Flugzeuge konzentriert, daß sie nicht einmal gemerkt hatten, daß die Männer hinter ihnen auftauchten.

Auch die zweite Zero begann jetzt zu feuern. Die Kugeln pfiffen so dicht über Indiana hinweg, daß er sich instinktiv tiefer in den Schnee drückte, und die Salve lag genau im Ziel. In einer Explosion aus hochstiebendem Schnee und Eis brachen zahlreiche Hunnen zusammen, aber der Rest stürmte unbeeindruckt weiter. Die Männer schienen Tod und Verwundung so wenig zu fürchten wie die, die Motos Lager angegriffen hatten.

Die Zero raste heulend über sie hinweg und feuerte eine zweite Salve ab, ehe der Pilot seine Maschine wieder in die Höhe zog; beinahe gleichzeitig setzte die erste Jagdmaschine zu einem zweiten Angriff ein. Aber der Pilot feuerte seine Maschinengewehre nicht mehr ab. Die Hunnen waren schon zu nahe, und die Gefahr, Moto oder Indiana zu treffen, zu groß.

»Moto!« schrie Indiana mit überschnappender Stimme. *»Schneiden Sie mich los!«*

Tatsächlich sprang der Japaner auf die Füße und kam mit weit ausgreifenden Schritten auf ihn zu. Er feuerte sein Gewehr ab, und einer der Angreifer stürzte; aber weitere zwanzig Männer stürmten mit gezückten Schwertern und Dolchen heran. Selbst für einen Mann wie Moto entschieden zuviel.

Mit zwei gezielten Schüssen reduzierte Moto die Anzahl der Angreifer um die gleiche Zahl, fiel neben Indiana auf die Knie, zerschnitt seine Fesseln und gab einen weiteren Schuß ab. Dann zerrte er Indiana hastig auf die Füße und gab ihm einen Stoß, der ihn vorwärtstaumeln ließ.

Einer der Hunnen hatte das Pech, einige Schritte vor seinen Kameraden heranzustürmen – und schneller zu laufen als sie. Moto streckte ihn mit einem blitzschnellen Schlag zu Boden, riß sein Schwert an sich – und warf Indiana plötzlich sein Gewehr zu!

Indiana fing die Waffe ganz automatisch auf, war aber im ersten Moment viel zu verblüfft, um mehr zu tun, als einfach dazustehen und die Waffe in seinen Händen verblüfft anzustarren.

Eine Gestalt in Fellmantel und spitzer Pelzmütze tauchte plötzlich vor ihm auf, und Indiana erwachte endlich aus seiner Starre. Blitzschnell hob er das Gewehr, drückte aber nicht ab, sondern schlug den Mongolen mit dem Kolben nieder. Moto erledigte zwei weitere Angreifer mit dem erbeuteten Schwert, und sie hatten noch einmal einige Sekunden Luft, ehe die übrigen Hunnen heran waren und sie umzingelten.

Ohne Moto hätte er nicht einmal die erste Sekunde überlebt.

Der Japaner kämpfte mit der Kraft und Wildheit eines Dämonen. Sein Schwert schien sich in einen silbernen Blitz zu verwandeln, der schneller hin- und herzuckte, als der Blick ihm folgen konnte. Drei, vier, fünf Hunnen sanken blutüberströmt in den Schnee, und für einen Moment schreckte seine Wut die übrigen Mongolen so sehr, daß sie sogar zurückwichen.

Aber eben nur für einen Moment.

Dann stürzten sie abermals vor.

Moto wurde von sieben oder acht Männern zugleich attakkiert, Indiana von dreien. Er schoß den ersten nieder, schlug dem zweiten den Gewehrlauf über den Schädel und ging unter dem Anprall des dritten zu Boden. Der Mann war nicht einmal besonders groß, aber flink wie ein Wiesel und erstaunlich stark, während Indianas Muskeln vor Kälte steif waren. Vergeblich bäumte er sich unter dem Hunnen auf und verlor fast das Bewußtsein, als der Bursche ihm einen fürchterlichen Hieb gegen die Schläfe versetzte. Sein Kopf dröhnte. Halb ohnmächtig registrierte er, wie sich ein zweiter Hunne auf ihn warf. Er wunderte sich ein wenig, daß er noch lebte, denn beide Männer waren mit Schwertern und Dolchen bewaffnet. Es wäre ihnen ein leichtes gewesen, ihn zu töten.

Harte, sehr starke Hände packten seine Arme und drehten sie auf den Rücken, ein weiterer Hieb in den Leib brach auch den letzten Rest seines Widerstandes, dann wurde er in die Höhe gezerrt.

Ein Schuß krachte. Einer der beiden Hunnen, die ihn hielten, brach getroffen zusammen, und dann begann zuerst eine, kurz darauf eine zweite MP mit ihrem ratternden Hämmern. Die Kugeln pfiffen Indiana nur so um die Ohren. Rechts und links von ihm stoben winzige Explosionen aus dem Schnee. Der zweite Mongole versuchte zu fliehen, kam aber nur wenige Schritte weit.

Indiana fiel auf die Knie und sah, wie sich das Gewehrfeuer nun auf die Männer konzentrierte, die Moto angriffen. Wie durch ein Wunder war der Japaner noch am Leben, kämpfte wie ein Stier, während er aus zahlreichen Wunden blutete. Und die Männer, die seinem Toben bis zu diesem Moment entkommen waren, fielen jetzt dem Gewehrfeuer der japanischen Soldaten zum Opfer.

Voller Grauen sah sich Indiana um. Eine Handvoll Hunnen rannte im Zickzack über das Eisfeld davon und versuchte, sich in den Schutz der Felsen zu retten, hinter denen sie hervorgekommen waren, aber die allermeisten waren den Angriffen der beiden Zeros, Motos Schwert oder den Gewehrkugeln der Soldaten zum Opfer gefallen.

Warum? dachte er schaudernd. Was die Männer getan hatten, war selbstmörderisch. Selbst wenn es ihnen gelungen wäre, Indiana und Moto zu töten, wären sie hinterher von den Fallschirmspringern oder den Zeros getötet worden, die noch immer wie riesige schwarze Todesvögel über dem Eisfeld kreisten. Was um alles in der Welt trieb diese Männer an?

Er sah nicht mehr hin, während mehr und mehr von Motos Elitesoldaten rings um sie herum vom Himmel regneten und zum Teil noch in der Luft auf die flüchtenden Mongolen zu schießen begannen.

»Sie sehen nicht besonders glücklich aus, Dr. Jones«, sagte Moto, später, als sie in einem der von den Japanern errichteten Zelte saßen und Tee tranken. »Schon gar nicht für einen Mann, der binnen weniger Stunden zum zweiten Mal dem sicheren Tod entgangen ist.«

Der lauernde Unterton in seiner Stimme entging Indiana keineswegs. Und er verstand ihn auch. Abgesehen von einigen Kratzern und Schürfwunden war Indiana so gut wie unverletzt davongekommen, während Moto – nachdem der Sanitäter mit ihm fertig war – ein bißchen an eine Mumie erinnerte. Sein Kopf war verbunden, der linke Arm hing in einer Schlinge, und über dem rechten Handgelenk spannte sich ein blutiger Verband. Wenn er ging, dann humpelte er sichtbar, und manchmal, wenn er glaubte, Indiana sehe nicht hin, zuckten seine Lippen vor Schmerz. Was alles in allem auch kein Wunder war – schließlich hatte er die Mongolen praktisch allein aufgehalten, mit nichts als einem Schwert und seinen bloßen Händen.

Trotzdem antwortete Indiana nicht auf die Frage, die in seinen Worten lag, sondern zuckte nur mit den Schultern, nippte an seinem Tee und schmiegte die Hände fest um die emaillierte Blechtasse, um auch das letzte bißchen Wärme aufzunehmen.

Es nutzte nichts. Wahrscheinlich hätte es auch nichts genutzt, wenn er die Finger direkt in die Flammen des Gaskochers gehalten hätte. Die Kälte hatte sich so tief in seinem Körper eingenistet, daß er nicht sicher war, ob er sie jemals wieder völlig daraus vertreiben konnte. Vielleicht würde er für den Rest seines Lebens frieren müssen – was unter Umständen allerdings nur noch Stunden waren.

Sie hatten Shambala gefunden. Einer der Piloten hatte das Kloster auf der anderen Seite des Berghanges entdeckt und seine genaue Position über Funk durchgegeben, ehe die Maschinen wieder abgeflogen waren. Sobald die Sonne aufging, würden sie losmarschieren und Shambala nach wenigen Stunden erreichen.

»Wissen Sie, Dr. Jones«, fuhr Moto nach einer Weile fort, als er begriff, daß Indiana nicht reagieren würde. »Ich war zwar anderweitig beschäftigt, aber ich konnte mich trotzdem nicht des Eindrucks erwehren, daß diese Männer Sie irgendwie schonen würden. Kann das sein?«

Indiana trank einen weiteren Schluck Tee, ehe er antwortete. »Sie hätten mich töten können, wenn sie gewollt hätten«, sagte er ruhig. »Und ehe Sie fragen: Ich weiß ebensowenig wie Sie, warum sie es nicht getan haben.«

»Oh, ich weiß es.«

Indiana sah verblüfft auf, und Moto lächelte geheimnisvoll und schwächte seine Worte ein wenig ab: »Oder sagen wir: Ich habe eine bestimmte Vermutung.«

»Und welche?«

»Es ist noch zu früh, um darüber zu reden, Dr. Jones«, sagte

Moto. »Aber wenn ich recht habe, dann würde das eine Menge erklären, was ich bisher nicht verstanden habe.«

»Vielleicht beantwortet es auch die Frage, wie Sie und Ihre Männer wieder aus diesen Bergen herauskommen wollen«, sagte Indiana giftig. »Oder haben Sie zufällig eine spezielle Art von Fallschirmen dabei, mit denen Sie wieder zu Ihren Flugzeugen hinaufspringen können?«

Moto lachte herzhaft. »Ganz so einfach wird es leider nicht sein, Dr. Jones«, gestand er. »Aber keine Sorge – ich habe auch daran gedacht. Eine gut ausgerüstete Expedition ist bereits auf dem Weg zu uns. Wir werden einige Unbequemlichkeiten erdulden müssen, aber wir werden es überleben. Und wir sind nicht mehr ganz so allein und hilflos wie heute morgen.«

Zumindest in diesem Punkt hatten sich Indianas Befürchtungen gottlob nicht bestätigt: Es hatte zwar Stunden gedauert, bis die in alle Richtungen auseinandergewehten Soldaten das Lager erreicht hatten, aber von den fünfzig Mann, die die Flugzeuge abgesetzt hatten, hatten es nur acht nicht geschafft. Indiana war allerdings nicht völlig sicher, ob er sich wirklich darüber freuen sollte. Der Angriff der Hunnen hatte gezeigt, daß Shambala bewacht wurde – aber gegen zweiundvierzig von Motos Ninja-Soldaten hatten vermutlich nicht einmal zweihundert Hunnen eine Chance.

Die Zeltplane wurde zurückgeschlagen, und einer der Soldaten trat ein. Er salutierte und wandte sich dann an Moto. Indiana verstand nicht, was er sagte, aber auf Motos Gesicht breitete sich eine Mischung aus Sorge und leiser Verärgerung aus. Er antwortete nicht, sondern stand mit einem Ruck auf und ging aus dem Zelt. Indiana folgte ihm, wogegen Moto keine Einwände erhob.

Eine kleine Gruppe Soldaten hatte sich unweit des Zeltes versammelt und redete aufgeregt und heftig gestikulierend miteinander. Moto sorgte mit einem knappen Befehl für Ruhe. Aber die mühsam unterdrückte Furcht vermochte er nicht aus den Gesichtern der Männer zu vertreiben.

Moto redete eine ganze Weile mit den Soldaten, ehe er sich mit finsterem Gesicht wieder umdrehte.

»Probleme?« fragte Indiana. Er versuchte vergeblich, so etwas wie Schadenfreude in seine Stimme zu legen.

»Nein«, blaffte Moto. Aus irgendeinem Grund war er sehr wütend. »Diese Narren beginnen Gespenster zu sehen – schon in der ersten Nacht. Das kann ja heiter werden.«

»Gespenster?« hakte Indiana nach.

Moto zögerte einen spürbaren Moment, aber dann antwortete er doch. »Sie behaupten, den Schneemenschen gesehen zu haben.«

»Den Yeti?« fragte Indiana überrascht.

»So nennt man ihn wohl.« Moto nickte widerwillig. »Was für ein Unsinn!«

Vom anderen Ende des Zeltlagers hallte ein Schrei herüber, der eine Sekunde später von einem kurzen Feuerstoß aus einer Maschinenpistole beantwortet wurde.

Sie rannten los. Das Feuer brach ab, aber sie hörten Schreie, und aus den Zelten rannten Soldaten und schlossen sich ihnen an. Eine Leuchtkugel schoß zischend in die Höhe und tauchte das Lager in rotes, unheimlich flackerndes Licht.

Am entgegengesetzten Ende des Zeltlagers waren an die zwanzig Soldaten zusammengelaufen; sehr nervös – und voller Furcht. Sie standen um einen Punkt wenige Meter von den Felsen entfernt und wichen nur widerwillig beiseite, als Moto und Indiana herangeeilt kamen.

»Was zum Teufel ist hier los?« knurrte Moto auf englisch. »Diese Narren erschrecken vor jedem Schatten, der –«

Er brach überrascht ab, als die Männer vor ihm Platz machten und sie sehen konnten, was sie so erschreckt hatte.

Es war eine Spur. Allerdings nicht die eines Menschen.

Auch Indiana riß verblüfft die Augen auf. Er hatte nie zuvor eine Fußspur wie diese gesehen. Sie glich eher der eines Affen als der eines Menschen, aber wenn, dann des größten Affen, von dem er je gehört hätte.

Sie führte von den Felsen zum Rand des Lagers und wieder zurück. Jeder einzelne Abdruck war gute vierzig Zentimeter lang. Und noch etwas fiel Indiana auf.

Neugierig beugte er sich vor und betrachtete die monströsen Fußspuren im Schnee genauer, bis er bemerkte, daß Moto ihn mißtrauisch ansah. Er richtete sich hastig wieder auf.

»Haben Sie etwas entdeckt, Dr. Jones?« fragte Moto.

»Nein«, antwortete Indiana ausweichend. »Ich bin nur... erstaunt. Ich habe so etwas noch nie gesehen.«

»Ich auch nicht«, sagte Moto. »Wofür halten Sie das?«

»Auf jeden Fall nicht für den Yeti«, antwortete Indy; selbst für seinen eigenen Geschmack eine Spur zu hastig, um wirklich überzeugend zu wirken.

Er überzeugte Moto auch nicht. Ganz im Gegenteil – die Augen des Japaners wurden noch schmaler, und auf seinen Zügen erschien ein lauernder Ausdruck. Aber zu Indianas Überraschung sagte er nichts mehr, sondern blickte nur noch eine Sekunde lang nachdenklich auf die Spur im Schnee herab – und bewegte sich dann langsam in die Richtung, in der sie zwischen den Felsen verschwand. Indiana folgte ihm, und nach kurzem Zögern gesellten sich auch einige Soldaten zu ihnen. Einige. Längst nicht alle.

Indiana war nicht besonders überrascht, daß sich die Spuren nach wenigen Metern zwischen den eisverkrusteten Felsen verloren. Aber ihm fiel noch etwas auf: Die Felsen waren an dieser Stelle besonders steil und hoch. Selbst Moto hatte manchmal Mühe, sich durch die engen Spalten und Zwischenräume zu zwängen. Für ein Wesen, das solche Spuren hinterließ, gab es hier eigentlich kein Durchkommen.

»Hier stimmt doch etwas nicht«, murmelte Moto. Er gab einem der Soldaten einen Befehl, und der Mann feuerte eine weitere Leuchtkugel ab. Zischend und funkensprühend stieg das Geschoß in die Höhe und überzog das Eisfeld mit Helligkeit.

Und im gleichen Moment sahen sie den Yeti.

Hoch aufgerichtet und mit weit ausgebreiteten Armen stand

das Ungeheuer über ihnen auf einem Felsen, ein Gigant mit zottigem, schmutzigweißem Fell, das vom flackernden roten Licht der Leuchtkugel wie mit Blut überzogen zu sein schien. Er war größer als ein Bär, aber nicht so massig. Fürchterliche Klauen blitzten wie fingerlange Dolche an seinen Pranken, und sein Gesicht war eine schreckliche Mischung aus Affe, Mensch und noch etwas, das Indiana nicht einordnnen konnte. In der vorgewölbten Schnauze blitzten ehrfurchtsgebietende, gekrümmte Fänge, und die Augen loderten wie kleine, glühende Kohlen.

Die Leuchtkugel erlosch, und aus dem Giganten wurde ein monströser, struppiger Schatten, der noch größer erschien. Ein tiefes, drohendes Knurren erklang.

Einer der Soldaten begann zu schießen. Aus dem Knurren wurde ein wütender Schrei, und die Soldaten ergriffen voller Panik die Flucht. Moto und Indiana wurden einfach mitgerissen. Hinter ihnen wurde das Brüllen des Yeti immer lauter und zorniger, und sie hörten das Krachen und Poltern von Steinen, vermischt mit stampfenden Schritten.

»Auf jeden Fall nicht der Yeti, wie?« brüllte Moto, während sie nebeneinander zum Lager zurückrannten. »Was für ein Wissenschaftler sind Sie, Dr. Jones? Einer, der mit Kaffeesatz und Kristallkugeln arbeitet?«

Indiana warf einen Blick über die Schulter zurück. Er konnte das Ungeheuer nicht mehr sehen, aber er konnte seine stampfenden Schritte *fühlen.* Was zum Teufel ging hier vor?

Sie blieben erst stehen, als sie wieder im Lager und von zwei Dutzend bewaffneten Soldaten umgeben waren. Die Männer feuerten jetzt Leuchtkugeln in ununterbrochener Folge, aber das flackernde rote Licht machte es eher schwerer, etwas zu erkennen.

»Was ist das, Jones?« fragte Moto. Seine Stimme klang wieder gefaßt, aber es gelang ihm nicht ganz, seine Nervosität zu verbergen. »Ich meine, es... es gibt doch keinen Yeti, oder? Nicht wirklich!«

»Das habe ich bis vor zehn Minuten auch geglaubt«, murmelte Indiana.

Wieder krachte ein Schuß, aber diesmal vom anderen Ende des Lagers. Schreie gellten auf, und plötzlich zerrissen Donner und Blitz einer explodierenden Handgranate die Nacht. Moto begann lautstark und auf japanisch zu fluchen und stürmte in die Richtung, aus der der Lärm gekommen war. Als er zurückkehrte, befanden sich zwei weitere Soldaten in seiner Begleitung. Beide bluteten aus einem halben Dutzend kleiner Schnitt- und Schürfwunden; verletzt vom Splittern ihrer eigenen Handgranate. Den Yeti hatten sie natürlich nicht erwischt.

Indiana hatte Mühe, ein schadenfrohes Grinsen zu unterdrücken, als die drei auf ihn zuhumpelten. Und den entsprechenden Ton aus seiner Stimme zu verbannen, versuchte er erst gar nicht.

»Sieht ganz so aus, als stünde Ihnen eine aufregende Nacht bevor, Mr. Moto«, sagte er.

Es *wurde* eine unruhige Nacht. Obwohl keiner der Männer den Yeti innerhalb der nächsten beiden Stunden auch nur zu Gesicht bekam, steigerte sich die gespannte Stimmung unter den Japanern bis Mitternacht zu einem Zustand, der verdächtig nahe an Hysterie grenzte. Drei weitere Soldaten wurden verletzt, weil ihre Kameraden auf Schatten schossen; einer davon so schwer, daß es fraglich war, ob er den Morgen erleben würde.

Und auch an Indiana ging die Anspannung nicht spurlos vorüber – obwohl es weniger Angst war, was er verspürte. Der Anblick des Ungeheuers hatte ihn ebensosehr erschreckt wie Moto und seine Männer, aber viel größer als seine Furcht war die Verwirrung, die der Wissenschaftler in ihm empfand.

Er hatte den Yeti gesehen; zwar nur für eine Sekunde, aber deutlich und aus nächster Nähe. Indiana war kein Anthropologe, aber seine wissenschaftliche Ausbildung sagte ihm sehr deutlich, daß es ein Wesen wie den Yeti einfach nicht geben konnte. Es paßte in keine ökologische Nische, und es war auch nicht einfach nur ein Mittelding zwischen Mensch und Affe. Es war ... etwas, das es einfach nicht geben durfte. Er war verwirrt. Verwirrt und unsicher wie selten zuvor im Leben.

Kurz vor Mitternacht befahl Moto den Männern, die Hälfte des Lagers aufzugeben und sich zu einem dichten Kreis zusammenzuschließen. Sie opferten alles, was sie nicht unbedingt benötigten, um eine Anzahl Feuer zu entzünden, die einen zweiten, hell erleuchteten Kreis um ihr geschrumpftes Lager bildeten, den nicht einmal eine Maus ungesehen passieren konnte. Es war eine Maßnahme, die sicherlich wirkungsvoll, aber auch sehr riskant war. Die Männer verbrannten einen Teil ihrer dringend benötigten Ausrüstung. Wenn sie Shambala am nächsten Tag nicht fanden, würde die kommende Nacht mehr als hart werden.

Trotz all dieser Sicherheitsmaßnahmen wirkte Moto alles andere als zufrieden, als er kurz nach Mitternacht in das Zelt zurückkehrte, das er mit Indiana teilte. Als Indy ihn darauf ansprach, explodierte er regelrecht.

»Was ich habe?« polterte er los. »Zum Teufel, da fragen Sie noch?« Er gestikulierte zum Zeltausgang hin. »Ich habe eine Armee dort draußen, Dr. Jones! Eine verdammt gute Armee! Jedenfalls habe ich das vor ein paar Stunden noch geglaubt. Und was habe ich jetzt? Einen Haufen zitternder Idioten, der sich gegenseitig die Füße abschießt, weil er Angst vor einem ... Gespenst hat!«

»Das war kein Gespenst«, sagte Indiana ruhig. »Ich habe es gesehen. Ihre Männer haben es gesehen. *Sie* haben es gesehen, Mr. Moto.«

Eine Sekunde lang starrte Moto ihn verwirrt an, dann machte er eine herrische Geste, und der gewohnte, überhebliche Ausdruck trat wieder in seine Züge. »Ich habe *etwas* gesehen, Dr. Jones«, sagte er. »Genau wie Sie. Ich weiß nicht, was es war. Vielleicht ein Affe.«

»Es gibt keine Affen im Himalaya«, antwortete Indiana ruhig. »Zumindest keine so großen.«

»Es ist mir gleich, was es ist!« fauchte Moto. »Verdammt, und *wenn* es der legendäre Yeti ist – was soll's? Wir werden auch damit fertig, wenn es sein muß.«

Ein dumpfes Grollen drang durch die Zeltplane herein, fast als hätte irgend etwas dort draußen seine Worte gehört.

Aber es war nicht die Stimme des Yeti, es war...

Motos Augen weiteten sich, als er im gleichen Moment wie Indiana begriff. »Das ist...«

»...eine Lawine«, führte Indiana den Satz zu Ende.

»*Raus hier!*« brüllte Moto.

Hintereinander stürmten sie aus dem Zelt. Auch die Soldaten waren aufgesprungen und blickten mit schreckgeweiteten Augen in die Richtung, aus der das immer lauter werdende Grollen und Dröhnen kam. Indiana spürte, wie das Eis unter seinen Füßen sacht zu vibrieren begann.

Moto schrie einen Befehl, und die Soldaten spritzten in alle Richtungen auseinander. Auch Indiana begann zu rennen, aber er ahnte, daß es ein Wettlauf war, den er nicht gewinnen konnte.

Er hatte recht.

Indiana war kaum hundert Meter vom Lager entfernt, als sich das Rumpeln und Grollen zu einem ungeheuerlichen Dröhnen steigerte. Im Laufen sah er sich um – und was er erblickte, das ließ ihn noch schneller ausgreifen, obwohl er auf dem glatten Boden schon so den Halt zu verlieren drohte. Eine staubige, weiße Wand raste auf Motos Zeltlager zu und verschlang es binnen einer Sekunde – zusammen mit den Männern, die das Pech gehabt hatten, nicht schnell genug oder in die falsche Richtung gelaufen zu sein.

Doch auch Indiana blieben nur noch Sekunden. Mit dem Erlöschen der Feuer hatte sich fast vollkommene Dunkelheit über das Eisfeld gesenkt – aber Indiana sah die Lawine trotzdem noch, wie eine schwarze, massive Wand, die mit der Geschwindigkeit eines Expreßzuges herangedonnert kam und den Boden unter ihm zum Wanken brachte.

Blindlings fuhr er herum, stürmte weiter – und blieb nach ein paar Schritten wieder stehen.

Vor ihm war nichts mehr.

Er stand am Rand einer mehr als fünf Meter breiten Gletscherspalte, deren Boden sich in pechschwarzer Finsternis verlor!

Gehetzt sah er sich um. Die allesverschlingende schwarze Wand der Lawine war vielleicht noch hundert Meter hinter ihm, dann neunzig, achtzig...

Indiana ließ sich auf die Knie herabsinken, suchte mit den Händen nach etwas, von dem er sich wenigstens einreden konnte, daß es ein sicherer Halt war, und ließ die Beine in die Tiefe gleiten. Seine wild tastenden Füße fanden einen Spalt im Eis. Mit jagendem Herzen kletterte er weiter, löste die Hand von ihrem Halt und suchte nach einem neuen.

Die Lawine donnerte über die Gletscherspalte hinweg, kaum daß er den Kopf unter ihre Kante gebracht hatte.

Hinterher wußte er selbst nicht, wie er es geschafft hatte. Es dauerte vielleicht eine Minute, kaum länger, aber für Indiana war es, als vergingen Ewigkeiten, während er sich mit aller Kraft an das Eis preßte. Der Himmel über ihm war erloschen, verschlungen von einer brüllenden Decke aus Schnee und Eis, die alles zermalmend über Indiana hinwegschoß. Die Wand, an die er sich klammerte, wankte und bebte wie ein Schiff im Sturm. Er konnte nicht mehr atmen. Die Luft um ihn war voller feuchtem, pulvrigem Schnee, der ihn zu ersticken drohte. Die Temperaturen sanken schlagartig so tief, daß Indiana spürte, wie jedes Gefühl und jede Kraft aus seinen Fingern wich. Eis und Schnee hämmerten auf seinen Rücken und seine Schultern ein. Noch eine Sekunde, und –

Die Lawine war vorbei. Plötzlich war der Himmel über ihm wieder da, und er konnte wieder atmen. Die Eiswand stellte ihre Bemühungen ein, Indiana abzuschütteln.

Unendlich erleichtert legte Indiana den Kopf in den Nacken, schloß die Augen und atmete tief ein, und der Lawine folgte ein

Nachzügler in Form eines faustgroßen Schneeballes, der direkt in Indys Gesicht prallte und ihn rücklings in die Tiefe stürzen ließ.

Der Sturz brachte ihn nicht um. Er raubte ihm auch nicht das Bewußtsein. Er tat ihm nicht einmal besonders weh, denn er landete in weichem, nassem Schnee, der seinem Fall den allergrößten Teil seiner Wucht nahm.

Trotzdem blieb er eine Weile benommen liegen, ehe er es wagte, sich behutsam aufzusetzen und ebenso behutsam mit den Fingerspitzen über seinen Körper zu tasten, wie um sich davon zu überzeugen, daß noch alles an seinem Platz und relativ unbeschädigt war. Erst danach wagte er es, ebenso vorsichtig aufzustehen und sich in der Gletscherspalte umzublicken, soweit dies im schwachen Licht der Sterne überhaupt möglich war.

Was er sah, erfüllte ihn nicht gerade mit Zuversicht. Er war sieben oder acht Meter in die Tiefe gestürzt, so daß es trotz der weichen Decke aus Schnee, in die er gefallen war, einem kleinen Wunder glich, daß er unverletzt davongekommen war. Und die Wand neben ihm war glatt wie ein Spiegel, zumindest hier unten. Vorhin hatte ihm die pure Todesangst die Kraft gegeben, sich in winzigen Spalten und Rissen festzuklammern, aber zum einen gab es diese winzigen Spalten und Risse hier unten nicht, und zum anderen begann er die Wirkung der Kälte nun wirklich *unangenehm* zu spüren. Seine Hände waren so steif, daß er die Finger nicht mehr geradebekam, ohne vor Schmerz aufzustöhnen, und selbst das Luftholen tat ihm in der Kehle weh. Er wollte um Hilfe rufen, tat aber auch das nicht. Falls überhaupt einer von Motos Soldaten die Lawine überlebt hatte, so hatten sie im Moment wahrscheinlich anderes zu tun, als nach ihm zu suchen.

Trotzdem resignierte Indiana Jones nicht. Es war nicht das erste Mal, daß er ganz auf sich allein gestellt war, und es war weiß Gott nicht das erste Mal, daß er sich in einer Situation befand, die jeder andere als ausweglos bezeichnet hätte. Er hob die Hände ans Gesicht, blies hinein, um sich an seinem eigenen Atem aufzuwärmen, und versuchte auf der Stelle zu treten, um auch seinen Füßen Bewegung zu verschaffen, versank dabei aber so tief in dem weichen Schnee, daß er dieses Unterfangen sofort wieder aufgab.

Indiana gab auch die Idee, einfach auf dem Grund der Spalte entlangzumarschieren, bis er eine Stelle fand, an der das Hinaufklettern möglich sein mochte, sehr schnell wieder auf und begann methodisch, seine Kleider und alles, was er bei sich trug, zu untersuchen. Manchmal, das hatte ihn die Erfahrung gelehrt, erwiesen sich die banalsten Dinge in bestimmten Situationen als überaus nützlich.

Leider war dies keine von diesen bestimmten Situationen. Moto hatte ihm zwar seine Peitsche gelassen, die er trotz allem wohl als eine Art Talisman oder bestenfalls ein Spielzeug anzusehen schien, aber Indiana war im Moment einfach nicht in der Verfassung, sich in Tarzan-Manier an der Peitschenschnur irgendwo hinaufzuhangeln; ganz davon abgesehen, daß es weit und breit nichts gab, wonach er sie hätte schwingen können.

»Sieht ganz so aus, als ob du diesmal wirklich in der Klemme sitzt, alter Junge«, sagte er zu sich selbst.

Der Klang seiner eigenen Stimme ließ ihn schaudern. Die glatten Eiswände reflektierten sie und warfen sie hundertfach gebrochen zurück, und irgendwo löste sich ein winziger Rest von Schnee und fiel raschelnd in die Tiefe.

Wider besseres Wissen trat Indiana an die Wand heran, hob die Arme und suchte nach einem Halt. Er fand keinen. Enttäuscht trat er zurück, starrte die Wand vor sich einen Moment lang mürrisch an, tat dann das einzige, was ihm übrigblieb – er suchte sich ein halbwegs trockenes Fleckchen, setzte sich und wartete, daß Hilfe kam.

Endlose Minuten vergingen, bis er endlich über sich Stimmen und die Geräusche näherkommender Menschen hörte. Er sprang auf, rief ein paarmal laut und hob gestikulierend die

Arme, als ein Gesicht über ihm auftauchte. Nur einen Augenblick später wurde ein Seil zu ihm herabgeworfen. Auf dem letzten Stück griffen starke Hände nach ihm und zogen ihn wieder auf das Eisfeld hinauf, wo er sofort erschöpft auf die Knie sank und fast eine Minute lang mit geschlossenen Augen dahockte, ehe er überhaupt die Kraft fand, den Kopf zu heben und sich umzusehen.

Es waren zwei von Motos Soldaten, die ihn aus der Gletscherspalte gerettet hatten, und diese beiden waren die einzigen lebenden Menschen, die er in weitem Umkreis erblickte.

Eigentlich waren sie überhaupt das einzige, was er sah.

Er hatte damit gerechnet, das Lager völlig zerstört vorzufinden, aber das war es nicht – es war einfach nicht mehr da. Wo die Handvoll Zelte und Lagerfeuer gewesen waren, erstreckte sich jetzt eine makellose, völlig ebene weiße Fläche. Auch die Felsen, in deren Windschatten sich die Zelte geduckt hatten, waren zum allergrößten Teil verschwunden. Nur ihre Spitzen ragten noch aus dem Weiß hervor.

Einer der beiden Soldaten sagte etwas auf japanisch zu ihm. Indiana schüttelte übertrieben den Kopf und hob beide Hände an die Ohren, um zu verdeutlichen, daß er nicht verstand, aber aus irgendeinem Grund schien das den Soldaten wütend zu machen. Grob zerrte er Indy in die Höhe und wiederholte seine Worte, und auch Indiana wiederholte sein Kopfschütteln, zuckte mit den Achseln und lächelte unsicher.

Vielleicht war der Vorrat des Mannes an Humor momentan begrenzt. Vielleicht bedeutete ein Lächeln in dieser Situation für einen Japaner etwas ganz anderes als für Indiana – auf jeden Fall erreichte er das Gegenteil dessen, was er gewollt hatte. Der Soldat holte ohne Vorwarnung aus und versetzte Indiana einen Schlag mit dem Handrücken, der ihn rücklings in den Schnee stürzen ließ.

Indiana hob in Erwartung eines neuerlichen Schlages oder Fußtrittes schützend die Arme vor das Gesicht, aber der Soldat griff ihn nicht noch einmal an. Statt dessen riß er plötzlich sein

Gewehr hoch und starrte aus weit aufgerissenen Augen auf einen Punkt irgendwo hinter Indiana, und auch der zweite Japaner fuhr mit einem Schrei herum und hob seine Waffe.

Ihre Reaktion kam zu spät. Plötzlich erschien ein gewaltiger, weißer Schatten über Indiana. Ein ungeheuerliches Brüllen erklang, und einer der beiden Japaner taumelte unter einem Hieb zurück, der ihm das Gewehr aus der Hand riß und ihn haltlos stolpern ließ. Indiana half der Entwicklung noch ein bißchen nach, indem er ihm ein Bein stellte, und der Soldat kippte rückwärts und mit einem gellenden Schrei in die Gletscherspalte hinab, aus der er Indy selbst vor wenigen Augenblicken erst herausgezogen hatte. Der zweite Japaner warf in hohem Bogen seine Waffe fort und suchte sein Heil in der Flucht.

Indiana stemmte sich auf die Ellbogen hoch und sah hinter sich, und obwohl er gewußt hatte, was er erblicken würde, erfüllte ihn das Bild für einen Moment mit lähmendem Schrekken. Der Yeti stand hinter ihm, ein Koloß von gut zwei Metern Größe, riesig, wild, mit lodernden Augen und zum tödlichen Hieb erhobenen Krallen. Indiana sah das unvorstellbare Wesen jetzt aus unmittelbarer Nähe, und sein Anblick wirkte noch erschreckender und furchteinflößender als vorhin. Für einen Moment war er einfach starr vor Schrecken, und vielleicht rettete ihm gerade dies das Leben, denn aus irgendeinem Grund zögerte die Bestie zuzuschlagen. Ihr Blick bohrte sich in den Indianas, und er konnte das rote Lodern in den Augen erkennen, eine flackernde Glut wie die eines Feuers, das im Inneren des Ungeheuers zu brennen schien.

Dann fiel ihm etwas auf. Die Füße des Ungeheuers waren zu groß. Er war ein Gigant, größer als jeder Mensch, den Indiana je gesehen hatte, aber seine Füße waren selbst im Verhältnis zu diesem ungeheuerlichen Körper beinahe absurd groß. Und... ja, und auch sonst stimmten die Proportionen dieses Wesens einfach nicht.

Der Schneemensch stand noch immer da, die rechte Hand mit den fürchterlichen Krallen wie zum Schlag erhoben, aber

Indiana stemmte sich jetzt langsam in die Höhe, wich zwei, drei, vier vorsichtige Schritte von dem weißbepelzten Koloß zurück und schüttelte den Kopf.

»Laß den Unsinn«, sagte er.

Der Yeti starrte ihn weiter an. In seinem Gesicht, in dem sich die Züge eines Menschen und die eines Affen zu einer sonderbaren Mischung vereinten, rührte sich nichts, und auch das flackernde Feuer in den Augen des Yeti veränderte sich nicht. Dann stieß er einen grollenden Laut aus, hob auch die andere Hand, so daß er wie ein zum Kampf aufgerichteter Bär mit weit ausgebreiteten Armen vor Indiana stand, und machte einen einzelnen, tapsigen Schritt.

Indiana wich um die gleiche Distanz vor ihm zurück, löste die Peitsche vom Gürtel und sagte noch einmal: »Bitte, laß den Unsinn.«

Der Yeti machte einen weiteren Schritt, und Indiana schlug mit der Peitsche zu.

Die Lederschnur schnitt durch die Luft, traf den Kopf des Yeti, riß ihn von seinen Schultern und ließ ihn drei, vier Meter weit davonfliegen, ehe er mit einem sonderbar weichen, hohlen Laut im Schnee landete. Der Yeti erstarrte mitten in der Bewegung. Seine Arme waren noch immer hoch erhoben. Er wankte, fiel aber nicht. Und aus dem Loch zwischen seinen Schultern, wo sein Kopf gewesen war, floß auch kein Blut. An seiner Stelle erschien plötzlich ein zweiter, kahlgeschorener und sehr viel kleinerer Schädel inmitten des struppigen weißen Fells, während sich die Arme des Yeti nun doch senkten.

»Woran haben Sie es gemerkt, Dr. Jones?« fragte Löbsang vorwurfsvoll.

Indiana rollte gemächlich seine Peitsche auf und sah sich nach weiteren japanischen Soldaten um, entdeckte aber keine. »Deine Füße«, sagte er mit einer entsprechenden Geste auf die gewaltigen weißen Überschuhe, in denen die Füße des Tibeters steckten. »Sie sind zu groß.«

Löbsang sah betroffen auf die gut vierzig Zentimeter langen

Schneemenschen-Füße herab, in die er geschlüpft war, und Indiana fuhr in beinahe heiterem Tonfall fort: »Außerdem solltest du sie vorn beschweren. Mir ist schon vorhin an der Spur aufgefallen, daß etwas damit nicht stimmt. Die Eindrücke waren eigentlich nur hinten.«

»Aber sonst war ich doch überzeugend, oder?« fragte Löbsang.

Indiana rollte seine Peitsche vollends zusammen, befestigte sie wieder an seinem Gürtel und tat ihm den Gefallen, zu nikken. »Im Grunde schon«, sagte er. Dann wurde er ernst. »Ich frage mich nur, was du dir davon versprochen hast. Hast du wirklich geglaubt, mit dieser Verkleidung allein Moto und seine Soldaten in die Flucht schlagen zu können?«

»Irgend etwas mußte ich versuchen, Dr. Jones«, verteidigte sich Löbsang. Er kam auf Indiana zu, und jetzt, als Indy seinen Kopf auf den Schultern des gewaltigen Wesens sah, fiel ihm erst auf, wie ungelenk und tolpatschig die Gestalt war. Löbsang, der ihm normalerweise nicht bis zur Kinnspitze reichte, überragte ihn jetzt um mehr als zwei Haupteslängen. Der Tibeter mußte auf Stelzen gehen – was in dieser schwerfälligen Verkleidung schon ein Kunststück für sich war.

Indiana schüttelte seufzend den Kopf. »Ich glaube dir ja, daß es gut gemeint war«, sagte er. »Aber besonders klug war es nicht.«

»Es hat doch gewirkt«, sagte Löbsang, zuckte mit den Schultern und kämpfte plötzlich mit aller Macht um sein Gleichgewicht, denn die Bewegung drohte ihn nach vorn kippen zu lassen. Indiana streckte die Arme aus, um ihn aufzufangen, aber Löbsang fand im letzten Moment seine Balance wieder.

»Für einen Moment, ja«, räumte Indiana ein. »Aber ich glaube, auch Moto ist bereits mißtrauisch geworden. Und es hat auch Nachteile, Menschen *zu* nervös zu machen. Sie schießen im Moment auf jeden Schatten, nehme ich an. Die, die noch am Leben sind, heißt das.« Er überlegte einen Moment. Dann fragte er: »War die Lawine auch dein Werk?«

»Sagen wir, ich habe ein wenig... nachgeholfen«, gestand Löbsang. Sein Lächeln, das schon bisher sehr unglücklich gewesen war, erlosch für einen Moment ganz. »Es tut mir leid, daß so viele unschuldige Menschen zu Schaden gekommen sind«, sagte er. »Aber manchmal müssen Dinge getan werden, auch wenn sie nicht gut sind.«

»Na ja«, sagte Indiana. »Auf jeden Fall scheint es funktioniert zu haben.« Demonstrativ sah er sich um. Noch immer war nirgendwo eine Spur von irgendwelchen Überlebenden zu sehen, aber er glaubte nicht, daß die Sache schon vorbei war. So wie er selbst und die beiden Männer, die Löbsang verjagt hatte, mußten auch noch andere die Lawine überlebt haben. Wahrscheinlich würde es einfach eine Weile dauern, bis sie sich von ihrem Schrecken erholt und wieder gesammelt hatten.

Indiana gedachte nicht, dann noch hier zu sein.

»Jetzt komm endlich da raus und laß uns von hier verschwinden«, sagte er. »Du kennst doch den Weg nach Shambala, oder?«

Löbsang nickte, wenn auch nur zögerlich, und Indiana begriff, daß es ihm selbst jetzt noch schwerfiel, einem Fremden den Weg in dieses Heiligtum zu weisen. Gleichzeitig schien er aber auch einzusehen, daß sie im Augenblick keine andere Wahl mehr hatten. Wie wenig seine mongolischen Freunde gegen eine gut ausgerüstete und wirklich entschlossene Truppe von modernen Soldaten ausrichten konnten, das hatten sie alle am Nachmittag erlebt.

»Würden Sie mir vielleicht freundlicherweise meinen Kopf geben?« bat Löbsang, während er mit umständlichen Bewegungen im Inneren des Yeti-Kostüms von seinen Stelzen herabstieg und die Arme aus den Armhüllen des Schneemenschen zog. Sie fielen schlaff an der Seite des weißen Fellbündels herab, und die Gestalt geriet vollends zur Karikatur. Indiana war hin- und hergerissen zwischen dem Bedürfnis, einfach laut loszulachen und einer fast widerwilligen Bewunderung für Löbsang. Selbst ihn hatte dieses Kostüm für einen Moment genarrt. Und, auch wenn es vielleicht nicht perfekt war, so wirkte es möglicherweise gerade deshalb überzeugend.

Indiana stapfte die wenigen Meter durch den Schnee, um den Yeti-Kopf aufzuheben. Während der Tibeter sich umständlich aus seinem Kostüm schälte, untersuchte Indiana die Maske. Wie er vermutet hatte, bestanden ihre Augen aus nichts anderem als kleinen, geschliffenen roten Gläsern, und im Inneren des hohlen Schädels war tatsächlich eine sinnreiche Konstruktion angebracht, auf der eine brennende Talgkerze gestanden hatte. Kein Wunder, daß er an ein loderndes Feuer im Inneren des Monsterschädels hatte denken müssen. Und auch sonst überraschte der künstliche Kopf Indiana mehr und mehr. Das Fell erwies sich bei näherer Betrachtung als nichts anderes als das weißgefärbte Fell eines Lamas, das in kleine Stücke zerschnitten und anschließend wieder neu zusammengenäht worden war. Aber Indiana konnte beim besten Willen nicht sagen, woraus das Gesicht gefertigt war. Es fühlte sich an wie Leder, war aber keines, und so genau er auch hinsah, so konnte er doch zumindest im schwachen Sternenlicht keinerlei Nähte entdekken. Und auch die Zähne und die dazugehörigen Kiefer waren echt. Er fragte sich, von welchem Raubtier sie stammten. Er hatte so etwas noch nie gesehen.

Löbsang hatte sich endlich aus seinem Kostüm hervorgearbeitet, rollte es sorgsam zusammen und wickelte als letztes den Yeti-Kopf hinein, ehe er alles zusammen in einem Beutel verstaute, den er sich mit Indianas Hilfe auf den Rücken schnallte. Dieses Unternehmen verbrauchte eine Menge Zeit, Zeit, die sie wahrscheinlich gar nicht hatten, aber Indiana erhob keinerlei Einwände. Ohne daß Löbsang es ihm hätte sagen müssen, wußte er, daß dieses Kostüm sehr, sehr wertvoll war.

»Und jetzt?« fragte Löbsang, als sie fertig waren.

»Shambala«, antwortete Indiana. »Es sei denn, du hättest eine bessere Idee.«

»Wir...« Löbsang zögerte, »müssen nicht dorthin«, sagte er. »Ich kenne einen Weg ins Tal hinab, den wir bewältigen könnten.« Er schien Indianas Einwände vorauszuahnen und fügte beinahe hastig hinzu: »Meine Brüder und ich haben überall Lebensmittellager eingerichtet, und wir werden auch eine Höhle finden, die uns vor dem Nachtfrost schützt.«

»Daran zweifle ich nicht«, sagte Indiana. Er sprach sehr leise, und er bemühte sich, seiner Stimme einen ebenso ehrlichen wie eindringlichen Klang zu verleihen, um Löbsangs Mißtrauen nicht noch mehr zu schüren. »Du mußt mich nach Shambala bringen«, sagte er. »Du hast gar keine andere Wahl – und ich glaube, du weißt das auch sehr gut. Moto und seine Männer sind nicht alle tot. Ich glaube nicht einmal, daß es viele erwischt hat. Und sie wissen, wo Shambala liegt.«

Löbsang erschrak. »Sie –«

»Einer der Piloten hat das Kloster entdeckt«, bestätigte Indiana. »Moto weiß genau, wo er danach zu suchen hat. Eigentlich wollte er erst morgen früh losmarschieren. Aber ich denke, solange wird er jetzt nicht mehr warten.«

»Aber was können wir zwei allein tun?« fragte Löbsang hilflos.

»Nichts«, gestand Indiana. »Aber wenn wir ihm zuvorkommen und das Schwert wegbringen, dann gibt es keinen Grund mehr für ihn, Shambala anzugreifen. Und wenn wir es nicht schaffen...« Er zuckte mit den Schultern und versuchte aufmunternder zu lächeln, als ihm zumute war. »Vielleicht kann ich euch wenigstens helfen, das Kloster zu verteidigen.«

Löbsangs Blick machte deutlich, was er von diesem Teil seines Vorschlags hielt, aber er behielt seine Meinung für sich und nickte widerwillig. »Also gut«, sagte er. »Ich werde Sie –«

Ein Schuß krachte. Zwischen Indiana und Löbsang spritzte der Schnee auf, und eine Sekunde später erklang ein zweiter Gewehrschuß, der diesmal unmittelbar hinter Indy den Schnee aufwühlte.

Indiana erstarrte zur Salzsäule. Er hatte die Warnung verstanden. Wer immer auf ihn geschossen hatte, hätte ihn schon beim ersten Mal treffen können, wenn er gewollt hätte.

»Sehr vernünftig von Ihnen, Dr. Jones!« schrie eine Stimme. Sie war dünn, ging halb im Geräusch des Windes unter und kam von weit her, aber er erkannte sie trotzdem sofort.

»Moto«, murmelte er düster.

Löbsang erbleichte vor Schrecken, nahm sich aber ein Beispiel an Indiana und erstarrte ebenfalls zur Reglosigkeit, und aus der Dunkelheit hinter ihnen fuhr Motos Stimme fort: »Bitte, seien Sie auch weiter vernünftig und rühren Sie sich nicht, ehe ich mich gezwungen sehe, Sie und Ihren Begleiter zu erschießen!«

Indiana hob die Hände und drehte sich ganz langsam in die Richtung, aus der die Stimme kam. Er konnte weder Moto noch seine Männer sehen, denn die Nacht lag wie ein dunkler Vorhang vor ihm und verschlang alles, was weiter als fünf oder sechs Schritte entfernt war, aber er zweifelte keine Sekunde daran, daß mindestens ein Dutzend Gewehrläufe auf ihn und den Tibeter gerichtet waren. Und daß Motos Drohung nicht aus leeren Worten bestand. Es gab für den Japaner keinen Grund mehr, ihn oder gar Löbsang am Leben zu lassen.

Eine Anzahl geduckter Schatten tauchte in der Dunkelheit vor ihnen auf. Fünf, sechs, zehn – schließlich mehr als ein Dutzend japanischer Soldaten. Unter ihnen befand sich auch Moto selbst. Der Japaner und seine Soldaten sahen etwas mitgenommen aus, fand Indiana. Kaum einer von ihnen war ohne mehr oder minder schwere Verletzungen davongekommen, aber das schien ihre Entschlossenheit eher noch zu steigern. Indiana rührte sich auch weiter nicht. Er wußte, daß die Männer bei der kleinsten verdächtigen Bewegung das Feuer eröffnen würden.

Moto begann spöttisch zu applaudieren, als er noch fünfzehn Meter entfernt war. »Das war wirklich eine phantastische Vorstellung, Löbsang«, sagte er. »Ich gestehe, daß sogar ich darauf hereingefallen bin.« Er lachte. »Ist das nicht herrlich? Außer dem legendären Schwert des Dschingis Khan werde ich noch etwas aus dem Himalaya mitbringen – nämlich die Antwort auf die Frage, ob es den Yeti wirklich gibt.«

Dann erlosch sein Lächeln. Mit ausgestrecktem Arm deutete er auf Löbsang.

»Erschießt ihn«, sagte er.

Drei oder vier seiner Männer hoben gleichzeitig ihre Gewehre, und Löbsang verwandelte sich in einen wirbelnden Schatten, der mit unvorstellbarer Schnelligkeit auf Indiana zuraste, gegen ihn prallte – und ihn mit sich über die Kante der Gletscherspalte riß, vor der sie standen.

Wieder war es der frische Schnee der Lawine, der sie vor schweren Verletzungen bewahrte. Indiana prallte dicht neben Löbsang in die weiße Masse. Über sich hörte er Schreie und hastige Schritte, und er hatte sich kaum auf Hände und Knie hochgearbeitet, da erschienen die ersten Schatten am Rand der Spalte und begannen auf sie zu schießen. Rechts und links von ihnen fuhren Kugeln mit einem feuchten Klatschen in den Schnee. Indiana begriff voller Schrecken, daß Löbsang und er vor dem hellen Hintergrund ein hervorragendes Ziel bieten mußten.

Verzweifelt sprang er auf die Füße, zerrte den Tibeter mit sich und versuchte, im Zickzack zu laufen, kam aber kaum von der Stelle, denn seine Füße sanken bei jedem Schritt weit in den Schnee ein. Wieder krachten Schüsse, und diesmal waren die Einschläge noch näher als bei der ersten Salve. Und sobald sich die Soldaten auch nur ein paar Sekunden Zeit nahmen, um wirklich zu zielen, konnten sie sie auf diese geringe Entfernung eigentlich gar nicht verfehlen.

Er erspähte eine Schneewehe an der gegenüberliegenden Wand, aber Löbsang zerrte ihn mit erstaunlicher Kraft in die entgegengesetzte Richtung, obwohl sie sich den Japanern dadurch wieder näherten. Indiana war viel zu durcheinander, um sich zu wehren. Plötzlich war er es, der hinter Löbsang herstolperte. Eine Kugel pfiff so dicht an ihm vorbei, daß er den heißen Luftzug spürte, dann hörte er Motos befehlsgewohnte Stimme, und das Feuer brach für eine Sekunde ab. Die nächsten Schüsse würden treffen, das wußte er.

Plötzlich riß ihn Löbsang nach links, scheinbar direkt auf die massive Wand aus Eis zu. Aber was selbst aus unmittelbarer Nähe wie eine undurchdringliche Mauer aussah, war keine. Indiana hob schützend die linke Hand vor das Gesicht, aber vor ihm war nichts – er stolperte plötzlich beinahe haltlos gegen den Tibeter und wäre gestürzt, hätte Löbsang nicht zugegriffen und ihn im letzten Moment aufgefangen.

Löbsang ließ ihm nicht einmal Zeit, seiner Überraschung Ausdruck zu verleihen, sondern zerrte ihn grob mit sich in die Dunkelheit hinein. Indiana strauchelte immer wieder. Der Boden unter seinen Füßen war spiegelglatt und mußte aus Eis bestehen, und ein paarmal prallte er in der absoluten Schwärze gegen Hindernisse, die er nicht sehen konnte, denen Löbsang aber wie durch Zauberei auswich. Ein paarmal sah er sich im Laufen um. Die Schreie der Japaner und das Geräusch der Schüsse blieben schon nach Augenblicken hinter ihnen zurück, und auch der verwaschene Lichtfleck, der den Eingang in diesen Tunnel im Eis darstellte, verblaßte nach erstaunlich kurzer Zeit, so daß sie durch vollständige Finsternis rannten. Erst als er ganz sicher zu sein schien, daß sie von ihren Verfolgern nicht mehr eingeholt werden konnten, lief Löbsang etwas langsamer und blieb schließlich stehen. Sein Atem ging schnell und schwer, und als er sprach, hatte seine Stimme einen unheimlichen, hohlen Widerhall, der Indiana verriet, daß sie sich in einem sehr großen Raum aufhalten mußten.

»Ich glaube, wir sind vorerst in Sicherheit, Dr. Jones«, sagte er. »Sie werden es nicht wagen, uns hierhin zu folgen.«

»Da wäre ich nicht so sicher«, antwortete Indiana.

Er konnte Löbsangs Kopfschütteln in der Dunkelheit hören, so heftig war es. »Sie wagen es nicht«, sagte er noch einmal. »Niemand, der sich hier nicht wirklich auskennt, könnte in diesem Stollen überleben. Es ist ein ganzes Labyrinth, in dem man sich hoffnungslos verirren kann.«

»Aber du kennst dich hier aus?« fragte Indiana.

Löbsang wich einer direkten Antwort aus. »Ich werde einen

Platz suchen, an dem wir die Nacht verbringen können«, sagte er. »Sobald es hell wird, bringe ich Sie nach Shambala. Dieser Weg ist viel kürzer als der über den Berg, den Moto und seine Männer nehmen müssen.«

»Ich bin nicht besonders müde«, sagte Indiana. Die völlige Dunkelheit und der Gedanke an die ungezählten Tonnen von Eis und Fels, die über ihnen sein mußten, machten ihn nervös. Seine Behauptung war natürlich gelogen – er war sogar zum Umfallen müde. Aber ihr Vorsprung war einfach zu kostbar, um ihn mit etwas so Banalem wie Schlaf zu vertun. Wenn sie eine Chance hatten, Stunden, vielleicht sogar eine halbe Nacht vor Moto das Felsenkloster zu erreichen, dann mußten sie sie nutzen.

»Trotzdem ist es besser, wir warten ab, bis es Tag wird«, sagte Löbsang.

»Wieso?« fragte Indiana mißtrauisch.

»Nun, ich...« Löbsang zögerte hörbar. »...bin nicht ganz sicher, ob ich den Weg auch in der Dunkelheit finde«, gestand er schließlich.

»Du kennst dich hier nicht aus?« fragte Indiana erschrocken.

Ein heftiges Rascheln erklang aus Löbsangs Richtung, als der Tibeter eine abwehrende Bewegung machte. »Doch, sicher«, sagte er, ein bißchen zu hastig, um Indiana wirklich zu überzeugen. »Es ist nur so, daß dieser Weg unter dem Eis zum Teil keinem anderen Zweck dient, als Eindringlinge zu verwirren. Es gibt Irrgänge und Fallen hier.«

»Aber du bist schon einmal hiergewesen?« fragte Indiana.

Löbsangs Schweigen war Antwort genug.

»Nun, das kann ja heiter werden«, seufzte Indiana. »Hast du vielleicht noch mehr solcher Überraschungen auf Lager?«

»Ich verstehe Ihre Sorge, Dr. Jones«, antwortete Löbsang, »aber sie ist unbegründet. Wenn die Sonne aufgeht, werden wir ein wenig Licht haben, und dann finde ich den Weg. Man hat ihn mir genau beschrieben, keine Angst.«

»Oh, dann ist ja alles in Ordnung«, antwortete Indiana spöttisch. »Und ich hatte schon Angst, du hättest ihn nur in einer Vision gesehen.«

Löbsang schwieg einige Sekunden. »Wenn ich ehrlich sein soll...«, begann er, aber er sprach nicht weiter, als hätte er Indianas erschrockenen Gesichtsausdruck gesehen. Vielleicht hatte er es.

Im ewigen Eis
Am nächsten Morgen

Trotz allem schlief er so schnell ein, daß er sich am nächsten Morgen nicht einmal mehr daran erinnerte, wie Löbsang einen Platz zum Übernachten für sie gefunden hatte. Und er schlief erstaunlich gut; zumindest angesichts der Tatsache, daß er auf einem Bett aus *Eis* übernachtete.

Als er die Augen aufschlug, fand er sich in einer verzauberten, märchenhaften Welt wieder, die so fremdartig war, daß er sich im ersten Moment ganz ernsthaft fragte, ob er wirklich schon wach war oder vielleicht noch träumte.

Es war hell geworden, genau wie Löbsang gesagt hatte, aber es war ein sonderbares mildes, weiches Licht, das aus keiner bestimmten Quelle zu kommen schien, und es dauerte einen Moment, bis Indiana klar wurde, daß es das Eis selbst war, das leuchtete. Offenbar befand sich die Höhle nicht sehr tief unter dem Boden, so daß das Licht der Sonne bis hier hinabdrang. Bizarre Eisgewächse und Skulpturen hingen von der Decke oder wuchsen aus dem Boden, und etwas wie leuchtender Staub trieb in dünnen Schwaden durch die Luft und reflektierte das Licht, als wären Myriaden winziger Sterne in der Höhle verteilt. Von irgendwoher drang das Geräusch tropfenden Wassers an sein Ohr, aber selbst dieser Laut wurde von der verwirrenden Akustik dieser unterirdischen Märchenwelt verändert, klang fremd und wie sphärisch schwebend.

Dann hörte Indiana ein Geräusch, das ihm jäh klar machte, daß dies kein *Traum* war: Löbsangs Schnarchen.

Gähnend setzte er sich auf, wandte müde den Kopf und sah verwirrt auf den Tibeter herab, der sich neben ihm zusammengerollt hatte. Löbsang hatte sich wieder in sein Yeti-Kostüm gehüllt, um sich vor der schneidenden Kälte zu schützen. Indiana fand das etwas unpraktisch, aber er begriff gleichzeitig, warum er so gut geschlafen hatte: Das gefärbte Lamafell hatte nicht nur den Tibeter, sondern auch ihn gewärmt, und zwar ausgezeichnet. Und Löbsangs/Yetis gepolsterte Schulter hatte auch ein ausgezeichnetes Kopfkissen abgegeben.

Indiana gähnte herzhaft, streckte die Hand aus und rüttelte Löbsang unsanft an der Schulter.

»He!« sagte Indiana. »Steh' schon auf, alter Junge! Wir müssen die Welt retten!«

Löbsang schnarchte noch einen Moment weiter, dann drehte er schwerfällig den Kopf und blinzelte Indiana an. Gleichzeitig versuchte er mit einer ungeschickten, verschlafenen Bewegung Indianas Hand beiseitezuschieben.

»Nichts da!« sagte Indiana aufgeräumt. »Du kannst ausschlafen, wenn das hier vorbei ist.« Sehr viel ernster fügte er hinzu: »Nun komm' schon. Wir haben viel zu viel Zeit verloren. Wenn Moto und seine Männer die Nacht über durchmarschiert sind, dann werden sie Shambala bald erreichen.«

Löbsang sah ihn noch einen Moment lang unentschlossen aus seinen nachgemachten Yeti-Augen an, aber dann schien er wohl einzusehen, daß Indiana recht hatte, denn er grunzte eine unverständliche Antwort und erhob sich unwillig. Seine Bewegungen waren die eines Mannes, der viel zu früh aus einem viel zu kurzen Schlaf geweckt worden war.

»Wie weit ist es bis Shambala?« fragte Indiana, während er sich mit den Händen gegen Schenkel und Oberarme schlug, um sich selbst ein wenig Wärme zu verschaffen. »Ich meine: Führen diese Gänge ganz bis dorthin, oder besteht die Gefahr, daß wir noch einmal aus dem Labyrinth müssen und auf Moto und seine Männer stoßen?«

Löbsang antwortete nicht, sondern schlurfte gebückt zu einer kleinen Pfütze aus Schmelzwasser, aus der er geräuschvoll zu trinken begann. Indiana betrachtete ihn stirnrunzelnd.

»Redest du nicht mehr mit jedem?« fragte er.

Offenbar war es so. Löbsang stillte geräuschvoll seinen Durst, dann richtete er sich wieder in eine halb gebückte Stellung auf, sah Indiana noch einmal aus seinen trüben roten Glasaugen an – und schlurfte mit hängenden Schultern davon.

»He!« rief Indiana. »Was hast du –« Er brach ab, grinste und wartete, bis Löbsang außer Sichtweite war. »Wenn du irgendwo Papier findest, laß mir etwas davon übrig!« rief er ihm aufgeräumt nach.

»Papier?« fragte Löbsangs Stimme. »Wozu denn, Dr. Jones?« *Hinter ihm.*

»Zum –« Indiana keuchte, fuhr herum und starrte den Tibeter an, der kaum zwei Schritte hinter ihm aufgetaucht war und ihn verständnislos ansah.

»Löbsang!« murmelte er erschüttert. »Wo... wo kommst du denn... her?«

Löbsang deutete hinter sich. »Ich habe ein wenig den Weg erkundet, Dr. Jones«, sagte er. »Ich denke, ich werde den Weg nach Shambala finden. Die Beschreibung, die ich erhielt, war sehr präzise.«

»Den... Weg... erkundet?« murmelte Indiana stockend. »Das heißt, du... du warst gar nicht... hier?«

»Ich war nicht sehr lange fort«, verteidigte sich Löbsang. »Allerhöchstens zehn Minuten.«

Indiana fuhr mit einem erstickten Laut herum und starrte in die Richtung, in der die zottige weiße Gestalt verschwunden war. Sein Herz sprang mit einem Satz bis in seinen Hals hinauf und hämmerte dort mit ungefähr dreihundert Schlägen in der Minute weiter.

»Was haben Sie, Dr. Jones?« fragte Löbsang besorgt. »Sie sind kreidebleich. Ist Ihnen nicht gut?«

»Nichts«, sagte Indiana. »Es ist... nichts.« Er zwang sich zu einem Lächeln, stand auf und drehte sich nach einem letzten, sehr langen Blick in den Eisstollen vollends zu Löbsang um.

»Es ist alles in Ordnung«, sagte er noch einmal. »Du hast den Weg gefunden, sagst du? Wie weit ist es noch?«

Löbsang warf einen langen, sehr mißtrauischen Blick in den Gang hinter Indy, ehe er antwortete. »Es ist noch ein gutes Stück, fürchte ich. Aber wir sind im Vorteil, denn wir können unter dem Berg hindurch gehen. Für Motos Männer wird der Weg um einiges beschwerlicher.«

»Dann sollten wir keine Zeit verlieren«, sagte Indiana nervös, ergriff den total perplexen Löbsang bei der Schulter und schob ihn fast gewaltsam vor sich her, bis Löbsangs Schritte sich den seinen angeglichen hatten. Der Tibeter sah sehr verwirrt aus. Aber er ging mit keinem Wort auf Indianas sonderbares Benehmen ein.

Indiana verlangsamte seine Schritte erst wieder, als sie sich ein gutes Stück von der Stelle entfernt hatten, wo er aufgewacht war. Löbsang setzte ein paarmal dazu an, ihn nun doch nach dem Grund seiner plötzlichen Eile zu fragen, aber es gelang Indiana jedes Mal, ihm geschickt auszuweichen.

Es war schwer, in dieser unwirklichen Welt aus Eis und erstarrter Kälte die Zeit zu bestimmen, aber Indiana schätzte, daß sie mindestens zwei Stunden unterwegs waren. Die Intensität des Lichtes schwankte stark. Ein paarmal bewegten sie sich durch fast vollkommene Finsternis, aber mehrmals wurde das Eis über ihren Köpfen auch so dünn, daß sie die Sonne wie einen blaßgelben Fleck mit verwaschenen Rändern darüber erkennen konnten. Zwei- oder dreimal verließen sie das Eislabyrinth auch ganz, ehe sie wieder in einen Tunnel oder eine Höhle eindrangen. Offensichtlich war diese unterirdische Welt nur zu einem kleinen Teil – wenn überhaupt – künstlich geschaffen worden.

Löbsang bestand darauf, daß sie eine Rast einlegten, und Indys Protest war eigentlich auch nur ein lahmer Einwand, auch wenn jede Sekunde darüber entscheiden konnte, ob sie oder Moto Shambala zuerst erreichten. Die märchenhafte Schönheit dieser verborgenen unterirdischen Welt täuschte auf den ersten Blick darüber hinweg, wie schwer das Vorwärtskommen in ihr manchmal war. Ganze Strecken mußten sie kletternd oder kriechend zurücklegen. Dieser Weg war vielleicht kürzer als der, den Moto und seine Leute gingen, aber ganz bestimmt nicht *leichter*.

Sie marschierten eine weitere Stunde, dann betraten sie eine gewaltige, kuppelförmige Höhle, deren Boden hüfttief mit Wasser bedeckt war; aber es war so kristallklar, daß Indiana dies im allerersten Moment nicht einmal bemerkte. Hätte Löbsang nicht warnend die Hand gehoben und er gleichzeitig den eisigen Hauch gespürt, der ihm von der Wasseroberfläche entgegenschlug, dann wäre er vielleicht einfach hineingelaufen.

Ein wenig ratlos sah er sich um. Die Eiskuppel war riesig, aber auch wieder nicht so groß, daß er sie nicht hätte völlig überblicken können. Der Zugang, durch den sie gekommen waren, war der einzige. Sie waren in einer Sackgasse. Vielleicht hatte er Löbsangs Ortskenntnis doch ein wenig überschätzt.

»Und jetzt?« fragte er.

Löbsang lächelte sein übliches, nichtssagend-freundliches Lächeln und deutete nach oben. Die Decke war an dieser Stelle so dünn, daß sie das Sonnenlicht wie eine Kuppel aus milchigem Kristall hindurch ließ. Der winzige, strahlend helle Fleck in ihrem Zentrum war Indiana bis jetzt noch gar nicht aufgefallen; geschweige denn das dünne Tau, das fast bis zur Wasseroberfläche hinabreichte und an dessen Ende ein Eimer hing.

»Shambala, Dr. Jones«, sagte Löbsang. »Wir befinden uns direkt darunter. Dieser See ist das Trinkwasserreservoir des Klosters.« Seine Stimme wurde leiser, und die unheimliche Akustik des unterirdischen Eisdomes verlieh ihr einen nachhallenden Klang, der seine Worte zu einem düsteren Omen machte. »Ich würde jetzt gern sagen, daß Sie der erste weiße Mann sind, der dies zu sehen bekommt, Dr. Jones, aber ich bin nicht mehr sicher, daß das wirklich die Wahrheit wäre.«

Indy sah, mit welch großem Schmerz Löbsang diese Worte erfüllten, aber es fiel ihm im Moment schwer, die Gefühle des Tibeters nachzuvollziehen. Ihn selbst erfüllte ein ganz anderes Gefühl – nämlich das blanke Entsetzen. Er ahnte, auf welchem

Weg Löbsang ihn in das verbotene Kloster bringen wollte. Es war nicht besonders schwer zu erraten.

»Ich nehme nicht an, daß es hier irgendwo einen gut getarnten Aufzug gibt?« fragte er mit einem raschen, nervösen Lächeln.

Löbsang blieb ernst. »Wir werden am Brunnenseil hinaufklettern müssen«, sagte er. »Ist das ein Problem für Sie, Dr. Jones?«

»Das Klettern nicht«, antwortete Indiana. Ohne ein weiteres Wort ging er neben Löbsang in die Hocke und tauchte die linke Hand ins Wasser, um sie so schnell wieder zurückzuziehen, daß selbst Löbsang überrascht zusammenfuhr.

Das Wasser war nicht eisig, es war *mörderisch* kalt. Seine Hand pochte vor Schmerz. Er war sicher, daß seine Finger einfach abbrechen würden, wenn er versuchte, sie zu bewegen. »Unmöglich«, sagte er überzeugt.

»*Was* ist unmöglich, Dr. Jones?« fragte Löbsang, während sich Indiana aufrichtete und behutsam seine Hand zu massieren begann.

»Das Seil«, antwortete Indiana. »Wir kommen nicht hin.«

»Das Wasser ist nicht sehr tief«, sagte Löbsang.

»Aber es ist sehr *kalt*«, antwortete Indiana. »Zu kalt, Löbsang. Wir sind in zwei Minuten tot, wenn wir dort hineinwaten.«

Löbsang sah sehr enttäuscht aus, aber er mußte wohl auch begreifen, daß Indiana recht hatte, denn er widersprach nicht. Indiana sah sich suchend in der großen Höhle um. Nichts. Die Wände waren so glatt, als wären sie sorgfältig poliert worden, und dasselbe galt für die Decke. Um dort hinaufzuklettern und den Brunnenschacht zu erreichen, hätte man Saugnäpfe an Händen und Füßen haben müssen. Aber sie konnten auch nicht zurück. Wenn sie überhaupt noch eine Chance hatten, Moto und seinen Soldaten zuvorzukommen, dann mußten sie sie jetzt ergreifen.

Indy sah keine große Chance, löste aber trotzdem die Peitsche vom Gürtel, schwang sie zwei-, dreimal prüfend und ließ das Ende dann nach dem Brunnenseil fliegen. Das Ergebnis hatte er vorausgesehen: Die Peitschenschnur war mindestens zwanzig Meter zu kurz.

»Wenn wir vielleicht nur dieses kleine Stück...«, schlug Löbsang zögernd vor, aber Indiana schüttelte den Kopf.

»Das wäre Selbstmord, Löbsang«, sagte er sanft. »Glaub mir. Das Wasser würde uns in einer Minute lähmen und in zwei töten.«

»Das ist durchaus möglich, Dr. Jones«, sagte Löbsang. Er lächelte traurig, legte die Fingerspitzen aufeinander und schloß die Augen. Ein dünnes, an- und abschwellendes Summen kam über seine Lippen und wurde zu einem monotonen Summen.

»Ommm mana pat –«

»Tu das nicht, Löbsang«, sagte Indiana. »Das ist Selbstmord!«

»Ommm...«, bestätigte Löbsang, drehte sich mit noch immer geschlossenen Augen herum und ging hoch aufgerichtet und sehr langsam in das eiskalte Wasser hinein.

Gebannt und mit klopfendem Herzen sah Indiana zu, wie der Tibeter in den See hineinschritt. Er rechnete jeden Augenblick damit, daß er einfach zusammenbrechen und im Wasser versinken würde, aber Löbsang schien die mörderische Kälte nicht zu spüren. Ganz langsam näherte er sich dem Brunnenseil, ergriff es und drehte sich um. Indiana beobachtete voller Unglauben, wie er langsam, aber ohne zu zögern und mit fast geschmeidigen Bewegungen zurückkam. Eine Aura eisiger Kälte umgab ihn, als er zurückkam und ihm das Seil reichte.

»Wie... hast du das gemacht?« fragte Indiana fassungslos.

Löbsangs Lippen zitterten. Er wollte etwas sagen, aber er brachte kein Wort hervor. Seine Augenbrauen waren weiß, und auf seiner Haut glitzerte Eis. Sein Gewand knisterte wie trockenes Holz.

Indiana nahm ihm das Seil aus der Hand, löste den Eimer von seinem Ende und rollte es weiter ab, bis er auf Widerstand stieß.

Er ergriff das Seil, zog noch einmal prüfend daran und warf Löbsang einen gleichermaßen auffordernden wie besorgten Blick zu. »Geht es noch?«

Löbsang antwortete auch jetzt nicht, aber seine Lippen zitterten heftiger. Ein qualvoller Ausdruck stand in seinen Augen, obgleich sich in seinem Gesicht kein Muskel rührte.

Indiana tat das einzige, was ihm übrig blieb. Er wertete Löbsangs Schweigen als Zustimmung. »Halt' dich an mir fest!« sagte er. »Ich versuche, uns beide nach oben zu bringen. Ich hoffe nur, meine Kraft reicht.«

Er konnte die Kälte von Löbsangs Händen und Armen durch seine Kleider hindurch spüren, als der Tibeter seine Hüften umschlang und sich mit erstaunlicher Kraft an ihm festklammerte.

Entschlossen stieß er sich ab, zog die Knie an den Leib und begann Hand über Hand am Brunnenseil in die Höhe zu klettern, noch während sie zur Mitte des Sees hinausglitten. Trotzdem versanken seine – und auch Löbsangs – Beine bis über die Knie im Wasser, während das Seil hin- und herpendelte, bis es schließlich direkt unter dem Brunnenschacht zur Ruhe kam.

Die Kälte tat *weh*. Indiana stöhnte auf, als der Schmerz wie ein elektrischer Schlag durch seinen Körper pulsierte und ihn zu lähmen drohte. Und trotzdem war es wahrscheinlich gerade das, was ihn rettete, denn der grausame Schmerz machte ihm unbarmherzig klar, welches Schicksal ihn erwartete, wenn er das Seil auch nur für eine Sekunde losließ.

Trotzdem begriff er hinterher selbst nicht, woher er die Kraft genommen hatte, den Brunnenrand zu erreichen. Löbsangs Gewicht zerrte wie eine Tonnenlast an ihm. Das Seil schnitt tief in seine Finger, und von den Knien abwärts waren seine Beine starr und taub vor Kälte.

Wie lange sie brauchten, wußte er nicht. Er wußte auch nicht, wie lange er hinterher zitternd und stöhnend vor Kälte neben dem Brunnenschacht gelegen und mit der drohenden Bewußtlosigkeit gerungen hatte.

Es war die sanfte, doch kraftvolle Berührung von Löbsangs

Händen, die ihn schließlich wieder ins Bewußtsein zurückbrachte. Der Tibeter kniete neben ihm. Seine Hände massierten abwechselnd Indianas Brust, Gesicht und Hals, und was immer er tat, es war sehr unangenehm, brachte aber gleichzeitig das Leben in Indianas Körper zurück. Indy stöhnte, versuchte den Kopf zu heben und schaffte es schließlich beim dritten Anlauf.

»Wie fühlen Sie sich, Dr. Jones?« fragte Löbsang. Sein Gesicht war grau. »Glauben Sie, daß Sie sich bewegen können?«

Das einzige, was Indiana allen Ernstes glaubte, war, daß seine Arme und Beine einfach durchbrechen mußten, wenn er auch nur versuchte, sich innerhalb der nächsten zwei Stunden zu bewegen. Trotzdem zwang er sich zur Andeutung eines Nickens, stemmte sich mit zusammengebissenen Zähnen in die Höhe und kam schließlich – wenn auch nur mit Löbsangs Hilfe – auf die Füße. Seine Zähne klapperten heftig, und alles drehte sich für einen Moment um ihn. Er wankte, griff haltsuchend um sich und wurde abermals von Löbsang aufgefangen.

»Bitte versuchen Sie es, Dr. Jones«, sagte der Tibeter eindringlich. »Es ist wichtig. Ich fürchte, wir sind nicht mehr rechtzeitig gekommen.«

Die Worte erfüllten Indiana mit einem Schrecken, den er sich im ersten Moment selbst nicht erklären konnte. Es fiel ihm schwer, einen klaren Gedanken zu fassen. Die Kälte lähmte alles, selbst den Fluß seiner Gedanken, aber er spürte trotzdem, wie eindringlich Löbsangs Worte gemeint waren.

Mit aller Gewalt zwang er sich, die Augen offenzuhalten und sich umzusehen. Und was er erblickte, das erfüllte ihn mit einer Mischung aus Staunen, ungläubiger Bewunderung – und Entsetzen.

Sie hatten Shambala gefunden, aber es war anders, ganz anders, als Indiana erwartet hatte. Er hatte viele Wunder gesehen, Dinge, die die meisten anderen als schlichtweg unmöglich bezeichnet hätten. Aber niemals etwas wie das hier.

Shambala bestand völlig aus Eis. Der Brunnen, aus dem sie

herausgestiegen waren, lag im Zentrum eines kleinen, sechseckigen Innenhofs, der von Wänden aus sorgsam bearbeitetem, spiegelglattem Eis eingeschlossen war. Zahlreiche Türen und Fenster befanden sich in diesen Wänden, und die meisten waren von großen Statuen flankiert, die Götter und Dämonen, Drachen und andere Fabelwesen darstellten. Hoch über ihren Köpfen erhob sich das Pagodendach des gewaltigsten Tempelgebäudes, das Indiana jemals gesehen hatte, und auch dieses Dach bestand völlig aus kristallklarem, geschnitztem Eis.

Aber es gab etwas, das den Eindruck, in ein Märchenland verschlagen worden zu sein, nachhaltig störte.

Vor einer der Türen lag ein toter Lama-Priester. Das Eis unter seinem Körper hatte sich rot gefärbt, und die Wand, neben der er zusammengebrochen war, wies eine Anzahl häßlicher, gezackter Löcher auf. In den Schatten hinter der Tür waren die Umrisse eines zweiten reglosen Körpers zu entdecken, und über die Schwelle tropfte ein dünnes, rotes Rinnsal, das sich mit der Blutlache unter dem toten Lama vereinigte.

»Wir sind zu spät gekommen«, flüsterte Löbsang. Aller Schrecken, alles Entsetzen und alle Furcht der Welt schwangen in seinen Worten mit.

Indiana wandte langsam den Kopf und sah den Tibeter an. Löbsangs Gesicht hatte nun vollends jede Farbe verloren. Seine Lippen zitterten, und seine Hände waren zu Fäusten geballt. Tränen schimmerten in seinen Augen. »Vielleicht... sind wir noch nicht ganz zu spät«, murmelte Indiana. »Vielleicht können wir sie noch irgendwie aufhalten.«

Löbsang antwortete nicht. Er sah ihn einfach nur voller Trauer an, und nach einer Sekunde senkte Indiana den Blick und sah zu Boden.

In diesem Moment hörten sie in weiter Entfernung das helle, abgehackte Rattern eines Maschinengewehrs. Indiana sah mit einem Ruck auf, und auch Löbsang fuhr zusammen. Ein keuchender, halb erstickter Laut kam über seine Lippen. Seine Augen weiteten sich.

»Die... die Heilige Halle!« flüsterte er. »Sie... sie müssen in der Heiligen Halle sein, die niemals entweiht werden darf!« Plötzlich fuhr er herum, stieß einen krächzenden Schrei aus und rannte mit weit ausgreifenden Schritten auf eine der Türen zu, so schnell, daß Indiana Mühe hatte, ihm zu folgen.

Sie drangen ins Innere des Tempels ein, das sich als ein wahres Labyrinth von Gängen, Treppen und winzigen, zum größten Teil fensterlosen Kammern entpuppte. Indiana warf im Laufen einen Blick durch eine der Türen und stellte fest, daß offenbar auch hier drinnen alles aus Eis bestand, soweit dies überhaupt möglich war. Mit Ausnahme von Stühlen und niedrigen, mit Bastmatten bedeckten Betten gab es nichts, was nicht aus Eis geschnitzt war. Er fragte sich, wer dieses unglaubliche Gebäude errichtet hatte.

Auch hier fanden sie Tote – zum größten Teil tibetische Mönche, die in die gleichen einfachen Gewänder wie Löbsang gehüllt waren, aber auch Männer in den Fellmänteln und -mützen der Hunnen, die Moto und ihn am Abend zuvor angegriffen hatten. Dazu – allerdings nur einige wenige – japanische Soldaten sowie eine Anzahl anderer Asiaten, die keine Uniform, wohl aber moderne Waffen trugen. Indiana begriff erst nach einer Weile, daß nicht nur Moto und seine Männer, sondern vor ihnen offensichtlich auch schon General Dzo-Lin Shambala erreicht hatte.

Und mit ihm wahrscheinlich Tamara!

Es gab keine Zeit zu verlieren! Er griff rascher aus, holte zu Löbsang auf und stürmte neben ihm eine schmale, aus dem Eis herausgeschlagene Treppe hinauf, die in engen Windungen nach oben führte. Das Rattern des Maschinengewehrs war nicht mehr zu hören, aber dafür hörten sie jetzt immer öfter vereinzelte Schüsse, das Bersten von Eis und das Heulen von Querschlägern, und manchmal schrille, abgehackte Schmerzens- und Kampfschreie.

Die Treppe wurde immer schmaler. Nach einigen Augenblicken fiel Indiana zwei Stufen hinter den Tibeter zurück, und schließlich bückte sich sein Führer durch einen niedrigen Durchgang und blieb so abrupt stehen, daß Indiana fast in ihn hineingerannt wäre.

»Was ist?!« fragte er unwillig. »Wo ist die Heilige Halle, die–«

Löbsang unterbrach ihn mit einer herrischen Handbewegung und deutete hinter sich; gleichzeitig bedeutete er ihm mit einer Geste der anderen Hand, still zu sein. Indiana gehorchte.

Beinahe auf Zehenspitzen ging er an Löbsang vorbei und blickte durch die Öffnung, auf die der Tibeter gedeutet hatte, auf eine unglaubliche Szene herab.

Unter ihm – sicherlich zehn oder fünfzehn Meter unter ihm – lag eine gewaltige, asymmetrisch geformte Halle aus Eis. Schmale, hohe Fenster in einer der Wände gewährten ihm einen Blick auf ein phantastisches Panorama, in dem sich die Gipfel des Himalaya unter einer Wolkendecke ausbreiteten, die zum Greifen nahe schien. Aber das helle Sonnenlicht, das durch diese Fenster hereinströmte, enthüllte ihm auch einen Anblick schieren Grauens. Die Halle war voller Toter. Auf dem blank polierten Eis des Bodens saßen einige von Löbsangs Brüdern, die Hände vor den Gesichtern gefaltet und die Augen geschlossen, und beteten lautlos, aber eine fast ebenso große Zahl von ihnen lag tot oder sterbend da, und zwischen ihnen entdeckte er die Leichen von japanischen und chinesischen Soldaten, die sich in der Heiligen Halle einen gnadenlosen Kampf geliefert haben mußten. Der Boden war zerfurcht von MG- und Gewehrkugeln, zerbrochenen Schwertern und Bajonetten; Speerspitzen ragten aus dem Eis, und hier und da konnte er die reglosen Körper mongolischer Krieger erkennen. Offensichtlich hatte am Ende jeder gegen jeden gekämpft.

Und der Kampf war noch nicht vorbei. Ein einzelner Mann in einer schmucklosen, schwarzen Uniform hockte hinter einem Altar aus Eis und gab aus einem auf einem Dreibein ruhenden Maschinengewehr kurze, gezielte Feuerstöße auf eine Anzahl Gestalten ab, die sich zwischen den mannsdicken Eissäulen auf der anderen Seite der Eishalle verschanzt hatten. Die Japaner erwiderten das Feuer, trafen aber ebenso wenig wie der Chinese. Indiana vermutete, daß es General Dzo-Lin persönlich war, den er sah.

Dann blieb sein Blick an etwas anderem hängen, das seine Aufmerksamkeit für Momente völlig in Anspruch nahm:

An zwei dünnen, silbernen Ketten hing ein schmuckloses Schwert über dem Altar. Ein eigenartiger Glanz schien von der Klinge auszugehen, eine Art leuchtende Aura, die den zerschrammten Stahl umgab. Aber es war kein gutes Licht. Indiana konnte das Gefühl nicht anders in Worte fassen – dieser Schein war irgendwie... böse.

»Das Schwert!« flüsterte Löbsang neben ihm. »Es frißt wieder Menschen!«

Indiana fuhr verblüfft herum. Löbsangs Augen hatten sich vor Entsetzen geweitet; auch sein Blick hing an der schmucklosen Klinge und dem kalten Schein, der sie umgab. »Es frißt wieder Menschen, Dr. Jones«, flüsterte er erneut. »Wir müssen es vernichten!«

Es gab kaum etwas, das Indiana in diesem Moment lieber getan hätte – nur daß er nicht wußte wie.

Er sah wieder in die Halle hinab und bemerkte, daß einige der Ninja-Soldaten sich Dzo-Lin und seinem Maschinengewehr genähert hatten. Der Chinese schoß auf sie, aber die Angreifer fanden hinter den Eissäulen ausreichend Deckung, und Dzo-Lin mußte am Ende seiner Kräfte oder ebenfalls verletzt sein, denn er hatte alle Mühe, das Maschinengewehr zu halten. Dann entdeckte Indiana etwas, das ihn erneut mit einem Gefühl eisigen Entsetzens erfüllte.

Hinter Dzo-Lin hockte eine zweite, schmale Gestalt. Tamara! Sie saß hoch aufgerichtet und fast ohne Deckung da; ihr Gesicht war starr. Sie schien zu meditieren – oder die Chinesen hatten sie unter Drogen gesetzt, um von ihr zu erfahren, was sie wissen wollten.

Indianas Blick irrte verzweifelt durch die Halle. Der Raum, in dem Löbsang und er sich befanden, war nichts anderes als der Kopf einer gewaltigen, zwölf oder fünfzehn Meter hohen Buddha-Statue, die wie alles hier völlig aus Eis bestand. Es gab eine Anzahl ähnlicher, ebenso gewaltiger Statuen, die die Wände flankierten und zugleich wohl die Funktion von Trägern hatten, und zwischen ihnen hingen schmale, blutrote Gebetsfahnen von der Decke.

Indiana überlegte nicht lange. Es konnte nur noch Augenblicke dauern, bis Motos Soldaten Dzo-Lin erreicht hatten. Und selbst wenn Tamara in dem entstehenden Handgemenge nicht verletzt wurde, würde der Japaner sie hinterher töten lassen.

Er bedeutete Löbsang mit einem Blick, an seinem Platz zu bleiben, zwängte sich durch die Öffnung – die nichts anderes als eines der beiden Augen des Riesenbuddhas darstellte – und sprang mit einem entschlossenen Satz ins Leere. Seine weit vorgestreckten Hände bekamen eine der Gebetsfahnen zu fassen. Den Schwung seines Absprungs ausnutzend, schwang sich Indiana zu einer zweiten Fahne, von dort aus zu einer dritten – und auf den Altar zu!

Dzo-Lin bemerkte den neu aufgetauchten Gegner im letzten Moment und versuchte, sein Maschinengewehr in die Höhe zu reißen, aber das Gewicht der Waffe schien seine Kräfte zu übersteigen. Eine MG-Salve verfehlte Indiana um mehrere Meter und riß Eissplitter aus den Wänden, und die Ninjas nutzten die Gelegenheit, ihre Deckung zu verlassen und auf den Altar zuzurennen.

Indiana erreichte das Schwert, riß es aus den Schlaufen der Kette, schwang zurück... und in diesem Moment riß die Gebetsfahne.

Indiana stürzte, landete unsanft zwischen den Mönchen und duckte sich, als Dzo-Lin mit einem Wutschrei das Maschinengewehr hochriß und beinahe ziellos durch die Halle schoß. Zwei, drei von Löbsangs Brüdern sackten getroffen und lautlos nach vorn, und auch einer von Motos Soldaten wurde zu Boden gewirbelt und blieb in einer Blutlache liegen. Die anderen stürzten weiter – drei oder vier auf Dzo-Lin zu, der das Maschinengewehr fallenließ und ein Schwert zog, um sich seiner Haut zu wehren, zwei oder drei weitere aber auch in Indianas Richtung. Ein Schuß krachte und verfehlte ihn nur um Haaresbreite, dann zerfetzte eine MP-Salve das Eis unmittelbar vor seinen Füßen, und Indiana wirbelte herum und rannte mit weit ausgreifenden Schritten und im Zickzack auf den nächstliegenden Ausgang zu.

Und blieb wie angewurzelt stehen. Vor ihm stand Moto.

Der Japaner trug jetzt wieder die blütenweiße Uniform, in der er ihn schon in Schenjang gesehen hatte. Bis auf einen schmalen weißen Streifen um die Stirn hatte er sämtliche Verbände abgelegt, und er trug auch keine Maschinenpistole mehr, sondern die schimmernde Klinge seines Samurai-Schwerts in der Rechten.

»Dr. Jones!« sagte er ruhig. »Welche Überraschung. Ich habe nicht damit gerechnet, Sie noch einmal wiederzusehen.«

»Dieselbe Hoffnung hatte ich auch«, antwortete Indiana nervös. Er sah rasch über die Schulter zurück. Die Soldaten waren ihm gefolgt, allerdings in zwei, drei Schritten Entfernung stehengeblieben. Was sie nicht daran hinderte, ihre Gewehre auf Indianas Kopf und Rücken gerichtet zu halten.

Moto bemerkte seinen Blick und lächelte. »Keine Sorge, Dr. Jones«, sagte er. »Sie werden Ihnen nichts tun.« Er hob die Hand, machte eine rasche, komplizierte Geste und sagte einige Worte auf japanisch, und Indiana konnte hören, wie die Männer hinter ihm die Waffen senkten und sich ein paar Schritte weit zurückzogen.

Auch Moto machte einige Schritte – auf ihn zu. Und er hob dabei sein Samurai-Schwert. Langsam, mit einer fast zeremoniellen Bewegung und einer angedeuteten Verbeugung, bei der er Indiana jedoch keine Sekunde aus den Augen ließ, legte er beide Hände um den langen Griff des Katana und berührte mit der flachen Seite seine Stirn.

»Erinnern Sie sich, was wir verabredet hatten, Dr. Jones?« fragte er. »Der bessere Mann soll das Schwert bekommen.«

Und damit stürzte er auf Indiana los.

Seine Bewegung war so schnell und gleitend, daß Indy sie nicht einmal wirklich sah. Er wußte, daß er keine Chance hatte. Nicht gegen diesen Mann. Schließlich war er Doktor der Archäologie und kein Samurai, der die Schwertkunst in einem Alter erlernt hatte, in dem andere noch mit ihren Teddybären spielten. Trotzdem riß er ganz instinktiv die Klinge hoch und versuchte, Motos Hieb zu parieren.

Und es gelang ihm.

Dschingis Khans Schwert prallte mit solcher Gewalt gegen Motos Katana, daß der Samurai mit einem überraschten Keuchen zurücktaumelte und nur mit Mühe sein Gleichgewicht hielt. Ungläubig starrte er Indiana an, dann das Schwert in dessen Hand, und auf seinem Gesicht machte sich ein Ausdruck fassungsloser, vollständiger Verblüffung breit.

Aber nur für eine Sekunde. Dann verzerrten sich seine Züge vor Wut. Er schwang die tödliche Klinge hoch über dem Kopf und griff ein zweites Mal an.

Es war nicht Indiana Jones, der Dschingis Khans Schwert führte – es war die Klinge, die ihn mit sich riß. Ein Gefühl unglaublicher Stärke durchflutete Indy, während er nach vorn sprang, das Schwert in einem eleganten, blitzartigen Bogen nach oben und zur Seite riß – und Motos Katana mit solcher Gewalt traf, daß der als unzerbrechlich geltende Samurai-Stahl mit einem gewaltigen Klirren zersplitterte.

Diesmal ging Moto wirklich zu Boden. Er taumelte rückwärts, fiel ungeschickt nach hinten und blieb fast eine Sekunde reglos liegen. Wieder glitt sein Blick über Indianas Gesicht, und endlich schien er zu begreifen, daß es nicht Indianas Kraft war, die er spürte, sondern eine ältere, unendlich stärkere Gewalt.

Und auch Indiana spürte diese Kraft, ein Pulsieren von Energie, das ihn durchfloß und das auf eine völlig andere Art ebenso unangenehm und böse war wie das kalte Leuchten, das das

Schwert über dem Altar umgeben hatte. Er fühlte sich unverwundbar, und tief in seinem Inneren spürte er, daß er es auch war, solange er dieses Schwert in der Hand hielt, aber er spürte auch die Gier der verzauberten Waffe, ihr dunkles, pochendes Herz, das nach Blut und Tod schrie und allmählich Macht über seine Gedanken zu gewinnen begann.

Moto kam mit einer kräftigen Bewegung wieder auf die Füße, bückte sich zu einem toten Soldaten herab und hielt plötzlich wieder ein Schwert in der Hand. Mit einem Wutschrei attakkierte er Indiana erneut, und er hatte aus seinem ersten Zusammenstoß gelernt. Er versuchte nicht mehr, ihn mit bloßer Kraft zu überrennen und ihm das Schwert aus der Hand zu schlagen, sondern wich der blitzenden Klinge aus und suchte nach einer Lücke in Indianas Deckung. Dschingis Khans Schwert zuckte immer wieder im letzten Moment herab und schlug Motos Waffe beiseite, und auch diese Klinge zerbrach unter dem vierten oder fünften Treffer des Mongolenschwertes. Moto sprang mit einem Wutschrei zurück, bückte sich nach einer anderen Waffe und winkte gleichzeitig seinen Soldaten.

Die Ninjas griffen Indiana aus drei oder vier Richtungen gleichzeitig an. Ein Messer flog auf ihn zu und fiel klirrend zu Boden, als Dschingis Khans Schwert es in der Luft traf, und einer der Ninjas stieß sich ab und zielte mit einem Karate-Tritt nach Indianas Kopf. Eine Sekunde später stürzte er schreiend zu Boden und umklammerte den Stumpf seines linken Beines.

Und etwas Fürchterliches durchflutete Indiana Jones. Es war wie ein elektrischer Schlag, der aber nicht schmerzte, nicht zerstörte, sondern ihn mit einem berauschenden Gefühl von Macht und Unverwundbarkeit erfüllte. Das Schwert hatte Blut geschmeckt, und plötzlich glaubte er noch einmal Löbsangs Worte zu hören: »Das Schwert frißt wieder Menschen, Dr. Jones.«

Als Moto und die Ninjas erneut heranstürmten, verschaffte sich Indiana mit einem kraftvollen Hieb Luft, wirbelte herum und rannte davon, so schnell er konnte. Das Schwert in seiner rechten Hand zuckte, als versuche es, ihn zurückzuhalten, aber noch war er stärker als die verlockende Macht, die aus dem Griff in seine Hand floß und seine Seele zu vergiften begann. Er wußte nur nicht, wie lange noch.

»Bleiben Sie stehen, Sie Feigling!« schrie Moto hinter ihm her. »Das Schwert! Geben Sie mir das Schwert!«

Indiana griff nur noch schneller aus. Blindlings stürmte er den Gang hinab, eine Treppe hinunter und durch eine weitere Halle, deren Boden voller Blut und den Einschlägen von Gewehrkugeln war. Moto und seine Ninja-Soldaten waren dicht hinter ihm.

Indiana rannte blindlings nach rechts und sah sich einem weiteren Ninja gegenüber, der wie aus dem Boden gewachsen vor ihm auftauchte. Doch bevor er auch nur Gelegenheit fand, Schrecken zu verspüren, zuckte das Schwert in seiner Hand wie von selbst hoch und streckte den Japaner nieder. Ohne auch nur im Schritt innezuhalten, setzte Indiana über den zusammenbrechenden Ninja hinweg, warf sich durch eine weitere Tür – und fand sich plötzlich auf einer schmalen, an drei Seiten nur von einem hüfthohen Geländer aus Eis umgebenen Terrasse wieder. Hinter dem Eisgeländer ging es Hunderte von Metern senkrecht in die Tiefe, über der ein Meer aus grauem, wattigem Nebel lag und alles verhüllte.

Indiana drehte sich verzweifelt um. Moto und vier seiner Ninja-Krieger waren hinter ihm aus der Tür gestürmt und stehengeblieben, und auf Motos Gesicht breitete sich ein häßliches, triumphierendes Lachen aus. Er trug wieder ein Schwert, hielt es aber nun in der linken Hand. In der rechten lag eine Maschinenpistole, deren Lauf auf Indianas Brust gerichtet war.

»Sie waren sehr tapfer, Dr. Jones«, sagte er. »Aber ein tapferer Mann sollte auch wissen, wann er verloren hat. Geben Sie mir das Schwert!«

Indiana schüttelte den Kopf, wich einen Schritt zurück und spürte, wie er gegen das Geländer stieß. Moto machte einen weiteren Schritt in seine Richtung und blieb abrupt stehen, als

Indiana den Arm ausstreckte und Dschingis Khans Schwert über den Abgrund hielt.

»Halt!« sagte Indiana, leise, aber in einem sehr entschlossenen Ton. »Noch einen Schritt, und ich werfe es hinunter.«

Motos Reaktion war anders als er erwartet hatte. Er kam nicht näher, aber er wirkte nicht erschrocken oder gar besorgt, sondern lachte nur noch breiter. »Das kannst du gar nicht, Amerikaner«, sagte er. »Versuch es. Laß es los. Wirf es in die Tiefe, und ich schenke dir das Leben.«

Indiana starrte ihn eine Sekunde lang ungläubig an – und ließ das Schwert los.

Wenigstens versuchte er es.

Es ging nicht. Seine Finger weigerten sich, sich zu öffnen. Die gleiche, unvorstellbare Kraft, die ihn befähigt hatte, Motos furchtbaren Schlägen standzuhalten und sich gegen seine Soldaten zu wehren, hinderte ihn jetzt daran, das Schwert loszulassen und es für alle Zeiten zu vernichten.

Der Japaner kam ganz langsam näher. »Sehen Sie, Dr. Jones?« sagte Moto mit einem neuerlichen häßlichen Lachen. »Es gibt eben Dinge, die nicht einmal der berühmte Dr. Indiana Jones weiß. Es gibt nur einen Weg, sich von diesem Schwert zu trennen.«

»Und... welcher ist das?« fragte Indiana stockend, obwohl er das unangenehme Gefühl hatte, die Antwort auf diese Frage sehr genau zu kennen.

»Du kannst dich nur von ihm trennen, indem du stirbst«, sagte Moto. »Und dabei helfen wir dir jetzt.«

Er trat zurück und machte eine befehlende Geste, und einer seiner Soldaten hob sein Gewehr und legte auf Indiana an. Ein Schuß krachte. Der Ninja taumelte, ließ seine Waffe fallen und sank wie in Zeitlupe auf die Knie. Auf seiner Brust breitete sich ein roter, rasch größer werdender Fleck aus.

Moto und die drei anderen Ninjas fuhren im gleichen Moment herum – und erstarrten, als sie die blutüberströmte Gestalt erblickten, die in der Tür hinter ihnen erschienen war.

Es war Dzo-Lin. Seine schwarze Uniform hing in Fetzen, und er blutete aus einem Dutzend Wunden, so daß es Indiana wie ein Wunder vorkam, daß er überhaupt noch die Kraft hatte, sich auf den Beinen zu halten. Ein irrer Ausdruck hatte sich auf seinem Gesicht ausgebreitet. Rotgefärbter Speichel lief über seine Lippen. Trotzdem trug er das schwere Maschinengewehr, mit dem er sich in der Heiligen Halle verteidigt hatte, jetzt nur in einem Arm. Mit der anderen Hand umklammerte er Tamara, die sich ebenso verzweifelt wie ergebnislos aus seinem Griff zu winden versuchte.

»Keiner rührt sich!« schrie er. Er schwenkte das Maschinengewehr, um seine Worte zu unterstreichen, und weder Moto noch seine drei Soldaten wagten auch nur zu atmen.

»Amerikaner!« sagte Dzo-Lin. »Wirf das Schwert zu mir!«

Indiana reagierte nicht. Er hätte die Klinge nicht einmal dann losgelassen, wenn er es gekonnt hätte, denn er wußte, daß dies sein Todesurteil gewesen wäre. Und auch das Tamaras.

»Das Schwert!« sagte Dzo-Lin noch einmal, und das Maschinengewehr richtete sich jetzt auf Indy. »Gib es mir, oder ich hole es mir!«

Tamara bäumte sich mit verzweifelter Kraft im Griff des Chinesen auf, aber es gelang ihr nicht, sich loszureißen. Verzweifelt sah sie Indiana an. »Spring, Indy!« schrie sie. »Rette die Welt vor diesen Ungeheuern! Spring und nimm das Schwert mit!«

Und Indiana Jones tat etwas, das ihn selbst am meisten überraschte. Mit einer einzigen schnellen Bewegung schwang er sich auf die Brüstung des schmalen Eisgeländers und breitete die Arme aus.

Dzo-Lin, Moto und die drei Ninja-Soldaten erstarrten zur Reglosigkeit.

»Das wagen Sie nicht!« flüsterte Moto. »Dazu haben Sie nicht genug Mut!«

»Probieren Sie es aus«, sagte Indiana. Der Wind zerrte an ihm, als wolle er ihn mit unsichtbaren Händen in die Tiefe reißen, und er spürte, wie seine Kräfte zu schwinden begannen. Vielleicht hatte Tamara recht. Vielleicht war sein Tod der einzige Weg, den von Zehn-, wenn nicht Hunderttausenden anderer Menschen zu verhindern. Vielleicht mußte er sein Leben geben, um den Blutdurst dieses Schwertes zu stillen, ehe seine uralte böse Macht vollends wieder erwachte und ganz Asien in einem Ozean von Blut ertränkte.

»Dr. Jones!«

Indiana sah mit einem Ruck auf – und gewahrte eine winzige, in ein schmuckloses, graubraunes Gewand gehüllte Gestalt auf einem schmalen Balkon hoch über seinem Kopf. Löbsang!

»Dr. Jones!« schrie der Tibeter. »Geben Sie es allen!«

Und Indiana begriff. Von einer Sekunde auf die andere erwachte er aus seinem Bann und warf das Schwert direkt neben dem Abgrund senkrecht in die Luft, so hoch er konnte.

Die Bewegung kostete ihn endgültig das Gleichgewicht. Den Abgrund im Rücken, ruderte er wild mit den Armen, dann gelang es ihm, sich zurückzuwerfen. Er stürzte schwer auf das Eis des Balkons, und im gleichen Augenblick rannten Moto und der Chinese los, um sich des Schwerts zu bemächtigen. Gleichzeitig ging auch Tamara zu Boden, griff aber noch in derselben Bewegung nach dem Maschinengewehr, das Dzo-Lin achtlos fallengelassen hatte.

Noch während Indiana auf dem Boden aufschlug, sah er, wie Moto mit beiden Händen das Schwert ergriff und sich herumwarf – und im gleichen Augenblick prallte Dzo-Lin von hinten gegen ihn.

Für eine Sekunde war es, als bliebe die Zeit stehen. Moto, Dzo-Lin und auch die verzauberte Klinge schienen reglos, wie von einer unsichtbaren Hand gehalten, direkt über dem Nichts zu schweben, und noch einmal glaubte Indiana dieses kalte, durch und durch böse Licht zu sehen, das die Klinge ausstrahlte.

Dann zerbrach der Bann. Motos Schrei steigerte sich in unvorstellbare Höhen. Er kippte nach hinten und zur Seite, ließ das Schwert los und versuchte verzweifelt, die Balkonbrüstung zu ergreifen. Seine Hände fanden Halt an dem Eis, aber im gleichen Sekundenbruchteil stürzte Dzo-Lin hinter ihm in die Tiefe, klammerte sich seinerseits an Moto fest – und dieser doppelte Ruck war zuviel. Das Eis zerbrach wie dünnes Glas, und Moto und General Dzo-Lin verschwanden lautlos in dem grauen Nebel, aus dem sich Shambalas eisige Wände erhoben.

Irgend etwas fiel klappernd neben Indiana Jones auf den Boden, und mit seinem letzten klaren Gedanken registrierte er noch, wie Tamara das schwere Maschinengewehr mit beiden Armen hochriß und den Abzug betätigte.

Dann wurde ihm endgültig schwarz vor Augen.

Epilog

Er erwachte auf einer schaukelnden Liege. Ein lange vermißtes Gefühl von Wärme und Weichheit umgab ihn, und er hörte Stimmen, die von weit her zu kommen schienen und in einer Sprache sprachen, die er nicht verstand. Dann erschien ein weißer, verschwommener Fleck über ihm und wurde ganz langsam zu Tamaras Gesicht. Sie wirkte bleich, und die überstandenen Anstrengungen hatten tiefe Spuren in ihren Zügen hinterlassen. Aber sie lächelte, und die Erleichterung in ihren Augen war nicht gespielt.

»Was... ist passiert?« murmelte er. Das Sprechen fiel ihm schwer. Er fühlte sich sehr schwach, und er fühlte, daß viel Zeit vergangen war.

Tamara schüttelte den Kopf und legte den Zeigefinger an die Lippen. »Es ist alles in Ordnung«, sagte sie. »Streng' dich nicht an.«

Indiana wollte antworten, doch in diesem Moment wurde er mitsamt seiner schaukelnden Unterlage in die Höhe gehoben, und plötzlich bestand der Himmel über ihm nicht mehr aus Wolken und Nebel, sondern aus dem unverkleideten Wellblech eines Transportflugzeuges. Mühsam wandte er den Kopf und warf einen Blick durch die Tür zurück. Die Maschine war auf dem gleichen Eisfeld gelandet, auf dem Moto und seine Soldaten die letzte Nacht verbracht hatten.

»Löbsang hat sich getäuscht«, flüsterte er.

Tamara blickte fragend, und Indiana erklärte: »Man kann doch mit einem Flugzeug hier landen.«

Tamaras Lächeln wirkte irgendwie traurig. Sie sagte nichts, sondern wandte sich ebenfalls zur Tür, und nach einigen Augenblicken erschien eine schmale, kahlköpfige Gestalt am Ende des Eisfeldes. Während die Motoren des Flugzeuges angelassen wurden und allmählich auf Touren kamen, hob Löbsang die Hand und winkte ihnen zum Abschied zu, und trotz seiner Schwäche zog Indiana den Arm unter seiner Decke hervor und erwiderte die Geste, bis Tamara aufstand und die Tür schloß.

Als sie sich wieder neben ihn setzte, spürte Indiana, daß mit seinem rechten Bein etwas nicht stimmte. Er versuchte es zu bewegen, aber es ging nicht, und als er mit der Hand danach tastete, fühlte er etwas Hartes. Mit mühsamen kleinen Bewegungen schob er die Decke zur Seite und sah, daß das Bein dick bandagiert und mit einer groben, aber sehr geschickt angelegten Schiene versehen war.

»Was ist mit meinem Bein?« fragte er. Er konnte sich nicht erinnern, verletzt worden zu sein. Aber im Grunde konnte er sich an sehr wenig von dem erinnern, was in Shambala geschehen war. Es war, als gäbe es da etwas, das *verhinderte*, daß er sich zu genau erinnerte. Und er war plötzlich beinahe sicher, daß es gar nicht lange dauern würde, bis er sein Erlebnis hier auf dem Dach der Welt und selbst das Wissen um die Existenz dieses Klosters einfach vergessen hatte. Die Vorstellung erfüllte ihn mit Bedauern, zugleich aber auch mit dem sicheren Gefühl, daß es richtig war.

»Es ist alles in Ordnung«, sagte Tamara und streichelte liebevoll seine Wange. »Du hast noch einmal Glück gehabt.«

»Glück gehabt?« Indiana schloß die Augen. Er spürte, wie sich wieder Schwäche und Schlaf wie eine warme Decke über ihn senkten. »Was ist...«

Er sprach den Satz nicht einmal zu Ende, sondern schlief wieder ein.

Er erwachte erst am nächsten Tag und in einem anderen Flugzeug. Er lag noch immer auf einer Liege, war aber nicht mehr mit einem blutigen Fellmantel zugedeckt, und neben Tamara, die an seinem Bett Wache hielt, als hätte sie sich die ganze Zeit nicht von dort weggerührt, saß ein breitschultriger junger Mann mit kurzgeschnittenem Haar und der schmucklosen Uniform der Roten Armee.

Indiana richtete sich auf die Ellbogen hoch, sah sich um und entdeckte eine Anzahl kyrillischer Schriftzeichen auf den Kisten und Kartons, die den größten Teil des Frachtraums füllten.

»Wo bin ich?« fragte er.

»In einem Flugzeug der Roten Armee«, antwortete Tamara. Sie lächelte, als Indiana fragend die Stirn runzelte. »Du hast ziemlich lange und ziemlich tief geschlafen, Indy«, sagte sie. »Aber keine Sorge – jetzt ist alles in Ordnung. Wir sind auf dem Weg nach Moskau.«

»Moskau?« Indiana richtete sich erschrocken ganz auf und verzog das Gesicht, als ein scharfer Schmerz durch sein rechtes Bein fuhr. Automatisch sah er an sich herab und bemerkte, daß der Verband und die Schiene noch immer an ihrem Platz waren, obwohl man ihn mittlerweile gewaschen und in neue Kleider gehüllt hatte. Er wollte eine entsprechende Frage stellen, fing aber einen warnenden Blick von Tamara auf und schluckte sie im letzten Moment herunter.

»Moskau?« fragte er noch einmal.

»Keine Sorge«, sagte Tamara. »Wir machen dort nur eine Zwischenlandung. Du kannst auf der Stelle weiterfliegen – wenn du das möchtest.« Sie lächelte, überzeugte sich mit einem raschen Blick davon, daß der Soldat neben ihr in eine andere Richtung sah, und blinzelte Indiana vielsagend zu. »Ich bin allerdings auch befugt, Dr. Jones«, sagte sie, »Ihnen die Gastfreundschaft der Sowjetunion anzubieten, solange Sie möchten. Vielleicht bleibst du eine Weile bei uns? Ich bin sicher, Moskau wird dir gefallen.«

Indiana war so verwirrt, daß er im ersten Moment nicht darauf antwortete. Dann sah er Tamara an, runzelte abermals die Stirn und sagte noch einmal: »Moskau?«

Sie seufzte, zuckte mit den Achseln und lachte plötzlich. »Überleg es dir«, sagte sie. »Du hast Zeit, dich zu entscheiden, bis wir landen. Und auch noch eine Weile danach. Es gibt ein paar Leute im Kreml, die dem berühmten Dr. Jones unbedingt die Hand schütteln und ihm persönlich danken wollen. Du wirst keine politischen Verwicklungen heraufbeschwören, indem du Sie vor den Kopf stößt, oder?« Aber ihre Augen glitzerten bei diesen Worten spöttisch, und nach einigen Augenblikken stimmte Indiana einfach in ihr Lächeln ein.

Wenn nur sein rechtes Bein nicht so verflucht weh getan hätte!

»Was, zum Teufel, ist eigentlich passiert?« fragte er. »Ich kann mein Bein kaum noch fühlen.«

»Löbsangs Brüder haben es wahrscheinlich etwas zu gut gemeint«, sagte Tamara. Sie beugte sich vor, streckte die Hand nach dem Verband aus und zog sie wieder zurück. Sie zögerte eine Sekunde, dann wandte sie sich an den Mann neben sich und sagte ein paar Worte auf russisch zu ihm, woraufhin er sich erhob und mit raschen Schritten nach vorn ging und in der Pilotenkanzel verschwand.

Indiana wollte eine Frage stellen, aber Tamara schüttelte rasch den Kopf, löste eine Ecke seines Verbandes und bedeutete ihm mit einer stummen Geste hinzusehen.

Indiana sog überrascht die Luft ein. Was er für eine drei Nummern zu groß geratene Schiene gehalten hatte, war in Wirklichkeit die grifflose Klinge eines uralten, zerschrammten Schwertes, die in mehrere Lagen Stoff gewickelt worden war. Indiana riß verblüfft Mund und Augen auf, wagte es aber nicht, etwas zu sagen, und Tamara befestigte das Stück Stoff rasch wieder, so daß es das schimmernde Metall verbarg.

»Aber wieso...?« murmelte Indiana.

»Wir konnten es doch nicht im Eis zurücklassen«, antwortete Tamara. Ihr Blick war sehr ernst, nur in ihren Augen war schon wieder eine ganz sanfte Spur von Spott, als sie fortfuhr: »Tibetische Klöster sind auch kein sicherer Ort mehr. Wir müssen ein besseres Versteck dafür finden.«

Indiana war schlichtweg sprachlos. Aber nur ein paar Momente lang. Dann begann er zu grinsen, und nachdem er Tamara von seiner Idee erzählt hatte, fiel auch sie in sein Grinsen ein.

Vier Tage später, nachdem Indiana Jones eine Unzahl von Händen geschüttelt, eine Unzahl von Bruderküssen ausgetauscht und sich eine Unzahl von Lobeshymnen angehört hatte, nachdem er zum vermutlich zweihundertsten Mal die gleiche, abenteuerliche Geschichte von seiner und Tamaras Flucht und dem Kampf gegen Motos Soldaten und Dzo-Lins Rebellenarmee erzählt hatte – eine Geschichte, bei der sie bis auf zwei Punkte streng bei der Wahrheit geblieben waren (diese beiden Punkte waren die genaue Lage Shambalas und die Tatsache, daß sowohl er als auch Tamara überzeugend versicherten, Dschingis Khans Schwert wäre letzten Endes doch nicht mehr als eine Legende gewesen), war der Moment des Abschieds gekommen.

Tamara hatte es übernommen, ihn mit ihrem Privatwagen zum Flugplatz zu fahren, wo eine eigens für ihn gecharterte Maschine bereitstand, um ihn nach Paris zu bringen, wo er das Flugzeug nach New York besteigen würde, und niemand hatte etwas dagegen gehabt, dem berühmten Dr. Indiana Jones noch einen letzten Wunsch zu erfüllen: nämlich den im Entstehen begriffenen Flügel des Moskauer Museums zu besichtigen, von dem ihm Sverlowsk auf der Cocktail-Party in Washington erzählt hatte.

Was er zu Gesicht bekam, beeindruckte ihn wirklich. Die Halle war noch nicht offiziell eröffnet, und ein Drittel der Ausstellungsstücke befand sich noch in Kisten und wartete darauf, ausgepackt und irgendwo in der endlosen Reihe aus Glasvitrinen und Schränken aufgestellt zu werden. Indiana heuchelte großes Interesse und ließ sich beinahe eine Stunde lang von seinen Führern quer durch die vollgestopften Gänge und Hallen schleifen, bis er glaubte, der Höflichkeit Genüge getan zu haben. Als sie sich wieder auf den Ausgang zubewegten, blieb er wie durch Zufall noch einmal stehen und betrachtete ein schmales, hoch oben an der Wand aufgehängtes Schwert ohne Griff.

Indiana lächelte, legte Tamara den Arm um die Taille und drückte sie sanft an sich. Sie verloren kein Wort über das, was da vor ihnen an der Wand hing, aber wahrscheinlich dachten sie in diesem Moment beide dasselbe: nämlich daß, wenn es so etwas wie eine ausgleichende Gerechtigkeit des Schicksals gab, diese Macht einen gewissen Sinn für Humor haben mußte. Gab es einen besseren Ort, um dieses Schwert für alle Zeiten aufzubewahren?

Sie verließen die Halle, aber bevor sie es taten, blieb Indiana noch einmal stehen, sah zu dem Schwert empor und las das kleine, handgeschriebene Schild darunter, das in Kyrillisch und Englisch verkündete:

»Schwert. Mongolisch.
Vermutlich 11. Jahrhundert.
Fundort unbekannt.«

INDIANA JONES

und das Geheimnis der Osterinseln

Roman

Die Insel der Götter

Noch vor zehn Minuten hätte er es nicht geglaubt; nicht um alles in der Welt, und wenn es ihm der Konstrukteur dieses Flugzeuges, der Chefingenieur und noch dazu die Gebrüder Wright und Otto Lilienthal zusammen in die Hand und beim Augenlicht ihrer Kinder versprochen hätten. Es war einfach *unmöglich*. Kein Flugzeug konnte diesen Absturz überstehen, von den Passagieren gar nicht zu reden.

Tressler hatte zwar in einem Augenblick der Verwirrung das Wort »Notlandung« benutzt, aber es *war* ein Absturz gewesen; ein Bilderbuch-Absturz sogar. Jonas hatte nach der siebten oder achten Rolle aufgehört, zu zählen, wie oft sich das Flugzeug überschlug. Außerdem hatte er seine ganze Kraft gebraucht, sich irgendwo festzuklammern, um nicht wie der unglückselige Meyers quer durch die Maschine geschleudert zu werden und sich den Schädel einzuschlagen. Dabei hatte er dann noch gesehen, daß in dem schwarzen Toben des Sturmes vor den Fenstern Metall geschimmert hatte; und zumindest eines dieser davonwirbelnden Trümmerstücke hatte eine verdächtige Ähnlichkeit mit der rechten Hälfte des Leitwerks gehabt, die sich eigentlich zusammen mit der linken Hälfte am Ende des Flugzeuges hätte befinden sollen. Nein – sie *konnten* diesen Absturz gar nicht überstehen.

Aber genau das hatten sie.

Das Flugzeug hockte groß und fett im seichten Wasser der Lagune, ein bißchen zerrupft und einer entschieden größeren Zahl von Teilen beraubt als nur des halben Leitwerks, aber trotzdem in einem Stück, und bis auf den unglückseligen Meyers und Selder, der sich das rechte Bein gebrochen hatte, waren sie alle mit Schrammen und Kratzern und Prellungen davongekommen; davon hatten sie allerdings reichlich abbekommen. Es gab keine Stelle an seinem Körper, die nicht weh tat, brannte oder sich taub anfühlte.

Das unregelmäßige Geräusch schwerer Schritte ließ Jonas aufsehen. Er wußte, daß Bell hinter ihm aufgetaucht war, noch ehe er sich herumgedreht und in das Gesicht des weißhaarigen Alten geblickt hatte. Der Engländer zog das rechte Bein nach, aber das verdankte er nicht dem Absturz, sondern einem Granatsplitter, den er sich während seiner Zeit als Sanitätsoffizier im Ersten Weltkrieg eingefangen hatte. Während der letzten Tage, die sie zusammen in dem schmuddeligen Hotel auf Pau-Pau verbracht und auf das Postflugzeug gewartet hatten, war Bell ihm mit seinen Kriegsgeschichten dermaßen auf den Nerv gefallen, daß Jonas ein paarmal kurz davor gewesen war, seine gute Erziehung zu vergessen und grob zu werden. Jetzt war er sehr froh, daß sie ihn dabeihatten. Er erwiderte Bells Kopfnikken mit einem Lächeln und machte gleichzeitig eine einladende Geste, sich neben ihn zu setzen.

»Wie geht es Selder?« fragte er, als der Engländer sich neben ihn ins Gras sinken ließ und umständlich das steife Bein zurechtrückte.

»Er behauptet das Gegenteil, aber ich weiß, daß er ziemliche Schmerzen hat«, antwortete Bell besorgt. »Wenn er Fieber bekommt, dann weiß ich nicht, ob ich etwas für ihn tun kann.«

Jonas verzog besorgt das Gesicht. Er mochte den jungen Australier, und er hatte dessen Bein gesehen. Es war kein glatter Bruch. Wenn es Komplikationen gab, dann würden sie ihn verlieren, denn ihr Erste-Hilfe-Kasten lag zusammen mit einem Teil des Flugzeuges und dem allergrößten Teil ihres Gepäcks hundert Meilen entfernt auf dem Meeresgrund. Sie hatten nicht einmal etwas, um seine Schmerzen zu lindern, geschweige denn, eine Entzündung zu bekämpfen. Er war auf einmal fast sicher, daß sie Selder verlieren würden.

Trotzdem: zwei von zwölf. Selder würde das anders sehen, aber es war kein schlechter Schnitt. Sie hätten es wahrhaftig schlimmer treffen können.

»Und wie geht es Miß Sandstein?« fragte er.

»Fräulein Sandstein«, korrigierte ihn Bell. Er lächelte flüchtig. Wie alle Engländer hatte er Schwierigkeiten mit dem deutschen »Ä«, so daß es bei ihm wie »Fraulein« klang. »Sie wissen doch, wie eigen sie da ist. Es geht ihr gut. Ich glaube, ihr Arm ist nur verstaucht, nicht ausgerenkt. Sie ist eine tapfere kleine Person, unser deutsches Fräulein.«

»Die Deutschen sind überhaupt ziemlich tapfer, nicht wahr?« sagte Jonas. Er sah Bell bei diesen Worten verstohlen von der Seite her an, aber alles, was er auf dessen Gesicht entdeckte, war ein erschöpftes Lächeln.

»Ja. Sie bauen auch verdammt gute Flugzeuge.« Bell wies mit einer Kopfbewegung auf die zerbeulte Junkers im Wasser. »Gott sei Dank. Sonst wären wir jetzt alle tot.«

»Vielleicht sind wir das ja schon«, flüsterte Jonas.

Bell sah überrascht auf. »Nanu?« fragte er. »Das sind ja ganz neue Töne, und das von Ihnen. Ich dachte immer, Sie wären von Berufs wegen Optimist.«

»Ich habe soeben gekündigt«, knurrte Jonas. Er nahm eine Handvoll Sand auf und warf sie den Abhang hinunter, aber der Wind packte sie und verwandelte sie in eine auseinandertreibende, rasch verblassende Wolke, ehe sie den Boden berührte. »Es sieht nicht besonders gut für uns aus, Mr. Bell«, fügte er in etwas sanfterem Ton hinzu.

»Wir leben, oder?«

»Das ist aber auch schon alles«, antwortete Jonas. Er deutete nach Westen. Das Meer erstreckte sich blau und makellos wie ein gewaltiger geriffelter Spiegel so weit das Auge reichte; und wie er wußte, lagen hinter dem Horizont auch noch etliche tausend Meilen weiter. »Ist Ihnen eigentlich klar, wo wir sind?«

»Sicher«, antwortete Bell.

»So? Dann wissen Sie mehr als ich.« Jonas lächelte, aber es lag nicht viel echter Humor in diesem Lächeln. »Ich bin ziemlich sicher, daß diese Insel auf den meisten Karten nicht einmal zu sehen ist, Bell. Vermutlich sind wir überhaupt die ersten Menschen, die sie betreten haben. Wir sind mindestens hundert Meilen von allen Schiffahrts- und Fluglinien entfernt. Unser Funkgerät liegt zusammen mit dem größten Teil unserer Ausrüstung auf dem Meeresgrund. Wir haben nichts zu essen, keine Medikamente, praktisch nichts anzuziehen, und unser Navigator hat sich den Hals gebrochen, aber ansonsten haben wir wirklich richtiges Glück gehabt.«

»Zu essen gibt es auf dieser Insel sicher genug«, antwortete Bell. Er klang irgendwie eingeschüchtert. »Und bisher ist noch nicht bewiesen, daß die Insel unbewohnt ist. Sie ist ziemlich groß.«

»Stimmt«, antwortete Jonas trocken. »Vielleicht gibt es hier ja Kannibalen.«

Bell wurde ein bißchen blaß um die Nase. »Sie haben eine reizende Art, Ihre Mitmenschen aufzumuntern; hat Ihnen das schon jemand gesagt?«

»Mehrmals«, antwortete Jonas. Er stand auf, nickte Bell noch einmal flüchtig zu und begann vorsichtig die steile Böschung hinunterzubalancieren. Er hatte das Gefühl, daß er mit Bell in Streit geraten würde, wenn er blieb, und das wollte er nicht, denn Bell konnte schließlich nichts dafür. Niemand konnte etwas dafür. Der Sturm war ohne jede Vorwarnung losgebrochen. Sie hätten auch in einem weitaus größeren Flugzeug keine Chance gehabt. Niemand konnte etwas dafür.

Trotzdem – wenn sie hier nicht wieder wegkamen und wenn sie hier nicht *bald* wegkamen, dann waren mehr als drei Jahre Arbeit umsonst gewesen. Es war zum Verzweifeln! Alles hatte er geschafft. Eine perfekte Tarnung aufgebaut. Feindliche Agenten gleich zu Dutzenden getäuscht und alle nur vorstellbaren (und ein paar eigentlich unvorstellbare) Sicherheitsvorkehrungen durchschaut und überwunden – und dann kam so ein verdammter Sturm und machte alles zunichte!

Er verscheuchte den Gedanken und ging mit weit ausgreifenden Schritten über den feinen weißen Sandstrand auf das Flugzeug zu. Es war ein wirklich prachtvoller Strand, dachte Jonas sarkastisch, schneeweiß und unberührt und gut anderthalb Meilen breit. Das Wasser war so klar, daß man noch fünfzig Meter vom Ufer entfernt den Meeresboden sehen konnte. Ein perfekter Ort, um Urlaub zu machen. Aber das konnten sie jetzt ja; wenn sie Pech hatten, die nächsten fünfzig Jahre.

Aus dem Flugzeug drang ein helles, unrhythmisches Klopfen und Hämmern, und als Jonas durch das knietiefe Wasser auf die Tür zuging, erschien ein Paar ölverschmierter, kräftiger Hände über dem Rand der offenstehenden Motorhaube, gefolgt von zwei kaum weniger öligen Armen und Schultern und einem nur unwesentlich weniger schmutzigen Gesicht, das Jonas im Grunde nur an dem rotweiß gemusterten Halstuch erkannte, das so etwas wie Tresslers Markenzeichen war.

»Hallo, Jonas!« begrüßte ihn der Pilot und fuhr sich mit der Hand durch die Haare. Eine wellenförmige Bewegung lief über die schwarze Schmiere auf seinem Gesicht. Jonas nahm an, daß es ein Lächeln war. »Wie sieht es aus?«

»Dasselbe wollte ich Sie auch gerade fragen«, gab Jonas zurück, beantwortete Tresslers Frage aber trotzdem: »Perkins und ein paar von den anderen sind vor einer Stunde losgezogen, um die nähere Umgebung zu erkunden. Sie sind aber noch nicht zurück. Ist das ein gutes Zeichen? *Sie* sind schließlich der Spezialist für die Inselwelt hier, nicht ich.«

»Danke, zuviel der Ehre.« Tressler zog eine Grimasse und schwang sich ächzend aus den mechanischen Eingeweiden des Flugzeuges heraus. Jonas wich automatisch einen Schritt zurück, als er platschend im Wasser landete und dort in die Hocke ging. Tresslers Versuche, sich mit nichts anderem als Salzwasser die Schicht aus Maschinenöl und Schmiere von der Haut zu waschen, sahen irgendwie nicht sonderlich vielversprechend aus, fand Jonas.

»Die meisten dieser Inseln sind unbewohnt«, fuhr Tressler nach einer Weile fort. »Und selbst wenn nicht, brauchen wir uns wahrscheinlich keine Sorgen zu machen. Die Polynesier sind ein sehr freundliches Volk. Jedenfalls waren sie das einmal, bevor sie von den Weißen entdeckt und *zivilisiert* wurden.« Er rieb heftig unter Wasser die Hände. Dunkle Schlieren begannen sich wie Rauch in dem glasklaren Salzwasser zu verteilen, bis er in einer schwarzen Wolke saß, als hätte er auf einen Tintenfisch getreten. Seine Hände waren allerdings kein bißchen sauberer, als er sich schließlich wieder aufrichtete.

»Ich würde es mit Sand versuchen«, schlug Jonas vor.

Tressler schien einen Moment lang ernsthaft über diesen Vorschlag nachzudenken, aber dann schüttelte er den Kopf. »Das lohnt sich nicht«, sagte er. »Ich werde noch eine ganze Weile an dem Ding herumbasteln müssen. Das gibt noch oft schmutzige Hände.«

Jonas betrachtete nachdenklich die verbeulte Junkers. Der Anblick dieser plumpen Maschine hatte ihm schon kein Vertrauen eingeflößt, als sie noch völlig in Ordnung gewesen war. Auf die Idee, ein Flugzeug aus *Wellblech* zu bauen, konnten auch wirklich nur *deutsche* Ingenieure kommen!

»Kriegen Sie sie wieder hin?« fragte er.

»Der Motor ist in Ordnung«, antwortete Tressler. Jonas sah ihn zweifelnd an, und der Pilot fügte hastig hinzu: »Jedenfalls ist nichts kaputt, was ich nicht in ein paar Stunden selbst reparieren könnte. Das abgerissene Leitwerk macht mir Sorgen.«

»Kommen wir hier nun wieder weg oder nicht?« fragte Jonas. Seine Stimme klang schärfer, als er beabsichtigt hatte. Tressler blinzelte verstört. Aber er ging nicht auf Jonas' unangemessen rüden Ton ein, sondern zuckte nur mit den Schultern.

»Ich weiß es nicht«, antwortete er. »Ich verstehe zwar ein bißchen von Motoren, aber ich bin Pilot, kein Mechaniker. Perkins ist Ingenieur und will mir helfen, irgend etwas zusammenzubasteln, aber ob es hält und ob wir damit hochkommen und auch oben *bleiben*, das wissen die Götter.«

Plötzlich lachte er, trat auf Jonas zu und legte ihm die Hand auf die Schulter. »Kopf hoch. Ich bin schon in schlimmeren Situationen gewesen und bisher immer mit heiler Haut davongekommen. Und wenn alle Stricke reißen, haben wir immer noch einen Trost.«

»So?« fragte Jonas ärgerlich. Er mußte sich beherrschen, um Tresslers Hand nicht grob abzustreifen. »Und welchen?«

Tressler grinste. »Nun, dies ist doch ein paradiesisches Fleckchen Erde«, sagte er. »Wir können hier jahrelang überleben, wenn es sein muß. Es gibt auf diesen Inseln Nahrung im Überfluß, frisches Wasser und kaum wilde Tiere, und das Wetter ist fast immer gut. Und wir haben noch einen gewaltigen Vorteil.« Er grinste. »Ich habe mindestens fünfmal Robinson Crusoe gelesen. Sie nicht?«

Drei Tage später begann sich Jonas zu wünschen, es wenigstens *einmal* gelesen zu haben. Sie hatten die Insel erforscht, soweit ihnen dies möglich gewesen war, und Tressler hatte zusammen mit Perkins das Flugzeug repariert – ebenfalls, soweit es ihnen möglich gewesen war. Das Ergebnis ihrer Bemühungen sah ungefähr so aus wie ihre Zukunftsaussichten: abenteuerlich, aber nicht besonders vertrauenerweckend. Jonas jedenfalls war nicht besonders wohl bei dem Gedanken, sich an Bord eines Flugzeuges begeben zu müssen, dessen Heck aus Draht, behelfsmäßig zugeschnittenen Wellblechstücken und allen möglichen anderen, zusammenimprovisierten Ersatzteilen bestand.

Vielleicht würde er das aber gar nicht müssen. Tressler war in den letzten beiden Tagen jedesmal wortkarger geworden, wenn Jonas ihn auf den Fortschritt seiner Arbeit angesprochen hatte.

Aber sie konnten im Grunde auch nicht auf der Insel bleiben. Jedenfalls nicht annähernd so lange, wie Tressler (und im Grunde auch Jonas) anfangs geglaubt hatte. Ihre Lage sah nicht sehr rosig aus. Selder war am Morgen gestorben, und die Insel war weder so groß noch so fruchtbar, wie sie gehofft hatten. Der Dschungel, gleich hinter ihrem Lagerplatz, der hier begann, zog sich wie ein schier undurchdringlicher Wall am Strand entlang, aber er war nicht einmal eine Meile tief und endete vor einer Felswand, die die gesamte Insel zu teilen schien. Sie wußten nicht, was auf der anderen Seite lag, denn die Wand war mindestens dreißig Meter hoch und so glatt, daß an ein Überklettern ohne entsprechende Ausrüstung gar nicht zu denken war.

Jonas nahm einen tiefen, genießerischen Zug aus seiner letzten Zigarette, schnippte den Stummel ins Feuer und warf einen Blick in die Runde. Mit Ausnahme von Tressler und Perkins, die wie üblich unten am Strand waren und am Flugzeug herumbastelten, saßen sie alle zusammen, seit einer guten Stunde sogar schon. Kaum jemand hatte bisher ein Wort gesprochen. Selders Tod hatte sie alle tief getroffen. Nicht, weil er ein besonders guter Freund gewesen wäre. Im Grunde waren sie allesamt Fremde, die nur durch eine graue Laune des Schicksals hier zusammengewürfelt worden waren, und trotz einer Situation wie der ihren hatten drei Tage nicht ausgereicht, so etwas wie ein Zusammengehörigkeitsgefühl aufkommen zu lassen. Sein Tod hatte ihnen gezeigt, wie verwundbar sie waren. Ihre Umgebung sah auf den ersten Blick aus wie ein Paradies. Aber ein gebrochenes Bein bedeutete hier den Tod.

Jonas saß direkt neben Adele Sandstein, der kleinen deutschen Lady, die er vielleicht als einzige in den letzten drei Tagen ein wenig ins Herz geschlossen hatte, daneben Bell, Stotheim, ein holländischer Kaufmann, der seit ihrer Notlandung fast kein Wort gesprochen hatte (vorher übrigens auch nicht), Anthony und Steve van Lees, zwei australische Brüder, Zwillinge sogar, die sich so unähnlich waren, wie es zwei Männer nur sein konnten, und sich praktisch ununterbrochen stritten, und schließlich waren da Stan Barlowe und seine mindestens zwanzig Jahre jüngere Frau, ein dummes Huhn, dessen gesamtes Vokabular aus nur zwei Lauten zu bestehen schien: hysterischem Gekreisch und albernem Kichern. Eine feine Truppe, um auf einer unbewohnten Insel am Rande der Welt ein neues Bollwerk der Zivilisation zu gründen, dachte er sarkastisch. Vielleicht war es doch ungefährlicher, sich Tresslers zusammengepflastertem Flugzeug anzuvertrauen...

Er schob den Gedanken beiseite und wandte sich an die beiden Australier. »Wie weit sind Sie dem Bach gefolgt?« fragte er. Sie hatten am Vormittag ein Rinnsal entdeckt, das kaum den Namen Bach verdiente. Aber immerhin würde es sie mit Trinkwasser versorgen. Die beiden ungleichen Brüder hatten sich angeboten, seinem Lauf zu folgen; vielleicht entdeckten sie ja einen See oder einen Platz, an dem sie sich auf Dauer einrichten konnten. So malerisch es hier war, wenn man genau hinsah, erkannte man die Spuren, die Stürme und Springfluten im Laufe der Jahre im Dschungel hinterlassen hatten. Ein guter Platz für ein paar Tage, aber nicht für Wochen oder gar Monate.

Die Antwort der beiden Männer bestand nur aus einem Nikken des einen und einem Kopfschütteln des anderen: ja, sie waren dem Bach gefolgt, und nein, sie hatten nichts gefunden, was ihnen irgendwie weiterhalf.

Es war Bell, der schließlich aussprach, was sie wohl alle dachten. »Wir sollten jemanden über die Felswand schicken. Vielleicht sieht es auf der anderen Seite besser aus.«

»Vielleicht lebt dort ja jemand«, sagte Barlowe.

»Ja«, sagte Jonas sarkastisch. »Vielleicht haben wir ja El Dorado wiedergefunden und es nur noch nicht gemerkt.«

»Seien Sie nicht so zynisch, junger Mann.«

Junger Mann? Jonas sah Adele Sandstein einen Moment lang verwirrt an. Wenn er in einem Monat noch lebte, würde er seinen fünfzigsten Geburtstag feiern. Aber wer erst einmal ein Alter wie Adele Sandstein erreicht hatte, durfte wohl mit Fug und Recht *jeden* einen jungen Mann nennen, der noch ein bißchen jünger als Methusalem war. »Schon gut«, knurrte er. »Es war nicht so gemeint. Wir sind alle ein bißchen nervös.«

»Das mag stimmen«, sagte Adele Sandstein streng. »Aber das ist kein Grund, seine gute Erziehung zu vergessen, Herr Jonas. Oder grob zu werden. Ich glaube nämlich, daß Herr Barlowe recht hat.«

»Und wie kommen Sie auf diesen Gedanken, wenn ich fragen darf?« Jonas war nicht der einzige, der sie ansah und sich dabei bemühte, nicht allzu spöttisch auszusehen. Und Fräulein Sandstein schien dies keineswegs zu entgehen, denn für einen ganz kurzen Moment blitzte es verärgert in ihren Augen auf. Aber sie hatte sich wie immer perfekt in der Gewalt.

»Ich meine«, fuhr Jonas mit einer Geste in die Runde fort, »niemand von uns hat bisher auch nur den geringsten Anhaltspunkt dafür gefunden, daß es auf dieser Insel menschliches Leben gibt. Sie vielleicht?«

»Das habe ich in der Tat«, antwortete Adele Sandstein ruhig.

Hätte sie plötzlich eine Handgranate unter ihrem Kleid hervorgezogen und ins Feuer geworfen, hätte der Schock kaum größer sein können. Alle starrten sie an. Es wurde so still, daß man die berühmte Stecknadel hätte fallen hören können.

»Wie bitte?« fragte Jonas schließlich. Er versuchte zu lachen, aber es wollte ihm einfach nicht gelingen. »Sie haben... Spuren gefunden, Miß... *Fräulein* Sandstein?«

»Wann war das?« fragte der ältere der beiden Australier.

»Und wo?« fügte der jüngere hinzu.

Jonas hob hastig die Hand und brachte sie zum Schweigen. Dann wiederholte er wörtlich, was die beiden Brüder gerade gefragt hatten, was ihm einen verärgerten Blick der beiden Australier und einen eher amüsierten von Fräulein Sandstein einbrachte. Sie antwortete trotzdem.

»Heute morgen, als ich unten am Strand war. Sie alle haben noch geschlafen, aber ich war bereits wach. In meinem Alter braucht man nicht mehr so viel Schlaf, müssen Sie wissen. Ich wollte niemanden stören, deshalb ging ich hinunter zum Strand. Und dort habe ich die Spuren gesehen.«

»Menschliche Spuren?« fragte Jonas überflüssigerweise.

»Wie viele waren es?« fügte Bell hinzu.

»Zwei«, antwortete Adele Sandstein nach kurzem Überlegen. »Jedenfalls... glaube ich das. Es können auch mehr gewesen sein. Aber zwei auf jeden Fall.«

»Aber warum haben Sie nichts davon gesagt?« Jonas gab sich keine besondere Mühe, seinen zunehmenden Ärger zu verhehlen. Jedenfalls redete er sich selbst ein, daß das unbehagliche Gefühl, das sich immer mehr in ihm ausbreitete, Ärger war und nicht Furcht.

»Ich... hielt es nicht für so wichtig«, gestand Fräulein Sandstein verlegen.

»Nicht wichtig!« Jonas riß ungläubig die Augen auf. »Sie hätten –«

»Und ich hatte Angst, daß Sie mir nicht glauben würden«, fuhr sie etwas lauter fort. »Die Flut löschte die Spuren aus, und ... und da war noch etwas.«

»Noch etwas?« Jonas legte den Kopf schräg und sah die weißhaarige alte Dame neben sich aufmerksam an. »Was?«

Es war ihr anzumerken, wie schwer ihr die Antwort fiel. Sie wich seinem Blick aus. »Die Spuren führten nur in eine Richtung«, sagte sie schließlich.

»Wie meinen Sie das?« fragte Barlowe.

»Sie führten nur ins Wasser hinein«, antwortete Adele Sandstein. »Nicht wieder heraus.«

»Sie werden ein Boot gehabt haben«, sagte Barlowes Frau.

Nicht nur Jonas sah die schlanke Wasserstoff-Blondine überrascht an. Die Erklärung war so naheliegend und einfach, daß er sich beinahe ärgerte, nicht längst selbst darauf gekommen zu sein.

Aber Adele Sandstein schüttelte den Kopf. »Nein«, sagte sie leise. Sie sah niemanden an, als sie dann weitersprach, sondern blickte aus beinahe starren Augen ins Feuer. »Das dachte ich auch, im ersten Moment. Aber dann… habe ich ihn gesehen.«

»Wen?« fragte Jonas.

»Den Riesen«, antwortete Adele Sandstein.

Tressler und Perkins kamen eine halbe Stunde später vom Strand hoch. Als Perkins von Sandsteins angeblicher Beobachtung erfuhr, reagierte er genauso, wie Jonas es erwartet hatte: Er schüttelte nur den Kopf, tippte sich bezeichnend an die Stirn, als er sicher war, daß sie nicht in seine Richtung blickte, und setzte sich dann wortlos ans Feuer. Tressler schien nicht ganz so amüsiert. Im Gegenteil: Auf seinem Gesicht erschien ein beinahe besorgter Ausdruck.

»Riesen?« vergewisserte er sich.

»Ich sah nicht Riesen«, verbesserte ihn Sandstein. »Ich sprach von *einem* Riesen, Herr Tressler.«

Der Pilot sah noch eine Weile ernst auf sie hinab, und dann blickte er noch länger und irgendwie… erschrocken in die Richtung, wo der Dschungel die Felswand verbarg. Aber er sagte nichts, sondern setzte sich schließlich nur wortlos zu den anderen ans Feuer.

Perkins war seine Reaktion allerdings nicht verborgen geblieben. »Was ist los mit dir?« fragte er grinsend. »Du glaubst den Unsinn doch nicht etwa?«

»Ich... habe übrigens auch etwas gesehen«, antwortete Tressler zögernd. »Während der Landung.«

»Einen Riesen?« Perkins' Grinsen wurde noch breiter. »Oder war es vielleicht ein Drache oder eine siebenköpfige Seeschlange?«

Jonas brachte ihn mit einem eisigen Blick zum Verstummen. »*Was* haben Sie gesehen, Mr. Tressler?« fragte er.

»Ich... bin nicht sicher«, antwortete der Pilot ausweichend. »Irgend etwas im Wasser. Es ging alles so schnell, und ich hatte alle Hände voll zu tun, uns heil hinunterzubringen, deshalb habe ich kaum darauf geachtet, wie Sie sich vielleicht vorstellen können. Aber ich weiß noch, daß ich ziemlich erschrocken war.« Er sah auf. »Ich glaube, Meyers hat es deutlicher gesehen. Er schrie irgend etwas wie: *Das darf doch nicht wahr sein!* oder so ähnlich, bevor –«

»– er sich das Genick gebrochen hat«, fiel ihm Perkins ins Wort. »Wie praktisch: Der einzige Zeuge ist tot!«

Tressler wandte sich ihm mit einem zornigen Ruck zu. Seine Hände zuckten, und seine Lippen wurden zu einem dünnen, blutleeren Strich. Er sagte kein Wort, aber Jonas sah, daß es in seinen Augen zornig aufblitzte. Meyers und er waren Freunde gewesen.

»Was macht das Flugzeug?« fragte er rasch, ehe Perkins weiterreden und womöglich noch mehr Schaden anrichten konnte.

Tresslers Hände sanken langsam wieder in seinen Schoß. Er entspannte sich sichtbar, und als er sich zu Jonas umwandte, glaubte der fast so etwas wie Dankbarkeit in seinem Blick zu erkennen. »Wir sind fertig«, sagte er.

»Fertig?« Bell richtete sich kerzengerade auf, und auch die anderen sahen den Piloten verblüfft an.

»Soweit wir sie reparieren konnten«, sagte Tressler hastig. »Das bedeutet nicht, daß sie in Ordnung ist. Aber für alles andere bräuchte ich Ersatzteile und eine richtige Werkstatt.«

»Aber sie fliegt?« vergewisserte sich Barlowe.

Tressler schwieg einen Moment. Schließlich zuckte er mit den Schultern, nickte aber absurderweise gleichzeitig. »Ich glaube schon«, sagte er. »Ich müßte sie hochbekommen. Aber es ist gefährlich. Ich weiß nicht, wie lange die Verspannungen halten, die Perkins und ich gebaut haben. Ein kräftiger Windstoß, und…« Er machte eine Handbewegung, als würde etwas auseinanderplatzen, und ließ den Rest des Satzes offen.

»Was heißt das?« fragte einer der beiden Australier. »Kommen wir hier nun weg oder nicht?«

Tressler wollte auffahren, aber Jonas brachte ihn mit einer raschen Handbewegung zum Schweigen und drehte sich betont langsam zu den beiden Brüdern um. »Natürlich können Sie *hier weg*«, sagte er freundlich. »Nur kann Ihnen niemand garantieren, wo Sie landen werden, mein Freund. Auf Pau-Pau oder auf dem Meeresgrund.«

Der Australier wurde sichtlich blaß, aber er sagte nichts mehr, und Jonas wandte sich wieder an Tressler. »Sie glauben also, daß Sie aufsteigen könnten?«

Der Pilot nickte zögernd. Er sah nicht sehr begeistert aus. Aber vielleicht war er auch nur müde. Er hatte während der letzten drei Tage kaum geschlafen, sondern fast ununterbrochen an seinem Flugzeug gearbeitet.

»Und wie schätzen Sie Ihre Chance ein?« fragte Jonas.

Tressler überlegte einen Moment. »Wenn das Leitwerk hält und ich nicht in einen Sturm gerate… nicht einmal so schlecht. Der Treibstoff reicht noch für gut dreihundert Meilen.«

»Dann riskieren wir es!« sagte Barlowe aufgeregt. »Was haben wir denn noch zu verlieren?«

»Zum Beispiel unser Leben, Mr. Barlowe«, sagte Tressler ruhig. »Sie haben nicht richtig zugehört. Ich sagte: *wenn*. Und das ein paarmal. Ich weiß noch nicht einmal, ob ich die Kiste überhaupt hochbekomme.« Er machte eine Geste in die Richtung, aus der das Rauschen der Brandung in der Dunkelheit herüberdröhnte. »Dort draußen herrscht ein ziemlicher Seegang, und es gibt ein paar tückische Riffe. Ich habe nicht einmal eine

Meile, um den Vogel aus dem Wasser zu bekommen. Unter normalen Umständen wäre das wahrscheinlich kein Problem. Aber im Moment stehen die Chancen 50:50, daß die Maschine auseinanderbricht, sobald ich sie aus dem Wasser hebe.«

Barlowe starrte ihn an. »Und was... bedeutet das?« fragte er stockend.

»Daß *wir* hierbleiben werden«, sagte Jonas an Tresslers Stelle.

»Wie bitte?« Barlowe klang fast feindselig.

»Sie haben doch gehört, was er gesagt hat, oder?« fragte Jonas. Er sah Barlowe an, aber er war sich auch der Blicke bewußt, mit denen die anderen ihn maßen. Im Moment waren sie einfach viel zu verblüfft über das, was er gesagt hatte. Aber das würde nicht lange so bleiben. »Abgesehen von dem Risiko, das der Flug darstellt, ist nicht einmal gesagt, daß der Start gelingt, Barlowe. Jedes Pfund Gewicht mehr, das er mitnimmt, kann schon zuviel sein. Tressler fliegt und Perkins hilft ihm als Navigator und wo sonst nötig. Jedenfalls wenn er dazu bereit ist, und wir bleiben hier.«

»Sie... Sie müssen den Verstand verloren haben!« sagte Barlowe stockend. »Wir haben ein Flugzeug und eine gute Chance, von hier wegzukommen, und Sie erwarten allen Ernstes, daß ich hierbleibe und in aller Ruhe zusehe, wie es abfliegt?«

Jonas antwortete nicht gleich. Er spürte, wieviel von den nächsten Worten abhing, die er sagte. Sie alle hatten gehört, wie Tressler ihre Chancen einschätzte, aber Menschen in verzweifelten Situationen neigen dazu, Risiken zu unter- und ihr Glück zu überschätzen.

»Was haben wir schon zu verlieren, Barlowe?« fragte er so ruhig, wie ihm möglich war. »Wenn Tressler und Perkins es schaffen, dann ist in spätestens zwei Tagen ein Schiff oder ein anderes Flugzeug hier, das uns abholt. Und wenn nicht, dann leben wir wenigstens noch.« Er warf Tressler einen raschen Blick zu, um sich für diese Worte zu entschuldigen, aber der Pilot nickte nur. Er hatte verstanden. Perkins hatte glücklicherweise gar nicht zugehört.

»Zwei Tage, Barlowe«, sagte Jonas noch einmal. »Wollen Sie wirklich Ihr Leben und das Ihrer Frau riskieren, nur um zwei Tage früher wieder in diesem verwanzten Hotel auf Pau-Pau zu sein?«

Barlowe antwortete noch immer nicht. In seinem Gesicht arbeitete es. Doch im selben Moment bekam Jonas von unerwarteter Seite Hilfe.

»Herr Jonas hat völlig recht, Herr Barlowe«, sagte Adele Sandstein. »Es wäre sehr unvernünftig, ein solches Risiko einzugehen. Und noch dazu unverantwortlich. Uns allen gegenüber. Sie schmälern unsere Chancen, hier wegzukommen, wenn Sie das Gewicht des Flugzeuges erhöhen. Das ist doch so, oder?«

Sie sah Tressler fragend an, und der Pilot nickte. »Ja. Jedes Pfund Gewicht kann schon zuviel sein.«

Und das war die Entscheidung. Barlowe protestierte weiter, aber nicht nur Jonas spürte, daß er es im Grunde nur noch tat, um sein Gesicht zu wahren und sich nicht kampflos geschlagen zu geben. Und auch die anderen fügten sich – wenn auch widerwillig – Jonas' und Tresslers Argumenten. Schließlich schlug Jonas vor, die Diskussion zu beenden und schlafen zu gehen. Sie würden am nächsten Morgen früh heraus müssen, denn Perkins hatte vorgeschlagen, das Flugzeug vollkommen leer zu räumen, um jedes Gramm überflüssiges Gewicht zu sparen. Und Tressler brauchte für seinen Flug jede Minute Tageslicht, die er bekommen konnte.

Obwohl es sein eigener Vorschlag war, fand Jonas keinen Schlaf. Er lag länger als eine Stunde mit geschlossenen Augen da und wartete, daß Erschöpfung und Müdigkeit ihren Dienst taten, aber seine Gedanken waren zu sehr in Aufruhr. Schließlich resignierte er, öffnete die Augen und setzte sich behutsam wieder auf; sehr leise, um keinen der anderen zu wecken.

Das Feuer war zu einem dunkelroten Gluthaufen heruntergebrannt, der kaum noch Wärme und noch weniger Licht spendete, aber es war trotzdem nicht völlig dunkel, denn der Himmel war wolkenlos. Und in zwei Nächten würde Vollmond sein, so daß der Dschungel in einen silberblauen, unwirklichen

Schimmer getaucht dalag. Der Anblick war bizarr, fremdartig – und beunruhigend.

Seit sie hier gestrandet waren, war es nicht das erste Mal, daß Jonas dieses Gefühl überkam. Bisher hatte er es einfach auf die äußeren Umstände geschoben und ein wenig auch auf die Tatsache, daß er innerlich keineswegs so ruhig und gelassen war, wie er tat, sondern genausoviel Angst hatte wie alle anderen.

Aber vielleicht war das nicht der einzige Grund. Fräulein Sandsteins Worte – und vor allem das, was Tressler dazu gesagt hatte – hatten ihn mehr beunruhigt, als er zugeben wollte. Natürlich glaubte er nicht wirklich an Riesen oder dergleichen Unsinn. Aber irgend etwas... *stimmte hier einfach nicht.* Er hatte es vom allerersten Moment an gespürt, und er war plötzlich fast sicher, daß es den anderen genauso erging und daß *das* der wahre Grund für die gereizte Stimmung war, die seit drei Tagen hier herrschte.

Hinter ihm knackte etwas; wie ein Zweig, der unter einem Schuh zerbricht. Jonas fuhr zusammen, drehte sich erschrokken um und schrak ein zweites Mal und noch heftiger zusammen, als er einen schwarzen Schatten am Waldrand gewahrte. Aber noch ehe er etwas sagen konnte, hob die Gestalt in einer eindeutigen Geste einen Finger an den Mund, und in derselben Sekunde erkannte Jonas auch, um wen es sich bei dem Schatten handelte. Offenbar war er nicht der einzige, der in dieser Nacht keinen Schlaf gefunden hatte.

So leise, wie es ihm möglich war, stand er auf und ging zu Tressler hinüber. Der Pilot bedeutete ihm erneut, still zu sein, und Jonas folgte ihm bereitwillig schweigend ein gutes Dutzend Schritte in den Dschungel hinein, bis sie sicher waren, keinen der anderen zu wecken.

»Tressler!« flüsterte er überrascht. »Was tun Sie hier? Sie brauchen morgen einen klaren Kopf!«

»Ich konnte nicht schlafen«, antwortete der Pilot. »Genausowenig wie Sie.«

»Ich muß morgen früh aber kein Flugzeug starten, das mit Kaugummi und Blumendraht zusammengeflickt worden ist.«

Er war in der fast vollkommenen Dunkelheit hier im Dschungel nicht sicher, aber er glaubte zumindest, ein Lächeln über Tresslers Gesicht huschen zu sehen. »Ich bin das gewohnt, keine Sorge«, antwortete der Pilot. »Ich schlafe manchmal nur eine Nacht pro Woche richtig.« Er wurde übergangslos wieder ernst. »Kommen Sie mit, Jonas. Ich muß Ihnen etwas zeigen.«

Der Ton, in dem er den letzten Satz hervorstieß, gefiel Jonas nicht. Aber er verzichtete darauf, eine Gegenfrage zu stellen. Wenn Tressler nur ihn allein hatte holen wollen, dann hatte er bestimmt seine Gründe dafür. Und Jonas hatte das ungute Gefühl, daß ihm diese Gründe nicht gefallen würden.

Er sollte recht behalten.

Tressler führte ihn in weitem Bogen um das Lager herum und dann wieder zurück zum Strand; allerdings nicht dorthin, wo das Flugzeug lag, wie Jonas erwartet hatte. Statt dessen näherten sie sich einer Stelle, die eine gute Meile davon entfernt hinter der Biegung der Lagune lag, so daß sie sie von ihrem Lagerplatz aus nicht direkt einsehen konnten.

Das war wahrscheinlich auch der Grund, aus dem das halbe Dutzend Gestalten diesen Platz ausgesucht hatte, um sich zu versammeln, und nicht den Strand weiter westlich, wo Sandstein in der vergangenen Nacht die Spuren gesehen hatte...

Tressler und er standen sicher fünf Minuten reglos da und blickten die schwarzen Gestalten am Strand aus der Deckung des Unterholzes heraus an. Sie bewegten sich unruhig, und Jonas hörte erregte Stimmen, in einer unverständlichen fremden Sprache. Manchmal gestikulierte eine der Gestalten aufgeregt; und immer in die Richtung, in der das Flugzeug lag. Und das Lager.

Schließlich wich Jonas einen Schritt weiter in den Dschungel zurück und ließ sich in die Hocke sinken. Die Dunkelheit, die sie einhüllte, schien mit einem Mal keinen Schutz mehr zu bieten, sondern zu etwas Feindseligem, Bösem zu werden.

»Also hat sie sich nicht getäuscht«, murmelte er, als Tressler ihm folgte und sich neben ihm auf ein Knie herabsinken ließ.

»Nein«, antwortete der Pilot. »In keiner Beziehung.«

Jonas fragte sich, was er wohl genau damit meinen mochte, verfolgte den Gedanken aber nicht weiter. »Vielleicht«, sagte er zögernd, »sollten wir doch versuchen, von hier wegzukommen. Die Burschen gefallen mir nicht.«

»Sie sind harmlos«, antwortete Tressler. Er schien Jonas' zweifelnden Gesichtsausdruck trotz der Finsternis zu sehen, denn er fuhr nach einer Sekunde hastig fort: »Jedenfalls glaube ich das. Wenn sie uns hätten angreifen wollen, dann hätten sie es längst getan. Gelegenheit dazu hatten sie genug.«

Seine Worte klangen allerdings eher nach einem frommen Wunsch als nach wirklicher Überzeugung, und Jonas sprach das auch aus. »Ja. Oder sie beobachten uns und warten auf den passenden Moment, um zuzuschlagen.«

Diesmal verging eine geraume Weile, bis Tressler antwortete. Seine Stimme war sehr viel leiser als zuvor, und sie klang eindeutig besorgt. »Hören Sie zu, Jonas. Ich... ich habe vorhin nicht ganz die Wahrheit gesagt, als wir über das Flugzeug gesprochen haben.«

»Inwiefern?«

»Wenn ich ganz ehrlich sein soll – ich glaube kaum, daß ich die Mühle noch einmal in die Luft bekomme«, gestand Tressler. »Und unsere Aussichten, weiter als zehn Meilen damit zu kommen, sind erbärmlich. Ich *kann* niemanden mehr mitnehmen. Selbst wenn wir jede überflüssige Schraube aus der Maschine drehen und ich noch den Pilotensitz rausschmeiße, um Gewicht zu sparen, brauche ich ein ganzes Bataillon Schutzengel, wenn ich über die Riffe kommen will.«

»Warum versuchen Sie es dann überhaupt?« fragte Jonas. »Keinem hier ist damit gedient, wenn Sie sich umbringen.«

»Weil es unsere einzige Chance ist«, antwortete Tressler. »Haben Sie Lust, die nächsten fünfzig Jahre hierzubleiben? Diese Insel ist noch nie von einem weißen Mann betreten worden. Wahrscheinlich weiß man nicht einmal, daß es sie gibt! Es kann noch hundert Jahre dauern, bis hier ein Schiff vorbeikommt!«

»Unsinn!« widersprach Jonas heftig. »Woher wollen Sie das wissen? Es gibt Tausende von Inseln hier.«

Tressler lachte leise. »Glauben Sie mir. Ich wüßte bestimmt, wenn man diese Insel bereits entdeckt hätte. Und Sie wüßten es sicher auch.«

»Wie meinen Sie das?«

Tresslers Stimme klang überrascht. »Sie haben sie nicht gesehen?«

»Wen, zum Teufel? Die Eingeborenen?«

Der Pilot erhob sich wieder und machte eine Geste, die Jonas in der Dunkelheit viel mehr spürte als sah. Offensichtlich sollte er ihm folgen. Sie gingen zurück zum Waldrand, und Tressler deutete zum Strand hinunter. Die Eingeborenen standen noch immer da und palaverten heftig.

»Rechts von ihnen«, flüsterte Tressler. »Direkt neben den Felsen, im Wasser. Sehen Sie sie?«

Jonas' Blick folgte Tresslers ausgestreckter Hand. Im allerersten Moment sah er nichts außer Schatten und Felsen in schwarzem Wasser, auf dem sich das Mondlicht spiegelte, doch dann...

»O mein Gott!« flüsterte er.

Washington, D. C.
Acht Monate später

»Nein!« sagte Grisswald. »Nur über meine Leiche!« Er ballte die Faust und ließ sie wuchtig auf die Schreibtischplatte krachen, um seinen Worten gehörigen Nachdruck zu verleihen. Vielleicht hätte er das besser nicht tun sollen, denn gleich darauf verzog er schmerzhaft das Gesicht, und einer der beiden Regierungsbeamten machte eine Miene, als denke er ernsthaft darüber nach, Grisswalds Vorschlag wörtlich zu nehmen. Der andere lächelte unverändert weiter, so wie er es die ganze Zeit getan hatte. Er hatte Indiana mit diesem Lächeln begrüßt, und es hatte sich nicht um einen Deut geändert, obwohl Indy jetzt bereits seit fast einer halben Stunde dasaß und ihn beobachtete. Er war mittlerweile fast sicher, daß der Beamte mit diesem dämlichen Grinsen auf dem Gesicht geboren worden war und daß es sein größtes und womöglich einziges Kapital darstellte.

Grisswald jedenfalls schien es langsam, aber sicher in den Wahnsinn zu treiben. Er tat Indiana beinahe leid. Es gab wohl kaum etwas Schlimmeres, als sich mit jemandem streiten zu müssen, der unentwegt lächelte, ganz egal, was man ihm an den Kopf warf. Vor allem, wenn dieser Jemand in einer Position war, wo er sich dieses überhebliche Lächeln *leisten konnte*. Und das waren die beiden Regierungsbeamten. Indiana hätte nicht einmal ihre Ausweise sehen müssen, um das zu wissen. Im Laufe der Jahre hatte er für so etwas ein feines und beinahe untrügliches Gespür entwickelt.

»Dr. Jones, bitte sagen Sie doch auch einmal etwas!« Grisswald begann fast verzweifelt die Hände zu ringen. »Ich flehe Sie an, seien *Sie* wenigstens vernünftig!«

Indiana genoß den Moment wie einen Schluck kostbaren Wein. Es kam sehr selten vor, daß Grisswald ihn um etwas *bat*. Und im Moment *bettelte* er regelrecht. Deshalb zögerte er seine Antwort auch so lange heraus, wie es gerade noch möglich war.

»Vernünftig bin ich schon, Mr. Grisswald«, sagte er. »Aber was soll ich machen, wenn das Vaterland mich ruft. Als guter Patriot und Amerikaner kann ich meine Hilfe kaum verweigern.«

Grisswalds Gesicht verlor auch noch das letzte bißchen Farbe, und Indiana schenkte ihm nicht nur sein herzlichstes Lächeln, sondern gönnte sich auch noch weitere zehn Sekunden, in denen Grisswald sich in ungesunder Nähe eines Schlaganfalles bewegte, ehe er, an die beiden Regierungsbeamten gewandt, fortfuhr: »Andererseits müssen Sie Mr. Grisswald verstehen, meine Herren. Ich war in letzter Zeit... ziemlich häufig abwesend. Und neben allem anderen bin ich auch noch Angestellter dieser Universität. Meine Studenten freuen sich zwar immer, wenn ich ihnen von meinen Abenteuern erzähle, aber das ist nicht der Grund, weswegen sie diese Universität besuchen. Sie wollen meine Vorlesungen hören, und sie haben ein Recht darauf.«

Grisswald war für einen Moment völlig perplex. Ganz offensichtlich hatte er mit allem gerechnet; nur nicht damit, daß Indiana Jones sich auf seine Seite schlug.

Was Indiana auch nicht wirklich getan hatte. Grisswald war ihm herzlich egal. Aber seine Worte entsprachen der Wahrheit. Er hatte in letzter Zeit tatsächlich ein paar Vorlesungen mehr ausfallen lassen, als er vor sich selbst verantworten konnte. Und er hatte schlicht und einfach keine Lust, schon wieder zu irgendeinem vergessenen Winkel der Welt zu reisen, um für die Regierung oder sonstwen die Kastanien aus dem Feuer zu holen. Selbst ein berufsmäßiger Held braucht schließlich ab und zu einmal eine Pause.

»Sie haben Dr. Jones gehört, meine Herren.« Grisswald hatte nicht nur seine Überraschung überwunden, sondern bekam bereits wieder Oberwasser. »Wir können Ihnen nicht helfen. Es tut mir leid.«

Zeit für einen kleinen Dämpfer, dachte Indiana, lächelte

Grisswald zu und sagte: »Das habe ich nicht gesagt, Mr. Grisswald.« An die beiden Regierungsbeamten gewandt, fuhr er fort: »Natürlich verweigere ich der Regierung der Vereinigten Staaten von Amerika nie meine Hilfe. Ich fürchte nur, daß ich Ihnen in diesem konkreten Fall nicht helfen kann.«

»Sie wissen ja noch gar nicht, um was es geht«, antwortete einer der beiden, der mit dem lächelnden Gesicht.

»Ich weiß genug, um zu wissen, daß ich nicht genug weiß«, antwortete Indiana. Das Lächeln seines Gegenübers wirkte plötzlich leicht verkrampft, und auch dessen Kollege und Grisswald hatten sichtlich Schwierigkeiten, den Satz nachzuvollziehen. Aber das war nun auch der Sinn der Sache gewesen.

»Sehen Sie, Mr...?« setzte er nach einigen Sekunden neu an.

»Franklin«, antwortete der ewig lächelnde Beamte. Er deutete auf seinen Kollegen. »Das ist Mr. Delano.«

Und wenn ihr noch einen dritten dabeihättet, hieße er Roosevelt, darauf wette ich, dachte Indiana spöttisch. Äußerlich jedoch unbewegt, fuhr er fort: »Sehen Sie, Mr. Franklin, ich bin nicht unbedingt der große Spezialist für Polynesien. Um ehrlich zu sein: Ich habe mich bisher kaum mit diesem Gebiet –«

»Das ist uns bekannt, Dr. Jones«, unterbrach ihn Franklin. »Aber ich nehme doch an, daß Sie schon einmal etwas von den Osterinseln gehört haben.«

Indiana tauschte einen schnellen, überraschten Blick mit Grisswald. Der Dekan seiner Universität wirkte ebenso überrascht wie er. Allerdings jetzt auch interessiert. Bei dem endlosen Kleinkrieg, den Indiana und Grisswald miteinander führten, vergaß Indy manchmal beinahe, daß Grisswald nicht nur ein Ekel und der sturste Paragraphenreiter war, den er jemals getroffen hatte, sondern auch noch Wissenschaftler. Und nicht unbedingt der schlechteste. Die Osterinseln? Nun, wer hätte nicht davon gehört und von den riesigen, manchmal bis zu fünfzehn Meter hohen Statuen, die an ihren Stränden standen und über das Meer blickten? Es war –

Indiana begriff im allerletzten Augenblick, daß er kurz davor stand, den Köder zu schlucken, den ihm Franklin hingeworfen hatte. In Gedanken rief er sich zur Ordnung. Er mußte aufpassen. Franklin war kein Dummkopf. Sein penetrantes Grinsen ließ ihn harmloser aussehen, als er war.

»Natürlich habe ich das«, antwortete Indiana. »Aber ich muß Sie leider abermals enttäuschen. Ich habe lediglich ein paar Aufsätze darüber gelesen. Interessant, aber nicht mein Gebiet. Es gibt Kollegen, die sehr viel mehr darüber wissen als ich.«

»Niemand weiß *viel* über die Osterinseln, Dr. Jones«, antwortete Franklin. »Es gab bisher nur eine einzige wissenschaftliche Expedition dorthin, und die hat sehr viel mehr Fragen als Antworten mitgebracht. Wir brauchen kein *Wissen*, Dr. Jones, wir brauchen *Sie*.«

»Wozu?« fragte Grisswald.

Delano blickte ihn an, als nähme er seine Anwesenheit erst jetzt richtig wahr; und er schien nicht unbedingt erfreut. Aber Indiana sah auch den raschen, beredten Blick, den Franklin seinem Kollegen zuwarf, und plötzlich änderte sich etwas in Delanos Gesichtsausdruck.

»Lassen Sie es mich so formulieren, Mr. Grisswald«, begann er umständlich. »Diese sonderbaren Statuen auf den Osterinseln stellen eine der größten wissenschaftlichen Herausforderungen dar, die wir kennen. Die Regierung der Vereinigten Staaten ist entschlossen, diese Herausforderung anzunehmen. Wir planen eine Expedition, und wer wäre besser geeignet, eine solche Expedition zu leiten, als Dr. Jones?«

»Eine Expedition?« Grisswald wurde hellhörig. »Zu den Osterinseln?«

»Mit voller Unterstützung der Regierung der Vereinigten Staaten«, bestätigte Franklin. »Wir haben ein Schiff, wir haben die nötige Ausrüstung und einige gute Männer. Was uns noch fehlt, ist ein fähiger Expeditionsleiter.«

»Und wieso kommen Sie da ausgerechnet auf mich?« fragte Indiana. »Ich kenne ein Dutzend Kollegen, die ihren rechten Arm dafür geben würden – und so ganz nebenbei besser dafür geeignet wären.«

»Und genau das bezweifle ich, Dr. Jones«, antwortete Franklin lächelnd. »Die Osterinseln sind praktisch unerforschtes Gebiet. Niemand weiß, auf was wir wirklich stoßen werden. Es könnte gefährlich werden, zumindest aber strapaziös. Wissenschaftliche Kapazitäten, noch dazu solche, die über Ihre... äh, speziellen Fähigkeiten verfügen, Dr. Jones, sind dünn gesät.«

»Trotzdem –«, begann Indiana, wurde aber wieder unterbrochen, diesmal von Grisswald.

»Eine Expedition im Auftrag der Regierung?« fragte er aufgeregt. »Aber warum haben Sie das denn nicht gleich gesagt? Selbstverständlich wird unsere Universität alles in ihrer Macht Stehende tun, um Sie zu unterstützen. Vorausgesetzt –«

»Natürlich werden Sie und Ihre Universität die ersten sein, die die Ergebnisse der Expedition auswerten dürfen«, sagte Franklin. »Wir garantieren Ihnen sogar strengste Diskretion, Mr. Grisswald. Uns ist nicht daran gelegen, unser Unternehmen an die große Glocke zu hängen und uns einer Armee von Abenteurern und Schatzsuchern gegenüberzusehen, die uns mit Klappspaten zuvorzukommen versuchen.«

Grisswald strahlte.

Indiana starrte ihn fassungslos an. Franklins Geschichte war so dünn, daß ein achtjähriges Kind sie durchschauen konnte. Grisswald konnte doch unmöglich darauf hereinfallen!

Aber er tat es.

»Dr. Jones wird Ihnen mit großem Vergnügen zur Verfügung stehen, Mr. Franklin«, sagte er.

Indiana ächzte. »Aber Grisswald. Sie –«

»Und ich auch«, fügte Grisswald hinzu.

»Okay«, sagte Indiana später, als er mit Franklin allein war. »Worum geht es wirklich? Sie brauchen mich bestimmt nicht, um das Geheimnis irgendwelcher Götterstatuen auf einer menschenleeren Insel zu lösen!«

Sie hatten die Universität unmittelbar nach ihrem Gespräch verlassen, und wenn es noch eines weiteren Beweises dafür bedurft hätte, daß Franklins Geschichte zum Himmel stank, dann wäre es die Eile gewesen, zu der die beiden Regierungsbeamten plötzlich drängten. Franklin hatte Indiana höchstpersönlich nach Hause gefahren, damit er ein paar Sachen für die Reise packen konnte, und Delano hatte das gleiche mit Grisswald getan. Jetzt standen sie in Indianas Schlafzimmer vor einem aufgeklappten Koffer. Indiana machte jedoch keine Anstalten, den zu füllen, sondern sah sein Gegenüber nur herausfordernd an.

»Wieso?« fragte Franklin. »Interessiert es Sie etwa nicht, Dr. Jones?«

»Doch!« antwortete Indiana. »Aber *Sie* interessiert es nicht die Bohne, Franklin. Und Ihren Kollegen noch viel weniger, darauf verwette ich ein Jahresgehalt. Ich bin sicher, daß Sie vor zwei Tagen nicht einmal wußten, wo die Osterinseln liegen!«

»Wenn ich ganz ehrlich sein soll – so genau weiß ich es auch jetzt noch nicht«, antwortete Franklin mit unverblümter Offenheit. »Das muß ich allerdings auch nicht wissen. Meine und Delanos Aufgabe besteht nicht darin, etwas zu wissen, sondern Leute aufzutreiben, die dieses Wissen haben.« Er deutete auf den offenstehenden Koffer. »Bitte, Dr. Jones, beeilen Sie sich ein wenig. Das Flugzeug wartet.«

»Sie haben es verdammt eilig, finde ich«, sagte Indiana. »Ich frage mich nur, warum. Diese Statuen stehen schon seit einigen hundert Jahren dort. Haben Sie Angst, sie könnten weglaufen, wenn wir jetzt ein paar Minuten zu spät kommen?«

»Vielleicht«, antwortete Franklin.

Ein eisiger Schauer lief über Indianas Rücken. Seine Worte waren spöttisch gemeint gewesen, aber als er in Franklins Gesicht sah, blieb ihm das Lachen im wahrsten Sinne des Wortes im Halse stecken.

»Bitte, Dr. Jones«, fuhr Franklin nach einer Weile fort. »Wir haben einen weiten Weg vor uns, und nicht *alle* Flugzeuge werden auf uns warten. Ich weiß ja nicht, wie es Ihnen geht, aber ich habe keine besondere Lust, unter Umständen zwei Tage in irgendeinem gottverlassenen Hotel hocken zu müssen, nur weil wir jetzt zu lange herumgetrödelt haben.«

»Flugzeuge?« Indiana runzelte mißtrauisch die Stirn, begann aber trotzdem, beinahe wahllos Kleidungsstücke in seinen Koffer zu werfen. »Ich war der Meinung, wir fahren mit einem Schiff.«

»Das werden wir auch. Die HENDERSON wartet in Sydney auf uns.«

»Sydney?« Indiana machte ein übertrieben nachdenkliches Gesicht. »Also, ich war nie sehr gut in Geographie, aber... liegt das nicht in Australien?«

Franklin lachte leise. »Es ist seine Hauptstadt.«

»Aha«, sagte Indiana. Er schwieg zehn Sekunden, dann grübelte er weiter: »Also, wie gesagt, Geographie war nie mein bestes Fach. Aber ist es nicht ein ziemlicher Umweg, über *Australien* zu den Osterinseln zu reisen?«

»Ein gewaltiger sogar«, antwortete Franklin, der alle Mühe hatte, nicht vor Lachen laut herauszuplatzen. »Deswegen sind wir ja auch so in Eile. Sehen Sie – es ist ein Umweg, aber wir haben alles, was wir für diese Expedition brauchen, auf einem Schiff im Hafen von Sydney. Und es ist einfach leichter, *Sie* zu diesem Schiff zu bringen als das Schiff zu Ihnen. Ich nehme doch an, daß es in Ihrem Sinne ist, wenn wir dorthin nur drei Tage brauchen, und nicht drei Wochen, oder?«

Indiana knallte den Koffer zu, klemmte sich dabei beide Daumen und verzog schmerzhaft das Gesicht. »Es wäre vor allem in meinem Sinne, endlich die *Wahrheit* zu erfahren«, maulte er.

Franklin lächelte.

Sydney, Australien
72 Stunden später

Drei Tage später war Indiana auf dem besten Wege, dieses Lächeln zu hassen. Seinen Besitzer übrigens auch. Er war sicher, daß Franklin auf jeder römischen Galeere eine steile Karriere hätte machen können, denn er war der schlimmste Sklaventreiber, dem Indiana jemals begegnet war.

Allerdings auch einer der talentiertesten. Die Reiseroute, die er ausgearbeitet hatte und die er Indy und Grisswald unbarmherzig entlangtrieb, war zwar eine zweiundsiebzigstündige Tortur, aber sie kamen *schnell* voran. Indiana hätte noch vor drei Tagen jede Wette gehalten, daß es gar nicht möglich war, innerhalb von zweiundsiebzig Stunden von Washington nach Sydney zu gelangen; aber es *war* möglich. Sie hatten es selbst bewiesen. Daß er sich fühlte, als hätte er die ganze Strecke zu Fuß zurückgelegt, ohne auch nur ein einziges Mal anzuhalten, war zwar ein etwas ärgerlicher Nebeneffekt, änderte aber nichts daran, daß sie wahrscheinlich einen neuen Weltrekord aufgestellt hatten.

Wie auf allen Flughäfen und Bahnhöfen, die sie unterwegs betreten hatten (wie viele waren es eigentlich gewesen? Indiana hatte irgendwann aufgehört zu zählen, aber es waren *viele*), war auch hier alles perfekt organisiert. Das Flugzeug war noch nicht einmal ganz zum Stillstand gekommen, als Franklin auch schon aufstand und Grisswald und Indiana bedeutete, ihm zu folgen. Delano war bereits vorausgegangen und redete leise mit dem Steward, und offenbar als unmittelbares Ergebnis dieses Gespräches wurde eigens für sie die Tür geöffnet und eine fahrbare Treppe herbeigeschafft, so daß sie das Flugzeug lange vor den anderen Passagieren verlassen konnten. Eine große deutsche Limousine mit abgedunkelten Scheiben erwartete sie unmittelbar am Fuß der Treppe. Indiana kletterte hinein, ließ sich in die schweren Lederpolster fallen und schloß mit einem erschöpften Seufzen die Augen. Er hatte sich die Reise ein wenig anders vorgestellt. Er war es gewohnt, unbequem zu reisen, Stunden, wenn nicht Tage im Sattel eines Pferdes zu verbringen oder auf nacktem Felsboden zu schlafen. Daß man mit den modernsten Transportmitteln der Zeit reisen und sich hinterher wie gerädert fühlen konnte, war ihm neu. Franklin stieg als letzter ein, zog die Tür hinter sich zu, und der Wagen fuhr los. Indiana musterte ihn finster. Der Regierungsbeamte lächelte wie üblich, und er sah geradezu widerlich frisch aus. Grisswald, der neben ihm saß, sah genauso aus, wie Indiana sich fühlte: mehr tot als lebendig.

»Sie haben es bald hinter sich, Dr. Jones«, sagte Franklin, nachdem Indiana ihn eine Weile fast feindselig angestarrt hatte. »In einer halben Stunde sind Sie in Ihrer Kajüte an Bord der HENDERSON und können sich ausschlafen.«

Die Worte sickerten nur langsam in Indianas schon halb vom Schlaf umnebeltes Bewußtsein. »HENDERSON?« murmelte er. »Aber ich dachte, wir gehen erst einmal ins Hotel und –«

Franklin unterbrach ihn mit einem bedauernden Kopfschütteln. »Wozu?« fragte er. »Die Kessel der HENDERSON stehen bereits unter Dampf. Wir werden in –«, er sah auf die Uhr und überlegte einen Moment, »– knapp siebzig Minuten ablegen.«

Indiana schluckte alles hinunter, was ihm auf der Zunge lag. Er hatte schon am ersten Tag aufgegeben, gegen irgendeine von Franklins Entscheidungen zu protestieren. Der Regierungsbeamte blieb zwar stets freundlich, aber er grinste einfach jedes Gegenargument nieder.

Der Wagen verließ das Flughafengelände und durchquerte die Stadt. Indiana hätte die Fahrt sicher genossen, wäre er nicht so müde gewesen, daß er immer wieder einschlief. Trotzdem schreckte er schon nach Sekunden schon wieder hoch, mit brennenden Augen, kaltem Schweiß auf der Stirn und einem widerwärtigen Geschmack im Mund.

Franklin weckte ihn vollends, als sie sich nach einer guten halben Stunde dem Hafen näherten. Die Straßen wurden schlechter, so daß selbst die Federn des großen Benz die Erschütterungen nicht mehr völlig abfangen konnten. Grisswald kippte auf seinem Sitz immer wieder nach vorne und mußte von Delano festgehalten werden, schnarchte dabei aber ungerührt weiter.

»Ich fürchte, ich muß noch eine kleine Unbequemlichkeit von Ihnen verlangen, Dr. Jones«, sagte Franklin mit – geheucheltem – Bedauern.

»So?« Indiana gähnte ungeniert. »Nur zu. Was soll ich tun? Zu Fuß nach New York zurücklaufen?«

»Ich fürchte, unsere Geheimhaltung war nicht ganz so perfekt, wie ich Ihnen und Mr. Grisswald versprochen habe«, gestand Franklin. »Man hat mich informiert, daß einige Reporter am Kai auf uns warten. Natürlich könnten wir sie einfach ignorieren, aber das würde nur unnötigen Spekulationen Vorschub leisten. Sie kennen sich doch mit solchen Leuten aus. Ich leider nicht, wie ich gestehen muß. Vielleicht könnten Sie ihnen ein paar Worte sagen.«

Indiana blinzelte irritiert. »Und was ist mit der Armee von Abenteurern und Schatzsuchern, vor der Sie sich so gefürchtet haben?« fragte er.

Franklin winkte ab. »Bis die Zeitungen erscheinen und diese Herren ihre Sparschweine geschlachtet haben, um eine Spitzhacke zu kaufen, sind wir längst am Ziel«, sagte er. »Außerdem haben wir wohl keine andere Wahl mehr, fürchte ich. Man muß flexibel sein, nicht wahr?«

Wäre Indiana etwas weniger müde gewesen, dann hätte er Franklin spätestens jetzt gesagt, daß er für ihn neben einigen anderen Titeln auch noch den des ungeschicktesten Lügners aller Zeiten parat hielte. Aber wahrscheinlich war das die Sache gar nicht wert. Außerdem war ihm schon gestern eine sehr viel bessere Idee gekommen: Im Moment saßen Franklin und sein Kollege Delano noch am längeren Hebel. Aber sobald sie die Osterinseln erreicht hatten, war *Indiana* der Leiter der Expedition. Er würde schon eine passende Beschäftigung für die beiden finden...

»Meinetwegen«, murmelte er, verschränkte die Arme, ließ das Kinn auf die Brust sinken und schloß die Augen. »Wecken Sie mich, wenn wir da sind.«

»Wir *sind* da, Dr. Jones«, antwortete Franklin.

Indiana zwang sich, die Lider zu heben und aus dem Fenster zu sehen. Der Wagen rollte jetzt am Kai entlang; Indiana erinnerte sich nicht einmal, seit wann das so war. Eine gute Meile vor ihnen erhob sich der Umriß eines Schiffes gegen das Meer. Indiana konnte es nur als schwarzen Schatten erkennen, denn die Sonne stand bereits tief, und ihr rotes Licht trieb ihm zusätzlich Tränen in seine ohnehin brennenden, entzündeten Augen. Aber irgend etwas an diesem Umriß irritierte ihn. Er wußte nur nicht genau, was.

Einen Augenblick später sah er etwas, das er sehr wohl erkannte – und das ihn schlagartig wenigstens für einen Moment hellwach werden ließ. Am Ende des Kais, über den sie fuhren, wartete eine kleine Armee auf sie.

Was hatte Franklin gesagt? *Einige* Reporter? Indiana schätzte, daß das Fallreep der HENDERSON von mindestens hundert kamera- und notizblockschwingenden Gestalten belagert wurde. Das kleine Leck in Franklins Sicherheitssystem mußte so breit sein wie die Niagarafälle!

»Nur ein paar Worte, Dr. Jones, das verspreche ich Ihnen«, sagte Franklin lächelnd.

Es dauerte anderthalb Stunden, bis sie endlich an Bord kamen.

Auf hoher See

Die Begegnung mit der Reporterarmee hatte Indiana den Rest gegeben. Er konnte sich nicht mehr erinnern, wie er an Bord der HENDERSON gekommen war; und schon gar nicht, wie er die Kabine erreicht hatte. Er erwachte mit Kopfschmerzen, einem furchtbaren Geschmack im Mund und einem leisen Gefühl von Übelkeit im Magen, von dem er sicher wußte, daß es genau wie er gerade erst erwacht war und daß es noch sehr viel heftiger werden würde. Das Bett, auf dem er lag, war nicht nur äußerst unbequem, sondern *bewegte* sich auch noch, und was er im ersten Moment für das schwere Hämmern seines eigenen Herzschlages gehalten hatte, identifizierte er nach einigen Augenblicken als das Arbeitsgeräusch großer Maschinen, die irgendwo in der Nähe liefen. Sie befanden sich bereits auf hoher See. Aber das hatte Franklin ihm ja gesagt.

Behutsam setzte Indiana sich auf, schwang die Beine von der Pritsche und versuchte aufzustehen. Sofort begann sein Magen zu rebellieren, und er bewegte sich noch vorsichtiger weiter. Der Boden unter seinen Füßen schwankte heftig, und sein Magen und sein Kopf schienen sich in gleichem Rhythmus mitzudrehen. Irgendwie war das seltsam, fand Indiana. Es war beileibe nicht das erste Mal, daß er sich an Bord eines Schiffes befand – aber *seekrank* war er bisher noch nie geworden.

Indiana sah sich müde in der kleinen, schäbigen Kabine um. Klein und schäbig war sogar noch geschmeichelt. Sie war ein besserer Wandschrank, gerade breit genug für das Bett und einen winzigen Tisch – allerdings nicht gleichzeitig. Beides war mit Scharnieren an der Wand festgeschraubt, so daß man jeweils das eine hochklappen mußte, um das andere zu benutzen. Indiana verlängerte in Gedanken die Liste der unangenehmen Aufgaben, die er Franklin nach ihrer Landung auf den Osterinseln zuteilen würde, und verließ seine Kabine.

Der Gang, auf den er hinaustrat, war kaum weniger schmal und heruntergekommen als die Kabine. Das Dröhnen der Maschinen war hier deutlicher zu hören, und sein Magen rebellierte plötzlich so stark, daß er sich mit beiden Händen die Wand entlangtasten mußte, als er den Weg zur Treppe einschlug. Er brauchte frische Luft, und zwar dringend.

Indiana bekam fast mehr davon, als ihm lieb war, denn Sturm und Gischt schlugen ihm wie eine nasse Hand ins Gesicht, als er auf das Deck der HENDERSON hinaustrat. Einen Moment lang erwog er ernsthaft den Gedanken, wieder in seine Kabine zurückzugehen und einfach weiterzuschlafen, aber dann trat er doch vollends in den Sturm hinaus und sah sich aus zusammengekniffenen Augen um.

Es war dunkel. Sturm und Seegang waren ganz kurz vor dem Punkt, an dem die Männer oben auf der Brücke anfangen würden, sich Sorgen zu machen, und die HENDERSON pflügte mit voller Fahrt durch die Wellen.

An Deck brannte kein einziges Licht.

Indiana hielt sich mit der linken Hand fest, um auf dem glitschigen, schwankenden Deck nicht die Balance zu verlieren, drehte das Gesicht aus dem Wind und sah sich mit wachsender Beunruhigung um. Unter seinen Füßen dröhnten die Maschinen des Schiffes, der Bug teilte mit einem unablässigen, kraftvollen Dröhnen die Wellen, aber nirgends war auch nur eine Bewegung oder ein Licht zu sehen. Es war, als befände er sich auf einem Geisterschiff. Selbst hinter den großen Scheiben der Brücke herrschte Dunkelheit. Was um alles in der Welt ging hier vor?

Durch das Dröhnen der Maschinen und des Sturmes drang ein anderer Laut an sein Ohr: ein gepreßtes Stöhnen, dem ein plötzliches Würgen folgte. Indiana drehte sich um und sah eine gebeugte Gestalt an der Reling. Offenbar war er nicht der einzige, der trotz Regen, Sturm und Dunkelheit an Deck gekommen war.

Als er sich der Gestalt näherte, sah er, daß es niemand anderes war als Grisswald, der an der windabgewandten Seite der

HENDERSON stand und ausgiebigst, aber wahrscheinlich ohne großes Vergnügen Poseidon opferte.

Indiana räusperte sich, erzielte damit aber keinerlei Erfolg und räusperte sich noch einmal und noch einmal, bis Grisswald schließlich reagierte und mit einem Ruck den Kopf umwandte. Auf seinem Gesicht erschien ein fast entsetzter Ausdruck, als er Indiana erkannte. »Dr. Jones!« sagte er. »Was tun –«

Den Rest seiner Frage spie er zusammen mit seinem letzten Abendessen über Bord, und Indiana wandte sich diskret ab, bis die unangenehmen Würgegeräusche hinter ihm wieder verklangen. Ihm wurde klar, daß er Grisswald in eine peinliche Situation gebracht hatte.

»Bitte verzeihen Sie, Mr. Grisswald«, sagte er, ohne sich zu seinem Dekan umzudrehen. »Ich wollte Sie nicht in eine peinliche Situation bringen.«

»Peinlich? *Peinlich!*« Grisswald begann zu schimpfen wie ein Rohrspatz, und nach ein paar Sekunden drehte sich Indiana doch wieder herum und sah ihn an. Grisswald war grün im Gesicht, aber er wirkte nicht peinlich berührt, sondern er war offenbar stinkwütend. »Verdammte Sauerei!« giftete er, während er sich mit einem alles andere als sauberen Taschentuch immer wieder über die Lippen fuhr. »Irgend jemand wird mir dafür bezahlen, Dr. Jones, das schwöre ich Ihnen!«

»Niemand kann etwas für den Sturm«, antwortete Indiana. »Und vor Seekrankheit ist keiner gefeit. Glauben Sie mir, ich habe schon ganz andere –«

»Seekrank?« unterbrach ihn Grisswald aufgebracht. »Ich und seekrank? Daß ich nicht lache! Mein Vater war Kapitän! Ich bin praktisch auf einem Schiff aufgewachsen! Noch dazu besitze ich selbst eine ansehnliche Hochseeyacht und verbringe jede Minute, die ich erübrigen kann, auf hoher See! Ich werde nie seekrank, Dr. Jones, niemals!«

Indiana war so perplex, daß er Grisswald nur verwirrt anblickte. »Aber was –«

»Irgend jemand hat uns betäubt, Dr. Jones«, fuhr Grisswald aufgebracht fort. »Merken Sie es nicht? Ich habe den Geschmack noch im Mund. Ich weiß zwar nicht, wer es war oder warum, aber ich verspreche Ihnen, daß ich es herausbekommen werde, und wer immer es auch war, er wird mir Rede und Antwort stehen!«

»Ich bin sicher, Kapitän Franklin wird das mit großem Vergnügen tun, Professor Griswald«, sagte eine Stimme hinter ihnen.

Indiana und Griswald fuhren im selben Moment herum, aber zumindest für Griswald war die Bewegung wohl ein bißchen zu schnell, denn er beugte sich sofort wieder über die Reling und opferte auch noch den Rest seines Mageninhaltes den Meeresgöttern.

Indiana konnte das Gesicht seines Gegenübers in der Dunkelheit nicht erkennen, aber die Stimme kam ihm vage bekannt vor, und immerhin sah er, daß der Mann eine Uniform trug. »Delano?« fragte er zögernd.

»*Commander* Delano«, verbesserte ihn der andere, nahm seinen Worten aber sofort wieder die Schärfe, indem er lachte und leise hinzufügte: »Aber damit nehmen wir es hier nicht so genau. Bitte kommen Sie, meine Herren. Es ist kalt und naß hier draußen, und Sie wollen sich doch keine Erkältung einfangen, oder?«

»Ihre Sorge führt mich zu Tode«, sagte Griswald böse. »Vor allem, nachdem Sie gerade versucht haben, uns zu vergiften.«

Delano überging die Bemerkung mit einem neuerlichen Lachen und wiederholte seine einladende Geste. »Kommen Sie, meine Herren. Es ist wirklich kalt hier. Und ich fürchte, es wird bald noch ungemütlicher werden. Ein Sturm zieht auf.«

»Fährt dieses Schiff deshalb ohne ein einziges Licht?« fragte Indiana. »Damit der Sturm uns nicht findet?« Aber er folgte Delano trotzdem, und nach einem letzten, fast sehnsüchtigen Blick zur Reling schloß sich ihnen auch Griswald an.

Indiana sah sich aufmerksam um, während sie hinter Delano die eiserne Treppe zur Brücke hinaufstiegen, und trotz der Dunkelheit erkannte er jetzt viele Einzelheiten. Er war nicht einmal besonders überrascht. Wäre er nicht so völlig übermüdet gewesen, als sie in Sydney an Bord gingen, hätte er es gleich bemerkt.

Sie betraten die Brücke. Die Beleuchtung war ausgeschaltet. Nur hier und da gewahrte Indiana den grünen Schimmer eines Instrumentes, in dessen Widerschein der Mann am Ruder und die anderen Mitglieder der Brückenbesatzung wie unheimliche Gespenster wirkten, die sich beinahe lautlos bewegten. Franklin war nirgends zu sehen, aber Delano deutete auf eine Tür in der rückwärtigen Wand der Brücke und ging rasch weiter.

Franklin erwartete sie dort in einem kleinen, fast behaglich eingerichteten Raum. Die Fenster waren mit schwerem, dunkelblauem Samt verhängt, so daß kein Lichtschimmer nach außen dringen konnte, und auf einem Bord neben der Tür stand das größte und komplizierteste Funkgerät, das Indiana jemals gesehen hatte. Es war ausgeschaltet. Der Tisch, an dem Franklin saß, war mit Papieren und großformatigen Fotografien übersät, die aber allesamt herumgedreht waren, so daß Indiana nicht erkennen konnte, was sie zeigten. Aber er hätte wahrscheinlich sowieso nur einen flüchtigen Blick darauf geworfen, denn die nächsten zehn Sekunden tat er nichts anderes, als Franklin mit offenem Mund anzustarren.

Genauer gesagt: seine Uniform.

Nach Delanos Anblick überraschte es ihn nicht einmal mehr, Franklin nicht mehr in Zivil zu sehen, und nach allem, was ihm auf dem Weg hier herauf klar geworden war, war er nicht einmal mehr verwundert über den Umstand, daß es eine Army-Uniform war.

Aber sie war noch mehr als das. Es war die Uniform eines *Generals.*

Soviel zu der Idee, Franklin und seinen Begleiter für die Dauer ihres Aufenthaltes auf den Osterinseln Steine klopfen zu lassen, dachte er. Er war nicht einmal mehr sicher, daß sie überhaupt zu den Osterinseln fuhren.

Franklin gab ihm eine ganze Weile Zeit, ihn und seine Uniform zu bestaunen, dann wies er mit einer einladenden Geste auf die beiden freien Plätze vor dem Tisch, und Indiana und

Grisswald gehorchten ganz automatisch. Delano schloß die Tür hinter ihnen, blieb aber stehen. Franklin schwieg weiter. Er lächelte auch weiter, und schließlich war es Grisswald, der das Schweigen brach.

»Ist... diese Uniform echt?« fragte er stockend. Franklin nickte stumm, und Grisswald fuhr nach einem fast flehenden, hilfesuchenden Blick zu Indiana fort: »Ich habe nie von einem General Franklin gehört.«

»Den gibt es auch nicht«, antwortete Franklin. »Aber ich versichere Ihnen, daß mein Name in diesem Raum das einzige ist, was nicht der Wahrheit entspricht. Unser Unternehmen muß leider unter der allerstrengsten Geheimhaltung verlaufen. Aus diesem Grund habe ich mich leider auch gezwungen gesehen, Ihnen gewisse... Unannehmlichkeiten zuzumuten. Aber das ist nun vorbei.«

»Geheimhaltung?« fragte Indiana. »Haben sie deshalb eine ganze Armee von Reportern nach Sydney bestellt?«

»Natürlich«, antwortete Franklin ungerührt. »Ich war schon immer der Meinung, daß die überzeugendsten Lügen diejenigen sind, die der Wahrheit sehr nahekommen. Wo würden Sie einen Eimer Wasser verstecken, Dr. Jones? In der Wüste oder im Meer?«

»Zumindest würde ich nicht versuchen, ein Kriegsschiff als Forschungsschiff zu verkaufen, und darauf hoffen, daß die ganze Welt blind ist!« sagte Indiana. Er suchte nach irgendwelchen Anzeichen von Schrecken oder Bestürzung in Franklins Gesicht. Aber er fand keine, und so fuhr er fort: »Die HENDERSON *ist* ein Kriegsschiff! Sogar ich habe das bemerkt.«

»Ich habe nichts anderes erwartet, Dr. Jones«, antwortete Franklin. »Bitte, halten Sie uns nicht für geistig minderbemittelt, nur weil wir eine Uniform tragen.«

Indiana war nun vollends verwirrt.

»Das hier *war* einmal ein Kriegsschiff, Dr. Jones«, sagte Grisswald. »Vor ungefähr zehn Jahren wurde es ausgemustert und zu einem Forschungsschiff umgebaut. Das ist allgemein bekannt, zumindest in Schiffahrtskreisen.«

»Ja«, pflichtete ihm Franklin bei. »Allerdings haben wir in den letzten Wochen einige... kleine Veränderungen vorgenommen, die etwas weniger bekannt sein dürften. Aber das spielt im Moment keine Rolle. Ich bin sicher, Sie beide brennen darauf, endlich zu erfahren, warum Sie hier sind. Warum Sie *wirklich* hier sind, meine ich.«

»Worauf Sie sich verlassen können!« giftete Grisswald. Indiana sah Franklin nur wortlos an, und Grisswald fügte in drohendem Ton hinzu: »Ich hoffe für Sie, daß Sie einen guten Grund für dieses Theater haben!«

»Den haben wir«, versicherte ihm Franklin. Plötzlich klang er sehr ernst. Zum ersten Mal, seit Indiana ihn kannte, erlosch sein Lächeln. »Übrigens war es nicht *nur* Theater. Es ist gut möglich, daß wir tatsächlich etwas für die Wissenschaft tun, Professor. Neben einer Anzahl... anderer Dinge enthalten die Laderäume der HENDERSON die komplette Ausrüstung für das Forschungsvorhaben, das ich Ihnen versprochen habe. Sie werden Ihre Expedition bekommen, Professor Grisswald.«

»Er«, sagte Indiana. »Und ich?«

Franklin nickte anerkennend. »Wie ich sehe, verfügen Sie tatsächlich über den scharfen Verstand, den man Ihnen nachsagt, Dr. Jones. Vielleicht werden Sie Ihrem Kollegen bei seinen Forschungen helfen können. Ich hoffe es sogar.«

»Und wenn nicht?« Indiana wurde allmählich zornig. »Verdammt, hören Sie doch endlich auf, wie die Katze um den heißen Brei herumzuschleichen! Was wird hier gespielt? Wozu sind wir wirklich unterwegs?«

Franklin schwieg eine ganze Weile, ehe er leise und mit veränderter Stimme begann: »Wie Sie wissen, befinden wir uns im Krieg mit Japan und dem Deutschen Reich, meine Herren.«

Indiana erstarrte, und auch Grisswald sog hörbar die Luft ein, aber Franklin sah ihre Reaktion voraus, hob abwehrend beide Hände und fuhr beinahe hastig fort: »Bitte glauben Sie mir, meine Herren: ich weiß, daß Sie Wissenschaftler sind, und keine Politiker oder Soldaten, und nichts liegt mir ferner, als Sie in irgend etwas hineinzuziehen, das Ihrem Beruf fremd wäre. Aber es handelt sich um eine Angelegenheit von möglicherweise unabsehbarer Bedeutung. Wenn es das ist, was ich befürchte, dann *brauchen* wir Sie einfach.«

»Wozu?« fragte Indiana. Seine Stimme bebte.

Franklin stand auf. Er begann nervös in der kleinen Kabine auf und ab zu gehen. »Ich muß etwas weiter ausholen«, begann er. »Wie Sie vielleicht wissen, führt die deutsche Kriegsmarine schon seit geraumer Zeit einen brutalen Vernichtungsfeldzug gegen alle Schiffe, die unter alliierter Flagge laufen. Sie versenken alles, was ihnen vor die Rohre läuft: Kriegsschiffe, Tanker, Frachtschiffe...«

»Sie etwa nicht?« fragte Grisswald.

Franklin überging den Einwand. »Vor allem ihre U-Boote machen uns schwer zu schaffen. Unsere Jagdeinheiten sind zwar mittlerweile ganz gut darin, sie aufzuspüren und zu versenken, aber sie richten noch immer einen enormen Schaden an. Was Sie aber wahrscheinlich nicht wissen, ist folgendes: Die Deutschen planen, ihren Terror weltweit auszudehnen, das heißt, unsere Schiffe *überall* zu jagen und zu versenken, selbst vor unserer eigenen Haustür. Dazu benötigen sie nicht nur mehr Unterseeboote, als sie bisher haben, sondern vor allem ein Netz von geheimen Auftankstationen und U-Boot-Häfen überall auf der Welt. Seit zwei Jahren sind sie dabei, dieses Netz aufzubauen.«

»Und Polynesien mit seinen zahllosen Inseln und Atollen bietet sich geradezu dafür an«, vermutete Indiana.

Franklin nickte. »Ja. Natürlich waren wir nicht untätig und haben gewisse Nachforschungen angestellt. Die Deutschen sind gefährliche Gegner, Dr. Jones, und leider Gottes alles andere als dumm. Trotzdem ist es uns vor einem guten Jahr gelungen, einen unserer Agenten in ihre Organisation einzuschleusen. Dieser Agent trägt den Decknamen *Jonas*.«

Indiana blinzelte, und in Franklins Augen erschien ein amüsiertes Funkeln, aber er fuhr sofort wieder fort: »Jonas ist in den Besitz sehr wertvoller Unterlagen gelangt, die es uns ermöglicht hätten, den größten Teil der deutschen U-Boot-Basen in

Polynesien zu zerstören beziehungsweise zu verhindern, daß sie überhaupt gebaut werden.«

»Hätten?« fragte Indiana. »Das heißt, das ist Ihnen nicht gelungen?«

»Leider nein«, gestand Franklin.

»Haben die Deutschen ihn erwischt?«

»Ich wollte, ich wüßte es«, sagte Franklin. Er seufzte tief. »Ich glaube es nicht, aber...« Er suchte einen Moment sichtlich nach Worten. »Unser Agent mußte ziemlich vorsichtig sein, wie Sie sich vielleicht vorstellen können. Er konnte ja schlecht bei uns anrufen und um ein Flugzeug bitten, das ihn abholt.«

Er lächelte auf eine Art, als erwarte er, daß Indiana und Griswald dieses Lächeln erwiderten. Als sie ihm diesen Gefallen auch nach einigen Sekunden noch nicht taten, fuhr er stockend fort: »Wir mußten uns die Geschichte mühsam zusammenreimen, aber ich nehme an, daß sie sich ungefähr so abgespielt hat: Jonas hat versucht, sich irgendwie nach Australien durchzuschlagen. Wir haben seine Spur bis zu einem kleinen Atoll namens Pau-Pau zurückverfolgt. Dort hat er eine knappe Woche in einem Hotel verbracht und auf ein Flugzeug gewartet. Schließlich ist er zusammen mit neun anderen Passagieren an Bord gegangen.«

»Aber das Flugzeug ist niemals angekommen«, vermutete Indiana.

Franklin nickte wortlos.

»Die Deutschen werden es abgeschossen haben«, sagte Griswald.

»Das war auch unser erster Gedanke«, antwortete Franklin finster. »Aber wenn es so einfach wäre, wäre ich noch froh. Und Sie und ich wären jetzt nicht hier. Vor ungefähr drei Monaten nämlich tauchte das Flugzeug wieder auf, genauer gesagt: es stürzte eine halbe Meile vor dem Pau-Pau-Atoll ins Meer. An Bord befanden sich ein toter und ein sterbender Mann. Der Pilot und einer der Passagiere. Und ein Teil von Jonas' Aufzeichnungen.«

Er griff in das Durcheinander auf dem Tisch, grub ein kleines, in schwarzes Leder gebundenes Notizbuch aus und reichte es Indiana. Grisswald beugte sich neugierig vor, um über dessen Schulter blicken zu können, als er es aufschlug.

Mit Ausnahme des Einbandes, der deutliche Brandspuren aufwies, enthielt es nur noch wenige Seiten; der Rest war herausgerissen oder verkohlt. Und auch die übriggebliebenen Seiten schienen auf den ersten Blick eine Enttäuschung zu sein. Die Tinte war zerlaufen, denn zu allem Überfluß hatte das Büchlein offensichtlich auch noch eine geraume Weile im Wasser zugebracht. Und was leserlich war, war dennoch unverständlich, denn es schien sich um das sinnlose Gekrakel eines kleinen Kindes zu handeln. Oder zumindest um eine Handschrift, die dem nahekam.

»Verderben Sie sich nicht die Augen«, sagte Franklin seufzend. »Wir haben die Seiten von den besten Kryptologen des Landes untersuchen lassen. Es ist das sinnlose Gekrakel eines Wahnsinnigen. Blättern Sie zur letzten Seite.«

Indiana tat es – und sog im selben Moment ebenso wie Grisswald überrascht die Luft ein. Wahnsinnig oder nicht, der Besitzer dieses Buches war ein ganz passabler Zeichner gewesen. Die beiden letzten Seiten zeigten einen Meeresstrand, auf dem ein halbes Dutzend menschlicher Gestalten stand. Vor ihnen im Wasser, von der offenbar zurückweichenden Flut nur zum Teil freigegeben, erhoben sich zwei kolossale Statuen.

»Erkennen Sie sie wieder?« fragte Franklin.

Indiana schwieg, aber Grisswald sagte unsicher: »Ich habe... Bilder von den Figuren auf den Osterinseln gesehen, und –«

Er sprach nicht weiter, als Franklin eines der Fotos auf dem Tisch herumdrehte und in seine Richtung schob. Indiana sah ohne große Überraschung, daß es eine der gewaltigen Kopfstatuen zeigte, wie sie auf den Osterinseln entdeckt worden waren. Nachdenklich betrachtete er eine Weile abwechselnd das Foto und die Zeichnung.

»Die Ähnlichkeit ist verblüffend«, sagte er schließlich.

»Ähnlichkeit?« Franklin lachte. »Sie sind völlig identisch, Jones. Sehen Sie sich die übergroßen Köpfe an, und die langgezogenen Ohren. Ich habe diese Bilder von einem Dutzend Fachleuten vergleichen lassen, und sie sind alle zu demselben Ergebnis gekommen. Wer immer diese Zeichnung angefertigt hat, hat das da als Vorbild gehabt.« Sein ausgestreckter Zeigefinger schien das Foto aufspießen zu wollen.

»Warum ist Ihr Dutzend Fachleute dann nicht hier, an unserer Stelle?« fragte Grisswald.

Franklin ignorierte seine Bemerkung, und Indiana sagte langsam: »Das bedeutet, Jonas ist auf den Osterinseln.«

»Nein«, antwortete Franklin. »Er war niemals dort, das wissen wir genau. Und die Reichweite des Flugzeuges war nicht annähernd groß genug. Es muß noch eine zweite Insel geben, auf der solche Statuen stehen. Und sie befindet sich irgendwo im Umkreis von dreihundert Seemeilen um Pau-Pau. Und wir sind hier, um sie zu finden.«

»Sie nehmen an, daß Jonas und die anderen noch am Leben sind und sich dort aufhalten«, vermutete Indiana. Etwas schärfer fügte er hinzu: »Und Sie haben uns praktisch entführt, damit wir Ihnen helfen, Ihren kostbaren Agenten wiederzufinden – samt den Plänen, die er bei sich hat!«

»Ich wollte, es wäre so«, sagte Franklin leise. Er seufzte, schüttelte ein paarmal den Kopf und sah Indiana sehr ernst an. »Wenn das, was wir befürchten, zutrifft, Dr. Jones, dann brauchen die Deutschen keine geheimen Unterseehäfen mehr in Polynesien. Ich fürchte, dann brauchen sie nicht einmal mehr U-Boote.«

Indiana starrte ihn an. Er hatte plötzlich unerklärliche Angst.

»Wie... wie meinen Sie das?« fragte Grisswald. Auch seine Stimme zitterte.

»Ich habe Ihnen noch nicht erzählt, in welchem Zustand das Flugzeug auf Pau-Pau angekommen ist«, sagte Franklin. Er reichte Indiana zwei weitere Fotos. Sie zeigten das Wrack einer Junkers JU80, das in einer gewaltigen Flugzeughalle auf einem komplizierten hölzernen Gestell aufgebaut worden war. »Sie sehen, daß die Maschine sehr stark beschädigt worden ist«, fuhr er fort. »Das Wrack lag in zwanzig Metern Tiefe auf dem

Meeresgrund. Wir haben es geborgen und so gut wieder zusammengesetzt, wie es uns möglich war. Unsere Techniker haben allein dafür zwei Wochen gebraucht, und leider haben wir nicht *alle* Teile bergen können.«

Das ist nicht zu übersehen, dachte Indiana. Die JU80 sah aus wie ein dreidimensionales Puzzle, das jemand mit viel zu großen, ungeschickten Wurstfingern zusammengesetzt hatte.

»Die Maschine muß vorher schon einmal abgestürzt sein«, sagte Franklin, »oder eine ziemlich unsanfte Notlandung hinter sich gehabt haben. Offensichtlich wurde sie mit primitivsten Mitteln wieder instand gesetzt. Diese Privatpiloten sind manchmal die reinsten Zauberkünstler und kriegen es hin, eine Maschine mit einer Rolle Draht und ein paar Nägeln wieder flottzukriegen.« Er lachte leise, aber seine Augen blieben ernst. »Aber das ist es nicht, was uns angst macht, Dr. Jones.«

»Und was... macht Ihnen angst?« fragte Indiana zögernd. Er hatte das Gefühl, er kennte die Antwort bereits.

Franklin beugte sich vor. »Das«, sagte er und deutete nacheinander auf drei verschiedene Punkte am Flugzeugwrack. »Und das und das.«

Auch Indiana waren die Stellen schon aufgefallen. Fragend sah er Franklin an.

»Wir haben das Wrack von mehreren Metallurgen untersuchen lassen«, sagte Franklin. »Sie sagen alle übereinstimmend das gleiche: Das Metall muß unvorstellbaren Temperaturen ausgesetzt gewesen sein. Sehen Sie die Verfärbungen an den Rändern?«

Indiana nickte. Wieder spürte er ein eiskaltes Frösteln.

»...haben sie versucht, es zu schweißen?« sagte Grisswald stockend.

»Kein Schweißgerät entwickelt Temperaturen von mehreren tausend Grad Kelvin«, antwortete Franklin ruhig. »Und – Sie können es auf diesem Bild genauer erkennen, sehen Sie –«, er reichte Grisswald ein anderes Foto, »– die Löcher haben jeweils das passende Gegenstück auf der anderen Seite der Maschine.«

»Als hätte jemand darauf geschossen«, murmelte Indiana schaudernd. »Aber womit?«

Franklins Antwort bestand aus einem vielsagenden, düsteren Schweigen. Er nahm ein weiteres Foto zur Hand, zeigte es ihnen aber noch nicht. »Wir sprachen von den beiden Passagieren, erinnern Sie sich?« fuhr er fort. »Der Pilot war sehr schwer verwundet, als man ihn aus dem Wasser zog. Ich... habe auch Bilder von ihm, aber ich werde Ihnen den Anblick ersparen, wenn Sie nicht darauf bestehen. Bitte glauben Sie mir einfach, daß er fast bis zur Unkenntlichkeit verbrannt war. Wie er es überhaupt geschafft hat, das Flugzeug zum Atoll zurückzusteuern, ist uns allen ein Rätsel.«

»Und der andere?« fragte Indiana.

»Der Copilot? Ein gewisser Perkins, einer der Passagiere. Offensichtlich hat er beim Aufprall das Bewußtsein verloren und ist ertrunken. Aber auch er war nicht unverletzt.« Er legte eine sekundenlange, genau bemessene Pause ein. »Der Mann war blind. Der Pathologe, der ihn untersucht hat, erklärte, daß seine Netzhäute verbrannt seien.«

»Wissen Sie, was Sie da sagen?« fragte Indiana. Es war eine ausgesprochen dumme Frage, und Franklin machte sich nicht einmal die Mühe, darauf zu antworten. Stumm reichte er Indiana und Grisswald das Foto, das er bisher selbst in der Hand gehalten hatte.

Indianas Finger begannen zu zittern, während er es betrachtete. Er konnte regelrecht *fühlen*, wie Grisswald neben ihm blaß wurde.

»Die dunklen Linien sind Blut«, sagte Franklin leise. »Menschliches Blut. Offensichtlich hatte er keinen Stift zur Hand.«

Es war eine grobe Zeichnung, die mit ungeschickten, dicken Strichen auf ein Stück des Armaturenbretts der JU gemalt worden war. Sie zeigte – nur grob und angedeutet, aber trotzdem klar zu erkennen – drei Dinge: eine der gewaltigen Götterstatuen, das Flugzeug – und einen gezackten Blitz, der aus den Augen der Steinfigur fuhr und das Flugzeug aufspießte.

»Ich glaube, ich verstehe Sie jetzt«, flüsterte Indiana.

»Das hoffe ich, Dr. Jones«, antwortete Franklin ernst. »Und ich hoffe bei Gott, daß wir uns alle irren und das alles nur die Fieberphantasien eines sterbenden Mannes sind.«

»Ich ... ich verstehe einfach nicht, was ... was das alles bedeutet«, stammelte Grisswald. Indiana sah ihn an, und etwas in seinen Augen machte Indiana klar, daß er sehr wohl verstand, es im Moment aber einfach noch nicht zugeben *wollte*.

»Es gibt schon seit Jahren Gerüchte, daß die Nazis an einer neuen Geheimwaffe arbeiten, Professor Grisswald«, sagte Franklin. Er deutete auf das Foto, auf dem die fast bis zur Unkenntlichkeit zerschmolzene Flanke des Flugzeuges zu erkennen war. »Es sieht so aus, als wäre sie fertig.«

Eine Stunde später begann es zu dämmern, und mit der Nacht zog sich auch der Sturm in sein finsteres Versteck zurück. Der Seegang ließ spürbar nach, und die HENDERSON legte noch einmal ein paar Knoten an Tempo zu. Sie waren auf die Brücke hinausgegangen. Indiana fielen die nervösen Blicke auf, die der Brückenoffizier immer wieder auf das Meer warf.

Nach allem, was er von Franklin erfahren hatte, verstand er diese Nervosität nur zu gut. Wenn die Deutschen tatsächlich auf irgendeiner der polynesischen Inseln ein Geheimlabor unterhielten, in dem sie an der Entwicklung einer möglicherweise kriegsentscheidenden Waffe arbeiteten, dann würden sie jedes Stück Treibholz herumdrehen, das sie im Umkreis von tausend Seemeilen fanden. In der Nacht hatte ihnen die Dunkelheit noch ein bißchen Schutz vor deutschen U-Booten oder Flugzeugen gewährt. Jetzt befand sich das Schiff praktisch auf dem Präsentierteller. Die HENDERSON war alles andere als *klein*.

»Angst?« fragte eine Stimme hinter ihm. Indiana drehte sich um und erkannte Delano. Der Commander sah blaß aus, übernächtigt und spürbar nervös.

»Sie nicht?« gab Indiana zurück. »Wenn ich an der Stelle der Deutschen wäre, dann würde ich alles versenken, was auch nur verdächtig sein *könnte*.«

»Ja, vielleicht.« Delano seufzte. Sein Blick irrte unstet über die endlos grau daliegende Fläche des Meeres. »Aber ganz so schlimm ist es nun auch wieder nicht, Dr. Jones. Nicht einmal die Nazis würden es wagen, ohne triftigen Grund ein Schiff anzugreifen, das in einer friedlichen Forschungsmission unterwegs ist.«

»Und die Laderäume voller Waffen und Soldaten hat, nehme ich an.«

Delano lächelte flüchtig. »Diese Reporter, die Ihnen in Sydney so auf die Nerven gegangen sind, Dr. Jones, sind gewissermaßen unsere Lebensversicherung. Alle Welt weiß jetzt, daß die HENDERSON auf dem Weg zu den Osterinseln ist. Und auch, warum.«

»Sie haben uns aber immer noch nicht gesagt, welche Rolle Grisswald und ich in Ihrer kleinen Charade spielen«, sagte Indiana.

»Professor Grisswald...« Delano sah sich um, als wollte er sich erst davon überzeugen, daß Grisswald nicht in Hörweite war, ehe er antwortete. »Der war sozusagen eine unerwartete, aber willkommene Zugabe. Die HENDERSON befindet sich tatsächlich auf dem Weg zu den Osterinseln, Dr. Jones. Professor Grisswald wird dort nach Herzenslust graben und forschen können. Wir hoffen, daß ihm die halbe Welt dabei zusieht.«

»Während Sie und Franklin nach etwas ganz anderem suchen«, vermutete Indiana.

Delano nickte. »Ja. Im Moment sind die Statuen auf den Osterinseln unsere einzige Spur – beinahe, jedenfalls. Vielleicht gelingt es uns, über sie oder die Polynesier die genaue Position der anderen Insel ausfindig zu machen.«

Indiana starrte sein Gegenüber mit offenem Mund an. »Wie bitte?« ächzte er. »Wissen Sie überhaupt, wovon Sie da reden? Solche Forschungen können *Jahre* dauern, falls sie überhaupt je –«

Delano hob besänftigend die Hände. »Ich sagte, *beinahe*, Dr. Jones«, erklärte er. »Es gibt noch eine zweite Spur. Die ist zwar reichlich dünn, aber im Moment die einzige, die wir haben.

Franklin hat Ihnen vom Pau-Pau-Atoll erzählt. Nun, es gibt dort einen... Mann. Eine etwas zwielichtige Erscheinung, wie ich gehört habe. Sein Name ist Ganty. Er erzählt seit Jahren verrückte Geschichten über eine Insel, auf der es angeblich ein Volk von Riesen geben soll. Niemand glaubt ihm, aber ich denke, es ist an der Zeit, daß wir uns einmal mit ihm unterhalten.« Er machte eine vage Geste auf das Meer hinaus. »Die HENDERSON ist ziemlich schnell, Dr. Jones. Schnell genug, daß sie einen kleinen Umweg machen und trotzdem pünktlich an ihrem Ziel ankommen kann. Sie und ich werden in etwa zwei Stunden in ein Wasserflugzeug umsteigen, das uns nach Pau-Pau bringt.«

»Um mit Ganty zu sprechen«, sagte Indiana.

Delano nickte.

»Und wenn er wirklich nur ein Spinner ist und nichts weiß?«

»Dann«, antwortete Delano sehr ernst, »sitzen wir ziemlich in der Klemme, Dr. Jones. Und mit uns wohl auch der Rest der Welt.«

Pau-Pau-Atoll Polynesien

Vielleicht hatte die Stadt ja sogar einen Namen. Aber wenn, dann schien es bisher niemand für nötig gehalten zu haben, ein entsprechendes Schild aufzustellen – und wozu auch? Es war nicht nur die einzige Stadt auf dieser Insel, sie bestand auch nur aus einem guten Dutzend Häusern, die sich rund um das natürliche Hafenbecken drängten. Es gab nicht einmal eine Straße, aber an den drei hölzernen Stegen lagen mehr Boote, als dieses Kaff wahrscheinlich Einwohner hatte.

»Sind Sie sicher, daß wir diesen Ganty hier finden?« fragte Indiana. Er stampfte ein paarmal kräftig mit den Füßen auf, um das Wasser aus den Schuhen zu bekommen, hatte aber keinen besonderen Erfolg damit. Delano war mit einem kraftvollen Satz vom Schwimmer des Wasserflugzeuges aus an Land gesprungen, aber Indianas Versuch, ihm auf dieselbe Weise zu folgen, hatte leider nicht ganz geklappt. Seine Hosenbeine waren fast bis zu den Knien hinauf naß.

»Sein Boot ist jedenfalls hier«, sagte Delano, nachdem er seinen Blick einen Moment lang über den Hafen hatte schweifen lassen. Er deutete auf eine schmuddelige weiße Fünfzig-Fuß-Yacht, die sicherlich schon bessere Zeiten gesehen hatte, trotzdem aber das mit Abstand größte Schiff im Hafen war. »Ich nehme an, er sitzt in der Hotelbar und läßt sich vollaufen. Kommen Sie.«

Der Commander hatte sich verändert. Er trug jetzt nicht mehr die Navy-Uniform, sondern einfache Seemannskleidung, schwere Leinenhosen, eine schwarze Jacke und dazu eine dunkelblaue Pudelmütze, aber diese Kleidung paßte ebensowenig zu ihm wie der maßgeschneiderte Anzug, in dem Indiana ihn in Washington gesehen hatte. Er fragte sich, wen Delano mit dieser Verkleidung täuschen wollte.

Auch Indiana hatte sich umgezogen und trug jetzt seine Lederjacke, seinen Hut und die zusammengerollte Peitsche am Gürtel. Delano hatte nur wissend gelächelt, als Indy sie aus dem Koffer geholt hatte, sich aber jeden Kommentars enthalten.

Sie bewegten sich auf das größte Gebäude der namenlosen Stadt zu, das – dem handgemalten Schild über der Tür nach zu schließen – gleichzeitig Hotel, Bar und Bürgerhaus war. Indiana sah sich aufmerksam um. Der Ort war still, aber nicht verlassen. Er sah einige Weiße in zerlumpten Kleidern, aber auch zwei oder drei Polynesier. Wahrscheinlich waren sie zusammen mit den weißen Siedlern hergekommen, denn Pau-Pau war entschieden zu klein, als daß es hier Eingeborene hätte geben können. So winzig die Stadt war, bedeckte sie doch trotzdem ein gutes Fünftel des überhaupt besiedelbaren Landes; der Rest bestand aus scharfkantiger Lava und schier endlosen Sandflächen. Diese Stadt gehörte eindeutig zu jener Art von Ansiedlungen, die es nach Indianas Auffassung gar nicht geben dürfte, denn sie war praktisch nicht lebensfähig, ohne von außen versorgt zu werden.

Das Hotel-Bar-Bürgerhaus schien zusätzlich auch noch als Ziegenstall zu dienen, zumindest dem Geruch nach zu schließen, der Indiana und Delano entgegenschlug, als sie eintraten. Nach dem grellen Sonnenlicht draußen war Indiana im ersten Augenblick fast blind.

Blinzelnd sah er sich in der halbdunklen, schmuddeligen Halle um. Hinter dem Tresen neben der Tür lehnte eine Gestalt, die eine Mischung aus Barkeeper, Hotelmanager und Pilot zu sein schien und ihn und Delano mit unverhohlenem Mißtrauen musterte. Indiana lächelte dem Burschen zu und trat näher.

»Ein Zimmer?« fragte der Kerl, ohne sich mit so überflüssigen Formalitäten wie einer Begrüßung aufzuhalten.

»Vielleicht später«, antwortete Indiana. »Im Augenblick suchen wir jemanden. Einen gewissen Mr. Ganty. Ist er zufällig hier?«

»Sitzt dahinten am Fenster«, antwortete der Barkeeper mit

einer entsprechenden Geste. Seine Augen wurden schmal. »Was wollen Sie denn von ihm?«

»Ihn zu einem Drink einladen«, antwortete Indiana. »Und Sie auch, wenn Sie mögen. Bringen Sie uns drei an den Tisch?« Er wandte sich um, ehe der Bursche eine weitere Frage stellen konnte, und gab Delano ein Zeichen, er solle ihm folgen.

Ganty war ein grauhaariger Mann von massiger Gestalt und schwer schätzbarem, aber sicher nicht geringem Alter. Sein Gesicht wurde von einem weißen, pedantisch gestutzten Vollbart beherrscht, und die winzigen roten Äderchen rings um Nase und Augen verrieten den gut trainierten Säufer. Aber seine Augen, die Indiana und Delano unter buschigen weißen Brauen musterten, waren wach und sehr aufmerksam.

»Mr. Ganty?« fragte Delano.

Ganty sah auf. »Mister hat mich schon lange keiner mehr genannt«, sagte er. »Aber Ganty stimmt.«

Delano zog sich einen Stuhl heran und deutete auf sich selbst und Indiana, während sie sich setzten. »Mein Name ist Delano«, begann er. »Das ist Dr. Indiana Jones. Wir würden uns gerne einen Moment mit Ihnen unterhalten, Ganty.«

»Ein Medizinmann?« fragte Ganty und sah Indiana an. »Von welchem Stamm?«

Indiana unterdrückte ein Lachen. »Indiana«, sagte er betont, »nicht Indianer. Und ich bin Doktor der Archäologie, nicht der Medizin.«

»So? Schade.« Der Ober kam und brachte die drei bestellten Drinks. Ganty schüttete den ersten hinunter, noch ehe das Tablett den Tisch berührt hatte, und angelte sich sofort ein zweites Glas. »Dachte, Sie wären Arzt. Ich habe einen eingewachsenen Zehennagel, um den sich mal jemand kümmern sollte.«

Er rülpste lautstark, leerte auch das zweite Glas in einem Zug und griff sich das dritte. Indiana signalisierte dem Ober, eine weitere Runde zu bringen, und warf Delano gleichzeitig einen fast beschwörenden Blick zu. Ganty spielte den Barbaren, aber er war gewiß keiner. Indiana fragte sich allerdings, warum er das tat.

»Was wollen Sie von mir?« fragte Ganty, nachdem er auch den dritten Schnaps hinuntergestürzt hatte, ohne auch nur mit der Wimper zu zucken. »Wollen Sie mein Boot mieten? Kostet fünfzehn am Tag. Zwanzig, wenn ich Ihnen ein paar gute Fischgründe zeigen soll.«

»Unter Umständen«, antwortete Delano. »Mr. Ganty, Dr. Jones und ich sind –«

Indiana kürzte die Prozedur ab, indem er in die Tasche griff und eine der Fotografien herauszog, die er von Franklins Schreibtisch genommen hatte. »Haben Sie so etwas schon einmal gesehen?« fragte er.

Das Bild zeigte eine der riesigen Götterstatuen von den Osterinseln. Ganty starrte sie sekundenlang an, aber seine Reaktion war völlig anders, als Indiana erwartet hatte. Man mußte kein Hellseher sein, um zu erkennen, daß er das, was das Foto zeigte, nicht zum ersten Mal sah. Aber plötzlich verfinsterte sich sein Gesicht. Er sah Indiana und Delano eindeutig *wütend* an.

»So ist das also!« sagte er gepreßt. »Aber das hätte ich mir eigentlich denken können, nicht? Haut ab, alle beide!«

Delano war vollkommen verwirrt. »Ich verstehe nicht ganz, Ganty –«, begann er.

»Für Sie immer noch *Mr.* Ganty!« unterbrach ihn Ganty aufgebracht. »Spielen Sie nicht den Dummkopf! Glauben Sie etwa, ich weiß nicht, warum ihr zwei schrägen Vögel hier seid?«

»Ich fürchte, da liegt ein Mißverständnis vor, Mr. Ganty«, sagte Indiana. Er tauschte einen verwirrten Blick mit Delano und deutete ein Achselzucken an.

»Ein Mißverständnis, ha!« Ganty sprach jetzt sehr laut. Eigentlich schrie er schon. Erregt beugte er sich vor und blies Indiana und Delano eine Kokosnußschnapsfahne ins Gesicht, als er weitersprach. »Ich erkenne Aasgeier auf hundert Meilen!« behauptete er. »Ein paar nette Worte, ein paar Schnäpse und vielleicht noch ein paar Dollar, und schon habt ihr eine Story, wie? Und die Leser eures Schmierblattes können sich über den alten Spinner amüsieren, der –«

»Wir sind keine Journalisten, Mr. Ganty«, unterbrach ihn Indiana.

Ganty blinzelte. »Nicht?«

»Ganz bestimmt nicht«, versicherte ihm Delano. Er deutete auf Indiana. »Dr. Jones ist einer der führenden Archäologen der Welt. Und auch ich habe mit Reportern sehr wenig am Hut. Wir sind ganz bestimmt nicht hier, um uns über Sie lustig zu machen, Mr. Ganty. Dafür wäre der Weg wahrhaftig ein bißchen zu weit.«

Ganty musterte sie abwechselnd voller Mißtrauen. Er war zwar noch immer nicht völlig besänftigt, aber zumindest kochte er nicht mehr vor Zorn.

»Sie haben so etwas schon einmal gesehen, nicht wahr?« Indiana deutete auf das Foto, das zwischen ihnen auf dem Tisch lag. »Aber nicht auf den Osterinseln.«

»Und wenn?« knurrte Ganty.

»Sie haben soeben ›ja‹ gesagt, Mr. Ganty, ist Ihnen das klar?« fragte Indiana.

Ganty sah ihn an, und zum ersten Mal lächelte er. Allerdings nur eine Sekunde. »Was wollen Sie?« fragte er noch einmal.

»Wir gehören zu einer wissenschaftlichen Expedition«, begann Indiana noch einmal. »Wir versuchen, das Rätsel dieser Statuen zu lösen. Sehen Sie, Ganty, es gibt da eine Theorie, nach der es noch andere Inseln geben soll, auf der solche Statuen stehen. Bisher wissen wir nicht einmal, ob die Kultur, die diese Statuen erschaffen hat, tatsächlich auf den Osterinseln entstanden ist. Es wäre ein gewaltiger Durchbruch für die Wissenschaft, wenn uns der Nachweis gelänge, daß es ähnliche Statuen auch noch auf anderen Inseln in Polynesien gibt.«

»So, wäre es das?« brummelte Ganty. »Und was habe ich davon?«

»Unsere finanziellen Mittel sind nicht unbegrenzt«, sagte Delano, »aber –«

»Geld?« Ganty machte ein unanständiges Geräusch. »Behalten Sie es, Mister. Ich habe alles, was ich brauche.«

»Sie könnten der ganzen Welt beweisen, daß Sie recht hatten«, sagte Indiana. Ganty starrte ihn an und schwieg, und Indiana fuhr fort: »Daß Sie nicht der *alte Spinner* sind, als den man Sie denunziert hat. Wenn Sie uns helfen, mit einer *solchen* Sensation aufzuwarten, Ganty, dann wird niemand mehr über Sie lachen, da bin ich sicher.«

Ganty überlegte. »Wie kommt es, daß ein Mann wie Sie einem alten Säufer wie mir glaubt?« fragte er mißtrauisch. »Sie wollen mir doch nicht erzählen, daß Sie den ganzen Weg von Amerika aus nur mal so auf blauen Dunst hin gemacht haben!«

»Nein, bestimmt nicht.« Indiana lächelte, griff abermals in die Tasche und zog das angesengte Notizbuch heraus. Auf Gantys Gesicht war nicht die mindeste Reaktion zu erkennen, als er es aufschlug und die Zeichnungen auf den letzten beiden Seiten betrachtete. Auch keine Überraschung.

»Das stammt von einem Schiffbrüchigen, den man in diesen Gewässern aufgefischt hat«, sagte Indiana. »Leider war er nicht mehr in der Lage, uns genauere Informationen zu geben. Aber eines wissen wir hundertprozentig: Es stammt *nicht* von den Osterinseln.«

Ganty schwieg. Nachdenklich blätterte er in dem Notizbuch. Auf eine Art und Weise, die Indiana verwirrte. Hätte er es nicht besser gewußt, dann hätte er geschworen, daß Ganty die Seiten *las*. Aber schließlich hatten die fähigsten Kryptologen der USA einhellig bestätigt, daß es sich nur um das Gekritzel eines Wahnsinnigen handelte.

Schließlich klappte Ganty das Buch zu, gab es Indiana zurück und sah ihn und Delano lange fast durchdringend an. Doch allmählich erkannte Indiana, daß das nicht stimmte. Er sah nicht *sie* an, er sah *ihre Ohren* an. Verrückt. Und gleichzeitig hatte Indiana das Gefühl, eigentlich wissen zu müssen, was das bedeutete.

»Ich denke darüber nach«, sagte Ganty, ehe Indiana den Gedanken weiter verfolgen konnte. »Morgen früh sage ich Ihnen Bescheid.«

»Wir sind ein bißchen in Eile, Mr. Ganty«, drängte Delano.

»Morgen früh«, beharrte Ganty stur. Und dabei blieb es.

Sie hatten sich wohl oder übel ein Zimmer im Hotel genommen; klein, schmutzig und zu einem wahren Wucherpreis – aber immer noch besser, als in der Kabine des Wasserflugzeuges zu schlafen, das draußen auf den Wellen schaukelte. Nachdem sie eine halbe Stunde mit Spinnen- und Wanzenjagen verbracht hatten, gingen sie bei Sonnenuntergang zu Bett. Es gab auf Pau-Pau natürlich keinen elektrischen Strom, und für eine winzige Petroleumlampe mit einem gesprungenen Glas hatte der Halsabschneider unten am Empfang nicht weniger als fünf Dollar Miete verlangt; ein Ansinnen, das Indiana schon aus Prinzip ausgeschlagen hatte.

Wider Erwarten schlief Indiana fast auf der Stelle ein, aber er erwachte nach einer Weile auch von selbst wieder, und er spürte, daß noch nicht allzuviel Zeit vergangen war. Er spürte aber auch, daß er zumindest im Moment nicht wieder würde einschlafen können. Vorsichtig, um Delano nicht zu wecken, stand er auf und ging zum Waschtisch, um einen Schluck Wasser zu trinken.

Die Wasserkaraffe war leer, und Delano konnte er nicht wekken, denn der lag gar nicht in seinem Bett. Er war nicht einmal im Zimmer.

Vielleicht hatte er ebenfalls nicht schlafen können und war noch einmal hinunter in die Bar gegangen, um etwas zu trinken. Also verließ auch Indiana das Zimmer und ging nach unten.

Er fand Delano nicht in der Bar, der Mann hinter der Theke erklärte ihm aber, daß er vor einer halben Stunde hier etwas getrunken und dann das Hotel verlassen hätte, um draußen noch ein wenig frische Luft zu schnappen.

Auch Indiana ging nach draußen. Er war irritiert, aber auch ein wenig beunruhigt. Delano gehörte nicht zu den Menschen, die mitten in der Nacht noch spazierengehen, um *frische Luft zu schnappen*.

Er fand ihn draußen auch nicht. Indiana durchsuchte sowohl den Hafen als auch die Stadt von einem Ende bis zum anderen (was wahrhaftig kein großes Kunststück war), ohne auch nur eine Spur von ihm zu entdecken. Schließlich wandte er sich dem zu, was die Einheimischen wohl als Landesinneres bezeichnen mochten, und stieg auf den höchsten (und einzigen) Berg des Atolls hinauf, einen nicht einmal zehn Meter hohen Hügel, von dessen Gipfel aus er die gesamte Insel überblicken konnte.

Am anderen Ende der Insel stand eine einsame Gestalt und blickte aufs Meer hinaus.

Delano? Aber was tat er da?

Indiana blickte eine ganze Weile schweigend auf Delano hinab, und Delano stand während der ganzen Zeit reglos da und blickte aufs Meer hinaus. Schließlich balancierte Indiana vorsichtig die jenseitige Flanke des Hügels hinunter und ging auf den Commander zu. Da er sich keine Mühe gab, besonders leise zu sein, hörte Delano schon bald seine Schritte und drehte sich zu ihm herum. Er machte eine hastige Bewegung, fast als würde er etwas unter seiner Jacke verschwinden lassen. Indiana merkte sich diese Beobachtung für später, ging aber im Moment nicht darauf ein.

»Delano?« fragte Indiana. »Was tun Sie denn hier?«

Delano zuckte mit den Schultern und lächelte. »Dasselbe könnte ich Sie auch fragen.«

»*Ich* habe *Sie* gesucht«, antwortete Indiana leicht verärgert. »Und Sie?«

Delanos Schulterzucken wiederholte sich. »Es ist eine schöne Nacht«, sagte er. »Ich wollte ein bißchen frische Luft schnappen. Außerdem konnte ich nicht schlafen.«

Indiana starrte einen Moment aufmerksam in die Richtung, in die Delano geschaut hatte. Täuschte er sich, oder sah er tatsächlich einen Schatten auf dem Meer?

»Was meinen Sie, Jones – sagt Ganty die Wahrheit, oder ist er wirklich nur ein alter Spinner, wie alle behaupten?« fragte Delano.

Indiana riß seinen Blick vom Meer los und sah Delano an. »Ich weiß es nicht«, gestand er. »Aber ich habe sein Gesicht beobachtet, als er die Bilder sah. Er war nicht besonders überrascht. Er hat so etwas wie auf den Fotos und der Zeichnung auf jeden Fall schon einmal gesehen.«

»Diese seltsamen Götzenbilder, meinen Sie?« Delano wandte sich um und begann gemächlich wieder auf die Stadt zuzugehen. Indiana folgte ihm.

»Es sind keine Götzenbilder«, antwortete er lächelnd. »Jedenfalls glaube ich das nicht. Waren Sie jemals auf den Osterinseln, Delano?«

»Ich? Gott bewahre, nein.«

»Aber Sie haben die Bilder gesehen?«

»Selbstverständlich. Sie sind beeindruckend.«

»Und die Originale sollen noch viel beeindruckender sein«, sagte Indiana. »Ich war auch noch nie dort, aber ich habe natürlich das eine oder andere gelesen. Sie sind bis zu zwölf Meter hoch, und einige sollen mehr als dreißig Tonnen wiegen. Wenn Sie bedenken, daß die Polynesier keine Werkzeuge aus Eisen kannten, ehe die Weißen sie entdeckten, dann wird das noch beeindruckender.«

»Kein Eisen?« vergewissserte sich Delano. »Aber womit haben sie diese Dinger denn dann aus dem Fels gehauen?«

»Das wüßten nicht nur Sie und ich gerne«, antwortete Indiana. »Und das ist noch nicht einmal das Erstaunlichste. Sie haben diese Figuren aus dem Felsgestein der Vulkane herausgemeißelt, wissen Sie? Meilen im Landesinneren. Aber einige stehen an der Küste. Niemand weiß genau, wie sie dorthin gekommen sind, aber die Legende behauptet hartnäckig, sie wären dorthin gelaufen.«

»Gelaufen?« Delano riß erstaunt die Augen auf. »Sagten Sie nicht gerade erst, die wären zwölf Meter hoch und würden ein paar Dutzend Tonnen wiegen?«

»Es ist trotzdem möglich«, sagte Indiana. »Wahrscheinlich haben sie sie aufgerichtet und dann stehend transportiert.« Er blieb stehen, stellte die Füße ganz dicht nebeneinander und begann auf der Stelle zu wackeln. »So, sehen Sie? Ich schätze, sie haben Seile um ihre Hälse gebunden und dann vorsichtig in alle Richtungen zugleich gezogen und gewackelt, bis sie nach und nach den Weg hinunterzuhoppeln begannen. Es gibt ein paar zerbrochene Statuen, die offenbar gestürzt sind und daher diese Theorie zu untermauern scheinen.« Er lächelte und ging weiter. »Aber wie gesagt, es ist nur eine Theorie. Niemand hat bisher versucht, sie experimentell zu beweisen.«

Delano runzelte anerkennend die Stirn. »Für jemanden, der nichts weiß, außer der Tatsache, daß er sehr wenig weiß, wissen Sie eine Menge, Dr. Jones«, sagte er.

»Aber was ich weiß, weiß ich genau«, fügte Indiana lächelnd hinzu. »Es ist ein sehr interessantes Thema, Delano. Sie werden sehen, daß die Osterinseln viele Geheimnisse bergen. Und bisher leider sehr viel mehr Fragen als Antworten.«

»Und Sie glauben, Ganty hat darauf Antworten?«

»Vielleicht ein paar«, sagte Indiana achselzuckend. »Ist Ihnen aufgefallen, wie er unsere Ohren studiert hat?«

Delano hob ganz automatisch die Hand und befühlte sein Ohrläppchen. Als ihm die Bewegung selbst zu Bewußtsein kam, ließ er den Arm beinahe verlegen wieder sinken.

»Das war kein Zufall«, sagte Indiana.

Delano sah ihn scharf an.

»Sehen Sie, Delano – die Osterinseln sind heute kaum noch bewohnt, aber das war nicht immer so. Bis vor ungefähr zweihundert Jahren gab es dort eine blühende Zivilisation. Sie ging unter, weil die Stämme ein paar Kriege zuviel gegeneinander führten. Man nimmt an, daß sie ihre eigenen Lebensgrundlagen zerstört haben. Sie haben ein paar Wälder zuviel abgeholzt, um Festungswälle und Waffen zu bauen. Schließlich kam es zum ökologischen Kollaps, und die gesamte Tier- und Pflanzenwelt brach zusammen. Die Inseln hatten einmal über zehntausend Einwohner. Heute kann von dem, was dort wächst, gerade noch eine Handvoll Bauern existieren.«

»Interessant«, sagte Delano. »Aber was hat das mit unseren Ohren zu tun?«

»Warten Sie ab«, sagte Indiana. »Die Osterinselkultur war in zwei Klassen unterteilt – die eine herrschte, und die andere wurde beherrscht. In dem letzten großen Krieg zerschlugen die

Sklaven die Tyrannei ihrer Herrscher und löschten sie aus. Die Legende sagt, daß nur eine Handvoll von ihnen mit dem Leben davonkam und fliehen konnte.«

»Aha«, sagte Delano. Er klang ein kleines bißchen ungeduldig.

»Die Sklaven waren normale Polynesier«, fuhr Indiana fort. »Ihre Herren sollen angeblich einem Volk von Riesen entstammt sein. Sie hatten eine Menge verschiedener Namen. Einer davon war *Langohren*.«

Delano blieb abermals stehen. Diesmal sah er allerdings sehr viel erschrockener als verwirrt aus. »Und was schließen Sie daraus?« fragte er.

»Im Moment noch gar nichts«, antwortete Indiana. »Ich habe es mir abgewöhnt, voreilige Schlüsse zu ziehen. Ich beobachte und schaue zu, das ist alles.« Er ging weiter. »Aber wenn Ganty tatsächlich nichts weiter ist als ein versoffener alter Spinner, dann dürfen Sie mich ab morgen Adolf nennen.«

Sie hatten bereits die Stadt erreicht, und Indiana wandte sich dem Hotel zu. Aber plötzlich blieb Delano stehen, hielt Indiana an der Schulter zurück und legte gleichzeitig Zeige- und Mittelfinger der anderen Hand auf die Lippen. Indiana verstand. Rasch wich er in den Schatten eines Gebäudes zurück und blickte in die Richtung, in die Delanos ausgestreckte Hand zeigte.

Wie von jeder anderen Stelle der Stadt aus konnten sie den Hafen in ganzer Länge überblicken. Gantys Boot lag zwar am entgegengesetzten Ende des Hafens, aber an Bord der kleinen Yacht brannte Licht, so daß sie die Umrisse der beiden Gestalten an Deck deutlich erkennen konnten. Eine davon war Ganty. Indiana hätte die untersetzte Gestalt mit den breiten Schultern und dem massigen Kopf selbst unter noch viel ungünstigeren Umständen erkannt. Die andere war schlanker, aber sehr groß. Neben Ganty wirkte sie wie ein Riese.

»Wer mag das sein?« flüsterte Delano.

Indiana zuckte nur mit den Schultern. Natürlich hatte er keine Ahnung, wer Gantys Gesprächspartner war, aber eines war ihm klar: daß Ganty sich bewußt hier draußen mit dem Fremden getroffen hatte, um nicht gesehen zu werden. Er hatte im Laufe der Jahre ein Gespür für so etwas entwickelt. Gantys Gestik war eindeutig die eines Menschen gewesen, der sich unbehaglich fühlt und Angst hat, beobachtet zu werden. Gesichter und Stimmen konnten lügen; die Körpersprache tat das selten.

»Warum sehen wir nicht nach?« schlug er vor. »Es ist eine schöne Nacht und warm genug für ein Bad.«

Delano blickte ihn fragend an, aber Indiana grinste nur noch einmal, wandte sich um und huschte geduckt zum Strand.

Das Wasser war nicht annähernd so warm, wie er geglaubt hatte, aber der Weg war auch nicht allzuweit. Beinahe lautlos schwamm Indiana auf Gantys Yacht zu, schlug einen Bogen und näherte sich dem Schiff von der offenen See her. Er konnte Ganty und seinen Gesprächspartner jetzt zwar nicht mehr sehen, dafür aber um so deutlicher hören.

Es nutzte nur nicht viel. Ganty und der andere redeten in einer Sprache miteinander, die er nicht verstand – und auch noch nie gehört hatte. Sie klang nicht einmal vertraut, obwohl es eigentlich kaum einen Dialekt gab, den Indiana nicht mindestens schon einmal gehört hatte und von dem er sagen konnte, in welche Ecke der Welt er gehörte.

Er lauschte einige Sekunden, dann schwamm er so vorsichtig wie möglich um das Boot herum, um in eine Position zu gelangen, aus der heraus er sowohl Ganty als auch seinen geheimnisvollen Besucher sehen konnte.

Ganty sah er nicht ganz, aber dafür war der Anblick des anderen Mannes um so erstaunlicher.

Sein Gesicht war nicht das breite, flachgedrückt-freundliche Antlitz des typischen Polynesiers, sondern es war schmal und hart, mit einem fast asketischen Zug, und der Unbekannte hatte auch nicht den typischen, untersetzten Körperbau der Insulaner, sondern war ein Riese von mindestens zwei Metern Größe; wahrscheinlich aber mehr. Seine enorme Größe ließ ihn überschlank erscheinen, aber das war er gar nicht, sondern er verfügte ganz im Gegenteil über geradezu ehrfurchtgebietende Muskelpakete an Schultern, Bizeps und Oberschenkeln. Er war nackt bis auf einen Lendenschurz und tropfnaß; offensichtlich war er auf einem ähnlichen Weg hierhergekommen wie Indiana.

Und seine Ohrläppchen waren so lang, daß sie fast bis auf seine Schultern hinabhingen.

Der Anblick war so bizarr, daß Indiana die Bedeutung seiner anderen Beobachtung – nämlich der allmählich größer werdenden Pfütze, in der die Füße des Fremden standen – entschieden zu spät begriff. Hinter ihm plätscherte etwas, und plötzlich fühlte sich Indiana wie ein Kind unter den Armen gepackt und kurzerhand aus dem Wasser geworfen.

In hohem Bogen flog er auf den Landungssteg, überschlug sich zweimal und wäre um ein Haar auf der anderen Seite gleich wieder ins Wasser gestürzt, hätte er sich nicht im letzten Moment irgendwo festgeklammert. Unsicher und mit dröhnendem Schädel setzte er sich auf und sah gerade noch etwas Dunkles wie einen riesigen Fisch im Wasser davongleiten; allerdings wie ein Fisch mit großen Händen, den Schultern eines Preisboxers und Ohrläppchen, die wie große Flossen im Wasser wehten. Verwirrt blickte er dem Schatten nach, bis er vollends verschwunden war, dann drehte er sich um –

und blickte genau in die Mündung einer Pistole, die Ganty auf ihn richtete.

»Sie spionieren mir nach, Dr. Jones?« fragte Ganty.

Indiana stand ganz vorsichtig auf, bevor er antwortete, und Ganty schien nichts dagegen zu haben. Allerdings folgte der Lauf seiner Waffe jeder Bewegung von Indiana. Und er sah nicht so aus wie jemand, der Skrupel hat, die Waffe auch zu benutzen. Von seinem unheimlichen Besucher war nichts mehr zu sehen.

»Das ist ein Mißverständnis, Mr. Ganty«, sagte Indiana hastig. »Ich spioniere Ihnen nicht nach. Ich –«

»Sie sind ganz zufällig hier vorbeigeschwommen, wie?« unterbrach ihn Ganty spöttisch. »Ich verstehe.«

Indianas Gedanken rasten. Er suchte verzweifelt nach irgendeiner Ausrede, die auch nur halbwegs vernünftig klang oder wenigstens nicht völlig idiotisch. Er fand keine, und so breitete er schließlich mit einem verlegenen Lächeln die Hände aus. »Okay, Sie haben mich erwischt«, gestand er. »Ich habe Ihnen nachspioniert. Aber Sie haben uns auch das eine oder andere verschwiegen, nicht wahr?« Er machte eine Kopfbewegung zu jener Stelle an Deck des Schiffes, an der der Fremde gestanden hatte. »Wer sind Ihre geheimnisvollen Freunde, Mr. Ganty? Sie gehören zu den Langohren, nicht wahr?«

Gantys Gesichtsausdruck verdüsterte sich. »Sie haben sie gesehen?«

»Ich bin schließlich nicht blind«, antwortete Indiana. »Es ist also alles wahr, was man sich über Sie erzählt, Mr. Ganty. Bis auf die Behauptung, daß Sie verrückt sind. Wahrscheinlich haben Sie all die Jahre lauter über den Rest der Welt gelacht als dieser über Sie.«

Gantys Gesicht umwölkte sich noch mehr. »Sie haben sie wirklich gesehen«, sagte er. »Das ist nicht gut. Wirklich. Gar nicht gut.«

»Ich fürchte, Ihr kleines Geheimnis ist keines mehr«, antwortete Indiana.

Ganty seufzte tief. »Glauben Sie mir, Dr. Jones, ich hasse es, das zu tun«, sagte er und schoß Indiana aus allernächster Nähe zwei Kugeln in den Leib.

Auf hoher See
Sonnenaufgang

Eine der wenigen Erinnerungen, die Indiana an seine Mutter hatte, war das Gefühl einer warmen, zärtlichen Nähe und die Erinnerung daran, sanft in den Armen gehalten und geschaukelt zu werden, und vermutlich war es nur normal, daß genau dieses Gefühl ihn empfing, als er auf der anderen Seite jener Grenze ankam, die jeder Mensch irgendwann einmal überschreiten muß. Er sah nichts, aber er hörte ein gleichmäßiges, beruhigendes Rauschen und Wispern, und er fühlte sich gut und geborgen und wohltuend hin und her geschaukelt.

Doch dann versuchte er zu atmen, und ihm wurde auf ziemlich drastische Art und Weise klar, daß auch das Paradies seine kleinen Nachteile hat, denn ein so grausamer Schmerz schoß durch seine Brust, daß er mit einem Schmerzensschrei hochfuhr.

Und gleich darauf wieder zurückfiel, denn der Himmel war nicht nur nicht frei von Schmerzen, sondern auch ziemlich klein; und er hatte eine Decke aus Eisen, an der sich Indiana sehr unsanft den Schädel gestoßen hatte.

Er stöhnte, hob vorsichtig die Hände an den Kopf und öffnete noch vorsichtiger die Augen. Jeder Atemzug tat entsetzlich weh, und wenn das der Himmel war, dann entsprach er ganz und gar nicht den Vorstellungen der Bibel oder auch des Korans oder irgendeiner anderen Religion, denn er war klein und drekkig und stank nach Schnaps und fauligem Fisch, und statt himmlischer Chöre hörte er das asthmatische Schnauben eines uralten Dieselmotors. Kein Zweifel – die Bibel hatte sich gründlich geirrt.

Es gab natürlich noch eine zweite Möglichkeit: nämlich die, daß er gar nicht tot war. Allerdings war dieser Gedanke beinahe ebenso unwahrscheinlich. Indiana erinnerte sich recht genau an alles, was passiert war. Und er hatte noch nie gehört, daß jemand zwei Bauchschüsse aus allernächster Nähe überlebt hätte.

So vorsichtig, wie er überhaupt konnte, versuchte er sich ein zweites Mal aufzusetzen, aber der Schmerz in seiner Brust war einfach zu stark. Er stöhnte gepreßt, öffnete mühsam Jacke und Hemd und sah an sich hinunter. Er hatte Angst vor dem, was er erblicken würde.

Nicht ganz zu Unrecht, wie sich herausstellte. Sein Bauch und seine gesamte rechte Seite schillerten in allen Farben des Regenbogens. Es war der gewaltigste Bluterguß, den er jemals zu Gesicht bekommen hatte.

»Ich an Ihrer Stelle würde mich nicht unnötig bewegen«, sagte eine Stimme irgendwo außerhalb seines Gesichtskreises. »Tut nur unnötig weh.«

Indiana drehte den Kopf und erkannte Ganty, der auf der anderen Seite der winzigen Kajüte hockte und ihn kopfschüttelnd betrachtete. »Üble Sache«, sagte er mit einer Geste auf Indianas Brust. »Aber Sie sind ein zäher Bursche. In ein paar Tagen werden Sie sich schon wieder ganz normal bewegen können. Beinahe, jedenfalls.«

Er lachte, und dieses Lachen hätte Indiana eigentlich wütend machen sollen. Aber er war viel zu verwirrt, um mehr als einen fragenden Gesichtsausdruck zustande zu bringen. Wieder sah er an sich hinunter. Er sah nicht nur so aus, er *fühlte* sich auch, als hätte ihn ein Kamel getreten – aber seine Haut hatte nicht einmal einen Kratzer!

»Aber wie... wie ist das möglich?«

Ganty griff in die Jackentasche und zog eine Pistolenkugel heraus, die er vor Indianas ungläubig aufgerissenen Augen zwischen Daumen und Zeigefinger zerquetschte. »Zinn, Quecksilber und Wismuth«, erklärte er, »und gerade genug Blei, daß sie nicht im Lauf auseinanderfliegt und mir die Hand wegreißt. Ich gieße die Dinger selber. Es hat eine Weile gedauert, bis ich die richtige Mischung heraus hatte.«

»Ich... verstehe überhaupt nichts mehr«, murmelte Indiana.

Er versuchte zum dritten Mal, sich aufzusetzen, und diesmal schaffte er es, wenn auch nur schwankend und mit zusammengebissenen Zähnen.

Ganty nickte anerkennend. »Sie sind wirklich ein zäher Bursche, Dr. Jones«, sagte er. Mit einer fast beiläufigen Bewegung zog er die Pistole aus der Tasche, mit der er Indiana schon einmal niedergeschossen hatte, und fuhr fort: »Aber bitte versuchen Sie jetzt nicht, den Helden zu spielen.«

»Keine Sorge«, stöhnte Indiana. »Ich bin nicht einmal sicher, ob ich mich jemals wieder bewegen kann. Warum, zum Teufel, haben Sie das getan?«

»Wäre es Ihnen lieber, ich hätte echte Kugeln benutzt?« fragte Ganty lächelnd.

Indiana funkelte ihn an. »Sie wissen genau, was ich meine!«

Ganty seufzte. »Ich hatte keine andere Wahl, Dr. Jones«, sagte er. »Nach dem, was Sie gesehen haben, konnte ich Sie nicht einfach zurücklassen. Und es mußte für Ihren Freund überzeugend aussehen.«

»Hätte es nicht gereicht, mir einfach eins über den Schädel zu ziehen?« maulte Indiana.

»Ich fürchte, nein«, antwortete Ganty betrübt. »Sehen Sie, wenn Ihre Freunde denken, Sie wären tot, dann wird man vielleicht ein paar Wochen nach Ihrem Mörder suchen, und das nicht einmal besonders intensiv. Danach kräht kein Hahn mehr nach Ihnen. Andererseits... wenn der berühmte Dr. Indiana Jones entführt worden ist, dann könnte es hier unter Umständen in ein paar Tagen von Schiffen und Flugzeugen nur so wimmeln.«

»Der berühmte Dr. Indiana Jones?« wiederholte Indy.

Ganty lachte. »Ich weiß genau, wer Sie sind, Dr. Jones. Ich bin nicht der Dummkopf, für den mich alle halten.«

»Das habe ich Ihnen auch keine Sekunde lang abgekauft«, antwortete Indiana. »Darf ich aus Ihren Worten schließen, daß meine Hinrichtung nur aufgeschoben ist?«

»Darüber habe ich nicht zu entscheiden«, antwortete Ganty. »Aber ich glaube nicht, daß sie Sie töten werden.«

»Sie?«

Ganty lächelte und schwieg.

Indiana versuchte, die Beine von der Pritsche zu schwingen, stellte den Versuch aber sofort wieder ein, als Ganty eine drohende Bewegung mit seiner Pistole machte. »Wer sind Sie, Ganty?« fragte er. »Wer sind Sie wirklich?«

»Nur ein alter Mann«, antwortete Ganty, »der zufällig hinter eines der letzten Geheimnisse dieser Welt gekommen ist und nicht möchte, daß es zerstört wird.« Er lachte leise. »Vor zwanzig Jahren hätte ich mich selbst als ihr Wächter bezeichnet, aber ich glaube, dieses Wort wäre ein wenig zu schwülstig.«

»Dann hatte ich recht«, sagte Indiana. »Es gibt einen anderen Ort, an dem die Osterinsel-Kultur existierte. Und Sie wissen, wo das ist.«

»Ihre Vermutung ist richtig, Dr. Jones«, antwortete Ganty. »Nur die Grammatik stimmt nicht.«

»Wie?«

»Sie benutzen die Vergangenheitsform«, sagte Ganty.

Es dauerte einen Moment, bis Indiana *wirklich* begriff, was sein Gegenüber meinte. Aber dann sperrte er ungläubig Mund und Augen auf. »Sie... Sie wollen behaupten, sie existiert noch?« keuchte er.

Ganty nickte. »Unverändert und unberührt wie am ersten Tag. Und das wird auch so bleiben.«

»Und Sie wissen, wo diese Insel liegt?« fuhr Indiana aufgeregt fort.

»Wir sind auf dem Weg dorthin«, sagte Ganty. »Wenn das Wetter sich hält, werden wir sie morgen früh erreichen.«

»Aber das ist ja... phantastisch!« sagte Indiana. Er war so aufgeregt, daß er sich nun doch aufsetzte und dabei den Schmerz in seinen geprellten Rippen kaum noch spürte. Den in seinem Hinterkopf schon, als er zum zweiten Mal gegen die Kante der oberen Pritsche knallte.

»Bitte freuen Sie sich nicht zu früh, Dr. Jones«, sagte Ganty, während Indiana sich mit der linken Hand die Rippen und mit der rechten den dröhnenden Schädel rieb. »Ich glaube, ich kann für Ihr Leben garantieren. Aber nicht dafür, daß man Sie wieder weglassen wird.«

Es dauerte noch mehrere Stunden, bis Indiana sich wieder so weit bei Kräften fühlte, daß er die Kajüte verlassen und an Deck des Schiffes hinaufgehen konnte. Sie fuhren in westlicher Richtung. Vor ihnen und zu beiden Seiten war der Himmel leer, und die See lag glatt wie ein Spiegel da, aber allerhöchstens eine Meile hinter der Yacht türmten sich schwere, schwarze Wolken wie finstere Märchenburgen auf, und das Meer war unter einer dichten Nebelbank verborgen. Indiana hoffte, daß das Schiff schnell genug war, dem Sturm davonzulaufen. Er konnte sich angenehmere Dinge vorstellen, als in dieser Nußschale einen Orkan mitzuerleben.

Ganty stand hinter dem Ruder, aber seine Hände ruhten nur darauf, sie hielten es nicht wirklich fest. Er mußte Indianas Schritte gehört haben, denn der gab sich nicht die mindeste Mühe, leise zu sein, aber er drehte sich nicht einmal zu ihm herum. Indiana trat neben ihn, blickte eine ganze Weile schweigend an ihm vorbei nach Westen und fragte dann unvermittelt: »Wieso vertrauen Sie mir, Ganty?«

»Sollte ich nicht?« Ganty sah ihn nicht an.

»Das ist keine Antwort«, sagte Indiana. »Sie haben Ihr Geheimnis zwanzig Jahre lang gehütet.«

»Leider nicht gut genug«, gestand Ganty. »Früher, als ich jünger war, habe ich manchmal mehr geredet, als gut war.«

»Daher die Gerüchte?«

»Ja. Leider. Um ein Haar hätte ich alles verdorben. Aber dann ist mir gerade noch rechtzeitig klar geworden, welches Schicksal ihnen blüht, wenn die Welt von ihrer Existenz erfährt.« Er lachte. Es klang sehr bitter. »Also habe ich versucht, den Schaden wiedergutzumachen. Wer glaubt schon einem verrückten, alten Säufer?«

»Und nach all diesen Jahren vertrauen Sie sich ausgerechnet mir an?« fragte Indiana.

Ganty löste seinen Blick nun doch vom Horizont und sah ihn an. »Wüßten Sie einen Besseren, Dr. Jones?«

Indiana wurde verlegen. »Nun, ich –«

»Ich weiß, wer Sie sind, Dr. Jones«, erinnerte ihn Ganty. »Zugegeben, wir leben hier fast am Ende der Welt, aber das eine oder andere hört man doch. Und es gibt Dinge, auf die ich ganz besonders achte. Ich habe noch immer gewisse Verbindungen von früher.«

Indiana blickte ihn fragend an, und Ganty lächelte ganz leise. »Ich war einmal Professor für Archäologie, Dr. Jones. Genau wie Sie. Aber das ist lange her.«

»Sie?!« fragte Indiana ungläubig. Gleich darauf tat ihm der Tonfall, in dem er die Frage gestellt hatte, selber leid, und er entschuldigte sich.

Ganty winkte ab. »Sie müssen sich nicht entschuldigen, Dr. Jones. Ich habe genau den Ruf, den ich haben wollte. Aber ich weiß noch, wie ich in Ihrem Alter war. Und deshalb glaube ich, Ihnen vertrauen zu können. Sie sind nicht so wie die meisten meiner sogenannten Kollegen, die an nichts anderes als an ihren persönlichen Erfolg und Ruhm denken können. Ich war auch einmal so. Aber dann habe ich irgendwann begriffen, daß es Dinge gibt, die man versteckt halten muß, um sie zu bewahren. Und ich glaube, Sie wissen das auch.«

Indiana sagte nichts. Gantys Worte hatten ihn verlegen gemacht, aber er spürte auch, daß sie ehrlich gemeint waren.

Nur um von dem Thema abzulenken, deutete er nach Osten. Die graue Wand war nicht näher gekommen, aber ihr Abstand zu der Schlechtwetterfront hatte sich auch nicht sichtbar vergrößert. »Glauben Sie, daß der Sturm uns einholt?« fragte er. »Oder daß Ihr Schiff ihn aushält?«

In Gantys Augen glitzerte es spöttisch. »Die Antwort auf beide Fragen ist nein«, sagte er. »Dieses Schiff ist beinahe so alt wie ich. Und ich fürchte, es ist auch in keinem wesentlich besseren Zustand.« Er weidete sich einige Sekunden lang sichtlich an Indianas unübersehbarem Schrecken, dann fuhr er fort: »Aber er wird uns nicht einholen.«

»Sind Sie sicher?« fragte Indiana zweifelnd. Er verstand nicht annähernd soviel von der Seefahrt wie Ganty, aber er wußte, wie unberechenbar das Wetter gerade in diesem Teil der Welt sein konnte.

»Absolut«, antwortete Ganty. »Das ist nur eine kleine Vorsichtsmaßnahme. Für den Fall, daß Ihr Freund Delano auf die Idee kommen sollte, uns zu folgen.«

»Wie bitte?« fragte Indiana verwirrt.

»Wußten Sie nicht, daß Ihnen ein Schiff nach Pau-Pau gefolgt ist?« fragte Ganty. »Sie sollten bei der Auswahl Ihrer Freunde etwas sorgfältiger sein.«

»Das habe ich nicht gemeint«, sagte Indiana. Er deutete auf die graue Wand aus Nebel und Wolken, die der Yacht tatsächlich im Abstand von einer guten Seemeile zu folgen schien. »Was soll das heißen: eine reine Vorsichtsmaßnahme?«

»Können Sie sich ein Schiff vorstellen, daß uns in *diesem* Wetter noch folgen könnte?« fragte Ganty. »Oder ein Flugzeug?«

Wieder blickte Indiana sekundenlang zu der gewaltigen Barriere aus Nebel und Wolken zurück. »Nein«, sagte er dann.

»Sehen Sie? Ich auch nicht«, antwortete Ganty lächelnd. Und das war alles, was Indiana ihm über den Sinn seiner geheimnisvollen Bemerkung entlocken konnte.

Aber es war beinahe schon mehr, als er eigentlich hatte wissen wollen.

Die Insel der Langohren
Am nächsten Morgen

Sie erreichten den Ort, über den Indiana bis zum Schluß nicht mehr als einige geheimnisvolle Andeutungen gehört hatte, fast auf die Minute genau zu dem Zeitpunkt, den Ganty vorhergesagt hatte, nämlich eine Stunde vor Sonnenaufgang. Es war nicht mehr völlig dunkel, aber auch noch nicht richtig hell, so daß Indiana kaum mehr als einen vagen Eindruck von der Insel erhielt, der sie sich näherten. Sie schien sehr groß zu sein, verglichen mit den zumeist winzigen Archipelen der polynesischen Inselwelt, aber auch sehr flach, kaum mehr als eine mit harten Strichen gemalte Linie auf dem Horizont, ohne nennenswerte Erhöhungen oder Berge. Ganty manövrierte das Boot auf dem letzten Stück des Weges mit äußerster Behutsamkeit, und Indiana erkannte auch bald den Grund dafür: ein Ring scharfkantiger Riffe und Korallenbänke umgab die Insel wie ein natürlicher Festungswall. Er verließ schließlich das Ruderhaus, um Ganty nicht in seiner Konzentration zu stören. Er hatte wenig Lust, das letzte Stück zum Ufer schwimmen zu müssen.

Die Schlechtwetterfront war ihnen tatsächlich den ganzen Tag und auch die Nacht über wie ein treuer Wachhund gefolgt. In der Dunkelheit sah sie tatsächlich aus wie eine Wand, hinter der der Rest der Welt verborgen lag, und zusätzlich kam mit dem Morgen nun auch noch leichter Nebel auf. Im Moment war es nur eine Art Dunst, der wie ein in zahllose Stücke zerrissener Schleier über dem Wasser hing, aber er würde bald stärker werden. Indiana war plötzlich sehr froh, daß Ganty seinen Zeitplan so präzise eingehalten hatte. In einer Stunde würde es wahrscheinlich unmöglich sein, die Riffe zu durchfahren.

Wie um ihn daran zu erinnern, daß es auch jetzt gefährlich war, schrammte etwas mit einem unangenehmen Quietschen am Bootsrumpf entlang, und Indiana spürte, wie die Planken unter seinen Füßen zu zittern begannen. Erschrocken drehte er sich zu Ganty um.

Der alte Mann lächelte entschuldigend. »Keine Sorge, Dr. Jones. Wir sind schon fast durch.« Er konzentrierte sich wieder auf das Wasser vor dem Bug der Yacht und sagte leiser, und eigentlich mehr zu sich selbst als zu Indiana gewandt: »Weiter im Norden gibt es eine breitere Passage. Ich sollte vielleicht allmählich anfangen, sie zu benutzen.«

Der Nebel nahm zu, aber sie hatten das gefährlichste Stück jetzt hinter sich. Das Boot glitt, nicht mehr viel schneller als ein Spaziergänger, auf den Strand zu und kam schließlich völlig zur Ruhe. Ganty schaltete den Motor aus, winkte Indiana fast aufgeregt, er solle ihm folgen, und sprang in das nur noch knietiefe Wasser hinab.

Eine wohlbekannte Erregung ergriff von Indiana Besitz, als sie nebeneinander die wenigen Schritte zum Strand hinaufwateten. Wieder einmal war er dabei, einen vergessen geglaubten Teil der Welt zu entdecken. Es spielte keine Rolle, daß er nicht der erste war, der hierherkam. In diesem Punkt hatte Ganty ihn völlig richtig eingeschätzt. Indiana hatte schon vor langer Zeit begriffen, daß man nicht alles, was man entdeckte, auch der ganzen Welt mitteilen mußte. Wäre es ihm darum gegangen, dann hätte sein Name längst in allen Lehrbüchern noch vor denen eines Cook oder Livingstone gestanden. Aber es war nicht Ruhm, dem die ruhelose Suche galt, die Indiana Jones ganzes Leben beherrschte. Was er wollte, das war die Suche selbst, das prickelnde Gefühl des Entdeckens, das Wissen, etwas in Händen zu halten, was vor ihm noch niemand berührt, ein Stück Boden zu beschreiten, den seit tausend Jahren niemand mehr betreten hatte. Und tief in sich war er überzeugt davon, daß diese Einstellung auch der Grund war, aus dem man ihm all diese Geheimnisse zu entdecken gewährte. Er hatte wohl irgendwann einmal einen Pakt mit dem Schicksal geschlossen, der von seiner Seite Stillschweigen forderte. Die Vergangenheit gab ihre Geheimnisse niemandem preis, der sie herumerzählte.

Einen Meter aus dem Wasser heraus blieben sie stehen. Im ersten Moment nahm Indiana an, es sei, um kurz zu verschnaufen. Aber Ganty blieb auch weiter reglos stehen, nachdem mehr als eine Minute verstrichen war.

»Wie geht es weiter?« fragte Indiana schließlich.

»Wir warten«, antwortete Ganty. »Es ist besser, wenn wir hier warten. Es wird nicht lange dauern. Sie wissen, daß wir kommen.« Er hatte die Stimme zu einem Flüstern gesenkt, daß aber eher ehrfürchtig als ängstlich klang, und auch Indiana sagte nichts mehr. Sie wurden beobachtet, das fühlte er. Der Dschungel schob sich bis auf zwanzig Meter ans Wasser heran, und er war so dicht, daß vermutlich auch am Tage nichts anderes als eine grünschwarze Mauer zu erkennen war. Aber er konnte *fühlen*, wie unsichtbare Augen sie aus der Dunkelheit heraus anstarrten, wach, vorsichtig und voller Mißtrauen.

»Sie sind verwirrt, weil ich nicht allein komme«, sagte Ganty leise. »Aber sie vertrauen mir, keine Sorge.«

Indiana schwieg. Er hoffte inständig, daß Ganty recht hatte. Aber ganz sicher war er plötzlich nicht mehr.

Ein mattes Schimmern dicht am Waldrand erregte Indianas Aufmerksamkeit. Fragend sah er Ganty an, bekam keine Antwort und ging los.

Ein paar Schritte vor dem Dschungel lag ein Stück Wellblech.

Ein Eimer Wasser, den man ohne Vorwarnung über ihm ausgoß, hätte Indiana nicht plötzlicher in die Wirklichkeit zurückreißen können. Es war nur ein kleiner Fetzen, kaum größer als eine Kinderhand, aber der war mehr als ein x-beliebiges Stück Metall. Das Stück stammte aus dem Rumpf des Flugzeuges, das vor Pau-Pau ins Meer gestürzt war, und sein Anblick führte ihm fast brutal vor Augen, *warum* er im Grunde hier war.

Aber er bedeutete auch noch mehr, und dieses Mehr hatte nichts mit deutschen Geheimwaffen, Agenten und versteckten U-Boot-Häfen zu tun. Er bedeutete das Ende einer Zeit, das Ende einer Epoche und wohl auch das Ende von Gantys Traum. Vielleicht würde es noch eine Weile dauern, vielleicht noch Jahre, möglicherweise sogar noch einige Jahrzehnte, aber es *würde* eine Zeit kommen, in der es Orte wie diesen nicht mehr gab, in der alles entdeckt, jeder Platz erforscht und jeder Quadratmeter dieses Planeten kartografiert oder zumindest *gesehen* worden war. Die weißen Flecken auf dem Globus nahmen ab, und in nicht allzu ferner Zukunft würden sie verschwunden sein, geschmolzen wie Eis in der Sonne einer Zukunft, von der Indiana nicht sicher war, ob sie wirklich besser sein würde als die Gegenwart, denn mit ihnen würden vielleicht auch die letzten Geheimnisse dieser Welt verschwinden.

Er spürte erst nach einer Weile, daß er nicht mehr allein war. Ganty stand neben ihm, und der Ausdruck auf seinem Gesicht bewies, daß sich seine Gedanken nicht so sehr von Indianas Empfindungen unterschieden. Plötzlich trat er einen Schritt nach vorn und stampfte das Blech zornig mit dem Absatz in den Sand. Es verschwand nicht völlig. Eine kleine, scharfe Kante war noch immer zu sehen, glitzernd wie eine Messerklinge, die nur hier war, um sie zu verspotten.

Indiana schwieg, und nach einer weiteren Sekunde wandte auch er sich ab. Er ahnte, was in dem alten Mann vorging, aber es gab nichts, was er hätte sagen können. Keiner von ihnen konnte die Zeit anhalten; oder gar zurückdrehen.

Aus einem plötzlichen Gefühl von Pietät heraus wandte sich Indiana ganz um und ging wieder ein Stück den Strand hinunter. Er hatte das Gefühl, daß es besser war, Ganty jetzt ein paar Minuten allein zu lassen.

Es war spürbar kühler geworden, seit sie an Land gegangen waren. Aus dem Dunst war mittlerweile richtiger Nebel geworden, der grau und schwer wie eine vom Himmel gefallene Wolke auf dem Wasser lag und alles mit Feuchtigkeit tränkte. Und in diesem Nebel... war etwas.

Indiana fuhr sich mit dem Handrücken über die Augen und versuchte, genau hinzusehen. Er konnte jedoch nichts erkennen. Es war mehr ein Ahnen als ein Sehen gewesen, vielleicht ein Geräusch dicht unterhalb der Grenze des Hörbaren, ein Huschen und Wogen außerhalb des Sichtfeldes. Er sah und hörte nichts, aber er spürte, daß dort draußen irgend etwas war, das –

Indiana schloß die Augen, ballte die Hände so heftig zu Fäusten, daß es weh tat, und drehte sich mit einem Ruck um. Dieser Platz war geheimnisvoll und unheimlich genug, auch ohne daß er sich bemühte, Gespenster zu sehen.

Als Ganty wieder zu ihm zurückkehrte, hatte er sich beruhigt. Er sah beinahe verlegen aus. Indiana lächelte ihm verstehend zu, und Ganty erwiderte sein Lächeln nach einem kurzen Augenblick, und damit war das Thema erledigt und wurde nie wieder zwischen ihnen besprochen.

»Wo bleiben Ihre Freunde?« fragte Indiana.

Ganty antwortete nicht, aber plötzlich wurde das Gefühl, daß sie beobachtet wurden, fast so deutlich wie eine Berührung. Indiana wandte sich zum Waldrand um.

Vor der schwarzen Wand des Dschungels waren die beiden Gestalten mehr zu erahnen, als daß Indiana sie wirklich sehen konnte. Sie mußten völlig lautlos aus dem Busch getreten sein, und er fragte sich, wie lange sie wohl schon dastanden und sie beobachteten.

Ganty ging den beiden Männern entgegen und begann in der gleichen, unverständlichen Sprache mit ihnen zu reden, die Indiana zwei Abende zuvor gehört hatte. Indiana verstand ihn auch jetzt nicht, aber ihm entging nicht der Ausdruck auf Gantys Gesicht; und ebensowenig, daß die Gesten der beiden Eingeborenen immer größeren Unwillen verrieten.

»Stimmt etwas nicht?« fragte er.

Ganty schüttelte hastig den Kopf. »Es ist... alles in Ordnung«, sagte er in einem Ton, der nicht einmal ihn selbst überzeugen konnte. »Sie sind ein bißchen nervös, das ist alles. Kommen Sie, Jones. Es wird sich schon alles aufklären.«

Indiana war da nicht so sicher. Ganty war kein talentierter Lügner. Vielleicht war es ihm einfach nicht mehr möglich, in kleinen Dingen überzeugend zu lügen, nachdem sein ganzes Leben im Grunde nichts als eine große Lüge gewesen war. Als Indiana ihm und seinen beiden Begleitern tiefer in den Dschungel hineinfolgte, war er alles andere als beruhigt.

Auch diese beiden waren sehr groß und entsprechend breitschultrig, wahre Riesen, genau wie die Gestalt, die Indiana auf Pau-Pau gesehen hatte. Ganz schwach erinnerte er sich an das, was die Legende über die Ureinwohner der Osterinseln überlieferte: ein Volk von Riesen, das vor Urzeiten über das Meer gekommen war.

Obwohl Indiana so dicht vor den beiden Polynesiern herging, daß er ihre Atemzüge in seinem Nacken spüren konnte, hörte er nur seine Schritte und die von Ganty; die beiden Langohren bewegten sich so lautlos wie Schatten.

»Wohin bringen sie uns?« fragte Indiana.

Ganty drehte sich im Gehen herum und warf ihm einen fast beschwörenden Blick zu. »Nicht so laut, Dr. Jones!« Er sprach in einem gehetzten, erschrockenen Flüsterton, der Indiana mehr als alles andere klarmachte, daß hier tatsächlich etwas nicht stimmte. Ganty schien sein eigener Tonfall selber aufzufallen, denn er versuchte zu lächeln. »Wir sind gleich am Ziel, Dr. Jones. Sie lieben es nicht, wenn man die Stille der Nacht stört.«

»Blödsinn«, sagte Indiana. »Hier stimmt etwas nicht, Ganty. Was ist es?«

Ganty sah ihn erschrocken, aber auch ein wenig nachdenklich an, und vielleicht hätte er Indianas Frage tatsächlich beantwortet, wenn er dazu noch gekommen wäre.

Neben ihnen raschelte etwas, und die beiden Langohren verwandelten sich von lautlosen in *rasende* Schatten, die sich so schnell bewegten, daß Indiana ihren Bewegungen kaum mehr folgen konnte. Aber sie waren trotzdem nicht schnell genug. Etwas kam aus dem Busch geflogen und traf einen der beiden Riesen am Schädel, und im selben Augenblick stürzte ein dunkler Körper aus der Höhe der Baumwipfel auf den zweiten Riesen herab und riß ihn zu Boden. Gleichzeitig traf irgend etwas Indianas Rücken mit solcher Wucht, daß er haltlos vorwärts taumelte und gegen Ganty prallte, den er bei seinem Sturz mit sich riß. Sie fielen. Indiana begrub Ganty unter sich, rollte instinktiv zur Seite und erwachte endlich aus seiner Erstarrung.

Ein Schatten flog auf ihn zu, und jemand versuchte, sich mit weit ausgebreiteten Armen auf ihn zu werfen. Indiana zog blitzschnell die Knie an den Körper. Der Aufprall schien ihn ein Stück weit in den weichen Waldboden hineinzutreiben, und für einen Moment hatte er das Gefühl, seine Beine wären an mindestens einem Dutzend verschiedener Stellen gebrochen und müßten aussehen wie eine Ziehharmonika. Aber aus dem zornigen Knurren des Angreifers wurde rasch ein schmerzerfülltes, pfeifendes Keuchen, als seine Rippen gegen Indianas Knie stießen und mindestens eine davon dabei brach.

Indiana schleuderte ihn von sich, setzte vorsichtshalber noch einen Fausthieb hinterher, der den Burschen vollends ausschaltete, und sprang auf. Er versuchte sich zu orientieren, aber das gelang ihm nicht auf Anhieb. Neben ihm rang Ganty mit einem anderen Angreifer, und wo die beiden Langohren waren, erblickte er nur ein schwarzes, unentwirrbares Knäuel von Körpern und Gliedmaßen.

Für einen Moment war er unentschlossen. Er wußte nicht einmal, wer die Angreifer waren, geschweige denn, warum sie sie überfallen hatten oder wem der Überfall galt. Ganty und ihm oder den beiden Langohren.

Es war wirklich nur eine Sekunde, aber selbst das war zu lang. Indiana hörte ein Rascheln hinter sich und versuchte sich umzudrehen, aber er war zu langsam. Ein furchtbarer Hieb traf seinen Hinterkopf, schleuderte ihn nach vorn und auf die Knie. Er schwankte. Alles wurde schwarz um ihn herum, und er spürte kaum noch, wie er nach vorn und aufs Gesicht fiel.

Indiana verlor nicht das Bewußtsein, aber er war für Sekunden gelähmt, blind und taub. Er fühlte nicht einmal mehr den Schmerz, als er zu Boden geschleudert wurde. Sein Gesicht schien durch eine gewaltige, schwarze Leere zu gleiten, und hinter dieser Leere wartete noch etwas anderes, etwas Endgültiges. Mit aller Macht stemmte er sich gegen den Sog, der von diesem Abgrund ausging. Er würde nicht mehr erwachen, wenn er die unsichtbare Grenze in die Dunkelheit erst überschritten hatte.

Er konnte nicht sagen, wie lange es dauerte, bis sich seine Sinne allmählich wieder klärten (außerdem war das erste, was er fühlte, ein rasender Schmerz in seinem Schädel), aber der Kampf war vorüber. Er hörte Stimmen, die sich leise auf englisch unterhielten, ohne daß die Worte so weit in sein Bewußtsein drangen, daß er sie verstehen konnte, hob stöhnend die Hand an den Hinterkopf und fühlte warmes, klebriges Blut.

Jemand trat ihn in die Seite. Indiana krümmte sich, öffnete vor Schmerz die Augen und blickte in ein stoppelbärtiges Gesicht, das in einer Mischung aus Wut und Schmerz zu einer Grimasse verzerrt war.

Der Bursche holte zu einem weiteren Tritt aus, aber plötzlich trat eine zweite Gestalt neben ihn und hielt ihn zurück. »Laß das!«

»Der Kerl hat mir eine Rippe gebrochen!« heulte der Bärtige.

»Dafür hat ihm Bell eins übergezogen«, sagte der andere. »Ihr seid quitt, denke ich. Außerdem haben wir wahrhaftig keine Zeit für solche Spielereien.« Er warf dem Bärtigen noch einen warnenden Blick zu, dann drehte er sich herum und ließ sich neben Indiana in die Hocke sinken.

»Sind Sie okay?« fragte er.

Indiana nahm die Hand herunter, betrachtete mißmutig eine Sekunde lang das Blut, das an seinen Fingerspitzen klebte, und dann das Gesicht seines Gegenübers. Es war unrasiert und schmutzig wie das des Burschen, der ihn getreten hatte, aber ihm fehlte der brutale Zug, der die Physiognomie des anderen beherrschte. Er wirkte entschlossen und sehr mißtrauisch, und auf seiner rechten Wange leuchtete eine frische Narbe, aber im Grunde sah er nicht unsympathisch aus. »Ich glaube schon«, antwortete Indiana mühsam. Seine Zunge fühlte sich schwer an und weigerte sich, seinen Befehlen korrekt zu gehorchen. Er hörte sich an, als wäre er betrunken. »Wer sind Sie?«

»Mein Name ist Barlowe«, antwortete der Mann. Er deutete auf den Bärtigen, der Indiana immer noch voll von unverhohlenem Haß anstarrte. »Das ist van Lees, und der Mann, der Sie niedergeschlagen hat, ist Bell. Wir sind die letzten.« Eine dritte

Gestalt trat in Indianas Blickfeld: ein alter, weißhaariger Mann, der seine liebe Mühe zu haben schien, das Gewicht des gewaltigen Knüppels zu bewältigen, den er in seinen Händen hielt. Trotzdem konnte er offenbar ausgezeichnet damit umgehen, wie der dröhnende Schmerz in Indianas Schädel bewies.

»Die letzten wovon?« fragte Indiana.

»Die letzten, die sie noch nicht erwischt haben«, antwortete Barlowe.

»Sie waren also in dem Flugzeug«, überlegte Indiana. »In der Maschine, die vor acht Monaten hier verschwand?«

»Acht Monate?« Barlowe erschrak sichtlich. »Großer Gott, ich wußte nicht, daß es schon so lange her ist!«

»Es wird noch viel länger dauern, wenn wir weiter hier herumstehen und quatschen«, sagte van Lees. »Einer von den Wilden ist abgehauen! Was redest du überhaupt mit dem Kerl? Wahrscheinlich steckt er mit ihnen unter einer Decke, genau wie der Alte!«

Indiana bemerkte erst jetzt, daß Ganty sich ebenfalls aufgesetzt hatte und die drei zerlumpten Gestalten der Reihe nach anstarrte. Seine Hand bewegte sich unauffällig zu seiner Jackentasche.

»Wenn du das hier suchst, dann spar dir die Mühe.« Van Lees hielt grinsend Gantys Pistole in die Höhe. »Damit kann ich im Moment mehr anfangen. Jetzt können deine langohrigen Freunde kommen.«

»Freu dich nicht zu früh«, sagte Barlowe. »Jonas hatte auch eine Pistole. Sie hat ihm nicht sehr viel genutzt.«

»Jonas?« Indiana wurde hellhörig. »Ist er hier? Lebt er?«

»Die Wilden haben ihn«, antwortete Barlowe. »Ich habe keine Ahnung, ob er noch am Leben ist. Sie haben ihn verschleppt, genau wie Mrs. Sandstein, van Lees' Bruder und den Holländer. – Und meine Frau«, fügte er nach einer deutlichen Pause sehr leise hinzu. Ein bitterer Ausdruck erschien auf seinem Gesicht. Aber nur für einen kleinen Moment, dann hatte er sich wieder in der Gewalt.

»Wieso fragen Sie nach Jonas? Kennen Sie ihn?«

»Nicht persönlich«, gestand Indiana. »Aber er ist der Grund, aus dem ich hier bin. Ich suche ihn.«

Ganty starrte ihn an. Er sagte kein Wort, aber irgend etwas war plötzlich in seinem Blick, was es Indiana unmöglich machte, diesem länger als ein paar Sekunden standzuhalten.

»Sie allein?« Barlowe lachte böse. »Sie hätten eine Armee mitbringen sollen, Mister. Und einen Panzerknacker. Und ich bin nicht einmal sicher, daß Ihnen das genutzt hätte.« Er stand auf und machte eine ungeduldige Geste. »Kommen Sie! Wir nehmen Ihr Boot.«

»Wozu?« fragte Indiana verständnislos.

»Um von hier zu verschwinden, wozu denn sonst? Diese Wilden sind elende Feiglinge, aber in zehn Minuten wimmelt es hier nur so von ihnen, darauf können Sie sich verlassen.«

Indiana stand umständlich auf. »Aber ich kann hier nicht weg!« sagte er. »Ich muß Jonas finden!«

»Sind Sie verrückt?« fragte Barlowe. »Sie hätten keine Chance! Verdammt, was glauben Sie eigentlich, wo wir hier sind? Meine eigene Frau befindet sich in der Gewalt dieser Wilden! Glauben Sie, ich würde sie im Stich lassen, solange auch nur die winzigste Chance bestünde, sie zu befreien? Wenn wir in zehn Minuten noch hier sind, sind wir alle tot, Mann!«

»Wieso redest du überhaupt mit ihm?« fragte van Lees. »Merkst du nicht, daß er nur Zeit schinden will? Er gehört zu ihnen!«

Indiana sparte sich die Mühe, zu widersprechen, und auch Barlowe sah van Lees nur eine Sekunde ausdruckslos an, dann zuckte er mit den Schultern. »Vielleicht«, sagte er. »Vielleicht auch nicht. Aber du hast recht. Verschwinden wir, solange es noch geht.«

Indiana und Ganty wurden grob vorwärtsgestoßen. Barlowe und die beiden anderen waren mit selbstgebastelten Speeren aus Bambus bewaffnet, deren Klingen aus scharfkantigem Stein bestanden. Indiana überschlug seine Chancen, den dreien mit einem beherzten Sprung ins Gebüsch zu entkommen, entschied sich dann aber dagegen. Wenn die drei Männer acht Monate lang in diesem Busch überlebt hatten, dann konnten sie vermutlich ausgezeichnet mit ihren improvisierten Waffen umgehen, und eine Klinge aus Feuerstein zwischen den Schulterblättern war ebenso tödlich wie eine aus Stahl. Und außerdem konnte er Ganty nicht im Stich lassen.

Sie erreichten das Boot nach wenigen Minuten und gingen an Bord. Während van Lees Ganty mit seiner eigenen Waffe zwang, den Motor anzuwerfen, blieben Barlowe, Indiana und Bell an Deck. Der weißhaarige Alte machte sich bereit, das Ruder zu übernehmen. Barlowe schien die Aufgabe zugefallen zu sein, Indiana und den Waldrand zugleich im Auge zu behalten.

Er war in beidem nicht besonders gut. Es wäre Indiana in diesem Moment wahrscheinlich ein leichtes gewesen, ihn zu überwältigen und auch Bell seine Waffe zu entreißen. Aber er tat es nicht. Er war viel zu verwirrt, um überhaupt etwas zu tun – und er mußte sich vor allem erst einmal Klarheit verschaffen, was hier eigentlich vorging. Ganty hatte kein Wort von irgendwelchen Überlebenden erwähnt; und schon gar nicht davon, daß die Langohren sie als Gefangene hielten.

Der Dieselmotor erwachte tuckernd zum Leben, und praktisch im selben Augenblick setzte sich das Boot in Bewegung, im allerersten Moment nur zögernd, beinahe widerwillig, so als spüre es, daß es nicht von seinem rechtmäßigen Besitzer gesteuert wurde, und versuche sich zu widersetzen. Aber dann geriet es mehr und mehr in den Sog der Ebbe. Der Bug drehte sich und deutete nicht mehr auf den Strand, sondern in den Nebel hinein.

Und auf die Korallenriffe, die dort verborgen waren.

Indiana fuhr so erschrocken zusammen, daß Barlowe ihn mißtrauisch anblickte und seine Hände sich fester um den Bambusspeer schlossen.

»Die Riffe!« sagte Indiana. »Wir werden auf den Riffen auflaufen.«

Barlowe machte eine beruhigende Geste. Gleichzeitig entspannte er sich wieder ein wenig, wenn auch nicht ganz. »Keine Sorge. Es gibt eine Passage, ein Stück weiter nördlich.« Er sah

Indiana durchdringend an. »Der Alte hat nichts von den Riffen gesagt. Ich schätze, er hat sogar gehofft, daß wir auflaufen. Wieso warnen Sie uns?«

»Das Wasser ist entschieden zu kalt für ein Bad«, antwortete Indiana. Er verstand Barlowes Mißtrauen durchaus; aber das änderte nichts daran, daß es ihm allmählich auf die Nerven zu gehen begann.

Barlowe lachte. »Sie sind entweder ehrlich oder der raffinierteste Lügner, den ich je getroffen habe«, sagte er.

»Oder wasserscheu«, fügte Indiana hinzu.

Diesmal lachte Barlowe noch lauter; allerdings nur eine knappe Sekunde, denn dann traf ihn ein warnender Blick von Bell, und er verstummte beinahe schuldbewußt. »Tressler und Perkins haben es also geschafft«, sagte er plötzlich, und im selben Moment verschwand auch die letzte Spur eines Lächelns von seinen Zügen. »Ich hätte es nicht geglaubt. Wieso sind Sie allein gekommen? Hat Tressler euch nicht erzählt, was hier los ist?«

»Er hat gar nichts mehr erzählt«, sagte Indiana leise. »Er ist tot. Sein Begleiter auch.«

»Abgestürzt?« fragte Barlowe leise.

»Irgendwie hat er es geschafft, die Maschine nach Pau-Pau zurückzubringen«, antwortete Indiana. »Sein Begleiter war schon vorher tot. Es tut mir leid. Waren sie Freunde von Ihnen?«

»Wenn es einen zu Freunden macht, ein halbes Jahr gemeinsam auf der Flucht vor diesen Teufeln zu sein, ja«, antwortete Barlowe. Dann schüttelte er den Kopf. »Nein, wir waren keine Freunde. Ich bin erstaunt, daß sie es überhaupt so weit geschafft haben. Wir haben alle gedacht, es sei aus, als es sie erwischt hat.«

»Als *was* sie erwischt hat?« fragte Indiana.

Barlowe setzte zu einer Antwort an, aber im selben Moment erschienen Ganty und van Lees wieder an Deck, und Barlowe wandte sich den beiden zu. Er begann halblaut und schnell mit van Lees zu reden.

Indiana blickte wieder in den Nebel hinaus. Der Himmel über ihnen begann sich ganz allmählich aufzuhellen, aber der Nebel wurde immer dichter; Indiana schätzte die Sicht auf kaum zehn Meter. Aber Bell fuhr sehr langsam, und die Art, wie er das Boot lenkte, verriet, daß er sich hier auskannte. Schließlich hatten sie acht Monate Zeit gehabt, sich jede Einzelheit der Küste einzuprägen.

»Ich habe Ihnen vertraut, Dr. Jones«, sagte Ganty leise. Indiana drehte sich zu ihm um, aber Ganty sah ihn nicht an, sondern blickte weiter starr in den Nebel hinaus. Aber Indiana war sicher, daß er in den gleitenden grauen Wogen etwas ganz anderes sah als sie alle. »Aber Sie haben mich belogen. Sie sind auch nicht besser als die anderen. Ich dachte, Sie wären es, aber... Sie sind es nicht. Ihr seid alle gleich.«

»Dr. Ganty, ich –«

»Sparen Sie sich Ihre Lügen, Jones«, sagte Ganty bitter. »Ich will sie nicht hören.«

Indiana sprach tatsächlich nicht weiter. Es war nicht der passende Zeitpunkt, Ganty irgend etwas zu erklären; und vielleicht hatte der alte Mann von seinem Standpunkt aus sogar recht. Sie hatten fast einen ganzen Tag und eine Nacht miteinander geredet, und Indiana hatte schon bald bemerkt, daß er den richtigen Moment verpaßt hatte, ihm zu erklären, warum er und Delano *wirklich* nach Pau-Pau gekommen waren.

Irgend etwas fuhr scharrend am Rumpf des Schiffes entlang. Bell fluchte, drehte wie wild am Ruder, und die kleine Yacht vollführte einen spürbaren, plötzlichen Schwenk nach Backbord. Indiana griff hastig nach der Reling und hielt sich mit beiden Händen fest.

»Keine Sorge«, sagte Bell. »Wir sind durch. Ich habe mich ein bißchen verschätzt, aber es ist nichts passiert.«

»Durch?« Barlowe wirkte plötzlich noch angespannter als bisher. »Wir sind raus? Wir sind... auf offener See?«

Bell nickte. »Wir haben es geschafft«, bestätigte er. »Wenn ich in dieser Waschküche nicht aus Versehen in die falsche Richtung fahre, heißt das.«

»Ihr kommt hier nie raus«, sagte Ganty leise. »Ihr bringt euch um, ihr Narren.«

»Vielleicht«, antwortete Barlowe hart. »Aber wenn, dann fahren wir zusammen zur Hölle, Mister.« Seine Hand schloß sich so fest um den Schaft des Bambusspeeres, daß seine Knöchel knackten. »Ich hätte gute Lust, Ihnen so oder so die Kehle durchzuschneiden. Vielleicht tue ich es ja noch.«

Ganty sah ihn nur an, aber Indiana machte trotzdem einen Schritt und trat zwischen ihn und Barlowe, um den Blickkontakt zwischen den beiden zu unterbrechen. Für eine Sekunde schien es, als würde sich Barlowes Zorn nun auf ihn konzentrieren.

»He!« sagte van Lees plötzlich. »Hört auf!« Er hob warnend die Hand und lauschte eine Sekunde mit geschlossenen Augen. »Da ist irgendwas!«

Als hätte es nur dieser Worte bedurft, hörte Indiana es plötzlich auch: ein noch leises, aber näher kommendes Plätschern, das er zwar im allerersten Moment nicht einordnen konnte, aber trotzdem zu kennen glaubte. Es war kein gutes Geräusch.

»Die Wilden!« schrie Barlowe plötzlich. »Das sind sie! Bell, gib Gas!«

Das Tuckern des Dieselmotors wurde geringfügig lauter, aber das Boot glitt weiter behäbig wie ein Spaziergänger durch die Wellen. »Es geht nicht!« schrie Bell. »Der alte Kahn gibt nicht mehr her!« In seiner Stimme lag Panik. »Verdammt, Barlowe, *tu etwas*!«

Das Plätschern kam näher, teilte und vervielfältigte sich, und plötzlich war der Nebel nicht mehr voller eingebildeter, sondern *wirklicher* Bewegung. Ein halbes Dutzend langgestreckter, dunkler Schatten bewegte sich aus ebenso vielen Richtungen auf die Yacht zu, und irgend etwas fuhr mit einem boshaften Sirren kaum eine Handbreit an Indianas Gesicht vorbei und zerschmetterte die Scheibe des Ruderhauses.

Indiana versetzte Ganty einen Stoß, der ihn der Länge nach auf das Deck warf, wich in derselben Bewegung einem zweiten Pfeil aus und versuchte gleichzeitig, die Peitsche vom Gürtel zu lösen. Er hörte einen Schrei hinter sich. Glas klirrte. Laut prallte etwas gegen den Rumpf der Yacht, und plötzlich wuchsen zwei riesenhafte Gestalten am Heck des Schiffes in die Höhe.

Barlowe hob seinen Speer, aber van Lees war schneller. Die Pistole, die er Ganty abgenommen hatte, entlud sich mit einem peitschenden Knall, und einer der Schatten taumelte mit einer fast grotesken Bewegung zurück und verschwand im Nebel.

Indiana ließ seine Peitsche knallen, und auch der zweite Polynesier stürzte wieder über Bord. Barlowe sah ihn überrascht an, öffnete den Mund, um etwas zu sagen, aber in derselben Sekunde zischte ein weiterer Pfeil aus dem Nebel heran und durchbohrte seine Schulter. Mit einem gellenden Schrei stürzte er zu Boden.

Und das war erst der Anfang.

Indiana hatte schon manchen Kampf erlebt – aber noch nie eine Situation, die annähernd so aussichtslos war. Das sonderbare Geräusch, das er gehört hatte, wiederholte sich ein halbes Dutzend Male, als fünf oder sechs der kleinen Schilfboote, mit denen die Polynesier gekommen waren, gleichzeitig gegen die Yacht stießen, und plötzlich wimmelte das Deck von hünenhaften, finsteren Gestalten.

Van Lees schoß einen weiteren Polynesier nieder, ehe er unter einem Keulenhieb zu Boden ging, und auch Indiana wehrte sich mit der Kraft der Verzweiflung. Er stieß einen der Angreifer über Bord, fegte mit einem weit ausholenden Peitschenhieb gleich drei Langohren gleichzeitig von den Füßen und wäre um ein Haar selbst gestürzt, als ein vierter Polynesier nach der Peitsche griff und sie ihm mit einem harten Ruck aus den Händen riß.

Indiana taumelte gegen die Wand des Ruderhauses, sah eine Bewegung aus den Augenwinkeln und warf sich instinktiv zur Seite. Eine steinerne Axt zerschmetterte das Holz neben seinem Kopf. Indiana riß die Arme hoch, schlug dem Polynesier die Waffe aus der Hand und krümmte sich im selben Moment vor Schmerz, als ihm ein furchtbarer Fausthieb die Luft aus den

Lungen trieb. Vor seinen Augen explodierten bunte Sterne. Er rang verzweifelt nach Luft, aber er bekam keine, denn die Hände des Eingeborenen hatten sich wie Stahlklammern um seinen Hals gelegt und drückten mit unbarmherziger Kraft zu. Indiana bäumte sich auf, zerrte mit aller Gewalt an den Handgelenken des Burschen und rammte ihm das Knie zwischen die Oberschenkel. Der Polynesier keuchte, aber sein Griff lockerte sich nicht.

Indianas Lungen schrien nach Luft. Er wollte ein zweites Mal zutreten, aber er hatte nicht mehr die Kraft dazu. Das Gesicht des Angreifers begann vor seinen Augen zu verschwimmen.

Ein Schuß krachte. Der tödliche Würgegriff um seinen Hals lockerte sich, und das Gesicht vor ihm war plötzlich kein Gesicht mehr, sondern rot und zerstört, und dann kippte der Polynesier stocksteif und lautlos nach hinten.

Ein zweiter Schuß fiel. Indiana hörte, wie die Kugel irgendwo ganz in seiner Nähe splitternd ins Holz fuhr, und noch während er auf die Knie sank und würgend und qualvoll nach Atem rang, krachte dicht hintereinander eine ganze Salve peitschender Gewehrschüsse.

Ein grelles Licht blendete Indiana. Er hob die Hand vor das Gesicht, blinzelte in die gleißende Helligkeit des Scheinwerferstrahles, der wie ein Messer durch den Nebel und in seine Netzhäute schnitt, und erkannte einen riesigen, dunklen Schatten, der dahinter im Nebel heranwuchs. Orangerotes Mündungsfeuer blitzte auf, und zwei, drei weitere Polynesier stürzten getroffen zu Boden oder über Bord.

Der Kampf war so schnell vorbei, wie er begonnen hatte, und es war kein wirklicher Kampf, es war ein Gemetzel. Wer immer die Angreifer waren, sie schossen mit unglaublicher Präzision, und sie kannten keine Gnade. Kaum einer der Polynesier, die die Yacht geentert hatten, entging ihrem Feuer. Und die wenigen, die es schafften, sich mit einem beherzten Sprung über die Reling zu retten, starben im Wasser.

Indiana registrierte mit einer Mischung aus Entsetzen und Unglauben, wie sich das dumpfe Hämmern eines Maschinengewehres in das Peitschen der Schüsse mischte. Zwei, drei der verzweifelt um ihr Leben schwimmenden Polynesier versanken in einem Strudel aus kochendem Schaum und Blut unter Wasser, dann erreichte die MG-Salve eines der Schilfboote und zerfetzte es mitsamt den beiden Eingeborenen, die sich darauf gerettet hatten.

Nur einem einzigen der kleinen Schiffe gelang es davonzukommen. Es entfernte sich im rechten Winkel von der Yacht und begann im Nebel zu verschwinden, und so absurd es vielleicht war, Indiana hoffte nichts mehr, als daß es ihm gelingen würde.

Das Boot verschwand im Nebel. Über dem Schatten auf der anderen Seite der Yacht blitzte es grell auf, ein dumpfer Knall wehte über das Wasser, und eine halbe Sekunde später glühten die grauen Schwaden im Widerschein einer gewaltigen Explosion auf. Indiana hörte nicht einmal einen Schrei.

Die Stille, die auf das Krachen der Explosion und das nervenzerfetzende Rattern der MG-Salve folgte, war fast betäubend.

Indiana stand schwankend auf. Aus dem Schatten war mittlerweile ein Schiff geworden, das langsam längsseits ging, aber er sah nicht einmal hin. Sein Blick glitt über das Deck, und alles, was er empfand, war Entsetzen. Nicht einmal Erleichterung, noch am Leben zu sein. Seine Hände und seine Jacke waren naß und klebrig vom Blut des Polynesiers, der ihn hatte erwürgen wollen, und er zählte acht, zehn... ein Dutzend Tote, die nicht mitgerechnet, die im Wasser gestorben waren.

Jemand sprang polternd vom Deck des Schiffes auf die Yacht hinunter und kam auf ihn zu. Indiana drehte sich langsam um. Er war nicht einmal sehr überrascht, als er Delano erkannte. Der Commander trug ein Gewehr im Arm.

»War das nötig?« fragte er bitter. »Dieses... Gemetzel?«

»Sie haben eine seltsame Art, sich zu bedanken, Dr. Jones«, antwortete Delano.

»Bedanken? Wofür?«

»Zum Beispiel dafür, daß wir Ihnen gerade das Leben gerettet haben«, sagte Delano. »Und Ihren Freunden auch.«

»Dafür hätten ein paar Schüsse in die Luft vermutlich auch genügt«, sagte Indiana aufgebracht.

»Möglich«, antwortete Delano ruhig. »Allerdings wären Sie in diesem Fall jetzt vermutlich tot.«

Indiana setzte zu einer zornigen Antwort an, doch im selben Moment hörte er ein Stöhnen, und eine der Gestalten, die das Deck bedeckten, regte sich. Delano hob sein Gewehr, aber Indiana drückte die Waffe zur Seite und kniete neben dem Verletzten nieder.

Es war Barlowe. Er bot einen fürchterlichen Anblick, wenn das meiste Blut auf seinem Gesicht auch nicht sein eigenes war. Aber die Wunde in seiner Schulter war schwer. Er würde verbluten, wenn er nicht sofort ärztlich versorgt wurde. »*Bell*!« schrie Indiana. »Kommen Sie her!«

Bell antwortete nicht. Indiana sah auf und erkannte, daß er über dem Ruder zusammengesunken war. Eine Gewehrkugel hatte ihn genau zwischen die Schulterblätter getroffen.

Delano beugte sich neugierig vor, sah eine Sekunde auf Barlowe hinab und bildete dann mit den Händen einen Trichter vor dem Mund. »Sanitäter!« rief er. »Hierher! Wir haben einen Verwundeten.«

Eigentlich hätte Indiana es sofort begreifen müssen, aber es bedurfte erst dieses Ausrufes, ehe er sich die Wahrheit eingestand. Ungläubig starrte er zu Delano hoch.

Delano lächelte. Aber es war ein Lächeln, das Indiana ebensowenig gefiel, wie es zu seiner schwarzen Uniform mit den beiden silbernen Totenköpfen und den SS-Runen auf den Schultern paßte.

Wie sich herausstellte, waren Indiana und Ganty die einzigen, die ohne nennenswerte Verletzungen davongekommen waren. Bell war tot, getroffen von einer verirrten Kugel, die sein Rückgrat zertrümmert hatte. Van Lees hatte eine klaffende Platzwunde an der Schläfe und mindestens eine schwere Gehirnerschütterung, wenn nichts Schlimmeres, und Barlowes durchbohrte Schulter blutete so heftig, daß der Sanitäter nicht versprechen konnte, daß sie ihn durchbringen würden.

Der Nebel begann sich allmählich aufzulösen, während sie an Bord des deutschen Schiffes gingen. Was Indiana im ersten Moment für ein gewaltiges Kriegsschiff gehalten hatte, war eher eine Fregatte, kaum dreißig Meter lang, aber doch mit einer großkalibrigen Kanone vorne und einer Zwillings-Flak im Heck bewaffnet, deren Läufe drohend in den Nebel gereckt waren. Indiana zählte allein an Deck an die dreißig Soldaten, alle in den schwarzen Uniformen der SS und die meisten mit Maschinenpistolen, einige aber auch mit Präzisionsgewehren oder schweren Waffen ausgerüstet.

»Was haben Sie vor?« fragte er, während er neben Delano auf das Ruderhaus der Fregatte zuging. »Einen Krieg anfangen?«

»Wenn es sein muß, ja«, antwortete Delano ruhig. »Aber ich glaube nicht, daß das nötig sein wird. Diese Wilden sind vielleicht ungebildet, aber nicht dumm. Ich schätze, daß eine kleine Machtdemonstration durchaus genügen wird, sie zur Vernunft zu bringen.«

»Oder ein kleines Gemetzel wie das gerade eben«, sagte Indiana bitter.

Delanos Verwirrung war nicht gespielt. »Ich verstehe Ihre Entrüstung nicht, Dr. Jones«, sagte er. »Wir hatten gar keine andere Wahl, um Sie und Ihre Freunde zu retten. Wäre es Ihnen lieber gewesen, wir hätten zugesehen, wie diese Wilden Sie abschlachten? Sie haben selber ja auch schon getötet, Dr. Jones. Mehr als einen Menschen!«

»Nicht so!« antwortete Indiana. »Das war nicht nötig, Delano oder Müller oder Schmitz oder Meier oder wie immer Sie in Wirklichkeit heißen mögen!«

Delano lächelte und überging die unausgesprochene Frage, die sich in Indianas Worten verbarg. Sie hatten die Brücke erreicht. Delano öffnete eine Tür und forderte Indiana und Ganty mit einer spöttischen Geste auf, einzutreten. Über eine kurze, eiserne Treppe gelangten sie ins Ruderhaus der Fregatte. Die anwesenden Soldaten salutierten eher lässig als mit preußischem Eifer, und Delano erwiderte ihren Gruß mit einem angedeuteten Kopfnicken. Dann deutete er auf eine schmale, eiserne Sitzbank, die an der Wand festgeschraubt war. »Nehmen Sie Platz, meine Herren«, sagte er. »Sie müssen erschöpft sein.«

Ganty gehorchte, aber Indiana rührte sich nicht. Delano zuckte nur mit den Schultern und wechselte ein paar Worte auf deutsch mit dem Mann am Ruder. Indiana verstand die Antwort nicht, die er bekam, aber sie schien Delano nicht besonders zufriedenzustellen, denn seine nächsten Worte klangen wesentlich schärfer.

»Wie haben Sie es geschafft, sich in Franklins Vertrauen einzuschleichen?« fragte Indiana, als Delano sich nach einer Weile wieder zu ihm umwandte. »Oder gehört er in Wirklichkeit auch zu euch?«

»Ich bitte Sie, Dr. Jones!« Delano lächelte. »Sie erwarten doch nicht, daß ich Ihnen die Geheimnisse der deutschen Abwehr verrate, oder? Aber ich kann Sie beruhigen. General Franklin ist ein loyaler Amerikaner. Er hat nicht die mindeste Ahnung, wer ich bin.«

»Wissen Sie das überhaupt selber noch?« fragte Indiana.

»Eine interessante Frage«, erwiderte Delano. »Leider haben wir im Moment keine Zeit, uns philosophischen Betrachtungen zu widmen. Sobald sich der Nebel hebt, werden wir versuchen, eine Passage durch die Riffe zu finden und an Land zu gehen. Ich nehme an, Sie sind gern dabei.«

»Habe ich denn eine Wahl?«

Delano seufzte. »Ich wollte, Sie wären vernünftiger, Dr. Jones«, sagte er. »So wie die Dinge nun einmal liegen, sind Sie zwar mein Gefangener, aber es wäre mir trotzdem lieber, wenn Sie sich als eine Art Gast betrachten würden. Mit gewissen Einschränkungen, versteht sich.«

»Danke«, murmelte Indiana. »Ich hatte schon mehrmals das Vergnügen, die deutsche *Gastfreundschaft* zu genießen.«

»Sie haben sie überlebt, oder?«

»Ja. Trotz allem, was Ihre Landsleute dagegen unternommen haben.«

Delano – oder wie immer er heißen mochte – lachte herzhaft, führte das Gespräch aber nicht weiter, sondern gab einem der

Soldaten einen Wink, er solle auf Indiana und Ganty aufpassen, und trat wieder neben den Mann am Ruder.

Indiana setzte sich nun doch. Ganty rutschte demonstrativ so weit von ihm fort, wie es der Platz auf der schmalen Bank zuließ, und als Indiana versuchte, ihn anzusprechen, starrte er mit steinernem Gesicht an ihm vorbei ins Leere.

Er konnte Ganty verstehen. Und er machte sich schwere Vorwürfe, daß er sich so leicht hatte übertölpeln lassen. Ihm war schon auf der Fahrt hierher klar geworden, daß sie auf dieser Insel vielleicht alles mögliche finden würden, nur eines ganz bestimmt nicht: ein deutsches Geheimlabor, in dem die Nazis an einer Wunderwaffe bastelten. Wie hatte er nur so naiv sein können, sich wirklich einzubilden, daß niemand sie verfolgte. Ganty hatte ihm doch sogar *gesagt*, daß Delano ein doppeltes Spiel spielte!

»Es tut mir leid, Dr. Ganty«, sagte er leise. »Das... wollte ich nicht.«

Zu seiner Überraschung sah Ganty ihn plötzlich doch an und antwortete: »Es muß Ihnen nicht leid tun, Dr. Jones. Es war genauso mein Fehler wie Ihrer. Keiner von diesen Narren wird es überleben. Sobald sich der Nebel lichtet, werden wir alle sterben.«

Indiana sah ihn gleichermaßen fragend wie erschrocken an, aber Ganty blickte weg und versank wieder in dumpfes Brüten, und Indiana wußte, daß er vorerst nicht mehr von ihm erfahren würde.

Gantys Worte erfüllten ihn mit einem Gefühl banger Vorahnung. Das war nicht nur das verzweifelte Aufbegehren eines alten Mannes. Plötzlich erinnerte er sich, daß auch Bell davon gesprochen hatte, daß sie die Insel verlassen müßten, ehe sich der Nebel verzog. Vielleicht hatte er damit gar nicht die Polynesier gemeint, die sie auf ihren Schilfbooten verfolgten...

Unruhig stand er auf und trat neben Delano. Der SS-Offizier sah ihn flüchtig an, schien aber nichts dagegen einzuwenden zu haben, und so sah sich Indiana zum ersten Mal aufmerksam auf der Brücke um.

Er war noch nicht oft an Bord eines Kriegsschiffes gewesen, schon gar nicht eines *deutschen* Kriegsschiffes, aber irgendwie kam ihm dieses Boot hier ungewöhnlich vor. Es war sehr alt, das erkannte er auf den ersten Blick, und das Pult vor Delano bestand aus einem Sammelsurium zum Teil uralter, andererseits aber auch wieder supermoderner Geräte und Anzeigen, die zum Teil in englisch, zu einem anderen in deutsch beschriftet waren. Es kam Indiana einigermaßen verwunderlich vor, daß sich Delano auf einem uralten und ganz offensichtlich in aller Hast wiederhergerichteten Schiff auf eine so wichtige Mission begeben hatte.

Delano bemerkte seine forschenden, verwunderten Blicke, aber er sagte nichts dazu, sondern lächelte nur geheimnisvoll und fuhr fort, dem Mann am Ruder und den anderen Offizieren Anweisungen zu erteilen.

Draußen glühte plötzlich ein grelles Licht auf, und als Indiana den Blick hob, sah er, daß Gantys Yacht steuerlos brennend auf das Meer hinaustrieb. Delanos Männer mußten sie angezündet haben.

Der Nebel lichtete sich nur ganz allmählich. Der Himmel hellte sich mehr und mehr auf, und aus den unheimlichen grauen Wogen wurde ein beinahe noch unheimlicheres Weiß. Die Sicht betrug aber trotzdem kaum zwanzig Meter. Um so überraschter war Indiana, als sich das Schiff plötzlich in Bewegung setzte.

»Keine Sorge«, sagte Delano. Indianas leichtes Zusammenzucken war ihm nicht entgangen. »Ich habe ein Boot vorausgeschickt, daß die Fahrrinne auslotet.«

»Ich mache mir keine Sorgen«, antwortete Indiana. »Jedenfalls nicht um die Riffe.«

In Delanos Augen glitzerte es amüsiert. »Sie fürchten sich doch nicht etwa vor diesen Wilden, Dr. Jones?«

»Ich fürchte mich vor etwas ganz anderem, Delano«, sagte Indiana leise. »Sie haben die Fotos doch gesehen, oder? Vor mir und länger als ich, nehme ich an.« Plötzlich wurde er doch noch zornig. »Verdammt, Delano, seid ihr Deutschen tatsächlich so borniert, daß ihr euch für unbesiegbar haltet, oder sind nur Sie einfach dumm?« Er deutete erregt in den Nebel hinaus. »Kein Mensch weiß, was uns auf dieser Insel erwartet, und Sie –«

»Wir sind auf alle Eventualitäten vorbereitet, Dr. Jones«, unterbrach ihn Delano.

»Ja. Das haben Tressler und sein Copilot bestimmt auch gedacht.«

»Das hier ist ein Kriegsschiff, Dr. Jones, kein kleines Passagierflugzeug aus Wellblech.« Delanos Stimme klang ein wenig schärfer, aber Indiana war nicht sicher, ob der vorherrschende Ton darin wirklich Überzeugung war.

»Mir ist aufgefallen, wie Sie sich umgesehen haben, Dr. Jones«, fuhr er fort. »Sie haben recht – dieses Schiff ist etwas ganz Besonderes.«

»Mir kommt es eigentlich nur besonders alt vor«, sagte Indiana.

»Das ist es auch«, bestätigte Delano. »Es stammt noch aus dem Ersten Weltkrieg, und ich glaube, es war selbst da schon nicht mehr ganz taufrisch. Plump, kaum zu manövrieren und nicht besonders schnell – aber es hat einen gewaltigen Vorteil. Das Ding ist gepanzert wie ein Rhinozeros.« Er schlug demonstrativ mit den Fingerknöcheln gegen die eiserne Wand unter dem Fenster. Nicht der mindeste Laut war zu hören. »Acht Zentimeter dicker Stahl, Dr. Jones. So etwas wird heute gar nicht mehr gebaut. Es wäre wahrscheinlich auch sinnlos. Aber im Moment bin ich sehr froh, daß wir dieses uralte Schiff haben. Glauben Sie mir, wir sind hier drinnen sicher wie in Abrahams Schoß.«

Indiana sagte nichts dazu, aber er drehte sich zu Ganty um und fing einen Blick des alten Mannes auf, der ihm einen eisigen Schauer über den Rücken laufen ließ. Schweigend wandte er sich wieder um und sah aus dem Fenster.

Die Fregatte bewegte sich nur im Schrittempo. Der Motor brachte gerade genug Leistung, um den Sog der Ebbströmung auszugleichen und das Schiff praktisch zentimeterweise von der Stelle zu bewegen. Nach einer Weile sah er einen Schatten weit vor dem Schiff, und er hörte Stimmen, die sonderbar dumpf und verzerrt durch den Nebel über das Wasser hallten. Die Lotsen, von denen Delano gesprochen hatte.

Indiana konnte sich eines Schauders nicht erwehren. Das alles wirkte so unheimlich, fast wie in einem Alptraum.

In diesem Punkt irrte sich Indiana Jones. Der Alptraum hatte noch nicht einmal angefangen.

Aber er begann.

Jetzt.

Sie brauchten zwanzig Minuten, um die Lücke in der Korallenbarriere zu passieren, und es gab ein paar Augenblicke, in denen nicht nur Indiana daran zweifelte, daß sie es schaffen würden. Mehr als einmal prallte der Rumpf des Schiffes knirschend gegen die Korallenriffe. Ein weniger stabil gebautes Boot hätte es vermutlich auch nicht geschafft, aber das uralte Panzerschiff brach sich schließlich seinen Weg durch die Barriere mit brutaler Gewalt.

Als sie in die Lagune einliefen, begann sich der Nebel zu lichten. Es war geradezu unheimlich, dachte Indiana, wie schnell sich die grauweißen Schwaden jetzt auflösten, nachdem sie sich vorher so beharrlich geweigert hatten, den wärmenden Strahlen der Sonne zu weichen. Als hätten sie mit den Riffen auch gleichsam den letzten Verteidigungswall der Insel überrannt, und als hätte der Nebel beschlossen, den Widerstand aufzugeben.

Er tauschte einen verwirrten Blick mit Ganty. Ganty lächelte, aber es war kein gutes Lächeln.

Das Schiff wurde langsamer und kam vollends zur Ruhe, und der Nebel zog sich weiter zurück. Wie in einem Film, der rückwärts abgespult wurde, wogten die grauweißen Schwaden vor ihnen über das Wasser, krochen den Strand hinauf und in den Dschungel hinein. Indiana mußte plötzlich wieder an die unheimliche Schlechtwetterfront denken, die ihnen den ganzen Weg von Pau-Pau bis hierher gefolgt war.

»Das gefällt mir nicht«, murmelte er. »Wir sollten hier verschwinden, Delano. Irgend etwas stimmt hier nicht! Spüren Sie das denn nicht?«

»Ich spüre nur, daß wir ganz kurz davor sind, etwas Gewaltiges zu entdecken, Dr. Jones«, antwortete Delano. »Reizt Sie der Gedanke denn gar nicht? Vielleicht werden wir etwas sehen, was vor uns noch kein anderer Mensch zu Gesicht bekommen hat! Sie enttäuschen mich, Dr. Jones.«

»Tressler und Perkins *haben* es gesehen«, erinnerte ihn Indiana.

Delano preßte die Lippen aufeinander und überlegte ein paar Sekunden. Dann nickte er ruckartig. »Sie haben vermutlich recht, Dr. Jones. Wir sollten gewisse Sicherheitsvorkehrungen treffen.« Er löste das Sprechrohr aus seiner Halterung und gab eine Anweisung auf deutsch in den Maschinenraum hinunter, dann drehte er sich mit einem Ruck zur Tür. »Kommen Sie!«

Indiana und Ganty folgten ihm auf das Deck hinaus. Trotz der frühen Stunde hatte die Sonne schon große Kraft. Es war fühlbar warm geworden, seit sie zur Brücke hinaufgegangen waren, aber der Nebel hatte alles mit Nässe getränkt, und auch in der Luft lag noch ein unangenehm klammer Hauch.

Delano begann mit gedämpfter Stimme rasch Befehle zu erteilen. Männer erschienen an Deck oder verschwanden, und sowohl das große Geschütz im Bug als auch die Zwillingsläufe der Flak richteten sich lautlos und drohend auf den Waldrand.

»Narren«, murmelte Ganty. »Verdammte Narren! Es wird ihnen nichts nutzen. Gar nichts!«

Er hatte sehr leise gesprochen. Trotzdem hatte Delano die Worte verstanden, denn er drehte sich zu ihm um und sah ihn sekundenlang sehr ernst an. Dann gab er ein weiteres Kommando.

Eine Anzahl kleiner Schlauchboote wurde zu Wasser gelassen, und ein ganzer Zug Soldaten erschien an Deck des Schiffes. Sie waren bis an die Zähne bewaffnet und trugen sonderbar plump anmutende Schutzanzüge, in denen sie sich kaum bewegen konnten, dazu wuchtige Helme mit verspiegelten Visieren, die ihre Gesichter völlig bedeckten.

»Wer hat ihre Ausrüstung zusammengestellt?« fragte Indiana spöttisch. »Hugo Gernsback?«

Zu seiner Überraschung schien Delano die Anspielung zu verstehen, denn er lachte laut und herzlich. Der Laut hallte unheimlich über das Wasser, und Indiana sah, daß einige der Männer unter ihren Masken erschrocken zusammenfuhren. Die Nervosität der Männer war nicht zu übersehen. Offensichtlich hatte Delano seine Soldaten zumindest informiert, was sie erwartete, statt sie blind in ihr Verderben rennen zu lassen. Aber das machte ihn Indiana auch nicht sehr viel sympathischer.

Die Männer kletterten in die Schlauchboote hinab. Nebeneinander, in einer weit auseinandergezogenen Kette, näherten sie sich dem Strand, während an Deck der Fregatte MG- und Scharfschützen in Stellung gingen, um ihnen Feuerschutz zu geben. Es war eine beeindruckende Demonstration militärischer Präzision, die sicher noch beeindruckender gewesen wäre, hätte sie nicht einem leeren Strand und einem ebenso leeren Waldrand gegolten.

Die Schlauchboote glitten auf den Strand, und die Männer sprangen ab. Fast lautlos bildeten sie eine präzise, wie mit dem Lineal gezogene Schützenkette, die ohne ein weiteres Kommando vorzurücken begann.

Auf einmal schien der Waldrand lebendig zu werden. Dutzende von schlanken, buntbemalten Gestalten traten aus dem Unterholz hervor, keiner kleiner als zwei Meter und alle mit Speeren, Äxten oder Bögen bewaffnet. Ihr Erscheinen war vollkommen lautlos. Indiana hörte nicht einmal das Rascheln von Laub oder das Knacken eines Astes. Aber vielleicht wirkte es gerade deshalb so gespenstisch.

Delanos Soldaten waren stehengeblieben, und ihr Verhalten sagte Indiana, daß sie auch auf diese Situation vorbereitet waren: Sie bildeten drei Linien, von denen die erste ausgestreckt im Sand lag, während die zweite kniete und die dritte hoch aufgerichtet stehen blieb. Indiana kannte diese Taktik. Sie war so alt wie der Gebrauch von Schußwaffen, und zumindest gegen einen Gegner wie diese Polynesier mußte sie von verheerender

Wirkung sein. Ein einziger Befehl Delanos, und dieser Strand würde ein unvorstellbares Blutbad erleben.

»Delano, nicht!« flüsterte er. »Ich flehe Sie an!«

Delanos Blick war wie gebannt auf die buntbemalten Gestalten am Waldrand gerichtet. »Es liegt nicht bei mir, Dr. Jones«, sagte er leise. »Ich hoffe, diese Wilden verstehen, was ich ihnen zu sagen versuche. Wenn nicht...«

Indiana begriff erst jetzt, daß Delano seine Männer ganz bewußt in dieser uralten (und im Zeitalter automatischer Waffen im Grunde überflüssigen) Formation vorrücken ließ, *damit* die Langohren begriffen, wie aussichtslos ihr Widerstand war. Er schickte ein Stoßgebet zum Himmel, *daß* sie es verstanden.

Es wurde nicht erhört. Sekundenlang standen sich die beiden ungleichen Armeen gegenüber, und Indiana begann bereits zu hoffen, daß vielleicht doch noch alles gut ausgehen könnte, aber dann machte einer der Langohren einen plötzlichen Schritt nach vorn und riß seinen Speer in die Höhe.

Eine Maschinenpistole ratterte. Eine Kette winziger Explosionen raste durch den Sand auf den Polynesier zu und schwenkte nur Zentimeter vor seinen Beinen zur Seite. Doch entweder verstand der Eingeborene die Bedeutung dieser allerletzten Warnung nicht, oder er ignorierte sie. Er rannte weiter, schleuderte seinen Speer und traf einen von Delanos Männern. Der Soldat kippte mit einem Schrei nach hinten und blieb reglos im Sand liegen.

Indiana schloß in Erwartung des kommenden Gemetzels die Augen – aber er hatte Delano abermals unterschätzt. Ein einzelner Schuß krachte. Der Polynesier, der den Speer geschleudert hatte, griff sich an den Hals und brach lautlos zusammen, und eine Sekunde später hallte der Strand unter einer ganzen Salve von Gewehr- und MPi-Schüssen wider.

Aber keine der Kugeln traf.

Die Geschosse ließen den Sand vor den Füßen der Polynesier aufspritzen, zerfetzten Büsche und Blätter und rissen Äste von den Bäumen. Rings um die Polynesier schienen Sand und Dschungel wie von unsichtbaren Krallen zerfetzt zu werden, aber keines der Geschosse kratzte die buntbemalten Gestalten auch nur an.

»Das ist ihre letzte Chance, Dr. Jones«, sagte Delano. »Wenn sie das nicht verstehen, kann ich ihnen auch nicht mehr helfen.«

»Sie verdammter Idiot!« sagte Ganty. Seine Stimme zitterte. »Sie *können* es gar nicht begreifen, geht das nicht in Ihren Kopf? Sie kennen keine Feuerwaffen!«

Delano blickte ihn ungläubig und voller Schrecken an, aber seine Antwort ging in einem gellenden Geschrei aus Dutzenden von Kehlen unter, das plötzlich vom Strand herüberwehte.

Die Polynesier griffen an. Speere, Pfeile und Äxte wirbelten durch die Luft, und Delanos Soldaten eröffneten ihrerseits das Feuer, noch ehe die ersten Geschosse ihr Ziel trafen.

Es war wie eine schlimmere Wiederholung des Kampfes von vorhin. Die Polynesier hatten nicht die Spur eine Chance. Vier oder fünf von Delanos Männern wurden getroffen und stürzten tot oder verwundet zu Boden, aber schon ihre erste Salve fegte mehr als zwei Dutzend der Eingeborenen von den Füßen.

Die zweite beendete den Kampf.

Indiana stand reglos an der Reling und starrte zum Strand hinüber. Er war erschüttert wie niemals zuvor im Leben. Der Sandstreifen vor dem Dschungel war voller toter und sterbender Eingeborener, vielleicht drei Dutzend, aber es war nicht nur dieser Anblick allein, der etwas in ihm vor Entsetzen aufschreien ließ. Es war die *Schnelligkeit,* mit der es geschehen war. Delanos Männer hatten mit der Präzision von Scharfschützen gefeuert. Sie hatten genau zwei Salven abgegeben. Die ganze Schlacht hatte nicht einmal fünf Sekunden gedauert.

»Es tut mir leid, Dr. Jones«, sagte Delano leise neben ihm. »Ich wollte das nicht, bitte glauben Sie mir.«

»O ja«, antwortete Indiana bitter. »War das die *kleine Machtdemonstration,* von der Sie gesprochen haben?«

»Verdammt noch mal, was hätte ich denn tun sollen?« schrie Delano plötzlich. »Zusehen, wie meine Männer abgeschlachtet werden?«

Indiana fühlte sich hilflos. Er fühlte Entsetzen und Zorn, einen tiefen, brodelnden Zorn über dieses schreckliche, sinnlose Gemetzel, aber vor allem war er verwirrt und fühlte sich hilflos wie selten zuvor im Leben. Vielleicht, weil er tief in sich spürte, daß Delano *recht* hatte. Er hatte gar keine andere Wahl gehabt. Seine Männer oder die Eingeborenen, so brutal und zugleich einfach war das gewesen.

»Sie hätten gar nicht erst hierherkommen sollen«, murmelte er.

»Damit haben Sie vermutlich sogar recht«, sagte Delano hart. »Aber wir sind nun einmal hier. Und wenn wir es nicht wären, dann wären es *Ihre* Leute, oder etwa nicht?« Er starrte Indiana sekundenlang an und wartete vergeblich auf eine Antwort. In seinen Augen lag ein Ausdruck, den Indiana im ersten Moment nicht verstand. Und als es ihm langsam klar wurde, war er zutiefst verwirrt. Vielleicht hatte er sich in Delano getäuscht. Vielleicht war nicht jeder, der die schwarze Uniform mit den Totenköpfen trug, ein gewissenloser Mörder.

»Sie werden dafür bezahlen«, sagte Ganty leise. Seine Stimme zitterte vor Haß. »Sie und Ihre ganze Mörderbande! Einen höheren Preis, als Sie sich vorstellen können!«

Delano fuhr zornig herum. Seine Hände zuckten, als könne er sich nur noch mit letzter Kraft beherrschen, sich nicht auf den alten Mann zu stürzen und ihn zu packen. »Mörder?« fragte er. »Sie nennen mich einen Mörder, Mr. Ganty? Und was ist mit Ihnen?«

Plötzlich packte er Ganty doch, schüttelte ihn wild und deutete mit der anderen Hand zum Strand. »Das da ist genauso Ihre Schuld wie meine! Sie hätten es verhindern können! Warum sind Sie nicht zu Ihren Freunden gegangen und haben ihnen gesagt, daß wir in Frieden kommen?«

»Mit Maschinengewehren und Kanonen?«

»Wir wären jetzt tot, wenn wir sie nicht hätten«, antwortete Delano. Er ließ Ganty los.

»Das sind Sie sowieso«, sagte Ganty böse. »Sehen Sie zum Wald.«

Delano und Indiana fuhren im selben Moment herum – und schrien gleichzeitig überrascht auf.

Der Dschungel schien lebendig geworden zu sein. Überall raschelte und wogte es, Blätter und Zweige bewegten sich, und etwas Großes, Dunkles begann durch das Unterholz zu brechen, etwas, das –

»*Jones*!« brüllte Ganty. »*Gehen Sie in Deckung*!«

Die ersten Soldaten begannen zu feuern. Gewehr- und MPi-Schüsse schlugen in den Wald, und eine Sekunde später gesellte sich das dumpfe Hämmern eines Maschinengewehrs dazu.

Indiana sah nicht, was weiter geschah, denn Ganty hatte ihn gepackt und zerrte ihn mit solcher Kraft mit sich, daß er alle Mühe hatte, überhaupt auf den Beinen zu bleiben, während Ganty ihn hinter den Brückenaufbau zerrte.

»*Nicht hinsehen*!« schrie Ganty mit einer Stimme, die in Panik beinahe überschnappte. »*Um Gottes willen, sehen Sie nicht hin*!«

Natürlich drehte sich Indiana trotzdem herum und blickte über das Deck.

Er bedauerte für den Rest seines Lebens, es getan zu haben.

Die Welt wurde rot.

Ein unerträglich grelles, rotes Lodern tauchte den Strand, die See, den Himmel und das Schiff in gleißendes Licht und löschte alle anderen Farben aus, und gleichzeitig hörte Indiana einen Ton, wie er ihn noch nie zuvor im Leben vernommen hatte, ein helles, an- und abschwellendes Singen und Kreischen wie den Schrei eines zornigen Gottes, so laut und durchdringend, daß jeder einzelne Knochen in seinem Leib zu vibrieren begann.

Ganty taumelte weiter zurück, prallte gegen die Reling und zerrte Indiana mit sich. Rückwärts stürzten sie über Bord. Aber was Indiana in der halben Sekunde sah, die der Sturz dauerte, das sollte er nie wieder wirklich vergessen.

Das rote Leuchten wurde immer intensiver, bis es selbst durch die Eisenplatten des Schiffsrumpfes zu dringen schien, als hätte die ganze Welt Feuer gefangen. Indiana sah eine schemenhafte Gestalt über das Deck des Schiffes taumeln, schreiend und verzweifelt auf ihre brennenden Kleider und das hell lodernde Haar einschlagend.

Dann tauchte er in das Wasser ein, und das schreckliche Bild verschwand vor seinen Augen.

Das rote Licht nicht.

Auch das Wasser hatte sich rot gefärbt, und von seiner Oberfläche aus drang gleißendes, unerträglich helles Licht herab. Und das Wasser war *heiß*.

Indianas Lungen begannen nach Luft zu schreien. Er versuchte, sich aus Gantys Griff zu lösen, um wieder zur Oberfläche hinaufzuschwimmen, aber Ganty ließ ihn nicht los, sondern zog ihn im Gegenteil immer tiefer und tiefer ins Wasser hinab. Aber das rote Licht folgte ihnen auch dorthin. Selbst hier unten, vier oder fünf Meter unter der Wasseroberfläche, war es plötzlich so heiß, daß Indiana vor Schmerz aufgeschrien hätte, hätte er es gekonnt.

Seine Atemnot wurde allmählich unerträglich. Hitze und Licht erreichten eine Intensität, die Indiana sich vor ein paar Augenblicken nicht einmal hätte vorstellen können, und er wußte, daß er verbrennen würde, wenn er jetzt auftauchte, aber er würde auch hier unten sterben, und der instinktive Wunsch aufzutauchen war einfach größer als seine Vernunft. Mit aller Kraft riß er sich los, paddelte mit verzweifelten Schwimmbewegungen zur Oberfläche hinauf und sog die Lungen voller Sauerstoff.

Es war, als atmete er Flammen. Die Luft war so heiß, daß er vor Schmerz aufschrie. Von der Wasseroberfläche stieg Dampf auf, und nicht weit neben ihm trieb etwas Riesiges, Brennendes auf den Wellen, aber Hitze und Schmerz trieben ihm die Tränen in die Augen, so daß er nicht genau erkennen konnte, was es war.

Er ahnte die Richtung, in der der Strand lag, mehr, als daß er ihn sah. Mit zusammengebissenen Zähnen schwamm er los, wobei er versuchte, Kopf und Schultern so weit aus dem Wasser zu heben, wie es nur ging. Er würde gekocht werden wie ein Hummer, wenn er nicht schleunigst hier herauskam!

Es war nicht einmal weit zum Strand, vielleicht zwanzig, allerhöchstens dreißig Meter. Trotzdem kostete diese Strecke Indiana jedes bißchen Kraft, das er noch hatte. Zu Tode erschöpft und mehr bewußtlos als bei Sinnen kroch er den Strand hinauf und brach dort zusammen. Minuten vergingen, ehe er auch nur die Kraft fand, den Kopf zu heben und sich umzusehen.

Der Strand bot einen grauenerregenden Anblick. Dutzende von dunklen, verkohlten Körpern bedeckten den Sand. Einige von ihnen brannten, von anderen kräuselte sich schwarzer, fettiger Rauch in die unbewegte Luft. Und auch an Bord der Fregatte regte sich nichts mehr. Das Schiff war gekentert und halb auf die rechte Seite gekippt. Die Panzerplatten waren schwarz und verkohlt, und dicht unterhalb der Brücke glühte das Eisen in einem düsteren, drohenden Rot. Dampf hüllte das Schiff ein wie ein graues Leichentuch.

Indianas Blick glitt wieder den Strand hinauf. Auch die Leichen der Langohren, die Delanos Männer zum Opfer gefallen waren, waren bis zur Unkenntlichkeit verbrannt, und hier und da schimmerte der Sand, als wäre er einer unvorstellbaren Hitze ausgesetzt gewesen und zu Glas geschmolzen. Der Waldrand selbst war unversehrt. Aber nicht unverändert.

Eine weitere Gruppe Langohren war aus dem Busch getreten, aber sie war es nicht, die Indianas Blick beinahe hypnotisch anzog.

Es war eine fast fünf Meter große Figur aus schwarzem Basalt, die zwischen den Bäumen erschienen war.

Sie stellte einen Menschen dar, aber die Proportionen stimmten nicht. Der Kopf war gut dreimal so groß wie der Körper, Arme und Beine geradezu lächerlich klein und nur angedeutet. Die Ohren waren zu lang und verschmolzen mit den Schultern, und auf dem Kopf trug er einen noch einmal gut anderthalb Meter großen Hut aus rotem Tuffstein. Aber das Erschreckendste an der riesigen steinernen Gestalt waren die Augen.

Anders als bei seinen größeren Brüdern von den Osterinseln waren sie nicht nur leere Höhlen. Sie waren rot. Und sie *leuchteten.*

Und dann, ganz langsam und von einem dumpfen, knirschenden Poltern begleitet, drehte sich der steinerne Gigant herum und starrte Indiana an. Das unheimliche rote Glühen in den Augen nahm zu.

Der Anblick war zuviel. Schwäche, Erschöpfung und Furcht forderten ihren Tribut.

Indiana verlor das Bewußtsein.

Etwas Kühles, Feuchtes strich über sein Gesicht, als er wider Erwarten das Bewußtsein zurückerlangte. Die Berührung tat sehr wohl, denn sein Gesicht brannte, als hätte ihm jemand die Haut abgezogen. Er fühlte sich benommen, und er spürte, daß viel Zeit verstrichen war. Seine Kleider waren getrocknet, und er lag auf einem Lager, das zugleich hart wie weich zu sein schien. Etwas stach in seinen Nacken: Stroh.

»Ich glaube, er ist wach«, sagte eine Stimme. Eigentlich war es eher ein Piepsen, eine Stimme, die gut zu einem blonden Dummchen aus einem Humphrey-Bogart-Film gepaßt hätte.

Das Gesicht übrigens auch, das Indiana über sich sah, als er die Augen aufschlug.

»Er wacht auf«, sagte Blondie, blinzelte und fügte hinzu: »Glaube ich.«

Schritte, dann verschwand das Gesicht aus seinem Blickfeld, und einen Augenblick später erschienen die Züge von Ganty über ihm. Jedenfalls vermutete Indiana, daß es einmal Gantys Gesicht gewesen war – bevor jemand versucht hatte, es zu kochen und ihm Augenbrauen, Wimpern und einen Gutteil des Haupthaares abgesengt hatte.

»Ganty!« sagte Indiana erschrocken. »Wie... wie sehen Sie denn aus?«

»Genau wie Sie, Dr. Jones«, antwortete Ganty. »Wir haben noch einmal Glück gehabt.«

»Glück?« Indiana setzte sich auf und hob vorsichtig die Hand ans Gesicht. Schon die geringste Berührung tat weh.

Ganty nickte. »Die meisten Ihrer Nazi-Freunde hat es schlimmer erwischt.«

»Sie sind nicht meine Freunde«, knurrte Indiana. Er schwang die Beine von der Liege und sah sich um. Sie befanden sich in einer kleinen, fensterlosen Kammer, deren Wände aus Steinquadern zusammengefügt worden waren, von denen jeder eine Tonne wiegen mußte. Außer Ganty und der Blondine hielt sich noch ein bärtiger Mann in abgerissener Kleidung in der Kammer auf, der Indiana schweigend, aber sehr aufmerksam musterte und eine unübersehbare Ähnlichkeit mit van Lees hatte. Indiana nahm an, daß es sich um dessen Bruder handelte, von dem Barlowe gesprochen hatte.

»Ich weiß, Dr. Jones«, sagte Ganty. »Hätte ich irgend etwas anderes angenommen, dann wären Sie jetzt tot.« Er grinste, als Indiana sich herumdrehte und ihn zornig ansah. »Immerhin kann man sich jetzt mit gutem Gewissen mit Ihrem Vornamen vertun, Dr. Jones«, sagte er. »Sie sehen wirklich aus wie eine Rothaut.«

»Was ist passiert?« fragte Indiana. »Dieses rote Licht... was war das?«

Ganty grinste wieder, aber eigentlich war es kein richtiges Lächeln, sondern eher ein Zähnefletschen. »Die nordische Herrenrasse ist auf eine Macht gestoßen, die ihr ebenbürtig ist, das ist passiert«, sagte er.

»Ja. Und zwar in jeder Beziehung, nicht wahr?« gab Indiana zurück.

Gantys Lächeln erlosch. Er hatte genau verstanden, wie Indianas Worte gemeint waren, aber er enthielt sich jeden Kommentars, und auch Indiana führte den sinnlosen Disput nicht fort. Statt dessen machte er eine weit ausholende Geste und fragte: »Wo sind wir?«

»Bei den Vogelmenschen«, antwortete van Lees an Gantys Stelle. Mit einem abfälligen Blick in Gantys Richtung fügte er hinzu: »Seinen *Freunden*. Sie haben uns alle gefangengenommen, bis auf meinen Bruder, Bell und Nancys Mann. Den Holländer haben sie umgebracht.«

Indiana wandte sich wieder der jungen Frau zu. Er fühlte sich plötzlich befangen, obwohl er Barlowe kaum gekannt hatte.

»Es tut mir leid, Nancy«, sagte er. »Aber ich fürchte, Ihr Mann –«

»Er lebt«, fiel ihm Ganty ins Wort. »Und der Australier auch. Sie sind nebenan, bei den anderen.«

Indiana sah ihn zweifelnd an. Das Bild des verkohlten, ausgeglühten Schiffswracks stand noch deutlich vor seinen Augen. Die Vorstellung, daß irgend jemand in diesem Schiff das Inferno überlebt haben sollte, war schwer zu akzeptieren.

»Er sagt die Wahrheit, Dr. Jones«, piepste Nancy, der Indianas zweifelnder Blick nicht entgangen war. »Ich habe bereits mit ihm gesprochen. Sie sind ein bißchen angekratzt, aber wohlauf.«

»Die Frage ist nur, wie lange das so bleibt«, fügte van Lees düster hinzu. »Wir haben bald wieder Vollmond.«

Ganty schwieg dazu, aber auf seinem Gesicht erschien ein neuer, finsterer Ausdruck, und auch Indiana hatte plötzlich ein sehr ungutes Gefühl.

»Wieso Vollmond?« fragte er.

Van Lees grinste, aber es war ein Lächeln, dem jegliche Spur von Humor fehlte. »Gantys Freunde sind ein lustiges Völkchen«, sagte er. »Sie feiern bei Vollmond immer ein Fest mit einem großen Essen als Höhepunkt. Das letzte Mal haben sie den Holländer eingeladen. Er war die Hauptmahlzeit. Wahrscheinlich werden sie uns der Reihe nach alle auffressen.«

»Ist das wahr?« fragte Indiana, an Ganty gewandt.

Ganty druckste einen Moment herum. »Sie... sie sind keine richtigen Kannibalen«, sagte er schließlich. »Sie töten nur zu zeremoniellen Anlässen.«

»Zum Beispiel, um einen großen Sieg zu feiern«, fügte van Lees hinzu.

Ganty wollte auffahren, aber Indiana brachte ihn mit einer energischen Geste zum Schweigen. »Diese Streiterei nutzt niemandem etwas«, sagte er. »Versuchen wir lieber herauszufinden, wo wir hier sind, und vor allem, wie wir hier wegkommen.«

Van Lees starrte ihn an, als zweifle er ernsthaft an seinem

Verstand, und auch Nancy seufzte nur. Ganty zog eine Grimasse.

»Habe ich irgend etwas Falsches gesagt?« fragte Indiana.

Anstelle einer direkten Antwort wandte sich van Lees um und winkte. »Kommen Sie, Dr. Jones.«

Sie verließen die Kammer und traten auf einen schmalen Gang hinaus, dessen Decke und rechte Wand ebenfalls aus zyklopischen Felsquadern bestanden. Die andere Wand und der Boden bestanden aus Lava, und als Indiana sie berührte, fiel ihm auf, daß sie warm war. Nicht heiß, aber viel wärmer, als sie hätte sein dürfen.

Obwohl hier draußen keine Fackel brannte, war der Gang von rotem Licht erfüllt. Die Luft war stickig, und ein Geruch wie von brennendem Fels lag darin. Van Lees deutete nach rechts. In einer Entfernung von vielleicht zwanzig Schritten lag eine schmale, rechteckige Tür, die von flackerndem roten Licht erfüllt war. Indiana suchte vergeblich nach einer Wache oder irgendeinem anderen Anzeichen der Langohren; oder der Vogelmenschen, wie van Lees sie genannt hatte.

Als sie den Ausgang erreichten, begriff er auch, warum.

Die Tür führte ins Freie, aber nicht in die Freiheit.

Vor ihnen lagen drei breite, ausgetretene Steinstufen, und dahinter ging es mindestens zwanzig Meter senkrecht in die Tiefe. Als Indiana sich vorbeugte, schlug ihm ein Hauch kochendheißer Luft ins Gesicht. Unter ihm brodelte die hellrote Lava eines Vulkankraters. Das Gebäude, in dem sie sich befanden, war zur Hälfte in die Lava des Vulkans hineingemeißelt worden, zur anderen wie ein steinernes Schwalbennest an den steil abfallenden Hang angeklebt. Es war ein beeindruckender Anblick. Indiana wäre vermutlich noch viel beeindruckter gewesen, hätte es einen Weg gegeben, von hier fortzukommen.

Aber es gab keinen. Die Treppe endete im Nichts, und die Wände, die in einem Winkel von gut fünfundvierzig Grad zum kochenden Herzen des Vulkans hinabführten, waren spiegelglatt. Eine Flucht war unmöglich.

Aber dieser Vulkan war eigentlich auch unmöglich. Indiana

hatte die Silhouette der Insel noch deutlich vor Augen. Da war kein Berg gewesen, nicht einmal ein Hügel.

»Sie stehen da wie ein Mann, der sich dasselbe fragt wie ich, als ich zum ersten Mal hier war«, sagte eine Stimme hinter ihm.

Indiana drehte sich herum. Neben van Lees war eine zweite Gestalt erschienen, die Indiana abschätzend, aber nicht unfreundlich ansah.

»Der Vulkankrater liegt unterhalb des Meeresspiegels«, fuhr der Fremde fort und streckte Indiana die Hand entgegen. »Mein Name ist Jonas. Und Sie müssen mein Beinahenamensvetter sein. Dr. Jones, nehme ich an.«

Indiana ergriff Jonas' ausgestreckte Rechte und schüttelte sie. »Indiana«, sagte er. »Ich glaube, in Anbetracht der Umstände ist es leichter, wenn wir uns auf Indiana einigen. Indy, für meine Freunde.«

Jonas lachte. »Indy, gut. Ich nehme an, van Lees hat Ihnen schon alles gezeigt?«

»Nur diesen Krater und den Gang, aber –«

»Viel mehr gibt es hier auch nicht zu sehen«, seufzte Jonas. »Und leider auch nicht zu erzählen. Sie haben uns einen nach dem anderen geschnappt, und seitdem sitzen wir hier. Das ist im Prinzip auch schon alles.«

»Das glaube ich nicht«, antwortete Indiana. Er warf einen verstohlenen Blick in van Lees Richtung, aber Jonas winkte ab.

»Diese Geheimniskrämerei ist nicht nötig, Indy«, sagte er. »Delano hat uns alles erzählt. Wir wissen alle, warum Sie wirklich hier sind. Ich muß Sie enttäuschen. Ich habe die Pläne nicht mehr. Sie waren an Bord des Flugzeuges. Wenn Sie sie nicht gefunden haben, nehme ich an, daß sie vernichtet wurden.«

»Delano lebt?« fragte Indiana überrascht.

»Mehr oder weniger«, antwortete Jonas. »Kommen Sie – ich bringe Sie zu ihm.«

Sie kehrten ins Innere des Gebäudes zurück, gingen aber an der Tür der Kammer vorbei, in der Indiana aufgewacht war. Indiana sah, daß sich der Gang noch ein gutes Stück an der Kraterwand entlangzog, wobei er ihrer Krümmung folgte, und daß es eine ganze Anzahl gleichartiger, kleiner Kammern zu geben schien.

Ganty und er waren nicht die einzigen, die das Inferno am Strand überstanden hatten. Indiana blickte in jede Kammer, an der sie vorüberkamen, und zählte nach und nach an die zwei Dutzend SS-Soldaten, die meisten in angesengten Uniformen und mit mehr oder weniger schweren Brandwunden.

In der letzten Kammer fanden sie Delano, Barlowe und die beiden Australier. Barlowe trug den verletzten Arm in der Schlinge und begrüßte Indiana mit einem Nicken, während van Lees ihn unter einem dicken Stirnverband hervor so feindselig anstarrte, als wäre alles, was ihnen zugestoßen war, ganz allein Indianas Schuld.

Delano saß vornübergebeugt auf einem niedrigen, strohgedeckten Lager wie jenem, auf dem auch Indiana erwacht war. Seine Uniform war verkohlt und hing in Fetzen, und seine Hände und Arme waren bis zu den Ellbogen hinauf bandagiert. Seine linke Gesichtshälfte war übel verbrannt.

Das Schlimmste aber waren seine Augen. Plötzlich glaubte Indiana noch einmal Gantys Stimme zu hören, wie er ihn voller Panik anschrie, er solle nicht hinsehen. Jetzt wußte er auch, warum.

»Delano?« fragte Indiana zögernd.

Der SS-Offizier hob den Kopf. Sein Blick ging in die Richtung, aus der er Indianas Stimme vernommen hatte, aber er blieb leer. Es waren die Augen eines Blinden, in die Indiana sah. »Jones. Sind... sind Sie das?«

Indiana nickte. Erst eine Sekunde danach wurde ihm klar, daß Delano die Bewegung gar nicht sehen konnte, und er sagte laut: »Ja.«

»Sie sind am Leben«, murmelte Delano. »Und unverletzt.«

»Beinahe, jedenfalls«, antwortete Indiana. »Ein paar Kratzer, das ist alles.«

»Gut«, murmelte Delano. »Das ist... gut. Sie müssen uns

hier herausholen, Jones. Sie müssen verhindern, daß... daß jemand sie bekommt.«

»Sie?«

»Die Waffe. Dieses... dieses schreckliche Licht. Niemand... niemand darf sie bekommen, hören Sie? Sie nicht, und wir nicht. Zerstören Sie sie, Jones! Jemand muß sie zerstören!«

Er begann zu stammeln. Seine Schultern sackten wieder nach vorn, und aus seinen Worten wurden sinnlose Laute. Indiana mußte ihn nicht berühren, um zu wissen, daß er hohes Fieber hatte. Daß er in dieser Verfassung überhaupt die Kraft aufgebracht hatte, sich aufzusetzen und zu reden, grenzte an ein Wunder.

»Glauben Sie, daß er das ernst meint?« fragte Jonas. »Er phantasiert.«

»Ich wollte, alle Menschen auf der Welt würden so phantasieren«, murmelte Indiana. Aber die Worte galten nur ihm selbst. Lauter fügte er hinzu: »Auf jeden Fall müssen wir hier heraus – bevor seine Leute anfangen, sich Gedanken zu machen, wo er abgeblieben ist, und nach ihm suchen.«

»Oder unsere?«

Indiana sah Jonas lange und sehr nachdenklich an. Es war absurd – aber für einen Moment war er nicht mehr sicher, *wer* hier eigentlich sein Feind war und wer nicht.

Jemand betrat die Kammer, und Indiana schrak aus seinen Gedanken hoch.

Es war Ganty. Er streifte Delano nur mit einem flüchtigen, fast verächtlichen Blick, dann wandte er sich an Indiana. »Sie wollen Sie sehen.«

»Ihre Freunde?«

Ganty schwieg eine Sekunde, und Jonas sagte spöttisch: »Sie bohren in einer offenen Wunde, Indy. Ich fürchte, sie sind nicht länger seine Freunde.«

»Ist das wahr?«

»Irgend etwas... hat sich verändert«, gestand Ganty widerwillig. »Ich weiß auch nicht genau, was es ist. Ich spreche nur ein paar Worte ihrer Sprache.« Er machte plötzlich eine ungeduldige Handbewegung. »Kommen Sie. Sie wollen Sie sehen. Und ihn –«, er deutete verächtlich auf Delano, »– auch.«

Sie mußten Delano stützen, als sie die Kammer verließen, und Indiana war nicht sicher, ob der SS-Offizier überhaupt noch mitbekam, was mit ihm geschah. Er hatte hohes Fieber, und Indiana war nicht wohl bei dem Gedanken, ihn nach draußen zu schaffen. Es konnte gut sein, daß sie ihn damit umbrachten.

Vier Langohren erwarteten sie vor dem Ausgang. Drei waren so gekleidet, wie Indiana die unheimlichen Krieger kannte – nämlich gar nicht, nur mit einem winzigen Lendenschurz und einem bunten Lederband um die Hüften –, aber der vierte trug einen prachtvollen Federmantel und dazu einen Kopfschmuck, der jeden Sioux-Häuptling vor Neid hätte erblassen lassen. Plötzlich verstand Indiana, warum Jonas und die anderen die Eingeborenen *Vogelmenschen* genannt hatten. Der Polynesier sah wirklich aus wie ein großer, tödlich bunter Vogel.

Ganty wechselte ein paar Worte mit den Eingeborenen, und der Polynesier mit dem Federmantel machte eine herrische Geste. Indiana verstand die Worte nicht, aber der Ausdruck auf Gantys Gesicht wurde noch verbissener. Jonas' Bemerkung schien der Wahrheit ziemlich nahe gekommen zu sein.

Über der im Nichts endenden Treppe hing jetzt ein großer Korb aus Bambus und geflochtenem Stroh. Die Konstruktion machte auf Indiana nicht den Eindruck, als ob sie das Gewicht von sieben Menschen tragen könnte, aber ihre Bewacher scheuchten sie, ohne zu zögern, hinein und folgten ihnen. Indiana spürte, wie der Korb unter ihrem Gewicht ächzte. Für eine Sekunde war er felsenfest davon überzeugt, daß das Seil einfach reißen würde und sie in die Tiefe stürzen müßten. Aber der Korb hielt. Knirschend und auf bedrohliche Weise hin und her schaukelnd entfernte er sich von der Treppe und begann gleichzeitig in die Höhe zu steigen. Indiana legte den Kopf in den Nacken und erkannte, daß er an einer Art Kran hing, der sie in einem weiten Bogen über das glühende Herz des Vulkans auf einen zweiten, viel größeren Tunneleingang zuschwenkte.

Eingang und Kran waren beide nicht die einzigen ihrer Art.

Dicht unterhalb des Kraterrandes ragten Dutzende unterschiedlich großer, bizarrer Gebilde aus Holz und Bast in die Luft, und es gab so viele Stolleneingänge und auf den Hang aufgesetzte, gemauerte Eingänge und Wände, daß das Innere der Kraterwände so löcherig sein mußte wie ein Schweizer Käse. Es war eine Stadt in einem Vulkan.

Die Hitze, die von dem brodelnden Magma unter ihnen ausging, war beinahe unerträglich. Indiana bekam kaum noch Luft, und Delano sackte vollends zwischen ihm und Ganty zusammen und begann zu stöhnen. Auf den Gesichtern der vier Polynesier erschien nicht einmal ein Schweißtröpfchen.

Der Korb erreichte auf den Zentimeter genau den Eingang, auf den sie gezielt hatten, und sie stiegen aus. Andere Eingeborene kamen ihnen entgegen, viele davon in die prachtvollen Federumhänge gekleidet, und einige mit großen, roten Hüten, die wie zu lang geratene Zylinder aussahen und einigermaßen lächerlich wirkten.

Indiana war allerdings nicht zum Lachen zumute. Die Bedrohung, die von den schreiend bunt bemalten Gestalten ausging, war zu deutlich zu fühlen. Ihre Gesichter waren starr wie Masken, doch sie wirkten schon allein wegen ihrer Größe gefährlich. Keiner von ihnen war kleiner als zwei Meter, und die halbmeterhohen Hüte ließen sie noch riesenhafter erscheinen, als sie waren.

Indianas Mut sank. Es war weiß Gott nicht das erste Mal, daß er sich in einer scheinbar aussichtslosen Situation befand. Bisher war er immer irgendwie davongekommen, aber vielleicht klappte das ja nicht jedesmal. Einmal war immer das erste Mal. Dummerweise gehörte diese Situation zu denen, bei denen das erste zugleich auch das letzte Mal war...

Mehr, um sich von seinen düsteren Gedanken abzulenken, denn aus irgendeinem anderen Grund versuchte er, sich auf seine Umgebung zu konzentrieren.

Viel gab es allerdings nicht zu sehen. Die Vogelmenschen bildeten einen dichten Kordon rings um sie herum, und das Licht wurde immer schlechter, je tiefer sie in den Berg hinabstiegen.

Nur hier und da brannte noch eine Fackel, die einen düsteren, roten Schein verstrahlte, in dem Indiana den nächsten Meter, seine nächsten Schritte, mehr erriet als wirklich erkannte. Trotzdem schienen ihre Begleiter keinerlei Schwierigkeiten zu haben, sich zurechtzufinden. So wenig, wie ihnen die mörderische Hitze draußen etwas ausmachte, so gut konnten sie sich offenbar auch bei einem Minimum an Licht orientieren.

Indiana überlegte, wie lange wohl ein Volk in einer Umgebung wie dieser leben mußte, um sich derart perfekt anzupassen. Und er fragte sich, was eine Umgebung wie diese einem Volk *antun* mochte. Es waren nicht nur die Hitze und die Dunkelheit. Es war diese Welt. Die schwarze, kantige Lava, das unaufhörliche, sanfte Zittern und Beben des Bodens unter seinen Füßen, der erstickende Hauch, der in der Luft lag. Jeder Quadratzentimeter der schwarzen Höhlenwelt, durch die sie schritten, war hart und abweisend und heiß und strahlte *Gewalt* aus wie einen alles durchdringenden Pesthauch. Wie mußte ein Volk werden, das Generation um Generation in *dieser* Welt lebte, Jahrhunderte, vielleicht Jahrtausende? Er wollte die Antwort auf diese Frage plötzlich gar nicht mehr wissen.

Der Stollen endete vor einem gewaltigen, zweiflügeligen Tor, das wie alles hier unten aus schwarzer Lava bestand und mit kunstvollen Ornamenten und Reliefarbeiten verziert war. Das Licht war zu schlecht, um ihn Einzelheiten erkennen zu lassen, aber er bekam einen allgemeinen Eindruck, der zu dem paßte, was er auf dem Weg hierher erlebt hatte. Alles war düster, roh und voller in den Stein gemeißelter Gewalt.

Vielleicht, dachte er, wurde jetzt sein schlimmster Alptraum wahr. Denn es gab etwas, vor dem sich Indiana Jones zeit seines Lebens gefürchtet hatte, auch wenn er es niemals ausgesprochen, ja, es nicht einmal in Gedanken sich selbst gegenüber zugegeben hatte. Aber die Angst war dagewesen. Die Angst, daß er vielleicht eines Tages etwas entdecken, ein Geheimnis der Vergangenheit wiederfinden und *wiederbeleben* könnte, das besser für alle Ewigkeiten vergessen geblieben wäre. Vielleicht war es jetzt soweit.

Das Tor schwang auf. Obwohl es Tonnen wiegen mußte, bewegte es sich völlig lautlos, als einer der Langohren die Hand dagegen legte, und gab den Blick in eine gewaltige unterirdische Halle frei, die anders als der Stollen von Hunderten von Fackeln in beinahe taghelles Licht getaucht wurde.

Indiana blinzelte in die ungewohnte Helligkeit. Im ersten Moment war er fast blind, doch nach einigen Sekunden gerannen die Schatten vor seinen Augen zu dunklen Körpern und Umrissen, und was er sah, ließ ihn erschrocken den Atem anhalten.

Die Höhle war so groß, daß man bequem einen fünfstöckigen Häuserblock hätte hineinstellen können. Dutzende der riesigen, schwarzen Steinfiguren, die fast nur aus Kopf und Schultern bestanden, bedeckten den Boden und bildeten mit nach innen gerichtetem Blick einen doppelten Ring um eine besonders gewaltige Statue, die als einzige einen Körper, Arme und Beine hatte. Sie hockte in einer knienden Stellung da, so daß Oberschenkel und Arme einen martialischen Thron für die buntgekleidete Gestalt bildete, die darauf saß.

»Oh, mein Gott!« flüsterte Ganty. Sein Gesicht hatte jedes bißchen Farbe verloren.

»Ihrer?« Indiana lachte ganz leise und sehr bitter. »Ich fürchte, da irren Sie sich, Ganty.«

Einer der Vogelmenschen versetzte ihm einen Stoß, der ihn zwei Schritte vorwärts taumeln ließ. Delano entglitt seinem Griff und stürzte schwer zu Boden.

Indiana wollte ihm zu Hilfe eilen, doch die Gestalt auf dem Thron stieß einen scharfen Befehl aus, und zwei Langohren packten ihn und schleiften ihn grob auf den Thron zu. Die anderen packten Ganty und den stöhnenden SS-Mann und schleuderten ihn brutal neben Indiana auf den Boden. Wieder erklang ein scharfer Befehl. Der Fuß, der Indianas Nacken gegen den Boden gepreßt hatte, zog sich zurück, und Indiana stützte sich mühsam auf Hände und Knie, wagte aber nicht, ganz aufzustehen.

»Bitte entschuldigen Sie, Dr. Jones«, sagte die Gestalt auf

dem Thron in nahezu perfektem Englisch. »Die Umgangsformen meiner Untergebenen lassen manchmal ein wenig zu wünschen übrig. Sie sind eben ein wildes Volk. Aber ich denke, das bekomme ich nach und nach auch noch in den Griff.«

Indiana sah verwirrt auf. Im allerersten Moment fiel es ihm schwer, auf dem Thron mehr als ein einziges, buntes Durcheinander aus Federn, vielfarbigem Korallenschmuck und glitzernden Kristallen zu erkennen. Erst nach einigen Augenblicken gewahrte er ein Gesicht in diesem Chaos.

Aber es sah völlig anders aus, als er erwartet hatte. Es waren nicht die harten, grausamen Züge eines Langohrs, die Indiana aus einem Kranz kunterbunter Federn heraus anlächelten. Es waren nicht einmal die Züge eines *Mannes*. Indiana blickte völlig verdattert in das Gesicht einer mindestens sechzigjährigen, weißhaarigen Lady, deren vornehme Ausstrahlung nicht einmal ihr barbarischer Aufzug vollends zu zerstören vermochte.

»Wer... sind Sie?« fragte er stockend. Er hörte, wie Ganty neben ihm scharf die Luft einsog, wandte sich aber nicht zu ihm um.

»Meine Untergebenen nennen mich Mi-Pao-Lo, aber Sie dürfen mich Baroneß von Sandstein nennen, Dr. Jones«, antwortete sie. Sie beugte sich vor und lachte, wodurch ihr Gewand aus Vogelfedern zu rascheln und zu wogen begann, als wäre der gesamte Thron zum Leben erwacht. »Guten Freunden gestatte ich dann und wann sogar, mich Fräulein Adele zu nennen«, fügte sie hinzu. »Aber soweit sind wir wohl noch nicht, oder?«

Indianas Verwirrung wuchs von Sekunde zu Sekunde. Er sah nun doch Ganty an, aber Ganty blickte so starr zu der Frauengestalt auf dem Thron hinauf, daß er Indianas Blick nicht einmal registrierte.

Die Sandstein lächelte verzeihend. »Ich sehe, Sie sind ein wenig verwirrt, Dr. Jones«, sagte sie. »Das ist allerdings auch nur zu verständlich, nach allem, was Ihnen in den letzten Tagen widerfahren ist. Aber ich hoffe doch, daß Sie Ihre Fassung ein wenig schneller zurückerlangen, mein lieber Obersturmbannführer. Das ist doch Ihr Rang, oder?«

Die Worte galten Delano, und zu Indianas Überraschung hob der SS-Offizier tatsächlich den Kopf, als sähe er zu dem Thron hinauf. Sandstein lächelte ihm zu.

»Wer... ist das?« murmelte Delano.

»Er kann Sie nicht sehen«, sagte Indiana rasch. »Er ist blind.«

Sandstein seufzte. »Oh, ich verstehe. Er hat in das Licht gesehen, nicht wahr? Wie unachtsam von ihm. Haben Sie ihn denn nicht gewarnt, Mr. Ganty?« Ihre Hand kroch unter die Federwolken, die sie von Kopf bis Fuß einhüllten, und kam mit einem faustgroßen Kristall von blutroter Farbe wieder zum Vorschein. Es war nicht irgendein Kristall. Indiana hatte so etwas wie diesen Stein noch nie zuvor im Leben gesehen und auch noch nie davon gehört, aber er wußte trotzdem beinahe sofort, was er vor sich hatte. Er weigerte sich im allerersten Moment einfach nur, es zu glauben.

Der Stein war etwas größer als Adele Sandsteins Faust und von einem unheimlichen, dunkelroten Licht erfüllt, das gemächlich pulsierte. Etwas Böses, Gewalttätiges, das mit Worten kaum zu beschreiben war, ging von diesem Licht aus.

»Sie?« flüsterte Indiana fassungslos. »Das... das waren Sie? Sie haben all diese...« Er mußte all seine Kraft aufbieten, um weiterzusprechen. »... all diese Männer getötet?«

In Sandsteins Augen blitzte es auf. »Es war der Zorn von Make-Make, der sie vernichtete, nicht ich!« sagte sie erregt. Der Kristall in ihrer Hand begann schneller zu pulsieren, seine Leuchtkraft nahm zu. »Sie haben das Unheil herausgefordert, Dr. Jones! Nicht ich. Ich war nur ein Werkzeug, so wie wir alle Werkzeuge im Spiel der Götter sind.«

Indiana sprach nichts von alledem aus, was ihm auf der Zunge lag. Der Kristall in Sandsteins Hand pulsierte immer heftiger, und sein Licht war jetzt stechend, als hielte sie eine winzige, rotglühende Sonne in den Fingern. Aus den Augenwinkeln bemerkte er, daß sich die Langohren neben ihnen nervös zu bewegen begannen.

»Bitte, Baroneß«, sagte er hastig. »Ich wollte Ihnen nicht zu nahe treten. Ich weiß nicht, wer Make-Make ist, aber –«

»Der Gott meines Volkes«, unterbrach ihn Sandstein. »Unser Gott, Dr. Jones. Der Gott, der diesen Ort und seine Menschen über all die Jahre hinweg beschützt und behütet hat, während Menschen wie Sie und diese...«, sie starrte Delano beinahe haßerfüllt an, »... *Kreatur* ihr Bestes getan haben, um die Welt zu ruinieren!«

»Delano gehört aber doch zu Ihrem eigenen Volk«, wandte Indiana verwirrt ein.

»Schweigen Sie, Dr. Jones!« Sandstein schrie plötzlich. Der Kristall in ihrer Hand loderte in greller Glut auf, und nicht nur Indiana, sondern auch die Langohren fuhren erschrocken zusammen. Inmitten des Lichtes schien sich etwas zu bewegen, etwas Grelles und Böses, das hinauswollte, um zu vernichten, zu zerstören und zu verbrennen...

»Was wissen *Sie* von *meinem* Volk?« fuhr Sandstein mit blitzenden Augen fort. »Ich verbiete Ihnen, mich mit diesem Nazi-Pack in einem Atemzug zu nennen! Ich habe nichts mit diesen Verbrechern zu schaffen, hören Sie, nichts!« Sie begann immer nervöser mit dem lodernden Feuerball zu spielen, den sie in Händen hielt. Ihr Atem ging schnell, und auf ihrem Gesicht waren auf einmal hektische rote Flecken zu sehen. »Ich habe nichts mit diesen Verbrechern zu schaffen, *nichts*!« sagte sie noch einmal.

Indiana antwortete nicht, und zu seiner Erleichterung schwiegen auch Ganty und Delano. Offensichtlich hatten auch sie begriffen, daß alles, was sie dazu sagen konnten, die Sache nur verschlimmert hätte.

Und daß Adele Sandstein vollkommen und hoffnungslos verrückt war.

Nach einer Weile beruhigte sich das Flackern des Feuerkristalls wieder, und im gleichen Maße, wie die Lichtkugel aufhörte, wie ein rasendes kleines Herz zu flattern, beruhigte sich auch Adele Sandstein wieder. Ihr Atem ging langsamer, und die roten Flecken verschwanden nach und nach von ihrem Gesicht und von ihrem Hals. Schließlich schloß sie beide Hände um die Kristallkugel und ließ sie nach einigen weiteren Sekunden wieder unter ihrem Federgewand verschwinden. Plötzlich wirkte sie sehr, sehr müde.

»Gehen Sie, Dr. Jones«, sagte sie matt. »Gehen Sie, Dr. Jones. Und nehmen Sie diesen Verbrecher und diesen alten Narren mit.« Ihr Kopf sank nach vorn, und sie schlief ein, kaum daß sie das letzte Wort ausgesprochen hatte.

»Natürlich ist sie verrückt«, sagte Jones später, nachdem sie zurück waren und Ganty und er von ihrem Zusammentreffen mit Adele Sandstein erzählt hatten. »Wer wäre das nicht nach acht Monaten in der Gefangenschaft dieser Menschenfresser?«

»Acht Monate? Aber dann muß sie ja –«

»– praktisch am ersten Tag gefangengenommen worden sein, ja«, führte Jonas den Satz zu Ende und nickte. »Sie war die erste, die ihnen in die Hände gefallen ist.«

»In die Hände gefallen ist gut«, murmelte Indiana. »Ich hatte vorhin eigentlich eher das Gefühl, daß es die Langohren sind, die *ihr* in die Hände gefallen sind, und nicht umgekehrt.« Er begann unruhig in der kleinen Kammer auf und ab zu gehen, aber nach ein paar Augenblicken gab er es auf und setzte sich wieder. Während ihrer Abwesenheit hatten die Polynesier Essen gebracht: flache hölzerne Schalen mit einem zähen Brei, der genauso schmeckte, wie er aussah: wie aufgeweichte Wellpappe. Indiana schrak im ersten Moment davor zurück, aber dann sagte er sich, daß er vielleicht für ziemlich lange Zeit mit genau dieser Art von Nahrung würde auskommen müssen, und begann in Ermangelung eines Bestecks mit den Fingern zu essen.

»Wie hat sie es bloß geschafft, sich zu ihrer Anführerin aufzuschwingen?« fragte er.

»Das wissen wir ebensowenig wie Sie«, antwortete Jonas. Er sah Indiana einige Sekunden lang schweigend zu, dann ging er zu dem bewußtlosen Delano hinüber und begann, dessen Uniform zu durchsuchen. Indiana unterbrach seine Mahlzeit und beobachtete Jonas, bis der fündig geworden war: mit einem Gesicht wie ein Kind, das die Geschenke unter dem Weihnachtsbaum hervorholt, zog er eine angesengte Zigarettenpackung aus Delanos Uniformjacke und ließ sein Feuerzeug aufschnappen.

»Ah, das tut gut.« Er verzog genießerisch das Gesicht, hustete plötzlich und nahm einen neuen, noch tieferen Zug, kaum daß er wieder zu Atem gekommen war. »Die erste, nach acht Monaten Abstinenz«, erklärte er Indiana. »Ist wahrscheinlich ziemlicher Blödsinn, nach einem Dreivierteljahr wieder anzufangen, aber ich glaube nicht, daß wir uns um unsere Gesundheit noch allzu große Sorgen machen müssen. Vielleicht«, fügte er grinsend hinzu, »verderben sie sich ja schließlich noch den Magen an meiner Teerlunge.«

Indiana fand das nicht besonders lustig. »Wir sprachen über Baroneß Sandstein«, erinnerte er ihn.

»Baroneß?« Jonas hustete wieder, wobei er grauen Zigarettenrauch wie in einer Explosion durch Mund und Nase ausstieß. »Sie ist so wenig Baroneß, wie Sie ein Indianerhäuptling sind, Indy«, sagte er, nachdem er wieder zu Atem gekommen war und einen weiteren, gierigen Zug aus seiner Zigarette genommen hatte. Er tippte sich bezeichnend mit dem Daumen gegen die Stirn. »Ich sagte es Ihnen doch: sie ist verrückt geworden. Wahrscheinlich hält sie sich mittlerweile selbst für das, was die Vogelmenschen in ihr sehen.«

»Und was ist das?« fragte Indiana.

»Eine Göttin«, antwortete Ganty an Jonas Stelle.

Alle wandten ihre Aufmerksamkeit plötzlich verblüfft ihm zu. Ganty hatte kein Wort gesprochen, seit sie zurückgekehrt waren, sondern sich stumm in eine Ecke der Kammer gehockt und war in dumpfes Brüten verfallen. Auch jetzt sah er niemanden direkt an, sondern starrte auf einen imaginären Punkt irgendwo an der Wand hinter Indiana.

»Wie bitte?« fragte Indy schließlich.

Ganty sah nun doch auf. »Haben Sie ihre Ohren gesehen?«

Indiana verneinte. Ganty blickte fragend von einem zum anderen, erntete aber überall die gleiche Antwort: ein verblüfftes Kopfschütteln. »Aber ich«, sagte er schließlich. »Sie trägt große Anhänger mit Diamanten.«

»Straß«, korrigierte ihn Jonas. »Billige Imitationen, glauben Sie mir.«

»Und wenn es Pferdedreck wäre«, antwortete Ganty düster. »Sie sind groß, und sie müssen schwer sein, und sie wird sie wohl lange Zeit über getragen haben. Verstehen Sie denn nicht?«

»Nein«, sagte Jonas. Indiana glaubte zumindest zu verstehen, worauf Ganty hinauswollte, aber er hielt es im Augenblick einfach für besser, Ganty reden zu lassen, und gab auch Jonas ein verstohlenes Zeichen, er solle still sein.

»Sie werden nicht mit diesen Ohren geboren«, sagte Ganty. »Die Kinder tragen schwere Anhänger, die ihre Ohrläppchen dehnen, noch ehe sie erwachsen sind.«

Jonas riß die Augen auf. Er wurde ein ganz kleines bißchen blaß. »Sie... Sie meinen, für die Wilden ist sie ein Langohr?« fragte er stockend.

»Mehr als das«, antwortete Ganty. »Ist Ihnen nicht aufgefallen, daß es hier keine Frauen gibt? Nur drei von zehn Kindern, die geboren werden, sind weiblichen Geschlechts. Als sie hierherkamen, da waren sie Tausende. Aber in jeder Generation werden weniger Mädchen geboren. Deshalb behüten sie ihre Frauen wie einen Schatz. Sie halten sie an einem geheimen Ort versteckt und gehen nur einmal im Jahr zu ihnen, um sie zu befruchten.«

»Alle zusammen?« Nancy Barlowe kicherte und schlug die Hand vor den Mund. »Wie unanständig.«

Sie verstummte abrupt, als sie von einem Dutzend verärgerter Blicke gleichzeitig regelrecht aufgespießt wurde, und Ganty fuhr fort:

»Haben Sie den Namen gehört, mit dem Sie sich selbst bezeichnet hat? Mi-Pao-Lo?«

Indiana nickte. Er wußte nicht, was er bedeutete, aber für Ganty war es offensichtlich mehr als nur ein fremdartig klingendes Wort.

»Es gibt eine Legende unter den Vogelmenschen«, fuhr Ganty fort. »Niemand kennt sie genau, denn damals, als sie vor den aufständischen Kurzohren flohen und ihre Heimat verließen, zerstörten sie alle schriftlichen Aufzeichnungen, die sie nicht mitnehmen konnten, aber hier ist sie noch so lebendig wie am ersten Tag. Es war eine Frau, die die Herrschaft der Langohren in ihrer Heimat beendete, indem sie ihren Feinden den einzigen Weg durch den Feuergraben zeigte, der ihr Reich vor allen Angriffen schützte. Und es heißt, daß es eine abtrünnige Frau sein wird, die sie eines Tages wieder zurück in ihre Heimat führen wird, wenn die Zeit der Prüfungen vorbei ist und sich ihr Aufenthalt an diesem Ort dem Ende zuneigt.«

»Und Sie glauben wirklich, Adele Sandstein wäre diese Frau?«

»Natürlich nicht.« Ganty hatte sich jetzt wieder gefangen und sprach mit normaler, fester Stimme und nicht mehr wie in Trance. »Aber ich fürchte, die Langohren glauben es. Alles stimmt. Sie ist eine Frau, die ihr eigenes Volk verachtet, eine Abtrünnige. Die Zeit dieses Ortes *geht* zu Ende. In jedem Jahr werden weniger Mädchen geboren, und bald werden es gar keine mehr sein. Und noch etwas: ich kenne diese Insel seit dreißig Jahren. In dieser Zeit ist die Lava im Vulkankrater um mehr als zwei Meter gestiegen. Sie mußten die ersten Höhlen bereits aufgeben, weil die Hitze unerträglich wurde.«

»Das kann doch noch Jahrzehnte dauern!« sagte Barlowe.

Aber Ganty schüttelte den Kopf.

»Sie vergessen, wo wir uns befinden«, erklärte er. »Dieser Vulkankrater liegt unterhalb des Meeresspiegels.« Er wies zur Decke hinauf. »Was von hier aus wie ein gewaltiger Berg aussieht, ist nur ein kaum zehn Meter hoher Wall. Die Vogelmenschen haben die letzten tausend Jahre daran gearbeitet, jeden Quadratzentimeter dieses Berges auszuhöhlen. Diese Insel ist von Gängen und Stollen durchzogen wie ein riesiger Termitenbau. Eine einzige, heftige Erschütterung, und das Meer strömt in diesen Krater. Wissen Sie, was das bedeutet?«

Niemand antwortete, aber das war auch gar nicht nötig. Von der ganzen Insel würde nicht mehr übrigbleiben als eine Dampfwolke, die vermutlich noch in New York zu sehen sein würde.

Indiana wartete darauf, daß Ganty weitersprach. Als er es nicht tat und Indiana begriff, daß er es auch nicht tun würde, stand er auf und ging zu Delano hinüber. Erst als er sich wieder neben den SS-Mann setzte, fiel ihm auf, daß Delano wieder bei Bewußtsein war. Er hatte jedes Wort gehört.

Während der nächsten drei Tage geschah nichts wirklich Erwähnenswertes – abgesehen von der Tatsache vielleicht, daß Delano allen Voraussagen zum Trotz nicht starb, sondern beständig zwischen Bewußtlosigkeit, Koma und einem halbwachen Zustand hin und her glitt. Er aß nichts und trank sehr wenig, aber etwas in ihm klammerte sich mit verzweifelter Kraft ans Leben, obwohl die wenigen Momente, in denen er wach war, eine einzige, grauenhafte Qual sein mußten.

Nach und nach lernten sie ihre Mitgefangenen kennen. Von den siebzig Elitesoldaten, die Delano begleitet hatten, lebten noch einundzwanzig – und von denen waren allerdings nur elf in einem Zustand, der sie zu einer Hilfe machte.

Was aber nicht viel änderte. Auch hundert Männer hätten ihnen nicht viel genutzt. Die Falle, in der sie saßen, war so simpel wie unüberwindlich: der einzige Weg hinaus war der große Bastkorb, in dem ihre Bewacher zweimal am Tag heruntergeschwebt kamen, um ihnen Essen zu bringen. Ihn zu erobern wäre vermutlich kein großes Problem gewesen – aber großer Blödsinn. Am Ende des dreißig Meter langen Taues, an dem der Korb hing, hockte ein Vogelmensch mit einem gewaltigen Messer, der nur darauf wartete, es zu kappen und den Korb mitsamt seinen Insassen in die brodelnde Lava hinabstürzen zu lassen.

Am Abend des vierten Tages ließ Adele Sandstein Indiana wieder zu sich kommen. Sie erwartete ihn nicht in der Thronhalle, sondern in einem kleineren, tief im Felsen gelegenen Raum, dessen Wände über und über mit Bildern und verwirrenden Mustern bedeckt waren. Sie sah sehr viel besser aus als am ersten Tag. Der krankhafte Glanz ihrer Haut war verschwunden, und sie hockte nicht mehr kraftlos in sich zusammengesunken da, sondern kam ihm mit kleinen, energischen Schritten entgegen und lächelte. Wären nicht der schreiend bunte Federmantel und der schwächer gewordene, aber immer noch sichtbare Schimmer des Wahnsinns in ihren Augen gewesen, hätte man sie für nichts anderes halten können als eine nette, alte Lady. Indiana nahm sich vor, auf der Hut zu sein und sich jedes Wort, das er sagte, sehr genau zu überlegen.

»Dr. Jones!« Adele Sandstein trat ihm freudestrahlend entgegen, ergriff seine Hände und wich dann wieder einen Schritt zurück, um ihn eingehend von Kopf bis Fuß zu mustern. Was sie sah, schien sie zufriedenzustellen, denn sie lächelte noch herzlicher.

»Wie schön, Sie gesund und unverletzt wiederzusehen«, sagte sie in einem Ton, als hätte sie nicht wirklich damit gerechnet. »Wie fühlen Sie sich?«

»Gut«, antwortete Indiana verwirrt. Was sollte das? Mit einem flüchtigen Lächeln fügte er hinzu: »Die Unterbringung läßt zu wünschen übrig. Der Zimmerservice ist miserabel, und das warme Wasser in meinem Zimmer funktioniert nicht.«

Sandstein lachte lange und herzhaft, dann wandte sie sich um, ging mit kleinen trippelnden Schritten zu einem steinernen Tisch und winkte Indiana, ihr zu folgen. Auf dem Tisch waren verschiedene Speisen und Getränke in hölzernen Gefäßen aufgebaut. Sandstein forderte ihn mit Gesten auf, sich zu bedienen, aber Indiana lehnte dankend ab.

»Aber Dr. Jones!« sagte sie und drohte ihm spöttisch mit dem Finger. »Sie haben doch nicht etwa Angst, daß ich Sie vergifte?« Sie lachte, aber dann wurde sie von einer Sekunde auf die andere wieder ernst – so plötzlich, daß Indiana beinahe erschrak.

»So etwas Törichtes würde ich bestimmt nicht tun, Dr. Jones«, sagte sie, »denn ich brauche Ihre Hilfe. Ihre Hilfe als Wissenschaftler.« Sie setzte sich und forderte Indiana mit Gesten auf, das gleiche zu tun. Nach kurzem Zögern gehorchte er.

»Sie sind Archäologe, nicht wahr?«

Indiana nickte. Er war verwirrt, nicht nur über die Frage. Das wahnsinnige Feuer in Sandsteins Augen war beinahe erloschen. Er schien einer völlig anderen Person gegenüberzusitzen als der, der er vor drei Tagen begegnet war. Der bunte Umhang und der barbarische Thron, auf dem sie Platz genommen hatte, ließen sie noch immer beeindruckend und größer erscheinen, als sie war – aber da war fast nichts mehr von der grausamen, verrückten Göttin, der er in einem anderen Teil dieser unterirdischen Welt begegnet war. Diese Veränderung hätte ihn beruhigen müssen, aber sie tat es nicht. Im Gegenteil: sie machte ihm angst.

»Sind Sie ein guter Archäologe?«

Indiana zögerte. »Manche behaupten es«, antwortete er dann. »Manche halten mich einfach für einen Abenteurer, und andere –«

»Bitte, Dr. Jones«, unterbrach ihn Sandstein. »Wir haben keine Zeit für so etwas.« In ihren Augen erschien wieder ein Flackern, aber es war nicht die Mi-Pao-Lo, die wieder herausdrängte, wie Indiana im allerersten Moment befürchtete. Es war etwas anderes. Angst?

»Ich denke, ich bin ganz gut, ja«, sagte er.

Sandstein atmete hörbar auf. »Das ist gut«, sagte sie. »Denn ich brauche die Hilfe eines guten Wissenschaftlers.«

»Wozu?« erkundigte sich Indiana.

Sandstein machte eine weit ausholende Bewegung mit den Händen, die den gesamten Raum, vielleicht die ganze Insel einschloß. »Wissen Sie, was das hier ist?«

»Ich fürchte, ich verstehe die Frage nicht ganz«, gestand Indiana.

»Dann werde ich sie selbst beantworten«, sagte Sandstein. »Es ist die letzte Zuflucht eines Volkes, das vor mehr als tausend Jahren aus seiner Heimat vertrieben wurde.«

»Eines sehr grausamen Volkes, Baroneß«, hörte sich Indiana zu seiner eigenen Überraschung sagen. Am liebsten hätte er sich selbst geohrfeigt. Aber die Worte waren einmal heraus und ließen sich nicht mehr zurücknehmen.

Doch Sandstein wurde nicht zornig, sondern lächelte nur

verzeihend. »Vielleicht wird man über uns in tausend Jahren dasselbe sagen, Dr. Jones«, sagte sie. »Grausam oder nicht, sie waren ein großes Volk, das über gewaltige Mächte gebot. Und nun sterben sie.«

Indiana nickte. »Diese Insel geht unter.«

Sandstein blickte ihn mit gelinder Überraschung an. »Das haben Sie bemerkt?«

»Ich bin Wissenschaftler«, murmelte Indiana. Das war haarsträubender Blödsinn. Ohne Gantys Erklärung hätte er nicht einmal geahnt, was hier geschah. Aber Sandstein glaubte ihm. Er konnte es auf ihrem Gesicht ablesen. Sie glaubte ihm schon deshalb, weil er ihr genau das sagte, was sie hören *wollte.*

»Das ist sehr gut«, sagte sie, »denn es erspart mir eine Menge zeitraubender Erklärungen. Diese Insel wird untergehen. Nicht in hundert Jahren, nicht einmal in zehn, sondern vielleicht schon nächstes Jahr. Oder in wenigen Wochen.«

Indiana sah Sandstein sehr aufmerksam an, aber es war unmöglich, in ihrem Gesicht zu lesen. Trotzdem begann er zu ahnen, auf was sie hinauswollte. Der Gedanke lähmte ihn vor Schrecken beinahe.

»Und sie erwarten von mir, daß ich sie rette«, sagte Sandstein nach einer langen, von unangenehmem Schweigen erfüllten Pause. Sie sprach nicht weiter.

»Aber Sie haben nicht die geringste Ahnung, wie«, vermutete Indiana.

Sandstein schwieg. Ihre Hände schlossen sich so fest um die Lehne des Thrones, daß die Adern wie ein Netzwerk dünner blauer Linien auf ihrer Haut hervortraten.

»Sie halten mich für eine Göttin«, sagte sie leise. »Für eine Art Messias, der sie zurück in die Heimat führen soll. Ich habe versucht, Ihnen klarzumachen, daß ich das nicht bin, aber ich spreche ihre Sprache nicht. Und ich glaube, es hätte auch nichts genutzt, wenn es anders wäre.«

Für einen Moment empfand Indiana nichts als Mitleid mit ihr. Gleich, was sie getan hatte, in diesem Augenblick sah Indiana in Adele Sandstein nichts anderes als eine verzweifelte, alte Frau, die im falschen Moment am falschen Ort gewesen war und von den Ereignissen einfach überrollt wurde.

»Was erwarten sie von Ihnen?« fragte er sanft. »Daß Sie wie Moses das Meer teilen und sie trockenen Fußes zurück in die Heimat führen?«

Sandstein lachte, aber es klang traurig. »O nein, so einfach ist es leider nicht, Dr. Jones. Der Weg zurück nach Te-Pito-O-Henua ist ihnen wohlbekannt. Sie sind große Seefahrer, und sie haben in all den Jahrhunderten nichts von ihren Fähigkeiten eingebüßt.«

Das haben wir gemerkt, dachte Indiana düster, sprach es aber vorsichtshalber nicht aus.

Sandstein fuhr fort. »Es gibt gewisse Rituale, die abgehalten werden müssen, Dr. Jones, bevor sie in ihre Heimat zurückkehren können. Nur die Mi-Pao-Lo kann dies tun, und unglückseligerweise hat die momentan amtierende Mi-Pao-Lo nicht den Hauch einer Ahnung, wie diese Rituale aussehen.«

Indiana lächelte flüchtig, als er den ironischen Unterton in Sandsteins Stimme hörte. Aber dieses Lächeln änderte nichts daran, daß er den Ernst der Situation erkannte. »Und wenn Sie es nicht tun –«

»– werden sie mich töten«, sagte Sandstein. »Verstehen Sie mich richtig, Dr. Jones: Ich bin eine alte Frau, die schon lange keine Angst mehr vor dem Tod hat. Aber sie werden auch Sie töten und alle Ihre Begleiter, oder sie werden Sie hierbehalten, bis diese Insel untergeht, was auf dasselbe hinausliefe.«

Und vielleicht wäre es das Beste, fügte Indiana in Gedanken hinzu. Er dachte an das rote Feuer, das Delanos Männer verschlungen hatte, und ein einziger Schauer lief ihm über den Rücken. Aber er sprach auch diesen Gedanken nicht laut aus.

»Wenn niemand weiß, wie das Zeremoniell aussieht«, sagte er, »dann denken Sie sich doch einfach irgendeinen Unsinn aus.«

Unsinn war das richtige Wort. Natürlich war sein Vorschlag nicht praktikabel, und das wußte er schon, bevor Sandstein mit einem traurigen Seufzen aufstand und den Kopf schüttelte.

»Leider wissen sie sehr wohl, wie das Zeremoniell auszusehen hat, Dr. Jones«, sagte sie. »Kommen Sie.«

Indiana erhob sich und folgte ihr zur rückwärtigen Wand der Kammer. Erst als er ihr ganz nahe war, erkannte er, daß sie über und über mit gezackten Linien und Strichen übersät war.

»Sie halten es seit mehr als einem Jahrtausend ab, Dr. Jones, jedes Jahr am gleichen Tag.« Sie sah Indiana ernst an. »Von heute an gerechnet in drei Tagen werden sie die Feuer auf dem Kraterrand entzünden und sich in den Himmel schwingen. Und wenn der Flug vorüber ist und die stärksten unter ihnen ermittelt sind, werden diese zu den Flammen gehen und eine neue Generation zeugen.«

»Aha«, sagte Indiana. Er verstand kein Wort.

»So geschieht es seit mehr als tausend Jahren, und es wird auch wieder geschehen. Aber diesmal verlangen sie von mir, daß ich Make-Make anrufe und seinen Segen für die Heimreise erflehe.« Sie seufzte. »Und ich habe zum Teufel noch mal nicht die geringste Ahnung, wie ich das tun soll.«

»Dann fragen Sie sie.«

»Sie wissen es nicht«, antwortete Sandstein. »Nur die Mi-Pao-Lo weiß um das Geheimnis, mit Make-Make zu sprechen.« Sie deutete auf die Wand. »Es ist dort aufgeschrieben, Dr. Jones. Sie haben es mir gezeigt. Denn sie sind nicht dumm. Sie wissen, daß ich eine Fremde bin und nichts von ihren Sitten und Gebräuchen weiß. Das Geheimnis steht dort, aufgeschrieben in einer Sprache, die nur die Priester der ersten Generation beherrschten, die diese Insel erreichten – und die Mi-Pao-Lo. Sie glauben, ihr Gott würde mir die Macht geben, die Schrift zu lesen.«

Sie seufzte tief, wandte sich vollends dem Relief zu und ließ ihren Blick über die sonderbaren geometrischen Muster und Linien gleiten. »Aber bis jetzt hat Make-Make geschwiegen, Dr. Jones. Ich kann es nicht lesen. Können Sie es?«

Um ein Haar hätte Indiana gelacht. Ohne ihre Erklärung hätte er nicht einmal gewußt, daß er eine *Schrift* vor sich hatte. Auch er betrachtete das Relief, aber nicht sehr lange und mit einem Gefühl wachsenden Unbehagens. Die Linien und Striche hatten etwas genauso Unheimliches und Böses an sich wie diese ganze Insel. Wenn man zu lange auf eine bestimmte Stelle sah, dann schien es, als begänne sich dort etwas zu bewegen und ein gräßliches Eigenleben zu entwickeln, als machten sie sich bereit, aus der Wand herauszukriechen und den Betrachter zu verschlingen. Mit einem Ruck wandte er sich ab.

Sandstein sah ihn fragend an, aber Indiana antwortete nicht gleich. So närrisch ihr Ansinnen auch war, er verstand sie irgendwie. Es war nicht nur pure Verzweiflung, die aus ihren Worten sprach, sondern auch jene hoffnungslose Fehleinschätzung, die die meisten Menschen der Wissenschaft in einem Jahrhundert entgegenbringen, in dem die Menschheit gelernt hatte zu fliegen, Schiffe zu bauen, die so groß waren wie Städte, und ihren uralten Feind, die Dunkelheit, mit einem Fingerschnippen zu vertreiben. Nur zu viele begannen die Wissenschaftler für eine Art moderner Zauberer zu halten.

Sie waren es nicht. Indiana hätte ihr erklären können, daß wissenschaftliche Arbeit zum allergrößten Teil aus Schweiß und Mühe bestand und vor allem *Zeit* brauchte, daß es Jahre, wenn nicht Jahrzehnte dauern konnte, diese uralte Schrift an der Wand zu entziffern, und daß es selbst dann nicht einmal sicher war, ob es überhaupt je gelang. Drei Tage? Lächerlich.

Aber irgend etwas warnte ihn. Was immer er jetzt sagte, würde vielleicht über mehr als nur sein Schicksal und das der anderen entscheiden. Er hatte das rote Licht nicht vergessen. Und auch nicht den Dämon, der im verborgenen in Adele Sandstein lauerte.

»Drei Tage?« murmelte er, während er so tat, als studiere er die verworrenen Linien an der Wand. In Wirklichkeit bemühte er sich, möglichst *wenig* von ihnen zu sehen. »Das ist... nicht sehr viel Zeit.«

»Es ist alles, was Sie haben, um Ihr Leben und das Ihrer Freunde zu retten«, sagte Sandstein ernst. »Und ich warne Sie, Dr. Jones. Es wäre töricht, wenn Sie versuchen sollten, sie zu täuschen. Sie erwarten eine Antwort. Wenn ich Make-Make anrufe und nichts geschieht, so werden wir alle sterben.«

Indiana schwieg. Er hatte sich noch nie im Leben so hilflos und verzweifelt gefühlt wie in diesem Moment.

»Und wenn Sie Ihnen erklären, daß dieser Manko-Minko von seinem Volk verlangt, alle Gefangenen freizulassen und ihnen ein Boot zu geben?«

Bei jedem anderen hätte Indiana geschworen, daß er diese Frage einzig und allein stellte, um ihn auf den Arm zu nehmen, auch wenn es ein reichlich unpassender Moment war.

Bei Nancy Barlowe war er nicht ganz sicher. Indiana sah sie nur eine Sekunde an und beschloß dann, daß es wohl das klügste war, so zu tun, als hätte er die Frage gar nicht gehört. Er wandte sich wieder Jonas und den anderen zu.

Niemand sagte etwas. Er hatte vor gut zwei Minuten aufgehört zu reden, und seither hatte sich tiefes Schweigen in der Kammer breitgemacht. Der Ausdruck auf den Gesichtern der anderen war fast identisch: ein Schwanken zwischen Betroffenheit und Verzweiflung. Wobei die Verzweiflung eindeutig überwog.

Schließlich brach Indiana selbst das Schweigen, indem er sich an Ganty wandte. »Ich nehme an, Sie können diese Schrift auch nicht lesen?«

»Ich?« Gantys Erstaunen war ein wenig *zu* echt, fand Indiana. »Wie kommen Sie auf diese Idee?«

Indiana zuckte mit den Schultern. »Damals auf Pau-Pau, als ich Ihnen Jonas' Notizbuch zeigte, hatte ich den Eindruck.«

Ganty lächelte. Seine Finger begannen mit kleinen nervösen Bewegungen am Saum seiner Jacke zu spielen, ohne daß ihm das selbst bewußt zu sein schien. »Ich habe die Zeichen *wiedererkannt*«, sagte er. »Das heißt nicht, daß ich sie lesen kann. Niemand kann das. Der letzte, der diese Schrift entziffern konnte, ist vor gut tausend Jahren gestorben.«

Indiana sah ihn weiter scharf an. Ganty erschien ihm fast ein bißchen zu sehr bemüht, allen zu versichern, daß er die Schrift der Langohren auch nicht lesen konnte. Aber vielleicht sah er auch nur Gespenster. Indiana machte eine Handbewegung, die das Thema für erledigt erklärte, nahm sich aber trotzdem vor, später noch einmal – und unter vier Augen – mit Ganty darüber zu reden.

»Ich werde versuchen, sie hinzuhalten, so lange ich es kann«, sagte er. »Aber uns bleiben trotzdem maximal drei Tage, um uns etwas einfallen zu lassen.«

»Wir könnten versuchen, einen Tunnel zu graben«, schlug Anthony van Lees vor. Sein Bruder runzelte die Stirn und sagte deutlich hörbar: »Blödsinn!«, aber Anthony fuhr mit einer Geste auf Ganty fort: »Er hat selbst gesagt, daß dieser Berg wie ein Schweizer Käse ist. Wenn wir uns nach draußen graben –«

»Mit bloßen Händen«, warf sein Bruder ein.

»– erreichen wir vielleicht die Küste –«

»– und schwimmen zweihundert Seemeilen zur nächsten Insel«, schloß Steve den Satz ab. Anthony funkelte ihn an und wollte auffahren, aber Ganty machte eine rasche, besänftigende Geste.

»Die Kraterwände sind nicht besonders dick, das stimmt«, sagte er, und Anthonys Gesicht hellte sich so lange auf, bis Ganty mit einem Seufzer fortfuhr: »Aber nicht besonders dick heißt leider nicht dünn. Selbst mit dem entsprechenden Werkzeug hätten wir keine Chance, uns durch fünfundzwanzig Meter Lava zu graben. Nicht einmal in drei Monaten.«

»Ganz abgesehen davon, daß wir uns unter dem Meeresspiegel befinden«, fügte Jonas hinzu. Er machte eine herrische Geste. »Schluß mit dem Unsinn. Wir haben nur eine einzige Chance.« Er deutete auf Indiana. »Indy wird versuchen, Sandstein so lange wie möglich hinzuhalten, und wir arbeiten in der Zwischenzeit einen Plan aus, wie wir die Wachen überrumpeln und den Kran in unsere Gewalt bringen können.«

»Sind Sie verrückt?« fragte Anthony van Lees.

»Das ist das erste vernünftige Wort, das ich heute höre«, sagte sein Bruder.

»Sie werden uns einfach in die Lava fallen lassen«, sagte Barlowe düster.

»Und?« Jonas schürzte geringschätzig die Lippen. »Das ist

mir immer noch lieber, als in ihrem Kochtopf zu landen.« Er schwieg einige Sekunden, während derer er den bewußtlosen Delano betrachtete, der fiebernd auf seinem Lager vor sich hin stöhnte. »Oder bei lebendigem Leib gegrillt zu werden.«

Er hatte sehr leise gesprochen, aber sie alle hatten die Worte verstanden, und wieder breitete sich für Sekunden betretenes Schweigen in der Kammer aus. Jonas selbst war es, der es beendete. Er hatte wohl eingesehen, wie unpassend seine Bemerkung gewesen war.

»Ich schlage vor, wir gehen zu den anderen und beraten uns mit ihnen«, sagte er. »Es sind zwar deutsche Soldaten, aber ein paar von ihnen sind nicht auf den Kopf gefallen. Und wie es aussieht, sitzen wir im Moment wohl alle im selben Boot.«

Niemand hatte irgendwelche Einwände, obwohl Jonas' Vorschlag ebenso sinnlos war wie alles andere, was sie bisher gehört hatten. Wahrscheinlich ging es allen ähnlich: Sie wollten einfach nur hier heraus und dem Gedanken, völlig hilflos zu sein, entfliehen. Über eine unmögliche Flucht zu diskutieren, machte sie nicht möglicher. Aber vielleicht half es wenigstens für eine Weile, den Gedanken an das Ende zu verdrängen.

Indiana blieb zurück, und er gab auch Ganty mit einem Blick zu verstehen, daß er dableiben sollte.

Ganty tat es nicht, aber er kehrte nach kaum einer Minute zurück und blieb mit verschränkten Armen unter der Tür stehen. Seine Haltung war die eines trotzigen Kindes, aber Indiana spürte deutlich die Angst, die sich dahinter verbarg.

»Also?« fragte er.

»Also was?« fragte Ganty patzig.

Indiana seufzte. »Bitte, Ganty«, sagte er müde. »Ich bin erschöpft. Ich bin genauso verzweifelt wie Sie und alle anderen. Ich habe weder den Nerv noch die Kraft für irgendwelche Spielchen!«

Ganty schwieg. Aber er wurde mit jeder Sekunde nervöser.

»Sie können diese Schrift lesen«, sagte Indiana geradeheraus.

»Nein«, antwortete Ganty. Sekundenlang rang er sichtbar mit sich. Dann sagte er ganz leise: »Aber ich weiß, was die Inschrift bedeutet, von der Sie erzählt haben. Sie haben es mir gesagt, schon vor langer Zeit. Sie waren einmal meine Freunde.« Der letzte Satz klang bitter. Indiana ignorierte ihn.

»Sie kennen das Zeremoniell?«

»Nein«, erwiderte Ganty. »Sandstein hat die Wahrheit gesagt. Niemand kennt es. Aber sie hat Ihnen eine Kleinigkeit verschwiegen, Jones. Die Legende der Mi-Pao-Lo geht noch weiter.« Er atmete hörbar ein. »Es heißt, daß an dem Tag, an dem die Heimkehr erfolgen soll, Make-Makes Zorn über alle Ungläubigen und den Rest dieser Welt hereinbrechen wird, wenn die Götter falsch oder gar nicht angerufen werden.«

Indiana starrte ihn an. Er konnte spüren, wie sich jedes einzelne Haar auf seinem Kopf aufrichtete, als stünde es unter Strom. »Das... das ist doch lächerlich«, sagte er stockend. »Sie glauben doch nicht etwa, daß –«

»Nach allem, was ich am Strand gesehen und erlebt habe, gibt es nicht mehr viel, was ich nicht glaube, Dr. Jones«, unterbrach ihn Ganty. »Muß ich Sie wirklich daran erinnern, daß die meisten Sagen und Legenden einen gemeinsamen Ursprung haben? Vielleicht gefällt Ihnen das Wort Make-Makes Zorn ja nicht. Was halten Sie von Sodom und Gomorrha? Oder Armageddon?« Sekundenlang starrte er Indiana noch aus Augen an, in denen nichts weiter als nackte Panik geschrieben stand. Dann fuhr er auf dem Absatz herum und stürmte aus der Tür.

Armageddon! Das Jüngste Gericht! Sodom und Gomorrha! Was für ein Unsinn! Seit es Menschen gab, hatten sie sich allen möglichen Humbug zusammenprophezeit, und wenn es um das Ende der Welt oder andere düstere Untergangsvisionen ging, dann waren sie schon immer ganz besonders eifrig bei der Sache gewesen.

Indiana wiederholte den Gedanken immer und immer wieder, als müsse er ihn sich nur oft genug einhämmern, um ihn wahr werden zu lassen. Oder wenigstens selbst daran zu glauben.

Leider geschah weder das eine noch das andere.

Indiana war weit davon entfernt, tatsächlich an den bevorstehenden Weltuntergang zu glauben. Aber wenn nicht er, wer sollte dann erst wissen, daß nicht alle Legenden nur Märchen waren und daß es sehr wohl Mächte gab, die dem menschlichen Begreifen auf immer entzogen bleiben würden – und daß nur zu viele dieser Mächte grausamer und erbarmungsloser als der biblische Racheengel waren. Die Welt würde nicht untergehen, wenn Make-Makes Zorn über sie kam, wie Ganty es ausgedrückt hatte. Aber es war denkbar, daß sie eine weitere, schreckliche Katastrophe erlebte, daß sich zu allen finsteren Mächten dieser Zeit eine weitere zerstörerische Kraft gesellte, und es spielte im Grunde nicht einmal eine Rolle, ob sie nun nur eines oder eine Million unschuldiger Leben auslöschte. Sein Alptraum war Wahrheit geworden. Es gab sehr wohl Dinge, über die die Zeit mit Fug und Recht den Mantel des Vergessens gebreitet hatte. Und eine dieser Kräfte war erwacht, und sie würde mit Sicherheit mehr tun, als nur diese Insel und ihre Bewohner zu verschlingen, wenn sie erst einmal wirklich entfesselt war.

Indiana saß lange in düstere Gedanken versunken da, ehe ihm bewußt wurde, daß er nicht allein in der Kammer war. Etwas im Rhythmus von Delanos mühsamen Atemzügen hatte sich verändert.

Er stand auf, ging zu ihm hinüber und setzte sich sehr vorsichtig auf den Rand des Lagers, um ihn nicht zu berühren und ihm unnötige Schmerzen zuzufügen. Delanos Augen standen weit offen, aber ihr Blick war leer wie immer. Trotzdem wußte Indiana, daß Delano wach war.

»Sie haben alles gehört?« fragte er.

»Ja«, flüsterte Delano. Seine Stimme war so schwach, daß Indiana erschrak. Delanos Gesicht glühte. Die Wunde auf seiner Wange hatte sich entzündet und verströmte einen schrecklichen Geruch. »Es sieht so aus, als... würden Sie mich nicht lange überleben, Dr. Jones.«

Indiana wußte nicht, was er darauf antworten sollte, daher schwieg er. Nach einer Weile fragte Delano: »Sind wir allein?«

»Natürlich«, sagte Indiana. »Warum?«

»Schauen Sie nach«, bat Delano. »Es ist... wichtig. Bitte.«

Indiana stand gehorsam auf, ging zur Tür und warf einen Blick nach rechts und links, ehe er zu Delano zurückkehrte. »Es ist niemand da.«

»Gut«, flüsterte Delano. Er hob die Hand und tastete blind nach Indianas Arm. Indiana ergriff seine bandagierten Finger, und obwohl er wußte, welche Pein die Berührung Delano bereiten mußte, zog dieser die Hand nicht zurück, sondern hielt Indiana im Gegenteil nur noch fester. Wie ein Ertrinkender, der sich verzweifelt an einen letzten Halt klammert. Indiana schauderte, als er spürte, wie heiß Delanos Haut unter den Verbänden war.

»Hören Sie mir zu, Dr. Jones«, flüsterte Delano. »Es gibt noch eine Chance, aber Sie... Sie dürfen mit keinem der anderen darüber sprechen, versprechen Sie mir das.«

»Selbstverständlich«, sagte Indiana, aber das genügte Delano nicht.

»Nicht so«, sagte er. »Versprechen Sie es mir wirklich. Es ist wichtig.«

»Ich verspreche es«, sagte Indiana. Er meinte es ernst.

»Sie müssen diese Waffe zerstören«, murmelte Delano. »Sie... darf nicht in die Hände des Militärs fallen. Auf keiner Seite, Jones. Schwören Sie mir, daß Sie es... verhindern.«

»Ich bin nicht einmal sicher, daß es eine Waffe ist«, antwortete Indiana zögernd.

»Ganz egal, was es ist, zerstören Sie es, Jones.« Delano richtete sich auf, packte Indiana mit beiden Händen bei den Jackenaufschlägen und starrte ihn aus weit aufgerissenen, leeren Augen an. »Versprechen Sie es!«

Es wäre leicht gewesen, ja zu sagen, und wahrscheinlich auch barmherzig. Aber Indiana wußte, daß Delano spüren würde, wenn er ihn belog. Und er wollte es auch nicht. Delano hatte ein Anrecht auf die Wahrheit.

»Ich werde es versuchen«, sagte er.

Delano entspannte sich. Seine Augen fielen zu. Er sank zurück, aber er war noch wach. »Versprechen Sie, daß dieses Ding... weder Ihren noch meinen Leuten in die Hände fällt, und ich sage Ihnen, wie Sie und die anderen hier herauskommen«, flüsterte er. »Es gibt... noch eine Chance. Vielleicht.«

Indiana zögerte lange, ehe er antwortete. Die Worte klangen aus Delanos Mund seltsam. Und trotzdem glaubte er ihm. Delano war ein deutscher Soldat, noch dazu ein SS-Offizier, Angehöriger einer Truppe, die dafür bekannt war, ihre Mitglieder nicht unbedingt nach Kriterien wie Menschlichkeit und Nächstenliebe auszuwählen. Vielleicht hatte er erst am eigenen Leib spüren müssen, was es hieß, zu leiden und zu sterben, ehe er begriff, was das Wort Krieg wirklich bedeutete.

Und er selbst? Indiana war hin und her gerissen. Er konnte Delano belügen und dann dafür sorgen, daß der Zorn Make-Makes in die Hände seiner eigenen Leute fiel. Mit einer Waffe wie dieser wäre es vermutlich nur noch eine Frage von Wochen, bis die Nazis besiegt wären. Der Alptraum, der seit Jahren die halbe Welt verwüstete und sich anschickte, auch noch die andere Hälfte in Brand zu setzen, würde ein Ende finden.

Aber dann sah er auf Delanos verbrannten Körper hinunter, und ganz plötzlich wußte er, warum Delano ihn gebeten hatte, die unbekannte Waffe zu suchen und zu zerstören. Es gab Dinge, die man Menschen nicht antun durfte, niemals und aus keinem Grund. Das rote Licht gehörte dazu.

»Ich verspreche es«, sagte er feierlich.

»Welches Datum haben wir?« fragte Delano.

Indiana rechnete einen Moment lang im Kopf nach, dann sagte er es ihm.

»Dann haben Sie vielleicht eine Chance, Jones«, flüsterte Delano. »Mit ein bißchen Glück wird Franklin in ein oder zwei Tagen mit der HENDERSON hier eintreffen.«

»Franklin?«

»Haben Sie vergessen, daß ich offiziell zu seinem Team gehöre?« fragte Delano. »Wir haben alle nur denkbaren Möglichkeiten vorauszusehen versucht, auch die, daß wir die Insel finden und –«, er lachte, »– in deutsche Gefangenschaft geraten.«

»Franklin weiß nicht einmal, daß es diese Insel gibt. Geschweige denn, wo sie ist.«

»Sie enttäuschen mich, Jones«, sagte Delano. »Haben Sie so wenig Vertrauen in die Fähigkeiten Ihrer eigenen Leute? Die HENDERSON wird vor dieser Insel erscheinen, Jones, früher oder später. Beten Sie, daß sie nicht zu spät kommt. Sie müssen sie warnen. Der Plan sieht vor, daß Franklin achtundvierzig Stunden abwartet.« Seine Stimme wurde immer leiser, aber er sprach auch immer schneller, als spüre er, daß er nur noch wenig Zeit hatte, weniger als er brauchte, um zu sagen, was nötig war. Indiana beugte sich vor und brachte sein Ohr dicht an Delanos Lippen, um ihn überhaupt noch verstehen zu können.

»Nach Ablauf dieser Frist schickt er einen Landungstrupp, Jones. Bewaffnete Männer. Viele Männer. Sie... sie werden sterben wie meine Soldaten. Sie müssen sie warnen. Ein... Signal. Geben Sie... das Signal. Dreimal kurz, viermal lang, einmal kurz. Dann... wissen sie, daß sie... erwartet werden und sind... vorsichtig. Drei, vier... eins. Das... Signal, Jones!«

Und damit starb er.

Es war ganz undramatisch. Kein Aufbäumen, keine Agonie – er hörte einfach auf zu atmen, das war alles, und Indiana streckte behutsam die Hand aus und schloß seine Augen.

Länger als eine Stunde saß Indiana neben dem toten Soldaten, ohne sich zu rühren, ohne ein Wort zu sagen, ohne zu reagieren, wenn einer der anderen hereinkam und ihn ansprach.

Dann wußte er, was er tun konnte.

Am darauffolgenden Morgen ließ Sandstein ihn wieder zu sich kommen. Wie er Delano (Delano? Er wußte nicht einmal seinen wirklichen Namen, und dieser Gedanke erfüllte ihn mit einem absurden Gefühl von Schuld) versprochen hatte, hatte er keinem der anderen etwas von ihrer letzten Unterhaltung erzählt, sondern sich am Abend mit scheinbarer Begeisterung daran beteiligt, einen Fluchtplan nach dem anderen zu ersinnen und als aussichtslos wieder zu verwerfen. Gleichzeitig und nur für sich selbst war er jedoch damit beschäftigt gewesen, einen noch viel aussichtsloseren Plan zu entwickeln; eine Idee, die so verrückt war, daß sie im Grunde nur in einer Katastrophe enden konnte.

Aber vielleicht würde sie ja gerade deshalb funktionieren.

Sandstein erwartete ihn nicht in ihrer »Bibliothek«, sondern in dem barbarischen Thronsaal, in dem er ihr das erste Mal begegnet war. Eine Anzahl ihrer Krieger umringte sie, gewaltige, breitschultrige Gestalten, die die kleinwüchsige Lady fast um das Doppelte überragten; einige sogar, obwohl sie vor ihr knieten. Indiana konnte nicht genau erkennen, was sie taten, aber es schien sich um eine Art Zeremonie zu handeln, denn er hörte einen monotonen, an- und abschwellenden Singsang, dessen Rhythmus etwas ungemein Beunruhigendes und Düsteres hatte. Das flackernde rote Licht einer Fackel verlieh der Szenerie zusätzlich etwas gleichermaßen Unwirkliches wie Alptraumhaftes. Sandstein trug auch jetzt wieder einen prachtvollen Mantel aus Federn, der ihre Gestalt von Kopf bis Fuß verhüllte, aber er war nicht bunt, sondern von blutroter Farbe. Indianas Schritte wurden unwillkürlich langsamer, als er sich der Gruppe näherte. Hätten es seine Bewacher zugelassen, wäre er stehengeblieben.

Als Sandstein seine Anwesenheit bemerkte, hielt sie in ihrem Singsang inne, und auch die Polynesier verstummten nach und nach. Etwas von der unheimlichen Atmosphäre der Szene schien zu verschwinden, als die düsteren Töne verstummten. Etwas, nicht alles.

»Fräulein Adele!« sagte Indiana mit erzwungener Fröhlichkeit. »Schön, Sie –«

Ein Blitzen in Sandsteins Augen hielt ihn ab, weiterzusprechen. Sandstein starrte ihn durchdringend an, und erst jetzt wurde Indiana klar, daß der Ursprung des flackernden roten Lichtes gar keine Fackel war.

Es war der rote Kristall. Er lag in einer flachen, steinernen Schale, die Sandstein in beiden Händen hielt, und wieder fiel Indiana auf, wie sehr sein Flackern dem Schlagen eines Herzens ähnelte.

Adele Sandsteins Herzens.

An ihrem mageren, faltigen Hals pulsierte eine Ader. Und sie pochte im gleichen Rhythmus, in dem das rote Licht heller und dunkler wurde. War sie es, die diesem Stein seinen Takt aufzwang – oder waren es die dunklen, mystischen Mächte des Kristalls, die längst Gewalt über die Person erlangt hatten, die einmal Adele Sandstein gewesen war?

Indiana fürchtete sich fast vor der Antwort auf diese Frage, aber dann blickte er noch einmal in ihre Augen, und er wußte im selben Moment, daß er nicht mehr Adele Sandstein gegenüberstand, sondern der Mi-Pao-Lo, der düsteren, unsterblichen Göttin der Vogelmenschen. In diesem Punkt hatte die Prophezeiung gelogen. Sie hatte nicht erst über das Meer kommen müssen. Sie war all die Jahrhunderte über hier gewesen. Alles, worauf sie gewartet hatte, war ein Körper, dessen sie sich bedienen konnte.

Einer plötzlichen Eingebung folgend, senkte er das Haupt und sagte in demütigem Ton: »Sie haben mich rufen lassen, Mi-Pao-Lo.«

Vielleicht hatte er ein wenig zu dick aufgetragen, denn als er wieder aufsah, wirkte Sandstein keineswegs zufrieden, sondern eher mißtrauisch. Sekundenlang starrte sie ihn schweigend an, dann scheuchte sie die vor ihr knienden Langohren mit einer unwilligen Geste davon und kam auf ihn zu. Sie starrte ihn weiter an, und obwohl Indiana sie weit überragte und sie den Kopf in den Nacken legen mußte, um ihm in die Augen sehen zu können, war *er* es, der sich nach Sekunden plötzlich klein und vollkommen hilflos fühlte. Er hatte das Gefühl, von einer körperlichen Last befreit zu werden, als sich ihr Anblick endlich wieder von ihm löste.

»Sie hatten Zeit, über unser Gespräch nachzudenken«, sagte sie. »Können Sie die Aufgabe lösen?«

Indiana überlegte sich seine Worte sehr gründlich. Sandstein war vielleicht verrückt, aber sie war deswegen nicht dumm. »Ich werde es versuchen«, sagte er. »Die Zeit ist nicht sehr lang, aber ich glaube, ich habe eine gute Chance.«

»Das will ich hoffen, Jones«, sagte Sandstein (Sandstein? Nein: die Mi-Pao-Lo) ernst. »Um Ihret- und all der anderen Narren dort draußen willen.«

Indiana fragte sich, wen sie damit wohl gemeint haben mochte – Jonas und die anderen Gefangenen oder den gesamten Rest der Welt –, aber Sandstein fuhr bereits fort: »Sie können gleich mit der Arbeit beginnen, Jones. Doch zuvor möchte ich, daß Sie etwas sehen.«

Sie drehte sich mit einem Ruck um und ging zur anderen Seite des Raumes, und Indiana wurde von den Langohren hinter ihr hergestoßen, obgleich er ihr auch freiwillig gefolgt wäre. Er hatte schon lange aufgehört, sich über das Verhalten der Vogelmenschen zu wundern. Ganty hatte ihm erklärt, daß sie ein stolzes, unnahbares Volk wären, aber die Legenden der Osterinsel und das, was Indiana selbst erlebte, behaupteten etwas anderes. Sie verachteten jeden, der nicht zu ihnen gehörte. Wahrscheinlich waren er und die anderen Gefangenen in ihren Augen nicht einmal Menschen, sondern nur aufrecht gehende, sprechende Tiere.

Sandstein nahm nicht auf dem gewaltigen Thronsessel Platz, wie er erwartet hatte, sondern steuerte auf eine der schwarzen Kopfstatuen zu, die einen doppelten Ring um das Zentrum der Höhle bildeten. Die Figur war etwas kleiner als die anderen, trotzdem aber noch immer ein Koloß von mehr als drei Metern Höhe, der mindestens zehn Tonnen wiegen mußte. Und es gab noch zwei weitere Punkte, in denen sich diese von den übrigen Statuen unterschied: statt aus schwarzem Fels bestanden ihre Augen aus einem roten Kristall, der zu Tausenden von winzigen, schimmernden Facetten geschliffen war. Und sie bewegte sich.

Im allerersten Moment hatte Indiana den ebenso absurden wie erschreckenden Eindruck, daß der steinerne Koloß sich tatsächlich aus eigener Kraft bewegte. Aber natürlich stimmte das nicht. In Wahrheit stand er auf einer hölzernen Plattform, die über ein einfaches, aber höchst wirkungsvolles System von Rollen und Hebeln von einem halben Dutzend Polynesier gelenkt und sichtlich ohne allzu große Anstrengung von der Stelle bewegt werden konnte. Es war die Figur, die er unten am Strand gesehen hatte.

»Kommen Sie, Dr. Jones!« Sandstein zeigte mit einer befehlenden Geste auf ihre linke Seite, und Indiana beeilte sich, der Aufforderung Folge zu leisten, ehe einer seiner Bewacher dem Befehl mit einem Stoß Nachdruck verleihen würde, so daß er den Weg womöglich auf dem Gesicht über die Lava schlitternd zurücklegen mußte.

»Was haben Sie vor?« fragte er nervös.

Sandstein lächelte kalt, beantwortete seine Frage aber nicht, sondern gab den Langohren abermals einen Wink. Die Krieger bildeten rasch und lautlos einen großen, weit auseinandergezogenen Halbkreis, der zum Eingang des Raumes hin offen war. Einen Augenblick später schwang das Tor auf, und zwei weitere Langohren betraten die Halle.

Anders als alle, die Indiana bisher gesehen hatte, trugen sie weder Federmantel noch Lendenschurz, sondern waren vollkommen nackt, dafür aber über und über mit blutroten Strichen und Linien bemalt.

Und sie hatten Angst.

Ihre Gesichter waren keine reglosen Masken, wie die der anderen Vogelmenschen, sondern von einem Entsetzen verzerrt, das Indiana schaudern ließ. Was immer diese beiden Männer fürchteten, es war schlimmer als der Tod.

»Diese beiden haben mich enttäuscht«, sagte Sandstein. »Sie haben Make-Make enttäuscht und damit ihr Recht verwirkt, in die Heimat zurückzukehren. Sie sind unwürdig, unter uns zu leben!«

Sie hatte den roten Kristall aus der Schale genommen und hielt ihn nun in beiden Händen. Rotes Licht sickerte wie Blut zwischen ihren Fingern hindurch.

Indiana ahnte, was folgen würde, aber plötzlich ging alles viel zu schnell, als daß ihm auch nur Zeit für einen erschrockenen Ruf geblieben wäre. Die Augen der Statue leuchteten auf, und im selben Augenblick begann der Kristall in Sandsteins Händen zu glühen wie eine winzige feuerrote Sonne. Eine Woge grellen, blutfarbenen Lichtes schoß auf die beiden Langohren zu und hüllte sie ein, Licht von unvorstellbarer Intensität und einer unglaublich *bösartigen* Farbe.

Indiana schloß die Augen, aber es nutzte nichts; das Licht war so intensiv, daß es mühelos durch seine Lider drang und ihm jedes entsetzliche Detail der Szene zeigte. Die Polynesier begannen zu schreien und sich zu winden, und das Licht wurde immer noch heller und heller, bis es ihr Fleisch und ihre Muskeln durchscheinend werden ließ, so daß er das Skelett darunter erkennen konnte. Sie brachen zusammen, doch zuvor begann sich ihr Fleisch einfach aufzulösen, als würde es von dem roten Licht wie von einer leuchtenden Säure verzehrt. Was auf dem Boden aufschlug, das waren nur mehr geschwärzte, ausgeglühte Knochen, die zu Staub und zahllosen winzigen Splittern zerbarsten.

Indiana wollte sich abwenden, aber seine Bewacher ließen es nicht zu, sondern zwangen ihn, Sandstein anzusehen.

Der Anblick ihres Gesichtes entsetzte ihn fast ebensosehr wie der Tod der beiden Polynesier. Es war eine Grimasse, in die er blickte, das verzerrte Antlitz eines Dämons, in dessen Augen Wahnsinn oder vielleicht etwas noch viel Schlimmeres leuchtete.

»Ich hoffe, Sie haben gut hingesehen, Dr. Jones«, sagte sie. »Das ist die Strafe, die Make-Make für alle bereithält, die ihn enttäuschen. Bedenken Sie das, wenn Sie mit Ihrer Arbeit beginnen!«

Sie senkte die Hände. Das rote Pulsieren des Kristalls ließ nach und sank binnen weniger Augenblicke zu einem Glimmen herab, das nach dem grausamen Licht zuvor kaum noch zu sehen war.

Und im selben Moment ging auch mit Sandstein eine fast unheimliche Veränderung vor sich.

Indiana konnte sehen, wie alle Kraft aus ihrem Körper wich. Ihr Gesicht erschlaffte, und das Feuer des Dämons in ihren Augen erlosch ebenso wie das Glühen des Kristalls. Sie schwankte, machte aber eine schwache, abweisende Bewegung, als einer der Polynesier sie stützen wollte.

»Gehen Sie jetzt, Dr. Jones«, sagte sie leise. Ihre Stimme klang sehr müde. »Beginnen Sie mit Ihrer Arbeit. Wir haben nicht mehr viel Zeit.«

Während der nächsten drei Tage lernte Indiana Adele Sandstein ein halbes Dutzend Mal als sie selbst, aber auch beinahe ebensooft als Mi-Pao-Lo kennen. Der Unterschied wurde immer krasser. Aus dem reizbaren, mißtrauischen alten Weib, in das der Geist Mi-Pao-Los sie verwandelte, wurde eine unberechenbare Furie, die ihn grundlos anschrie und vor der sich selbst die Polynesier zu fürchten begannen, und im gleichen Maße wurde Adele Sandstein schwächer und stiller, als sauge der böse Geist ihr wirkliches Selbst allmählich aus, wenn sie von ihm besessen war.

Es war der Kristall, der diese furchtbare Veränderung bewirkte. Indiana traf die Mi-Pao-Lo niemals ohne den roten Feuerkristall an und Adele Sandstein niemals mit ihm. Aber er wagte nicht, sie in den seltener werdenden Stunden, in denen sie sie selbst war, darauf anzusprechen. Er hatte rasch herausgefunden, daß sich Sandstein nicht an das erinnerte, was sie tat oder sagte, wenn sie Mi-Pao-Lo war, und wenn, dann nur schemenhaft und verschwommen. Aber er hatte keine Garantie, daß es umgekehrt ebenso war.

Und außerdem blieb ihm auch gar keine Zeit, sich lange mit einem der beiden Wesen zu unterhalten, die um die Vorherrschaft über Adele Sandsteins Körper stritten.

Er hatte darum gebeten, daß ihm verschiedene Dinge aus dem Wrack der Fregatte geholt würden, und Sandstein erfüllte ihm diesen Wunsch. Schon am Abend des ersten Tages hatte er den Raum, in dem sich die Inschrift befand, in ein heilloses Chaos verwandelt. Papiere, Bücher, Tabellen und Notizzettel bedeckten jeden Quadratzentimeter des Bodens, dazu Rechenschieber, der auseinandergebaute Sextant des Schiffes und buchstäblich Hunderte von Blättern, die er mit endlosen Zahlen- und Buchstabenkolonnen vollgekritzelt hatte, dazu noch einige andere technische Gerätschaften aus dem Schiff, die er auseinandergebaut und zu neuen (und völlig sinnlosen) Apparaturen kombiniert hatte. Es war ein wirklich beeindruckender Anblick.

Der allerdings auch keinem anderen Zweck diente, als diesen Eindruck zu erwecken. Nichts von alledem, was Indiana in diesen drei Tagen tat, hatte irgendeinen Sinn, außer dem, Sandstein und vor allem der Mi-Pao-Lo den Eindruck zu vermitteln, daß er wie ein Besessener arbeitete, um die Inschrift an der Wand zu entziffern.

Indiana ging trotz allem sehr behutsam zu Werke, und wenn schon für nichts anderes, so hätte er doch am Ende dieser drei Tage zumindest für seine schauspielerische Leistung eine Auszeichnung verdient. Mehr als einmal machte er bewußt den Eindruck, der Verzweiflung nahe zu sein und aufgeben zu wollen, auch wenn er damit jedesmal einen Wutausbruch der Mi-Pao-Lo provozierte. Er spielte den Zögernden. Gab sich unentschlossen. Himmelhoch jauchzend, wenn er scheinbar einen Durchbruch erzielt hatte, und im nächsten Moment wie am Boden zerstört, als ob er seinen Irrtum einsähe. Das erste Mal, daß er vorgab, zumindest zu *glauben*, er hätte die Bedeutung einiger Schriftzeichen entziffert, war am Mittag des zweiten Tages.

Als er schließlich tat, als könne er nach und nach erste Informationen preisgeben, war er noch vorsichtiger. Er zögerte häufig, beging absichtlich Irrtümer und nahm Anweisungen, auf denen er kurz zuvor mit Vehemenz bestanden hatte, wieder zurück. Mi-Pao-Los Krieger errichteten auf Indianas Anweisung hin ein zwölf Meter hohes Holzgerüst auf dem Kraterrand, das zwar ganz hübsch aussah, aber nicht die mindeste Funktion erfüllte. Sie brauchten zehn Stunden dazu, und als sie fertig waren, erklärte Indiana, daß er sich geirrt hätte und sie die Konstruktion in nur anderthalb Metern Größe benötigten; dafür aber zwölfmal.

Mi-Pao-Lo starrte ihn nur wortlos an, als er seinen »Irrtum«

eingestand. Ihrem Blick nach zu urteilen, war sie damit beschäftigt, sich ein paar originelle Todesarten für ihn auszudenken, aber sie ließ kein Wort der Kritik hören, sondern befahl den Langohren, alles zu tun, was er verlangte. Indiana bedauerte fast, ihnen nicht aufgetragen zu haben, *zwölfhundert* der kleinen Holzgestelle zu bauen; oder eine Nachbildung des Eiffelturms im Maßstab 1:1.

Aber trotz allem fing er an, unter all dem Unsinn, den er die Polynesier vollführen ließ, wirklich wichtige Anweisungen zu verbergen. Er tat es vorsichtig, fast beiläufig, eine Bemerkung hier, ein Wort da, und am Schluß hatte er ein solches Gespinst von Lügen, Halbwahrheiten und völlig unsinnigen Tätigkeiten aufgebaut, daß er selbst kaum mehr durchblickte. Er konnte nur beten, daß die Polynesier all diesen Unsinn tatsächlich für den Willen ihres Gottes hielten und getreulich ausführten.

Am Abend des dritten Tages kam Sandstein noch einmal zu ihm. Sie trug ein prachtvolles Gewand aus Federn, buntem Stoff und Lederschnüren, und dazu einen barbarischen Schmuck aus vielfarbigen Korallen und Kristallen, der alles in allem einen Zentner wiegen mußte und sie zu einem mühsamen Schlurfen zwang. Unter all der barbarischen Pracht war Adele Sandstein kaum noch zu sehen. Zumindest war sie in diesem Moment sie selbst, wie Indiana nach einem einzigen Blick in ihr Gesicht erkannte. Sie wirkte unendlich müde und alt. In den acht Tagen, die Indiana sie nun kannte, schien sie um mindestens ebenso viele Jahre gealtert zu sein, und in ihren Augen stand ein Ausdruck unendlich tiefer Verzweiflung.

»Haben Sie es geschafft, Dr. Jones?« fragte sie müde.

Indiana ließ seinen Blick einige Sekunden lang über die komplizierten Linien und Strichmuster auf der Wand gleiten, die ihm jetzt so wenig sagten wie im allerersten Moment. Eine kurze Zeit hatte er tatsächlich versucht, sie zu entziffern, aber er hatte nicht den kleinsten Ansatzpunkt gefunden. Es gab einfach kein System in diesem Durcheinander. Indiana war mittlerweile nicht einmal mehr sicher, daß es sich überhaupt um eine Schrift handelte.

Trotzdem nickte er mit gewichtigem Gesicht. »Ich glaube ja«, sagte er. »Es war schwer, aber ich denke, ich habe es geschafft.«

»Ich hoffe es, Dr. Jones«, flüsterte Sandstein. Ihre Stimme klang so müde, wie ihr Gesicht aussah, aber Indiana entging trotzdem nicht die Furcht, die darin mitschwang. »Ich weiß nicht, was geschehen wird, wenn das Zeremoniell mißlingt, aber es wird etwas Furchtbares sein.«

Indiana sah sie ernst an. »Wissen Sie denn überhaupt, was geschieht, wenn es gelingt?« fragte Indiana leise.

Aus der Furcht in Sandsteins Augen wurde für einen Moment Panik. Aber sie kämpfte sie nieder und zwang sich sogar zu einem Lächeln. »Kommen Sie, Dr. Jones. In ein paar Stunden wissen wir die Antwort auf all Ihre Fragen.«

»Jetzt?« Indiana war trotz allem überrascht. Er hatte damit gerechnet, daß man ihn zu den anderen zurückbrachte, um sie dann gemeinsam abzuholen – falls sie überhaupt an dem Fest teilnahmen. Sandstein hatte bisher keine entsprechende Bemerkung gemacht.

»Es gibt keinen Grund, zu warten«, sagte Sandstein. »Alles steht bereit, alle Vorbereitungen sind abgeschlossen, und die Feuer brennen.« Sie schien noch mehr sagen zu wollen, aber dann sah sie Indiana nur ein paar Sekunden lang schweigend an und deutete schließlich auf die Tür. Doch als er sich herumdrehen und auf die beiden Langohren zugehen wollte, die dort auf ihn warteten, rief sie ihn noch einmal zurück.

»Dr. Jones?«

Indiana blieb stehen und sah sie an.

»Versprechen Sie mir etwas«, bat Sandstein. Ihre Stimme war ganz leise, aber es war etwas darin, das Indiana einen eisigen Schauer über den Rücken laufen ließ. Er sagte noch immer nichts, aber sein Schweigen war Sandstein offensichtlich Antwort genug, denn sie fuhr nach ein paar Sekunden im gleichen, fast flüsternden Tonfall fort: »Wenn... dieses *Ding* vollends Gewalt über mich erlangen sollte, Dr. Jones, dann müssen Sie mich töten.«

Sie ging mit raschen Schritten an ihm vorbei und aus dem Raum, so schnell, daß er nicht einmal Gelegenheit für eine Antwort fand, und Indiana blickte ihr verstört und zutiefst betroffen nach, bis sie zusammen mit ihrer Leibwache verschwunden war.

Es war nicht das letzte Mal, daß er diesen Körper sah.

Aber das letzte Mal, daß er Adele Sandstein gehörte.

Die Sonne war bereits untergegangen, als ihn die beiden Vogelmenschen, die zu seiner Bewachung zurückgeblieben waren, wieder ins Freie führten. Trotzdem war es im Inneren des Vulkankraters nicht dunkel geworden. Am Himmel stand ein perfekt gerundeter Vollmond, dessen Licht von keiner Wolke beeinträchtigt wurde. Aus dem Kraterinneren drang das düsterrote Licht der Lava herauf, und von seinen Rändern herab beantwortete ein hellerer, roter Schein die Glut: das Flackern Hunderter lodernder Feuer, die die Langohren auf dem Kraterrand entzündet hatten. Die Polynesier selbst hatten auf seiner Innenseite Aufstellung genommen, so daß sich ihre Gestalten als tiefenlose, schwarze Gestalten vor dem Feuerschein abhoben. Indiana erschrak leicht, als er sah, wie viele es waren. Er hatte bisher angenommen, daß es sich um einen Stamm von vielleicht fünfzig oder hundert Kriegern handelte, eher weniger, nach dem Gemetzel am Strand – aber es waren Hunderte, wenn nicht mehr als tausend hünenhafte Krieger, die um den Krater herum Aufstellung genommen hatten, jeder einzelne ein Riese, und jeder einzelne in einen schreiend bunten, prachtvollen Federmantel gehüllt und in voller Bewaffnung. Wie sie so dastanden, erinnerten sie tatsächlich an einen Schwarm gewaltiger Vögel, der sich auf dem Kraterrand niedergelassen hatte, und plötzlich mußte Indiana wieder an das denken, was Sandstein über diesen Abend gesagt hatte: *Sie werden fliegen.*

Er versuchte sich dagegen zu wehren, aber für einen Moment hatte er die absurde Vorstellung, daß sich all diese riesigen, unheimlichen Krieger gleich in die Luft erheben würden, um mit mächtigen Flügelschlägen über dem Krater zu kreisen.

Natürlich war schon der bloße Gedanke Unsinn. Aber seit sie dieses vergessene Eiland am Ende der Welt betreten hatten, hatte er schon viele Dinge gesehen und erlebt, die er einen Tag vorher noch als »unmöglich« bezeichnet hätte.

Erst als der Bastkorb mit Indiana und seinen beiden Bewachern schon weit über den Krater hinausgeschwungen war, fiel ihm auf, daß ihr Ziel diesmal nicht der gegenüberliegende Eingang war. Vielmehr stiegen sie in steilem Winkel in die Höhe und näherten sich einem rechteckigen Plateau, das dicht unterhalb des Gipfels aus der Felsenwand herausgemeißelt worden war. Zwei fünf Meter hohe Kopfstatuen standen wie steinerne Wächter an den Eckpunkten des schmalen, überhängenden Stückes, und eine dritte, etwas kleinere, mit rotglühenden Kristallaugen, erwartete ihn etwa zehn Meter dahinter. Sandstein stand, in einen blutroten Federmantel gehüllt und eine lodernde winzige Sonne in beiden Händen haltend, im Schatten dieser Figur und blickte ihm entgegen. Ein gutes Dutzend besonders großer und wild aussehender Vogelmenschen flankierte sie. Von den anderen Gefangenen war nichts zu sehen.

Indiana sprang aus dem Korb, noch ehe der den Boden ganz berührt hatte, und ging auf sie zu. Aber seine Schritte wurden langsamer, je näher er ihr kam, und schließlich blieb er ganz stehen. Die Frau im Schatten der riesigen Figur war nicht mehr Adele Sandstein. Aus ihren Augen starrte ihm der Dämon entgegen.

»Kommen Sie, Dr. Jones«, sagte Mi-Pao-Lo lächelnd. »Der große Augenblick ist da. Der Moment, auf den mein Volk seit mehr als tausend Jahren geduldig gewartet hat.« Sie machte eine einladende Geste und signalisierte ihm beinahe gleichzeitig auch, ihr nicht *zu* nahe zu kommen. Indiana blieb einen guten Meter von ihr entfernt stehen. Nicht zu nahe, um sie zu beunruhigen, aber nahe genug, um sie mit einem entschlossenen Sprung zu erreichen, sollte es nötig sein.

Sandstein gab ein Zeichen, und irgendwo in der Weite des Kraterrandes begann eine Trommel zu schlagen. Die Feuer brannten höher, und nach einigen Augenblicken löste sich eine

Anzahl der Langohren aus dem Kreis, den die Krieger auf dem Kraterwall bildeten.

Indiana mußte sich beherrschen, um sich seine Erregung nicht *zu* deutlich anmerken zu lassen; um nicht allzu deutlich hinzusehen, obwohl an seiner Neugier wahrscheinlich nicht einmal etwas Verdächtiges gewesen wäre. Die Feuer brannten nicht gleichmäßig, sondern waren nach einem Muster auf dem Kraterrand verteilt, das zufällig schien, es aber sicher ganz und gar nicht war. Die Krieger, die sich aus dem Kreis gelöst hatten, traten nun mit gemessenen Schritten neben die flackernden Brände und fachten sie zu höherer Glut an, wozu sie große Konstruktionen benutzten, die auf absurde Weise beinahe an Fliegenklatschen erinnerten. Sie hatten sie auf Indianas Anweisung hin in den letzten beiden Tagen angefertigt. Die Flammen loderten hell auf, sanken wieder in sich zusammen, loderten wieder auf, sanken erneut zusammen... Es war ein monotoner, langsamer Rhythmus, der etwas Einschläferndes hatte, wenn man zu lange hinsah.

Das Dröhnen der Trommel wurde lauter und schneller, ein hypnotisierender, hämmernder Takt, der nach und nach Indianas Pulsschlag, seinen Atem und selbst seine Gedanken in seinen Rhythmus zwang, und die Polynesier stimmten einen düsteren, an- und abschwellenden Wechselgesang dazu an, zu dem sie rhythmisch die Oberkörper hin und her zu wiegen begannen. Die Feuer flackerten weiter.

»Der große Moment ist da«, flüsterte Sandstein abermals. »Mein Volk wird wieder den Platz auf dieser Welt einnehmen, der ihm gebührt.« Plötzlich wechselte sie sowohl das Thema als auch die Tonlage.

»Sagen Sie, Dr. Jones«, fragte sie beinahe spöttisch, »gehören Sie zu den Männern, die ihr Wort halten?«

Es war keine von den Fragen, auf die man eine Antwort erwartet, und Indiana sagte auch nichts, so daß Sandstein nach einigen Augenblicken fortfuhr.

»Wenn ja – und ich nehme an, daß es so ist –, dann rate ich Ihnen, zum ersten Mal in Ihrem Leben mit diesem Prinzip zu brechen und das Versprechen nicht einzulösen, das Sie dieser törichten alten Frau gegeben haben.«

Indiana war nicht erschrocken – er fühlte sich plötzlich unendlich erleichtert. Die Erinnerungen Sandsteins waren für den Dämon, der sie besessen hielt, kein Geheimnis. Hätte er jedoch auch nur eine Andeutung gemacht, dann wäre alles verloren gewesen.

Hinter ihm erscholl ein lautes Poltern und Rumpeln. Indiana drehte sich halb herum und sah, daß sich in der Felswand ein Tor geöffnet hatte, durch das Jonas und die anderen Gefangenen herausgeführt wurden. Sie waren mit dünnen, aber sehr fest angelegten Hanfschnüren an den Händen und auch aneinander gebunden und wurden von einer Anzahl bewaffneter Langohren eskortiert, die sie mit groben Stößen vor sich hertrieben.

»Sehen Sie nur, Jones!« sagte Sandstein erregt. »Es beginnt. Meine Krieger werden sich zu den Sternen emporschwingen, damit sich die Tapfersten der Tapferen beweisen und ihre Stärke an die nächste Generation weitergeben können!«

Indiana stockte im wahrsten Sinne des Wortes der Atem, als sein Blick Sandsteins ausgestrecktem Arm folgte.

Die großen Kräne, die den Langohren normalerweise dazu dienten, sich in direkter Linie von einem Stolleneingang zum anderen zu schwingen, ohne jedesmal den Umweg über den Kraterrand in Kauf nehmen zu müssen, waren jetzt allesamt aufgerichtet und wiesen nach innen. Dutzende von Vogelmenschen, allesamt in prachtvolle Federmäntel gehüllt, waren auf die großen Holzgerüste hinaufgestiegen – und gerade, als Indiana aufsah, stürzte sich der erste Polynesier mit weit ausgebreiteten Armen in die Tiefe!

Nicht nur Nancy Barlowe schrie gellend auf und schlug sich erschrocken die Hand vor den Mund.

Aber der Polynesier stürzte nicht ab.

Zwanzig, dreißig Meter weit fiel er wie ein Stein in die Tiefe, doch dann breitete er plötzlich die Arme aus, und der bunte Federmantel spannte sich zwischen den Armen und dem Körper, so daß es tatsächlich aussah, als hätte der Mann ein Paar gewaltiger Flügel. Aus dem rasenden Sturz wurde ein rasch langsamer werdendes, kreisendes Gleiten, eine abwärts gerichtete Spirale, bis er das Ende des langen, elastischen Seils erreicht hatte, das ihn mit dem hölzernen Gestell auf dem Kraterrand verband. Der Polynesier befand sich jetzt allerhöchstens noch zwanzig Meter über der hellorange glühenden Lava des Kraterinneren. Die Hitze dort unten mußte unerträglich sein, aber die aufsteigende, glühende Luft fing sich jetzt auch unter den Flügeln des Vogelmenschen und ließ ihn weiter seine majestätischen Kreise ziehen, so daß er tatsächlich wie ein bizarrer Riesenvogel aussah, der über einem Meer von Feuer dahinglitt. Indiana fragte sich, wie lange der Polynesier die mörderische Hitze noch aushalten würde.

»Unglaublich«, flüsterte Ganty neben ihm. Wie Indiana und alle anderen blickte er in die Tiefe, während sich über ihnen ein zweiter und dritter und dann immer mehr Polynesier dem flammenden Feuersee entgegenstürzten. Hitze und Licht trieben ihm die Tränen in die Augen, aber er sah trotzdem nicht weg, ja, er blinzelte nicht einmal. »Sie... sie *fliegen*!«

»Sie haben das nicht gewußt?« fragte Indiana.

Ganty schüttelte den Kopf, ohne Indiana anzusehen. »Nein. Ich... wußte nicht, was ihr Name wirklich bedeutet.«

Immer mehr und mehr Krieger stürzten sich nun auf ihren bunten Riesenschwingen in die Tiefe, wo sie wie ein gewaltiger Schwarm bizarrer, übergroßer Vögel unter ihnen kreisten. Das grelle Licht der Lava, in das Indiana blickte, ließ ihre Umrisse verschwimmen und machte die dünnen elastischen Taue, an denen sie hingen, unsichtbar. Sie begannen immer schneller um- und übereinander zu kreisen, so daß Indiana sich unwillkürlich fragte, wieso sich die Seile nicht ineinander verhedderten oder sie in der Luft zusammenstießen.

Nach einer Weile begann er ein System in dem nur scheinbar willkürlichen Gleiten und Schweben zu erkennen. Die Vogelmenschen kreisten nicht planlos herum, sondern folgten ganz bestimmten, komplizierten Bahnen, auf denen sie sich manchmal so nahe kamen, daß sie beinahe zu kollidieren schienen, sich immer wieder auch in jähen Sturzflügen mit angelegten Schwingen in die Tiefe warfen oder aber mit weit ausgebreiteten Flügeln auf der aufsteigenden heißen Luft nach oben ritten.

Was sie beobachteten, war ein Kampf. Er war allerdings nicht echt, sondern ein stilisiertes Ritual von genau festgelegten Bewegungen, Attacken und Paraden, Ausweich- und Angriffsbewegungen. Ein majestätischer Tanz, der bizarr und anmutig, erschreckend und faszinierend zugleich war.

Eine gute halbe Stunde standen sie schweigend da und sahen dem Tanz der Vogelmenschen zu, der vom an- und abschwellenden Rhythmus der Trommeln untermalt wurde. Manchmal – Gesetzmäßigkeiten folgend, die Indiana nicht zu durchschauen vermochte – schied einer der Vogelmenschen aus dem Tanz aus und wurde nach oben gezogen, woraufhin sofort ein anderer seinen Platz übernahm. Die Zahl der Tänzer blieb so immer gleich.

Indiana hob verstohlen den Blick und sah zum Kraterrand empor. Die Feuer brannten noch immer, und ihr roter Schein zeichnete noch immer das gleiche Muster in den Himmel.

Es war Indiana selten so schwergefallen wie jetzt, Geduld zu beweisen. Natürlich wußte er, daß es viel zu früh war. Selbst *wenn* die HENDERSON dort draußen war und *wenn* Franklin sein Signal auffing und darauf reagierte, konnten seine Leute noch nicht hier sein.

»Was haben Sie, Jones?« fragte Ganty neben ihm.

Indiana drehte sich zu ihm um, allerdings erst, nachdem er einen raschen, sichernden Blick zu Sandstein hinübergeworfen hatte. Aber die Mi-Pao-Lo war von dem Geschehen unter ihnen ebenso gebannt wie alle anderen und schenkte weder ihm noch den übrigen Gefangenen auch nur die mindeste Beachtung.

»Sie sehen nervös aus«, fuhr Ganty fort. Er sah kurz zum Kraterrand hinauf und lächelte. »Haben Sie Angst vor dem, was passiert, wenn Make-Make nicht antwortet?«

Indiana schwieg weiter. Er spürte, daß Ganty auf etwas ganz Bestimmtes hinauswollte, und er ahnte sogar, worauf.

Ganty runzelte die Stirn. Als er weitersprach, klang seine Stimme sehr ernst. »Ich habe eine Menge Hochachtung vor Ihnen, Dr. Jones«, sagte er. »Aber Sie können mir trotzdem nicht erzählen, daß es Ihnen gelungen sein soll, in nur drei Tagen diese Schriftzeichen zu entziffern. Was immer sie dort oben tun, sie rufen nicht die Götter an. Aber irgend etwas tun sie. Ich frage mich nur, was das ist.«

Indiana zögerte noch eine letzte Sekunde – und dann sagte er es ihm.

Ganty riß verblüfft die Augen auf. »Wie bitte?«

Erschrocken gab ihm Indiana ein Zeichen, leiser zu sein. Ganty senkte zwar gehorsam die Stimme wieder zu einem Flüstern, aber er klang genauso verblüfft und ungläubig, als er weitersprach. »Das... das glaube ich nicht! So blöd können sie gar nicht sein!«

Indiana lächelte flüchtig, wurde aber sofort wieder ernst. »Es ist kein Zeichen von Dummheit, auf etwas hereinzufallen, das man nicht kennt, Ganty.«

»Sie sind wahnsinnig, Jones!« murmelte Ganty. »Wenn sie herausfinden, daß Sie sie betrogen haben, dann –«

»– wird auch nichts anderes geschehen als das, was uns ohnehin bevorsteht«, fiel ihm Indiana ins Wort. Er deutete auf Sandstein. »Schauen Sie sie an, Ganty! Glauben Sie wirklich, sie würde auch nur einen von uns lebend hier weglassen?«

Ganty folgte seinem Blick. Er schwieg, aber in seinem Gesicht arbeitete es. Und selbst Indiana erschrak, als er ebenfalls wieder in Sandsteins Richtung sah.

Ihr Gesicht hatte sich vollends in eine Grimasse verwandelt. Aus der sanftmütigen, alten Frau war ein Dämon geworden, der kaum mehr menschlich aussah. Indiana begriff, daß sie endgültig zur Mi-Pao-Lo geworden war. Adele Sandstein existierte nicht mehr. Ihr Körper war nur noch eine Hülle, die einem uralten, bösen Etwas als Werkzeug diente.

Und dieses Etwas schien seinen Blick zu spüren, denn es wandte sich plötzlich um und starrte ihn aus lodernden, roten Augen an. »Der Moment ist nahe, Dr. Jones!« murmelte Sandstein. »Nur eines fehlt noch, um die Beschwörung zu vollziehen.«

Indianas Herz begann zu klopfen. Etwas... stimmte nicht. Plötzlich hatte er das sichere Gefühl, irgend etwas übersehen, etwas Wichtiges vergessen zu haben.

»Ein Leben«, fuhr Sandstein fort. »Die Götter verlangen Blut, wenn sie uns ihr Gehör schenken sollen.« Sie lachte spöttisch, leise und unendlich böse. »Nun, Dr. Jones – wer soll es sein?«

Indiana verstand nicht gleich. »Wie bitte?«

Sandstein lachte noch einmal und lauter und deutete mit vagen, flatternden Bewegungen auf Indiana und die anderen. »Ohne Ihre Hilfe wäre dieser Moment nicht möglich gewesen, Dr. Jones«, sagte sie. »Deshalb bin ich in gnädiger Stimmung. Ich überlasse es Ihnen, das Opfer zu bestimmen.«

Ein einziger Schauer überlief Indiana. »*Was* soll ich?« fragte er noch einmal, obwohl er im Grunde sehr genau wußte, was Sandsteins Worte bedeuteten. Aber es war eine solche Ungeheuerlichkeit, daß er sich einfach weigerte, es zu glauben.

Das Lächeln in Sandsteins Augen erlosch. »Stellen Sie sich nicht dumm!« sagte sie ärgerlich. »Sie wissen sehr gut, wovon ich rede, auch wenn Sie so unaufmerksam waren, ausgerechnet diesen Teil der Inschrift *nicht* zu übersetzen. Make-Make verlangt Blut. Wenn Sie nicht bereit sind, das Opfer zu bestimmen, so werde ich es tun.«

Sie blickte ein paar Sekunden nachdenklich von einem zum anderen und deutete dann auf Ganty. »Sie!«

Ganty fuhr entsetzt zusammen. Er wich einen Schritt zurück, aber die Stricke, die ihn mit den anderen verbanden, stoppten seine Bewegung.

»Warum ausgerechnet er?« fragte Indiana.

Sandstein lachte. »Warum nicht? Oh, ich weiß, was Sie für Mr. Ganty empfinden, Dr. Jones. Aber sehen Sie es einmal so: Mr. Ganty hat die Hälfte seines Lebens damit zugebracht, mein Volk zu beschützen. Nun wird er es dafür opfern, es in die Freiheit zurückzuführen. Gibt es denn etwas Schöneres, als für genau das zu sterben, wofür man gelebt hat?«

»Sie sind ja wahnsinnig«, murmelte Indiana.

Und sprang vor.

Die Bewegung war so schnell, daß sie ihn beinahe selbst überraschte. Die beiden Langohren, die rechts und links von Sandstein standen, versuchten noch zu reagieren, aber sie kamen viel zu spät. Indiana prallte gegen Sandstein, entriß ihr den Kristall, schleuderte sie zu Boden und sprang im selben Augenblick wieder zurück. Drohend hob er den lodernden roten Stein in die Höhe.

Die Polynesier erstarrten. Eine Mischung aus Fassungslosigkeit und Entsetzen breitete sich auf ihren Zügen aus, aber keiner der Krieger wagte es, auch nur einen Schritt in seine Richtung zu tun.

Indiana hob den Kristall mit ausgestreckten Armen weiter in die Höhe, bis er direkt vor seinem Gesicht leuchtete und flammte. Das grelle, blutfarbene Licht – und vor allem das Wissen um das, was dieser Stein zu *tun* vermochte – hatten ihn verzehrende Hitze und Glut erwarten lassen, aber was er fühlte, war das genaue Gegenteil. Der Kristall war *kalt*. Seine Finger und seine Hände wurden gefühllos und steif, und die Kälte kroch rasend schnell weiter in seinen Arm empor.

Aber es war nicht nur Kälte.

Der Woge aus eisiger Taubheit folgte etwas anderes, Schlimmeres. Etwas Dunkles und Uraltes, das seit undenklichen Zeiten im Inneren des Kristalls gelauert hatte, etwas, das so alt war wie diese Welt, vielleicht älter, und unvorstellbar *böse*. Aber er spürte auch die Verlockung, die ihm innewohnte, und die unvorstellbare Macht, die ihm zur Verfügung stehen würde, wenn er sich ihr hingab.

Wie durch einen roten Schleier hindurch sah er, daß Sandstein wieder aufstand und einen Schritt auf ihn zutrat. »Worauf warten Sie, Dr. Jones?« fragte Sandstein noch einmal. »Sie können es tun! Töten Sie mich! Töten Sie alle hier! Es liegt jetzt allein in Ihrer Macht. Sie können uns alle vernichten und Ihr Leben und das Ihrer Freunde und ihre Freiheit retten! Es ist ganz leicht. Sie müssen es nur wollen!«

Indiana wußte, daß sie die Wahrheit sagte. Ein einziger Gedanke, der bloße Wunsch, und der Kristall würde das rote Feuer, das Delano und seine Männer umgebracht hatte, gegen Sandstein und ihre Krieger schleudern.

Aber er wußte auch, daß er dann verloren war.

Das Ungeheuer war nicht die alte Frau vor ihm.

Es war der Kristall. Es war das böse, pochende Herz der Feuerkugel, die er in seinen Händen hielt. Sandstein war nur ein Werkzeug, und wenn er sich der unvorstellbaren Macht des Kristalls auch nur ein einziges Mal bediente, dann würde er werden wie sie, eine Marionette, die nicht einmal mehr wirklich lebte.

»Tun Sie es, Jones!« sagte Sandstein. »Retten Sie Ihr Leben!«

Indiana begann zu zittern. Stöhnend taumelte er einen unsicheren Schritt auf sie zu, blieb wieder stehen – und ließ die Arme sinken.

Ohne jede Hast nahm Sandstein ihm den Kristall aus den Händen. Sein Pulsieren wurde wieder langsamer, als er sich dem ruhigeren Schlagen ihres Herzens anpaßte. Indiana atmete hörbar auf. Er hatte den Teufel in Händen gehalten, und für einen Moment war er ganz nahe daran gewesen, ihm seine Seele zu verkaufen. Er begann zu schwanken und wäre gestürzt, hätte ihn einer der Langohren nicht auf einen Wink der Mi-Pao-Lo hin aufgefangen.

»Sehen Sie, Jones?« sagte Sandstein lächelnd. »Jetzt haben Sie doch noch selbst die Wahl getroffen.« Sie machte eine befehlende Geste. »Bereitet ihn vor. Und die anderen auch!«

Zwei Meilen westlich auf hoher See
Zur selben Zeit

Der Soldat setzte das Fernglas ab und drehte sich um, als er das Dröhnen schwerer Schritte auf dem Metall des Decks vernahm. Das Schiff trieb in völliger Dunkelheit auf dem Meer, aber obwohl er die Gestalt, die sich ihm näherte, nur als Schatten wahrnahm, erkannte er sie sofort. Er machte Anstalten, zu salutieren, aber der Kapitän unterbrach ihn mit einer unwilligen Geste.

»Lassen Sie den Unsinn! Wir sind hier nicht auf dem Exerzierplatz.«

»Wie Sie befehlen. Ich habe –«

»Ich *weiß*, was Sie entdeckt haben, Leutnant«, sagte der Kapitän. Seine Stimme klang deutlich gereizt. Er streckte die Hand nach dem Fernglas des Leutnants aus, führte die Bewegung aber nicht zu Ende.

Das Doppelglas war nicht nötig. Das rote Glühen am Himmel war vermutlich auch noch in fünfzig Seemeilen Entfernung mit bloßem Auge zu erkennen. Es sah aus, als hätte ein Teil des Firmaments Feuer gefangen.

»Das ist... unglaublich. Wie lange geht das schon so?«

»Eine gute halbe Stunde«, antwortete der Leutnant. Es klang sehr nervös; wie jemand, der das, was er sieht, einfach nicht glauben kann. »Zuerst hielt ich es für einen Zufall. Vielleicht ein... ein Vulkan oder ein Feuer. Aber dazu ist es zu regelmäßig.« Er atmete plötzlich erschrocken ein. »Sehen Sie! Da ist es wieder! Immer wieder dasselbe Signal: drei-vier-eins. Dann eine Minute Pause, und es beginnt erneut.«

»Ich sehe es«, murmelte der Kapitän. Auch seine Stimme klang fassungslos, beinahe erschüttert.

»Wie um alles in der Welt hat er das gemacht?« flüsterte der Leutnant. »Es sieht aus, als ob der ganze Himmel brennt!«

»Ich weiß es nicht«, antwortete der Kapitän. »Und ich fürchte, wir werden es auch nicht mehr erfahren, wenigstens nicht von Delano.« Er schwieg eine Sekunde, dann straffte er sich sichtbar.

»Sie wissen, was dieses Signal bedeutet. Schnell jetzt. Wir haben keine Sekunde mehr zu verlieren!«

Der Leutnant salutierte nun doch, dann ging er mit schnellen Schritten davon, während der Kapitän reglos stehenblieb und erschrocken und verwirrt zu dem Vulkankrater hinübersah, der Morsezeichen zum Himmel schickte.

Die Insel der Langohren
Im selben Augenblick

Indiana bewegte vorsichtig die Finger und biß dabei die Zähne zusammen, um nicht vor Schmerz aufzustöhnen. Die Fesseln waren so eng angelegt gewesen, daß sie ihm das Blut abgeschnürt hatten. Jetzt kehrte das Leben ganz allmählich in seine tauben Hände zurück; ein Vorgang, der ebenso langsam wie schmerzhaft war. Und er war nicht einmal sicher, ob es sich lohnte, die pochenden Schmerzen zu ertragen. Wahrscheinlich würde er bereits den Moment, in dem sie aufhörten, nicht mehr erleben.

Verstohlen wandte er den Kopf und sah aufs Meer hinaus. Vom Kraterrand aus hatte er einen ungehinderten Blick bis zum Horizont – jedenfalls *hätte* er ihn gehabt, wäre es nicht so dunkel gewesen, daß er kaum hundert Meter weit sehen konnte, ehe sich sein Blick in vollkommener Finsternis verlor. Irgendwo dort draußen in der Dunkelheit war die HENDERSON. Vielleicht. Irgendwo dort draußen stand ein Mann mit einem Fernglas, der das Notsignal, das die Langohren ohne ihr eigenes Wissen jetzt seit fast einer Stunde abschickten, erkannt und darauf reagiert hatte. Vielleicht. Und vielleicht war jetzt schon ein Boot mit einer Rettungsmannschaft zu ihnen unterwegs.

Indiana seufzte tief auf. In ihrem »Plan« waren so viele *Vielleichts*, daß er ihn ebensogut vergessen konnte. Selbst wenn er aus allen *Vielleichts* ein *»Ganz bestimmt!«* machte, würden sie einfach zu spät kommen.

»Geben Sie sich keinen falschen Hoffnungen hin, Doktor Jones«, sagte Sandstein hinter ihm.

Indiana drehte sich erschrocken zu ihr herum, und Sandstein fuhr fort: »Selbst wenn Ihnen persönlich die Flucht gelänge, kämen Sie niemals von der Insel herunter. Und Ihre Kameraden müßten teuer dafür bezahlen. Also machen Sie lieber keine Dummheiten.«

Indiana blickte sie böse an, aber er hatte gleichzeitig auch Mühe, sich seine Erleichterung nicht allzu deutlich anmerken zu lassen. Für eine Sekunde war er fest davon überzeugt gewesen, daß sie alles wußte und das Spiel nur mitgespielt hatte, um ihn zu verhöhnen.

»Worauf warten Sie noch?« fragte er übertrieben zornig, um seine wahren Gefühle zu verbergen. »Bringen Sie mich doch endlich um!«

Sandstein lachte. »Sie haben es sehr eilig, zu sterben«, sagte sie. »Aber ich will großzügig sein, Dr. Jones. Ich gebe Ihnen die Chance, um Ihr Leben und das Ihrer Kameraden zu kämpfen.« Sie gab ein Zeichen mit der Hand. Zwei Langohren kamen herbei, und gleichzeitig bewegte sich einer der großen Kräne knarrend in ihre Richtung. Einer der beiden Polynesier trug einen grellbunten Federmantel über den Armen; der andere schleppte ein ganzes Sammelsurium von Waffen mit sich: Speer, Keule, Axt, Messer. Ein ausgesprochen ungutes Gefühl begann sich in Indiana breitzumachen.

»Ich nehme an, Sie haben lange genug zugesehen, um die Regeln zu kennen«, sagte Sandstein. »Sind Sie bereit?«

»Ich... ich soll dort hinunter?« fragte Indiana mit einer ungläubigen Geste in den Vulkan hinab. Erst jetzt fiel ihm auf, daß der zeremonielle Kampf der Langohren zu Ende war. Die letzten Polynesier kletterten in diesem Moment geschickt wie große Affen an den Seilen nach oben.

»Sie haben die Wahl«, sagte Sandstein lächelnd. »Den sicheren Tod für sich und Ihre Begleiter – oder mein Versprechen, in Frieden gehen zu dürfen, wenn Sie den Kampf gegen drei meiner besten Krieger bestehen.«

»Oh«, sagte Indiana. »Nur drei.«

»Niemand soll mir nachsagen, ich wäre unfair«, erwiderte Sandstein spöttisch. »Wählen Sie Ihre Waffen.«

»Ganz gleich welche?«

»Sicher.«

»Dann hätte ich gern eine Maschinenpistole«, sagte Indiana. »Und wenn es geht, einen Flammenwerfer.«

Sandsteins Gesicht verfinsterte sich. »Strapazieren Sie meine Geduld nicht zu sehr, Jones.«

Indiana verbiß sich die Antwort, die ihm auf den Lippen lag, und wandte sich dem Polynesier zu. Er überlegte ein paar Augenblicke, dann nahm er das Messer, schob es unter seinen Gürtel und streckte die Hand nach der Axt aus. Aber er führte die Bewegung nicht zu Ende, sondern drehte sich plötzlich zu Sandstein um. »Könnte ich meine Peitsche haben?«

Sandstein schien die Bitte erwartet zu haben, denn sie winkte nur herrisch, und der Polynesier reichte Indiana die zusammengerollte Lederschnur. Er befestigte sie neben dem Dolch am Gürtel. Dann wollte er nach dem Umhang greifen, aber der Polynesier schlug grob seinen Arm beiseite und machte sich allein daran, Dr. Indiana Jones in einen Vogelmenschen zu verwandeln – was im übrigen nicht halb so einfach war, wie es im ersten Moment den Anschein hatte. Die beiden Langohren benötigten eine gute Viertelstunde, um den Mantel mit einem komplizierten System aus Stangen und Lederriemen an seinen Schultern und Armen zu befestigen. Das Kleidungsstück erwies sich als erstaunlich schwer und erstaunlich unbequem. Möglicherweise konnte man darin fliegen, dachte Indiana verärgert, aber man konnte kaum darin *gehen*.

Sandstein machte eine einladende Geste auf das Tau zu, das neben ihm hing. »Bitte, Dr. Jones.«

Indiana sah sich mit übertriebener Geste um. »Und meine… *Partner*?«

»Sie haben fünf Minuten zum Üben«, antwortete Sandstein spöttisch. »Es ist nicht leicht, wie ein Vogel zu fliegen, Dr. Jones.«

Wortlos drehte sich Indiana um und streckte Kopf und Schultern durch die Seilschlaufe. Während die Polynesier das Tau fester zogen und sich von dessen korrektem Sitz überzeugten, sah Indiana noch einmal zu den anderen zurück. Die Blicke der anderen Gefangenen waren gebannt auf ihn gerichtet. Er las

Furcht und Resignation und Hoffnung darin, aber auch Zorn. Er verstand dieses Gefühl nur zu gut. Für sie alle mußte es so ausgesehen haben, als hielte er die Rettung in Händen. Sie hatten nicht gefühlt, was er gefühlt hatte. Der einzige, in dessen Augen er so etwas wie Verständnis zu lesen glaubte, war Ganty.

»Eine Minute ist bereits um, Dr. Jones«, drang Sandsteins Stimme durch seine Gedanken. »Beeilen Sie sich lieber. Die Hoffnungen all Ihrer Freunde ruhen auf Ihnen.«

Mit einem entschlossenen Schritt trat er an den Kraterrand. Ein Schwall kochender Luft schlug ihm ins Gesicht, als ihm der Vulkan ein glühendes Willkommen entgegenfauchte. Die Glut war so grell, daß sie ihm die Tränen in die Augen trieb. Für einen Moment verließ ihn der Mut. Vielleicht war es wirklich besser, hierzubleiben und einen schnellen Tod unter den Messern der Polynesier in Kauf zu nehmen, als dort unten bei lebendigem Leibe langsam gegrillt zu werden. Aber dann blickte er noch einmal in Sandsteins Gesicht, und er las in ihren Augen, daß es für ihn keinen schnellen Tod geben würde, und schon gar keinen schmerzlosen, und er stieß sich ohne zu zögern ab.

Abgesehen von der Hitze, die schlimmer war, als er erwartet hatte, war es beinahe leicht. Dem Beispiel der Polynesier folgend, breitete er weit die Arme aus, und er spürte schon auf den ersten Metern, wie sich die aufsteigende heiße Luft unter seinen Flügeln fing und den Sturz bremste.

Trotzdem schien ihm das glühende Herz des Vulkans regelrecht entgegenzufliegen. Die Hitze verbrannte sein Gesicht, seine Augenbrauen und Lungen, und als er vorsichtig die Arme bewegte, um seinen Kurs zu korrigieren, wie er es bei den Langohren gesehen hatte, geriet er prompt ins Trudeln und wäre in die Lava gestürzt, hätte ihn das Tau nicht gehalten. Fast eine Minute lang zappelte er hilflos am Ende der Leine herum, bis es ihm auch nur wieder gelang, eine halbwegs ruhige Position wiederzugewinnen; von einem gezielten Flug oder gar dem eleganten Gleiten und Schweben, das er bei den Vogelmenschen beobachtet hatte, gar nicht zu reden.

Etwas im Rhythmus der Trommeln änderte sich. Indiana hob

– sehr vorsichtig, um nicht durch eine unbedachte Bewegung wieder aus dem Gleichgewicht und ins Trudeln zu geraten – den Kopf und sah, wie sich dicht nebeneinander drei Polynesier mit weit ausgebreiteten Schwingen in die Tiefe stürzten. Von unten betrachtet sah es noch eleganter aus als von oben. Und noch tödlicher.

Indiana griff nach seiner Peitsche, löste die Hand nach kurzem Zögern wieder vom Griff und zog statt dessen den Dolch. Seine Peitsche würde vielleicht eine Überraschung für die Langohren sein, aber diese Chance hatte er nur einmal. Wenn er sie zu früh ausspielte, war es aus.

Die drei Polynesier stürzten wie Raubvögel auf ihn herab, einer von rechts, einer von links, der dritte direkt von oben. Offenbar wollten sie die Sache zu einem schnellen Ende bringen. Indiana hatte dasselbe vor, aber er war nicht sehr sicher, daß ihm das gleiche Ergebnis vorschwebte wie den Vogelmenschen.

Er sah die Messer in den Händen der Polynesier, die ihn von den Seiten angriffen, und versuchte, sich herumzuwerfen und zugleich an Höhe zu gewinnen. Dabei geriet er prompt ins Trudeln.

Wahrscheinlich rettete ihm seine Ungeschicklichkeit das Leben. Indiana überschlug sich am Ende seiner Leine, stürzte ein gutes Stück weit der Lava entgegen und gewann fast gegen seinen Willen in einer bizarren Spirale wieder an Höhe, als er instinktiv die Arme ausbreitete und in die Thermik geriet. Einer der Polynesier verfehlte ihn nur um Haaresbreite; die beiden anderen schossen plötzlich aufeinander statt auf ihren gemeinsamen Gegner zu und hatten mit einem Male alle Hände voll zu tun, nicht miteinander zu kollidieren und ihre Taue nicht zu verheddern. Vielleicht hätte er in diesem Moment eine gute Chance gehabt, die Überraschung seiner Gegner auszunutzen und wenigstens einen von ihnen auszuschalten.

Theoretisch.

Praktisch riß die Thermik ebenso plötzlich wieder ab, wie sie ihn in die Höhe katapultiert hatte, und Indiana stürzte kopfüber und mit Armen und Beinen strampelnd in die Tiefe.

Eine grün gefiederte Gestalt schoß auf ihn zu. Indiana breitete die Arme aus und versuchte, wieder in die Thermik zu gelangen, aber er war nicht schnell genug. Der Polynesier glitt kaum eine Handbreit an ihm vorbei, und sein Dolch schlitzte Indianas Hemd vom Gürtel bis zum Halsausschnitt auf.

Die Haut darunter auch.

Indiana keuchte vor Schmerz auf und versuchte ebenfalls einen Messerhieb anzubringen, aber seine Klinge fetzte nur ein paar Federn aus dem Mantel des Polynesier. Indiana warf sich herum, schlug ungeschickt mit den Flügeln und versuchte ihm zu folgen, wurde aber in diesem Moment von den beiden anderen angegriffen. Sie glitten wieder von beiden Seiten auf ihn zu, diesmal aber in unterschiedlicher Höhe, so daß ihn einer von beiden auf jeden Fall erwischen mußte, ganz egal, was für ein Ausweichmanöver er vollführte.

Also versuchte er es erst gar nicht.

Statt dessen warf er sich herum und raste direkt auf einen der beiden zu.

Seine Attacke überraschte den Polynesier vollkommen. Sie bewegten sich mit irrsinniger Geschwindigkeit aufeinander zu, und Indiana stellte sich dabei so ungeschickt an, daß sein Gegner ihn der Länge nach aufgeschlitzt hätte, wenn er nur das Messer gehoben hätte. Aber er tat es nicht, sondern starrte Indiana nur fassungslos an. Indiana hackte mit dem Messer nach ihm, erwischte aber auch diesmal nichts als ein paar Federn, und dann waren sie aneinander vorbei, und im nächsten Augenblick begriff Indiana schlagartig, warum der Polynesier ihn so fassungslos angestarrt hatte; genauer gesagt: so *entsetzt*.

Ihre Taue begannen sich umeinanderzuwickeln.

Sowohl Indiana als auch sein Gegner versuchten eine Ausweichbewegung, aber es war zu spät. Ihre Seile drehten sich umeinander, und Indiana und der Polynesier begannen einander gegen ihren Willen und immer schneller zu umkreisen. Der Kraterrand und die lodernden Feuer rasten immer schneller und schneller an ihm vorbei.

Der Zusammenstoß war fürchterlich. Das Messer wurde ihm

aus der Hand gerissen und flog davon, und aus dem Federmantel seines Gegenübers löste sich ein fast metergroßes Stück, das trudelnd in die Tiefe zu stürzen begann und Feuer fing, noch bevor es die Lava erreichte.

Indiana klammerte sich instinktiv am Körper seines Gegners fest. Der andere tat dasselbe; allerdings nur mit einer Hand. Mit der anderen griff er nach Indianas Kehle und drückte mit erbarmungsloser Kraft zu.

Indiana ließ die Schultern des Langohrs los und begann mit beiden Fäusten auf dessen Gesicht einzuschlagen. Er traf. Blut lief aus Nase und Gesicht des Eingeborenen, aber sein Würgegriff verstärkte sich nur noch. Indianas Kräfte ließen bereits nach. Er hämmerte weiter auf seinen Gegner ein, aber seine Schläge waren jetzt kraftlos und hatten so gut wie keine Wirkung mehr.

Ein furchtbarer Ruck ging durch seinen Körper. Indiana sah hoch und erkannte voller Entsetzen, daß nur noch einer der beiden Polynesier auf seinen Flügeln über ihnen kreiste. Der andere hatte sich zu den ineinandergedrehten Seilen emporgeschwungen und daran festgeklammert. In der rechten Hand hielt er ein gewaltiges Messer, mit dem er verbissen an den Tauen herumsäbelte.

Dieser Anblick gab Indiana noch einmal Kraft. Mit einem verzweifelten Hieb sprengte er den Würgegriff seines Gegners, stieß sich von ihm ab und versuchte, irgendwie in die Höhe zu kommen. Augenblicklich begannen sie wieder umeinander zu kreisen; diesmal in entgegengesetzter Richtung.

Wieder spürte er einen Ruck, der ihm sämtliche Knochen im Leib zu zerbrechen schien. Das erste Seil war gerissen. Es war das, an dem sein Gegner hing, aber da ihre Taue sich mindestens dreißig- oder vierzigmal umeinandergedreht hatten, stürzte der Polynesier nicht sofort ab, sondern glitt mit kleinen, harten Rucken in die Tiefe, wobei er gleichzeitig wie besessen mit den Armen ruderte, um in Indianas Nähe zu kommen. Der zweite Polynesier säbelte fröhlich weiter am Seil. Es würde nur noch Sekunden halten.

Indiana hielt verzweifelt nach dem dritten Vogelmenschen Ausschau und löste gleichzeitig seine Peitsche vom Gürtel. Er entdeckte ihn keine zehn Meter von sich entfernt, warf sich herum und sah aus den Augenwinkeln, wie der Polynesier, mit dem er gerade gekämpft hatte, von unten auf ihn zuglitt. Sein Tau gab ihm jetzt keinen Halt mehr, aber er hatte die Thermik so günstig erwischt, daß er für einen Moment tatsächlich flog. Was er vorhatte, war klar.

Trotzdem ignorierte ihn Indiana und ließ seine Peitsche knallen.

Die Schnur verfehlte den Polynesier und wickelte sich über dessen Schulterblättern um das Haltetau. Aus dem eleganten Gleitflug des Polynesiers wurde ein hilfloses Trudeln, als Indiana die Peitsche mit einem Ruck straffzog und den Eingeborenen auf sich zuzuzerren begann. Hand über Hand zog er den Vogelmann auf sich zu.

Der Polynesier begann wild zu strampeln und versuchte, sich auf den Rücken zu drehen, um die Peitschenschnur zu erreichen, aber es gelang ihm nicht.

Und dann ging alles entsetzlich schnell.

Indianas Seil riß. Er spürte, daß er zu fallen begann und klammerte sich mit verzweifelter Kraft an den Peitschenstiel, gleichzeitig versuchte er sich nach vorn zu werfen und die strampelnden Beine des Polynesiers zu erreichen.

Wahrscheinlich hätte er es sogar geschafft, wäre in diesem Moment nicht sein vorheriger Gegner herangekommen und hätte nach *seinen* Beinen gegriffen. Mit aller Kraft klammerte der sich an Indiana fest.

Es gab einen doppelten, entsetzlichen Ruck, der ihm die Arme aus den Gelenken zu reißen schien, aber sein Vorrat an wundersamen, rettenden Fügungen war wohl noch nicht aufgebraucht: Sowohl seine Peitsche als auch das Tau des Polynesiers hielten der Belastung stand, und irgendwoher nahm er sogar die Kraft, sich Hand über Hand in die Höhe zu ziehen und die Füße des Langohrs zu packen. Der Polynesier trat wütend aus, aber die schiere Todesangst – und der Anblick der brodelnden Lava unter sich – gaben Indiana fast übermenschliche Kräfte. Obwohl die gut zwei Zentner des anderen Langohrs an seinen Beinen zerrten, kletterte er weiter in die Höhe, krallte sich in die Arme des Polynesiers und griff weiter nach oben.

Der Polynesier rammte ihm das Knie in den Leib. Eine seiner Hände tastete über Indianas Gesicht und packte nach seinen Augen. Indiana biß ihm in den Daumen, schmeckte Blut und krümmte sich gleich darauf selbst vor Schmerz, als das Knie des Burschen mit der Wucht eines Hammerschlags in seinem Magen landete. Sein Griff lockerte sich; er begann abzurutschen. Instinktiv warf er die Arme nach oben und packte, was er zu fassen bekam.

Es waren die Ohren des Vogelmenschen.

Der Polynesier begann hysterisch und schrill zu kreischen, als seine Ohrläppchen plötzlich und brutal zur doppelten Länge gedehnt wurden, nachdem er selbst sie in den letzten zehn oder fünfzehn Jahren sehr behutsam gestreckt hatte. Indiana spürte einen weiteren, harten Ruck, und plötzlich waren seine Hände voller Blut. Verzweifelt krallte er sich in das Gesicht des Polynesiers, glitt weiter ab und fand schließlich an dessen Schultern halt. Der Polynesier kreischte vor Schmerz und begann sich wild hin und her zu werfen, während er beide Hände auf seine blutenden Ohren preßte.

Unter Indiana ertönte ein schriller Schrei, und als er den Blick senkte, machte sein Herz einen erschrockenen Hüpfer bis in seinen Hals hinauf.

Der Polynesier, der sich an seine Beine geklammert hatte, stand in Flammen. Sein Tau war in die Lava geraten, und das heiße, flüssige Gestein hatte es wie eine Lunte in Brand gesetzt. Die Flammen hatten bereits den Rand seines Federmantels erreicht und griffen mit rasender Schnelligkeit um sich!

Indiana hatte bisher gezögert, aber nun blieb ihm keine andere Wahl mehr: mit einem entschlossenen Tritt stieß er den Polynesier von sich. Der Eingeborene kreischte, stürzte rücklings in die Tiefe und breitete im Fallen die Arme aus. Wie ein riesiger, brennender Vogel stürzte er in die Lava hinab und verschwand in der brodelnden Masse. Eine gewaltige Stichflamme schoß in die Höhe, und ein Hagel aus winzigen, glühenden Lavaspritzern versengte Indianas Rücken und seine Beine.

In der Zwischenzeit war jedoch der zweite Polynesier wieder halbswegs zur Besinnung gekommen. Seine zerfetzten Ohrläppchen bluteten noch immer heftig, aber der Ausdruck seiner Augen verriet jetzt viel weniger Schmerz als rasende Wut.

Indiana schlang den linken Arm um seinen Nacken, klammerte sich mit aller Kraft daran fest und rammte ihm die rechte Faust in den Leib; einmal, zweimal, dreimal, immer wieder. Zuerst schien es, als hätten seine Hiebe überhaupt keine Wirkung, aber dann spürte er, daß der Körper seines Gegners allmählich erschlaffte.

Nur um sicherzugehen, schlug er noch einmal zu, dann begann er, weiter in die Höhe zu steigen, bis er wie ein Zirkusartist auf den Schultern des bewußtlosen Polynesiers stand und sich mit der linken Hand am Haltetau festklammerte.

Der dritte und letzte Vogelmensch glitt mit weit ausgebreiteten Schwingen heran. In seinen Händen blitzte eine gewaltige Machete, und als Indiana seinen Kurs in Gedanken verlängerte, wurde ihm klar, daß er selbst gar nicht das Ziel des Polynesiers war. Der hatte vor, das Tau zu kappen, damit sie beide in die Lava hinabstürzten. Das Leben ihrer eigenen Leute schien den Langohren nicht besonders viel wert zu sein.

Indiana wartete ruhig ab, bis der Polynesier nahe genug heran war, dann schlug er mit der Peitsche zu. Diesmal war der Hieb anders: kürzer, härter und mit sehr viel mehr Kraft geführt, und ein kurzes Schnappen aus dem Handgelenk, das die Peitschenschnur mit fürchterlicher Kraft nach dem Tau züngeln ließ.

Sie durchtrennte das Tau wie ein Messer.

Der Vogelmann schrie vor Schrecken auf, aber er behielt trotzdem die Nerven. Mit weit ausgebreiteten, reglosen Schwingen glitt er dicht an Indiana vorbei, ließ plötzlich seine Machete fallen und ging in einen rasenden Sturzflug über. Als Indiana schon glaubte, er würde in der Lava versinken, warf er sich gerade noch herum und nutzte den Schwung seines eigenen Sturzes, um auf der heißen Luft wieder in die Höhe zu reiten. Er hatte keine Chance, den Kraterrand zu erreichen, aber er prallte auf halber Höhe gegen die Böschung, schlitterte ein Stück in die Tiefe und fand schließlich irgendwo einen Halt. Sein Umhang schwelte, und an einer Stelle züngelten bereits winzige Flammen. Mit fliegenden Fingern schlug er sie aus, riß sich das schwere Kleidungsstück von den Schultern und begann an der Innenseite des Kraters in die Höhe zu klettern. Indiana gönnte ihm, daß er es schaffte.

Allerdings sah er nicht weiter zu, sondern blickte zu Sandstein hinauf, die am Rande der steinernen Plattform stand und zu ihm hinunterstarrte. Er konnte ihr Gesicht nur als hellen Fleck erkennen, aber er glaubte ihre fassungslosen Blicke geradezu zu spüren.

»Ich habe die Bedingung erfüllt!« schrie er. »Jetzt halten Sie Ihr Wort! Ziehen Sie mich rauf!«

Sekundenlang regte sich Sandstein überhaupt nicht, und Indiana glaubte schon, sie hätte seine Worte gar nicht verstanden, aber dann hob sie die Hand und winkte befehlend.

Er wurde jedoch nicht in die Höhe gezogen.

Statt dessen beobachtete er voll ungläubigem Entsetzen, wie sich drei weitere Vogelmänner bereit machten, in den Vulkankrater hinabzugleiten!

»Sandstein!« schrie er. »Ist das Ihre Art, Ihr Wort zu halten?«

»Ich halte mein Wort, Dr. Jones!« schrie Sandstein zurück. »Ich habe Ihnen versprochen, daß Sie Gelegenheit zum Üben erhalten, oder? Nun, Sie haben sie bekommen – und gut genutzt. Jetzt werden Sie gegen drei meiner Krieger kämpfen, die *wirklich* gut sind. Die beiden Versager, die Sie getötet haben, haben nichts anderes verdient!«

»Glauben Sie, daß Ihr Volk einer Göttin vertraut, die ihr Wort bricht, Mi-Pao-Lo?« fragte Indiana.

Sandstein lachte häßlich. »Ein guter Versuch, Dr. Jones!« antwortete sie. »Aber geben Sie sich keine Mühe! Sie verstehen kein Wort Ihrer Sprache, Jones! Wenn Sie diese drei besiegen, dann sind Sie frei!«

Sie gab ein Zeichen, und die drei Polynesier stürzten sich nebeneinander in die Tiefe.

Indiana fluchte lautlos in sich hinein. Er war ein Narr gewesen, dieser Wahnsinnigen zu vertrauen. Sie würde nie zulassen, daß er oder einer der anderen diese Insel lebend verließ. Selbst dann nicht, wenn er auch mit den nächsten drei Langohren fertig würde.

Was ihm aber sowieso nicht gelingen konnte.

Schon die Art, in der sie auf ihn zuglitten, machte ihm klar, daß *diese* Krieger den Ritt auf der Thermik ungleich besser beherrschten als die drei ersten. Und sie hatten gesehen, auf welche Weise er sich zur Wehr gesetzt hatte, und würden kaum noch einmal auf den gleichen Trick hereinfallen. Nein, er hatte keine Chance.

Trotzdem ergriff er seine Peitsche fester und sah den dreien entschlossen entgegen. Er wollte sein Leben so teuer verkaufen wie möglich.

Er brauchte es nicht.

Etwas wie ein weit entfernter, sonderbar trockener Donnerschlag wehte vom Meer heran, dann war ein Pfeifen zu hören, hoch und schrill, das immer näher kam und dabei immer lauter wurde. Irgend etwas flog unsichtbar, aber mit einem höllischen Getöse über den Krater hinweg. Für eine Sekunde herrschte eine fast unnatürliche Stille, dann drang das Geräusch einer gewaltigen Explosion aus dem Dschungel. Roter Flammenschein erfüllte den Himmel, und Indiana glaubte zu spüren, wie die ganze Insel unter ihnen erzitterte.

Dem Donner der Explosion folgte eine fast unheimliche Stille. Das Dröhnen der Trommeln war verstummt, und selbst das Grollen des Vulkans schien für einen Moment auszusetzen. Auch Indiana hielt unwillkürlich den Atem an. Er sah aus den Augenwinkeln, wie die drei Polynesier immer näher kamen; aber ihr Flug war jetzt kein Angriff mehr. Sie wirkten verwirrt und zu Tode erschrocken, und ihre Blicke waren nicht mehr auf ihn gerichtet, sondern in den Himmel.

Ein zweiter Donnerschlag wehte vom Meer heran, und noch

bevor das schrille Heulen und Pfeifen wieder einsetzte, sanken die Langohren auf dem Kraterrand einer nach dem anderen auf die Knie und senkten demütig die Häupter, und endlich begriff Indiana, was da geschah. Für die Polynesier war das Donnern die Antwort ihres Gottes, den sie mit der Zeremonie angerufen hatten.

Der Irrtum hielt sich allerdings nur wenige Augenblicke, bis er auf grausame Weise richtiggestellt wurde. Das Heulen und Pfeifen setzte wieder ein und kam näher, und Indiana fand gerade noch Zeit, sich mit Armen und Beinen an das Tau zu klammern, ehe Make-Makes Antwort, die in Wirklichkeit aus einer 12-cm-Granate bestand, die Insel erreichte und inmitten der betenden Polynesier auf dem Kraterrand explodierte.

Ein rotorangener Feuerball überstrahlte das Licht der Zeremonienfeuer. Das Krachen der Explosion schien Indianas Trommelfelle zu zerreißen, und die Druckwelle fegte ihn von seinem lebenden Halt herunter und wirbelte die drei anderen Vogelmenschen haltlos durcheinander. Einer rutschte aus seinem Haltegeschirr und stürzte in die Lava hinab, die beiden anderen wurden gegen die Kraterwand geschleudert.

Indiana klammerte sich mit verzweifelter Kraft an das Seil, das ebenfalls wild zu pendeln begonnen hatte. Flammen und glühende Gesteinssplitter regneten auf ihn nieder, und die Lava im Herzen des Vulkans antwortete mit einem wütenden Brodeln und meterhohen Stichflammen. Diesmal war er sicher, daß er sich das Schwanken des Bodens nicht nur einbildete. Der ganze Berg zitterte, und es war nicht nur die Antwort auf den Granateneinschlag.

Sekunden, ehe die Granate heulend heranraste, warnte ihn das Dröhnen eines dritten Kanonenschusses. Indiana begann verzweifelt in die Höhe zu klettern. Seine Hände waren nach Sekunden aufgeschürft und blutig, und sein Körpergewicht schien sich mit jedem Meter zu verdoppeln, den er in die Höhe kletterte. Trotzdem kletterte er verbissen weiter, und seine Entschlossenheit rettete ihm das Leben.

Die dritte Granate traf genau ihr Ziel.

Sie explodierte nicht auf dem Kraterrand, sondern raste weißglühend an Indiana vorbei und verschwand in der Lava.

Eine halbe Sekunde lang schien es, als würde gar nichts geschehen, doch dann hörte Indiana einen dumpfen, sonderbar gedämpften Knall, und plötzlich flammte der ganze Lavasee in greller Weißglut auf. Eine Woge unvorstellbarer Hitze stieg in die Höhe, und dann brachen an einem Dutzend Stellen gleichzeitig brodelnde Lavageysire aus. Glutflüssiges Gestein spritzte empor, setzte den Mantel des bewußtlosen Polynesiers unter Indiana in Brand und verschlang einen der anderen. Indiana kletterte mit verzweifelter Kraft weiter, ignorierte die mörderische Hitze, die seine Haut versengte und seine Kleider schwelen ließ, ebenso wie die grausamen Schmerzen in seinen Händen und Schultern. Jedes bißchen Kraft und Energie, das er noch in sich fand, verwandte er dafür, sich Meter für Meter in die Höhe zu ziehen.

Eine weitere Granate raste heran und explodierte an der Innenseite des Kraters. Der Einschlag lag so weit entfernt, daß er Indiana nicht gefährdete, aber er zertrümmerte fast ein Drittel des Kraterrandes. Es war, wie Ganty gesagt hatte: Die Langohren hatten ein Jahrtausend Zeit gehabt, den Berg auszuhöhlen, und er zerbarst unter der Explosion wie ein Ameisenbau unter dem Fußtritt eines Elefanten. Tonnen von Gestein polterten in einer gewaltigen Lawine in die Lava hinab. Der Berg klaffte auseinander. Für Sekunden sah Indiana Stollen und Säle, die noch niemals ein Sonnenstrahl berührt hatte, ehe auch sie zusammenbrachen und sich der Felslawine anschlossen, die in die Lava hinunterstürzte. Indiana hielt jedoch keine Sekunde inne, sondern kletterte weiter, und irgendwie gelang es ihm, den Rand der Felsplattform zu erreichen, ehe ein weiteres Geschoß heranjagte, das diesmal wieder genau sein Ziel traf und eine weitere, brüllende Säule aus geschmolzenem Gestein in die Höhe steigen ließ.

Auf dem steinernen Viereck herrschte ein heilloses Chaos. Kleine Pfützen aus allmählich abkühlender Lava bildeten ein fast regelmäßiges Muster aus dunkelrotem Licht auf dem Felsen. Einige Langohren lagen verletzt oder auch tot am Boden, und die anderen waren in ein verbissenes Handgemenge mit Jonas und den anderen verwickelt.

Indiana zog sich mit letzter Kraft über den Rand des Felsens, brach zusammen und vermochte für endlose Sekunden nichts anderes, als keuchend ein- und auszuatmen und darauf zu warten, daß die grausame Hitze nachließ.

Als er die Augen wieder aufschlug, war der Kampf so gut wie entschieden. Der Großteil der Vogelmenschen hatte wohl die Flucht ergriffen, als das Bombardement begann, und auch von Sandstein und ihrem Feuerkristall war nichts mehr zu sehen. Indiana hoffe inständig, daß sie mitsamt dem verfluchten Kristall in den Krater hinabgestürzt wäre, aber irgend etwas sagte ihm, daß die Lösung nicht so leicht sein würde.

Eine Gestalt kam auf ihn zu, aber Indiana erkannte erst, wer es war, als der andere sprach und er die Stimme identifizieren konnte. Es war Jonas. »Jones! Um Gottes willen, sind Sie in Ordnung?«

Indiana fand, daß das die mit Abstand dümmste Frage war, die er seit Wochen gehört hatte, aber alles, was er als Antwort zustande brachte, war ein kaum erkennbares Nicken. Er versuchte aufzustehen, aber es gelang ihm erst, als Jones ihm dabei half.

»Wo... ist Sandstein?« stieß er mühsam hervor. Er konnte immer noch nicht richtig sehen. Seine Augen tränten ununterbrochen, und sein Gesicht fühlte sich an, als hätte jemand versucht, ihm bei lebendigem Leibe die Haut abzuziehen. Jonas' Blick nach zu schließen, schien er auch ungefähr so auszusehen.

»Verschwunden«, antwortete Jonas. Er machte ein abfälliges Geräusch. »Sie war weg wie der Blitz, als die erste Granate im Dschungel einschlug. Eine feine Göttin haben sich diese Wilden da angelacht!«

Indiana schüttelte ein paarmal den Kopf, um ihn wieder klar zu bekommen, aber Jonas' Worte weigerten sich einfach, einen Sinn zu ergeben. »Was... ist passiert?« murmelte er.

Jonas lachte. »Ich schätze, Ihr Nazi-Freund hat Sie am Ende doch noch aufs Kreuz gelegt.«

»Wie?« murmelte Indiana.

»Delano hat Sie reingelegt«, sagte Jonas. Es klang beinahe fröhlich. »Verstehen Sie immer noch nicht? Ihr Signal ist angekommen, aber Sie haben nicht um ein Rettungskommando gebeten, sondern einen Feuerbefehl gegeben. Ganty hat mir erzählt, was Sie getan haben. Ganz schön clever, Sie und Ihr Nazi-Freund.«

»Ja«, murmelte Indiana. »Wenn er nicht schon tot wäre, dann würde ich ihn jetzt mit Freuden erwürgen.«

Jonas wurde übergangslos ernst. »Ich schätze, die Mühe können Sie sich sparen, Indy. Sieht nicht so aus, als ob wir lebend hier herauskommen.«

Indiana sah ihn verwirrt an. Während dieser wenigen Worte hatte der Kampf ein Ende gefunden; die wenigen Polynesier, die nicht verletzt oder geflüchtet waren, waren von den anderen Gefangenen überwältigt und mit ihren eigenen Gürteln gefesselt worden.

Aber das war gar nicht die Gefahr, von der Jonas gesprochen hatte, und es dauerte nur einige Sekunden, bis Indiana das begriff. Die Langohren waren wahrscheinlich das kleinere Problem für sie.

Der Beschuß von See aus hatte aufgehört. Indiana registrierte erst jetzt, im nachhinein, daß keine weiteren Granaten mehr vom Himmel gestürzt waren, seit er das Plateau erreicht hatte. Aber der Boden hatte trotzdem nicht aufgehört zu zittern. Ganz im Gegenteil.

Der Fels unter ihren Füßen wankte und zitterte immer stärker, und der Krater spie mehr und heißere Flammen und Glut aus denn je. Die Feuer auf dem Kraterrand waren zum größten Teil erloschen, aber der Himmel glühte noch immer blutrot. Ein unablässiges Grollen und Dröhnen drang an sein Ohr, durchdrungen von einem Geräusch, als stürzten unter ihren Füßen gewaltige Hohlräume zusammen.

Und ganz genau das war es auch.

»Großer Gott!« flüsterte Indiana.

»Stimmt«, sagte Jonas trocken. »Diese ganze verdammte Insel fällt auseinander. Ich schätze, in zwei Stunden ist hier nichts mehr als unbewegte See.«

Indiana streifte vorsichtig Jonas' Hand ab und versuchte aus eigener Kraft zu stehen. Es gelang ihm nicht. Der Boden schwankte und zitterte mittlerweile so heftig, daß es selbst Jonas und den anderen schwerfiel, sich auf den Füßen zu halten. Und er selbst hatte sich in der letzten halben Stunde aber auch alles abverlangt. Jonas mußte ihn stützen, als sie zu den anderen hinüberschwankten.

»Jones!« rief Ganty erschrocken. »Sind Sie verletzt?«

»Nein«, antwortete Indiana automatisch. Er versuchte zu lächeln und verbesserte sich: »Jedenfalls nicht schlimm. Wir müssen weg hier, Ganty. Wohin sind Sandstein und die anderen verschwunden?«

Ganty deutete schweigend auf das zweiflügelige Tor aus schwarzem Basalt am Ende des Plateaus. Es war geschlossen. Indiana machte sich nicht einmal die Mühe, sein Gewicht zu schätzen. Es spielte auch keine Rolle. Ohne Werkzeug oder besser noch einige Kisten Dynamit hatten sie keine Chance, es zu öffnen.

»Dann müssen wir klettern«, sagte er schweren Herzens.

»Klettern?« Ganty klang eindeutig entsetzt. Indiana blickte an der Felswand in die Höhe und verstand plötzlich den schrillen Klang in der Stimme des Alten. Die Wand war allerhöchstens noch zwanzig Meter hoch, aber sie stieg vollkommen senkrecht in die Höhe, und die Lava war so glatt wie sorgsam poliertes Glas. Kein Wesen, das nicht über Flügel verfügte, kam da hinauf.

Indiana blickte nachdenklich auf einen der bewußtlosen Polynesier hinab. Der Eingeborene trug einen der grünen Federmäntel; vielleicht war er einer von Sandsteins »allerbesten« Männern, die sich schon einmal bereitgemacht hatten – nur für den unwahrscheinlichen Fall, daß er auch mit den drei nächsten Vogelmenschen fertig geworden wäre. Er war schwer verwundet; vielleicht tot. Ein Lavasplitter hatte seinen Hals getroffen und sich tief in sein Fleisch gebrannt. Aber sein Mantel war unversehrt...

Indiana kniete neben dem Polynesier nieder und begann mit zitternden Fingern, das komplizierte Geschirr aus ledernen Riemen und Stangen zu lösen, das den Polynesier mit seinen künstlichen Flügeln verband.

»Was tun Sie da, Indy?« fragte Ganty.

Indiana antwortete nicht. Schon der bloße Gedanke an das, was er zu tun beabsichtigte, trieb ihm den Angstschweiß auf die Stirn. Aber es war vermutlich die einzige Chance, die sie überhaupt noch hatten. Er arbeitete schneller, schälte den Polynesier aus seinem Mantel und schlüpfte selbst hinein.

»Sind Sie verrückt, Indy?« keuchte Jonas. »Das schaffen Sie nicht mehr! Sie sind völlig am Ende!« Diese Feststellung hinderte ihn jedoch nicht daran, Indiana dabei zu helfen, den Mantel sicher und fest zu verzurren. Gleichzeitig fuhr er fort: »Seien Sie vernünftig, Indy! Sie können ja kaum noch aus eigener Kraft stehen!«

»Das habe ich auch nicht vor«, antwortete Indiana. Er lächelte matt und bewegte die Arme, als schlüge er probehalber mit den Flügeln. Jonas wollte antworten, aber Indiana ließ ihn nicht zu Wort kommen, sondern deutete mit einer Kopfbewegung zum Kraterrand. »Wir müssen dort hinauf, und ich sehe keinen anderen Weg. Wollen Sie es versuchen?«

Er wartete Jonas' Antwort nicht ab, sondern trat an den Rand des Plateaus und sah in die Tiefe.

Die Hitze war jetzt selbst hier oben schlimmer als vorhin, als er über die Lava geglitten war. Das glühende Gestein war deutlich höher emporgestiegen, und die Luft kochte. Er konnte nicht atmen. Ein glühender Sturmwind peitschte ihm ins Gesicht und trieb ihm die Tränen in die Augen. Hastig trat er wieder einen Schritt vom Rand zurück und sah sich um. »Ich brauche ein Seil.«

Gantys Lippen wurden zu einem schmalen, blutleeren Strich. Indiana konnte regelrecht sehen, wie es hinter seiner

Stirn arbeitete. Aber er sprach nichts von alledem aus, was in ihm vorgehen mochte, sondern wandte sich schweigend um und kam nach wenigen Augenblicken mit einem zusammengerollten Tau zurück, das er Indiana reichte. Indiana band sich das eine Ende um die Hüfte und reichte Jonas das andere.

»Versuchen Sie nicht, mich zu halten, wenn ich stürzen sollte«, sagte er, ehe er wieder an die Felskante trat.

Er hatte entsetzliche Angst. Die Lava war weiter gestiegen und schien ihm jetzt näher als vorhin, als er unten im Krater um sein Leben gekämpft hatte. Der Berg zitterte immer stärker. Von der gegenüberliegenden Seite lösten sich immer wieder kleine und große Felstrümmer und rutschten in die Lava hinab. Jonas hatte recht, dachte Indiana entsetzt. Die ganze Insel brach auseinander.

Er verscheuchte sowohl diesen als auch alle anderen unerfreulichen Gedanken, breitete die Arme aus und stieß sich mit aller Kraft ab. Fast sofort ergriff ihn der glühende Sturmwind und trug ihn in die Höhe; viel schneller, als er erwartet hatte, und vor allem in eine völlig andere Richtung.

Indiana unterdrückte im letzten Moment den Impuls, sich herumzuwerfen und die Arme zu bewegen, was zweifellos sein Ende bedeutet hätte, denn er wäre ins Trudeln geraten und wie ein Stein in die Tiefe gestürzt. Statt dessen versuchte er, mit weit ausgebreiteten, reglosen Armen auf der Thermik zu schwimmen, um wieder zu seinem Ausgangspunkt zurückzukommen.

Es ging nicht. Das Fliegen selbst war leichter, als er zu hoffen gewagt hatte, denn der kochende Sturm aus der Tiefe hatte eine Geschwindigkeit erreicht, die selbst einen Menschen ohne seine besondere Ausrüstung von den Füßen gerissen hätte. Aber es war völlig ausgeschlossen, diesen Flug in irgendeiner Weise zu steuern. Statt auf den Kraterrand zu wurde Indiana weiter in seine Mitte hineingesogen.

Plötzlich spürte er einen harten Ruck. Indiana unterdrückte auch jetzt den Impuls, die Arme zu bewegen, aber er sah an sich hinunter und entdeckte, daß sich das Seil an seiner Taille gespannt hatte. An seinem anderen Ende, winzig klein und absurd tief unter ihm, zappelten Ganty, Jonas und zwei der SS-Soldaten, die sich mit aller Kraft gegen den Boden stemmten und ihn hielten wie einen übergroßen, bizarren Spielzeugdrachen.

Ganz langsam begannen sie ihn zurückzuziehen. Der heiße Wind schlug wie mit unsichtbaren Krallen nach ihm. Sein Federmantel begann zu schwelen, und als versuche der Vulkan mit aller Gewalt, sein schon sicher geglaubtes Opfer doch noch zurückzuholen, stieg eine dreißig Meter hohe Lavasäule aus der brodelnden Masse empor. Sie verfehlte ihn, aber die Hitze ließ ihn gequält aufschreien und setzte den Saum seines Federmantels in Brand. Er überschlug sich in der Luft, stürzte ein paar Meter weit und fand in einen trudelnden Sturzflug zurück, als Ganty und die anderen mit aller Kraft am Seil zogen. Langsam glitt er wieder auf den Kraterrand zu und verlor dabei allmählich an Höhe. Sein Mantel brannte weiter. Die Flammen fanden in den Vogelfedern reichlich Nahrung, so daß er eine Schleppe aus Funken und Rauch und brennenden Federn hinter sich herzog, während er sich wie ein brennendes Segelflugzeug dem Kraterrand näherte.

Auf den letzten fünf oder sechs Metern geriet er aus der Thermik und stürzte. Benommen blieb er einen Moment liegen, ehe ihn die Hitze wieder ins Bewußtsein zurückholte. Hastig sprang er hoch, riß sich den brennenden Mantel von den Schultern und schlug die Flammen aus, die an seinen Hosenbeinen züngelten.

Er war genau auf dem Kraterrand aufgeschlagen, zwanzig Meter über und vielleicht fünfzig Meter neben Ganty und den anderen. Rauch nahm ihm die Sicht, während er sich an dem noch immer straff gespannten Seil zurücktastete.

Auch hier oben loderten zahllose Brände. Tote und sterbende Langohren lagen auf dem Kraterrand. Kleine Nester aus rotglühender Lava verwehrten ihm den Weg und zwangen ihn zu einem irren Zickzack, bis er endlich den Kraterrand oberhalb der anderen erreicht hatte. Das Seil von seiner Hüfte zu lösen und an einem Felszacken zu befestigen, überstieg fast seine Kräfte.

Er mußte wohl doch das Bewußtsein verloren haben, denn das nächste, was er wieder wahrnahm, waren Nancy und die beiden Australier, die neben ihm knieten und sich mit vereinten Kräften um ihn bemühten, während Ganty und Jonas am Seil standen und den anderen Gefangenen halfen, den Kraterrand zu erreichen.

Die nächste halbe Stunde kam Indiana hinterher vor wie ein böser Traum. Sie waren noch knapp zwanzig, als sie die Flanke des Vulkans hinunterstiegen und den Waldrand erreichten. Ganty hatte die Führung übernommen, da er der einzige war, der sich auf der Insel wenigstens ein wenig auskannte, aber Indiana fragte sich vergeblich, *wohin* er sie eigentlich führen wollte. Die Vulkaninsel ging unter, daran bestand gar kein Zweifel. Die Explosionen hatten die ohnehin brüchige Struktur der Insel so erschüttert, daß sie einfach in Stücke fallen würde. Und das vielleicht schon in ein paar Stunden. Auch hier im Dschungel schwankte und bebte der Boden jetzt ununterbrochen, und die Erdstöße nahmen an Heftigkeit nicht ab, sondern im Gegenteil noch zu. Krachend und splitternd stürzten Urwaldriesen um, und hier und da schossen Flammen aus dem Dschungel.

Und dabei war das alles wahrscheinlich erst das Vorspiel. Indiana dachte schaudernd an das, was Ganty ihm am ersten Tag über diese Insel erzählt hatte: Der Lavasee im Herzen des Vulkans lag ein gutes Stück *unter* dem Meeresspiegel. Wenn die Erdstöße anhielten, dann würde das Gestein früher oder später so geschwächt sein, daß Wasser in die kochende Lava floß. Der Knall, mit dem die Insel dann in die Luft fliegen würde, würde vermutlich noch auf Hawaii zu hören sein.

Zumindest ließen die Langohren sie in Ruhe. Auf dem ganzen Weg zum Strand hinab sahen sie nicht einen einzigen Eingeborenen. Vermutlich waren sie zusammen mit ihrer Göttin in eine andere Richtung geflohen, um die Insel zu verlassen.

Ganty führte sie nicht zu der Stelle am Strand zurück, an der sie die Insel betreten hatten, sondern nahezu in die entgegengesetzte Richtung. Der Weg wurde immer schwieriger. Zwischen den Bäumen erhoben sich immer öfter scharfkantige Lavafelsen, und ein paarmal mußten sie über glasharte Lava hinwegklettern, die ihnen Hände und Füße zerschnitt. Mehrmals gingen sie den Weg zurück, den sie sich gerade mühsam erkämpft hatten, weil vor ihnen Flammen tobten oder der Boden aufgerissen war und Hitze und giftige Dämpfe erbrach.

Schließlich erreichten sie den Strand. Es war allerdings kein weißer Sandstreifen wie der, über den sie die Insel betreten hatten, sondern eine jäh abbrechende Felskante, kaum zwanzig Meter vom Waldrand entfernt und fünf Meter über einer kochenden See, deren weiße Gischt sich brüllend an der Lava brach. Die Steilküste zog sich so weit dahin, wie der Blick reichte.

Indiana kämpfte sich zu Ganty durch und ergriff ihn unsanft an der Schulter. »Was soll das hier?« schrie er über das Tosen der Brandung hinweg. »Wieso haben Sie uns hierhergebracht?«

Anstelle einer direkten Antwort streifte Ganty seine Hand ab und deutete mit dem anderen Arm aufs Meer hinaus. Indianas Blick folgte der Geste, und erst jetzt sah er, daß der Ozean nicht so leer war, wie er bisher geglaubt hatte: Jenseits der Brandung bewegten sich Dutzende, wenn nicht Hunderte von langgestreckten schlanken Umrissen auf dem Meer. Es waren Schilfboote wie die, die Gantys Yacht geentert hatten.

»Dort!« schrie Ganty. »Sehen Sie?« Sein Arm bewegte sich seitwärts, und er deutete auf einen Punkt an der Steilküste, vielleicht eine halbe Meile entfernt. Als Indiana jetzt genauer hinsah, erkannte er, daß dort der Ursprung der Flotte aus Schilfbooten lag – sie glitten hintereinander und sehr schnell aus einer Höhle heraus, die unter einem überhängenden Felsen verborgen lag; ein perfektes natürliches Versteck.

»Sie fliehen!« schrie Ganty. »Sie wissen, daß diese Insel zum Untergang verurteilt ist! Vielleicht gelingt es uns, ein paar der Boote zu kapern!«

»Sind Sie verrückt?« keuchte Jonas. »Sie werden uns auf der Stelle umbringen!«

»Vielleicht auch nicht«, antwortete Indiana an Gantys

Stelle. »Überlegen Sie doch, Jonas – diese Eingeborenen wissen nicht einmal, was eine Kanone ist. Sie glauben wahrscheinlich, daß Make-Makes Zorn für den Untergang ihrer Heimat verantwortlich ist. Keiner von ihnen hat uns angegriffen, seit der Beschuß begann. Im Gegenteil, sie sind allesamt geflohen!«

Jonas überlegte einen Moment angestrengt. Indiana konnte ihm deutlich ansehen, daß er ihm gerne glauben wollte – aber er konnte es nicht. »Selbst wenn«, sagte er. »Wir können unmöglich auf diesen Dingern dreihundert Meilen weit zur nächsten Insel paddeln!«

»Das brauchen wir auch nicht«, sagte Indiana. Er machte eine Kopfbewegung aufs Meer hinaus. »Die HENDERSON kreuzt dort draußen, Jonas. Vielleicht erreichen wir sie, ehe der ganze Laden hier in die Luft fliegt. Wir haben ohnehin keine andere Wahl.«

Wie um seine Worte zu unterstreichen, erschütterte in diesem Moment ein besonders heftiger Erdstoß den Boden. Indiana fuhr erschrocken herum und sah eine gewaltige Feuersäule aus dem Schlund des Vulkans schießen. Glühende Lava regnete meilenweit im Umkreis zu Boden und entfachte Dutzende von neuen Bränden im Dschungel.

Ohne ein weiteres Wort machten sie sich auf den Weg.

Es war nur eine halbe Meile, aber sie brauchten fast eine Stunde für diese Strecke. Die Insel bebte immer stärker, und hier und da hatten sich die Brände schon fast bis zum Waldrand durchgefressen, so daß Hitze und brüllende Flammenzungen nach den Flüchtenden schlugen. Immer wieder klafften Erdspalten vor ihnen auf, und mehrmals regneten glühende Trümmer vom Himmel. Schließlich schafften sie es.

Aber sie kamen zu spät.

Der Strom aus Schilfbooten versiegte, lange bevor sie das Tor im Felsen erreicht hatten, und unter ihnen lag nichts als eine leere, finstere Höhle.

»Und was jetzt?« fragte Jonas dumpf.

Indiana antwortete nicht. Sein Blick glitt suchend über den finsteren Höhleneingang und das kochende Wasser. Manchmal zerstoben die Brecher mit solcher Gewalt an den Felsen, daß die Gischt bis zu ihnen heraufspritzte. In dieser kochenden See zu schwimmen, daran war nicht einmal zu denken. Und selbst wenn – wohin schon? Die HENDERSON befand sich auf der anderen Seite der Insel, Meilen entfernt, falls Franklin es nicht vorgezogen hatte, sein Schiff in Sicherheit zu bringen, bevor die ganze Insel in die Luft flog.

»Vielleicht... haben sie ein paar Boote zurückgelassen«, sagte Nancy zögernd.

Indiana sah sie nur schweigend an, und nach einigen Sekunden wandte Nancy fast schuldbewußt den Blick ab. Nach dem, was er vorhin im Krater getan hatte, schien sie wohl der Meinung zu sein, er könne Wunder vollbringen. Vielleicht war das manchmal sogar so. Aber Wandeln auf dem Wasser gehörte nicht zu seinem Repertoire.

»Da draußen ist irgend etwas«, sagte Ganty plötzlich.

Ihre Aufmerksamkeit wandte sich wieder dem Ozean zu. Im Verlauf der letzten Stunde war es merklich dunkler geworden, denn Vulkanasche und Staub verfinsterten den Himmel, so daß es Indiana schwerfiel, irgend etwas zu erkennen, was weiter als hundert oder hundertfünfzig Meter entfernt war. Die Flotte aus Schilfbooten war zu einer Ansammlung verschwommener Schemen geworden, gerade noch an der Grenze des überhaupt Sichtbaren, so daß man sie eigentlich nur noch erkannte, wenn man wußte, daß sie da waren.

Und trotzdem glaubte nach einigen Minuten auch er, dort draußen eine Bewegung wahrzunehmen.

Es war nicht so, daß er sie wirklich *sah*; es war eher das *Gefühl*, daß sich irgend etwas Riesiges, Lautloses und Unsichtbares der Insel näherte. Und er war mit diesem Gefühl nicht allein. Außer Ganty und Jonas blickten auch die meisten anderen mit einer Mischung aus Neugier und allmählich immer größer werdender Beunruhigung auf den Ozean hinaus.

»Was ist das?« flüsterte Nancy. Ihre Stimme zitterte. Aber sie war nicht die einzige, die Angst hatte; sie war nur die einzige, der man es so deutlich anmerkte.

Niemand antwortete. Draußen auf dem Meer geschah etwas. Indiana konnte immer noch nicht genau erkennen, was es war, aber einige Schilfboote änderten plötzlich ihren Kurs und begannen in alle Richtungen davonzurudern, wobei sich zwei oder drei der Insel sogar wieder näherten. Was immer dort vom Meer herkam, es mußte die Polynesier in helle Panik versetzen.

Plötzlich begann das Wasser zwischen den winzigen Booten zu schäumen. Sprudelnde Luftblasen stiegen auf, und darunter wuchs ein kolossaler, schwarzer Schatten heran. Augenblicke später durchbrachen der Turm und gleich darauf auch das Deck eines Unterseebootes die Meeresoberfläche.

Indiana sog erschrocken die Luft zwischen den Zähnen ein, als er die Hoheitszeichen an dem Turm erkannte. Es war ein Unterseeboot der deutschen Marine!

»Dieser verdammte Hund«, murmelte Ganty.

»Wer?« fragte Jonas.

»Delano!« Ganty lachte vollkommen humorlos. »Er hat uns alle reingelegt, verstehen Sie nicht? Jonas hat nicht der HENDERSON Signale gegeben, sondern dem Schiff dort! Wahrscheinlich hat es die ganze Zeit über vor der Insel gelegen und auf ein Zeichen gewartet! Dieser verdammte Hund!«

»Worüber regen Sie sich denn bloß auf?« fragte Jonas scharf. »Das dort draußen sind wenigstens keine menschenfressenden Wilden.«

»Sind Sie sicher?« fragte Ganty leise.

Jonas blickte ihn beinahe wütend an, antwortete aber nicht mehr, sondern blickte wieder aufs Meer hinaus.

Die Druckwelle des auftauchenden U-Bootes hatte mehrere Schilfboote kentern lassen. Die Polynesier schwammen in panischer Angst vor dem stählernen Giganten davon, einige auf die Insel zu, andere aber auch direkt in die offene See hinaus, als zögen sie den sicheren Tod in den Wellen der bloßen Nähe des eisernen Ungeheuers vor, das das Meer da ausgespien hatte. Das U-Boot selbst bewegte sich ganz langsam weiter auf die Insel zu, ohne von den Polynesiern oder der Flotte aus winzigen Schilfbooten Notiz zu nehmen.

»Warum beeilen sie sich nicht?« murmelte Nancy. »Mein Gott, wir... wir werden alle sterben, ehe sie hier sind!« Ihre Stimme wurde schrill. Indiana begriff, daß sie ganz kurz davor stand, hysterisch zu werden.

»Keine Angst«, sagte er beruhigend. »Sie schaffen es schon noch.«

»Wir sollten sie lieber warnen«, fügte Barlowe hinzu. »Es nutzt uns nicht viel, wenn sie auf ein Riff auflaufen und stranden. Mit einem leckgeschlagenen Boot kommen wir nicht von hier fort!«

»Das wird bestimmt nicht passieren«, sagte Jonas überzeugt. »Der Kapitän versteht sein Handwerk.«

»Woher wissen Sie das?« fragte Indiana.

Jonas fuhr ganz leicht zusammen, hatte sich aber sofort wieder in der Gewalt. »Das sagt mir die Logik, Indy«, antwortete er lächelnd. »Nur weil die Deutschen unsere Feinde sind, sind sie nicht automatisch blöd. Würden Sie einem Dummkopf das Kommando über ein Unterseeboot geben?«

»Nein«, erwiderte Indiana. »Aber Sie haben immerhin einem Dummkopf die Gewalt über ihr ganzes Volk gegeben.«

Die Worte waren eine ganz bewußte Provokation, aber wenn sie wirkte, so hatte sich Jonas so gut in der Gewalt, daß er sich nichts von seinen wahren Gefühlen anmerken ließ. Er lächelte nur und sagte: »Ich würde Hitler nicht unbedingt als Dummkopf bezeichnen. Er ist vielleicht verrückt, aber kein Narr.«

Indiana ersparte sich eine Antwort. Er war nicht sicher, ob er nach allem nicht allmählich anfing, Gespenster zu sehen. Aber er nahm sich auf jeden Fall vor, Jonas ein wenig gründlicher im Auge zu behalten als bisher.

Das Turmluk des Unterseebootes wurde geöffnet. Eine Gestalt erschien hinter der Turmverkleidung, und Augenblicke später flammte ein starker Scheinwerfer auf und tauchte die Steilküste in fast unangenehme Helligkeit. Eine Stimme rief etwas, das Indiana nicht verstehen konnte, aber einer der deutschen Soldaten antwortete in seiner Muttersprache, und nach einigen Augenblicken begann sich das Deck des Bootes mit Gestalten zu füllen. Schlauchboote wurden herangeschafft und in aller Hast aufgeblasen.

Der Vulkan brüllte den Eindringlingen ein zorniges Willkommen entgegen und spie Flammen und Rauch. Glühende Trümmer regneten rings um das Unterseeboot vom Himmel und ließen das Wasser aufspritzen wie Granatenschläge. Die Soldaten auf dem Deck des U-Bootes duckten sich erschrocken, und auch Indiana und die anderen sahen sich instinktiv nach einer Deckung um.

Einer der SS-Soldaten verlor die Nerven und sprang ins Wasser. Die brüllende Gischt verschlang ihn. Er tauchte nicht wieder auf.

Und plötzlich hörte Indiana einen Laut, der ihm das Blut in den Adern gerinnen ließ. Entsetzt fuhr er herum und schrie auf, als er den Krater sah.

Der Berg schleuderte noch immer Funken und geschmolzenes Gestein gegen den Himmel, aber inmitten dieses lodernden Infernos wälzte sich auch eine gewaltige, grauweiße Dampfwolke empor, und das fürchterliche Zischen, das Indiana gehört hatte, wurde immer lauter.

»Das Wasser dringt ein!« schrie Ganty mit überschnappender Stimme. »Das ist das Ende! Um Gottes willen – *springt!*«

Indiana begriff einen Sekundenbruchteil zu spät, was Ganty vorhatte. Er versuchte ihn zurückzuhalten, aber er kam zu spät. Ganty nahm zwei Schritte Anlauf, stieß sich mit aller Kraft ab und sprang ins Wasser hinab.

Wie der SS-Soldat vor ihm ging er auf der Stelle unter, und Indiana war für einen Moment überzeugt, daß auch er nie wieder auftauchen würde. Aber er hatte entweder mehr Glück oder seine Position besser gewählt: statt in die Tiefe gezogen oder von der Brandung gegen die Felsen geworfen und zerschmettert zu werden, tauchte er nach einigen Augenblicken wieder auf und begann mit kräftigen Stößen auf das U-Boot zuzuschwimmen. Schließlich begriff Indiana, was ihn gerettet hatte: Aus der Höhle, in der der unterirdische »Hafen« der Langohren lag, ergoß sich eine starke Unterströmung ins Meer, die Ganty nutzte, um der Brandung zu entkommen. Er näherte sich sehr schnell dem Unterseeboot und kletterte mit Hilfe eines Seiles, das ihm entgegengeworfen wurde, auf das Deck hinauf.

Ein furchtbarer Erdstoß riß Indiana von den Füßen. Er stürzte, wälzte sich blitzschnell auf den Rücken und keuchte vor Entsetzen. Der Vulkan schien hinter ihnen regelrecht zu explodieren. Häusergroße Trümmerstücke flogen in den Himmel hinauf, und der Kampf zwischen Flammen und Dampf war zu einem Inferno geworden. Die Insel brach auseinander. Nicht irgendwann, nicht in einer Stunde, sondern *jetzt*.

»Springt!« schrie er. »Schwimmt zum Boot!«

Seine Stimme ging im Brüllen des Vulkans einfach unter, aber auch die anderen hatten gesehen, was Ganty getan hatte, und folgten seinem Beispiel. Einer nach dem anderen riskierte den Sprung in die kochenden Fluten hinab; immerhin eine winzige Chance gegen den sicheren Tod, der sie hier erwartete. Auch der Kommandant des Unterseebootes schien die Gefahr begriffen zu haben, in der sein Schiff schwebte. Die Soldaten hatten aufgehört, an ihren Schlauchbooten herumzubasteln, und warfen statt dessen Taue und Rettungsringe ins Wasser, während sich das Schiff bereits langsam von der Insel zu entfernen begann.

Indiana, Jonas und einer der Soldaten waren die letzten, die sich dem Punkt über dem Höhleneingang näherten, von dem aus Ganty gesprungen war, und Indiana drehte sich noch einmal um und blickte zum Dschungel zurück.

Er wünschte sich fast, es nicht getan zu haben.

Der Waldrand war nicht mehr leer.

Mindestens fünfzig Langohren waren aus dem Unterholz aufgetaucht und bildeten eine wie mit dem Lineal gezogene Linie vor dem Dschungel. Und in der Mitte dieser Kette, überragt von einem drei Meter hohen Koloß aus schwarzem Basalt, stand Sandstein. In den Händen hielt sie den Feuerkristall.

Sie waren die ganze Zeit über da gewesen, das begriff Indiana plötzlich. Sie hatten sich eingebildet, ihnen entkommen zu sein, aber das stimmte nicht. Es hatte keine einzige Sekunde gestimmt. Sandstein und ihre Krieger mußten ihnen vom ersten Augenblick an gefolgt sein, und Indiana wußte jetzt auch, warum. Wenn schon nicht die Langohren selbst, so hatte doch ihre Herrin begriffen, daß es keineswegs der Zorn ihres Gottes war, der ihrer Insel den Untergang brachte, und sie war gekommen, um Rache zu üben. Das Höllenfeuer, das im Takt ihres Herzschlages im Inneren des Kristalls pulsierte, würde das Unterseeboot treffen und ebenso zerstören wie Delanos Kanonenboot.

Sandstein lachte; es war ein schriller, fast dämonischer Laut, der nichts Menschliches mehr an sich hatte. Dann trat sie einen Schritt vor und hob den glühenden Kristall mit beiden Händen in die Höhe.

Die Kanone des Unterseebootes stieß eine meterlange Feuerzunge aus. Die Granate heulte so dich über Indiana hinweg, daß er die Hitze des Geschosses spüren konnte, traf den steinernen Riesen hinter Sandstein und riß ihn und ein halbes Dutzend Langohren und Adele Sandstein selbst in Stücke. Der Kristall flog in hohem Bogen davon und fiel zu Boden. Das pulsierende rote Licht in seinem Herzen erlosch.

Und Jonas rannte los.

»Jonas – *nein*!« brüllte Indiana. Er ahnte, was Jonas vorhatte, und er wußte auch, daß er selbst zu spät kommen würde. Trotzdem stürzte er hinter ihm her, sammelte all seine verbliebene Kraft zu einem gewaltigen Hechtsprung –

und verfehlte ihn.

Seine weit vorgestreckten Hände griffen ins Leere. Er fiel schwer zu Boden, versuchte sich hochzustemmen und stöhnte vor Schmerz auf, als er seinen linken Arm betastete. Sein Handgelenk war verstaucht, wenn nicht gebrochen.

»Jonas, tun Sie es nicht!« schrie er verzweifelt. »Um Gottes willen – *rühren Sie ihn nicht an*!«

Aber es war zu spät. Jonas hatte den Feuerkristall erreicht, bückte sich mit einer hastigen Bewegung und hob ihn auf. Im Inneren des blutroten Balles begann ein düsteres Licht zu pulsieren.

Vielleicht wäre es auch jetzt noch nicht zu spät gewesen, hätten sich in diesem Augenblick nicht einige der überlebenden Polynesier-Krieger umgewandt, um sich auf Jonas zu werfen und ihm ihr Heiligtum zu entreißen. Pfeile und Speere flogen in seine Richtung. Eines der Geschosse traf seine Schulter und schleuderte ihn zu Boden. Doch auch bei diesem Sturz ließ er den Kristall nicht los.

Indiana schloß im letzten Moment die Augen, aber es war wie unten in der Höhle – das Licht drang mühelos durch seine geschlossenen Lider, so daß er trotzdem jedes noch so winzige Detail der furchtbaren Szene sah. Ein roter, pulsierender Strahl brach aus dem Kristall in Jonas' Händen, traf die heranstürmenden Langohren und verbrannte sie zu Asche.

Aber es blieb nicht bei diesem einen Blitz. Jonas kam torkelnd auf die Füße. Er schrie wie von Sinnen und hielt den Kristall hoch über seinem Kopf. Blitz auf Blitz züngelte aus dem Kristall. Der rote Tod fuhr wie eine Sense aus Licht unter die Polynesier, selbst als sich diese in heller Panik zur Flucht wandten, und tötete jeden einzelnen Mann, als wäre Jonas in einen Blutrausch geraten, in dem er kein Halten mehr kannte. Selbst als es keine lebenden Ziele mehr für ihn gab, spie der Kristall immer weiter Flammen und Licht, die den Waldrand auf mehr als hundert Meter Länge in Brand setzten.

»Jonas!« stöhnte Indiana. »Hören Sie auf!«

Jonas erstarrte. Die Flut bösen, roten Lichtes versiegte, während er sich ganz langsam zu Indiana herumdrehte. Sein Gesicht war verzerrt. In seinen Augen brannte ein Feuer, das kaum weniger verzehrend und höllisch war wie die Blitze des Feuerkristalls. Das Gesicht, in das Indiana blickte, war das Gesicht eines Wahnsinnigen.

Trotzdem versuchte er noch einmal, mit ihm zu reden. »Jonas!« sagte er beschwörend. »Werfen Sie ihn weg! Wehren Sie sich! Sie können es!«

Jonas stöhnte. Sein Blick flackerte, und für einen winzigen Moment wich das höllische Feuer darin einem Ausdruck abgrundtiefen Entsetzens und Schreckens, einem Gefühl von der gleichen Tiefe und dem Grauen, wie es auch Indiana verspürt hatte, als er den Kristall in Händen hielt.

»Kämpfen Sie!« sagte er beschwörend. »Kämpfen Sie dagegen, Jonas! Werfen Sie dieses verdammte Ding ins Meer!«

Er konnte den qualvollen Kampf, der sich hinter Jonas' Stirn abspielte, beinahe sehen. Jonas wimmerte wie unter unerträglichen Schmerzen, begann zu schwanken und krümmte sich. Und er verlor den Kampf.

Indiana war auf die Füße gesprungen und lief auf ihn zu. Der Ausdruck von Schmerz und Qual in Jonas' Augen erlosch, eine Sekunde, ehe Indiana ihn erreichte. Von einem Herzschlag auf den anderen blickte er in die Augen eines Wesens, das nur noch wie ein Mensch aussah, aber keiner mehr war.

Der Kristall in Jonas' Händen begann zu pulsieren. Ein blutrotes, düsteres Licht glühte im Rhythmus seines Herzschlages in seinem Inneren auf, und Indiana war fast sicher, daß nun er an der Reihe war, von dem roten Licht verzehrt zu werden.

Aber Jonas tötete ihn nicht. Indiana erfuhr nie, warum er sein Leben verschonte, aber er tat es. Statt ihn mit einem Blitz niederzustrecken, beschränkte sich Jonas darauf, Indiana den Kristall mit solcher Wucht gegen die Schläfe zu schmettern, daß er auf der Stelle das Bewußtsein verlor.

Dreißig Meter unter dem Meer
Eine Stunde später

Er kam wieder zu sich, als man ihn an Bord des U-Bootes brachte, aber Indiana erinnerte sich an das, was in der darauffolgenden Stunde geschehen war, nur wie an einen Traum: schemenhaft und verschwommen. Das Boot war sofort in See gegangen und wohl auch getaucht, denn er erinnerte sich, nicht lange danach ein unheimliches Grollen und Dröhnen vernommen zu haben, gefolgt von einer Erschütterung, die das Boot wild hin und her warf und den stählernen Rumpf wie ein lebendes Wesen, das Schmerzen litt, aufstöhnen ließ. Danach war der Bootsrumpf lange Zeit vom Schrillen der Alarmglocken und aufgeregten Stimmen und den Geräuschen rennender Menschen erfüllt gewesen, aber schließlich war wieder Ruhe eingekehrt, und erst dann hatte Indiana wirklich verstanden, was geschehen war: Die Insel der Langohren existierte nicht mehr.

Indiana fand erst richtig ins Bewußtsein zurück, als die Tür geöffnet wurde und irgend jemand die winzige Kabine betrat, in der er sich befand. Ganz flüchtig schoß ihm durch den Kopf, welchen Luxus die »Einzelzelle« darstellte, in die man ihn gebracht hatte. Mit all den zusätzlichen Passagieren und Gefangenen mußte in dem Unterseeboot eine geradezu unerträgliche Enge herrschen.

Er öffnete die Augen. Im ersten Moment sah er nichts als bunte Schlieren und Bewegung, aber dann gewahrte er einen hellen Fleck über sich, der rasch zum Gesicht eines dunkelhaarigen Mannes gerann, den er nicht kannte. Einen Augenblick später konnte er auch die Uniform erkennen, die der Unbekannte trug.

»Oh«, murmelte er schwach. »So schnell?«

Der andere runzelte die Stirn. »So schnell was?« fragte er in fast akzentfreiem Englisch.

»Das Erschießungskommando«, sagte Indiana. »Ich dachte, ich hätte noch ein bißchen mehr Zeit.«

Der Fremde machte ein Gesicht, als wüßte er nicht ganz, ob er lachen oder zornig werden sollte, und entschloß sich schließlich zu einer Miene, die irgendwo dazwischen lag. »Man hat mich vor Ihrem etwas skurrilen Humor gewarnt, Jones«, sagte er. »Ich bin Dr. Müller, der Schiffsarzt. Ich soll mich um Sie kümmern.« Er musterte Indiana mit einem sehr langen, prüfenden Blick, zog eine Grimasse und fügte hinzu: »Sieht so aus, als hätten Sie es nötig.«

Indiana setzte sich behutsam auf der schmalen Liege auf und biß die Zähne zusammen, als Müller routiniert, aber alles andere als sanft seine diversen Verletzungen zu untersuchen begann.

»Ich wußte gar nicht, daß die Nazis ihre Gefangenen foltern, ehe sie sie erschießen«, stöhnte er.

Müller blickte kurz hoch. In seinen Augen blitzte es amüsiert, aber sein Gesicht blieb völlig ausdruckslos. »Tun wir gar nicht«, sagte er und beugte sich wieder über Indianas Oberkörper. »Sie erschießen, meine ich. Gewöhnlich nageln wir sie ans Kreuz.«

Indiana konnte nicht sehen, was er genau tat, aber es fühlte sich zumindest an, als träfe er schon gewisse Vorbereitungen, seine Worte in die Tat umzusetzen.

»Ich hoffe doch, standesgemäß an ein Hakenkreuz«, sagte Indiana gepreßt.

»Sicher«, antwortete Müller. »Das Problem ist nur, daß wir ihnen vorher Arme und Beine brechen müssen, damit sie auch passen.«

Indiana grinste und sog eine Sekunde später vor Schmerz hörbar die Luft ein, als Müller unsanft auf sein Handgelenk drückte. »Au!«

»Gebrochen ist jedenfalls nichts«, sagte Müller fröhlich. Er schüttelte den Kopf. »Sie sind entweder der zäheste Bursche, der mir je untergekommen ist, oder Sie haben geradezu unverschämtes Glück gehabt. Was haben Sie getan, Jones? Versucht, den Weltrekord im 100-Meter-Kraulen in kochender Lava zu brechen?«

»Nein. Ich fürchte, ich bin zu tief darüber hinweggeflogen«, antwortete Indiana.

Müller blinzelte, sah ihn einen Moment verwirrt an, zuckte dann aber nur mit den Schultern. »Eigentlich gehören Sie für mindestens vierzehn Tage ins Krankenhaus«, sagte er. »Trotzdem: Können Sie laufen?«

»Ich denke schon«, antwortete Indiana. »Wieso? Ich dachte, dieses Schiff hat eine Maschine.«

»Zwei sogar«, erwiderte Müller. »Der Kommandant möchte Sie sprechen. Fühlen Sie sich kräftig genug dazu?«

»Was passiert, wenn ich nein sage?« erkundigte sich Indiana.

Müller lächelte nur, trat zurück und machte eine einladende Geste, und Indiana stemmte sich mühsam in die Höhe und folgte ihm.

Seine Vermutungen über die Enge an Bord des Schiffes waren offensichtlich falsch gewesen. Es war nicht so schlimm, wie er geglaubt hatte. Es war schlimmer.

Das Schiff barst vor Menschen geradezu aus den Nähten. Außer der normalen Besatzung, den Gefangenen und den Überlebenden von Delanos Gruppe hielt sich noch eine erstaunlich große Anzahl Marinesoldaten an Bord auf, so daß sie im wahrsten Sinne des Wortes über die Männer hinwegsteigen mußten, um sich ihren Weg zum Kommandoraum zu bahnen. Auch in der Zentrale herrschte eine drückende Enge. Indiana verstand so gut wie nichts von Unterseebooten, aber er schätzte, daß dieses Schiff mindestens das Dreifache seiner normalen Besatzung an Bord hatte. Wenn ihre Vermutung stimmte und das Boot tatsächlich zu Delanos kleiner Flotte gehört hatte, dann mußten die Stunden, die es vor der Insel gelegen und gewartet hatte, für die Männer hier drinnen die Hölle gewesen sein.

Müller deutete auf einen Mann, der mit dem Rücken zur Tür am Periskop stand. Obwohl er kein Wort sagte, schien er ihre Anwesenheit zu spüren, denn er drehte sich um, als Indiana ihm auf zwei Schritte nahe gekommen war, und musterte ihn einige Sekunden lang mit undeutbarem Ausdruck. Indiana schätzte sein Alter auf vielleicht fünfzig Jahre, eher etwas jünger. Er sah aus wie ein Mann, der sehr hart sein konnte. Trotzdem wirkte er nicht unsympathisch.

»Dr. Jones, nehme ich an«, sagte er. »Ich bin Kapitänleutnant Brenner. Willkommen an Bord.«

»Oh, ich bitte Sie«, sagte Indiana. »Die Freude ist ganz auf meiner Seite.«

Brenner entging der sarkastische Unterton in Indianas Stimme keineswegs, aber er reagierte nicht darauf. Erst jetzt fiel Indiana auf, daß er nicht nur ebenso erschöpft und müde wie alle anderen hier aussah, sondern auch sehr besorgt.

»Wo sind die anderen?« fragte Indiana. »Ganty und die Barlowes und –«

»Ihren Freunden geht es gut«, unterbrach ihn Brenner. »Miß Barlowe hat sich eine leichte Verletzung zugezogen, aber das ist kein Grund zur Besorgnis. Sie können später mit ihnen reden.« Er legte eine winzige Pause ein, in der er Indiana auf sonderbar abschätzende Art musterte, dann seufzte er und gab sich offensichtlich einen Ruck.

»Ich will ganz offen mit Ihnen sein, Dr. Jones, denn wir haben wenig Zeit. Wir haben... ein Problem.«

»Wie erfreulich«, sagte Indiana. »Sinkt Ihr Boot?«

Brenner sah ihn zornig an, beherrschte sich aber. »Ihre Verbitterung ist verständlich, Dr. Jones«, sagte er. »Aber sie nutzt im Moment weder Ihnen noch uns etwas. Ich bin nicht sicher, ob wir im Augenblick wirklich noch Feinde sind.«

»Wie meinen Sie das?« fragte Indiana alarmiert.

Statt zu antworten, trat Brenner einen Schritt zur Seite und zeigte mit einer einladenden Geste auf das Sehrohr. Indiana zögerte eine Sekunde, in der er Brenner nur verwirrt anstarrte, aber dann trat er gehorsam an das Periskop und preßte die Augen gegen das Okular.

Draußen herrschte noch immer tiefste Nacht, und es dauerte eine Weile, bis sich seine Augen an das schwache Licht gewöhnt hatten. Aber dann begriff er, was Brenner meinte.

Das Meer war voller Schiffe.

Hunderte von kleinen, schlanken Schilfbooten bedeckten den Ozean.

»Sie folgen uns, seit wir die Insel verlassen haben«, sagte Brenner. »Fragen Sie mich nicht, wie sie das machen. Wir sind die ganze Zeit getaucht gewesen, aber irgendwie haben sie unsere Spur aufgenommen. Und es werden immer mehr. Die Flutwelle hat sie kräftig durcheinandergewirbelt, aber diese Dinger scheinen unsinkbar zu sein.«

»Und ziemlich schnell«, sagte Indiana, ohne den Blick von der gespenstischen Flotte zu wenden. Es waren nicht einfach nur einige Polynesier-Krieger, die ihnen gefolgt waren. Es war das gesamte Volk der Langohren, das seine untergehende Insel verlassen hatte, um die gleiche, schier endlose Reise anzutreten wie schon einmal vor mehr als tausend Jahren.

»Nein«, gestand Brenner nach einem fühlbaren Zögern. »Ich fürchte, wir sind so langsam.«

Indiana löste nun doch den Blick vom Okular und sah ihn fragend an.

»Das Schiff ist beschädigt«, erklärte Brenner. »Die Druckwelle hat uns ziemlich übel mitgespielt. Wir laufen kaum noch Fahrt, und mein Erster Offizier behauptet, daß wir allerhöchstens noch eine Stunde auf Tauchstation bleiben können.«

»Dann fürchten Sie, daß sie angreifen, wenn Ihr Boot auftaucht?«

»Genau das will ich ja von Ihnen wissen, Dr. Jones«, antwortete Brenner ernst. »Verstehen Sie mich nicht falsch – ich glaube nicht, daß sie uns wirklich gefährlich werden könnten. Aber einmal haben wir nicht genug Torpedos an Bord, um sie alle zu versenken, vor allem aber widerstrebt es mir, ein sinnlos Blutbad unter diesen Wilden anzurichten. Außerdem sind meine Männer völlig erschöpft.«

»Und unsere Vorräte so gut wie aufgebraucht«, fügte Müller hinzu. »Der Treibstoff übrigens auch. Wir kreuzen jetzt schon seit zwei Wochen vor dieser verdammten Insel. Diese Wilden können uns einfach belagern und aushungern, wenn sie das wollen.«

Brenners ärgerlicher Blick bewies, daß diese Information nicht unbedingt für Indianas Ohren bestimmt gewesen war. Aber er beherrschte sich auch weiter. »Das ist unsere momentane Situation, Dr. Jones«, sagte er.

»Und Sie möchten von mir wissen, was Sie tun sollen«, vermutete Indiana. »Ich fürchte, ich muß Sie enttäuschen, Herr Kapitänleutnant. Ich weiß über diese Einge –«

»Ich will von Ihnen wissen, was auf der Insel geschehen ist, Jones«, unterbrach ihn Brenner. »Sehen Sie, diese Wilden da draußen sind nur ein Teil unseres Problems. Die andere Hälfte –«

Er brach mitten im Satz ab. Aber es war auch nicht nötig, daß er fortfuhr, denn die andere (und wahrscheinlich weit größere) Hälfte seines Problems betrat im selben Moment die Zentrale.

Es war Jonas.

Indiana war nicht einmal besonders überrascht, ihn frei zu sehen, statt eingesperrt wie die anderen Überlebenden. Ebensowenig überraschte ihn die dunkelgraue Wehrmachtsuniform, die Jonas nun anstelle seiner zerrissenen Kleider trug. Er hatte es geahnt, spätestens seit ihrem Gespräch am Strand.

Aber er erschrak zutiefst, als er in Jonas' Gesicht sah.

Jonas war nicht mehr er selbst.

Er sah aus wie zuvor, er bewegte sich so, und als er sprach, war seine Stimme die von Jonas, aber all das war nur noch Fassade. Das Wesen, dem er gegenüberstand, war... kein Mensch mehr. Es war etwas anderes, etwas Böses und Finsteres, das aus einem längst vergangenen Zeitalter stammte; ja, vielleicht nicht einmal von dieser Welt.

Und er war nicht der einzige, der das fühlte. Die Männer in Jonas' Nähe wichen instinktiv vor ihm zurück, und auch Brenner zeigte Anzeichen von Nervosität, vielleicht sogar Angst.

»Dr. Jones!« begann Jonas mit einem Lächeln, das keines war. »Wie schön, daß Sie schon wieder auf den Beinen sind. Ich hatte schon Angst, ich hätte Sie ernsthaft verletzt.«

»So schnell geht das nicht«, antwortete Indiana kühl. Er maß Jonas mit einem langen, bewußt abfälligen Blick. »Wie ich sehe, geht es Ihnen ja auch schon wieder besser. Aber Sie sollten den Schneider wechseln.«

Jonas lachte, dann salutierte er übertrieben spöttisch vor Indiana. »Gestatten Sie, daß ich mich korrekt vorstelle, wenn auch mit einiger Verspätung? Obersturmbannführer Heinrich, verantwortlicher Leiter der Operation Phönix.« Er griff in die Tasche und zog ein verschmutztes Blatt Papier hervor. »Bitte.«

Indiana griff nach dem Zettel, faltete ihn auseinander und warf einen flüchtigen Blick darauf. Der Zettel sagte ihm gar nichts. Er enthielt nichts weiter als Kolonnen von Zahlen und Buchstaben. Fragend sah er Jonas an.

»Behalten Sie es ruhig«, sagte Jonas/Heinrich grinsend. »Deswegen sind Sie doch schließlich gekommen, oder? Auf dieser Liste sind die Positionen aller geheimen U-Boot-Basen der deutschen Marine verzeichnet, die der Agent Jonas herausfinden konnte. Ich fürchte nur, sie ist ein kleines bißchen unzuverlässig. Mit genauen Längen- und Breitenangaben hatte ich schon immer meine Schwierigkeiten.«

»Was soll der Unsinn?« fragte Indiana. Wütend knüllte er das Blatt zusammen und warf es auf den Boden.

Heinrich lachte. »Der deutsche Geheimdienst hielt es für eine gute Idee«, sagte er. »Und ich ehrlich gesagt auch. Finden Sie die Vorstellung nicht auch spaßig, daß die Amerikaner ihre besten Leute und etliche Millionen Dollar darauf verschwenden, nach U-Boot-Häfen zu suchen, die es gar nicht gibt?«

»Nicht im geringsten«, sagte Indiana.

»Wie bedauerlich.« Heinrich seufzte, zuckte mit den Schultern, und sein Lächeln erlosch, als sei es abgeschaltet worden. »Vermutlich haben Sie sogar recht«, sagte er. »Aber das spielt ja jetzt keine Rolle mehr, nicht wahr?«

Wahrscheinlich war Indiana der einzige hier im Raum, der wirklich verstand, was Heinrich damit meinte. Und vermutlich war er auch der einzige, der wußte, wem er wirklich gegenüberstand.

Für endlose Sekunden starrten sie sich wortlos an, dann drehte sich Heinrich/Jonas/Mi-Pao-Lo mit einem Ruck um und deutete auf das Periskop. »Sie folgen uns immer noch?«

Brenner nickte. »Es sind mehr geworden«, antwortete er. »So wie es im Moment aussieht, haben wir keine Chance, ihnen zu entkommen.«

»Höre ich da eine Spur von Angst in Ihrer Stimme, mein Lieber?« fragte Heinrich spöttisch. »Sie werden sich doch nicht von einer Handvoll unzivilisierter Wilder fürchten, oder?«

Brenner schwieg. Heinrich musterte ihn noch einige Sekunden lang spöttisch, dann drehte er sich mit einem Ruck um und ging. »Rufen Sie mich, wenn sich etwas ändert«, sagte er im Hinausgehen.

»Ich glaube, ich verstehe jetzt, was Sie meinen«, murmelte Indiana, als Jonas/Heinrich außer Hörweite war.

Brenner sah ihn ernst und sehr lange an. »Was ist bloß auf der Insel geschehen, Dr. Jones?« fragte er noch einmal.

Indiana begann mit seinem Bericht.

Brenner hatte Wort gehalten und ihn zu den anderen Gefangenen bringen lassen, nachdem ihre Unterredung beendet war. Das Wort »Gefangene« bekam an Bord dieses Schiffes eine neue Qualität – Ganty, die Barlowes und die beiden Australier waren in einem kleinen Lagerraum im Heck eingesperrt, der vielleicht acht Quadratmeter hatte und so niedrig war, daß sie nicht aufrecht stehen konnten. Trotzdem hatten sie mehr Platz zur Verfügung als irgendein anderer an Bord, den Kommandanten und die Offiziere eingeschlossen.

Ganty und die anderen waren offensichtlich ehrlich erfreut, ihn lebend wiederzusehen. Aber ihre Erleichterung hielt nicht sehr lange vor. Als Indiana erzählte, was er durch das Periskop beobachtet hatte, wurde es sehr still in der winzigen Kammer. Vor allem Ganty wirkte mehr als erschrocken. Er war eindeutig *entsetzt*.

Trotzdem war nicht er es, sondern Nancy Barlowe, die schließlich das immer bedrückender werdende Schweigen brach. »Aber sie können uns doch nichts tun, oder?« fragte sie ängstlich. Als ihr niemand antwortete, fuhr sie mit zitternder Stimme fort. »Ich meine... das hier ist ein U-Boot. Es... es ist bewaffnet und... und aus Stahl, und sie haben nur ein paar Messer und Speere!«

»Darum geht es nicht«, antwortete Indiana sanft. Obgleich er vor dem Gedanken zurückschreckte, hatte er auch diese Variante schon für sich durchgespielt. Wahrscheinlich waren Brenners Soldaten mit ihren Maschinenpistolen und Granaten durchaus in der Lage, die gesamte Flotte der Langohren zu vernichten. Aber das würde für die Polynesier weit mehr bedeuten als einen weiteren Kampf. Es hieße nichts weniger, als daß ein ganzes Volk ausgelöscht würde.

Außerdem war er nicht einmal sicher, daß es damit vorbei sein würde. Wahrscheinlich war es wirklich so, wie Brenner gesagt hatte, und die Langohren waren ihr kleinstes Problem.

»Warum denn dann?« fragte Nancy.

»Jonas«, murmelte Indiana. »Er hat den Kristall.«

»Aber dann... dann ist doch alles in Ordnung«, antwortete Nancy. »Er... er kann uns helfen. Dieser Kristall ist doch eine Waffe, und –«

»Jonas ist nicht wirklich Jonas, Nancy«, unterbrach sie Ganty sanft. »Er ist ein Naziagent, verstehen Sie doch.«

»Ich fürchte, er ist nicht einmal mehr das«, fügte Indiana hinzu. »Sie haben nicht verstanden, was ich erzählt habe. Jonas hat den Kristall *benutzt*. Er ist jetzt nicht mehr er selbst.«

»Was für ein Unsinn!« widersprach Nancy. Sie lachte; schrill und nervös und viel zu laut. »Ich habe ihn doch genau erkannt, als sie ihn an Bord getragen haben!«

»Erinnern Sie sich an die Situation, als ich den Kristall für einen Moment in den Händen gehalten habe? fragte Indiana sanft. Nancy starrte ihn aus großen, angstvollen Augen an, und Indiana fuhr fort: »Ich habe ihn nicht benutzt, weil ich seine Macht gefühlt habe, Nancy. Ich habe gespürt, *was* er wirklich ist. Er ergreift Besitz von jedem, der sich seiner Macht bedient. Heinrich/Jonas sieht nur noch so aus wie der Mann, der er einmal war. Aber er ist es nicht mehr, glauben Sie mir. Was mit Sandstein geschehen ist, das ist auch ihm passiert. Nur schneller. Und schlimmer.«

»Dann sollte man ihn töten«, sagte einer der beiden Australier. Sein Bruder nickte. Zum ersten Mal im Leben waren die beiden einer Meinung.

Indiana schwieg. Er war nicht einmal mehr sicher, ob es überhaupt noch möglich war, Jonas – oder wie immer er auch wirklich heißen mochte – zu töten. Außerdem war das nicht wirklich das Problem.

»Es geht nicht um ihn«, sagte er nach einer Weile. »Es ist dieser Stein. Ich weiß nicht, was er ist, aber er ist... *mehr* als ein Kristall.«

Mit Ausnahme von Ganty sahen ihn alle einfach nur verständnislos an. Ganty schien der einzige zu sein, der wirklich begriffen hatte, was Indiana meinte. Er wirkte immer noch entsetzt.

»Jetzt übertreiben Sie aber, Dr. Jones«, sagte Barlowe. Er lachte, aber es klang nervös und wenig überzeugend. »Ich meine, dieses Ding ist... gefährlich, sicher. Eine schreckliche Waffe, aber trotzdem doch wohl nicht mehr als das. Sandstein hat sie letztendlich nichts genutzt, und Jonas –«

»Was immer es ist, es hat zwei Monate gebraucht, um Sandstein zu verändern«, unterbrach ihn Indiana. »Bei Jonas genügten wenige Stunden.«

»Vielleicht wird es stärker«, murmelte Ganty. »Mit jedem Leben, das es nimmt.«

Ja, dachte Indiana schaudernd. Und vielleicht war alles, was sie bisher erlebt hatten, erst der Anfang. Vielleicht begann der Kristall gerade erst zu erwachen...

Aber da war noch etwas. Irgendeine Information, die er bereits hatte, die er aber nicht richtig einzuordnen vermochte. Etwas, das er gesehen oder gehört oder erlebt hatte. Und das wichtig war, ungeheuer wichtig sogar. Aber er wußte einfach nicht, *was.*

Ihre Diskussion drehte sich eine gute Stunde weiter im Kreis, ohne zu irgendeinem Ergebnis zu führen. Dann wurde die Tür wieder geöffnet, und zwei von Brenners Männern erschienen, um Indiana abzuholen.

Wie das erste Mal, als Indiana den Kommandoraum betreten hatte, stand Kapitänleutnant Brenner am Periskop. Er sah jetzt noch besorgter aus als das erste Mal, als er sich zu Indy herumdrehte und ihn ansah.

»Neue Probleme?« fragte Indiana direkt.

Brenner deutete wortlos auf das Sehrohr.

Über dem Meer brach der Tag heran. Die Dunkelheit hatte einem grauen Zwielicht Platz gemacht, in dem die Konturen der Dinge zu verschwimmen schienen wie in treibendem Nebel. Die Polynesier-Flotte war nicht näher gekommen, aber größer geworden. Es mußten an die fünfhundert Schilfboote sein, die das Meer in weitem Umkreis bedeckten.

»Fünf Grad weiter westlich«, sagte Brenner.

Indiana drehte das Periskop in die falsche Richtung, lächelte entschuldigend und korrigierte seinen Fehler hastig. Der Horizont und die Flotte der Polynesierboote huschten als verschwommene Schatten vorbei. Dann sah er, was Brenner meinte. Ein gewaltiger Schatten näherte sich der Position des U-Bootes.

»O ja, das sieht nach Problemen aus«, sagte Indiana. Er trat vom Periskop zurück und wandte sich zu Brenner um. »Eins von euren?«

»Ich fürchte, nein«, antwortete Brenner. »Aber um diese Frage zu beantworten, habe ich Sie holen lassen.«

»Sie glauben, das könnte eins von unseren sein?«

Indiana zuckte mit den Schultern. »Ich bezweifle, daß ich Ihnen da helfen kann. Und um ehrlich zu sein, ich bezweifle auch, daß ich es *will*«, fügte er nach kurzem Zögern hinzu. »Das da draußen ist *Ihr* Problem, Herr Kapitänleutnant.«

»Wenn sie uns angreifen und versenken, ist es wahrscheinlich auch Ihres, Dr. Jones«, erwiderte Brenner kühl. »Außerdem hatte ich vorhin das Gefühl, daß Ihnen daran gelegen ist, unnötiges Blutvergießen zu vermeiden.«

Indiana schwieg einige Augenblicke. »Entschuldigen Sie«, sagte er dann hörbar verlegen. »Ich wollte nicht –«

»Schon gut«, Brenner unterbrach ihn mit einer hastigen Geste. »Vergessen Sie es einfach. Sie kennen dieses Schiff nicht?«

Indiana warf einen weiteren und diesmal sehr viel aufmerksameren Blick durch das Periskop. »Es könnte die HENDERSON sein«, vermutete er.

»Der Gedanke liegt nahe, nicht wahr?«

Indiana fuhr unmerklich zusammen, als er die Stimme erkannte. Es war nicht die von Brenner oder dem Schiffsarzt. Mit erzwungener Ruhe drehte er sich um. Die Hände ließ er weiter auf den Handgriffen des Sehrohres liegen, damit man nicht bemerkte, wie sie zitterten. Jonas/Heinrich stand neben dem Kommandanten des U-Bootes und sah ihn mit einem Lächeln ohne eine Spur von Gefühl an. »Sie und der angebliche Mr. Delano sind seit einer ganzen Weile überfällig. Und bei der Wichtigkeit Ihrer Mission ist es doch nur logisch, daß man sich Gedanken um Sie macht und Sie sucht. Oder?«

»Wir sind Hunderte von Seemeilen von Pau-Pau entfernt«, sagte Indiana.

Jonas lächelte abfällig. Sein Lächeln wurde vollends zur Grimasse. »Dr. Jones, ich bitte Sie«, sagte er. Er schüttelte den Kopf. »Ihr Amerikaner werdet es *nie* begreifen. Ihr seid ein großes Volk, das wirklich gute Männer und gute Ideen hervorgebracht hat, aber ihr habt einen gewaltigen Fehler – ihr neigt dazu, eure Feinde zu unterschätzen. Wir nicht.« Er wies auf das Sehrohr. »Wäre ich der Kommandant bei so einer Mission, dann hätte ich schon vor Tagen angefangen, nach Ihnen und Delano zu suchen. Immerhin wußten sie, daß Sie Pau-Pau mit Gantys Boot verlassen haben.«

»Und dann haben sie uns hier rein zufällig gefunden, wie?« Indiana versuchte, seiner Stimme einen möglichst spöttischen Klang zu verleihen, aber der Ausdruck auf Jonas' Gesicht blieb unverändert.

»Kaum«, antwortete er mit kühler Stimme. »Aber sie müßten schon blind sein, wenn sie den Vulkanausbruch nicht bemerkt haben. Und diese kleine Armada da oben ist auch nicht zu übersehen.«

Natürlich hatte er recht. Die gleichen Überlegungen waren auch Indiana durch den Kopf geschossen, als er zum zweiten Mal durch das Periskop geblickt und den Umriß des Schiffes studiert hatte. Er hatte es nicht erkannt, aber das besagte gar nichts. »Wenn es wirklich die HENDERSON ist«, sagte er nach einer Weile, »dann... sind Sie tatsächlich in Schwierigkeiten.«

Wieder war es Jonas, der antwortete, und nicht Kapitänleutnant Brenner. »Ich fürchte, Sie haben den guten Herrn Kapitän nicht ganz verstanden, Dr. Jones«, sagte er mit einem spöttischen Seitenblick auf den Offizier. »Sollte es zum Kampf zwischen Ihren und unseren Leuten kommen, dann werden wir vielleicht sterben, vielleicht in Gefangenschaft geraten oder sogar gewinnen.« Er zuckte mit den Schultern. »Was Sie und Ihre Freunde aber angeht, Dr. Jones, so sieht die Sache anders aus. Ich werde höchstpersönlich für jeden Schuß, den die HENDERSON auf uns abgibt, einen von Ihnen hinrichten.«

»Das werden Sie ganz bestimmt *nicht*«, sagte Brenner. »Dr. Jones und seine Freunde sind Zivilisten.«

»Im Moment sind sie unsere Gefangenen«, sagte Jonas.

»Und als solche werde ich sie behandeln«, fügte Brenner entschlossen hinzu. »Auf meinem Schiff wird niemand umgebracht!«

Jonas machte sich nicht einmal die Mühe, ihm zu antworten. Er lächelte nur, aber es war etwas in diesem Lächeln, das Indiana einen eisigen Schauer über den Rücken laufen ließ. Auf diesem U-Boot hatte Jonas im selben Moment, in dem er es betreten hatte, das Kommando übernommen, und Brenner wußte das ganz genau. »Was wollen Sie von mir?« Die Frage war an niemand Bestimmten gerichtet, und im ersten Moment antworteten weder Jonas noch Brenner; dann – nach einem raschen, fast angstvollen Seitenblick auf Jonas – sagte der Kapitänleutnant:

»Sie haben es ganz richtig erkannt, Dr. Jones – wir haben Probleme. Unsere Treibstoffvorräte sind so gut wie erschöpft. Wir *können* nicht vor diesem Schiff davonlaufen. Und wir können auch nicht mehr länger getaucht bleiben.«

»Aber wir könnten es torpedieren«, fügte Jonas mit einem bösen Lächeln hinzu.

Brenner ignorierte ihn. »Wir müssen auftauchen, Dr. Jones. Wenn wir das tun und wenn es zu einem Gefecht zwischen uns und diesem Schiff kommt – können Sie sich vorstellen, was geschieht?«

Das konnte Indiana in der Tat. Die HENDERSON war kein Kriegsschiff. Sie war nicht wehrlos, aber längst nicht schwer genug bewaffnet, um das Unterseeboot mit einer einzigen Salve zu versenken. Wenn es zu einem Gefecht zwischen den beiden Schiffen hier auf offener See kam, dann war nicht nur dessen Ausgang ungewiß, wahrscheinlich würde es auch unter den Polynesiern, die in ihren Schilfbooten dort oben auf dem Meer trieben, zahlreiche Opfer geben.

»Wir werden jetzt auftauchen, Dr. Jones«, sagte Jonas, »und Sie werden mit diesem Schiff und seinem Kapitän Kontakt aufnehmen und dafür sorgen, daß man uns in Ruhe läßt.«

»Wie kommen Sie auf die Idee, daß ich das könnte?« fragte Indiana.

»Sie werden es tun müssen«, antwortete Jonas gelassen. »Denn wenn nicht, dann sind Ihre Freunde die ersten, die sterben müssen, darauf gebe ich Ihnen mein Wort.«

»Und wenn mir das gleich wäre?«

Jonas lachte nur. »Versuchen Sie nicht, mir etwas vorzuspielen, Dr. Jones«, sagte er. »Ich weiß zuviel über Sie. Sie sind nicht der Mann, der ein Menschenleben opfert, weil es zu seinem Vorteil sein könnte.«

Indiana widersprach nicht mehr. Es war auch sinnlos, denn Jonas hatte recht. Er hätte mit Sicherheit sein eigenes Leben riskiert, um den Kristall und die böse, uralte Macht, die ihm innewohnte, unschädlich zu machen. Aber es ging eben nicht um *sein* Leben.

Jonas wandte sich mit einer Geste an Brenner. »Tauchen Sie auf. Dr. Jones wird tun, was wir von ihm verlangen. Wenn nicht, lassen Sie einen der Gefangenen exekutieren. Am besten fangen Sie mit dem alten Mann an.«

Brenner maß ihn mit einem eisigen Blick, aber er widersprach nicht mehr, sondern sah schweigend und mit ausdruckslosem Gesicht zu, wie Jonas die schmale Eisenleiter zum Turm hinaufzuklettern begann.

Es war empfindlich kalt, als Indiana hinter Jonas auf den Turm hinaustrat. Vom Meer stieg ein eisiger Hauch empor, und die graue Dämmerung hatte sich aufgehellt, obwohl es noch nicht Tag war. Trotzdem konnte Indiana erkennen, daß Jonas mit seiner Vermutung recht gehabt hatte: Das Schiff, das sich ihnen näherte, *war* die HENDERSON. Auch das angebliche Forschungsschiff hatte seine Fahrt gedrosselt und bewegte sich kaum wahrnehmbar von der Stelle, was aber wohl weniger am plötzlichen Auftauchen des U-Bootes lag als vielmehr an der Flotte der Schilfboote, die das Meer bedeckten, soweit das Auge reichte. Die Polynesier taten ihr Bestes, dem stählernen Giganten auszuweichen, aber die kleinen Boote, die nur von Paddeln angetrieben wurden, hatten alle Mühe, überhaupt von der Stelle zu kommen. Im nachhinein kam es Indiana immer mehr wie ein reines Wunder vor, daß es ihnen überhaupt gelungen war, mit dem Unterseeboot Schritt zu halten.

Aber vielleicht war das gar kein Zufall. Er hatte Jonas unauffällig von der Seite beobachtet, seit sie auf den Turm hinausgestiegen waren. Jonas hatte der HENDERSON nur einen flüchtigen Blick gegönnt und seine Aufmerksamkeit dann voll und ganz der Polynesier-Flotte zugewandt. Und ob er nur von einem fremden Geist besessen war oder nicht – sein Mienenspiel und vor allem der Ausdruck seiner Augen blieben die eines Menschen. Was Indiana in seinen Augen sah, das war keine Furcht vor den Polynesiern. Auch kein Erstaunen, sie so weit draußen auf dem Meer und in so großer Zahl zu treffen. Es war etwas, wie... es fiel Indiana im ersten Moment schwer, seinen Eindruck in Worte zu fassen. War das Stolz? Nein. Die Art, wie Jonas die Langohren ansah, war die, wie ein Heerführer seine Armee betrachten mochte. Eine Armee, die er im Grunde verachtete; die er einsetzen und bei Bedarf auch opfern würde wie ein Schachspieler seine Figuren, deren Macht er aber auch bewußt in sein Kalkül einbezog.

Indianas Blick löste sich von Jonas' Gesicht und glitt wieder auf das Meer hinaus. Den meisten Schilfbooten, die auf dem Kurs der HENDERSON lagen, war es mittlerweile gelungen, einen sicheren Abstand zu gewinnen. Aber nicht allen. Und nicht alle *versuchten* es überhaupt. Eine Anzahl der kleinen Schiffchen – nicht viele, aber doch genug, daß es auffiel – bewegte sich parallel zu dem hundertmal größeren Schiff, und eine noch kleiner Anzahl steuerte gar direkt darauf zu.

Und endlich erkannte Indiana die Absicht.

»Das wollen Sie doch nicht wirklich!« rief er erschrocken.

Jonas drehte sich ganz langsam zu ihm herum und lächelte.

»Was?«

»Sie… Sie wollen, daß sie dieses Schiff *angreifen*?« stieß er ungläubig hervor. Er wies mit einer Geste auf die HENDERSON. »Die Soldaten dort drüben werden Ihre Krieger abschlachten, Jonas! Sie haben nicht die gerinste Chance!«

Jonas' Lächeln wurde noch eine Spur breiter. »Es liegt allein an Ihnen, ob es zu einem Blutband kommt oder nicht, Dr. Jones«, sagte er in einem Tonfall, der so freundlich war, daß Indiana ihm allein dafür alle Zähne hätte einschlagen mögen. Er wies zum Bug, wo zwei von Brenners Soldaten damit beschäftigt waren, ein Schlauchboot zu Wasser zu lassen. »Das Boot ist bereit. Fahren Sie hinüber und fordern Sie Kapitän Franklin auf, zu kapitulieren, und es wird kein Tropfen Blut fließen. Weder auf Ihrer noch auf unserer Seite.«

»Sie sind völlig verrückt!« erklärte Indiana. »Selbst wenn ich tue, was Sie verlangen, glauben Sie doch nicht wirklich, daß Franklin sich darauf einläßt.«

»Er wird es müssen«, antwortete Jonas im unverändert freundlichem Ton. »Und es wäre wirklich besser, wenn Sie ihn dazu brächten, es zu tun, Dr. Jones. Denn wenn er es nicht tut, dann bleibt mir keine andere Wahl, als sein Schiff und ihn und alle seine Männer zu vernichten. Sie wissen, wie einfach ich das *kann*.«

Indianas Blick wanderte nervös von Jonas zu den beiden Männern auf dem Vordeck und wieder zurück. Das Schlauchboot war fast einsatzbereit. Er hatte nur noch ein paar Sekunden, um eine Entscheidung zu treffen, deren Tragweite er nicht einmal abschätzen konnte.

Die Entscheidung wurde ihm abgenommen. Ein dumpfes Krachen wehte vom Bug der HENDERSON zu ihnen herüber, und eine Sekunde später schoß zehn Meter vor dem Bug des U-Bootes eine dreißig Meter hohe, weiße Wassersäule von der Meeresoberfläche empor. Jonas fuhr herum und starrte die langsam auseinanderstiebende Gischtwolke einige Augenblicke völlig fassungslos an, dann verzerrte sich sein Gesicht vor Wut. Mit einem Ruck trat er von der Turmverkleidung zurück und griff in die Tasche. Als seine Hand wieder erschien, lag der dunkelrote Feuerkristall darin. »Diese verdammten Narren!« sagte er gepreßt. »Aber gut – wenn sie eine Demonstration meiner Macht wollen, die können sie haben!«

Er hielt den Kristall in die Höhe. Das düstere rote Licht im Inneren des Steines begann schneller zu pulsieren und an Leuchtkraft zu gewinnen, und Indiana glaubte ein unheimliches elektrisches Knistern zu spüren, ein Gefühl wie während eines Gewitters, wenn der Blitz in unmittelbarer Nähe eingeschlagen hat.

»Nein!« rief er entsetzt.

Jonas starrte ihn an. In seinen Augen flackerte ein Feuer, das schlimmer war als das im Herzen des Kristalls.

»Tun Sie es nicht«, sagte Indiana. »Ich... ich werde tun, was Sie verlangen. Ich fahre hinüber und rede mit Franklin. Es wird mir bestimmt gelingen, ihn zu überzeugen.«

Jonas schwieg. Zu dem unstillbaren, unmenschlichen Haß in seinen Augen gesellte sich Mißtrauen. Der Kristall pulsierte, und Indiana konnte sehen, wie an Jonas' Hals eine Ader zu zukken begann, schnell und hektisch und im gleichen Takt wie das unheimliche Feuer im Inneren des Steins.

»Sie haben gewonnen«, sagte er. »Ich gebe auf.«

Endlose, quälend lange Sekunden vergingen. Das glühende Licht im Herzen des Kristalls pulsierte weiter, und Indiana glaubte die unvorstellbare Kraft zu spüren, die sich darin sammelte, die hinaus wollte wie etwas Gieriges, etwas Lebendiges. Aber dann senkte Jonas ganz langsam, zögernd und beinahe widerwillig, seine Arme wieder.

»Also gut«, sagte er leise. »Gehen Sie.«

Indiana verließ den Turm, balancierte über das schwankende Deck des U-Bootes zum Bug und näherte sich den beiden Soldaten und dem Schlauchboot. Auch die beiden Männer waren bleich und wirkten erschrocken und unsicher. Sie hatten das Licht in Jonas' Händen gesehen, und obwohl sie nicht wissen konnten, was es bedeutete, so schienen sie das Fremde, unaussprechlich Böse, das von Jonas Besitz ergriffen hatte und sich wie eine schleichende Krankheit allmählich über dieses ganze Boot ausbreitete, doch zu spüren. Und es war der Ausdruck in ihren Augen, der Indiana begreifen ließ, daß er recht gehabt hatte mit seinen Grübeleien vorhin unten im Lagerraum.

Es *war* erst der Anfang. Die Macht des Kristalls begann gerade erst zu erwachen. Sie hatte geschlafen, ein Jahrtausend lang. Und was er mit Sandstein erlebt hatte, jenes H llenfeuer, das Delanos Schiff und seine Männer verbrannt hatte, das böse Lodern in Jonas' Augen, das alles war erst der Beginn. Es wurde stärker mit jeder Sekunde, und vielleicht würde es unaufhörlich an Macht gewinnen. Er mußte verhindern, daß dieses »Etwas« sich auf der Welt verbreitete, die doch keine Ahnung von seiner Existenz und keine Möglichkeit zur Gegenwehr hatte. Er mußte das verhindern, ganz egal, welchen Preis er dafür bezahlen mußte.

Er ging zwischen den beiden Soldaten hindurch, wartete ab, bis sich das U-Boot unter dem Anprall einer neuen Welle leicht auf die Seite legte und tat so, als verliere er das Gleichgewicht. Die beiden Männer reagierten so, wie er erwartet hatte: Sie versuchten ihm zu helfen. Indiana packte einen Arm, der nach ihm griff, stolperte absichtlich einen weiteren Schritt zurück und riß den Mann mit sich, daß er das Gleichgewicht verlor. Er stieß einen überraschten Schrei aus und fiel, und Indiana ließ sich rücklings mit ihm auf das Deck fallen, riß ihm die Pistole aus dem Gürtel und schlug ihm den Griff über den Schädel. Der Soldat verdrehte die Augen und verlor das Bewußtsein. Sein Kamerad, den sie im Fallen umgerissen hatten, richtete sich mit einem erschrockenen Keuchen wieder auf und wollte seine eigene Waffe ziehen. Indiana trat ihm die Beine unter dem Leib weg, versetzte ihm noch im Fallen einen zweiten Stoß, der ihn hilflos mit den Armen rudernd nach hinten taumeln und über Bord stürzen ließ, und sprang auf die Füße.

Jonas stand hoch aufgerichtet im Turm und sah zu ihm hinunter. Er hatte sich nicht gerührt, und er bewegte sich auch jetzt nicht, sondern stand einfach da und starrte Indiana an, während Indy die Pistole mit beiden Händen ergriff, auf ihn zielte – und abdrückte.

Er traf. Er konnte sehen, daß Jonas wie unter einem Fausthieb zurücktaumelte und die Beine spreizte, um sein Gleichgewicht zu halten. Ein dunkler, rasch größer werdender Fleck breitete sich auf seiner Uniform aus. Aber er schien die Verletzung nicht einmal zu spüren. Langsam trat er wieder vor, blickte aus haßerfüllten Augen auf Indiana und hob den Kristall. Das rote Pulsieren in dessen Inneren war zu einem rasenden Flackern geworden, das sich in Jonas' Augen brach und sie in einem dämonischen Licht glänzen ließ.

»Also gut, Dr. Jones!« schrie er. »Sie haben es nicht anders gewollt!«

Indiana drückte zum zweiten Mal ab. Die Kugel traf Jonas in die Schulter, aber diesmal schwankte er nicht einmal mehr unter dem Aufprall, sondern drehte sich mit einem höhnischen Lachen herum und hob den Feuerkristall höher.

Das Licht und der letzte entsetzliche Schmerz, auf den Indiana wartete, kamen nicht. Der Feuerkristall stieß eine blendende, blutfarbene Woge aus Licht aus, aber sie bewegte sich nicht auf ihn zu – sondern auf die HENDERSON.

Indiana sah, wie der Bug des Schiffes in einer Feuerwolke verschwand. Das dumpfe Donnern einer Explosion wehte über das Meer heran, dann Schreie und das Wimmern einer Sirene, die nach kaum einer Sekunde wieder verstummte. Flammen tobten über das Vorschiff der HENDERSON – und erloschen.

Jonas stieß ein ärgerliches Knurren aus und starrte auf das Schiff. Der Blitz war ungleich heftiger gewesen als der, der die beiden Polynesier oder auch Delanos Männer am Strand getötet hatte, aber die HENDERSON war kein kleines Kanonenboot, sondern ein gewaltiges Kriegsschiff. Ein Teil ihrer Reling und etliche Quadratmeter der Panzerplatten am Bug glühten in einem düsteren Rot, aber der Blitz hatte nicht soviel Kraft gehabt, sie zu vernichten oder auch nur ernsthaft zu beschädigen. Und so sehr dieser unerwartete Angriff die Besatzung auch überrascht haben mochte, Franklin und seine Männer reagierten augenblicklich. Das große Geschütz im Bug der HENDERSON stieß eine brüllende Feuerzunge aus, und Indiana begriff beinahe zu spät, in welcher Gefahr er sich befand. In einer hastigen Bewegung warf er sich entsetzt herum und flach auf das Deck.

Die Granate explodierte am Vorschiff des U-Bootes, riß dort das Bordgeschütz in Stücke und hinterließ ein riesiges, glühendes Loch in den Panzerplatten. Ein gewaltiger Schlag schleuderte Indiana über das Deck, als ihn die Druckwelle traf. Er prallte gegen den Turm, suchte verzweifelt irgendwo nach Halt und klammerte sich fest. Seine Fingernägel brachen ab. Blut lief über seine Hände und wurde weggespült, als eine zweite Granate unmittelbar neben dem Rumpf des U-Bootes explodierte und kochende Gischt das Deck überflutete. Diesmal hatte er nicht mehr die Kraft, sich zu halten. Er wurde ins Wasser geschleudert, tauchte unter und kämpfte sich verzweifelt wieder an die Oberfläche zurück.

Ein drittes Geschoß heulte heran, verfehlte den Turm um Haaresbreite und detonierte etliche Dutzend Meter entfernt im Meer. Die Druckwelle schleuderte Indiana gegen den Bootsrumpf und raubte ihm fast das Bewußtsein. Instinktiv griff er nach oben, konnte dort irgend etwas fassen und klammerte sich mit verzweifelter Kraft daran fest. Das Unterseeboot zitterte wie ein waidwundes Tier. Er sah Flammen und Gestalten, die hin und her rannten, über sich und spürte, wie die Dieselmaschinen im Rumpf des Schiffes anliefen, obwohl die Männer dort drinnen wissen mußten, wie sinnlos jeder Fluchtversuch war. Dann verschlang ein rotes flackerndes Licht den Himmel, und Indiana wandte mit einem Stöhnen den Blick ab und preßte die Augen zu.

Sekunden vergingen, in denen er hilflos und fast blind an den Rumpf des U-Bootes geklammert hing und auf das Ende wartete. Aber die Kanonen der HENDERSON schwiegen.

Überrascht und von einer furchtbaren Vorahnung erfüllt, hob Indiana den Kopf und sah zu dem Kriegsschiff hinüber. Die HENDERSON hatte eine zweite Narbe bekommen; ein scheunentorgroßes Stück ihrer Panzerplatten war schwarz verkohlt, und in dessen Mitte glühte es dunkelrot. Trotzdem war es nicht mehr als ein Nadelstich, der diesem Riesen vielleicht weh tat, ihn aber im Grunde nur um so wütender machen mußte. Wieso schossen sie nicht zurück?

Als Indiana zum Turm hinaufblickte, wußte er die Antwort. Jonas war nicht mehr allein. Brenner und zwei seiner Offiziere waren neben ihm auf dem Turm erschienen und versuchten gemeinsam, ihn niederzuringen.

Es gelang ihnen nicht. Jonas war rücklings gegen die Turmverkleidung getaumelt. Er blutete aus den beiden Wunden, die Indiana ihm zugefügt hatte, aber er schien die Verletzungen nicht einmal zu spüren. Er hielt den Kristall in hoch erhobenen Händen über den Kopf. Rotes Feuer floß träge wie leuchtender Nebel aus dem pulsierenden Stein, ergriff einen der Männer und ließ ihn schreiend und lichterloh brennend zurücktaumeln und zu Boden stürzen. Brenner und der zweite Offizier ließen von ihm ab, und Indiana sah, daß es in den Händen des Kapitänleutnants zweimal kurz hintereinander aufblitzte, als er aus unmittelbarer Nähe auf Jonas schoß. Er traf. Aber die Kugeln richteten keinen sichtbaren Schaden an. Irgend etwas schützte Jonas und bewahrte seinen Körper, der zu einem Werkzeug geworden war, vor allzu großem Schaden, weil er noch gebraucht wurde.

Auf dem Deck der HENDERSON begann ein Maschinengewehr zu hämmern. Indiana zog instinktiv den Kopf zwischen die Schultern, als die Geschosse eine funkensprühende Spur über den Bootsrumpf zogen und sich dem Turm näherten. Drüben auf der HENDERSON hatte man offenbar gesehen, was geschah; und die richtigen Schlüsse daraus gezogen. Aber es war zu spät. Die Geschoßspur erreichte den Turm, raste funkensprühend daran empor – und brach ab! Ein Geräusch wie das Zischen von Wassertropfen auf einer glühenden Herdplatte erklang, als die MG-Kugeln von einer unsichtbaren Macht aufgehalten wurden und zu Asche verbrannten.

Jonas lachte; es war ein schriller, unmenschlicher Laut, der wie Hohngelächter in Indianas Ohren widerhallte. Hoch aufgerichtet und blutüberströmt stand er auf dem Turm, eine Gestalt wie der Dämon aus einem Alptraum, der Wirklichkeit geworden war, und der Stein in seinen Händen pulsierte in einem unerträglich hellen, gleißend roten Licht.

Das Bordgeschütz der HENDERSON feuerte. Das Geschoß explodierte zwanzig Meter vor dem Turm des Unterseebootes und ließ Feuer und glühende Metallsplitter auf das Meer und die Polynesier-Flotte herabregnen. Jonas lachte wieder. Der Stein in seinen Händen pulsierte heller und rascher, aber der vernichtende Lichtblitz kam immer noch nicht. Indiana konnte regelrecht spüren, wie die Kraft im Inneren des Feuerkristalls wuchs und wuchs, wie sich Energie von unvorstellbarer Stärke sammelte. Ein heller, vibrierender Laut lag plötzlich in der Luft, und hellblaue elektrische Funken liefen über den Stahl des Bootsrumpfes.

Endlich gelang es Indiana, sich wieder auf das Deck hinaufzuziehen. Das Deck schwankte. Ringsum schien das Meer Feuer gefangen zu haben, als das Bordgeschütz der HENDERSON Schuß auf Schuß abfeuerte und die Granaten an der unsichtbaren Wand explodierten, die das U-Boot jetzt schützte. Viele Polynesier-Boote waren in Brand geraten. Tote und verletzte Krieger trieben auf dem Wasser, und ein paar der kleinen Schiffe, die dem U-Boot und dem Kristall in Jonas' Händen zu nahe gekommen waren, begannen zu schwelen.

Indiana taumelte weiter, erreichte den Turm und begann, Hand über Hand die schmale Eisenleiter hinaufzuklettern. Jonas mußte ihn bemerkt haben, aber er ignorierte ihn, ebenso wie er Brenner und dessen Soldaten zu übersehen schien.

Indiana erschrak trotz allem bis ins Mark, als er den Turm erreichte und Jonas aus der Nähe sah.

Es war unvorstellbar, daß er noch am Leben war. Seine Uniformjacke war schwarz von Blut, und seine Hände brannten. Die Finger, die den Kristall hielten, waren schwarz verkohlt, das Fleisch war zu brüchiger Schlacke geworden, und das Licht im Inneren des Kristalls war so intensiv, daß Indiana die Knochen darunter wie auf einer Röntgenaufnahme sehen konnte. Jonas stieß noch immer dieses irre, unmenschliche Lachen aus, einen Laut, der gar kein Lachen war, sondern der triumphierende Schrei einer Kreatur, die nach einem Jahrtausend der Gefangenschaft endlich aus ihrem Kerker entkommen war. Indiana dachte nicht mehr an die Gefahr, in der er schwebte. Er wußte, daß sein Vorhaben ihn das Leben kosten würde, aber das war ihm gleich. Mit aller Kraft, die ihm verblieben war, sprang er vor und warf sich mit weit ausgebreiteten Armen auf Jonas.

Er erreichte ihn nicht. Eine unsichtbare Faust traf ihn mitten im Sprung und schleuderte ihn mit solcher Wucht gegen die Turmverkleidung zurück, daß er spürte, wie eine seiner Rippen brach und er halb bewußtlos zu Boden sank.

Jonas drehte sich zu ihm herum und starrte ihn an. Seine Augen brannten, und sein Gesicht war zu einer höhnischen Grimasse verzerrt. Es war das bleiche, eingefallene Gesicht eines Toten, der sich wider alle Naturgesetze noch bewegt, von etwas beseelt, das kein Leben, sondern etwas unbeschreiblich Fremdes und Feindseliges war. Etwas, das nicht von dieser Welt war, und das sie vernichten würde, wenn es *endgültig* frei war.

»Sie haben es nicht anders gewollt, Jones!« keuchte Jonas. Auch seine Stimme war nicht mehr erkennbar. Es war nicht mehr die Stimme eines Menschen, es war ein Klang, wie ihn Indiana nie zuvor im Leben gehört hatte und nie wieder hören sollte. »Jetzt werden Sie die wahre Macht der Götter erfahren!«

»Ach?« Indiana versuchte zu lachen, aber das ging in ein qualvolles Husten über. Er bekam kaum noch Luft. Ein glühender Dolch schien sich in seine Brust zu bohren. Trotzdem fuhr er fort: »Nicht einmal *Sie* können diesem Schiff Schaden zufügen. Das ist kein Spielzeugboot wie der Kahn von Delanos.«

Jonas' Gesicht verzerrte sich zu einer haßerfüllten Grimasse, und Indiana setzte hinzu: »Mit Ihrem Hokuspokus beeindrukken Sie vielleicht diese Wilden dort draußen, aber kein Kriegsschiff der amerikanischen *Navy*.«

Jonas versetzte ihm einen Tritt, der zielsicher seine gebrochene Rippe traf und ihn vor Schmerz aufschreien ließ. Zornig wirbelte er herum, wandte sich der HENDERSON zu und hielt den Feuerkristall an ausgestreckten Armen in deren Richtung. Das Licht in seinem Inneren wurde so intensiv, daß Indiana vor Schmerz aufstöhnte, obwohl er die Augen geschlossen und das Gesicht abgewandt hatte. Aus dem Pulsieren war ein ununterbrochenes, grellrotes Glühen geworden, und der unheimliche, singende Laut war wieder zu hören. Blaue Funken und knisterndes elektrisches Feuer hüllten den stählernen Rumpf des U-Bootes in ein Netz aus Licht, und das Wasser ringsum schien zu kochen.

Jonas schrie auf und riß die Arme in die Höhe. Indiana konnte spüren, wie sich die unvorstellbare Energie im Inneren des Kristalls bereit machte, endgültig hervorzubrechen.

Jonas' Hände flammten auf wie trocknes Holz und zerfielen zu Asche. Schreiend taumelte er zurück und betrachtete seine schwarz verkohlten Armstümpfe. Der Kristall hatte sich in eine pulsierende Lichtkugel verwandelt, fiel über die Brüstung des Turmes, prallte wie ein Ball vom Metall des Schiffsrumpfes ab und versank im Meer.

Te Pito o Te Henua
Der Nabel der Welt – die Osterinseln
Drei Tage später

Obwohl die Sonne im Zenit stand und selbst der Wind, der von der See her über die Küste wehte, warm war, fröstelte Indiana, als er neben Franklin aus dem Boot stieg und mit langsamen Schritten auf die Gestalt zuging, die unweit des Strandes neben einer frisch aufgeworfenen Grube hockte. Der Anblick erinnerte ihn zu sehr an die Insel der Langohren, obwohl er eigentlich wenig mit ihr gemein hatte. Hinter dem schmalen, beinahe weißen Sandstrand erstreckte sich flaches Grasland, auf dem nur wenige Sträucher und nur eine Handvoll Bäume Halt gefunden hatten. Nur wenige Meilen entfernt, aber in der Hitze der Mittagsstunde verschwimmend, erhoben sich Berge, deren Hänge grün bewaldet waren. Statt eines unheimlichen Lavasees unter der Meeresoberfläche gab es hier zwei erloschene Vulkane, deren Krater sich schon vor Jahrhunderten mit Wasser gefüllt hatten, und statt einer Armee langohriger, schweigsamer Riesen nur eine Handvoll zum Aussterben verurteilter, mitleiderregender Eingeborener, die das Schicksal vieler Naturvölker teilten, die dem segensreichen Einfluß der sogenannten zivilisierten Welt ausgesetzt waren: In wenigen Jahrzehnten würde es sie nicht mehr geben.

Nein – *äußerlich* hatten die Osterinseln nichts mit der versunkenen Welt der Vogelmenschen gemein. Was ihn schaudern ließ, was ihn mit dem Gefühl erfüllte, einen Schritt in eine kalte, ablehnende Welt zu tun, die eigentlich nur noch so aussah, als lebe sie, das war wohl das *Wissen* um das, was einmal hier geschehen war. Was einmal hier *gewesen* war. Für einen Moment glaubte er die Anwesenheit des Feuerkristalls zu fühlen, als wäre etwas von ihm noch immer da, als hätte sein bloßes *Hiersein*, auch wenn das mehr als tausend Jahre zurücklag, irgend etwas aus diesem Stück der Welt herausgebrannt und dieses Eiland zu einem Teil der Schöpfung gemacht, in dem Menschen besser nicht leben sollten.

Indiana verscheuchte den Gedanken. Die Kargheit der Landschaft, die er sah, war das Werk von Menschen; die Naturkatastrophe, die ein Überleben auf diesen Inseln nur noch für eine sehr begrenzte Anzahl von Menschen möglich machte, die Folge des zügellosen Raubbaus, den die früheren Bewohner dieser Insel mit ihrer Heimat betrieben hatten.

Der wirkliche Grund für Indianas Unbehagen war ein anderer. Sein ganzes bisheriges Leben hatte er der Aufgabe gewidmet, die Geheimnisse versunkener Kulturen zu lösen, die Rätsel vergessener Zivilisationen zu ergründen, den manchmal gar nicht so feinen Staub der Jahrtausende wegzuschaufeln, der sich über die Vergangenheit gelegt hatte. Aber auf jener namenlosen Insel am Ende der Welt war er zum ersten Mal auf etwas gestoßen, das besser für alle Zeiten vergessen geblieben wäre. Vielleicht war es nicht immer gut, in den Geheimnissen der Vergangenheit herumzustochern, und vielleicht hatten die Mächte, die das Schicksal lenkten, manchmal gute Gründe, etwas in Vergessenheit geraten zu lassen. Sein Alptraum war nicht Wahrheit geworden, zumindest *diesmal* nicht. Aber es hatte wahrlich nicht viel gefehlt.

»Ist das Professor Grisswald da vorne?« drang Franklins Stimme in seine Gedanken.

Indiana nickte, ohne zu der gebeugten Gestalt fünfzig Schritte entfernt mehr als einen flüchtigen Blick hinüberzuwerfen. Grisswald schien sie bisher nicht bemerkt zu haben, obwohl das halbe Dutzend Eingeborene, das um die Ausgrabungsstelle herumstand, die Arbeit niedergelegt hatte und ihnen neugierig entgegensah.

»Ich weiß, daß es wahrscheinlich überflüssig ist«, begann Franklin in beinahe verlegenem Tonfall, »aber trotzdem. Sie wissen, daß alles –«

»– was ich gesehen und erlebt habe streng geheim ist«, unterbrach ihn Indiana. Die Verlegenheit auf Franklins Gesicht vertiefte sich, und Indiana lächelte matt. »Keine Sorge, ich werde *niemandem* auch nur ein Sterbenswörtchen verraten. Ganz davon abgesehen, daß mir ohnehin keiner glauben würde.«

Franklin sagte dazu nichts, aber Indiana spürte, daß ihn diese Worte mit ungeheurer Erleichterung erfüllten. Er fragte sich, ob Franklin wohl *wirklich* begriffen hatte, welcher Gefahr sie gegenübergestanden hatten. Wahrscheinlich nicht. Und wahrscheinlich war das auch gut so. In kurzer Zeit schon würde er anfangen zu vergessen, was er erlebt hatte, und spätestens in ein paar Jahren, das wußte Indiana, würde er jeden Eid schwören, daß er und seine Mannschaft und ein leicht verrückter Professor aus New York tatsächlich nichts anderem als einer Verschwörung der Nazis auf die Spur gekommen waren und eine in aller Stille entwickelte Geheimwaffe ausgeschaltet hatten. Der menschliche Geist verfügt über eine erstaunliche Fähigkeit, Dinge zu verändern, die er nicht begriffen hat oder nicht begreifen wollte.

»Aber etwas müssen Sie mir dafür versprechen, Franklin«, sagte er.

Franklin sah ihn fragend an. Er schwieg.

»Kümmern Sie sich um Ganty und die Eingeborenen.«

Franklin antwortete immer noch nicht, aber nach einigen Sekunden nickte er, und Indiana wußte, daß keine weiteren Worte nötig waren. Keiner von ihnen hatte wirklich herausbekommen, wie es Ganty gelungen war, das Vertrauen der Langohren zurückzugewinnen. Aber er hatte es geschafft, und er war noch am selben Abend mit einem Beiboot der HENDERSON in See gestochen, um der Flotte aus Schilfbooten zu folgen und sie in eine neue Heimat zu führen. Nicht *hierher*. Ohne die magischen Kräfte des Kristalls, der unerreichbar tief auf dem Meeresgrund lag, hätten die zerbrechlichen Schilfboote keine Chance gehabt, die Distanz von mehreren hundert Seemeilen zu überwinden. Aber es gab eine Anzahl kleiner, unbewohnter Inseln, die auf keiner Seekarte verzeichnet waren und die in Reichweite der Flotte lagen. Indiana war überzeugt davon, daß es Ganty gelingen würde, das heimatlose Volk zu einer dieser

Inseln zu bringen. Seine Bitte, sich um ihn zu kümmern, bedeutete nicht, daß Franklin sich auf die Suche nach dieser Insel machen sollte; ganz im Gegenteil. Er würde vor allem dafür sorgen, daß auch niemand anders dies tat.

»Ich verspreche es«, sagte Franklin nach einigen Sekunden doch noch. »Aber dafür müssen *Sie* mir eine Frage beantworten, über die ich schon seit drei Tagen nachdenke, Dr. Jones.«

»Ja?«

»Versprechen Sie, sie *ehrlich* zu beantworten?«

»Wenn ich es kann.«

»Woher haben Sie eigentlich gewußt, daß er die HENDERSON nicht wirklich zerstören konnte?«

Jetzt war es Indiana, der einige Sekunden schwieg und an Franklin vorbei ins Leere starrte. Dessen Frage überraschte ihn nicht. Auch er hatte in den letzten Tagen oft darüber nachgedacht, ohne zu einer wirklich befriedigenden Antwort zu kommen. »Ich habe es nicht wirklich gewußt«, gestand er schließlich.

»Sie meinen also, Sie haben mein Schiff und seine Besatzung ganz bewußt aufs Spiel gesetzt.« Was er in Franklins Stimme hörte und in dessen Augen sah, das war kein Zorn, nicht einmal Vorwurf.

Indiana lächelte matt. »Im Grunde war es Nancy Barlowe, die mich darauf gebracht hat«, sagte er. »Sie hat erzählt, wie man Jonas an Bord des U-Bootes gebracht hat.«

»Und?«

»Wörtlich hat sie gesagt, man hätte ihn an Bord *getragen*«, fuhr Indiana fort. »Sandstein war jedesmal zu Tode erschöpft, wenn sie den Kristall benutzte. Wissen Sie, Franklin, was immer dieses Ding wirklich war, ich glaube nicht, daß es *lebendig* in dem Sinne war, in dem wir das Wort benutzen. Es hat dem, der es benutzte, gewaltige Macht verliehen, aber es hat ihn auch aufgezehrt.«

Franklin schwieg eine geraume Weile, und es war ein sehr erschrockenes Schweigen. »Und wenn Sie sich geirrt hätten?«

»Dann wären wir beide jetzt nicht hier«, antwortete Indiana

ganz leise und sehr ernst. »Und vielleicht gäbe es dann dieses *Hier* schon gar nicht mehr.«

Franklin lachte nervös. »Jetzt übertreiben Sie.«

Darauf antwortete Indiana nicht mehr. Mit einem vieldeutigen Lächeln wandte er sich um und ging.

Die Gestalt, die über der flachen Grube am Strand hockte, war tatsächlich Grisswald. Als Indiana ihm auf zwei Schritte nahe gekommen war, blickte er endlich von seinem Fund auf, wandte den Kopf, und ein halb überraschter, zugleich erfreuter wie auch ein wenig zorniger Ausdruck erschien auf seinem Gesicht. »Dr. Jones!« rief er. »Ich hatte die Hoffnung schon aufgegeben, Sie jemals wiederzusehen! Wo um alles in der Welt haben Sie sich herumgetrieben?«

Er sprang aufgeregt auf die Füße und gab Indiana nicht einmal Gelegenheit zu antworten, sondern redete weiter, wobei er mit aufgeregten Gesten auf das Loch hinter sich zeigte und seine Stimme vor Entdeckerfreude und Stolz zitterte: »Wissen Sie, Jones, während Sie wahrscheinlich wieder einmal irgendwelche nichtsnutzigen Abenteuer erlebt haben, ist mir eine wichtige wissenschaftliche Entdeckung gelungen.«

»So?« fragte Indiana.

Grisswald nickte heftig. »Ja. Ich bin noch nicht ganz sicher, aber ich glaube, wir haben ein Grab gefunden. Ein sehr sonderbares Grab.«

Indiana ging an ihm vorbei und beugte sich neugierig vor. Die Grube war knietief, anderthalb Meter breit und knapp drei Meter lang, und alles, was er entdecken konnte, waren feuchte Erde und ein paar weiße Knochensplitter. Fragend sah er Grisswald an. »Wir müssen den Fund natürlich noch genauer untersuchen und im Labor analysieren«, fuhr Grisswald fort, »aber wenn es sich dabei tatsächlich um ein menschliches Skelett handelt, dann müssen die Ureinwohner dieser Insel völlig anders ausgesehen haben als diese Menschen dort.« Er deutete auf die Eingeborenen hinter sich. »Ich weiß, es ist eine gewagte Theorie, aber ich glaube beinahe, daß sie nicht von hier stammten, sondern aus einem ganz anderen Teil der Welt gekommen sind.« Seine Stimme wurde genauso wie das Glitzern in seinen Augen immer aufgeregter. »Stellen Sie sich nur vor, Dr. Jones – vielleicht lösen wir sogar das Geheimnis der Osterinseln.«

»Ganz bestimmt nicht«, murmelte Indiana. »Jedenfalls nicht, solange ich es verhindern kann.« Aber das sagte er ganz leise. So leise, daß Grisswald es nicht hören konnte.

GOLDMANN

Stuart Woods

Stuart Woods erzählt geradlinig, ohne Schnörkel und mit der Wucht eines Torpedos. Kein Wunder, daß man seine Romane in einem Zug verschlingt.

Still ruht der See 9250

Auf Grund 8839

Die Nachfolger 8379

Anaconda 9897

Goldmann · Der Taschenbuch-Verlag